I0657573

DEN SCHMERZ WERT

SÖHNE DES SURVIVALIST

BUCH 3

CHERISE SINCLAIR

VanScoy Publishing Group

ISBN: 978-1-947219-59-5
Published by VanScoy Publishing Group

Dieses Buch enthält explizite Darstellungen sexueller Handlungen und ist nicht für Leser unter 18 Jahren geeignet!

Lektorat: Christian Popp

Cover design: Bianca Sommerland

PROLOG

Bei dem süßen Geruch nach Ananas, Kokosnuss und heißem Öl blieb der neunjährige Kana Peleki abrupt vor dem kleinen Restaurant stehen. „Dad?“

Eine Frau krachte von hinten in ihn und trat dann mit einem genervten Seufzer um ihn herum.

Er entschuldigte sich nicht. Alles, was er sehen konnte, war das Restaurant. Alles, was er hören konnte, war das Echo einer tiefen Stimme: *„Mein kleiner Souschef. Schau, halt das Messer so ...“*

Ruckartig schüttelte Kana den Kopf. Nein, er würde seinen Vater in diesem Restaurant nicht finden, würde ihn dort nicht samoanische Halbmondkuchen backen sehen. Er würde nicht sein lautes Lachen hören und einen Tritthocker an den Tisch ziehen, damit Kana helfen könnte.

Sein Dad war tot. Nicht mehr hier.

Kana lehnte sich an das Gebäude und richtete ein Stirnrunzeln auf seine Füße. Große Füße.

„Ich kann nicht glauben, wie schnell du wächst.“

Das hatte Dad immer gesagt.

Er war seit dem Tod seines Vaters noch größer geworden. *Würde er mich jetzt überhaupt noch erkennen?*

Und alles wegen dieser Frau.

Wut entbrannte in ihm. Dad war gestorben, weil die Besitzerin des LA-Restaurants ihn gewollt hatte, ihn immer als „gutaussehenden Koch“ bezeichnet und ihn berührt hatte. Nachdem sie das Sexzeug gemacht hatten, hatte sie sich verändert und war ganz gemein geworden. Ständig hatte sie seinen Dad angerufen und ihn geschlagen, während er die Schreie und die Schläge nie erwidert hatte.

In dieser Nacht im Auto hatte sie Dad angeschrien und ihm eine heftige Ohrfeige verpasst. Das Auto war von der Straße abgekommen und –

Kanas Magen taumelte, und er legte eine Hand auf seinen Mund. Hitze lief über seine Haut, dann eisige Kälte, als wäre er in den eisigen Bach vor Makos Hütte gefallen.

Nicht kotzen.

Er atmete tief ein und wehrte die Übelkeit ab. Er war kein kleines Kind mehr, nicht wie damals, als Dad starb. Er hatte Zeit in Pflegefamilien verbracht, hatte auf den Straßen von LA gelebt. Er war jetzt zäh, kein Schwächling mehr.

Für ihn ging das Leben weiter.

„Hey, Bull. *Bull.*“

Er zuckte zusammen – denn Gabe hatte ihn angesprochen. *Ich heiße jetzt Bull.*

Bull. Verdammt guter Name, oder? Er blähte seine Brust auf, um größer auszusehen. Ja, bis er erwachsen war, würde er so groß sein wie der Elchbulle, den Mako letzte Woche geschossen hatte. Der Elchbulle, dem Kana – nein, Bull – seinen neuen Namen zu verdanken hatte.

Er hob die Hand, um zu zeigen, dass er Gabe gehört hatte, bewegte sich aber nicht. Wollte er mit seinem ... Pflegebruder abhängen – oder den anderen beiden?

Mako nannte sie ein Team. *Hmm.* Bull war sich da nicht so sicher.

Okay, vielleicht hatten sie sich zu viert gegen den Pflegevater-

Perversling gestellt, obwohl sie sich zu dem Zeitpunkt kaum gekannt hatten. Und als Mako sagte, er würde sie nach Alaska bringen und sie großziehen, hatten sie alle zugestimmt. Besser als auf der Straße zu leben, oder?

Das machte sie aber noch lange nicht zu einem Team oder einer Familie.

„Komm schon, Bull!“ Der dunkelhaarige Gabe, der ein Jahr älter war als Bull, deutete auf Caz und Hawk, die von riesigen Teenagern umgeben waren. Die aufdringlichen Idioten waren jedoch keine Gang. Sowas gab es in diesem Kaff namens Seward nicht.

Bull bewegte sich nicht. Wollte er für die anderen Jungs, die mit ihm in der Blockhütte des Sergeants lebten, kämpfen?

Gabe war okay. Verdammt herrisch, aber er dachte sich immer gute Spiele aus – und spielte fair. Zudem stellte er stets sicher, dass sie alle fair spielten.

Caz? Ja, er war auch okay, obwohl er nicht so gut Englisch sprach. Als ein Vogelnest von einem Baum gefallen war, hatte sich Caz um die Babys gekümmert und war jeden Tag früh aufgestanden, um sie zu füttern.

Hawk? Na ja, Hawk war seltsam. Wenn ihn jemand komisch ansah, schlug er sofort zu. Bull hatte einige Prellungen, da der Junge hart zuschlagen konnte. Jedoch hatte Bull gesehen, wie er Caz’ Babyvögeln Käfer und Würmer gefüttert hatte ... und tat dann so, als hätte er es nicht getan. Warum wollte er, dass sie alle dachten, er sei ein Arschloch?

Bull fragte sich, was sie von ihm hielten. Gerade wartete er ab, was nicht weit von ihm auf dem Bürgersteig passierte.

Die ansässigen Jungs erzählten dummen Scheiß und umzingelten Caz und Hawk. „Stadtgören. Geht zurück in die Unteren 48, wo ihr hingehört!“ Der pickelgesichtige Junge musste um die fünfzehn sein, genau wie die anderen drei, die Hawk und Caz umkreisten.

Bull knurrte. Hawk war manchmal ein Idiot und Caz ein

Winzling, aber sie lebten alle zusammen. *Irgendwie macht sie das zu meiner Verantwortung, oder?*

„Hackfresse, hast du nichts zu sagen?" Ein anderer Teenager berührte mit dem Finger die Narbe in Hawks Gesicht.

Caz schlug den Arm des Teenies weg. „*Chinga su madre, hijo de puta*!"

Das machte die Alaska-Dummköpfe noch wütender. Sie wussten wahrscheinlich, dass er sie mit etwas Bösem betitelt hatte.

Caz hatte wirklich Mumm.

Hawks Gesicht war bereits vor Wut rot angelaufen und er hob die Fäuste. *Oje.* Verlor er die Fassung, mussten sich alle um ihn herum sorgen.

Als Bull auf die Gruppe zuging, brach der Kampf aus.

Das pickelgesichtige Kind schlug Caz direkt ins Gesicht.

Hawk trat dem Idioten gegen das Bein, und dann wurden sie von allen Kindern der Stadt auf einmal angegriffen.

Wo war das bitte fair?

Mit einem Schrei schnappte sich Gabe ein Fahrrad vom Bürgersteig und fegte damit einen Teenager direkt von den Füßen.

„Los, Gabe!" Bull stürzte sich in den Kampf, traf einen Rothaarigen in die Seite, sodass er auf seinem Arsch landete.

Neben Bull schubste Hawk das Arschloch, das ihn Hackfresse genannt hatte, rammte dann mit dem Kopf in seine Brust und schlug ihm in den Bauch. Rechts-links-rechts-links. Zurückgeschlagen zu werden, bremste den verrückten Hawk nicht ab. Laut quietschend fiel der Teenager nach hinten. Er krabbelte rückwärts, schaffte es schließlich auf die Beine und rannte wie ein Feigling davon.

Jubelnd erkannte Bull, dass er auf dem Rücken des Rothaarigen gelandet war und dabei das Gesicht des Jungen auf den Bürgersteig quetschte. *Oh, Mist.*

Das Weichei weinte.

„Hau schon ab.“ Bull rollte von ihm herunter und der Rothaarige suchte das Weite.

Caz kämpfte gegen das Pickelgesicht und, scheiße, er hielt eines seiner Messer!

Gabe kam von hinten und fuhr mit dem Fahrrad in den Teenager. Bereits blutend – weiter so, Caz! – taumelte der Teenager, wirbelte herum und rannte hinter seiner Möchtegern-Gang her.

Gabe blickte finster drein. „Steck deine Messer weg, bevor sie noch jemand sieht.“

Geschickt ließ Caz die Messer verschwinden.

Bull schnaubte. Wäre er kleiner, würde er auch Messer wollen. Und Caz wusste genau, wie er mit den Klingen umzugehen hatte.

„Wir kämpfen also schon, was?“ Die tiefe Stimme ließ Bull zusammenzucken, bevor er sich langsam umdrehte.

Mako stand direkt hinter ihm. Der Mann mit den breiten Schultern war früher beim Militär gewesen und war knallhart. Seine blauen Augen sahen alles.

Fuck.

Er hatte versprochen, sie zu behalten, bis sie groß waren. Vielleicht hätten sie sich am ersten Tag in der neuen Stadt nicht zu einer Prügelei verleiten lassen sollen.

Angespannt trat Bull zurück, bis er mit einer Schulter gegen Gabe stieß. Caz war auf Gabes anderer Seite, und nach einer Sekunde stellte sich Hawk, der sich Blut aus seinem Mundwinkel wischte, neben Bull.

Sie hatten sich gut gemacht, entschied Bull, gegen all diese größeren Kinder, und das fühlte sich irgendwie gut an.

Gabe sah Mako direkt ins Gesicht. „Sie haben Hawk und Caz geärgert. Das ist nicht richtig.“

„Nein. Ganz und gar nicht.“ Mako blickte auf der Straße erst nach links und dann nach rechts. Die Teenager waren verschwunden. „Ich bezweifle, dass sie es noch einmal versuchen werden.“

Bull verschränkte die Arme vor der Brust. „Weil wir gewonnen haben.“

„Ja, das habt ihr." Der Sarge grinste. „Ihr werdet euch noch besser schlagen, wenn ihr lernt, zusammenzuarbeiten."

Sie tauschten Blicke aus. Zusammen?

Vielleicht.

„Du hast eine aufgeplatzte Lippe, Junge." Mako schlug Hawk auf die Schulter. „Ein Beutel mit Eiswürfeln würde helfen – aber einen Kampf zu gewinnen, verdient Eiscreme."

Sie alle grinsten – sogar Hawk, obwohl das dazu führte, dass seine Lippe noch mehr blutete.

Ein wenig später, mit einem Erdbeereis in einer Waffel, saß Bull mit den anderen an einem Terrassentisch. Es war eine coole Stadt. Die Möwen spazierten zu ihren Füßen herum und bettelten um Nahrung. Große Töpfe mit dunkelblauen und gelben Blumen, die den Farben der Flagge entsprachen, die an einem hellen Mast hing.

Während Bull langsam sein Eis schleckte, wies Mako sie an, Dinge über die Leute zu erraten, die vorbeigingen. Was sie für ihren Lebensunterhalt taten. Ob sie gute Menschen waren. Ob sie gut kämpfen konnten.

Bull wies mit dem Kinn auf einen Mann in schlammbedeckter Kleidung, der sich gegen einen Laternenpfahl lehnte. „Obdachlos, kein Job, Arschloch, wahrscheinlich würde er umfallen, wenn er versuchen würde, zu kämpfen."

Mako schnaubte. „Du siehst den Dreck und die Kleidung. Sieh an Scheiß wie diesem vorbei, Junge."

Bull runzelte die Stirn.

„Er trägt schicke Cowboystiefel. Gute." Gabe neigte den Kopf. „Und seine Jeans und sein Shirt sind nicht neu, aber auch nicht billig."

Mako nickte. „Besser. Mach weiter."

„Er hat ein Messer im Stiefel", sagte Caz.

Bull blinzelte, und ja, oben war ein Griff zu sehen. So viel dazu, dass er bei einem Kampf wertlos sei.

Ein großer Pick-up parkte am Bordstein. Die abgedeckte

Ladefläche hatte zehn winzige Türen, und dahinter waren winselnde Hunde zu hören.

Der Typ stieg auf der Beifahrerseite ein und lehnte sich zur Fahrerseite, um eine wirklich heiße Frau zu küssen.

Mako sagte: „Ihm gehört das Sportgeschäft. Er und seine Frau sind keine Millionäre, aber es geht ihnen recht gut. Das ist ein Hundetruck, und der Mann ist schmutzig, weil er sein neues Schlittenhundeteam trainiert hat, damit sie bald an Rennen teilnehmen können. Hat sich wahrscheinlich auf die Fresse gelegt."

„Mist", murmelte Bull. Er hätte sich nicht mehr irren können.

„Oh ja. Lerne, an dem Offensichtlichen vorbeizuschauen – bei Männern und Frauen. Das wird dir viel Schmerz ersparen."

Schmerzen. Bull drehte sich weg, seine Lippen fest zusammengepresst. Wenn Dad die Restaurantbesitzerin für das gesehen hätte, was sie wirklich war, wäre er vielleicht auf Abstand geblieben. Vielleicht wäre er dann noch am Leben.

Und Bull wäre nicht mit einem Haufen Fremder in Alaska.

KAPITEL EINS

Es ist nicht dein äußeres Erscheinungsbild, das du verschönern solltest, sondern deine Seele, die du mit guten Taten schmückst. - Clemens von Alexandria

„Ich werde mit der Stylistin sprechen und sehen, ob sie mehr Zeit für dich entbehren kann“, sagte Frankie Bocelli der Frau in der Tür, die befürchtete, dass die neuen und jüngeren Models mehr Aufmerksamkeit von der Stylistin erhielten als sie.

Che cavolo. Was zum Teufel? Wie kleinlich. Frankie tippte eine Erinnerung ein, um die Anfrage nicht zu vergessen, und legte sich dabei einen Maulkorb an. Sie musste höflich bleiben. Immer. Egal, was auch passierte.

Zudem war stets damit zu rechnen, dass sich die Models in die Haare bekamen. Für sie waren Haar- und Make-up-Stylisten genauso wichtig wie Frankies Organisationssoftware für sie. *Du hast also kein Recht, irgendjemanden zu verurteilen.*

„Danke, Francesca.“

Francesca. Kotz. „Gern geschehen.“ Als das Model das Büro verließ, rieb sich Frankie über das Gesicht. Warum um alles in der

Welt war sie im Moment so mürrisch? Alles nervte sie – obwohl ihr Ärger in Bezug auf ihren Vornamen wirklich nichts Neues war.

Fran-tschess-ka. Konnte ein Name noch umständlicher klingen? Und er hatte so viele Buchstaben. In der Vorschule war sie immer noch damit beschäftigt gewesen, ihren Namen zu schreiben, während Klassenkameraden wie Eve und Ann bereits zum Spielen raus gegangen waren.

Und na ja, sie hatte auch nicht gerade Freude daran empfunden, in der Grundschule Frankenstein oder Frankfurter genannt zu werden. Kein bisschen. Nur wurde es noch schlimmer, als ihre Brüste auftauchten und die Jungen sie Dicktitte nannten. Wirklich, ihre Brüste waren fantastisch – *danke, italienische Gene* –, aber damals, na ja ...

Im College hatten sich die Dinge geändert. Ihre neuen Freunde entschieden, dass ihr spießiger Name nicht zu ihr passte. Ihre Mitbewohnerin Kirsten – Kit – hatte sie schließlich Frankie getauft. Als alle anfingen, sie Frankie zu nennen, erweiterte sich ihre Welt.

Namen waren wichtig; sie signalisierten Anerkennung und Wertschätzung. Ein *„Ich sehe dich."* Der falsche Name fühlte sich ständig wie eine langsame Auslöschung ihrer Identität an.

Nach dem Abschluss hatte sie jedoch die Erwartungen ihrer Eltern erfüllt und war ins Familienunternehmen zurückgekehrt. Mama bestand darauf, dass ihre Tochter nicht einen so männlich klingenden Namen wie Frankie annehmen sollte. Es war ihr egal, was Frankie wollte; ihre Tochter sollte mit dem Namen angesprochen werden, der in ihrer Geburtsurkunde verewigt wurde.

Ich Glückliche. Frankie brauchte einen Moment und machte sich daran, ihre Pflanzen zu gießen, die ihre Fensterbank säumten. Die afrikanischen Veilchen blühten in einem leuchtenden Lavendel und einem strahlenden Rosa, als versuchten sie mit allen Mitteln, sie aufzumuntern. Neben ihnen standen zwei Pflanzen, die ihr ihre beste Freundin geschenkt hatte – ein sogenannter

Geldbaum, und eine, die die Raumluft reinigte. Bei Kit dreht sich alles um nutzvolle Pflanzen.

Von draußen drang das leise Brummen des Verkehrs an ihre Ohren, unterbrochen von Hupen und Pieptönen. Taxifahrer in New York liebten ihre Hupen.

Sie stützte sich auf der Fensterbank ab. Durch den Nieselregen auf dem Glas bot ihr Bürofenster im zehnten Stock nur einen tristen Blick auf Wolkenkratzer. Der Frühling kam spät in New York an.

Der graue, versmogte Himmel passte zu ihrer Stimmung.

Die Stimmung konnte jedoch durch Essen verbessert werden – und sie *hatte* etwas zu essen. Sie hatte einen der Laufburschen dazu gebracht, ihr einen Burger von *Shake Shack* zu besorgen.

Zurück an ihrem Schreibtisch öffnete Frankie den Beutel und schnappte sich eine geriffelte Pommes. *Lecker.*

„Francesca, ich brauche deine Hilfe." Birgit, ihre älteste Schwester, trat mit dem charakteristischen Catwalk-Gang ein, der sie berühmt gemacht hatte. Eine Sekunde später lehnte sie sich auf einem Stuhl mit dem peinvollsten Ausdruck aller Zeiten zurück, sodass nur ein Geigenspieler in der Ecke den Moment noch dramatischer gestalten könnte.

„Was ist los?" Mit einem Seufzer legte Frankie ihren Burger zur Seite. Wahrscheinlich wäre er kalt, bevor sie dazu kam, ihn zu essen.

Ihre Schwester warf der Wahl ihrer Mahlzeit einen angewiderten Blick zu. „Du kannst nicht ernsthaft planen, diese ekelhafte Ungeheuerlichkeit zu essen. Denke an deine Hüften. Du bist schon jetzt viel zu –"

„*Du* musst ihn ja nicht essen." *Mein Burger. Meiner, meiner, meiner.*

„Komm heute Abend mit zu meinem Sportkurs. Gewichtheben und Aerobic-Tanz. Wir werden die Pfunde wegschwitzen." Birgit tätschelte ihren flachen Bauch.

Meine Familie, ey. Alle sind besessen von Zeitplänen, Ernährung und Bewegung.

„Ich bevorzuge mein Aikido, danke." In der Grundschule hatte sie gegen ihre Mutter eine Schlacht gewonnen – was selten vorkam. Sie durfte Aikido-Kurse besuchen, anstatt ihren ach so anmutigen älteren Schwestern in den Tanzunterricht zu folgen. „Und ich jogge."

Bei Birgits skeptischem Ausdruck grinste Frankie. „Erst gestern, um genau zu sein."

Die verrückten Kinder einer Freundin liebten es, Drohnen fliegen zu lassen. Leider funktionierte es nicht immer, Hindernisse zu vermeiden, sodass es zu einigen Abstürzen kam. Sie hatte also viel Bewegung bekommen, als sie den albernen Maschinen nachgejagt war.

„Atemberaubende Körper erreicht man nur mit Hingabe, Francesca", sagte Birgit.

Rolle nicht mit den Augen, rolle nicht mit den Augen. Beide Schwestern von Frankie sahen Sport wie eine Nonne den Rosenkranz. Warum konnte Mama nicht Anwältin oder Ärztin sein? Oder ein Farmer. Landwirtschaft wäre cool.

Aber nein. Ihre norwegische und hinreißende Mutter war ein Topmodel und hatte ihren Lieblingsfotografen geheiratet, *den* Bocelli, und hatte anschließend eine Modelagentur aus dem Boden gestampft.

Birgit und Anja ähnelten Mama und waren Models.

Frankie, das Baby der Familie, hatte die italienische DNA von Papà bekommen. Braune Augen, braunes Haar und große Brüste. Zumindest hatte sie es geschafft, einen Meter siebzig zu werden, sonst hätte sie sich wie ein Hobbit gefühlt. Papàs Mutter hatte nur eine Größe von einem Meter fünfundfünfzig erreicht.

„Ich meine es ernst", fuhr ihre Schwester fort, „du musst in HIIT einsteigen und das Ganze mit Pilates und –"

„Birgit." Durch jahrelange Erfahrung wusste Frankie, dass sie die Tirade ihrer Schwester unterbrechen musste. „Was genau wolltest du von mir?“

„Oh, Schwesterchen.“ Birgit setzte sich auf. „Du *musst* mir helfen. Morgen habe ich ein Fitting für ein Sportbekleidungs-Shooting, aber es gibt einen Nachmittagsempfang für diesen neuen Vogue-Fotografen, und ich möchte gehen. Kannst du nicht mit der Garderoben-Stylistin sprechen und sie dazu bringen, meinen Termin zu verschieben? Sie ist eine egozentrische Kuh, aber auf dich hören alle.“

Frankie unterdrückte einen Seufzer. Trotz des ausgefallenen Titels Human Resources Coordinator bedeutete ihr Jobtitel nur, dass sie wie eine Blöde herumrannte und ihr Bestes gab, dass alles reibungslos ablief – obwohl Probleme eigentlich von den Agenten der Models aus der Welt geschafft werden sollten. Schlimmer noch: Ihre Geschwister kamen immer zu ihr und dachten gar nicht erst daran, zu ihren Betreuern zu gehen.

„Ich werde Alsace anrufen und sehen, ob wir das Fitting eine Stunde nach vorne schieben können. Zudem werde ich einen Fahrer arrangieren, damit du nicht auf ein Taxi warten musst.“

„Perfekt. Danke dir, Schwesterchen.“

„Natürlich doch.“

Birgit schlenderte aus dem Raum, ihr raubtierartiger Modelgang war so sehr ein Teil von ihr, dass sie wahrscheinlich nicht mehr normal laufen konnte. Die hohen Absätze an ihren Füßen brachten ihre Körpergröße auf weit über einen Meter achtzig.

Schon der Blick auf diese Schuhe tat weh. Frankie wackelte mit den Zehen. Ob Mama nun der Meinung war, dass es zum Job gehörte, sich auf diese Weise zu kleiden und Make-up zu tragen, Frankie setzte auf professionell, aber bequem. Es war ein Vorteil, hinter den Kulissen zu arbeiten und nicht über den Laufsteg stolzieren zu müssen.

Bevor Frankie mit dem Mittagessen beginnen konnte, kamen zwei Models zu ihr, die Ratschläge im Umgang mit einem grapschenden Agenten brauchten.

Dann wurde ein männliches Model in ihr Büro geschickt, mit dem sie über sein Temperament sprechen sollte, was Probleme mit ... oh, fast jedem verursachte. Nach dem Gespräch gab sie ihm eine Karte für einen Therapeuten, der verstand, wie stressig der Beruf eines Models sein konnte.

Er verzog das Gesicht zu einer Grimasse. „Das wird meinen Ruf ruinieren."

„Hey, wir sind in New York." Frankie deutete auf die Wolkenkratzer vor dem Fenster – immer noch ein großartiger Anblick für jemanden aus Nebraska. „Hier ist jeder in Therapie."

Seine Lippen krümmten sich und er grinste widerwillig. „Na gut, okay. Danke, Francesca."

„Sicher doch."

Bevor sie einen Bissen nehmen konnte, kam ein neues Model herein, eine Achtzehnjährige, die Probleme hatte, sich einzuleben. So jung.

Frankie gab ihre üblichen Ratschläge – Freunde außerhalb der Branche zu finden und Hobbys zu pflegen. Wenn die einzige Form der Bestätigung einer Person aus ihrer Karriere stammte, dann konnte jede Komplikation in der Arbeitswelt verheerend sein. Jemand mit einer Vielzahl von Interessen konnte einen gemeinen Kommentar über sein Aussehen abschütteln, indem er sich sagte: *Ja, vielleicht habe ich das vermasselt, aber ich bin ein guter Koch und großartig mit Menschen und kann jeden bei Monopoly schlagen.*

Nachdem das Mädchen sich eingelebt und wieder klar denken konnte, würde Frankie die Pläne umschreiben und ein älteres Model bitten, als Mentor aufzutreten.

Das Büro war erneut leer und sie warf einen Blick auf ihren Burger. Kalt. *Eklig.*

Na gut. Ruiniertes Mittagessen oder nicht, sie genoss es, die Leute glücklich zu machen und dafür zu sorgen, dass alles reibungslos lief. Darin war sie gut.

Das brauchte ihre Familie von ihr.

„Baby, du bist das Süßeste, was ich heute gesehen habe." Die geschmeidige Stimme aus dem Flur war ihr nur allzu vertraut – ebenso wie der Spruch. Ihr Ex-Mann versuchte auf dem Weg an die Spitze, eine andere Frau hinters Licht zu führen.

Kichern, Gemurmel.

Ihr war nach Kotzen zumute, und sie überlegte, ihre Tür zuzumachen. Der Versuch, Jaxsons neuestes Opfer zu warnen, würde nicht funktionieren – Frankie würde einfach als rachsüchtige Ex abgestempelt werden. Wenn er keinen wasserdichten Vertrag mit Bocelli hätte, würde sie Mama bitten, ihm die Tür zu zeigen. Also, ja, vielleicht war sie ein bisschen rachsüchtig.

Jaxson blieb in der Tür stehen und warf ihr ein herablassendes Lächeln zu. Er wusste, dass er umwerfend gut aussah und er jede Frau auf der Welt haben konnte.

Außer sie. Jedenfalls nicht mehr.

Heutzutage sorgten diese ach so perfekten Männer nur noch dafür, dass sich ihre Gefühle auf Eis legten.

„Brauchst du etwas, Jaxson?"

„Liebe, Francesca, ich brauche Liebe." Seine Stimme war laut genug, sodass auch seine neuste Eroberung ihn hören konnte.

Frankie schnaubte. „Ich denke, du verwechselst Anhimmelei mit Liebe. Kaufe ein Wörterbuch."

Er runzelte die Stirn und entdeckte dann ihr Mittagessen. „Erbärmlich. Weißt du, wenn du auf Diät gehen und dich ein wenig rausputzen würdest, bekommst vielleicht auch du ein bisschen Liebe ab – oder sogar Anhimmelei. Versuch's doch mal."

„Oh?", gurrte sie mit atemloser Stimme. „Denkst du wirklich?"

Bevor er antworten konnte, warf sie ihm ein dünnes Lächeln zu und lenkte ihre Aufmerksamkeit auf den Behälter mit der Post. „Ich werde deinen Rat in Betracht ziehen."

Mit einem Murren, das nach einer Beleidigung geklungen hatte, verschwand er.

Sie schüttelte den Kopf. *Nicht dein bester Moment, Frankie.* Normalerweise ließ sie sich von seinen Verunglimpfungen oder

der Besessenheit ihrer Familie, wenn es ums Aussehen ging, nicht unterkriegen.

Nein, sie entsprach nicht den Modelstandards, aber sie wollte auch kein Model sein. *Ich bin gesund, hübsch, habe einen kurvenreichen Körper, wunderschöne Haare und Augen ... und noch besser, eine tolle Persönlichkeit.*

Genauso ist es. Und jetzt denk nicht mehr darüber nach.

Verärgert über sich selbst warf sie den kalten Burger und die Pommes in den Müll und wandte sich wieder an ihre Post.

Bekanntmachungen. Büromaterial. Zeitplanänderungen. Normalerweise gingen Bewerbungen und Lebensläufe an Mama, aber derzeit erhielt Frankie einfach alles. Wenn sie jemals Urlaub machen wollte, brauchte sie einen Assistenten, der ihren Platz einnehmen konnte. Jemanden nur für sie, den sie mit niemandem teilen musste. Erwähnte sie momentan freie Tage, bestand jeder in ihrer Familie darauf, dass sie nicht verschont werden konnte, dass sie gebraucht wurde, um die Dinge am Laufen zu halten und die Probleme der Divas zu handhaben.

Stirnrunzelnd nahm sie den letzten Brief aus dem Stapel in die Hand. Adressiert an *The Bocelli Agency*, zu Händen von Francesca Bocelli.

Frankie,

ich brauche deine Hilfe.

Ich sitze in der Falle. Obadiah schloss sich einer Miliz an – den Patriotischen Zeloten – und brachte uns auf ihr Gelände. Er lässt mich nicht gehen. Stattdessen sind wir an einen noch isolierteren Ort gezogen – Rescue, Alaska.

Du hattest Recht, Frankie; er war ein Fehler. Er wird jeden Tag gemeiner und lässt die Anführer –

Der Rest des Satzes wurde ausradiert.

. . .

Wenn ich es nicht rausschaffe, kannst du bitte versuchen, Aric von hier wegzubringen? Anbei findest du Dokumente, die du vielleicht brauchen könntest.

Ich weiß, dass dein erster Instinkt sein wird, die Polizei anzurufen, aber das darfst du nicht. Einer der Polizisten hier ist Mitglied der Patriotischen Zeloten. Rufe nicht das FBI oder jemanden dieser Art an. Tu es einfach nicht.

Ich flehe dich an, Frankie. Hol Aric hier raus.

Kit

Frankie erkannte, dass ihre Handflächen vor ihrer Brust zusammengepresst waren. Als ob ein Gebet alles in Ordnung bringen würde. *Kit, wo bist du da reingeraten?* Sie sah sich die erwähnten Dokumente an. Es gab ein beglaubigtes Formular, das ihr die Vormundschaft über Aric, Frankies Patensohn, gab.

Das ergab Sinn. Aric war nicht Obadiahs leiblicher Sohn; der Junge war drei, als Kit dem Wichser zum Opfer fiel.

Es gab auch eine handschriftliche Liste der Gründe, warum Frankie als Vormund ernannt worden war und warum niemand sonst, insbesondere Obadiah, die Aufsicht über das Kind erlangen sollte.

Bilder von Kit und Aric waren beigefügt. Frankie sah sich eins genauer an.

Der blonde, blauäugige Aric ähnelte seinem leiblichen Vater – einem Mann, der weniger als eine Woche in Kits Leben war. Sie kannte nicht einmal seinen Nachnamen.

Da das Bild von Aric ihn als etwa Zweijährigen zeigte, hatte Kits erster Ehemann wahrscheinlich die Fotos geschossen. Obwohl Aric nicht sein Kind und er seine Probleme mit Drogen hatte, war er gut zu dem Jungen gewesen. Er war an einer Überdosis gestorben, bevor die Ehe sein zweites Jahr erreichen konnte.

Die arme Kit hatte kein Glück mit Männern. Noch während sie den Tod ihres Mannes betrauerte, war Obadiah in ihr Leben gekommen und hatte sie geheiratet.

Frankie ging durch die Fotos und fand keine aus diesem Jahr. Der religiöse Fanatiker eines Ehepartners glaubte wahrscheinlich nicht an Kameras.

Aric würde in diesem Sommer vier Jahre alt werden. *Hol Aric hier raus*. Der Junge war in Gefahr.

Oh, Kit.

Als die Worte auf den Papieren verschwammen, erkannte Frankie, dass ihre Hände zitterten. *Cazzo.* Fuck! Sie wusste nicht, was sie tun sollte, aber sie musste *etwas* tun.

In der Uni waren sie fast die ganze Zeit Mitbewohner gewesen, und auch Jahre später sah sie Kit eher als eine Schwester.

Frankie war Kits Geburtspartnerin gewesen und hatte geholfen, den kleinen Aric aufzuziehen, bis Kit das erste Mal geheiratet hatte. Als das Brautpaar nach Texas gezogen war, hatte Frankie sich die Augen ausgeheult.

Sicher, sie hatte zahlreiche Freunde, aber niemand war Kit. Egal, wie viel Zeit verging, egal, wie groß die Entfernung zwischen ihnen auch war – und Texas war wirklich weit weg –, sahen sie sich, machten sie immer dort weiter, wo sie aufgehört hatten.

„*Amica mia*, du hättest nach dem Tod deines Mannes nach New York zurückkehren sollen." Stattdessen hatte es Obadiah geschafft, Kit in die Rolle „seiner kleinen Frau" zu drängen. Die perfekte Ehefrau.

Frankie hatte den *Bastardo* bei der Hochzeit nur einmal für ein paar Sekunden getroffen. Zu dem Zeitpunkt hatte der konservative Spinner bereits entschieden, dass sie einen schlechten Einfluss auf Kit hatte. Er hatte Kit unter Druck gesetzt, bis sie aufgehört hatte, sie anzurufen, ihr zu schreiben oder sie zu besuchen.

Frankie wollte keine Probleme verursachen und hatte Kits Rückzug akzeptiert. Offensichtlich war das ein Fehler gewesen.

Vor Obadiah waren sie immer füreinander da gewesen. Durch verpasste Jobchancen und Beziehungskatastrophen. Nachdem Kit umgezogen war, hatten sie Stunden am Telefon verbracht. Als Kits Ehemann starb, war Frankie nach Texas geflogen, hatte sich um Aric gekümmert und die Dinge am Laufen gehalten, sodass Kit trauern konnte.

Als Frankies Ehe zerbrach, war Kit nach New York gekommen. Nach vielem Händchenhalten, Jammern und einigen Heulsessions – denn Frankie war keine stille Leidende –, hatte Kit sie aus dem Haus und zurück ins Leben gedrängt.

Wenn auch nicht zurück in die Dating-Welt.

Kit war in dem Bereich schon immer eher ein Optimist gewesen – was seltsam erschien, da sie einen lausigen Geschmack bei Männern hatte. Die dominanten Typen, in die sie sich verliebte, erwiesen sich unweigerlich als Wichser oder Kontrollfreaks oder Arschlöcher. Kits elende Kindheit hatte in ihrem Radar einen blinden Fleck hinterlassen.

Aber Obadiah? „Diesmal hast du wirklich einen richtig Schlimmen erwischt."

Frankie las den Brief noch einmal.

Alaska – ernsthaft?

Nur wusste sie, dass sie ihre beste Freundin und ihren Patensohn nicht bei einem gewalttätigen Arschloch lassen konnte. Mit etwas Glück brauchte Kit nur jemanden, der hinter den Kulissen die Fäden zog, um sie und Aric herauszuholen.

Ich bin ein Meister hinter den Kulissen.

Wenn Kit mehr als das brauchte, nun ... Frankie presste entschlossen die Lippen zusammen. Sie würde tun, was getan werden musste.

Sie drückte auf die Taste für die Gegensprechanlage und wartete, bis die Assistentin der gesamten Agentur antwortete. „Hey, Nyla. Wie würde es dir gefallen, für eine Weile meinen Platz einzunehmen?"

Ihrer Familie würde sie in dem Fall keine Wahl lassen.

KAPITEL ZWEI

„*Wer sich nicht vorbereitet, bereitet sich darauf vor, zu scheitern.*"
- Benjamin Franklin

Keine Taxis, keine Wolkenkratzer, keine Menschen. Und jetzt, da sie vom Sterling Highway runter war, gab es nicht einmal gepflasterte Straßen.

Willkommen in Rescue, Alaska, was?

Zugegebenermaßen war die Landschaft auf der Fahrt von Anchorage spektakulär gewesen, mit schneebedeckten Bergen und Ausläufern, tiefen Tälern, Flüssen und üppigen Wäldern. Jedes Mal, wenn sie um eine Kurve bog, hatte ihr der Ausblick erneut den Atem geraubt.

Als Frankie von der Dall Road auf eine schlammige Schotterstraße abbog, kratzten die Zweige von dem dichten Wald über ihren gemieteten Sedan. Sie zuckte bei den harschen Kratzgeräuschen zusammen. *Tut mir leid, Auto.*

War das Gelände der Patriotischen Zeloten hier in der Nähe? Die Tankwartin im Teeniealter hatte ihr von Rescue den Weg beschrieben, aber es gab eine Menge kleiner Straßen, die von der Dall Road abgingen.

Sie fuhr um die nächste Kurve, und da war es. Das Zuhause der Patriotischen Zeloten.

Ein einen Meter achtzig Zaun mit Nato-Draht am oberen Ende – ernsthaft? Wirklich willkommen fühlte man sich so nicht. Ein Tor versperrte den Weg, und hinter dem Zaun stand neben der Straße eine kleine Hütte. Irgendwie bezweifelte sie, dass es eine Bushaltestelle war. Sie erinnerte eher an ein Wachhäuschen.

Den Hang hinauf lag die Lichtung umgeben von Wald noch unter Schnee begraben. Hohe Gewächshäuser standen auf dem Bereich verteilt. Weiter weg vermischten sich Blockhäuser mit Fertighäusern in einem unansehnlichen Durcheinander. Die Gebäude waren zu weit entfernt, um Menschen am Gesicht zu erkennen. *Bist du da drin, Kit? Aric?*

Am Tor stellte Frankie den Motor ab, stieg aus und wich erfolgreich einer glatten Stelle aus. *Brrr.* Die kalte, feuchte Luft roch nach Immergrün und Schnee mit einem Hauch von Holzrauch – und war so sauber, dass ihre Lunge aus der Stadt nicht wusste, wie sie damit umgehen sollte.

Als sie sich dem Tor näherte, hörte sie zuerst das Bellen von Hunden. Sie kamen aus dem Wachhäuschen gesprungen, gefolgt von einem Mann mit einem Gewehr. Frankie wusste, dass Obadiah ein christlich fundamentalistischer Fanatiker war, aber dieser Ort fühlte sich wie ein Gefangenenlager in der Dritten Welt an.

Mit ihrem Plan, laut und selbstbewusst zu verlangen, Kit zu sehen, würde sie wohl nicht durchkommen. Die Isolation und das Gewehr des Wachmannes hatten diese Strategie zunichtegemacht. In der Tat wäre es ein Fehler, diesen Leuten zu sagen, dass sie Kit kannte. Zuerst brauchte sie mehr Informationen.

In einer Jeans, einer schwarzen Winterjacke und ebenso farbenen Stiefeln sah der bärtige Wächter die großen schwarzen

Hunde finster an. „Haltet euer Maul. Platz.“ Nachdem die zwei Hunde dem Befehl gefolgt waren, wandte er sich Frankie zu und unterzog sie einer gründlichen Musterung. Als sein Blick auf ihren Mund fiel, war sie froh, dass ihre Jacke ihre Kurven bedeckte.

Zu ihrer Erleichterung richtete er das Gewehr nun so aus, dass es nicht direkt auf sie zeigte. „Hast du dich verlaufen?“

„Ich denke nicht.“ Frankie schenkte ihm ein breites Lächeln – etwas, das sie selten erzwingen musste, aber alles an diesem Ort war gruselig. „Leben hier die Patriotischen Zeloten?“

Sein Gesicht wurde kalt. „Wer will das wissen?“

„Äh, ich.“ *Warum sollte ich sonst hier stehen?* „Ich habe gehört, dass meine Tante beigetreten ist und hier lebt, und ich wollte sie besuchen. Sie wird alt und –“

„Keine Besucher erlaubt.“ Er bewegte das Gewehr und zielte wieder auf sie. *Cavolo,* das war eine große Waffe. Hatten sie in diesem Bundesstaat denn keine Gesetze?

Ihre Augen weiteten sich, ihr Schock hoffentlich so unschuldig wie möglich. „Keine Besucher? Nie? Wie soll ich dann Hallo sagen?“

Er schüttelte den Kopf. „Wenn deine Tante in der modernen Welt hätte sein wollen, wäre sie da draußen. Sie will aber hier ohne Kontakt zur Außenwelt sein. Keine Verunreinigung, nur Frieden.“

„Hmm. Aber was ist, wenn sie krank wird? Sie ist nicht mehr die Jüngste.“

„Wir kümmern uns um unsere Leute.“

„Kann ich eine Nachrich –“

„Du kannst verdammt nochmal abhauen.“ Er zuckte mit dem Gewehr – unsichere Handhabung!

„Okay, gut.“ Sie schnaubte und formte ihre Lippen zu einem weiteren hirnlosen Lächeln. „Tut mir leid, dass ich dich behelligt habe. Einen schönen Tag wünsche ich noch.“

Gefolgt von den Hunden marschierte er zurück in das Wachhäuschen.

Sie wendete das Auto, fuhr wieder die Straße hinunter und unterdrückte den Drang, auf das Gaspedal zu treten und so Schlamm und Steine über das Häuschen regnen zu lassen.

So viel also zu ihrer Idee, dass sie nur Aufsehen erregen müsste und so Kit und Aric rausbekommen würde.

Einmal um die Kurve herum und außer Sichtweite schlug sie mit der Faust hart genug auf das Lenkrad, dass ihre Hand schmerzte. „*Cazzo, cazzo, cazzo*!"

Ihre italienische Großmutter hätte bei solchen Flüchen einen Anfall bekommen. Frauen benutzten das F-Wort nicht – egal in welcher Sprache. Andererseits hatte es diesen einen Sommer gegeben, als der bösartige Hahn Nonna mit dem Schnabel attackiert hatte. An dem Tag hatte Frankie eine ganze Reihe neuer italienischer Schimpfwörter gelernt.

Der Hahn war in einer ausgezeichneten Escarole-Suppe gelandet, und Frankie hatte eine Lehre daraus gezogen: eine süße Persönlichkeit konnte Seite an Seite mit einem stählernen Kern existieren.

Mit einem Grunzen lehnte sich Frankie zurück. Das Fluchen konnte Stress abbauen, bot aber keine Lösungen.

Sie fuhr wieder auf die Dall Road und damit zurück nach Rescue. Mit Kit Kontakt aufzunehmen, würde sich als schwierig erweisen, wenn keine Besucher erlaubt waren und sie auch Nachrichten nicht weiterleiteten. Gut möglich, dass Kit nicht mal auf diesem Gelände war. Dem Gelände einer Sekte.

Diese Mitglieder der Patriotischen Zeloten müssten jedoch früher oder später die Stadt besuchen. Für Lebensmittel, die Post, Benzin. Oder ... vielleicht einen Besuch in der Bar?

Sie klopfte mit den Fingern auf das Lenkrad. Diskret zu sein, wäre unerlässlich, wenn sie über die Sekte mehr herausfinden wollte.

Es würde eine Weile dauern, an Informationen zu kommen und einen Plan auszuarbeiten. Wie sollte sie also verhindern, dass sie in dieser winzigen Stadt wie ein bunter Hund herausstach?

Der Tankstellenbesitzer hatte gesagt, dies sei der tote Monat für den Tourismus. Die Skisaison war vorbei und das Fischen nahm gerade erst wieder Fahrt auf.

Nur gehe ich wohl nicht als Fischer durch. Fisch kochen? Darin war sie ein Profi. Fische fangen? Nein. Auf keinen Fall. Vorzugeben, ein Tourist zu sein, wäre ihr letzter Ausweg.

Möglicherweise musste sie sich einen Job suchen, um sich unter die Einheimischen zu mischen. Wenn die Sommersaison bald begann, suchte doch sicher jemand nach Mitarbeitern, oder?

Sogar seltsame Sektenmitglieder mussten Lebensmittel kaufen. Sie sprachen mit Angestellten und Verkäufern. Als unabhängige Gemeinschaft mieden sie wahrscheinlich Restaurants. Gingen religiöse Konservative in Bars? Kit hatte ihr gesagt, dass Obadiah nicht trank.

Demnach sollte sie sich besser einen Job als Verkäuferin suchen.

Hmm. Was, wenn sie Obadiah begegnete? Würde er sie erkennen?

Sie zupfte an ihrer Unterlippe. *Vermutlich nicht.* Sie hatte ihn nur einmal gesehen. Beim Empfang nach seiner Hochzeit mit Kit. Und das, nachdem er alle Kollegen von Kit vorgesetzt bekommen hatte, die mit ihr in der Gärtnerei arbeiteten. Wenn sie so darüber nachdachte ... warum hatte Kit das nicht als Warnsignal gesehen, dass der Typ sich nicht die Mühe gemacht hatte, ihre Freunde besser kennenzulernen?

Obadiah würde sich auf keinen Fall an ihr Gesicht erinnern.

Der erste Schritt musste sein, eine Unterkunft zu finden. Und morgen musste sie sich nach einem Job umsehen. Sie rollte mit den Augen. *Mannaggia. Verflucht sei ich.* Das würde Mama sicher nicht gefallen, die einen Anfall bekommen hatte, als Frankie ihr Bescheid gegeben hatte, dass sie Urlaub nehmen musste. *„Du solltest doch für die Modenschau nächste Woche die Kontaktperson sein. Einige unserer Mädchen schätzen es, wenn du da bist. Und wer regelt die Streitereien hinter den Kulissen? Und dieser neue Fotograf bringt alle* *ständig zum Weinen! Wie kannst du einfach weggehen und mich mit all diesen Problemen allein lassen?"*

Frankies Kiefer spannte sich an. All diese Probleme konnten von einem fähigen Mitarbeiter gehandhabt werden. Niemand war unentbehrlich.

Und ich hatte ... na ja, noch nie Urlaub.

Es tat weh, dass ihre Mutter sie für egoistisch hielt.

Natürlich wusste sie nicht, dass Frankie hier war, um Kit zu helfen – dass Kit in Schwierigkeiten steckte. Sie würde es nicht verstehen. Mama hatte Kit über die Jahre immer wieder gesagt, teils auf taktlose Weise, dass ihr Geschmack bei Männern grenzwertig war. Dummerweise hatte ihre Mutter nicht Unrecht. Nur reagierte Kit empfindlich auf Kritik – und wenn diese Sache hier überstanden war, konnte Kit auf Mamas „hilfreiche" Bemerkungen in Bezug auf ihren Geschmack sehr wohl verzichten.

Zumindest Papà hatte Frankie dabei unterstützt, sich eine Auszeit zu nehmen, und hatte Mama Vorwürfe gemacht, da sie Frankie eher wie eine Angestellte und nicht wie eine Tochter behandelte. Aber das war Papà; er hatte ein weiches Herz. Als sie noch klein war, hatte sie sich immer gewünscht, er wäre mehr zuhause. Leider reisten berühmte Fotografen eben viel.

Und schossen Fotos von wunderschönen norwegischen Models und verliebten sich in besagte wunderschöne norwegische Models. Der Gedanke brachte Frankie immer noch zum Lachen. Es gab kein Paar, das ungeeigneter füreinander war und doch waren sie immer noch verheiratet.

Frankie seufzte. Es wäre schön, jemanden zu haben, mit dem sie über dieses Problem sprechen könnte. Jemanden, mit dem sie nachts kuscheln konnte. Jemanden, der ihr versichern würde, dass sicher schon bald alles wieder gut wäre.

Denn im Moment fühlte sie sich wirklich allein – und ertrank in Zweifeln.

Was würden diese Leute mit Kit machen, wenn Frankie zu hohe Wellen schlug?

KAPITEL DREI

S*ei die Person, für die dein Hund dich hält.* - JW Stephens

Als er das Tempo nach seinem Lauf herausnahm, spürte er, wie das Blut in seinen Adern sang. Dies war seine liebste Strecke – von seinem Roadhouse bis zum Seeufer, durch den Stadtpark zu Dantes Hütten und zurück. Es war die Nebensaison, aber die Anzahl der Touristen stieg bereits wieder an.

Dantes Pick-up und ein Sedan waren vor den vier Blockhütten geparkt, was bedeuten könnte, dass der alte Okie einen neuen Mieter herumführte.

Wunderschöner Freitag. Unter einem strahlend blauen Himmel schien die Sonne ihre Strahlen auf die Kenai Mountains. Bear Mountain und Russian Mountain im Süden waren spektakulär und so weiß, dass es ihn blendete und er blinzeln musste.

Die Temperatur war mit um die Null Grad Celsius recht kühl, sodass die Luft um ihn herum knisterte – genau das, was er brauchte, um die Albträume vom Krieg abzuschütteln.

Er riss seine Aufmerksamkeit von der Aussicht und ließ den

Blick über die Umgebung schweifen. Da Bären, die jetzt alle aus dem Winterschlaf kamen, ebenso reizbar waren wie winterdünne Elche, trug er wieder Bärenspray an seinem Gürtel.

Vom Pfad waren Stimmen zu hören.

„Ja, ich habe den verdammten Hund gerade gekauft. Berner Sennen- und Deutscher Schäferhund-Mix. Sein Besitzer starb, und der Sohn wollte den Köter nicht, also war er billig. Er meinte, das Tier kämpft wie ein Dämon, aber, meine Fresse, sieh dir das Vieh an ... wie er zusammenzuckt. Ich wurde abgezockt."

Ein zweiter Mann sprach: „Nur gut, dass du ihn hierher gebracht hast, um ihn zuerst zu testen, sonst wäre es bei einem Kampf echt peinlich für dich geworden."

Zwei weitere Stimmen schlossen sich zustimmend an.

„Wir können es nochmal versuchen", sagte einer. „Vielleicht macht er sich beim zweiten Mal besser."

Bull verlangsamte seine Schritte, ein ungutes Gefühl breitete sich in seinem Magen aus. Kampf?

„Und los!" Knurren und Fauchen vermischten sich mit Schreien. „Mach ihn alle, du verdammter Köter! Greif an!"

Oh, zur Hölle nochmal, nein. Nicht in meinem Park. Nicht in meiner Stadt.

In einer schlammigen Lichtung umkreisten sich zwei Hunde, während mehrere Männer zusahen.

Ein Hund griff an, der andere winselte, dann gingen sie aufeinander los.

Nur vier Männer. Er würde sie wahrscheinlich alle schaffen, obwohl es schön wäre, einen seiner Brüder an seiner Seite zu wissen.

Als er näherkam, sah Bull zu einem Haufen alter Eimer, die jemand im letzten Herbst hier liegengelassen hatte. Der schmelzende Schnee hatte sie enthüllt – und sie mit Wasser gefüllt. *Das sollte funktionieren.*

Er nahm einen Eimer und schüttete das eiskalte Wasser auf die Hunde.

Schockiert brachen die Tiere auseinander.

Immer noch wütend nahm Bull den zweiten Eimer Wasser und zielte auf die Männer.

„Was zur Hölle?“ Die Schreie waren befriedigend. Und dann stürmten alle vier auf Bull zu.

Okay. Er war aufgewärmt und gefechtsbereit.

Er wich dem ersten Mann aus. Ein harter Schlag in den Bauch des Kerls führte dazu, dass er sich grunzend vorbeugte, und dann kotzte der Kerl. Mein Gott.

Bull zog sich zurück, um nichts abzubekommen. Dem zweiten Mann stellte er ein Bein, damit er sich auf den dritten konzentrieren konnte. Bull drehte sich, blockte den Schlag des Dritten auf seine Schulter, bevor er ihn hart auf den Kiefer traf.

Wie ein Stein ging er zu Boden.

Der zweite Mann kam wieder auf die Beine, sodass Bull ihm seinen Stiefel in den Bauch jagte und er sich wie ein Gürteltier zusammenrollte.

Gut gemacht.

Der letzte war das Arschloch, das einen Hund gekauft hatte, nur um ihn bei Hundekämpfen antreten zu lassen – der Einzige, der nicht sofort in die Schlägerei gesprungen war. Die Augen des Mannes weiteten sich, als er plötzlich erkannte, dass er der Letzte war, der noch stand, sodass er schnell den Rückzug antrat.

„Du wolltest doch einen Kampf“, knurrte Bull, als er vorrückte. „Versuch es selbst, du feiger Bastard.“

Als Bull den schwachen Schlag des Mannes blockte, hörte er, wie seine Freunde das Schiff verließen und taumelnd das Weite suchten. Ein Hund folgte ihnen. Der andere blieb, eine Pfote angehoben.

Da er sah, wie seine Freunde flohen, brüllte der feige Besitzer seinen Unmut darüber in die Welt.

Bull hob die Faust und lächelte. „Nur mal so als Info: Wir mögen hier Hunde. Arschlöcher mögen wir jedoch umso weniger.“

„Fick dich!“ Der Typ trat einen Schritt zurück und sprintete dann seinen Freunden nach. Sein Hund blieb an Ort und Stelle.

Anstatt zu folgen, winselte der Hund und legte sich hin, während er Bull misstrauisch beobachtete. Offensichtlich gab es keine Bindung zwischen dem Hund und dem Besitzer.

Verdammt, ich habe keine Zeit für einen Hund, geschweige denn für einen Kampfhund.

Das mit Schlamm bedeckte Fell schien lang zu sein – eine Mischung aus rötlichem Braun und Schwarz. Aus verschiedenen Bisswunden, zugefügt durch den anderen Hund, trat Blut, und das Tier winselte, als Bull näherkam. Jedoch schien der Hund eher verwirrt als bösartig. *Zur Hölle nochmal.*

Bull ging auf ein Knie, streckte die Hand aus und sprach langsam und tief. „Ich weiß nicht viel über den Berner Sennenhund-Teil in dir, aber Schäferhunde sind gute Arbeitshunde. Möchtest du für ein Vorstellungsgespräch in der Eremitage mitkommen? Wir haben Hühner und ein Kind, das du beschützen kannst. Mit dem Kater müsstest du jedoch einen Waffenstillstand aushandeln.“

Bei Bulls leisen Worten spitzten sich die Ohren des Hundes, und sein Schwanz bewegte sich zaghaft hin und her.

„Andererseits könnte der Kater in dem Zustand, in dem du dich befindest, einen Kampf gewinnen“, murmelte Bull, als der Hund aufstand und ein paar Schritte vorwärts machte. Das schwarze Fell auf seinem Rücken und seinen Seiten schaffte es nicht, zu verbergen, wie dünn er war. Bull entdeckte einen Penis. Keinen Hoden.

Der Dummkopf hatte wirklich einen kastrierten Hund in einen Kampf geschickt?

„Bei uns wird es dir besser ergehen“, sagte er. „Ich schätze, ein Name für dich könnte helfen.“

Der Hund rückte näher.

„Meine Nichte steht auf diese Harry Potter-Geschichten. Ihre Katze hat sie Sirius getauft.“ Bull streckte langsam die Hand aus.

Das dicke Fell des Hundes war wie das eines Deutschen Schäferhundes gemustert. Schwarz an Rücken und Schwanz, dunkle Schnauze und Ohren, rostrot um die Augen, Wangen, Hals und Beine. Weiß markierte die Mitte seiner Brust.

Nach einer Sekunde wedelte der Hund mit dem Schwanz und senkte den Kopf, damit Bull ihn hinter den Schlappohren streicheln konnte. „Wie wäre es, wenn wir mit der Tradition fortfahren und uns von Harry Potter inspirieren lassen, um Regan auf unsere Seite zu bringen? Vielleicht Gryffindor – und kurz Gryff. Wenn Regan darauf drängt, dass du bleibst, werden Caz und JJ nichts sagen können – obwohl ich ohnehin bezweifle, dass Caz etwas dagegen hätte. Audrey hat ein weiches Herz, also wäre auch Gabe dabei."

Es war erstaunlich, dass die Eremitage, die zunächst nur von Makos Söhnen bewohnt worden war, jetzt auch Frauen und sogar ein Kind beherbergte.

„Hawk wird schwerer zu überzeugen sein, aber wenn du schön laut winselst und ihm deine Verletzungen zeigst, wird er dir sofort verfallen. Er weiß, wie es sich anfühlt, zu leiden."

Eine schwarze Nase hob sich, um an Bulls Hals zu schnuppern. Das Lecken sagte ihm, dass er sich nun einen Hund angelacht hatte. Nicht im Geringsten das, was er brauchte.

Ah, na ja. Wenigstens hatte er so ein paar Arschlöcher vermöbeln können.

Frankie stand am Freitag auf dem Parkplatz und betrachtete das Restaurant und die Bar vor ihr. Es war ein massives Gebäude aus Baumstämmen mit einem Schild auf der Vorderseite: *Bull's Moose Roadhouse.* Zum Glück sah sie in einem der Fenster ein AUSHILFE GESUCHT-Schild.

Dies war ihre letzte Chance auf einen Job.

Gestern hatte sie an ihrer To-do-Liste gearbeitet: Informationen sammeln, sich eine Unterkunft sichern und Arbeit finden.

Die Informationsbeschaffung wäre ein fortlaufender und langer Prozess. Die Postdirektorin und andere Ladenbesitzer hatte sie schnell dazu bekommen, über die Patriotischen Zeloten zu reden, die gemeinhin als PZ oder Zeloten bezeichnet wurden. Es schien, dass die Männer von der Sekte recht häufig in Rescue auftauchten. Die Frauen kamen nicht viel raus. Sie gingen nur ab und zu im Supermarkt einkaufen – mit männlichen Begleitpersonen. Die Frauen durften nicht fahren und die Kinder besuchten keine öffentliche Schule.

Wut brannte in Frankies Magen bei dem Gedanken, dass der kleine Aric den Fanatikern ausgesetzt war. Auf keinen Fall würde sie das einfach hinnehmen.

Punkt Zwei auf der Liste war leicht gewesen. Dante, der Besitzer des Lebensmittelgeschäftes, hatte mehrere Hütten am See, die er an Fischer vermietete, aber für die Zielgruppe hatte die Saison noch nicht begonnen. Gut für sie. Sie stellte ihre geistige Gesundheit in Frage, weil sie in einem rustikalen Blockhaus lebte, Dante jedoch hatte ihr versichert, dass die Chicagoerin, an die er letztes Jahr vermietet hatte, die Unterkunft geliebt hatte.

Frankie schüttelte den Kopf. Immer wenn einer der Einheimischen sie betrachtete, wusste sie, dass sie nur ein Stadtmädchen sahen.

Zumindest hatte sie keinen auffälligen New Yorker Akzent. Mit einer norwegischen Mutter und einem italienischen Vater aufzuwachsen und ständig von Models umgeben zu sein, die aus der ganzen Welt kamen, hatte in dem Punkt sicher geholfen. Wenn überhaupt, klang sie italienisch, weil sie die Sommer mit ihrer Großmutter in Italien verbracht und sie Nonna immer nachgeahmt hatte. Da Mama ihre eigene Muttersprache wie die Kleidung der letzten Saison abgeworfen hatte, war sie davon nicht begeistert gewesen.

Papà hatte gelacht und hatte ihr dann neue Schimpfwörter beigebracht.

Ihre Mutter hätte es noch mehr entsetzt, dass Frankie sich um einen Job in einer Bar bewerben wollte. Kellnern war jedoch etwas, was Frankie konnte. *Danke, Kit.* Als Kit ihr Studium aufgenommen hatte und in einem Restaurant zu arbeiten begann, war die ruhige, schüchterne Achtzehnjährige zunächst überwältigt gewesen. Also hatte Frankie auch dort angeheuert. Sie hatte nur so lange im Restaurant arbeiten wollen, bis Kit sich etwas eingelebt hatte. Frankie jedoch entschied, zu bleiben, selbst nachdem Kit sich mit dem Restaurant vertraut gemacht hatte – weil sie die Arbeit geliebt hatte. Vom Abwaschen über Tische abräumen, Kellnern und Gäste empfangen bis hin zu den Abläufen in der Küche. Ab und zu war sie sogar als Köchin eingesprungen. Ein Restaurant hatte eine ganz andere Atmosphäre als die Modelagentur ihrer Mutter, die so sehr auf Image bedacht war.

Frankie schüttelte den Kopf. Verzweifelt sehnte sie sich nach dieser Zeit zurück, in der sie ohne zu zögern, Neues ausprobiert und für sich entdeckt hatte. Die alkoholreichen Nächte, in denen sie in den Wohnheimfluren saßen und über Politik diskutierten. Die Kameradschaft bei der Arbeit im Restaurant. Die Freude, Freunde zu haben, die die gleichen Dinge mochten wie sie, die sahen, wer sie wirklich war – und sie mochten, was sie sahen.

Diese Jahre waren lange vorbei.

Sie betrachtete das Roadhouse und war sich ziemlich sicher, dass die Arbeit in einem Restaurant jetzt nicht annähernd so viel Spaß machen würde wie als College-Studentin.

Am Ende war sie jedoch nicht zum Spaß hier, oder? Dieser Ort würde ihrem Zweck dienen, da die Postmeisterin gemeint hatte, dass die Patriotischen Zeloten oft in die Bar kamen.

Zeit, den Laufsteg zu betreten und selbstbewusst zu stolzieren. Sie atmete tief ein, überquerte den Parkplatz, öffnete die Tür und trat ein.

Im Inneren war es schöner, als es von außen den Anschein

machte, und sie war froh, dass sie eine schicke schwarze Hose und ihren königsblauen Lieblingspullover trug.

Das Restaurant und die Bar waren makellos, und die Luft enthielt das verlockende Aroma von gegrilltem Fleisch. Mit goldfarbenen Wänden und Kronleuchtern aus Wagenrädern hatten die Räumlichkeiten ein alaskisches Lodge-Ambiente. Die Bar nahm etwa die Hälfte der rechten Seite des Gebäudes ein, mit einer glänzenden Holzbar an der hinteren Wand und Holztischen und -stühlen in der Mitte. An den Baumstammwänden waren riesige Geweihe angebracht, die mit Fotos von Wildtieren durchsetzt waren.

Obwohl es erst Nachmittag war, sah sie Gäste an der Bar und andere im Restaurant.

Frankie hielt im Eingangsbereich an und wartete darauf, dass jemand ihre Ankunft bemerkte.

„Oh, hallo.“ Ein junger, schlanker Mann in einem rosa Hemd kam zu ihr. Sein Namensschild las Felix. „Bar oder Restaurant?“

„Eigentlich habe ich im Fenster gesehen, dass ihr nach einer Aushilfe sucht.“

Sein Gesicht hellte sich auf. „Oh, mega! Wir sind wirklich unterbesetzt. Die Skisaison endet vielleicht, aber die Sommersaison mit den neuen Touristen kommt. Hilfe ist also nötig.“

Sie lächelte. „Perfekt. Hast du ein Bewerbungsformular oder –“

„Wylie kann jetzt mit dir reden.“ Felix winkte sie in den Raum. „Er ist ein guter Kerl. Vielleicht heute ein bisschen mürrisch. Nachtschwärmer hassen Mittagsschichten. Hätte er die Wahl, würde er nicht vor Mitternacht aufstehen.“

Großartig. Ein Bewerbungsgespräch mit einem mürrischen Kerl. Nun ja, dieser Wylie könnte nicht schlimmer sein als die Divas in der Modelagentur, schreiende Fotografen und reizbare Event-Organisatoren.

Ein paar Minuten später saß sie dem Koch mittleren Alters gegenüber. Zum Glück hatte sie sich eine Geschichte bereitgelegt, um ihren Aufenthalt in Rescue zu erklären, und so konnte sie all seine Fragen beantworten.

„Die Sache ist, dass ich immer in Großstädten gelebt habe." Was stimmte ... bis auf ihre Sommer im ländlichen Italien. „Und ich möchte eine Weile etwas anderes ausprobieren." Selbst wenn sie nicht hier wäre, um Kit zu retten, würde sie einen Besuch in Alaska genießen. Und neue Leute kennenzulernen war immer wunderbar.

Zwar musste sie ihren wirklichen Grund für ihre Anwesenheit in Rescue verbergen, trotzdem verdiente ein Arbeitgeber ein Minimum an Ehrlichkeit. „Ich bezweifle, dass ich dauerhaft bleiben werde. Stellt ihr Saisonarbeiter ein?"

„Ja, tun wir. Absolut." Wylie war glattrasiert, hatte einen kleinen Bauch, typisch für Köche, war aber ansonsten in guter Form. „Bisher haben wir noch nicht damit begonnen, uns für Mitarbeiter für die Sommersaison umzusehen. In ein paar Wochen wird es weitere offene Stellen geben. Auch für das Restaurant. Wenn du nicht bis dahin warten möchtest, habe ich derzeit von Mittwoch bis Samstagabend Schichten für eine Kellnerin in der Bar."

Genau da, wo sie sein wollte. Frankie grinste. „Geht klar. Wann fange ich an?"

„Wie wäre es mit morgen Abend?"

KAPITEL VIER

M*anchmal sind es nicht die Menschen, die sich ändern; es ist die Maske, die fällt.* - Haruki Murakami

Am Samstagmorgen war Bulls Familie hart bei der Arbeit. Der Winter auf der Kenai-Halbinsel in Alaska zog sich langsam zurück und schaffte Platz für Frühling. Jedes Jahr schien es früher zur Übergabe zu kommen, was man an den Seen und Flüssen sah, die bereits eisfrei waren. Damit war es an der Zeit, die Schneeschäden zu bewerten und alles auf Vordermann zu bringen.

Es war auch an der Zeit, einen Lagerbestand des Gefrierschrankes und der Speisekammer vorzunehmen, um das Fleisch und den Fisch des letzten Jahres vor der neuen Saison aufzubrauchen. An sich kümmerte sich jeder um seine eigenen Gefrierschränke, aber Bull hatte sich freiwillig gemeldet, um durch den in Makos Hütte zu gehen.

Bull blieb auf der Terrasse stehen und zog seine schlammigen Xtratuf-Gummistiefel aus. „Yo, Gryff. Komm rein, Kumpel. Du kannst dich auch gleich mit diesem Ort vertraut machen."

Gryff schonte immer noch seine schmerzende Pfote und

nahm die Stufen in die große zweistöckige Hütte langsam und mit Bedacht. Hell, offen und alles in einem Raum. Das Haus unterschied sich erheblich von dem winzigen, abgelegenen Blockhaus, in dem sich der Sergeant nach seinem Abschied aus dem Militär versteckt hatte. Mako, ein dekorierter Green Beret, ein Vietnam-Soldat und Drill Sergeant, hatte zwanzig Jahre dem Militär gewidmet und verschwand dann in der Wildnis, um sich allein mit seiner PTBS und Paranoia zu befassen.

Bull schüttelte den Kopf. Niemand bei klarem Verstand hätte einem verrückten Survivalist erlaubt, zu adoptieren – andererseits hatte Mako nie den Wunsch nach Kindern gehabt. Vor fast fünfundzwanzig Jahren, als der Sergeant zur Beerdigung eines Kameraden in L.A. gegangen war, hatte er nebenan Schreie gehört und war der Sache nachgegangen. Entdeckt hatte er dabei einen bewusstlosen Mann mit heruntergelassener Hose und vier verängstigte Jungen. Caz hatte immer noch den Baseballschläger in der Hand. Da sie dachten, niemand würde ihnen glauben, was passiert war, hatten die vier geplant, auf die Straße zu rennen und dort zu leben – ein Ort, der ihnen allen nicht unbekannt war. Mako bot an, die Jungen nach Alaska zu bringen und sie selbst großzuziehen.

Bull schüttelte bei der Erinnerung den Kopf. Das fasste Makos Kernglauben ziemlich gut zusammen – ein Mann beschützte die Schwachen.

Der Sarge hielt sein Wort und erzog sie auf eine Weise, sodass sie allein klarkamen. Zu starken und ehrenhaften Männern. Er wollte, dass sie zusammen arbeiteten und als Team und als Brüder kämpften.

Nachdem seine Söhne dem Militär beigetreten waren, verschlechterten sich Makos PTBS und Paranoia, sodass sie ihn überreden mussten, nach Rescue zu ziehen, wo er jemanden kannte, der mit ihm gedient hatte. Seine Paranoia ließ nicht zu, dass er in der Stadt lebte, also hatten sie ihre Ressourcen gebündelt und am Seeufer ein Grundstück erstanden. Die fünf Häuser bildeten einen Halbkreis um einen gemeinschaftlichen Hof, der dem See zugewandt war.

Mako baute sein Haus mit dem Plan, im Obergeschoss zu wohnen und das Untergeschoss für die Familie zu nutzen. Er hatte sich gewünscht, Platz für sie alle zu haben, sodass sie zu Mahlzeiten und am Abend zusammenkommen konnten. Die Geräte im Kraftraum und im Dojo konnten mit dem Equipment in Fitnessstudios mithalten.

Er wuschelte durch Gryffs Fell. „Ich vermisse den alten Kerl."

Gryff winselte und leckte Bull die Hand.

Vor anderthalb Jahren hatte Mako einen schnellen Tod gewählt, nachdem er mit Krebs diagnostiziert worden war, aber verdammt, Bull hätte sich gerne verabschiedet. Gerne hätte er dem Sarge gesagt, was er ihm bedeutet hatte ... wie viel er ihnen allen bedeutet hatte.

Aber zur Hölle nochmal, Mako hatte es gewusst. Er mochte ein verrückter Survivalist gewesen sein, doch er war auch gut darin, Menschen zu deuten. *Ich vermisse dich, Sarge.*

Jetzt war es an der Zeit, an die Arbeit zu gehen – Makos Antwort auf alles.

Ein paar Stunden später hatte Bull eine Liste, was bald gegessen und was aufgefüllt werden musste. Seltsam, wie alle Pakete mit Lachssteak und Hühnchen weg waren und weniger beliebte Artikel wie Suppenknochen zurückblieben. Ihm kam ein Gedanke ...

Er holte ein Paket heraus und grinste Gryff an. „Rate mal, was du heute bekommst, nachdem es ein bisschen aufgetaut ist."

„Hey, Bull. Bist du hier drin?" Das war Gabes Stimme.

„In der Speisekammer", rief Bull.

Gabes Schritte näherten sich der Küche. „Die Hühner legen wie verrückt Eier. Vielleicht könntest du gefüllte Eier machen? Audrey und ich haben ältere Eier im Kühlschrank."

Weil frische, hartgekochte Eier verdammt unmöglich zu schälen waren.

„Das kann ich machen.“ Bull verließ die begehbare Speisekammer, gefolgt von Gryff.

Gryff blieb abrupt stehen, als er Gabe sah.

Auch ohne Uniform wies Gabe das typische Aussehen eines Polizisten auf – mit seinen kurzen braunen Haaren und dem glattrasierten, kantigen Kiefer. Und dem misstrauischen Zynismus in den scharfsichtigen blauen Augen, die nun direkt auf den Hund gerichtet waren. „Ich denke, du hast etwas zu erzählen, Bruder.“

Bull grinste bei der Art und Weise, wie sein Bruder nach Informationen verlangte.

Als ältester von Makos Söhnen – ein Jahr, um genau zu sein – war Gabe immer ihr Anführer gewesen. Schon als Teenager hatte Gabe die Befehle gegeben, während Bull die Truppe – die anderen Jungs – und die Ressourcen zusammengehalten hatte. Der hinterhältige Caz mit seinem weichen Herzen war für die Auskundschaftung und Verletzungen verantwortlich. Hawk war schon immer eher ein Einzelgänger, sodass er als Pilot agierte – und Scharfschütze. Die Jahre in verschiedenen Streitkräften hatten diese Rollen nur gestärkt.

Und wenn man vom Teufel sprach ... auch seine beiden anderen Brüder kamen über die Terrasse ins Haus.

Als Hawk und Caz eintraten, fielen ihre Blicke sofort auf Gryff, der sogleich den Rückzug antrat, bis sein Hinterteil gegen Bulls Schienbeine krachte.

Ein Jahr jünger als Bull, kleiner und schlanker als die anderen, lächelte Caz Gryff aus seinen braunen Augen freundlich an. „Was für ein hübsches Kerlchen.“

Bull warf einen Blick auf seinen letzten Bruder. Unter den Narben und Tattoos und dem blonden Bart trug Hawk natürlich einen finsteren Blick, da er auf Veränderungen reagierte, wie er das bei einem Haufen Aufständischer tun würde, die in sein Haus eindrangen.

Kein Problem. Es gab Möglichkeiten, Hawks bewachte Burg zu erklimmen.

Bull fing die Augen des Hundes ein und entließ ein hohes, fast unhörbares Winseln.

Gryff hob die Schnauze und ahmte den Klang auf mitleiderregende Weise nach.

„*Ay, pobrecito.*" Caz ging auf ein Knie herunter und streckte eine Hand aus. Ausgebildet als Sanitäter bei den Special Forces, jetzt ein Nurse Practitioner, hatte Caz ein besonders weiches Herz für Haustiere.

Immer noch gegen Bull gedrückt, begann Gryff mit dem Schwanz zu wedeln.

„Geh und sag Hallo, Kumpel." Bull zeigte auf Caz und Gryff rückte vor ... vorsichtig und langsam. Ein Schnüffeln, ein Kraulen hinter den Ohren und schon hatte sich Caz einen neuen Freund angelacht.

„Wo hast du ihn gefunden?" Auch Gabe kniete sich hin und streckte eine Hand aus.

„Im Park. Ein paar Arschlöcher versuchten, ihn dazu zu bringen, gegen einen anderen Hund zu kämpfen – und Gryff hielt davon nicht viel. Dem Typ, der ihn gekauft hat, wurde gesagt, dass er ein großartiger Kampfhund sei."

„Er ist kastriert", bemerkte Caz.

„Jep. Als ich den Kampf auflöste und mit den Verantwortlichen ein wenig meinen Spaß hatte" – seine Brüder grinsten – „ließ der Besitzer Gryff zurück. Ich konnte den Welpen nicht dort lassen – und wir könnten einen Hund gebrauchen."

Hawk machte mit einem Schnauben klar, wie wenig er davon hielt.

Gabe rieb sich über seinen Kiefer und runzelte die Stirn. „Ich werde mich umhören und sicherstellen, dass wir in unserer Stadt keine Hundekämpfe haben."

Darauf hatte Bull gehofft. Der Polizeichef von Rescue nahm seinen Job ernst.

„Er hat etwas gelitten." Caz überprüfte bereits die Verletzungen des Hundes, während Gryff in der Hoffnung auf mehr Streicheleinheiten mit der Nase gegen Gabes Hand stieß.

„Yeah. Der andere Hund hat Gryff an der Pfote erwischt, und auch am Nacken und der Schulter. Er hat Schmerzen, Doc."

„*Sí*. Ich gebe dir etwas Salbe für ihn", sagte Caz.

„Zur Hölle nochmal, lass es mich wissen, wenn du die Bastarde wieder siehst." Hawks blaue Augen wurden weicher, und auch er fiel auf ein Knie, um sich vorzustellen.

Bull lehnte sich an die Kücheninsel und grinste seine gemeingefährlichen Brüder an. Gabe – ein pensionierter Navy SEAL wie Bull und Meister aller Waffen. Der zynische, gebrochene Hawk – Scharfschütze und Pilot für alles, was fliegen konnte. Cazador – Special Forces Sanitäter, unauffällig und tödlich mit Klingen.

Und alle drei hatten gegen die flauschigen Pfoten eines Hundes keine Chance.

„Dieses Winseln auf Befehl ist ziemlich effektiv", sagte Gabe, nachdem er bemerkt hatte, dass Bull den *Ich bin ein armer Welpe*-Sound angestiftet hatte.

„Er ist verdammt klug", sagte Bull. „Wer auch immer ihn vor dem Arschloch hatte, hat mit ihm trainiert. Es wird nicht viel brauchen, um ihm beizubringen, auf Befehl zu bellen."

Caz stöhnte. „Sag Regan ja nicht, wie –"

Als hätte er sie heraufbeschworen, hüpfte Caz' Tochter beschwingt über die Terrasse. Sie war jetzt zehn Jahre alt und hatte langes, dunkelbraunes Haar, braune Augen und hellbraune Haut – eine weibliche Miniversion von Caz. Ihre Mutter war im letzten Herbst verstorben. Als er entdeckte, dass er Vater war, hatte Caz sie in die Eremitage gebracht – und die kleine Regan hatte es geschafft, sie alle um den Finger zu wickeln.

„Das ist ein Hund." Sie blieb in der Tür stehen.

„*Sí, mija*." Caz erhob sich und streckte ihr die Hand entgegen. „Bull hat ihn gerettet. Er hat einige wunde Stellen, also sei vorsichtig, wenn du ihn streichelst."

„Oh, er ist ganz flauschig und so hübsch." Regan lief vorsichtig auf das Tier zu – und verdammt, erst jetzt bemerkte Bull, wie groß Gryff war. Der Hund wog wahrscheinlich um die zehn Kilo mehr als das Mädchen.

„Schau zur Seite, nicht direkt in seine Augen, und strecke deine Hand aus“, murmelte Caz.

Als sie es tat, kam Gryff auf sie zu. Er wedelte bereits mit dem Schwanz, denn ... ja, er wusste, dass sie nur ein Menschenwelpe war.

Regan grinste, als der Hund an ihrer Hand schnupperte, und sie quietschte, da es nicht lange dauerte, bis er über ihre Haut leckte. Gleich darauf ging Regan dazu über, den glücklichen Vierbeiner zu streicheln. „Wie heißt er?“

„Gryff – kurz für Gryffindor.“

Als der Harry Potter-Fan vor Freude quietschte, entging Bull nicht der Blick ihres Vaters, dem sofort klar war, was Bull damit bewirken wollte.

Ha! Grinsend sah Bull zu, wie Regan und Gryff einen Bund schlossen. Ihr Lächeln war riesig.

Es gab Tage, an denen er seinen Bruder wirklich beneidete. Caz hatte nicht nur Regan, sondern auch eine unglaublich starke Frau mit einem großen Herzen gefunden. Apropos ...

„Wo ist JJ?“, fragte er Caz und warf dann einen Blick auf Gabe. „Und Audrey?“

„JJ hat mit dem Packen angefangen.“ Caz wirkte amüsiert. „Zwei Wochen wegzufahren, bedeutet anscheinend, dass einiges an Planung erforderlich ist, um zu entscheiden, was mitgenommen werden soll.“

„Ah, ich habe vergessen, dass es am Montag losgeht.“ Die Polizistin musste nach Sitka, wo ihr alle Nuancen der Strafverfolgung in Alaska nähergebracht werden sollten.

„Lillian hat Audrey mit ihrer speziellen Düngemittelmischung bestochen, um im Gegenzug Hilfe beim Umpflanzen von Setzlingen in größere Töpfe zu bekommen“, sagte Gabe. „Sie wird erst in ein paar Stunden zurück sein.“

„Oder noch später, wenn sie kleine Setzlinge zum Spielen hat.“ Bull grinste. Gabes Freundin Audrey hatte sich Hals über Kopf in die Gartenarbeit verliebt. Lillian, deren arthritische Knie nichts davon hielten, auf dem kalten Boden zu knien, liebte die junge Frau und hatte das Stadtmädchen unter ihre Fittiche genommen.

„Da ihr alle hier seid und ich einen Überschuss an Elchsteak im Gefrierschrank gefunden habe und wir zu viele Eier haben, wie wäre es mit paniertem Steak und gefüllten Eiern?“, fragte Bull.

„Ich bin dabei“, murmelte Hawk. Er liebte alles, was mit Country einherging, vom Essen bis zur Musik.

„Kann ich helfen?“, bot Regan hoffnungsvoll an.

Bulls Herz nahm die Konsistenz von Pudding an. Als ob jemand zu diesen großen braunen Augen *Nein* sagen könnte. „Ich würde nicht im Traum daran denken, ohne meinen Junior-Souschef für eine Gruppe zu kochen.“ Er deutete auf die Küche. „Lass mich dir zeigen, wie wundervoll *Gravy* ist.“

Bevor Regan aufstehen konnte, beugte sich Gabe vor und flüsterte ihr ins Ohr: „Schau, ob du ihn dazu überreden kannst, dazu *Biscuits* zu machen.“

Bull lächelte, denn dazu musste er nicht überredet werden. Es gab nichts Befriedigenderes, als Menschen zu verköstigen – vor allem seine Familie.

In dieser Nacht fuhr Bull hinter dem Roadhouse auf den Parkplatz, stieg aus und ließ seinen Blick über die Umgebung schweifen. Sein Affengeist nahm etwas wahr. Jemand beobachtete ihn, doch wer auch immer es war, Gefahr nahm er nicht wahr. Andererseits war er durch seinen Schlafmangel vielleicht paranoid. Verdammte PTBS. Er hatte das Militär vor gut sieben Jahren verlassen. Sollten die DD-214-Entlassungspapiere nicht mit der Flucht vor Albträumen einhergehen?

Zumindest hatte Gryff ihn geweckt, bevor er zu weit in den Abgrund hinabgestiegen war. *Gutes Hündchen.*

Mit verengten Augen überprüfte Bull den Bereich auf Bewegung. Schien alles ruhig. Beim Roadhouse war der Terrassenbereich mit Blick auf den See noch nicht für Gäste geöffnet. Dann erregte Bewegung seine Aufmerksamkeit. In der Nähe des bewaldeten Weges zum Stadtpark standen zwei Personen Hand in Hand und sahen auf das Wasser.

Die Musik aus der Bar wehte bis in die Nacht, zusammen mit den Stimmen der Gäste. Wie es klang, war das Roadhouse heute gut besucht. Dann mal los. Sein Platz war für den Abend hinter der Bar.

Das Roadhouse passte gut zu ihm, da er zwischen Schichten an der Bar und in der Küche als Koch wechseln konnte. Zudem waren Tage im Büro von Nöten, wenn Papierkram anstand. Verdammter Papierkram. Da er zwei weitere Restaurants und eine Brauerei besaß und sich auch um die Verwaltung von Makos Vermögen kümmerte, gab es in dem Punkt immer viel zu tun.

Vielleicht sollte er sich wieder verpflichten?

Rechts von ihm öffnete sich knarrend eine Autotür. „Bull!"

Seine Muskeln spannten sich an. *Oh, verdammt.* Nun ja, jetzt wusste er, wer ihn beobachtet hatte.

Seine Ex-Frau Paisley eilte über den Parkplatz. Ihre blauen Augen strahlten, ihr Lächeln könnte nicht breiter sein. Sie klatschte erfreut in die Hände. „Schatz, es ist so schön, dich zu sehen!"

Der war gut. Er presste die Lippen zusammen. Einst war er kein zynischer Bastard gewesen, aber seine erste Frau und verschiedene Freundinnen waren ernüchternd gewesen. Seine zweite Frau Paisley hatte sich dann als das Sahnehäubchen auf dem Kuchen der Ernüchterung herausgestellt.

Da er ihrer Umarmung nicht ausweichen konnte, ohne sie wegzustoßen, drehte er den Kopf, um dem gezielten Kuss auf seine Lippen zu entgehen. Selbst der Wind vom See konnte seinen Ärger nicht abkühlen. „Was willst du, Paisley?“

„Oh, Liebling, sei nicht böse auf mich.“ Sie ignorierte seinen Schritt zurück und tätschelte seinen Arm, dann seine Brust.

In seine Selbstbeherrschung mischte sich Gereiztheit. „Um Himmels willen, Frau, wenn sich eine Person von dir entfernt, ist das eine höfliche Art, zu sagen, dass man nicht berührt werden will. Welchen Teil davon verstehst du nicht?“

Sie starrte ihn mit einem verletzten Ausdruck auf dem Gesicht an. „Du liebst meine Berührung und willst immer meine Küsse und Liebe mit mir machen.“

„Nicht. Mehr.“ Er trat einen weiteren Schritt zurück und verschränkte die Arme vor der Brust. Verdammt, sie waren seit über zwei Jahren geschieden.

„Aber ...“

„Was willst du hier?“ Der Kampf um Geduld erinnerte ihn an den Marsch in voller Ausrüstung durch den endlosen Sand in Afghanistan.

Sie spielte mit einer Locke ihres Haares und sah durch ihre Wimpern zu ihm auf. „Ich vermisse dich, Bull. Ich möchte dich zurück.“ Ihre Stimme senkte sich zu einem Flüstern. „Ich denke, wir haben einen Fehler gemacht.“

Wir haben einen Fehler gemacht? Er starrte sie ungläubig an. Hatte sie das alles so leicht vergessen können? Er hatte das ganz sicher nicht.

Er war so verliebt in sie gewesen. So verdammt blind. Er hatte es ignoriert, wenn sie sagte, sie hätte eine weitere Hausbesichtigung geplant und würde später nachhause kommen. Er hatte den gelegentlichen Hauch eines unbekannten Aftershaves ignoriert, wenn er nach einem langen Tag ihren Hals geküsst hatte, da sie schwor, dass sie ihren Hals berührt hatte, nachdem sie jemandem die Hand geschüttelt hatte. Obwohl er wusste, dass sie wie eine Besessene ihr Handy checkte, hatte er die Zeiten entschuldigt, in denen sie seine Nachrichten stundenlang nicht beantwortet hatte.

Bis eines Tages ...

Bis er plötzlich Probleme beim Pissen hatte, zum Arzt gegangen war und ihm gesagt wurde, dass er eine Geschlechtskrankheit hatte.

Nachdem er ihr ein paar Tage nachgestellt war, musste er herausfinden, dass Loyalität und Treue für sie nur Worte waren, übergezogen, um zu bekommen, was sie wollte, ignoriert und weggeworfen wie eine Handtasche, die nicht mehr im Trend war.

Und jetzt stand sie vor ihm und erzählte etwas davon, dass sie *beide* Fehler begangen hätten?

Der einzige Fehler war, dass er sie geheiratet hatte.

Er knirschte mit den Zähnen, um sie nicht mit Sarkasmus zu attackieren. Was würde das schon bringen?

Nach einem tiefen Atemzug sagte er in einem ruhigen Ton: „Paisley, wir werden nicht wieder zusammenkommen. Wir hatten dieses Gespräch bereits." Ein Gespräch, bei dem er ihr klar gemacht hatte, dass er nie mit jemandem eine Beziehung führen konnte, dem er nicht vertraute – und sie war daran schuld, dass sein Vertrauen in sie gebrochen wurde. Unwiederbringlich.

„Aber ... aber ich vermisse dich. Ich brauche dich." Sie packte seinen Arm und klammerte sich fest. „Du liebst mich. Das hast du gesagt."

„Es ist vorbei. Ich liebe dich nicht." Er löste ihre Finger von seinem Arm. „Geh nachhause und komm nicht zurück."

Als sie in Tränen ausbrach, verschloss er sein Herz und wandte sich ab.

Er öffnete die Hintertür zum Roadhouse und hörte, wie sich jemand räusperte. Oh, fuck, jemand hatte diese Szene mit angesehen? Zur Hölle nochmal.

„Mein Junge, geht es dir gut?" Lillians britischer Akzent war so klar, als würde sie noch immer Stücke von Shakespeare im Londoner West End aufführen.

„Hey, ihr zwei." Bull schüttelte den Morast seiner Vergangenheit ab, drückte seine Schultern durch und lächelte Lillian und den drahtigen, weißhaarigen Mann neben ihr an. „Ja, mir geht's gut."

Lillian runzelte skeptisch die Stirn.

Zeit für ein Ablenkungsmanöver. „Du siehst toll aus, Lillian." Sie war nach London zurückgekehrt, um sich einer zweiten Knieoperation zu unterziehen und sich dort zu erholen. Die Winter in Alaska und Gehhilfen kamen nicht gut miteinander aus. „Ich sage dir was: Wenn Dante dich nicht gut behandelt, lass es mich wissen, und ich nehme seinen Platz ein."

Lillians Lächeln löste die Sorge aus ihrem Gesicht.

„In deinen Träumen, Junge." Dante, Makos alter Freund, war fast siebzig, aber so zäh wie altes Schuhleder. Abwesend zog er an seinem Bart und beobachtete, wie Paisley mit ihrem Wagen vom Grundstück jagte und in ihrer Eile Kies und Dreck aufwirbelte. „Deine Ex-Frau?"

So viel zu einer Ablenkung. „Ja, das ist sie." Bull fuhr mit der Hand über seinen rasierten Schädel. „Ich muss zugeben, ich war ein Narr. Ihre Schönheit hat mein Gehirn funktionsunfähig gemacht; es hat eine Weile gedauert, bis mir ein Licht aufgegangen ist."

„Das passiert jedem mal." Dante schlug ihm auf die Schulter. „Irgendwann lernst du, dass das, was du von einem Partner brauchst, ähnlich zu dem ist, was du von einem Kameraden erwartest – jemand, der an deiner Seite kämpft. Ein Partner, der dir den Rücken freihält und auf den du dich verlassen kannst."

Der alte Soldat lächelte Lillian an. „Ein Sinn für Humor ist auch nicht das Schlechteste."

„Du kahlköpfiger, alter Narr", murmelte die Britin. Die Art, in der sie ihren Kopf an seinen Arm lehnte, widersprach der Beleidigung.

Neid machte sich in Bull bemerkbar. Diese mühelose Zuneigung hatte er sich von Paisley erhofft. Und doch ... hatte er das nicht.

„Genießt euren Abend, ihr zwei." Bull schaffte ein Lächeln

und zeigte mit dem Finger auf Dante. „Lasst bloß keine gebrauchten Kondome auf meinem Parkplatz liegen."

Er trat durch die Tür zu den Geräuschen von Dantes Stottern und Lillians Lachen.

Nachdem er die Jeansweste übergezogen hatte, die als Uniform für sein Roadhouse diente, ließ er den Blick durch die Bar schweifen. Sehr nett. Die Kronleuchter aus Wagenrädern, die Geweihe und das künstlich gealterte Holz sorgten für eine freundliche Atmosphäre. Das Sägemehl auf dem Boden, um ein nostalgisches Ambiente zu vermitteln, hatte die ersten Monate nicht überlebt. Mittlerweile war es zu viel Arbeit, es wegzufegen.

Da er nur am Wochenende eine Band engagierte, war die winzige Tanzfläche oft Platzverschwendung. Die erhöhte Bühnen- und Sound-Ausrüstung war jedoch nützlich für die Aktivitäten, die er während des langen und schneereichen Winters ausprobiert hatte, als die Menschen Unterhaltung brauchten. Karaoke, Poesie- und Buchlesungen und auch Open-Mic-Nächte für Musik hatten sich Publikumsmagnet erwiesen.

Hinter der Bar rief Bull dem anderen Barkeeper zu: „Ich nehme diese Hälfte, Raymond."

Der Kanadier Raymond Yang sparte gerade für das Masterprogramm im nächsten Jahr. Er warf Bull einen gestressten Blick zu. Sein schulterlanges schwarzes Haar, von dem seine taiwanesische Mutter ihm immer wieder sagte, er solle es abschneiden, hatte sich aus dem Lederband gelöst. Sein langärmeliges Hemd hatte nasse Flecken am Ärmel. „Es ist verrückt heute Abend."

Gut. Genau, was ich brauche. Er rieb die Hände aneinander. „Klingt nach Spaß."

Einer der Kellner, Felix, trat an die Bar. Der blonde junge Mann steckte heute in einem Metallic-Hemd. Die Jeansweste schaffte es kaum, das extravagante Kleidungsstück zu dimmen. Grinsend schob er den Notizblock mit seinen Bestellungen zu Bull. „Du bist spät dran, Boss."

„Ja, das tut mir leid." Bull hatte sich zu Beginn um Felix

gesorgt, der offen mit schwulen Stereotypen spielte und sagte, er ziehe es vor, dass die Leute genau wussten, wo er stand. Er hatte mehr als ein paar Kämpfe verursacht, aber verdammt, es gab eindeutig mehr Männer, die in diese Richtung schwangen, als Bull bewusst war. Schließlich mangelte es Felix niemals an Partnern.

Bull behielt ihn jedoch im Auge. Der Sarge hatte ihm beigebracht, dass ein Mann auf die Leute in seinem Team achtgab.

Mit der Energie im Raum, die wie Champagner sprudelte, würde das sicher ein guter Abend werden. Als Bull die Getränkebestellungen erfüllte, scherzte er mit einigen der Gäste, verteilte Komplimente an andere und unterhielt sich mit den ruhigeren.

Der schönste Beruf der Welt. Abgesehen vom Kochen. Und Unternehmen zu führen und –

„Bull, mein Lieblings-Barkeeper!" Eine Masseurin aus dem *McNally's Resort* schenkte ihm ein breites Lächeln und warf ihre Haare verführerisch über ihre Schulter.

Seine Stimmung verschlechterte sich leicht.

Die Freundin der Frau, ebenfalls eine Angestellte im *McNally's*, beugte sich vor und drückte ihre großen Brüste gegen die Bar. „Jetzt, da die Skisaison vorbei ist, wirst du uns hier öfter sehen."

„Schön zu hören", antwortete er. „Eine Pause zwischen den touristischen Hochzeiten ist immer nett."

Die Masseurin griff über die Bartheke, um zu versuchen, seinen Arm zu streicheln.

Er tat so, als würde er den Versuch nicht bemerken, und verließ ihre Reichweite, dankbar für die Theke zwischen ihnen.

Ich mag Menschen. Wirklich, das tue ich. Zugegeben, manchmal wünschte er sich, dass die Menschen nicht diejenigen des weiblichen Geschlechts einschlossen, die ihn ohne Erlaubnis antatschten. Eigentlich sollte der persönliche Bereich einer Person stets respektiert werden, unabhängig von den beteiligten Geschlechtern. „Kann ich euch irgendetwas bringen?"

„Nein, wir warten nur auf ein paar Nachos von der – oh, da sind sie schon", antwortete die Frau.

„Ma'am, hier ist Ihre Bestellung." Die brünette Kellnerin stellte einen Teller Nachos auf die Bartheke, ihre ganze Aufmerksamkeit galt den Gästen. Sie schaute Bull nicht einmal an.

Er neigte den Kopf und musterte sie, als sie sich um die Zahlung kümmerte. Wylie hatte erwähnt, dass er neue Kellner eingestellt hatte.

Faszinierend aussehende Frau. Gewöhnlich groß und voluminös statt schlank. Sie trug die Jeansweste des Roadhouse über einem blauen Hemd. Ein Kellnergürtel aus Leder schlängelte sich durch die Schlaufen ihrer schwarzen Jeans. Goldfarbene Ohrringe funkelten vor dunkelbraunen Haaren in einem langen, geflochtenen Zopf, der bis auf die Mitte ihres Rückens fiel. Von dem, was er sah, trug sie kein Make-up, und ihre wunderschönen braunen Augen mit den atemberaubend langen, schwarzen Wimpern hatten die Farbe von geschmolzener, dunkler Schokolade.

Sie hatte ein markantes Gesicht mit einem durchsetzungsfähigen Kinn ... und ihr perfekt geschwungener Mund war dazu gemacht, zu lächeln.

Er wollte sie lächeln sehen.

Als sie ihn jedoch ansah, bekam er leider nichts. Rein gar nichts. Tatsächlich waren ihre großen Augen kalt. Wie es schien, hatte diese Schönheit kein Interesse daran, mit ihm zu flirten. Nachdem sie ihn für ein paar Sekunden ausdruckslos angesehen hatte, drehte sie sich um und verschwand in der Menge.

Mit dem Daumen und dem Zeigefinger strich er zu beiden Seiten seines Mundes über seinen Spitzbart, sein Blick noch immer auf ihr.

Interessant. Mochte sie Männer mit rasierten Köpfen nicht? Oder war die Farbe seiner Haut eine Nuance zu dunkel?

Oder standen Barkeeper einfach auf ihrer schwarzen Liste? Wenn ja, hatte sie sich eindeutig den falschen Beruf ausgesucht.

Sie blieb an einem Tisch stehen, um Bestellungen entgegenzunehmen und mit den Kunden zu sprechen. Und da war es ...

Er behielt Recht – ihr Lächeln war wunderschön.

. . .

Dieser Mann ist hier. Der Mann, der zu dieser Frau auf dem Parkplatz so gemein gewesen war. Und er war ein *Barkeeper*.

Vorhin in ihrer Pause war Frankie raus gegangen und um das Gebäude spaziert, wo sie Zeuge davon wurde, wie der riesige – und verdammt heiße – *Bastardo* das Herz seiner Liebhaberin unter seinem Stiefel zu Matsch verarbeitet hatte. Als wäre sie nichts wert.

So wie Jaxson es mit mir getan hat. Frankies Mund spannte sich an, denn ihr wurde bewusst, wie sehr das Parkplatzdrama dem Moment ähnelte, als Jaxson mit ihr Schluss gemacht hatte.

Wie viele Nächte hatte sie sich bei der Erinnerung an die bösen Worte ihres Ehemannes – ihres Ex-Ehemannes – in den Schlaf geweint?

„Hey, wir hatten gute Zeiten, und verdammt, ich weiß, dass dir der Sex gefallen hat. Du dachtest doch nicht ernsthaft, dass die Sache zwischen uns halten würde, oder? Ich meine, ich mag dich – ich habe dich schließlich geheiratet –, aber dieses Zusammenleben funktioniert nicht für mich. Für mich wird es Zeit, weiterzuziehen."

Weiterziehen? Er wollte sie verlassen? „A-Aber du liebst mich, Jax. Das hast du gesagt." Sie bewegte sich ... irgendwie. Ihre Beine fühlten sich nicht mehr so an, als gehörten sie ihr. Sie legte die Hand um seinen Arm und starrte zu ihm auf.

Mit einem gereizten Geräusch schüttelte er sie ab. „Du bist nett. Hübsch und so. Wirklich. Ich habe nur irgendwie gemerkt, dass ich dich nicht liebe. Ja, du verdienst jemand Besseres. Meinst du nicht auch?"

Er liebte sie nicht.

Aber sie hatten sich erst letzte Nacht geliebt. Sie schlang ihre Arme um sich selbst und hoffte so, gegen die plötzlich eintretende Kälte anzukommen. In ihrem Herzen. Hatte er sich gezwungen, Sex mit ihr zu haben?

Ihre Hände ballten sich zu Fäusten. „Hast du mich jemals geliebt?"

Er errötete, und das Dunkelrot auf seinen gemeißelten Wangenknochen machte ihn nur noch gutaussehender. Beim ersten Date hatte sie sich gefragt, was er in ihr sah. Immerhin war er atemberaubend, ein Mann, der …

… ein Star unter den männlichen Models sein könnte.

Oh. Sie starrte ihn an, als sich die Zukunft, die sie sich mit ihm vorgestellt hatte, vor ihren Augen in Luft auflöste.

Mama hatte ihn letzten Monat bei der Agentur unter Vertrag genommen und gesagt, da er nun zur Familie gehörte, verdiene er eine Chance. Jetzt würde er in der bevorstehenden Modenschau über den Laufsteg laufen. Überall war er schon zu sehen.

Ihre Lippen fühlten sich taub an. „Du hast bekommen, was du von mir wolltest – einen Vertrag mit der Bocelli Agency –, und nun lässt du mich fallen."

„Meine Fresse, stell dich nicht so an. Wir hatten unseren Spaß. Jetzt ist es an der Zeit, die Sache zu beenden." Schließlich ging er. Aus der Tür raus. Aus der Ehe.

Als das durchdringende Lachen einer Frau von einem Tisch in der Nähe der Bar an ihre Ohren drang, schüttelte Frankie den Kopf und versuchte so, den Erinnerungen zu entkommen. *Cavolo*, diese hässliche Szene auf dem Parkplatz brachte alles zurück, als wäre es erst gestern passiert, dass Jax sie mit seinen Worten und seiner Gleichgültigkeit in Stücke gerissen hatte.

Genau wie der Barkeeper es mit seiner Geliebten getan hatte.

Frankie hatte gehofft, er sei ein Tourist. Jemand, den sie nie wieder sehen müsste. Stattdessen arbeitete er hier in der Bar. Wie scheiße war das denn bitte?

Sie nahm Bestellungen für Getränke entgegen und flüsterte auf dem Weg zum nächsten Tisch die Beleidigungen, die sie gerne ihm an den Kopf werfen würde: „*Brutto pezzo di merda, bastardo*."

Der Bastard war definitiv ein Stück Scheiße.

„*Vai a farti fottere*."

Ja, er konnte sie wirklich mal kreuzweise.

Sie konnte sehen, warum sich diese Frau in ihn verliebt hatte, denn der Kerl war verdammt heiß. Angefangen mit dieser sexy Stimme. Hinzu kam das Aussehen: riesig und so viele Muskeln.

Seine Haut war nur etwas dunkler als ihr italienischer Teint. Seine hypnotisierenden schwarzen Augen, die rasierte Kopfhaut und der schwarze Spitzbart um Mund und Kinn, in den sich ein wenig Silber einschlich, machten ihn ganz Mann.

Niemand, der ihn sah, würde vermuten, was für ein Arschloch er war. Doch fünf Minuten, nachdem er eine Frau, die ihn liebte, emotional ausgeweidet hatte, flirtete er schon wieder mit jeder Frau an der Bar. Das typische Verhalten eines oberflächlichen, herzlosen Womanizers, wie es auch ihr Ex war.

Nicht weit von ihr fing sie Felix' Blick ein. „Du machst dich gut, Frankie."

Sie lächelte. Der quirlige Kellner war so ein Schatz. Er hatte ihr heute an ihrem ersten Tag gezeigt, was sie über den Job wissen musste.

Nachdem sie eine Weile gearbeitet hatte, bemerkte sie, dass Getränkebestellungen plötzlich schneller fertig waren. Der neue Barkeeper war sehr effizient. Und selbst wenn sie es nicht zugeben wollte, hatte seine Gegenwart die Stimmung in der Bar verändert. Alle schienen freundlicher zu sein. Glücklicher.

Als sie zur Bar ging, rutschten zwei Personen auf leere Hocker – eine kurvige Blondine und ein schwarzhaariger Mann, der sie an einen jungen Antonio Banderas erinnerte.

„Guten Abend", begrüßte sie die beiden.

„Wie ich sehe, hat das Roadhouse eine neue Kellnerin. Willkommen in Rescue. Wie lange bist du schon in der Stadt?" Der Mann hatte eine geschmeidige Stimme mit einem spanischen Akzent.

Flirtete er mit ihr? Nein, er wirkte einfach nur freundlich. „Heute ist mein dritter Tag in Rescue."

„Oh, ich wette, du bist die Frau, die eine Hütte von Dante gemietet hat." Als Frankie nickte, streckte die Blondine ihre Hand aus. „Ich bin Audrey. Ich leite die Bibliothek – und helfe manchmal auch hier aus."

„Frankie." Sie schüttelte Audreys Hand. „Freut mich."

Audrey deutete auf den Mann neben ihr. „Caz, allgemein bekannt als Doc, leitet die Klinik."

„*Chica*, ich bin kein Arzt." Er runzelte die Stirn. „Wie hast du es geschafft, Gabe davon zu überzeugen, dass du so süß bist?"

Sie lächelte. „Liebe! Sie ist blind."

Lachend drehte sich Frankie um, um nach den Barkeepern zu sehen. Immer noch beschäftigt. Sie lächelte Caz und Audrey an. „Ihr habt hier eine sehr freundliche Stadt."

Es hatte sie überrascht, wie sehr sie es genoss, hier zu sein – und sogar in einer Bar zu arbeiten. Getränke zu servieren, war viel besser, als sich den ganzen Tag mit Models, Fotografen und Agenten herumzuschlagen.

„Sehr freundlich, besonders jetzt. Nach einem langen Winter in Alaska freuen sich alle, neue Gesichter zu sehen", sagte Caz.

„Das glaube ich." Bevor sie mehr sagen konnte, nahm ihr der große Arschloch-Barkeeper den Zettel mit den neuen Getränkebestellungen aus der Hand und grinste Audrey und Caz an. „Wo ist Gabe?"

„Er ist auf dem Weg", sagte Audrey. „Er war noch mit Papierkram und Budgets beschäftigt."

„Also das ist einfach traurig." Der Barkeeper blätterte durch Frankies Notizen.

„Hey, Caz ist hier", rief jemand weiter unten an der Bar und schlug dann auf die Theke. „Lied, Lied, Lied!"

„*No mames, güey*." Caz hob verärgert die Hände.

Die Anfeuerungsrufe breiteten sich in der ganzen Bar aus. „Lied, Lied, Lied!"

Trotz der Worte, die Frankie übersetzt hatte, und die so viel bedeuteten wie *„Ist das euer Ernst, Leute?"*, seufzte Caz resigniert und fragte Audrey: „Bist du dabei?"

Kichernd schüttelte sie den Kopf. „Mein Hals tut etwas weh. Lillian hat mich dazu gebracht, ein Buch für die Vorschulkinder aufzuführen."

Frankie lehnte sich an die Bar. Was um alles in der Welt ging hier vor sich?

Mit einer Hand zapfte der Barkeeper ein Bier, mit der anderen schob er ein kabelloses Mikrofon über die Bartheke. „Du bist dran, Doc. Ich bin für *Hakuna Matata*."

Caz seufzte und griff nach dem Mikro. „Du schuldest mir was, *'mano*. Dieses Bier sollte besser kalt sein."

„Immer."

Bei dem umwerfenden Lächeln des Barkeepers setzte Frankies Herz einen Schlag aus. *Cribbio* – meine Güte. All diese intensive, selbstbewusste Männlichkeit war einschüchternd.

Sie zwang sich, den Blick von ihm abzuwenden und sah, wie Caz das Mikrofon einschaltete, bevor die Melodie von *Der König der Löwen* startete.

Als der Barkeeper selbst ein Mikrofon in die Hand nahm und sang, klappte Frankies Kinnlade herunter. Der Mann hatte eine wunderschöne Bassstimme.

Die beiden waren spektakulär. Sie sangen im Einklang, fügten ihre eigenen Soundeffekte hinzu, und als sie den Refrain erreichten, winkte der Barkeeper dem Raum zu und schrie: „Ihr Bastarde habt genug getrunken! Singt mit, sonst gibt es keinen Alkohol mehr!"

Gelächter wehte durch den Raum, und die Anwesenden begannen zu singen.

Frankie konnte sie alle nur anstarren. Es war erstaunlich.

Als sie zum Servieren von Getränken zurückkehrte, sangen Caz und der Barkeeper ein weiteres Lied, und dieses Mal warteten die Kunden nicht auf eine Einladung.

Nach einer Weile kam sie wieder zur Bar und die Musik sprudelte immer noch durch ihre Adern. Auch sie hatte mitgesungen. Jeder in diesem Etablissement lächelte.

„Das war unglaublich", sagte sie zu Audrey, als sie die Notizen mit den Getränkebestellungen auf die Theke legte.

Audrey grinste. „Es macht Spaß, oder?"

„Kommt das häufiger vor? Er" – Frankie deutete auf den riesigen Barkeeper – „arbeitete weiter, während er sang, und schien sich nichts dabei zu denken."

„Er und seine Brüder haben schon als Kinder immer zusammen gesungen." Audrey nahm einen Schluck von ihrem Drink. „Noch mehr als der Rest denkt Bull, dass Musik dazu bestimmt ist, geteilt zu werden."

„Bull? Er heißt Bull?" Frankie machte eine Bestandsaufnahme des Barkeepers. Mindestens einen Meter neunzig groß und muskelbepackt. Es gab einen Wrestler/Schauspieler namens The Rock, und Bull war wie Dwayne Johnsons größerer, tödlicherer Bruder. Viel tödlicher. Trotz des immerwährenden Lächelns des Mannes waren diese dunklen Augen wachsam und sahen alles, was in dem Raum vor sich ging. Seine Haltung und seine Körpersprache wiesen darauf hin, dass er immer gefechtsbereit war. Ja, sie nahm an, dass er ein paar hässliche Sachen durchgemacht hatte. „Bull scheint ein guter Name für ihn zu sein."

„Anscheinend hatte er als Kind eine Begegnung mit einem Elchbullen, und er wollte in den Namen hineinwachsen."

„Eine Begegnung? So nennen wir das also?" Ein Mann legte seinen Arm um Audrey, küsste ihre Wange und grinste Frankie an. „Der Elch jagte Bull nach, durch die Bäume und den Wald und hätte ihn zu Brei verarbeitet, wenn Mako – unser Vater – ihn nicht niedergeschossen hätte."

„Warte mal – was? Er wurde als Kind von einem Elch gejagt?" Frankies Augen sprangen wahrscheinlich gerade aus ihrem Kopf.

„*Viejo*, du machst der *Cheechako* Angst", tadelte Caz.

„Tut mir leid." Audreys Mann gluckste. „Der Elch hat ihn nicht erwischt. Danach hat sich Bull allerdings halb totgelacht."

„Natürlich hat er das." Audrey rollte mit den Augen. „Wenn es um Gefahr geht, habt ihr Idioten kein Fünkchen Verstand. Kein bisschen."

„So fies, Champ", sagte Bull zu Audrey, bevor er den letzten Drink auf Frankies Tablett stellte. „Frankie ist dein Name, ja?"

Sie nickte, ihr Gesichtsausdruck unterkühlt. Er mochte ein fantastischer Barkeeper mit einer interessanten Vergangenheit und einer tollen Stimme sein, aber er war auch ein *Bastardo*, der Herzen brach.

„Alles okay bei dir? Irgendwelche Probleme bisher?“ Seine dunklen Augen hielten Besorgnis. Als ob er jeden Gast zu Brei verarbeiten würde, der ihr Ärger machte.

Was ... nett war, aber sie wollte weder seine Sorge noch seine Aufmerksamkeit und war versucht, ihm den Grund dafür zu sagen.

Nein, Frankie. Sie brauchte diesen Job und ihr Temperament von der Leine zu lassen, wäre wohl ein sicherer Weg, um vor der Tür zu landen. Sie konnte höflich sein und mit diesem Mann arbeiten.

Warum aber musste er so sexy sein?

„Keine Probleme. Alle sind bisher großartig.“ Widerwillig fügte sie hinzu: „Danke.“

Er nahm die kühle Brise von ihr wahr, und sie sah, wie er sich anspannte, nickte und dann wieder an seine Arbeit zurückkehrte.

„Wow, ich wusste nicht, dass es auf dieser Welt jemanden gibt, der Bull nicht mag.“ Audrey klatschte beide Hände über den Mund. „Sorry.“

„Es ist –“ Sie konnte es ihr nicht erklären. Frankie zuckte mit den Schultern.

Belustigt streckte Audreys Mann seine Hand aus. „Ich bin Gabe MacNair, Polizeichef hier – und ich werde dich nicht verhaften, weil du den Barkeeper nicht magst.“

Frankie erstarrte. In Kits Brief war davon die Rede gewesen, dass einer der Polizisten in Rescue zu den Zeloten gehörte. „Okay, ich bin froh, dass ich nicht eingesperrt werde. Es freut mich, Chief.“ Sie schaffte es, zu lächeln und ihm die Hand zu schütteln. „Jetzt sollte ich mich besser darum kümmern, dass die Getränke an den Mann kommen.“

Sie hob ihr Tablett auf und ging zu ihrem Bereich, während

die Szene aus *Die Ritter der Kokosnuss* in ihrem Kopf abspielte, wo die Ritter schreiend davonliefen.

Nachdem sie die Getränke an ihre durstigen Gäste ausgeliefert hatte, ließ sie den Blick über ihren Bereich schweifen, wischte Tische ab und sammelte leere Gläser ein. Es gab nicht viele schmutzige Gläser, da der Restaurantbereich geschlossen hatte und der Geschirrabräumer jetzt hier seine Runden drehte.

Frankie entdeckte drei Männer, die sich an einen Ecktisch setzten, und machte sich in die Richtung auf.

Ein Mann war ein großer, dünner Rothaariger mit einem langen Bart. Einer war klein und schlank mit kurzen braunen Haaren und einem ebenso kurzen Bart. Der dritte hatte einen schwarzen Buzzcut und war glattrasiert. Alle drei trugen Stiefel, Jeans und Arbeitshemden.

Als sie die Männer anlächelte, bemerkte sie, dass Felix in ihren Bereich trat. „Willkommen im Roadhouse, meine Herren. Was kann ich euch zu trinken bringen?"

Der rotbärtige Kerl sah sie anzüglich an. „Stehst du auf der Speisekarte?"

Mannaggia, mussten sich die Kellner jeden Abend mit solchen flachen Anmachsprüchen herumschlagen?

„Nein." Sie machte sich nicht die Mühe, ihre Antwort zu mildern. Sie hob die Augenbrauen, wartete und schwebte mit dem Stift über dem Notizblock.

Obwohl der Rothaarige sie finster ansah, sagten sie ihr, was sie gerne hätten, ohne weitere dämliche Kommentare abzugeben.

Als sie sich abwandte, sprachen die Männer darüber, dass Frauen sich heutzutage zu wichtig nahmen, da sie schließlich nur dazu geschaffen wurden, Männern zu dienen.

Sie hielt kurz inne. *Merda*. Ja, was für eine Scheiße. Das war der gleiche Unsinn, den Obadiah zu Kit gesagt hatte. Könnten diese Männer zu den Patriotischen Zeloten gehören? Anstatt sie wie gruselige, sexistische Arschlöcher zu behandeln, hätte sie höflich sein und sich auf das Gerede einlassen sollen. So hätte sie ein paar Fragen stellen und ein Gefühl für sie bekommen können.

„Frankie, Babe." Felix kam zu ihr. Er erinnerte sie stets an einen kalifornischen Surfer und während ihr dieser Gedanke noch durch den Kopf ging, nahm er ihr den Zettel mit den Bestellungen von dem Tisch ab, an dem sie gerade erst war.

„Hey." Sie griff nach dem Zettel. „Was machst du denn?"

„Der Boss will nicht, dass sich unsere weiblichen Kellner mit den Zeloten auseinandersetzen müssen. Sie sind ... hmm. Sagen wir einfach, sie sind totale Neandertaler."

„Felix, das ist eine Beleidigung für Neandertaler auf der ganzen Welt."

Lachend tätschelte er ihre Schulter. „So ist es. Also –"

Sie bekam den Zettel zu packen. „Ich kann mit Höhlenmenschen umgehen."

„Aber –"

Felix hatte keinen schüchternen Knochen in seinem Körper, und seine Vorliebe für das gleiche Geschlecht war offensichtlich. „Schatz, wenn sie so mit Frauen umgehen, sind sie wahrscheinlich genauso unhöflich zu dir."

Warum also sollte sie ihn diesem Verhalten aussetzen?

Er errötete. „Ja, aber ich bin näher an ihrer Gewichtsklasse als du."

Diese *Bastardi*. „Ich wusste ja, dass Alaska grenzwertig sein kann, aber ich bin überrascht, dass der Besitzer das akzept –"

„Tut er nicht." Felix lehnte sich an einen leeren Tisch. „Ich hätte das mit dir besprechen sollen. Wenn dich jemand unangemessen berührt, kannst du denjenigen aus der Tür werfen, oder es den Barkeepern sagen und sie kümmern sich darum. Wir tolerieren leicht unhöfliche Kommentare. Schließlich trinken die Kunden und hey, Alaskaner, richtig?"

Sie lachte. „Soweit ich gesehen habe, sind die Gäste hier netter als in New York."

„Ich werde also nicht in New York Urlaub machen."

„Oh, nein, nein. Du wirst dort kein Problem haben. In New York hat jeder die gleiche Chance seine Unhöflichkeit zum Besten zu geben. Vermischt mit der gleichen Menge an Nettigkeiten."

„Gut zu wissen." Felix warf einen Blick zurück auf den PZ-Tisch. „Nachdem der Boss einem halben Dutzend der Zeloten Hausverbot erteilt hat, lernten sie, ihre Hände und groben Beleidigungen für sich zu behalten. Aber ihr frauenfeindliches, bigottes Verhalten ist den weiblichen Kellnern oft unangenehm, und ich habe kein –"

„Nein, Felix. Lass mich zuerst sehen, wie es läuft. Wenn es mich stört, werde ich dich bitten, zu übernehmen." Sie musste mit ihnen sprechen, um zu sehen, ob Kit noch auf deren Gelände war – und wie man sie und Aric herausholen konnte.

„Babe." Felix schüttelte tadelnd den Kopf.

Frankie lächelte ihn an. „Ich bin in New York aufgewachsen, *Babe*, und habe meine Kraftausdrücke von Taxifahrern und Straßenhändlern gelernt. Ich kann mich behaupten."

„Okay. In diesem Fall gehören sie ganz dir."

Sie passte ihren Weg zur Bar so an, dass der nette Barkeeper namens Raymond ihre Bestellungen ausführte.

Dann brachte sie den Zeloten die Getränke. „Bitte sehr."

Mehr anzügliche Blicke.

Sie lächelte breit. „Ich habe gehört, dass ihr zu den Patriotische Zeloten gehört, aber ich weiß nicht, was das bedeutet."

Der rotbärtige Typ begann: „Es bedeutet, dass wir Frauen wie dich nehmen und –"

Er grunzte, als jemand sein Bein trat.

Der ältere, glattrasierte Kerl übernahm: „Der Prophet hat uns angewiesen, zu den Traditionen unserer Vorfahren zurückzukehren, der Bibel und der Verfassung zu folgen. Unsere Leute finden Frieden darin, das moderne Leben hinter sich zu lassen."

Er schien ach so aufrichtig zu sein. Sie würde wetten, dass er gute Arbeit bei der Rekrutierung von Leuten leistete.

„Hmm. Das klingt anders. Interessant.“ *Erscheine nicht zu enthusiastisch, Frankie.* Die verrückten Sektenanhänger wären sonst misstrauisch. Sie musste den Jagdinstinkt in ihnen wecken, obwohl alles in ihr sie dazu aufforderte, Kit und Aric jetzt sofort da rauszuholen.

Sie nahm das Bargeld für die Getränke – keine Kreditkarten für diese Jungs – und gab Wechselgeld zurück. Sie ahmte eine ihrer jungen Cousinen nach und schenkte den Männern ein mitleiderregendes, schwaches Lächeln. „Nach dem Monat, den ich hatte, klingt ein bisschen Frieden wirklich nett.“

Sie ging, ohne auf deren Antwort zu warten. Sie würden wiederkommen. Es klang, als wären die PZs Stammkunden.

Sie blieb in der Mitte des Raumes stehen und atmete ein, um ihre Wut und Frustration aus ihrem Körper zu bekommen. Junge, brauchte sie einen Drink, um den üblen Geschmack wegzuspülen, den eine Unterhaltung mit den Fanatikern bei ihr hinterlassen hatte.

Halte durch, Kit. Ich werde dich finden und dafür sorgen, dass du wieder sicher bist.

Ein weiterer tiefer Atemzug, und sie konnte sich wieder bewegen.

Auf dem Weg zum nächsten Tisch bemerkte sie, dass Bull sie mit einem besorgten Gesichtsausdruck beobachtete, als würde er sicherstellen wollen, dass es ihr gut ging.

Die Erkenntnis ließ Wärme in ihr erblühen. Denn trotz ihrer mutigen Worte vor Felix fühlte sich ihr Zuhause gerade furchtbar weit weg an.

KAPITEL FÜNF

D*ie Wahrheit ist, dass man immer weiß, was das Richtige ist. Der schwierige Teil ist, es auch umzusetzen.* - LTG Norman Schwarzkopf, U.S. Army, im Ruhestand

Die Stadt macht sich gut, oder? Mit Gryff an seiner Seite schlenderte Bull über die Hauptstraße von Rescue. Regelmäßig nach den Geschäften zu sehen, war eine weitere seiner Aufgaben.

Als Mako in die scheiternde Stadt Rescue gezogen war, hatte er eine Reihe von Immobilien gekauft, um den Geschäftsinhabern einen Umzug – eine Flucht aus Rescue – zu erleichtern. Dann hatte das *McNally's Resort* seine Pforten geöffnet, was Touristen wieder in die Gegend gebracht hatte. Als Mako starb, hinterließ er Bull, Gabe, Caz und Hawk all seine Immobilien und einen letzten Befehl: *Erweckt diese Stadt wieder zum Leben.*

Deshalb waren sie alle nach Rescue gezogen. Bull eröffnete das Roadhouse, Gabe übernahm die Polizeistation, Caz die Klinik. Hawk war erst im letzten Herbst zurückgekommen und nahm regelmäßig Jobs als Buschpilot an. Da Bull einen MBA – einen Master of Business Administration – hatte, traten seine

Brüder die Verwaltung von Makos Vermögen und der Immobilien an ihn ab.

Bull überlegte. Zu beiden Seiten der Straße lagen schmutzige Schneehaufen, die noch eine Weile brauchen würden, um zu schmelzen.

Die Ladenbesitzer hatten mit dem Frühlingsputz begonnen. Der zweistöckige Heimwerkermarkt war nun waldgrün. Offensichtlich inspiriert hatte der Sportartikelladen dieselbe Farbe für die Zierleisten an seinem weißen Gebäude benutzt. Die Kunstgalerie war ein blasses Gelb, das Café grün und weiß. Bunte, kastenförmige Schindelgebäude vermischten sich mit Nachbildungen viktorianischer Architektur und schufen vor dem Hintergrund schneebedeckter Gipfel im Süden eine malerische Innenstadt.

Es hatte ein Jahr harter Arbeit in Anspruch genommen, aber die Stadt war nun touristenfreundlicher. Die Bürgersteige und Straßenlaternen waren repariert worden, und Gabe hatte den Stadtrat überredet, die örtlichen Handwerker Chevy und Knox einzustellen, um Holzbänke zu bauen.

Bull hatte Whiskyfässer gekauft, sie in zwei Hälften gesägt und sie an Bürgermeisterin Lillian übergeben, damit die Gärtner der Stadt sie zu Blumenkästen umfunktionieren und sie entlang der Hauptstraße aufstellen konnten. Nun waren sie mit Löwenmäulchen gefüllt, die schon bald blühen würden.

Da der Schnee zu schmelzen begann, mischten sich die Einheimischen, die sich über den Winter verschanzt hatten, unter die bereits eingetroffenen Fischer und die wenigen Touristen. Nicht mehr lange und die Sommersaison wäre in vollem Gange.

Es war gut, dass das Roadhouse neue Kellner einstellte.

Und es gab eine Kellnerin, die er als extrem faszinierend empfand.

Bull hatte sich Frankies Papiere angesehen, bevor er sie an seine Sekretärin in Anchorage weitergeschickt hatte. Ms. Bocelli war in New York geboren und aufgewachsen. Nach der Highschool hatte sie in einem Restaurant gearbeitet, danach in einer

Modelagentur. Gabe, der nun mal ein paranoider Polizist war, hatte eine Hintergrundprüfung durchgeführt. Frankie hatte keine Vorstrafen.

Bull nickte einem Mann zu, der aus dem Postamt kam, und hob die Hand in einem Gruß, als er die Postmeisterin sah. Er sollte Irene besuchen, denn sie kannte fast so viel Klatsch wie Lillian.

Ein Geschäft nach dem anderen lief er ab, fragte nach Verkäufen oder ob es Vandalismus, Ladendiebstahl und andere Probleme gegeben hatte und notierte sich Anregungen und Beschwerden.

Da er Vorräte brauchte, besuchte er Dantes Lebensmittelgeschäft. In Anchorage kaufte er in großen Mengen für seine drei Restaurants ein, für seinen persönlichen Bedarf ging er jedoch zu Dante. Niemand in Rescue wollte, dass das Lebensmittelgeschäft schließen musste.

„Tut mir leid, Gryff." Bull band die Leine des Hundes an einen Laternenmast. „Du musst hier draußen warten. Nahrungsmittel und Fell sind eine schlechte Kombination."

Gryff entließ ein ängstliches Winseln. Es war das erste Mal, dass Bull ihn bei einem gemeinsamen Stadtbesuch allein ließ.

Bull hockte sich hin, um mit dem Hund auf Augenhöhe zu sprechen. „Hör mir zu, Kumpel. Du bist jetzt Teil unseres Teams und wir lassen niemanden zurück. Ich hole die Lebensmittel und dann bin ich wieder bei dir. Es gibt einen Hundekeks in deiner Zukunft, wenn du artig bist, ja?"

Gryff leckte über seine Hand und Bull gluckste. „Das nehme ich mal als ein *Ja*."

Als er den Laden betrat, ließ er den Blick kurz schweifen. Dank Makos Training und Jahren bei den Special Ops bezweifelte er, dass er jemals dieses Bewusstsein für seine Umgebung verlieren würde.

Hinter der Theke scannte Gabes Freundin Audrey Lebensmittel für Lillian ein. Audrey kam jeden Tag im Lebensmittelgeschäft vorbei, um Dante eine Pause zu gönnen. Sie war ein Schatz – was alle in Rescue schnell erkannt hatten.

In einem Gang fanden sich zwei PZ-Männer. Durch die Spiegel in den Ecken sah er deren Frauen in einem anderen Gang.

Bull schlenderte zur Kasse. „Audrey. Lillian."

„Hey, Bull." Zierlich und kurvig zugleich trug Audrey ein graues T-Shirt, das zu ihren rauchgrauen Augen passte. Die Schrift darauf löste bei ihm ein Grinsen aus. *„Ich sehe, dass du ohne die Hilfe des Bibliothekars recherchierst. Auch ich lebe gerne gefährlich."*

„Guten Morgen, mein Junge." Lillian neigte den Kopf und akzeptierte einen Kuss auf die Wange. Ihr Lächeln verblasste zu einem kleinen Stirnrunzeln. „Deine Haut ist braun genug, dass dunkle Ringe unter deinen Augen nicht so offensichtlich sind wie bei mir" – sie tätschelte ihre cremeweiße Haut – „aber ich kann sehen, dass du nicht genug Schlaf bekommen hast."

Sie war eine aufmerksame Frau. Seine Träume wurden von Sprengstoffexplosionen geplagt, von Schüssen erschüttert und von Blut bespritzt. Er war schweißgebadet aufgewacht und spürte immer noch den Sand in seiner Kleidung und zwischen seinen Zähnen. Die Albträume waren diesmal seine Schuld gewesen. Er hatte das Feuer im Holzofen zu lange brennen lassen, sodass das Haus einfach zu warm gewesen war. Die Hitze brachte alles zurück.

„Obwohl ich ein Gott unter den Menschen bin" – er streichelte über seinen Spitzbart – „habe auch ich gelegentlich Probleme, nachts zu schlafen."

„Was?" Audrey schüttelte den Kopf. „Ich muss Einwände erheben. Ich hasse es, dir das sagen zu müssen, aber Gabe ist unser lokaler Gott."

„Auf keinen Fall." Er warf ihr einen empörten Blick zu. „Unfassbar, dass du früher mal mein Favorit warst."

Ihr Kichern brach abrupt ab. „Warte ... bedeutet der Verlust dieses Status, dass du mir nicht länger Räucherlachssuppe machst?"

Er verschränkte die Arme vor der Brust und wartete.

Sie schnaubte. „Ist ja gut! Du bist ein Gott unter den Menschen. Sogar Gabe würde zustimmen – solange er diese Suppe bekommt."

„Nicht schlecht, mein Junge." Glucksend tätschelte Lillian seinen Arm. „Wir sehen uns bei der Pokernacht. Hole vorher etwas Schlaf nach."

„Jawohl, Ma'am." Bull schnappte sich einen Korb und ging zum Obst und Gemüse. Das Gewächshaus in der Eremitage lieferte die meisten Salate, aber er sehnte sich nach frischem Obst – auch wenn es hier ein halbes Vermögen kostete.

In der Nähe der Kartoffeln befanden sich drei weibliche Zeloten, zwei ältere und eine in ihren Zwanzigern, alle drei in typischer trister PZ-Kleidung.

Er hatte sich immer gefragt, was es mit den langen Haaren auf sich hatte, wenn sie es stets in einem Dutt trugen. Und die knöchellangen Röcke waren so unpraktisch, dass sie wahrscheinlich nur dazu bestimmt waren, die Frauen zu behindern.

Frankie, die neue Mitarbeiterin im Roadhouse, unterhielt sich mit den Frauen.

Was könnte ein New Yorker mit den Mitgliedern einer religiösen Miliz gemein haben? Interessiert blieb er länger bei den Äpfeln und ... lauschte.

„Ich liebe deine Kleidung." Frankie deutete auf ihre langärmeligen Blusen und Röcke. „Manchmal habe ich das Gefühl, dass ich ... oh, mich selbst zur Schau stelle, wenn ich Sachen wie meine trage. Fühlt ihr euch in dieser Kleidung sicherer?"

Bull blinzelte. Gestern Abend hatte sie sich in ihrer Haut vollkommen wohl gefühlt. Mehr als die meisten Frauen, die er kannte. Natürlich war er männlich. Was wusste er also schon?

Er sah sie aus den Augenwinkeln an. Sie hatte einen fantastischen Körper, üppige Kurven und verlockende braune Augen, umrahmt von langen dunklen Wimpern.

Sie war so verdammt weiblich, aber keineswegs verletzlich. Als er ihr bei der Arbeit zugesehen hatte, war ihm immer wieder das Wort *unverwüstlich* durch den Kopf gegangen. Und *robust*. Sie war nicht jemand, der unter Druck zusammenbrach. Das war eine Charaktereigenschaft, die die Navy SEALs schätzten.

Aber ... sie wirkte müde und ihre Augen waren rot, als hätte sie geweint. Der Gedanke war besorgniserregend.

„Der Prophet hat uns gesagt, was eine gute Frau tragen sollte, und unsere Sicherheit kommt daher, weil wir in allen Dingen seiner Führung vertrauen", sagte die Frau mit den grauen Strähnen im Haar zu Frankie.

Während die jüngere PZ-Frau schwieg, sprachen die beiden anderen leise von ihrer Zufriedenheit, dass Gott, der Prophet und ihre Ehemänner alles regelten. Ihre Erfüllung lag im Gehorsam.

Bull reagierte nicht. Jedem das Seine, und sie klangen zufrieden. Er und seine Brüder – insbesondere Gabe – sorgten sich jedoch um die Frauen hinter den hohen Zäunen, aber diese drei Frauen wirkten nicht so, als fühlten sie sich eingesperrt oder als wären sie traurig.

„Euer Leben klingt einfach wundervoll." Frankie strahlte sie an. „Glaubt ihr, ich könnte euch irgendwann mal besuchen? Vielleicht könnte ich sogar mit einigen Leuten darüber reden ... ich weiß auch nicht ... mich euch anzuschließen oder so?" Ihre Stimme klang höher als normal, ihr Gesicht ziellos, was sie sofort jünger erscheinen ließ. Unschuldiger.

Sie wollte die Fanatiker besuchen? Um Himmels willen. Bull schindete Zeit und ließ einige Orangen in seinen Korb fallen. Die New Yorkerin schien nicht anfällig für eine verdammte Sekte zu sein. Seine Muskeln zuckten mit dem Drang, sie von den Zeloten wegzuziehen.

Nur würde sie das wohl nicht schätzen.

Das Personal in den Restaurants stand jedoch unter seiner Obhut – wie eine Großfamilie sah er sie. Wenn er nur daran dachte, dass Frankie hinter den hohen Zäunen eingesperrt sein könnte und eines dieser Arschlöcher all ihre Entscheidungen diktierte, von der Kleidung bis hin zu dem, was sie denken sollte ... Was brachte sie dazu, diesen Scheiß überhaupt in Betracht zu ziehen?

Nun, er würde sie im Auge behalten. Da sie ihn jedoch nicht mochte, könnte er Felix vielleicht dazu bringen, mit ihr zu sprechen.

Was auch immer in ihrem Leben falsch lief, wenn es in seiner Macht stände, würde Bull ihr helfen.

Kit. Der Schock, ihre beste Freundin zu sehen, jagte immer noch durch Frankies Adern. Sie war nichtsahnend in den Lebensmittelladen getreten und plötzlich hatte sie in Kits Antlitz geschaut. Leider wurde ihre Freundin nicht nur von den Frauen, sondern auch von männlichen Zeloten begleitet.

Emotionen attackierten Frankie wie ein Hagelsturm. Die gleiche Größe wie Frankie, doch Kit war schon immer schlanker gewesen. Jetzt war sie abgemagert, mit eingefallenen Wangen. Ihre helle Haut war fahl, ihr goldbraunes Haar in einem Dutt. Sie trug einen schweren, knöchellangen, schwarzen Rock und eine weiße Bluse, die bis zum Hals zugeknöpft war. Ihre bernsteinfarbenen Augen wirkten geplagt und erschöpft. Ein gelber Fleck zeigte sich auf ihrem linken Kiefer und sie bewegte sich ... vorsichtig. Als hätte sie Schmerzen.

Cazzo, Kit.

Frankie lächelte und redete weiter, um so zu erscheinen, als würde sie nicht genug davon bekommen, was die PZ-Frauen mittleren Alters sagten. Kit hatte bisher noch nicht ein Wort gesagt. Vielleicht durften die jüngeren Mitglieder nicht reden, wenn sie in der Öffentlichkeit waren? Oder die älteren Frauen ließen sie nicht.

Frankies Handfläche prickelte, weil ... Nein, du darfst niemanden schlagen. *Konzentriere dich.*

Sie nickte in den passenden Momenten. „Das ergibt Sinn."

Nein, nein, das tat es kein bisschen. Wie konnte jemand Befehle von einem männlichen Spinner annehmen, der vorgab, wie man sich kleidete und mit wem man sprechen konnte? *Da bin ich raus.*

Als eine der Frauen erstarrte, folgte Frankie ihrem Blick. Der riesige Barkeeper bewegte sich und verschwand um die Ecke in den nächsten Gang. Wie lange hatte er dort schon gestanden? Hatte er ihr Gespräch mit den Frauen gehört? Was musste er von ihr denken?

Warum jedoch sollte sie seine Meinung interessieren?

Sie lenkte ihre Aufmerksamkeit wieder auf die Frauen. Zu Kit. Sie mussten miteinander reden.

Aber wie? Offensichtlich würde das vor Kits Babysittern nicht passieren. Hmm. Wie einfallsreich könnte Kit sein?

„Oh, oh, Mist." Frankie unterbrach eine der älteren Frauen. „Ich glaube, ich habe mein Auto nicht abgeschlossen." Die Unwahrheit störte sie, aber es war nicht wirklich ... eine Lüge, oder? Sie hatte das Auto nicht unverschlossen gelassen, doch die Möglichkeit bestand. „Es sind bereits viele Touristen in der Stadt."

„Stadtmenschen sind alles Diebe", sagte eine der Frauen. „Du solltest besser nachsehen."

Ich bin also eine Diebin, ja? Frankie lächelte. „Es hat mich gefreut, euch kennenzulernen."

Im Eingangsbereich marschierte sie am Barkeeper vorbei, der mit Audrey sprach. „Audrey, ich muss kurz zu meinem Auto. Ich komme für meine Einkäufe zurück." Sie stellte ihren Korb in der Nähe der Kasse ab und trat ins Freie.

Sie konnte Bulls Augen auf ihrem Rücken spüren.

Vor der Tür und weit weg von einem großen braunen Hund, der an eine Straßenlaterne gebunden war, lehnte sie sich an die Wand. Könnte Kit eine Ausrede finden und ihre Babysitter abschütteln, damit sie reden konnten?

Ihre Atemzüge beschleunigten sich bei dem Gedanken, dass

Kit dort eine Gefangene war. Dass sie verletzt wurde. Dass sie nicht in der Lage war, jemanden um Hilfe zu bitten.

Die Tür öffnete sich, und Kit kam heraus und sah sich um. Aus dem Laden rief jemand: „Warte direkt vor der Tür, Frau."

Frankie blieb außer Sichtweite von den Leuten im Inneren und flüsterte: „Hier."

„Frankie, oh, mein Gott, Frankie!" Kit kam zu ihr geeilt und stoppte, als Frankie ihre Hand hob. *Nicht weiter.*

„Lehne dich neben der Tür an das Gebäude, damit deine Arschloch-Zeloten deinen Rücken sehen können, aber nicht dein Gesicht." Frankie blieb dicht an der Wand. Sobald jemand herauskam, würde sie verschwinden, sodass es nicht wirkte, als hätte sie sich mit Kit unterhalten.

Kit folgte der Anweisung, stellte sich so, dass sie weiterhin durch das Fenster zu sehen war, und Frankie runzelte die Stirn, da ihr Blick erneut auf den verheilenden blauen Fleck fiel. „Hat Obadiah dich geschlagen?"

Kit nickte und ihre Schultern sackten zusammen, als wären die blauen Flecken das kleinste ihrer Probleme.

„*Amica mia*, du darfst nicht dorthin zurück. Komm jetzt sofort mit mir, und ich werde dich –"

„Sie haben Aric. Ich kann nicht ohne ihn gehen." Kits Stimme, normalerweise hell und klar, kam als schmerzerfülltes, heiseres Flüstern über ihre Lippen. „Sie ließen mich heute nur raus, weil sie meinen Rat in Bezug auf Beerensträucher von Soldotna brauchen."

Alle Pflanzen wuchsen besser, wenn Kit ihren grünen Daumen benutzte. Sie konnte selbst den schlimmsten Boden zum Blühen bringen.

„Dann sollten wir zur Polizei gehen, um Aric rauszuholen." Frankie hob die Hand. „Richtig, ich erinnere mich. Jemand in der Polizei gehört zu den Zeloten, also rufen wir das FBI an und –"

Kit schüttelte panisch den Kopf. „Die Wachen würden Aric töten, bevor die Polizisten durch das Tor sind. Irgendwann würde vielleicht jemand seine Leiche im Wald finden, und sie würden sagen, er sei weggelaufen und von einem Bären oder so getötet worden."

Entsetzt nahm Frankie einen Schritt nach vorne. Ihr Patensohn war noch nicht einmal fünf Jahre alt. „Das würde niemand tun."

„Sie würden das." Kit schluckte schwer. „Das haben sie bereits. Mindestens zweimal auf dem texanischen Gelände, bevor ich mich ihnen anschloss."

Wie lange konnte jemand in solcher Angst leben? „Schnapp dir Aric und lauf."

„Das ist ... unmöglich. Zuerst sind die Kleinen Tag und Nacht mit einer Matrone in der Kinderbaracke. Die Frauen schlafen in dem Gebäude nebenan, es sei denn, ein Ehemann möchte ..." Kit schlang ihre Arme um sich.

Es sei denn, ein Ehemann wollte seine ehelichen Rechte einfordern? Wut entbrannte in Frankie. *Nein, konzentriere dich.* „Also kannst du nie zu ihm?"

„Na ja ..." Kit zögerte. „Aric schleicht sich weg, um bei mir zu sein. Oft."

„Aber du kannst nicht einfach ... fliehen?" Frankie runzelte die Stirn. „Ich habe den Zaun und das Tor gesehen. Wie weit –"

„Um das gesamte Gelände. Mit Wachen und Wachtürmen und Gewehren." Kit schüttelte den Kopf, ihre Schultern sackten nach unten. „Vielleicht könnten wir uns vor den Wachen verstecken ... nachts ... aber ich könnte diesen Zaun sicher nicht erklimmen, besonders nicht mit Aric."

Der ganze Draht am oberen Ende. Niemand könnte das. Frankie runzelte die Stirn. „Warum tun die anderen Frauen nichts? Wenn ihr euch alle auflehnt ..."

„Einige der Frauen würden gehen, wenn sie ihre Kinder bekommen könnten. Aber es gibt auch solche, die dort sein wollen. Wie die beiden." Kit wies auf den Lebensmittelladen. „Sie glauben von ganzem Herzen an den Propheten Reverend Parrish.

Und sie sagen es Captain Nabera, wenn jemand darüber spricht, zu verschwinden, oder etwas Kritisches äußert."

Bevor Frankie fragen konnte, fügte Kit hinzu: „Nabera mag es, Menschen zu verletzen – besonders Frauen."

Madonna, wie sollte sie Kit und Aric dort rauskriegen? „Ich werde zum FBI gehen. Dann werden sie den Ort umzingeln, damit niemand –"

„Nein. Das würde nur wie die Sache in Waco oder Ruby Ridge enden, wo so viele sterben mussten – einschließlich Kindern. Nein."

„Dann" – Frankies Hände ballten sich zu Fäusten – „wie kann ich helfen?"

Kits Ausdruck sprach von Verzweiflung. „Das kannst du nicht. Es tut mir so leid; ich hätte dich nicht hineinziehen sollen."

Diese Antwort werde ich nicht akzeptieren. „Was ist, wenn ich ein Loch in den Zaun schneide? Nachts?"

Kit blinzelte. „Ein Loch. Um durch den Zaun zu kommen und zu fliehen. Vielleicht ... vielleicht. Unsere beiden Gebäude sind direkt neben dem Zaun. Wenn wir hinter den Gebäuden durch den Zaun kriechen könnten, müssten wir nur einem Wachposten ausweichen."

„Also dann. Ein Loch wird geliefert. Wann?" Frankie zögerte. „Ich brauche Zeit, um herauszufinden, wie ich zu der richtigen Stelle gelangen soll." Ihre Entschlossenheit schwankte. Dieses Gebiet bestand nur aus Wald.

„Frankie, das ist nicht sicher für dich. Du könntest –"

„Wann, Kit?"

„Ahhh, es muss ein Samstag sein – an dem Tag werden der Captain und andere Leutnants von Obadiah in die Stadt gefahren, um etwas zu trinken. Das bedeutet weniger Wachen, und da der Captain weg ist, werden sie auf ihren Runden nachlässig. Heute ist Donnerstag. Also nicht der kommende Samstag."

„Okay."

Durch Kits gequälten Ausdruck schien wieder ihre alte

Persönlichkeit. „Ich fürchte, der Wald hat keine Straßenschilder. Du musst herausfinden, wie du zum Gelände kommen kannst. Und das in der Nacht. Vielleicht Samstag in einer Woche? Sobald es dunkel ist?"

„Ja." Frankie zückte ihr Handy. „Samstag, der elfte Mai. Vollkommene Dunkelheit." Erst spät in der Nacht kam es hier in Alaska zur völligen Dunkelheit. Das müsste sie in ihre Berechnungen einbeziehen. „Wenn etwas Unvorhergesehenes eintrifft, entweder von meiner Seite oder von deiner, gibt es eine Möglichkeit, Kontakt aufzunehmen?"

„Nein. Nur der Prophet und Nabera haben Telefone."

„*Stronzi*", zischte Frankie. „Na gut, wenn etwas passiert, werden wir es auf den darauffolgenden Samstag verschieben ... bis zu dem Tag, an dem alles zusammenkommt."

Erleichterung erfüllte Kits Gesicht, selbst als sich ihre Augenbrauen zusammenzogen. „Es ist nicht sicher für dich. Frankie, ich weiß nicht einmal, wie lange ich hier sein werde. Obadiah plant, uns irgendwann in diesem Sommer nach Texas zurückzubringen."

Genau in dem Moment öffnete sich die Tür zum Laden.

Als Kit sich umdrehte, warf Frankie ihr einen eindeutigen Blick zu – *wir haben einen Plan* – und schlenderte dann die Straße runter. So verzweifelt wollte sie diese Zeloten konfrontieren. Sie wollte den Arschlöchern zeigen, wie es sich anfühlte, verprügelt zu werden.

Sie fluchte leise, ging um die Ecke und kehrte dann zu Dantes Lebensmittelgeschäft zurück.

Die Zeloten waren weg.

Immer noch an den Mast gebunden, erhob sich der hübsche braune Hund und wedelte mit dem Schwanz.

„Was bist du denn für ein Süßer." Frankie streckte die Hand aus. Sie hatte nie ein Haustier gehabt, einige ihrer Freunde allerdings schon – zumeist für eine Wohnung, also nicht allzu groß. „Ich bin Frankie und ich bin supernett, versprochen."

Nachdem der Hund an ihr geschnüffelt hatte, rieb er seinen Kopf an ihrer Hand.

Sie lachte. „Okay."

Als sie ein paar Wunden an seinen Ohren, Pfoten und seinem Maul sah, streichelte sie ihn vorsichtig und vermied alles, was wund sein könnte. „Was auch immer mit dir passiert ist, du musst vorsichtiger sein, okay? Jetzt muss ich meine Lebensmittel holen, bevor alles schmilzt. Es war schön, dich kennenzulernen."

Im Gegenzug bekam sie ein Hundelächeln.

Im Supermarkt entdeckte sie den Barkeeper – nein, sie musste aufhören, ihn so in ihrem Kopf zu nennen. Er hieß Bull. Sie war so verdammt langsam, dass sie einen ganzen Tag gebraucht hatte, um Bull, den Barkeeper, mit *Bull's Moose Roadhouse* zusammenzubringen. Erst dann hatte sie Felix gefragt, ob Bull möglicherweise der Besitzer war.

Der Mann war ihr Arbeitgeber, und alle mochten ihn. Nur sie nicht. Andererseits verhielten sich Menschen mit Mitarbeitern doch etwas anders. Sie hatte einfach Glück gehabt – Pech gehabt –, ihn mit einer alten Bettgefährtin zu erwischen.

Schließlich mochte jeder in der Modelagentur Jaxson – mit Ausnahme der Frauen, mit denen er ausgegangen war. Sie waren sich alle einig und hielten ihn für das größte Sackgesicht auf dem Planeten.

„War dein Auto in Ordnung?", fragte Audrey.

Was genau hatte sie Audrey und Bull über ihr Auto erzählt? Das schien Ewigkeiten her zu sein. „Ähm, ja. Alles gut."

Nach einem abschätzenden Blick hob Bull ihren Korb mit Lebensmitteln hoch und stellte ihn für sie auf die Theke. „Wie lebst du dich ein?"

Oh nein, keine Unterhaltung. Das war das Letzte, was sie jetzt wollte, wenn sich ihre Gedanken doch nur um Kit drehten.

Reiß dich zusammen. Du bist eine Touristin, die zum Spaß einen Job angenommen hat. Konzentrier dich, Frankie.

Sie packte den Inhalt des Korbes auf die Theke. „Ganz gut,

danke. Ich muss zugeben, dass es beunruhigend ist, von zwitschernden Vögeln geweckt zu werden, anstatt von Verkehr und Hupen und Sirenen." Wo war das Rumpeln der U-Bahn unter ihren Füßen, das Heulen von Sirenen, das Läuten von Kirchenglocken und der laute Bass von Autoradios? Wo waren die Straßen- und U-Bahn-Musiker?

Heimweh machte sich unter ihrem Brustbein bemerkbar. Sie hatte letzte Nacht wie eine Fünfjährige bei ihrer ersten Übernachtung geweint. *Cavolo.* Oh ja, verdammt. Ihre Augen waren immer noch rot. Hoffentlich hatten sie es nicht bemerkt.

Dem Barkeeper schien nicht viel zu entgehen.

Sie legte ein Baguette auf die Theke. „Ich hätte nie gedacht, dass ich das Geräusch des Verkehrs vermissen würde. Oder das Gurren von Tauben oder sogar eine kreischende Möwe."

„Das verstehe ich nur zu gut." Audrey fing an, die Einkäufe zu scannen. „Ich bin erst seit etwa einem Jahr hier – aus Chicago. Würdest du mir glauben, wenn ich dir sage, dass ich deine Hütte am See gemietet habe, bevor ich bei Gabe eingezogen bin?"

„Wirklich?" Noch ein Stadtmensch. „Dann verstehst du es – kein Lärm ist merkwürdig. Und dann die seltsamen Geräusche vor der Hütte?"

Bull runzelte die Stirn. „Was für Geräusche?"

„Als ob jemand draußen etwas bewegt. Und es gibt seltsames Heulen und manchmal einen Schrei."

Ein schwaches Lächeln vertiefte die Sonnenlinien neben seinen Augen. „Du bist an einem See. Viele Tiere wandern zum Wasser, um etwas zu trinken oder dort zu jagen. Elchen und Bären ist es egal, wie viel Lärm sie machen. Das Heulen kommt von –"

„Bitte was? *Bären?* Bären ... vor meiner Hütte?"

„Ich fürchte ja." Die Belustigung in seinen Augen nahm zu.

„Ich habe ein paar gesehen, als ich dort gewohnt habe. Eines Abends ging ich aus der Hütte und ein Elch stand direkt neben meinem Auto." Audrey schüttelte den Kopf. „Ich musste lernen, dass du wilde Tiere nicht davon überzeugen kannst, sich zu bewegen. Du wirst sie nur so wütend machen, sodass sie angreifen."

„Wenn eine halbe Tonne Elch auf dich zukommt und dich erwischt, kann das ernsthaften Schaden anrichten", stimmte Bull zu.

„Du wurdest also wirklich von einem Elch gejagt, als du klein warst?", fragte Frankie ihn.

„Jep. Wir haben das ganze Jahr über Elcheintopf gegessen." Bulls Lippen zuckten und sofort landeten ihre Augen auf seinem Mund. War es nicht witzig, dass ein Spitzbart den Mund eines Mannes ... unwiderstehlich aussehen lassen konnte?

Oje, lass das, Frankie Bocelli.

„Ich gehe besser wieder an die Arbeit", sagte er zu Audrey, dann richtete sich sein Blick auf Frankie. Wie konnten schwarze Augen noch dunkler werden? „Du arbeitest morgen Abend im Roadhouse. Komme ein paar Minuten früher. Ich würde gerne etwas mit dir besprechen."

Ihre Kinnlade klappte herunter.

Vielleicht war er der Boss, aber es war besorgniserregend, dass er ihren Zeitplan auswendig kannte, ohne zuerst nachsehen zu müssen. Warum sollte er wollen, dass sie früher kam? Vielleicht, um sie anzumachen, jetzt, da seine Geliebte weg war?

Ihr Kiefer spannte sich an. Was auch immer er wollte, er konnte es ihr während ihrer Arbeitszeit sagen – wenn viele Leute in der Nähe waren. Sie würde pünktlich und keine Sekunde früher durch die Tür treten.

Bull nickte beiden zu und machte sich mit seinen Einkäufen und einer riesigen Tüte Hundefutter auf den Weg zum Ausgang.

Als sich alle Muskeln in seinen Armen und Schultern bei der Anstrengung anspannten, konnte Frankie nur starren. Nach einer Weile riss sie endlich den Blick weg und flüsterte vor sich hin: „*Santo cielo*."

Audreys Belustigung war deutlich in ihren Augen zu sehen.

Erwischt. Frankie zuckte mit den Schultern. „All diese Muskeln. Wer würde nicht sabbern?“

Audrey grinste zustimmend und machte sich dann daran, Frankies Einkäufe einzupacken.

Eine hohe Stimme kam von draußen: „Onkel Bull, wir wollen kochen!“

Frankie sah aus dem Fenster.

Ein junges Mädchen, vielleicht zehn Jahre alt, stürmte auf Bull zu.

Er stellte seine Beutel auf den Bürgersteig, fing das Kind auf und schwang es herum. Als sie seinen rasierten Kopf tätschelte, vermischte sich ihr süßes Mädchenkichern mit seinem tiefen maskulinen Lachen.

„*Madonna*“, murmelte Frankie. „Ich glaube, meine Eierstöcke sind gerade explodiert.“

Audrey brach in Lachen aus.

Frankie schüttelte den Kopf. „Kein Ausdruck, der in Bibliotheken üblich ist?“

Audrey wischte sich Tränen unter den Augen weg. „Nicht einmal ansatzweise.“

Frankie drehte sich wieder zum Fenster. Ein Junge und ein anderes Mädchen waren aufgetaucht und schienen Bull Fragen zu stellen.

„Er bringt Regan das Kochen bei.“ Audrey scannte weiterhin ihre Einkäufe.

„Er kann kochen? Etwas anderes als Proteinshakes für Gewichtheber?“

Audrey warf ihr einen entsetzten Blick zu. „Er ist ein hervorragender Koch.“

Das ergab Sinn, wenn man bedachte, dass ihm das Roadhouse gehörte. Draußen machte er den Hund vom Laternenmast los und half dann den Kindern in den roten Pick-up. Schließlich sprang der Hund hinein, holte sich ein paar Streicheleinheiten ab, bevor

Bull die Tür zumachte. Er tat so, als ob er den Hund mochte, aber er war so dünn und zerbrechlich. Warum kümmerte Bull sich nicht besser um ihn?

Frankie schüttelte den Kopf und bemerkte, dass Audrey die Einkäufe jetzt eingepackt hatte.

„Oh, sag mal, liest du?", fragte Audrey. „Wir haben einen Buchclub – eigentlich sogar mehrere – und ..."

„Ich bin dabei." Frankie zuckte zusammen. „Na ja, solange ihr auch etwas anderes als literarische Meisterwerke lest. Ich lese, um der Realität zu entkommen und nicht, um mich darin zu suhlen."

Audreys Augen tanzten. „So fühle ich auch. Wir haben eine Romance-Gruppe, eine für Krimis und eine für Thriller. Oh, und Tina und Lillian wollen eine starten, die sich um subversive Frauen dreht."

„Mit der Romantik habe ich es aufgegeben." Nach Jaxson hatte sie die Hoffnung verloren, dass es da draußen nette Jungs gab. „Aber ich liebe Thriller, und die Gruppe für subversive Frauen klingt mega."

Bücher – und eine Möglichkeit, Menschen kennenzulernen und an Informationen zu kommen. Perfekt.

„Fantastisch." Audrey gab ihr Details zu den Treffen und den kommenden Büchern, und Frankie tippte alles in ihr Handy ein. Was würde sie nur ohne ihre To-do-Listen auf ihrem Handy machen?

Audrey übergab den Kassenzettel. „Deine Gesamtsumme beläuft sich auf 105 Dollar und 83 Cent."

„Aaah, richtig." Sie hielt ihr Handy über den Kartenleser. „Ich habe vergessen, dass hier generell alles teurer ist."

„Ja, das ist es. Alles einfliegen oder versenden zu müssen, verursacht höhere Kosten." Audrey beäugte Frankie mit Besorgnis. „In der Bar zu arbeiten, bezahlt nicht besonders gut."

„Ich komme schon klar." Ihr Sparkonto war ziemlich gut gefüllt, vor allem im Vergleich zu denen ihrer Schwestern, die ihre

Einnahmen für Kleidung, Möbel, Autos, Urlaub und teuren Alkohol rauswarfen. Irgendwie verrückt. Sie bevorzugte Qualität zu Trends – und Aktien und Anleihen anstatt Geld für Dinge auszugeben, von denen sie schnell genug haben würde. Selbst wenn sie den Roadhouse-Job nicht bekommen hätte, wäre sie klar gekommen.

Aber das würde eine echte Kellnerin nicht sagen. Um Audreys Sorgen zu lindern, sagte Frankie: „Das Trinkgeld war bisher gut und wird noch besser werden, wenn die Touristensaison so beeindruckend wird, wie die Leute denken."

„Letztes Jahr schien das der Fall zu sein."

„Da du jetzt ein Jahr hier bist ... lebst du gerne in Alaska? Es muss sich so sehr von Chicago unterscheiden." Frankie schnaubte. „Die ganze Stadt Rescue hat weniger Menschen als der Apartmentkomplex, in dem ich gewohnt habe."

Audreys Augen leuchteten auf. „Ich liebe es, hier zu leben, gerade, weil es so überschaubar und klein ist. Ich habe das Gefühl, dazuzugehören, und ich kann entscheiden, was mit der Stadt passiert. In Chicago war ich ... oh, nur eine weitere Ameise in einer Kolonie. Eine von vielen. Hier kennen mich die Leute. Sie bemerken, wenn ich krank bin. Sie machen sich Sorgen um mich."

„Hmm." *Wer würde es bemerken, wenn ich krank wäre?* Die Leute bei der Arbeit – schließlich war ihre Familie auch dort tätig. Andererseits bemerkten ihre Schwestern normalerweise nicht, wenn Frankie sich nicht gut fühlte. Abgesehen von ihnen – und sie liebten Frankie, auch wenn es manchmal so schien, als käme sie nach deren Modelkarriere erst auf Platz zwei – hatte sie einige gute Freunde. Nur niemanden, den sie jeden Tag sah. „Ich glaube, ich beneide dich."

„Nicht nötig." Audrey lächelte. „Du bist jetzt hier. Gib Rescue eine Chance und schau, ob du nicht für immer bleiben willst."

„Ihr habt Buchclubs und Bars und freundliche Leute. Wie könnte ich es hier nicht lieben?" Mit einem Grinsen nahm Frankie ihre Einkäufe und ging zum Auto.

Ein unbehagliches Gefühl keimte in ihr auf. *Nicht nach New York zurückgehen? Ihren Job hinter sich lassen?*

Niemals. Im Leben nicht!

KAPITEL SECHS

Teamwork ist essenziell; es gibt dem Feind andere Leute, auf die er schießen kann. - Murphys Gesetze des bewaffneten Kampfes

Am nächsten Abend im Roadhouse bemerkte Bull, dass Frankie nicht, wie gebeten, etwas früher gekommen war. Sie kam nicht nur pünktlich, sie blieb auch auf Abstand von ihm. Alle ihre Getränkebestellungen reichte sie an den anderen Barkeeper.

Bull bekam ein amüsiertes Grinsen von Raymond, als sie mit einem vollen Tablett abzischte. „Sie hasst dich und liebt mich. Gefällt mir."

Er konnte einen Angestellten nicht schlagen, so wie er es tun würde, wenn Gabe ihn ärgerte. „Vielleicht mag sie nur zu klein geratene, hässliche Männer."

Raymond entließ ein zischendes Geräusch, sein Grinsen noch immer an Ort und Stelle. Er war weit davon entfernt, hässlich zu sein, und die Gäste liebten ihn.

Bull mischte einen Black-and-Tan-Biercocktail, ohne seinen Blick von Frankie zu nehmen. Ungeachtet dessen, dass sie sich von ihm fernhielt, war sie eine ausgezeichnete Kellnerin. Effizient, brachte die Bestellungen nicht durcheinander, behielt die Tische sauber und einladend. Sie hatte eine fröhliche und freundliche Natur, war jedoch kein Flirt ... und wich wandernden Männerhänden gekonnt aus, ohne einen Hehl daraus zu machen.

Nicht, dass sie sich mit diesem Scheiß abfinden sollte, verdammt. Ein Beispiel dafür waren die vier Jungs im College-Alter vom *McNally's Resort*, die mittig an einem Tisch saßen. Sie hatten mehr Geld als Verstand, und selbst die wenigen Gehirnzellen, die sie hatten, schwammen in Alkohol.

„Du bist so hübsch", sagte einer so laut, dass es sogar an der Bar ankam. „Willst du nach der Arbeit etwas mit mir machen?"

Frankie schüttelte den Kopf, sodass die goldenen Kreolen gegen ihren Hals tanzten. „Tut mir leid, aber ich gehe nicht mit Gästen aus. Möchtest du, dass ich dir mehr Bier bringe?"

In einem typischen Move, um seinen Freund zu übertrumpfen, sagte ein anderer aus der Runde: „Hey, ein Date muss es ja nicht sein. Wie wäre es, wenn wir uns treffen und du dich auf mein Gesicht setzt?"

Während Bulls Temperament ein gefährliches Level annahm, lachte Frankie. „Oh? Ist deine Nase so viel größer als dein Schwanz?"

Als alle in Hörweite vor Lachen brüllten, errötete der junge Mann und rutschte auf seinem Sitz nach unten.

Bull nickte zustimmend. Wirklich beeindruckend, wie sie dem Jungen mit Humor und nicht mit Aggression den Wind aus den Segeln genommen hatte. Das war ein Typ, der in Zukunft mit seinen verfänglichen Bemerkungen vorsichtiger sein würde.

Als sie an die Bar zurückkehrte und Raymond ihre Getränkebestellungen überreichte, ging Bull zu ihr. „Das hätte unangenehm werden können. Du hast die Situation sehr gut gehandhabt."

Ihr Gesicht strahlte für einen Moment, bevor es sich erneut abkühlte und sie in einem unhöflichen Ton „Danke" sagte.

Mit ihrem Tablett wieder aufgefüllt, mischte sie sich unter die Menge.

Raymond sah zu Bull. „Was hast du angestellt, Boss. In ihr Bier gepisst?“

„Das wüsste ich auch gerne.“ Zugegeben, so einige Leute störten sich an seiner Größe, aber sie schien nicht eingeschüchtert zu sein. Bull beobachtete sie, genervt davon, dass das Lächeln, das sie allen anderen so frei schenkte, nie in seine Richtung gelenkt wurde. Sie hatte ein schönes Lächeln, wärmer als ein Holzfeuer an einem verschneiten Tag.

Raymond musterte sie. „Sie muss die einzige Frau auf der Welt sein, die dich nicht als Sexgott sieht.“

Bull schnaubte und kehrte an seine Arbeit zurück.

Immer noch genervt.

Es war eine so menschliche Reaktion, dass er lachen musste. So oft beschwerte er sich darüber, dass Frauen sich ihm aufdrängten. Und sobald es eine nicht tat? Schmollte er wie dieser College-Student.

Die Musik in der Bar war der Soundtrack aus dem originalen Footloose-Film. Lächelnd vollführte Frankie beim Verteilen der Bestellungen eine kleine Drehung, und tänzelte dann zu einem Tisch, der sich gerade gefüllt hatte.

Würde Bull heute Abend singen? Selbst wenn er für die Menge keine Performance hinlegte, fiel ihr immer wieder auf, wie er bei Liedern summte oder mitsang. Er hatte eine so tiefe Stimme – eine Bassstimme –, die bis in ihre Knochen vordrang.

Wie klang er wohl im Bett? *„Mehr, Süße.“* Die Worte waren imaginär; die Hitze, die durch ihre Adern strömte, war es sicher nicht.

Böse Frankie.

Sie schüttelte den Klang seiner Stimme ab und richtete ihre Aufmerksamkeit auf die Gegenwart, auf die Leute, die auf ihre Bestellungen warteten. „Was hättet ihr ger –“

Ein Schmerzensschrei kam aus dem hinteren Bereich des Roadhouses, wo sich die Küche befand. Jemand anderes brüllte.

Was um alles in der Welt?

Bull verließ die Bar, machte sich auf den Weg zur Quelle, und zwar unglaublich schnell.

Ich hoffe, wer auch immer das war, ist in Ordnung. Mit dem Bedürfnis, auch helfen zu wollen, machte sie einen Schritt auf die Küche zu, stoppte jedoch und schüttelte den Kopf. Sie brauchten sie nicht, aber es war schon seltsam, dass es nicht sie war, die sich auf ein Problem stürzen musste.

„Lasst uns das noch einmal versuchen." Sie lächelte das ältere Paar an. „Was kann ich euch zu trinken bringen?"

Nachdem sie eine Reihe von Bestellungen angesammelt hatte, ging sie zurück zur Bar.

„Frankie." Der Koch Wylie eilte zu ihr, seine weiße Mütze noch auf dem Kopf, seine Wangen von der Hitze in der Küche gerötet. „Du hast erwähnt, dass du in der Vergangenheit in Restaurants als Stationskoch gearbeitet hast. Ist es möglich, dass du in der Küche für jemanden einspringen kannst? Du würdest hauptsächlich den Grill und die Fritteuse bedienen. Unser normaler Mitarbeiter hat sich verbrannt und muss zum Arzt."

Kleine Verbrennungen waren bei dieser Arbeit normal, aber der Schmerzensschrei hatte mehr impliziert. „So schlimm?"

„So dämlich." Wylies Mund verzog sich zu einer Grimasse. „Er wirbelte eine Pfanne mit Öl, als sein Handy klingelte."

Sie kannte das Ergebnis. Autsch. „Hat das Öl direkt über seine Hand gekippt?"

„Bingo. Er war bereits zweimal gewarnt worden, dass Handys in der Küche nicht erlaubt sind. Ich schätze, er war der Meinung, dass die Regeln für ihn nicht gelten." Der Koch schaute in die Richtung der Küche. „Ich muss zurück. Kannst du aushelfen?"

„Aber ... was ist mit meinem Job hier draußen?" Sie deutete auf die Bar.

„Wir werden einen der Restaurantmitarbeiter zu uns holen, sodass er deine Schicht übernehmen kann. Abgesehen von Bull bist du der Einzige hier, der Erfahrung in der Küche hat. Ihn können wir an der Bar allerdings nicht entbehren. Dafür ist es heute zu voll."

Das stimmte. Raymond wäre nicht in der Lage, die Getränkebestellungen alleine zu erfüllen. „Sicher, ich werde in der Küche helfen."

„Danke, Frankie. Das wissen wir wirklich zu schätzen." Er deutete auf einen schlanken jungen Mann, der am Empfangstresen stand. „Gib Easton deine Getränkebestellungen und komm in die Küche."

Zwei Stunden später hörte Frankie, wie Wylie verkündete, dass das Restaurant nun schließen würde und sie nur noch die letzten Bestellungen erfüllen würden, bevor es ans Saubermachen ging.

Madonna sei Dank.

Wylie grinste Frankie an. „Das hast du großartig gemacht. Möchtest du deinen Aufgabenbereich wechseln und dich uns anschließen?"

Sie war überhitzt, ihre Kopfhaut juckte unter der Kappe, und Öl hatte sich in ihre Haut absorbiert. Am Arm hatte sie eine schmerzhafte rote Linie – von der Ofentür – und Brandblasen auf ihrem Handrücken – von der Ente im heißen Öl.

Kochen war nichts für Weicheier. Dennoch hatte sie Spaß gehabt. Menschen zu verköstigen, machte sie glücklich.

Jedoch fand sie auch Spaß am Kellnern, und sie musste draußen sein, wo sie mit Zeloten in Kontakt treten konnte. „Ich bleibe beim Kellnern. Aber für solche Notfälle? Dafür bin ich genau die richtige Person."

„Verstanden. Wir werden deine Gutmütigkeit nicht ausnutzen, jedoch ist es gut zu wissen, dass wir dich für Notfälle haben. Danke."

„Natürlich doch.“ Sie machte sich daran, den Grill abzustellen. „Ich wette, italienisches Essen wäre hier beliebt, oder sogar ein italienischer Themenabend.“

„Italienisch? Gott, ich liebe Lasagne.“ Er kratzte sich an der Wange. „Ich bin immer für ein bisschen Abwechslung. Du solltest mit dem Boss darüber reden.“

Warte mal – was? „Äh ... nein, schon gut. War nur so ein Gedanke.“ Sie rümpfte die Nase. „Weißt du, ich habe ein oder zwei Tage gebraucht, um zu erkennen, dass du nicht der Boss bist.“

„Gott bewahre.“ Er schnaubte. „Ich helfe nur bei den Bewerbungsgesprächen, bis Bull endlich erkennt, dass er einen Manager braucht.“

„Ah, aber du regierst über die Küche. Ich denke, Köche stehen weit über Chefs.“

„Ich stimme dir ganz zu.“ Wylies Grinsen war hinterlistig.

Lächelnd drehte sich Frankie um, um Reinigungsmittel zu holen, und rannte direkt in Bull. Erst prallten ihre Brüste von seinem harten Körper ab, dann ihr Kopf. „Uff.“

Sie wankte zurück.

„Ich habe dich.“ Seine riesigen Hände legten sich um ihre Oberarme. „Alles gut?“ Seine tiefe Stimme rumpelte durch seine Brust.

Er roch nach Sandel- und Zedernholz, nach sinnlichen Nächten und hitzigen Küssen.

Oh, mal ehrlich!

Wie konnte sie nur daran denken, Sex mit einem Mann zu haben, den sie nicht einmal mochte?

„Ähm, mir geht es gut, danke.“ Sie versuchte, zurückzutreten, und er ließ sie sofort los.

Während sie damit beschäftigt war, das kribbelnde Gefühl seiner Berührung wegzureiben, sprach er mit Wylie. „Wir sollten einen Manager einstellen. Ich stimme zu. Aber wir müssen über die Hierarchie sprechen. Koch über dem Chef? Wirklich?“ Sein tiefes Glucksen deutete darauf hin, dass er sich von ihrem Kommentar kein bisschen bedroht fühlte.

Der Mann war einfach zu selbstbewusst.

Auch fiel ihr auf, wie er mit seiner Größe den ganzen Bereich in der Küche einzunehmen schien. Die Art und Weise, wie sich sein T-Shirt über die gemeißelten Muskeln seiner Brust streckte, war einfach hypnotisierend. Sie trat einen weiteren Schritt zurück.

Seine Augen wanderten zu ihr. „Ich weiß es zu schätzen, dass du hier in der Küche ausgeholfen hast. Du hast jetzt die Wahl – du kannst für heute Feierabend machen oder wieder nach draußen gehen und Getränke servieren."

„Ich habe nichts dagegen, meine Schicht in der Bar zu beenden." Vielleicht würden die Patriotischen Zeloten noch kommen.

„Okay. Easton hat gehofft, dass er sein Date nicht absagen muss." Bull schenkte ihr ein schwaches Lächeln, nicht sein übliches breites Grinsen.

Wenn sie so darüber nachdachte, war das nach dem ersten Kennenlernen das Einzige, was sie von ihm bekam. Abgesehen von dem einen Kompliment war er auf Abstand geblieben. Hatte er ihre Feindseligkeit aufgegriffen und respektierte nun ihren Wunsch, ihm aus dem Weg zu gehen?

Die Erkenntnis war beunruhigend.

Als Bull zurück in die Bar ging, runzelte der Koch die Stirn. „Gibt es ein Problem zwischen euch beiden?"

Sie wollte Bulls gefühlloses Verhalten auf dem Parkplatz mit niemandem besprechen. Es war offensichtlich, dass Wylie seinen Boss mochte.

„Nein. Ich habe bisher kaum mit ihm gesprochen." Sie zuckte mit den Schultern. „Ich ziehe es einfach vor, mich von" – Frauenhelden und Schürzenjägern – „heißen Typen fernzuhalten."

Der Koch lachte laut los. „Das ist er wirklich." Das Stirnrunzeln kehrte zurück. „Aber der große Bulle ist respektvoller gegenüber Frauen als ... zur Hölle nochmal, jeder andere Mann in dieser Küche."

„Natürlich", sagte sie einlenkend. Um fair zu sein, was sie als Flirten mit weiblichen Kunden verstanden hatte, erwies sich einfach als Bulls Persönlichkeit, unabhängig von Geschlecht, Alter oder Aussehen. Er war einfach extrem kontaktfreudig.

Frankie zog sich die Schürze aus und nahm die Kochmütze ab, die sie für ihre Haare bekommen hatte. Ihre Kopfhaut jubelte, als sie aus der glühenden Gefangenschaft entlassen wurde. Sie nahm sich ihre Kellnerweste. „Ich werde mich in der Damentoilette etwas frischmachen und dann wieder in die Bar gehen."

Und Boss oder nicht, sie würde weiterhin „den Bullen" meiden. Denn was sie Wylie erzählt hatte, war die absolute Wahrheit – sie mied heiße Männer.

Schokolade war für ein Mädchen viel besser.

KAPITEL SIEBEN

W*enn der Feind in Reichweite ist, bist du es auch.* - Murphys Gesetze des bewaffneten Kampfes

Das verspricht ein großer Spaß zu werden. Nicht.

Auf den Knien im dichten Unterholz musterte Frankie ihre brandneue Drohne, die sie Iron Boy genannt hatte. Die Drohne war nicht das billigste Modell, aber auch nicht das teuerste – weil sie wusste, dass sie das Teil wahrscheinlich in einen Baum fliegen würde.

Alles war mit dem Controller und ihrem Handy verbunden, kalibriert und einsatzbereit. Der stromlinienförmige weiße Körper, die Rotoren und das High-Tech-Gadget auf der Vorderseite gaben ihr das Gefühl, als wäre sie in einem Science-Fiction-Film.

Wäre das nicht cool? Aber nur, solange sie eine Heldin wie die immer so kompetente Ripley aus dem Film *Aliens* sein konnte.

Ich fühle mich nicht wie Ripley.

Kein bisschen. Sie war keine mutige, knallharte Frau.

Sie war ein Stadtmädchen. Sie mochte es, ein Stadtmädchen

zu sein. Trotzdem ... egal, was nötig war, sie würde Kit und Aric von diesem PZ-Gelände holen. Denn ihrer Freundin zu helfen, war sehr wohl, wer sie war.

Warum, oh warum, hatte sie nicht einfach die Polizei, das FBI oder das Jugendamt anrufen können? Weil Kit sehr vehement dagegen gewesen war.

Nachdem Frankie über die katastrophalen Schießereien von Waco und Ruby Ridge gelesen hatte, verstand sie, warum Kit so dagegen war. In Ruby Ridge hatte der angebliche Führer der Rechtsextremen die Schlacht überlebt, aber seine arme Frau und ein vierzehnjähriger Junge waren von Kugeln getroffen und getötet worden. In Waco führte die Belagerung zu 70 Todesfällen, darunter 25 Kinder.

Die Patriotischen Zeloten hatten diesen großen Zaun und dieses Tor. Wenn sie der Strafverfolgung den Zutritt verweigerten, könnte es zu einem Blutbad kommen. Kugeln würden direkt durch diese fadenscheinigen Häuser gehen – und Kinder und Frauen töten.

Ein Loch im Zaun war also nicht die schlechteste Idee, was bedeutete, dass sie herausfinden musste, wo sich die Frauen- und Kinderbaracken befanden.

Ein Drohnenflug sollte dieses Mysterium aufdecken.

Zum Glück hatte sie einen guten Startplatz gefunden.

Die Dall Road führte von Rescue zu dem *McNally's Resort* hoch auf dem Berg und hatte eine Vielzahl von kleinen unbefestigten Straßen, die zu verschiedenen Häusern und Hütten abzweigten. Das PZ-Gelände lag ein Drittel des Weges hinauf in einem Tal zwischen zwei Gebirgsausläufern.

Am Donnerstag und Freitag war sie jede noch so kleine Straße in der Nähe des Geländes abgefahren und hatte dumme, weibliche Touristin gespielt, wann immer sie in jemandes Vorgarten gelandet war. Schließlich hatte sie eine überwucherte Straße gefunden, die sich an mehreren Häusern vorbeischlängelte und an einer verlassenen Hütte endete. Eine anstrengende Wanderung durch dicht bewachsenes Unterholz hatte sie an diesen Ort gebracht, wo sie ... wo sie das Gelände im Tal kaum erhaschen konnte.

Denken wir nicht an all die Gesetze, die ich gleich brechen werde. Ihre Drohne war nicht registriert, wäre nicht immer in ihrer Sichtlinie, würde direkt über Menschen fliegen, würde einen Bereich auskundschaften, in dem die Bewohner Privatsphäre über alles schätzten.

Sie zog eine Grimasse. Da Kit zu ihr gemeint hatte, dass einer der Polizisten in Rescue ein Mitglied war, würden sie Frankie wahrscheinlich für immer einsperren, falls sie sich erwischen ließ.

Wenn die Zeloten sie entdeckten, würde ihre Strafe wohl noch schlimmer ausfallen.

Mit klopfendem Herzen schaltete sie die Drohne ein, ließ sie schweben und schickte sie von der Klippe hinunter in die Zielzone. Eine kurze Überprüfung stellte sicher, dass alles auf ihrem Handy aufgezeichnet wurde.

Ich kann nicht glauben, dass ich das tue.

Sie betrachtete den Bildschirm und hielt die Drohne weit oben. War es nicht nett, dass die Zeloten all das gerodete Land und diese großen Gewächshäuser hatten? So war es leicht, das Gelände im Wald zu finden.

Iron Boy flog am Südzaun vorbei zu den Dächern.

Okay, in welchem Gebäude waren die Kinder?

„Runter, Boy." Sie drückte die Bedienelemente, um die Höhe zu verringern.

Iron Boy sank tief genug, sodass sie Menschen sehen konnte. Männer mit Gewehren. Frauen. Ein paar große Hunde. *Richtig, die Wachhunde dürfen bei der Planung nicht vergessen werden.*

Da ... da waren die Kinder. Kinder spielten zwischen zwei Häusern in der Nähe des Ostzauns. Bei einem Gebäude sah sie hässliche Sträucher, bei dem anderen einen Fahnenmast.

Treffer! Die Kinderbaracke musste eines dieser beiden Gebäude sein.

Die Kinder begannen, in den Himmel zu zeigen. Auf die Drohne. *Oje.* Die Erwachsenen bemerkten das Fluggerät. Plötzlich ertönte ein Feuerwerk. Knacken und Knistern prallten von den Bergen ab.

Ihr Bildschirm wurde schwarz.

Sie starrte auf ihr Handy und schüttelte es. Das Drohnen-Display ging nicht mehr. Das war kein Feuerwerk gewesen. *Merda, das waren Schüsse.*

Sie hatten Iron Boy abgeschossen, hatten ihre kleine Drohne getötet. Bei dem Gedanken wurden ihre Hände kalt und ... taub.

Sie würden sich auf die Suche nach dem Drohnenbesitzer begeben – auf die Suche nach ihr.

Lauf!

Sie schob ihre Ausrüstung in die Tasche und sprintete durch das dichte Unterholz. Ein Ast peitschte ihr ins Gesicht, ein anderer kratzte über ihren rechten Arm. Mit Tränen in den Augen prallte sie von einem Baum ab.

Schneller!

Sie sprang über einen toten Baumstamm, stolperte bei dem unebenen Boden und fiel. Ein Stein bohrte sich in ihre Handfläche. Sie schaffte es auf die Beine, rannte durch den Wald und gewann weitere Kratzer und blaue Flecke hinzu. Ihr Arm stieß gegen den harten Stiel einer großen, hässlichen Pflanze. *Au, au, au!*

Keuchend, das Herz wild pochend, brach sie neben der Hütte aus dem Gebüsch.

Niemand war hier. Noch nicht. *Beweg dich!*

Sie sprang in ihr Auto und raste den schmalen Feldweg hinunter. Äste attackierten die Seiten des Fahrzeugs. Als die Räder in die Furchen des unebenen Bodens eintauchten, hörte sie den Rumpf des Autos auf den Waldboden krachen.

Bleib nicht stecken, bleib nicht stecken.

An der Dall Road angekommen, bog sie nach Norden ab und fuhr zurück in die Stadt. Um nachhause zu fahren. Um sich zu verstecken.

Nein, nein, das konnte sie nicht. Sie musste an der Abzweigung zum PZ-Gelände vorbeifahren, um nach Rescue und somit zu ihrer Hütte zurückzukehren. Was, wenn jemand die Straße beobachtete?

Sie bog rechts ab und fuhr den Berg hoch. Es gab eine Bar im Resort ... mit Alkohol. Vielleicht würde sie sogar eine Flasche kaufen, um sie mit nachhause zu nehmen.

Im Rückspiegel sah sie, wie ein Auto aus der PZ-Richtung auf die Dall Road bog. Ein weiteres Auto folgte, und noch eins und noch eins. Sie trennten sich und fuhren in beide Richtungen.

Frankie trat aufs Gas. Auf dem Resort-Parkplatz wäre ihr kleines Auto nur eines von vielen. *Sie* wäre eine von vielen. Dort würden sie Frankie nicht finden.

Der Zorn jedoch brannte tief in ihrer Brust. Die *Bastardi* hatten Kit und Aric und ließen sie nicht gehen!

Und sie hatten Iron Boy getötet.

Auf dem PZ-Gelände ging Captain Grigor Nabera nach draußen. Seine Leutnants standen in Reih und Glied und warteten auf ihn. „Berichtet."

„Sir." Luka stand mit seinem frisch geschnittenen Buzzcut vor ihm – und Nabera hätte fast gelächelt, da er wusste, dass die Schultern des Narren schmerzen mussten, nachdem er gestern die Schriften des Propheten in Frage gestellt hatte. „Die Drohnenteile wurden geborgen. Es ist kein Gerät des Militärs oder der Polizei. Das Modell kann man in jedem Geschäft kaufen."

Nabera nickte und beobachtete, wie sich der Mann entspannte. „Obadiah, was ist mit der Umgebung?"

Der gehorsame Soldat des Propheten hatte einen strähnigen, gelbbraunen Bart, kurze braune Haare, war stämmig gebaut wie ein texanischer Bison und bewegte sich genauso langsam. „Die

Umgebung wurde durchsucht, jedoch wurden keine Spuren gefunden."

„Gut. Und weiter draußen?"

Der große, dünne Conrad hatte einen rötlichen Bart, der seine Gürtelschnalle erreichte. „Sir, mein Team fuhr die Dall Road ab. Drei der unbefestigten Straßen hatten frische Spuren, also sind wir ihnen gefolgt. Am Ende der letzten stand eine alte Hütte. Jemand kämpfte sich von dort durch das Unterholz zu einer Stelle, die uns überblickt. Mehr als eine winzige Ecke des Geländes war von dort jedoch nicht zu sehen."

„Nur, dass die Person eine Drohne benutzte", sagte Reverend Parrish, als er sich ihnen anschloss. Der Prophet wirkte erschöpft, mit Linien um seinen Mund und tief liegenden Augen.

Nabera warf ihm einen besorgten Blick zu. Wenn deren Anführer ins Schwanken geriet, würden sie das alle. Ihre Pläne, das Land aufzurütteln und alte Traditionen zurückzubringen, kamen gerade erst zusammen.

Mit einem besänftigenden Lächeln legte Parrish eine Hand auf Naberas Schulter und wärmte ihn so bis zur Seele. „In dieser gottlosen Welt werden Technologien wie Drohnen ein zunehmendes Problem für die Gläubigen sein."

„Wir werden den Bastard schon kriegen." Naberas Lippen verzogen sich. „Er wird in genauso vielen Teilen enden wie seine teuflische Spyware."

Jeder einzelne seiner Leutnants nickte.

Conrad rührte sich.

„Sprich", befahl Nabera.

„Als wir auf die Dall Road kamen, sahen wir einen Pick-up, der nicht mehr weit von Rescue entfernt war. Ein SUV, der den Berg herunterkam und ein kleines Auto, das die Strecke zum Resort nahm. Einige unserer Glaubensbrüder fuhren ihnen nach und erstatteten Bericht." Er hielt die Berichte hoch.

Nabera riss die Papiere an sich und überflog sie. Beide Fahrzeuge gehörten zu Rescue-Bewohnern, einer davon mit einer

Familie. Nicht der Typ, der sie mit einer Drohne ausspionieren würde.

Conrad wartete auf Naberas Nicken und fuhr fort: „An der verlassenen Hütte waren die Reifenspuren klein – und das Fahrzeug war tiefergelegt. Die Unterseite kratzte ein oder zwei Mal über den Boden."

Nabera musterte ihn. „Denkst du, es könnte der Fahrer des kleinen Fahrzeugs gewesen sein?"

„Ja, möglich." Conrad zog die Augenbrauen zusammen. „Wir haben Fußspuren gefunden. Auch klein." Er hielt seine Hände hoch, um die Größe zu veranschaulichen. „Könnte sein, dass der Spion ein Teenager oder eine Frau ist."

Obadiah schüttelte den Kopf. „Frauen tun solche Dinge nicht."

„Deine hätte das vielleicht, bevor du sie gebrochen hast", sagte Conrad.

Obadiah sah beunruhigt zu Nabera.

Nabera spürte ein Zucken in seiner Männlichkeit, denn Obadiahs Frau Kirsten war noch nicht gebrochen. Betonung auf *noch nicht.* Ein Funken Trotz glühte weiterhin in ihr.

Er wollte derjenige sein, der ihn auslöscht.

Aber dies war nicht die Zeit, um über solche Dinge nachzudenken.

Der Prophet runzelte die Stirn. „Eine Frau, die uns ausspioniert."

„Sie könnte eine Reporterin sein, wie die, die uns in Texas geplagt haben", sagte Nabera. Zusammen mit der Wut, dass jemand in ihre Privatsphäre eingedrungen war, kam ein Gefühl der Vorfreude.

Als eine ihrer Frauen entkommen war und behauptete, sie sei missbraucht worden, waren Reporter zum Gelände in Texas geschwärmt. Reingekommen waren sie natürlich nicht.

Nachdem die Geflüchtete wie vom Erdboden verschluckt worden war, hatte es nicht lange gedauert, bis auch die Gerüchte verschwanden. Die Polizei hatte entschieden, dass die Frau Angst bekommen und die Gegend verlassen hatte.

Nabera kratzte sich an der Brust und lächelte. Sie *hatte* Angst gehabt ... nachdem er sie eingefangen hatte. Diese Nacht war wirklich sehr nett gewesen.

Und ja, sie hatte die Gegend verlassen. Ihr Körper verrottete jetzt in Texas in einem der östlich gelegenen Tiefwassersümpfe.

Alligatoren waren Gottes Reinigungsmannschaft.

Mai in Alaska ... so eine schöne Zeit des Jahres.

Am Grill atmete Bull die Düfte von Hickoryrauch und brutzelndem Fleisch ein. Zusammen mit den Gesprächen seiner Familie kamen das zufriedene Gackern der Hühner und das rauschende Wasser gegen das kleine Dock.

Es war ein ausgesprochen schöner Tag. Unter einem klaren blauen Himmel spiegelten sich die weiß gekleideten Berge im ruhigen türkisfarbenen See. An den Ufern färbten sich die Gräser und das Schilf leuchtend grün.

Die Sommer waren hier kurz und sollten genossen werden – deshalb war seine Familie auf der Terrasse der Eremitage zum Abendessen zusammengekommen. Obwohl es nur um die zehn Grad Celsius war, sorgten die Hitze des Grills und die Wärme der Sonne dafür, dass sie es angenehm hatten. Definitiv besser als an einem kalten Wintertag, wenn es die Temperaturen kaum über den Gefrierpunkt schafften.

„Damit kannst du jetzt zum Tisch gehen, Regan." Er legte das letzte Burger-Patty auf den Stapel.

„Ja, Sir." Seine zehnjährige Nichte hob den Teller vorsichtig an. Wie üblich war sie seine Assistentin. Da sie gerade JJ vermisste, die eine Weile nicht in der Stadt sein würde, hatte er Regan dazu gebracht, ihm beim Grillen zur Hand zu gehen.

Sie mochte Caz in den medizinischen Bereich folgen wollen, aber das Kochen zu erlernen, hatte noch nie jemandem geschadet. Sie war genauso stolz auf das Essen, das sie gegrillt hatte, wie er es auf sie war.

Da JJ nicht hier war, hatte Caz seiner Tochter heute mit den Haaren geholfen und diese zu zwei langen Zöpfen geflochten, sodass die Haare kein Feuer fingen. Das Mädchen hatte Kratzer an den Händen, da sie heute Morgen auf dem Weg zum Angeln hingefallen war, und ihre Nase zeigte einen Sonnenbrand. Ihr rotes Sweatshirt hatte ein Bild von Leia mit einem Blaster und las: *Leg dich nicht mit einer Prinzessin an.*

Bull grinste. Die temperamentvollste Nichte aller Zeiten.

Der Rest seiner Familie machte anerkennende Geräusche, als sie den Teller mit Burger-Pattys und Würsten auf den langen Picknicktisch stellte.

Nicht, dass die Gefahr bestand, dass sie verhungerten, denn Hawk hatte rohes Gemüse und Krabben-Dip als Snack vorbereitet, während Bull und Regan den Hauptgang grillten.

Caz glaubte fest an die positive Wirkung von Gemüse und war in das Gewächshaus gegangen, um einen Salat machen zu können.

Gabe und Audrey hatten einen Kartoffelauflauf und einen Schokoladenkuchen beigesteuert. Von dem Frosting auf Regans Wange zu urteilen, hatte sie beim Backen geholfen.

„Lasst es euch schmecken, Leute“, sagte Bull – und grinste, so wie sie es taten.

Ja, es gab nichts Schöneres, als Menschen mit Nahrung zu verwöhnen. Er beobachtete Audrey, wie sie das erste Mal an der Karibu-Wurst – aka Rentier – knabberte. Überraschung füllte ihr Gesicht, dann reichte sie Regan ein kleines Stück. „Es schmeckt sehr gut. Probiere es.“

Das tat Regan. „Hmm. Wie ein wirklich scharfer Hot Dog.“ Sie machte ein hungriges Geräusch, schnappte sich vom Teller eine Wurst und ließ sie in ein Brötchen fallen.

Lachend reichte Bull ihr den Ketchup, bevor er ein paar

Burger-Pattys für sich nahm. Als er spürte, dass etwas um sein Schienbein schlich, brach er ein Stück Fleisch ab und ließ es zu Boden fallen.

Sirius' Pinselohren sprangen nach vorn und der Kater schlug experimentell mit einer großen Pfote auf den Leckerbissen, bevor er entschied, dass das Angebot angemessen war.

Der langhaarige Streuner hatte nach ein paar Monaten mit regelmäßigen Mahlzeiten nun ein gutes Gewicht. Das Tier stammte von Monsterkatzen ab. Caz vermutete, Sirius könnte Gene einer sibirischen Wildkatze in sich tragen. Somit war er groß genug, sodass es die Falken nicht auf ihn abgesehen hatten.

Gryff in der Nähe zu haben, würde auch helfen. Der Hund wurde seiner Aufgabe als Wachhund mehr als gerecht. Als Bull sich umdrehte und die großen braunen Augen sah, warf er ihm ein Stück Fleisch zu, das der Hund mit dem Maul aus der Luft fing.

Die Vorstellung von Katze und Hund war gut gelaufen, und es war bereits ein vorläufiger Frieden entstanden. Als der Hund Sirius zum ersten Mal entdeckt hatte, war Gryff losgesprintet ... und Regan brach in Tränen aus. Gryff hatte daraufhin sofort Platz gemacht, aus Sorge, einen Fehler begangen zu haben. Gryff war ein sensibles Kerlchen. Bull drehte sich um und streichelte die weichen Ohren. „Du bist ein guter Hund."

In der nächsten Stunde hatte jeder die Möglichkeit, zu sprechen. Damit wurde das Protokoll des Sarge für Mahlzeiten eingehalten, und ein Jeder konnte die Höhen und Tiefen des Tages zum Besten geben.

Hawk hatte einen verletzten Mann ins Krankenhaus nach Soldotna geflogen. Der Mann war mit dem Auto einem Elch ausgewichen, auf Eis ins Schleudern geraten und in einen Baum gekracht.

Der Doc hatte eine Frau wegen einer Gehirnerschütterung behandelt. Beim ersten Hooligan-Lauf war sie beim Dipnetting ausgerutscht und mit dem Kopf gegen einen Felsen geschlagen.

„Dipnetting? Das ist wie Angeln, oder?", fragte Regan.

„Nicht direkt. Dabei werden kleine Fische mit einem großen Netz aus dem Wasser geschöpft." Bull machte sich mental die Notiz, mehr Zeit fürs Fischen einzuräumen. „Die Hooligans oder auch Kerzenfische sind im Mai dicker. Wenn es so weit ist, holen wir deinen Papa aus seiner Klinik ab und dann zeigen wir dir, was es mit Dipnetting auf sich hat."

Das Kind hatte das beste Lächeln.

„Hey, Onkel Bull, ist das deine neue Kellnerin?" Regan zeigte auf die andere Seite des Sees.

In Jeans und einer roten Jacke saß Frankie auf dem kleinen Picknicktisch hinter ihrer Hütte. Etwas saß neben ihr – eine Flasche und ein Glas? Ihre Schultern sackten niedergeschlagen nach unten. Sie trank allein. Sie war zu weit weg, als dass er ihren Gesichtsausdruck sehen konnte, aber ihre Haltung war ein Bild der Einsamkeit.

Eine Schande, dass sie ihn nicht mochte, sonst würde er sie zu ihnen holen. Und ihr Nahrung anbieten.

„Ja, das ist Frankie", sagte er zu Regan. „Dante vermietet seine Hütte an sie."

„Ist sie nett?" Regans Augenbrauen zogen sich zusammen. Obwohl von ihrer defensiven Haltung im letzten Herbst, als Caz sie nach Alaska gebracht hatte, nicht mehr viel zu sehen war, hatte sie noch immer ihre Schwierigkeiten mit Fremden. Manchmal erinnerte sie ihn an Hawk.

„Nett, na ja ..." Bull zögerte. Seine neue Mitarbeiterin war zu allen freundlich – außer zu ihm.

„Frankie scheint wirklich nett zu sein", sagte Audrey. „Es kann beängstigend sein, an einem Ort wie diesem allein zu sein – so anders als die Stadt. Sie kommt aus New York."

„Oh. Ja, das verstehe ich." Das Kind aus Los Angeles warf Frankie einen verständnisvollen Blick zu.

Caz grinste Bull an. „Mag dich deine Kellnerin immer noch nicht?"

„Nein. Und ich wüsste gerne, warum."

Regans kleines Gesicht verzog sich zu einer Grimasse. „Wenn sie dich nicht mag, dann mag ich sie auch nicht."

Um Himmels willen. Bull funkelte Caz an, der dieses Chaos zu verantworten hatte, und sein Bruder zuckte mit den Achseln, wodurch er jegliche Verantwortung von sich schob.

„Vielleicht solltest du sie fragen, warum sie dich nicht mag." Gabe warf Gryff ein Stück Wurst zu.

„Was?" Bull sah mit weit aufgerissenen Augen zu Gabe. Von allen war Gabe der beste Stratege – aber nicht gerade dafür bekannt, lange vertrauliche Gespräche zu führen. „Das sagst ausgerechnet du?"

„Es ist ein eigennütziger Vorschlag." Gabe gluckste. „Dante liefert immer Brennholz zu den Hütten und hat sich dabei den Rücken verletzt. Er fragte, ob wir von unserem Holz etwas an Frankie abgeben könnten, da er es nicht zu ihr geschafft hat."

Nachdem ein idiotischer Mieter einen Zierbaum als Brennholz verwendet hatte, war dem Okie keine andere Möglichkeit geblieben, als die Hütten selbst mit Holz zu bestücken.

„Du willst, dass ich die Lieferung für dich mache, was?" Bull blickte seinen Bruder finster an.

„Ja natürlich."

Fuck. Es war jedoch kein schlechter Vorschlag. „Okay, na gut." Er hatte ohnehin ihre Idee für Themenabende im Roadhouse besprechen wollen. „Das mache ich gleich morgen früh."

„Wir werden damit warten, sie nicht zu mögen, bis Bull Bericht erstattet, ja?" Gabe grinste Regan an.

Regans Mund bildete eine gerade Linie. Jemand hatte sich bereits eine Meinung gebildet. Seine Nichte war äußerst loyal.

Hawk schnaubte, sagte kein Wort, aber Belustigung zeigte sich in seinen stahlblauen Augen. Wenn Hawk nicht das Ziel war, genoss er Gabes Manöver.

Bull musterte ihn, dann Gabe.

Hawk, der als Kind mehr gelitten hatte als so mancher Mensch in seinem ganzen Leben, hatte ein fürsorgliches Herz, auch wenn er es hinter hohen Mauern versteckt hielt. Er und Gabe waren sich als Kinder nahe gewesen. Als sie jedoch im selben Söldnertrupp gewesen waren, war etwas passiert. Gabe wusste nicht, warum Hawk das Team verlassen und sich zurückgezogen hatte, und Hawk, der schweigsame Bastard, machte nur selten den Mund auf.

Bull sah zu Gabe. Es könnte sein, dass Gabes Unzufriedenheit mit Hawks Schweigen der Grund dafür war, dass er Bull auftrug, mit Frankie zu sprechen.

Audrey war offensichtlich zu dem gleichen Schluss gekommen. Sie zwinkerte Bull zu, bevor sie sich an Gabe lehnte, der automatisch seinen Arm um sie legte.

So verdammt süß. Genau wie JJ und Caz.

Bull wandte sich ab und versuchte, das leere Gefühl in seiner Brust zu ignorieren. Warum zum Teufel fühlte er sich gerade schlecht, weil er nicht in einer Beziehung war? Er hatte es versucht, oder nicht?

Zweimal verheiratet, zweimal verbrannt.

Er war mit diesem Scheiß durch.

KAPITEL ACHT

D*u machst Fehler, aber Fehler machen dich nicht aus.* - Maxwell Maltz

Das Raunen eines großen Fahrzeugs riss Frankie aus dem Schlaf – ein Schlaf, der erst im Morgengrauen begonnen hatte. Angst konnte eine Person noch besser wachhalten als Koffein.

Sie konnte das Geräusch von abgeschossenen Waffen und den Tod von Iron Boy nicht vergessen.

Natürlich wusste sie, dass die kleine Drohne keine echte Person gewesen war, aber ... Er surrte und flog und reagierte auf ihre Befehle. Zumindest bis diese *Stronzi* ihn getötet hatten.

Was hätten sie mit ihr gemacht, wenn sie Frankie erwischt hätten?

Sie erschauderte. *Das ist nicht mein Ding – ich bin keine Kriegerin.* Sicher, sie praktizierte Aikido, aber sie hatte sich für die Kampfkunst entschieden, weil sie sich nicht an Gewalt erfreute.

Auch bin ich nicht Miss Natur. Sie war ein Profi darin, U-Bahn-Zeiten herauszufinden, entzückende Skulpturen in der Bleecker Street zu kaufen, über die Straßenbetrüger zu lachen, wenn sie ihr hinterherschrien, dass sie angeblich deren Brille zerstört hatte, und versteckte Grünflächen zu finden, um ihren Verstand freizubekommen.

Ein Wildnis-Ninja? Nicht sie.

Ich habe jedoch einen kleinen Fortschritt gemacht. Sie hatte den Standort der Kinderbaracken eingrenzen können. Der nächste Schritt wäre, herauszufinden, wie sie reinkommen und den kleinen Aric herausbekommen sollte.

Die Angst breitete sich in ihrer Brust aus, denn sie hatte keine Ahnung, wie sie das angehen sollte. Und diese Arschlöcher hatten Waffen.

Oh, bitte, Kit. Schaffe es, dich rauszuschleichen. Bitte.

Draußen stoppte der Motor des Fahrzeugs. Eine Autotür wurde zugeschlagen.

Richtig. Draußen. Vor. Ihrer. Hütte.

Sie setzte sich ruckartig im Bett auf, sodass ihr der Kopf schwirrte. *Böse Frankie. Zu viel Wein.*

Verspannte Muskeln und Prellungen und Kratzer von ihrer Flucht führten dazu, dass ihr Körper gegen Bewegung ankämpfte. Sie wimmerte und wollte sich nur wieder unter der Bettdecke vergraben.

Jemand war hier. Wer?

Hoch, hoch, hoch. Der Raum war noch dunkel – nur durch die Verdunkelungsvorhänge vor den Fenstern. Denn die Sonne ging morgens verrückterweise gegen fünf Uhr dreißig auf und erst nach zehn Uhr abends unter.

Der Holzboden fühlte sich unter ihren Füßen eiskalt an. Sie stoppte. *Nackt.* Richtig. Vielleicht war es nicht schlau, in dieser Wildnis splitterfasernackt ins Bett zu gehen, aber Nachthemden und Pyjamas hassten sie. Diese Kleidungsstücke versuchten immer, sie zu erwürgen, oder wickelten sich zu eng um ihre Taille und ihre Brüste.

Sie zog sich eine Jeans an, warf sich ein Flanellhemd über und schlüpfte in flauschige Hausschuhe.

Na bitte, sie war angezogen. Mehr oder weniger. Ihr Hemd war schief zugeknöpft und sie trug keine Unterwäsche. Wer auch immer es war, hätte zuerst anrufen sollen, denn dann bekam ein Besucher auch ein wohl durchdachtes Outfit.

Sie öffnete die Haustür einen Spalt.

Es war niemand zu sehen.

Ein großer roter Pick-up hatte rückwärts auf ihrer Schottereinfahrt geparkt, rückwärts, sodass sie die Ladefläche nicht mal mehr sehen konnte.

Bam. Bam. Bam.

Oh, es war Dante. Ihr Vermieter hatte gesagt, er würde vorbeikommen, um den Unterstand mit Brennholz aufzufüllen. Er war so süß.

Sie wollte gerade zur Ecke der Hütte laufen, stoppte aber. Ihr Flanellhemd verbarg ihren BH-losen Zustand kein bisschen. Vielleicht sollte sie sich umziehen.

Aber Dante hatte erwähnt, dass ihm sein Rücken Probleme bereitete – und Holz war schwer. Wirklich eine schlechte Idee. Sie könnte das Holz für ihn abladen.

Sie eilte um die Ecke. „Dante, du solltest nicht schwer heb –"

Es war nicht Dante.

In ein enges schwarzes T-Shirt gekleidet stapelte Bull das Brennholz – und ihr Atem stockte.

Wow. Die Schultern sollten nicht so breit sein, und sein Bizeps und Trizeps waren so beeindruckend, dass der Mann ein Model für einen Anatomiekurs sein könnte.

In dem Fall hätte sie das Thema sicher um einiges mehr genossen.

Und ... ihm fiel auf, dass sie ihn anstarrte. *Cazzo,* sie sabberte wahrscheinlich.

Umrahmt von seinem schwarzen Spitzbart zuckten seine Lippen. „Hattest du noch keinen Kaffee?"

Super. Ihr Haar ähnelte wahrscheinlich einem Rattennest.

Hoffentlich hatte sie keine Speichelspuren auf ihrer Wange. „Nicht mal einen Schluck. Dein Pick-up hat mich geweckt."

Sogar sie hörte, wie mürrisch sie klang.

Sein Blick fegte über sie, und es war eindeutig, dass er genau sah, dass sie ohne BH unterwegs war. Und es war kalt, was bedeutete, dass sich ihre Nippel gegen den Stoff pressten.

Als sie die Arme über ihrer Brust verschränkte, erschien ein Grübchen in seiner Wange. „Es ist nett, wenn man lange schlafen kann", sagte er sanft.

Sein Blick verweilte auf ihrem Gesicht und erinnerte sie an die vielen roten Kratzer auf ihrer Wange und ihrem Kinn. Oder die Prellung auf der linken Seite, wo sie beim Fallen auf einem Baumstamm gelandet war. Sicher alles sichtbar.

„Mein Job erfordert späte Arbeitszeiten." Sie fügte einen finsteren Blick hinzu, um ihn davon abzuhalten, nach den Kratzern in ihrem Gesicht zu fragen.

Er schnaubte ein Lachen heraus. „Du könntest dich bei deinem Chef beschweren. Zu dumm nur, dass er weiß, dass du gestern frei hattest." Trotz ihres Murrens sprach er mit seiner gewohnten guten Laune.

„Ich schätze, diese Ausrede wird dann nicht funktionieren." Sie legte ihre miese Stimmung ab und ... kicherte. „Tut mir leid, dass ich so schlecht gelaunt bin. Und danke, dass du das Holz vorbeigebracht hast. Was schulde ich dir?"

„Nichts. Wir haben genug und waren Dante ohnehin einen Gefallen schuldig." Als er an ihr vorbei zum Pick-up ging, um eine weitere Armladung zu holen, kam sein großer Hund angesprungen.

Wir? Bedeutete das, dass Bull eine Freundin hatte? Und warum war das das Erste, was ihr durch den Kopf ging? Sie beugte sich vor, um den zotteligen Hund zu streicheln, während das Tier sich an ihre Beine lehnte und sie von dem Gewicht fast umgefallen wäre. „Guten Morgen, ähm, Hund."

„Gryff – so heißt er."

„Gryff." So ein Süßer.

„Sag Hallo, Kumpel." Sagte Bull zu dem Hund. „Bellen."

Gryff stieß ein lautes Bellen aus, trabte dann zu Bull und erwartete offensichtlich ein Lob.

„Gut gemacht, Junge." Bull beugte sich vor und streichelte den Hund, bis Gryff sich überglücklich um sich selbst drehte.

Verdammt, sie wollte den Mann nicht mögen. „Na ja, also ... danke für das Holz. Ich weiß es zu schätzen." So könnte sie ihre erste Tasse Kaffee am Holzofen genießen. „Mir war bisher nicht klar, wie nett ein Feuer sein kann. Die Hitze ist ... ich weiß auch nicht ... wärmer?"

„Empfinde ich auch so." Sein Lächeln löste Dinge in ihr aus.

In dem Moment kam eine kalte Brise, die ihr das Haar ins Gesicht wehte, sodass sie an ihre zerwühlte Erscheinung, ihr zerkratztes Gesicht, ihre zusammengeworfene Kleidung und ihren Mangel an Unterwäsche erinnert wurde.

Cazzo. Sie trat einen Schritt zurück. „Nochmals vielen Dank. Einen schönen Ta –"

„Frankie." Er lehnte sich mit einer Schulter gegen den Pfosten des Anbaus und nagelte sie mit seinem schwarzen Blick an Ort und Stelle fest. „Du magst mich nicht. Das ist dein Vorrecht, aber wenn ich etwas tue, das dich nervt, wäre es eine Erleichterung zu wissen, was es ist."

Ihre Kinnlade klappte herunter. „Was?" Sie warf ihre Hände in die Luft und ihre Stimme wurde mit jedem Wort lauter. „Bist du in einer Scheune aufgewachsen? Wenn dich jemand nicht mag, sprichst du das doch nicht an! Oder stellst es in Frage!"

Dieses Grübchen erschien wieder, so unpassend in einem dermaßen harten Gesicht. „Nicht in einer Scheune – einem Blockhaus. Von einem Green Beret-Veteranen. Es gab nur wenige Lektionen über Manieren."

Ein Blockhaus. *Das erklärt sooo viel.*

Er verschränkte die Arme über seiner breiten Brust. „Ich weiß jedoch, dass es als höflich gilt, Fragen von jemandem zu beantworten.“

Ihr Kinn hob sich. Wenn er die Wahrheit wollte, dann in Ordnung. Das ist genau das, was er bekommen würde. Sie hatte versucht, höflich zu sein – okay, nein, sie hatte es nicht versucht, aber sie hatte ihm auch nicht ins Gesicht gesagt, dass er ein *Stronzo* war. Sie zögerte und ging für den Fall mental die letzten Tage durch. Nein, sie hatte ihn nicht beleidigt. *Puh.* „Okay.“

Aber wie sollte sie ihm diese Sache erklären?

Nach ein paar Sekunden machte er ein leises Geräusch in seiner Kehle. „Spuck es schon aus, Frankie.“

„*Stronzo*“, murmelte sie. *Arschloch, oh ja.*

Er reagierte nicht.

Okay. „An meinem ersten Arbeitstag im Roadhouse ging ich in meiner Pause nach draußen, und da warst du auf dem Parkplatz. Du und deine ... Geliebte. Und, Mr. Alaska-Mann, ich habe beobachtet, wie du ihre Gefühle ausgeweidet hast, als wäre sie ein Hirsch. Dann bist du reingegangen, als würde da nicht eine vollkommen aufgelöste Frau stehen.“

Er starrte sie an und fuhr schließlich mit der Hand über seinen rasierten Schädel. „Fuck.“

Das konnte er aber laut sagen.

Die scharfe Linie seines Kiefers zeigte sich nun kantiger als die Bergformation hinter ihm. „Für diese Erklärung brauche ich eine Tasse Kaffee.“

Hatte er sich gerade selbst zum Kaffee eingeladen? *Che palle.* Wie nervig. Sie holte tief Luft, um ihm eine Absage zu erteilen, nur ... wollte sie wirklich diese Erklärung hören.

„Also gut.“ Ihr Aikido-Training konnte bis später warten. Sie neigte den Kopf. „Mach mir ein Feuer und ich mache Kaffee.“

Er nickte, sein Lächeln vollkommen verschwunden.

Anscheinend hatte er doch Temperament.

. . .

Bull hockte vor dem kleinen Holzofen und hörte das Zischen der Kaffeemaschine aus der Küchennische. Gryff hatte sich Frankie angeschlossen, nachdem er entdeckt hatte, dass in Küchen häufig Futter vom Himmel fiel.

Als das Holz Feuer fing, setzte sich Bull stirnrunzelnd auf den Sessel. Über seine Ehe sprechen. Okay. Er würde lieber einen zerklüfteten Hang herunterrollen und unten ohne Haut ankommen.

Selbst jetzt konnte er nicht glauben, wie gründlich Paisley ihn verarscht hatte.

Vor Jahren hatte der Sarge gesagt, dass die meisten Menschen ihr wahres Selbst auf so beeindruckende Weise verbargen, wie das eine Fuchsmama mit ihrer Höhle machte. *„Bei dir jedoch, Junge, bekommt man, was man sieht."* Vielleicht war das der Grund, warum er Menschen gut deuten konnte, aber nicht dazu neigte, misstrauisch zu sein – besonders gegenüber einer Frau.

Man lernt nie aus.

Mit einem Seufzer schaute er sich in der Ein-Zimmer-Hütte um. Dante hatte letzten Winter umgebaut und die Wände und den Holzboden mit Patina überzogen. In der hinteren Hälfte des Raumes befand sich die Küchennische mit neuen Geräten. Eine bewegliche Wand trennte die Küche vom Schlafbereich.

In der vorderen Hälfte der Hütte bildeten ein grün-brauner Teppich, zwei braune Sessel und eine passende Couch den Sitzbereich. Mit einem knisternden Feuer im Holzofen war das Zimmer wirklich nett und gemütlich.

Die New Yorkerin hatte sich gut eingelebt. Ein farbenfroher Pullover hing über einem Küchenstuhl. Auf dem Couchtisch lagen Bücher und ein E-Reader. Auf dem Küchentisch stand eine Vase mit Wildblumen ... und eine leere Weinflasche.

„Wie magst du deinen Kaffee?", fragte Frankie.

„Schwarz, bitte."

Sie ging zu ihm und reichte ihm eine schwere Tasse.

Ein Schluck sagte ihm, dass sie wusste, wie man einen guten Kaffee kochte. „Danke."

Sie nickte und sah dann zu dem Feuer. „Du hast es anders gemacht, als Dante es mir gezeigt hat."

Stadtmädchen. „Wir alle haben unsere Methode, um Feuer zu machen, und jeder Holzofen hat seine eigenen Macken."

„Hmm. Interessant." Als sie sich in einer Ecke der Couch hinsetzte, wie es nur Frauen und Katzen schafften, kam er nicht umhin, ihre schwingenden Brüste zu beobachten.

Fuck, er versuchte wirklich, sie nicht zu bemerken. Oder dass ihr Haar aussah, als hätte sie gerade bewusstseinserweiternden Sex gehabt. Aber zur Hölle nochmal, er war nur ein Mensch.

Mensch oder nicht, er würde nicht nach seinen Trieben handeln. Das war nicht der Grund, warum er hier war – und selbst wenn die Dinge anders wären, am Ende war er ihr Boss. Mit Mitarbeitern fing er schon aus Prinzip nichts an.

Sie nahm einen Schluck von ihrem Kaffee und zog dann eine Augenbraue hoch. Ihre heisere Stimme klang leicht höhnisch, als sie seinen Befehl wiederholte: „Spuck es schon aus, Bull."

Er mochte ihren Sinn für Humor. Wirklich.

Es war immer noch nicht einfach, über Paisley zu sprechen. Was hatte er an diesem Abend auf dem Parkplatz gesagt? Er erinnerte sich nur daran, verdammt gereizt gewesen zu sein. „Du hast sie meine Geliebte genannt."

„Ja, na ja. Sie sprach davon, dass du ihre Berührung liebst, dass ihr euch küsst und Liebe macht ..." Frankies Gesicht nahm die Farbe einer Tomate an.

Eine sittsame New Yorkerin? Oh, das gefiel ihm.

Aber jetzt erinnerte er sich daran, was er gesagt hatte. „Ich kann verstehen, warum du das denkst." Bull beobachtete, wie das Feuer an Höhe gewann, als sich die Flammen vom Anzündholz zu den dickeren Stücken bewegten. „Was du jedoch nicht weißt: Sie ist keine aktuelle Partnerin. Sie war meine Ehefrau. Wir haben uns vor zwei Jahren scheiden lassen."

Frankies Gesichtsausdruck änderte sich von überrascht zu entsetzt. Sie senkte ihre Tasse. „Zwei Jahre? Aber ... sie benahm sich wie ...“ Sie errötete.

Er wusste, wie sie den Satz beenden wollte. „Wir hatten seit der Scheidung keinen Kontakt mehr. Ich habe sie vor einem Jahr in der Philharmonie im Vorbeigehen gesehen. Wir waren beide mit anderen Leuten dort.“

„Oh, *che stupida che sono*.“ Frankie schlug sich mit der Handfläche auf ihre Stirn. Er genoss es ungemein, wie sich ihre Emotionen auf ihrem Gesicht widerspiegelten, sich in ihren großen braunen Augen zeigten, in ihren italienischen Gesten. „Sie hat mit dir gespielt und ich bin darauf hereingefallen.“

„So scheint es.“ Als sich seine angespannten Muskeln lösten, streckte Bull seine Beine aus. „Sie wollte mich zurück, und ich verlor die Beherrschung.“

„Ähm, ich habe sicher nicht das Recht, dazu etwas zu sagen, aber vielleicht vermisst sie dich? Manchmal versöhnen sich Paare.“

„Ich würde sie nicht mal zurücknehmen, wenn mich jemand dafür bezahlt“, knurrte Bull.

Frankie blinzelte, offensichtlich verwirrt über das Knurren in seiner Stimme.

„Vor unserer Ehe und auch währenddessen erzählte sie mir immer, wie wichtig ihr Loyalität und Treue seien. Dass Leute, die fremdgingen, Abschaum sind. Ich glaubte ihr, bis sie mir eine Geschlechtskrankheit gab.“

Frankies Kinnlade klappte erneut nach unten.

„Sie hat ihre Kunden gevögelt, denen sie Häuser gezeigt hat.“ Wie ein Narr hatte er sich gefühlt. Warum zum Teufel hatte er das mit –

„Häuser gezeigt?“

„Sie ist Maklerin.“

„Ich hasse Lügner.“ Frankie zog die Augenbrauen zusammen

und rümpfte die Nase. „Ich schätze, so kann man auch einen Verkauf sichern."

Er schnaubte, und dann lachte er, lautstark, denn ... na ja, es fühlte sich an, als hätte es einen Knoten in ihm gelöst, dass er ihr davon erzählt hatte und nun darüber lachen konnte.

„Tut mir leid; das war unpassend", sagte Frankie in ihre Tasse.

„Ja, manchmal ist das die Wahrheit eben." Immer noch lächelnd hob Bull seine Tasse zu ihr. „Jetzt weißt du, warum ich schlecht reagiert habe, als sie aufgetaucht ist."

„Ich würde sagen, dass du beeindruckende Zurückhaltung gezeigt hast." Frankie stand auf und holte die Kaffeekanne, um ihre Tassen wieder aufzufüllen. „Bitte sehr. Und ich dachte, meine Trennungen wären schlimm gewesen."

Bull sah, dass Schmerz in ihren wunderschönen dunklen Augen aufflackerte. Jemand hatte sie verletzt ... und er verspürte plötzlich den Wunsch, die Bastarde zu finden und ihnen zu zeigen, was Schmerz wirklich bedeutete. „Trennungen? Mehr als eine?"

Als sie ihren Platz wieder einnahm, wurde Bull von Frankie gemustert. Er war ganz Mann – seine Schultern breiter als die Rückenlehne des riesigen Sessels. Es war leicht zu erkennen, dass er die Art von Person war, die es vorzog, emotionales Gepäck für sich zu behalten. Er hatte ihr jedoch von seiner Ex und der Scheidung erzählt.

In gewisser Weise sah sie dies als Geschenk.

Ein Geschenk, das vielleicht erwidert werden sollte.

Sie stand auf. „Ich bin zur Hälfte Italienerin – und meine Großmutter kochte immer, wenn sie verärgert oder unglücklich war. Kann ich dir Frühstück machen?"

„Wenn du mich helfen lässt." Er erhob sich und ragte nun weiter über ihr.

Wenn das in der Vergangenheit vorgekommen war, hatte sie

sich verteidigen und die Männer schlagen wollen. Bull jedoch löste in ihr das Bedürfnis aus, ihm näher sein zu wollen. Bei dem Gedanken ... trat sie einen Schritt zurück. „Natürlich doch." In Nonnas Haus mussten alle helfen. Sogar die Männer. Das Kochen und Aufräumen zu teilen, war die einzige feministische Anweisung gewesen, die ihre italienische Großmutter jemals geäußert hatte.

In der Küche legte sie Pilze, Zwiebeln und Paprika auf die Arbeitsfläche. „Du darfst schnippeln."

Sie machte sich daran, zunächst Speck anzubraten.

Er wusch sich die Hände und schnitt die Zwiebeln zu Würfeln, und seine Technik bewies erneut, dass er wusste, was er tat. Kein Wunder, dass Audrey so reagiert hatte, als Frankie angezweifelt hatte, dass er etwas anderes als Proteinshakes zubereiten konnte.

Eine Frau konnte viel über einen Mann lernen, indem sie ihn beim Kochen beobachtete. Bull war geschickt. Präzise. Alles endete in fein säuberlichen Haufen. Als sie ihm gesagt hatte, was er tun sollte, hatte er einfach zugestimmt. Er war ein Teamplayer.

Er erwischte sie dabei, wie sie ihn anstarrte und fragte: „Wie viele Trennungen hast du durchgemacht?"

Er war auch zu gut im Multitasking.

„Ein paar, schätze ich. Zwei davon waren ernst. Eine Ehe."

Er warf ihr einen neugierigen Blick zu. „Tut es immer noch weh?"

Nach einem Moment, in dem sie ihre Gefühle prüfte, konnte sie ihm ehrlich sagen: „Es ist nicht mehr annähernd so schmerzhaft wie zu der Zeit der Scheidung."

Sein Lächeln war zustimmend. „Dein Ex ist fremdgegangen?"

„Nein." Sie spürte, wie die Demütigung ihr Herz fest packte. Hatte Bull sich so gefühlt, als er ihr von seiner Frau erzählt hatte? „Es ist kompliziert."

„Erzähl mir davon", sagte er leise und schob die Zwiebeln zu ihr rüber, sodass Frankie sie zu der Pfanne hinzufügen konnte, während er sich der Paprika zuwandte.

„Meine Mutter besitzt eine Modelagentur. Mein Vater ist Modefotograf."

Sein Gesichtsausdruck änderte sich nicht. Offensichtlich hatte er noch nie von *den* Bocellis gehört.

Was sich unglaublich befreiend anfühlte. „Die Modebranche bringt viel Konkurrenz mit sich. Models kämpfen darum, den richtigen Fotografen zu finden, der für die bedeutenden Shootings zeigt, was er kann. Der Einstieg in eine High-End-Agentur ist ... wichtig."

Bull hielt beim Schnippeln inne, um ihr Gesicht zu beobachten. Als er zum Schneiden zurückkehrte, runzelte er die Stirn und schüttelte dann den Kopf. „Ich vergesse immer wieder, dass es auch ... männliche Models gibt. Hat dein Ex dich ausgenutzt, um einen Fuß in die Tür zu bekommen?"

„Ding, ding."

„Was für ein verdammtes Arschloch." Mit zusammengezogenen Augenbrauen legte Bull eine Hand auf ihre Schulter. „Es tut mir leid. Das muss wehgetan haben."

„Danke." Ihre Augen begannen zu brennen. *Zwiebeln.* Wirklich, es waren nur die Zwiebeln und nicht die verständnisvolle Geste oder das Mitgefühl in der tiefen Stimme. Es war mehr, als sie jemals von ihrer Familie bekommen hatte. Auch vor ihrer Mutter hatte sie über sein Verhalten gewütet, woraufhin ihre Mutter nur gesagt hatte, sie solle nicht auf Italienisch fluchen. Über Jaxsons Täuschung jedoch hatte sie kein böses Wort verloren. Sie hatte auch nicht versucht, den Vertrag zu brechen und ihn loszuwerden.

Frankie musste sich beschäftigen, sodass sie kurzerhand die Paprika in die Pfanne warf. Bei dem knisternden Geräusch lachte sie. „Meine Schwestern würden mir jetzt sagen, wie ungesund das Essen doch ist."

Anstatt sich über schlechte Fette zu beschweren, gluckste Bull. „Ich werde das ganz sicher nicht. Ich liebe Speck."

Sie lächelte und blinzelte dann. *Nein, Frankie. Böse, böse, böse.*

Egal wie sympathisch er war. Oder wie sehr sie ihn lecken wollte – *einfach nein!* Sie war für Kit in diese Stadt gekommen, nicht wegen irgendetwas anderem. Vor allem nicht für einen hinreißenden Mann, der eine echte Komplikation darstellen könnte.

Sie wandte ihre Aufmerksamkeit dem Sautieren zu. Viel sicherer. So war es mit dem Kochen für sie schon immer.

Bull warf einen flüchtigen Blick zu ihr. „Ich wollte mit dir über deine Idee eines italienischen Themenabends sprechen. Wie bist du darauf gekommen?"

Moment, sie hatte das doch einfach nur vor Wylie erwähnt. „Es war nur so ein Gedanke, nichts, worüber ich wirklich ..."

„Frankie. Das war nicht meine Frage." Er lehnte sich mit der Hüfte gegen den Küchenschrank und wartete.

So viel Selbstsicherheit sollte verboten werden.

Wie aber sollte sie ihm ihre Idee erklären? Sie würde sicher nicht erwähnen, dass es zu ihrem Job in der Agentur gehörte, erfinderisch zu sein, wenn es um Ideen ging, mit denen sich Models besser präsentieren, ihre Portfolios umgestalten und aus ihren Namen eine Marke erschaffen konnten. Anscheinend legte dieser Teil ihres Gehirns auch in Alaska keine Pause ein.

„Okay, es ist so ... In einer Stadt sind Themenabende im Restaurant nicht so üblich, da es jede Menge Spezialitätenrestaurants gibt. Aber hier existiert nur dein Roadhouse und das Restaurant im *McNally's*. Oh, und die Pizzeria."

„Gesegnet sei Pizza." Bull schob den Pilzhaufen zu ihr und machte sich daran, den Pepperjack-Käse zu reiben.

„Wohl wahr. Ohne Pizza wäre das Leben furchtbar." Sie grinste ihn an, fügte die Pilze hinzu und begann, Eier in eine Schüssel zu schlagen.

„Themenabende.“ Bull überlegte. „Vielleicht einmal die Woche?“

„Das klingt gut. Sodass jemand, der sich nach italienischem Essen sehnt, weiß, dass er zum Beispiel donnerstags ins Roadhouse kommen sollte.“

„Hmm.“ Für einen Moment ließ er sich die Idee durch den Kopf gehen. „Gefällt mir.“

Sein zustimmendes Nicken ließ sie innerlich strahlen – ähnlich wie damals, als sie zehn Jahre alt war, ihre erste Lasagne servierte und von allen am Tisch bejubelt wurde. Sie erwiderte das Lächeln und bedauerte, dass sie es nicht einfach genießen konnte, sich ... geschätzt zu fühlen. Sie hatte ihren Platz im Roadhouse gefunden. Nur, dass sie nicht vorhatte, zu bleiben. Ihr Plan bestand lediglich darin, Kit und Aric zu befreien.

Als sie den Eierkarton schloss, gluckste er und legte seine Hand auf ihre. „Noch drei Eier, Süße. Bitte. Ich bin ein guter Esser.“

Seine warme, schwielige Handfläche war so breit, dass sie ihre Hand vollständig bedeckte.

Eine beunruhigende Begierde flammte in ihr auf und ihre Hormone meldeten sich.

Nein, nein, nein.

„Drei mehr bekommen wir hin.“ Sie versuchte, ihre Hand wegzunehmen, was er aber nicht zuließ. Dann schob er den Ärmel ihres Flanellhemdes nach oben, womit er die roten Kratzer von gestern entblößte.

Mit der anderen Hand fegte er ihr Haar hinter ihr Ohr und musterte ihr Gesicht. „Du siehst aus, als wärst du in einen Mixer gefallen.“ Neben einem langen Kratzer fuhr er mit einem Finger über ihre Wange. Die Berührung war sanft, sein Griff um ihre Hand jedoch war so unnachgiebig wie sein Blick.

Sie schluckte und erwog zu lügen, konnte es aber einfach nicht. *Ausweichen also*. „Ich habe deine Wildnis in Alaska erkundet und bin vom Weg abgekommen.“ Durch ihr unechtes Lächeln brannte der Kratzer an ihrem Kinn. „Einige dieser Büsche sind störrischer als die Leute in einer Subway zur Hauptverkehrszeit. An einem Busch oder Strauch oder wie auch immer waren überall Stacheln – am Stiel, den Blättern, einfach überall.“ Gott sei Dank hatte sie eine Pinzette bei sich, da sich viele dieser Stacheln in ihren Arm gebohrt hatten.

„Ich wette, du hast Bekanntschaft mit Igelkraftwurz gemacht.“ Eine Linie formte sich zwischen seinen schwarzen Augenbrauen. „Wenn du kein erfahrener Wanderer bist, ist es unklug, den Pfad zu verlassen. Es wäre mir eine Freude, dich herumzuführen.“

Sie wusste nicht, was sie sagen sollte. Er war stark, kompetent und kannte sich in der Wildnis aus. So verzweifelt wollte sie ihn anflehen, ihr mit Kit und Aric zu helfen, aber ... das wäre töricht.

Sie kannten einander kaum. Sie dachte an die Art und Weise, wie Iron Boy verendet war, und zuckte innerlich zusammen. Ihr zu helfen, würde bedeuten, sein Leben zu riskieren.

Und es bestand immer das Risiko, dass er das Logische tat – wie die Polizei anzurufen.

Also ... ihn in ihre Probleme zu ziehen, wäre nicht klug. Genauso wenig wie Zeit mit ihm zu verbringen. Egal wie anziehend sie ihn auch fand – ein Mann, der einen Sinn für Humor hatte, von seiner Ex verletzt worden war, ein guter Zuhörer war und kochen konnte.

Trotz all dieser Argumente und dem gesunden Menschenverstand wollte sie ihn. Sie konnte spüren, wie die Hitze zwischen ihnen wuchs und wie ihre Erregung mit der kleinsten Berührung von ihm, mit dem tiefen Klang seiner Stimme, aufflammte.

Sie schüttelte den Kopf. „Ich habe beschlossen, dass es nicht mein Ding ist, durch einen Wald zu wandern, in dem das Unterholz aggressiver ist als ich.“ Keine Lüge, obwohl sie sich diesem Unterholz in ein oder zwei Tagen erneut stellen würde. Eiskalt lief es ihr den Rücken herunter. Alaska war wunderschön ... und sehr beängstigend. Und dann waren da noch die Patriotischen Zeloten …

Seine Augen verengten sich langsam, als könnte er ihren Angstschauer tief in ihren Knochen sehen – als wüsste er genau, wie verängstigt sie war. Warum musste er so gut darin sein, Menschen zu lesen?

Sie schüttelte den Kopf. „Ich schätze das Angebot, aber nein."

Sie wussten beide, dass sie mehr ablehnte als das Angebot, mit ihm wandern zu gehen. Leider hatte sie das Gefühl, dass er sie im Auge behalten würde. Was an sich beruhigend wäre – nur, dass sie sich das nicht leisten konnte.

„Na gut." Sein Gesichtsausdruck änderte sich nicht, also warum fühlte es sich dann so an, als wäre er enttäuscht?

KAPITEL NEUN

V*ersuche, unwichtig auszusehen; der Feind hat möglicherweise wenig Munition und möchte keine Kugel für dich verschwenden.* - Murphys Gesetze des bewaffneten Kampfes

Bull lief über einen Tierpfad, direkt hinter ihm ein beschwingter Gryff. Hawk bildete das Schlusslicht. Der noch feuchte Pfad war etwas zugewuchert, aber irgendwann würde er sie zum PZ-Gelände bringen, und er hatte es nicht eilig.

Ein Alaska-Wald im Mai war immer eine gute Zeit. Der Schnee zog sich zurück, bis nur im Schatten ein paar Haufen zu finden waren. Das Wetter war wieder trockener. Die frühlingsgrünen Birkenblätter leuchteten vor der Leinwand einer Schwarzfichte. Das Unterholz aus Bärentrauben- und Johannisbeerenbüschen war immer noch spärlich, was es einfacher machte, die Tierwelt zu erhaschen – wie ein dünner Schwarzbär, der mit seinem übelriechenden, schäbigen Winterfell aus dem Winterschlaf erwacht war.

Die Bäume waren von Zugvögeln bevölkert, und über dem

grünen Baldachin vertrieben ein Trio kreischender Raben einen Weißkopfseeadler aus ihrem Territorium.

Bull lachte über den Anblick, hielt inne und blickte zu seinem Bruder zurück. „Mit Teamwork gewinnst du die Schlacht eben immer, stimmt's?"

„Yeah." Hawk beobachtete den Kampf mit einem kleinen Lächeln auf den Lippen.

Bull beschloss, ein Gespräch zu suchen. „Glaubst du, Gabe hat Recht? Dass die Anzahl der PZ-Mitglieder steigt?"

Hawk trat über einen Baumstamm mit faulender Rinde. „Wieso? Gibt es hier draußen jetzt mehr Schüsse?"

„Nicht in letzter Zeit. Die Einheimischen mussten schnell lernen, dass jeder, der dem PZ-Gelände zu nahe kommt, das Risiko eingeht, mit Kugeln durchlöchert zu werden. Das macht Gabe wahnsinnig." Bull lief weiter. „Die Opfer sehen nie den Schützen. Sie sind sich jedoch alle ziemlich sicher, dass die Schüsse vom Gelände kommen, während die Zeloten schwören, dass die Schüsse nicht von ihnen stammen können."

„Ohne Zeugen kann er niemanden verhaften." Hawk klang angewidert.

„So ist es." Bull grinste und entschied, den ehemaligen Scharfschützen zu warnen, der fast so tödlich sein konnte wie Caz, der schließlich mal als Auftragsmörder gearbeitet hatte: „Tu mir einen Gefallen und halte dich mit deiner Neugier zurück."

Ein genervtes Grunzen kam von ihm. „Ihre Anzahl steigt vielleicht wirklich. Es gibt in der Stadt viele neue Gesichter."

Der Pfad führte zu einer Abzweigung, und Bull hielt an, um Entfernung und Richtung zu berechnen. „Nicht das, was ich hören wollte." In diesen Tagen gab es nur ein neues Gesicht, das ihn interessierte. Eine Frau mit großen braunen Augen, einem stolzen Kinn und einem frechen Mundwerk. Jemand, der hart arbeitete, Spaß mit den Gästen hatte, herzlich lachte und sich von niemandem etwas gefallen ließ.

Er gluckste, und neben ihm zog Hawk fragend eine Augenbraue hoch.

„Ah, ich dachte gerade an ein anderes neues Gesicht – eine neue Mitarbeiterin im Roadhouse."

„Die New Yorkerin, die dich nicht mag?"

Richtig. Audrey hatte sie während einer Mahlzeit auf der Terrasse erwähnt. „Genau die. Es ist eine Freude, sie in Aktion zu sehen. Neulich Abend, als sie sich vorbeugte, um einen Drink abzustellen, hat es ein dummer Tourist gewagt, sein Gesicht zwischen ihre Brüste zu pressen."

„Hast du ihn umgebracht?"

„Musste ich nicht." Bull war eine Sekunde davon entfernt gewesen, über die Theke der Bar zu springen und genau dies zu tun. „Sie warf das gesamte Tablett mit Getränken in seinen Schoß und sagte ihm und seinen Freunden dann in einem zuckersüßen Ton, dass der einzige Service, den sie von diesem Moment an bekommen würden, vom riesigen Barkeeper an der Bar selbst sein würde. Und schließlich zeigte sie direkt auf mich."

„Sehr nett." Hawk nickte zustimmend.

„Ja, das hat sie gut gemacht." Frankie hatte ihr Temperament gerade ausreichend von der Leine genommen, um ihren Standpunkt zu vermitteln und gleichzeitig eine Schlägerei zu verhindern. Und zur Hölle nochmal, jetzt sehnte er sich danach, Zeuge davon zu werden, wenn sie ihre Emotionen von der Leine ließ. Egal welche Emotion. Na ja, wenn er ehrlich war, hatte er eine bestimmte Emotion im Sinn.

Denn er war ein Arschloch. *Mitarbeiter von dir, erinnerst du dich? Hände weg.*

Nachdem er Gryff kurz auf seine Flanke geklopft hatte, bog Bull nach rechts ab.

Hawk folgte.

Bull war überrascht gewesen, als Hawk den Wunsch geäußert hatte, ihn heute begleiten zu wollen. Er schien stets darauf bedacht zu sein, Gabe ärgern zu wollen – und schließlich war

Gabe derjenige, der nach regelmäßigen Updates zu den Zeloten gefragt hatte. „Eine Schande, dass wir nicht mehr wandern gehen. Mit allen. Mit Caz und Gabe."

Ein Blick zurück zeigte, dass Hawks Gesichtsausdruck kalt geworden war.

„Willst du mir erzählen, was zwischen dir und Gabe vorgefallen ist?"

„Nein."

„Willst du damit sagen, dass du mir auf diesem kleinen Spaziergang keine Geheimnisse anvertrauen willst, Bruderherz?"

„Arschloch." Hawks Lippen zuckten. Er mochte ein reservierter Sack mit einer Menge Triggern sein, aber eine seiner guten Eigenschaften war seine Fähigkeit, über sich selbst lachen zu können.

„Na gut." Bull duckte sich unter einem tiefhängenden Ast durch. „Da der Winter jetzt vorbei ist, hast du irgendwelche Pläne, was du jetzt tun wirst? Ich könnte dich im Restaurant oder in der Bar gebrauchen. Oder mit der Verwaltung von Makos Stiftung."

„Träum weiter."

Keine unerwartete Antwort. Hawk hasste Menschen nicht, war aber nicht gerade kontaktfreudig, was vor allem daran lag, dass er es verabscheute, zu reden.

„Ich werde mehr Jobs als Buschpilot annehmen." Hawk trat um einen kleinen Haufen Schnee herum. „Hauptsächlich Lieferungen. Ein paar Taxiflüge, solange es nicht dieser Sightseeing-Mist ist, wo ich auf Touristenführer machen muss."

„Klingt gut." Die Erleichterung ließ Bulls Stimme schroff klingen. Wenn Hawk einen Flugjob hätte, würde er nicht wieder als Söldner arbeiten. Sie alle hatten sich in dem Punkt Sorgen gemacht.

Eine Weile später drosselte Bull sein Tempo und hielt eine Hand hoch, um klarzumachen, dass alle leise sein sollen. Sie befanden sich nun in Hörweite des PZ-Geländes. Stille war erforderlich.

Der Zaun markierte die Grenze des PZ-Grundstücks. Das hielt die Fanatiker jedoch nicht davon ab, sich wie angepisste Wespen zu verhalten, wenn jemand zu nah kam. Nur hatten diese Wespen Kugeln anstelle von Stacheln.

Am späten Nachmittag versteckte Frankie ihr Auto hinter Büschen, setzte sich auf einen Baumstamm und markierte mit einem Kompass ihren Startort auf der Karte.

Na bitte, das hatte gar nicht so lange gedauert. Ich werde besser.

Nach einem weiteren Blick auf die Karte machte sie sich auf den Weg zu dem Punkt, an dem sich das PZ-Gelände befinden sollte.

Es wäre sicherlich einfacher, wenn es in dieser Gegend echte Wanderwege gäbe – oder Handyempfang, damit sie das GPS benutzen könnte. Aber nein, warum auch? Nichts als Wildnis.

Zwischen flüchtigen Blicken auf den wunderschönen Berg im Süden und Osten konzentrierte sie sich auf ihre Navigation. Die Vegetation war ärgerlich dicht, bis sie auf einen schmalen, von Tieren geschaffenen Pfad stolperte. Mit einem Seufzer der Erleichterung überprüfte sie ihren Kompass und markierte ihre Karte, dann folgte sie dem Pfad. Zu Fuß war es besser, aber ... was war das? *Ihh!*

Mitten auf dem Pfad befand sich ein riesiger dampfender Haufen Kot. Mit gerümpfter Nase trat sie darüber hinweg. *Bitte lass die Bestie, die das produziert hat, weit, weit weg sein.*

Etwas bewegte sich rechts von ihr und sie zuckte zusammen. Aber ... okay ... es bewegte sich weg. Ein Rascheln kam von ihrer Linken. Sie zuckte erneut, ihr Kopf wirbelte herum – und ein Vogel platzte aus einem Busch. Frankie legte eine Hand auf ihr rasendes Herz. *Nur ein Vogel.*

Oh, ich will nachhause. In New York kannte sie sich aus.

Sie hatte versucht, sich auf diese Wildniswanderungen vorzubereiten, indem sie alle Informationen zusammentrug, die sie finden konnte – seit sie vor fast einer Woche mit Kit gesprochen hatte. In dem kleinen Café in Rescue hatte sie sich auf ihrem Handy Videos angeschaut, wie man sich in einem Wald zurechtfand, woraufhin sie sich in einem Sportgeschäft einen Kompass und eine topografische Karte gekauft hatte.

Ihr Ziel für heute war es, das Gelände zu erreichen – ohne sich zu verlaufen.

Dort konnte sie nachschauen, was nötig wäre, um sich zu dem Zaun hinter dem Gebäude mit den Kindern zu schleichen.

Die schlammigen Stellen auf dem Pfad zeigten Abdrücke. Gespaltene Hufe. Vielleicht ein Reh oder so? Aber das ... das war ein Stiefelabdruck. Ihr Magen drehte sich. Liefen diese Fanatiker außerhalb ihres Grundstücks herum?

Noch wusste sie nicht, wie sie bei der Rettungsmission von Kit und Aric die richtigen Wege finden sollte. Im Dunkeln. Es gab viel zu viele Tierpfade. Sich zu verirren, war zu einfach. Wenn die Patriotischen Zeloten jedoch auch hier draußen unterwegs waren, konnte sie offensichtlich keine hellen Bänder oder etwas Ähnliches an die Bäume binden, um ihren Weg zu markieren. Das wäre, als würde man eine Fahne schwenken und laut verkünden, dass man sich herumschlich und einen Plan hegte.

Die nächtlichen Navigationspläne müssten warten. Ihr würde schon noch etwas einfallen.

Die Taschen an ihrer dunkelgrünen Cargohose waren mit grundlegender Survival-Ausrüstung zum Wandern vollgestopft – *vielen Dank, Google*. Streichhölzer, eine Rettungsdecke und Bärenspray. Das Spray würde wohl auch gegen die Zeloten Wirkung zeigen, oder?

In der Ferne hörte sie Stimmen. Als es auf dem Pfad zu einer Abzweigung kam, hinterließ sie eine unauffällige Markierung aus

Stöcken und lief dann weiter. Sie machte einen großen Bogen um die Igelkraftwurz, denn ... *Ha, ich kenne dich jetzt, Dämonenpflanze.*

Schließlich glitzerte etwas zu ihrer Linken. Sie schob einige Äste zur Seite, um besser sehen zu können. Ja, das war der Zaun, der im Sonnenlicht funkelte.

Sie war stolz auf sich, aber jetzt ein Siegeslied zu trällern, könnte ... unklug sein.

Zwischen dem Zaun und der Baumgrenze erstreckte sich ein leerer Bereich. Wahrscheinlich, damit sich tagsüber niemand dem Zaun nähern konnte, ohne entdeckt zu werden.

Merda, das war ein sehr hoher Zaun. Entmutigend hoch. Auf keinen Fall könnten sie oder Kit über dieses Ding klettern, besonders nicht mit dem Nato-Draht am oberen Ende. Vielleicht würde ein Bolzenschneider etwas bringen?

Dies war der Westzaun, der der Dall Road am nächsten lag, aber die Gebäude, neben denen die Kinder gespielt hatten, befanden sich auf der Ostseite. Sie musste um das Gelände herumgehen, um die optimale Stelle für einen Einstieg – oder Ausstieg – zu gewährleisten. Also ging sie gen Süden.

Frustration baute sich in ihr auf. Die Tierpfade folgten nicht immer der Zaunlinie. Und wenn sie nicht aufpasste, bestand die Gefahr, sich zu verlaufen. Nur der Gedanke reichte und sie wurde panisch.

Auf dem Gelände sah sie Gemüsebeete und die langen Gewächshäuser. An der Ecke des West- und Südzauns stand ein auf Stelzen erhöhter Holzturm. Sie musterte diesen und versuchte, weiterhin außer Sichtweite zu bleiben.

Nach einer Minute zog sie sich in den Wald zurück und folgte dem Südzaun nach Osten. Dieses Gelände war viel zu groß.

Zum Glück hatte sie heute und morgen frei. Aikido hielt sie in Form, aber das Wandern in diesem zerklüfteten Gelände erforderte andere Muskelgruppen. Und diese Muskeln begannen allmählich, sich zu beschweren.

Bull könnte über diesen Pfad wahrscheinlich joggen, ohne ins Schwitzen zu geraten.

Böse Frankie. Wir werden nicht an diesen Mann denken.

Nur war es so leicht, sich in Gedanken an ihn zu verlieren. Sex mit ihm wäre wie der aufregende Moment, in dem eine Achterbahn das erste Mal in die Tiefe stürzte.

Aber eine Beziehung? Eher wie der langsame, klappernde Aufstieg die Achterbahngleise hinauf, was einer Person zu viel Zeit gab, sich zu fragen, wie schlimm die Reise werden könnte. Und unweigerlich würde die Karnevalsfahrt mit einem ruckartigen Stillstand enden.

Sie mied gutaussehende Männer aus guten Gründen, angefangen damit, dass sie oberflächlich und egozentrisch waren – wie ihr Ex. Bull ... schien nicht so zu sein. Er war jedoch sehr klug. Charmant. Freundlich. Witzig. Fürsorglich.

Doch egal wie anziehend sie ihn auch fand, sie war nicht wegen eines Mannes hier; sie war für Kit und Aric nach Alaska gekommen.

Da. Da war noch ein Holzturm. Der Holzturm in der Südostecke. *Ja!* Sie blieb versteckt und lief nun die Ostgrenze ab.

Sind das die Frauen- und Kinderbaracken?

Es war zu viel Unterholz im Weg. Sie lief an einem Schneehaufen vorbei und arbeitete sich nach vorne, wo das Unterholz nicht so dicht war, sodass sie über das leere Gebiet zwischen Wald und Zaun zu den Gebäuden im Inneren sehen konnte. Sie konnte Männer sprechen hören und erhaschte gelegentlich ein Kind zwischen den Gebäuden. Die Kinder machten fast keinen Lärm.

Moment mal, war das Aric?

Ohne nachzudenken, teilte sie die Büsche, um besser sehen zu können.

Es folgte ein schrecklicher lauter Knall. Dann noch einer. Nicht weit vor ihr knackte es, und Rinde sprengte von einem Baumstamm ab. *Cazzo,* jemand schoss auf sie!

Noch ein Knall. Etwas zerrte an ihrem Ärmel und kratzte über ihren Deltamuskel.

Sie tauchte zurück in den Wald, rannte und –

Der Boden verschwand unter ihr. Sie fiel, rollte nach unten, versuchte, Äste zu packen, doch nichts konnte sie bremsen.

Sie landete hart neben einem kleinen Bach und knirschte mit den Zähnen, um zu verhindern, dass sie vor Schmerzen laut aufschrie.

Als sie Männer brüllen hörte, kroch sie ins Unterholz. *Werden sie mir nachjagen?*

Schwer atmend ließ sie verzweifelt die Augen über die Umgebung schweifen. Selbst wenn die Büsche wieder an ihren Platz sprangen, konnten sie die Spur ihres Sturzes sehen.

Alles schmerzte, besonders ihr Arm, der wie Feuer brannte. Sie hatten auf sie geschossen. Nur hatte sie nicht die Zeit, die Wunde zu begutachten. *Verschwinde von hier, Frankie.*

Sie schaffte es auf die Beine und rannte am Ufer flussaufwärts. Immer wieder rutschte sie aus, auf dem Schlamm, auf den letzten Schneehaufen.

Als sie zurückblickte, sah sie ihre Schuhabdrücke, die jedem den Weg weisen würden. *Nein, nein, nein!*

Sie hatte Thriller gelesen, in denen Protagonisten fliehen mussten. Oft rannten sie durch Wasser, um eine Verfolgung zu unterbinden. Hier war ein Bach. Würde es funktionieren?

Gut möglich. Sie musste abschütteln, wer auch immer hinter ihr her war. Das war gerade das Wichtigste. Sie sprang in den wadenhohen Bach. Als das eiskalte Wasser in den Schaft ihrer Stiefel schwappte, schnappte sie nach Luft, drückte die Schultern durch und stolperte flussabwärts – in die entgegengesetzte Richtung, in die sie zuvor unterwegs gewesen war.

Die Minuten vergingen, unendlich viele Minuten, und die Geräusche der Menschen hinter ihr wurden lauter, verebbten und verschwanden dann gänzlich. Erleichterung fegte durch sie. Sie hatte ihre Verfolger abgehängt.

Sie hatte auch jedes Gespür dafür verloren, wo die Straße sein könnte. *Cazzo, cazzo, cazzo!* Eine neue Angst nistete sich ein.

Im Wald um sie herum wurde es dunkler. Es konnte nicht schon Sonnenuntergang sein. Nein, nicht Sonnenuntergang. Schwarze Wolken füllten den Himmel. Es würde gleich regnen; sie wusste es einfach.

Sie stolperte zum Ufer und das eisige Wasser schwappte bei der Bewegung über den Schaft ihrer Stiefel. Ihre Füße waren taub. Ihr Ärmel war nass und rot – weil ihr Oberarm immer noch blutete. Eine tiefe Furche zeigte sich in ihrem Deltamuskel und brannte wie Feuer.

Die Blutung zu stoppen, war eine grundlegende Erste-Hilfe-Regel. Und sie wollte sicher keine Bären oder Ähnliches anlocken.

Aber mit was? Ihre Socken waren nass und schlammig. Sie trug nichts, was – okay, vielleicht tat sie das. Niemand war in der Nähe, der ihre Brüste sehen würde. Sie zog sich ihr Oberteil aus, dann den BH und wickelte ihn um ihren Arm. Anschließend benutzte sie unbeholfen ihre Zähne und ihre freie Hand, um das Material festzuziehen.

Ein eisiger Wind wehte über ihre nackte Haut. Als sie sich ihr Oberteil wieder anzog, zitterte sie bereits am ganzen Leib. Diese Kugel hätte leicht ihre Brust treffen können. Oder ihren Kopf.

Bleib in Bewegung.

Weiter unten am Bachufer führte ein kleiner Pfad in den Wald. Ein Hobbit-Pfad – denn Hobbits waren weniger beängstigend als Bären. Nach einer Weile fand sie so einen breiteren Pfad. Ähm, bedeutete das, dass hier stets größere Tiere lang kamen?

Sie betete nur, dass sie von hier bald eine Straße erreichen würde. Sie stapfte weiter. Bei jedem Schritt hörte es sich an, als würde ein Frosch quaken. Ihre Füße waren kalt und durch die Nässe bildeten sich nun verstärkt Blasen.

In ihrem Nacken stellten sich die Haare auf. Sie blieb stehen. Was für ein gruseliges Gefühl, als ob ... als ob jemand sie beobachtete.

Ein leises Knurren kam von der Seite, und sie wirbelte herum. *Wölfe!* In Todesangst starrte sie auf das Unterholz.

„Frankie?" Die tiefe, rumpelnde Stimme war das wunderbarste Geräusch, das sie je gehört hatte.

„Bull!"

Als er vom Wald auf den Pfad trat, rannte sie direkt auf ihn zu – und er zog sie in seine Arme.

In Sicherheit.

Die kleine New Yorkerin klammerte sich fester an ihn als eine Kletterpflanze ... und sie bebte so stark, dass er ihre Knochen rasseln hören sollte. Zu seinen Füßen winselte Gryff und sein Schwanz wedelte einen wütenden Rhythmus.

Gott, was war mit Frankie passiert? Bull spannte den Kiefer an. Sie hatten vor einiger Zeit Schüsse gehört ...

„Ganz ruhig, Frankie. Alles ist okay." Aber war sie das? „Hawk, ist sie verletzt?"

„Ja, Bruder. Blutiger Ärmel. Das kluge Mädchen benutzte einen BH, um die Blutung zu stoppen. Ihre Kleidung hat Risse."

Bull erstarrte.

Hawk fügte hastig hinzu: „Von Büschen, nicht von einer Person."

Frankie hob den Kopf, packte Bulls Arme und schüttelte ihn. „*Ruhig*. Sonst hören sie euch. Sie haben Waffen."

Als sich sein Verdacht bestätigte, stieg Wut in ihm auf. Jemand hatte auf sie geschossen.

„Süße." Er neigte ihr Kinn nach oben, damit er ihr in die Augen sehen konnte und hielt seine Stimme ruhig und gelassen, obwohl sein Blut kochte. „Im Moment ist niemand in der Nähe. Vertrau mir in dieser Sache."

„Bist du sicher?" Sie musterte seinen Gesichtsausdruck, dann Hawks.

Als sie beide nickten, sackte sie plötzlich in seinen Armen zusammen.

„Halt für einen Moment still." Er bewegte ihren BH so weit, dass er sich die Wunde an ihrem Arm ansehen konnte. Eine blutige Furche auf ihrem Deltamuskel. Es hätte nicht viel gefehlt und die Kugel hätte ihr Schultergelenk zertrümmert.

Hawks Mund spannte sich an und er zog seine Pistole.

Als Reaktion auf die Wut der Männer knurrte Gryff, und das Fell an seinem Rücken stellte sich auf.

Vorsichtig schob Bull den provisorischen Verband wieder zurück. Bis Caz sie verarzten konnte, würde der BH seinen Zweck erfüllen.

Er wickelte einen Arm um Frankies Taille, um sie aufrecht und in Bewegung zu halten, und lief dann über den Pfad zum Pick-up.

„Wer hat auf dich geschossen?", fragte Bull.

Hawk fiel zurück und gab ihnen Rückendeckung.

Sie zögerte und sagte gedehnt: „Ich habe nicht gesehen, wer es war. Ich habe nur Schüsse gehört und bin gerannt."

Bull drehte sich um und überlegte, aus welcher Richtung sie gekommen war. Sofort fiel ihm auf, dass Hawk dasselbe tat. Ihre Blicke trafen sich. Die einzigen Leute, die dort zu finden waren? Die Zeloten. Es war nicht das erste Mal, dass jemand unter Beschuss geriet, weil die Person dem Gelände zu nahe gekommen war.

Bull spannte den Kiefer an. Er würde die Bastarde töten und ihre Gebäude dem Erdboden gleichmachen.

Sie war keine Einheimische; sie wusste nicht, dass sie auf Abstand bleiben sollte. Jedoch war keine Jagdsaison, und was gab es sonst, das einen Touristen anlockte? Sie hatte ihm gesagt, dass sie nicht vorhatte, erneut wandern zu gehen. Warum also war sie hier draußen?

Er biss die Frage zurück. Das war nicht der richtige Zeitpunkt für ein Verhör. „Wegrennen war schlau. Du hast nichts von dem Schützen gesehen?"

„Nein." Sie schüttelte den Kopf. „Ich bin einen Abhang runtergefallen. Deswegen sehe ich so aus. Da ich nicht sicher war, wer schießend durch den Wald rennt, ging ich nicht zu diesem Pfad zurück."

„Eine weitere weise Entscheidung." Bull musterte ihr blasses, zerkratztes Gesicht. Eine farbenfrohe Prellung markierte eine Wange und er spürte, wie ihr Körper regelmäßig bebte.

„Ich habe mich vielleicht ein bisschen verlaufen, also bin ich froh, dass wir uns begegnet sind."

„Nur ein bisschen, hmm?"

Ihr rechter Mundwinkel zuckte und sie hob ihre Hand, ihr Daumen und ihr Zeigefinger einen Zentimeter auseinander. „Kaum erwähnenswert, wirklich."

Eine belastbare Persönlichkeit. Ein Sinn für Humor. Obwohl sie Angst hatte und ihr jemand nachgejagt war, hatte sie einen kühlen Kopf bewahrt und sich um ihre Wunde gekümmert. Er hatte Soldaten gekannt, die gerannt wären, bis sie ausbluteten.

Unfähig zu widerstehen, lehnte er sich vor und küsste ihre wunderschönen vollen Lippen, und ihm entging nicht, wie sie sich an ihn schmiegte und auf den Kuss reagierte. „Dann bin ich froh, dass wir dich gefunden haben. Jetzt werden wir dafür sorgen, dass sich jemand deinen Arm ansieht."

Mit Gryffs weichem Körper auf ihren nackten Füßen ruhend saß Frankie warm und trocken in Bulls Haus auf einem Küchenstuhl, während Doc Caz ihren Arm verarztete. Schmerzerfüllt knirschte sie mit den Zähnen und lenkte sich damit ab, aus den deckenhohen Fenstern zu schauen. Regen tanzte über das Wasser des Sees und verwandelte das Türkis in Grau.

Kurz nachdem Bull und Hawk sie im Wald gefunden hatten, hatte es zu regnen angefangen. Sie war nach der Wanderung vollkommen durchnässt gewesen, allerdings war der Weg Richtung Süden deutlich müheloser gewesen.

Obwohl sie erschöpft gewesen war, hatte sie gedanklich markante Orientierungspunkte abgespeichert: eine massive, gefallene Fichte und auch ein Bächlein. Das nächste Mal – und es würde ein nächstes Mal geben – würde sie diesen Weg benutzen, um zum PZ-Gelände zu gelangen.

Der Weg hatte an zwei Hütten geendet, die Knox und Chevy, den Handwerkern der Stadt, gehörten. Bulls roter Pick-up hatte nicht weit davon gestanden – und er hatte ihre Autoschlüssel zu seinem recht bedrohlichen Kumpel Hawk geworfen, der dann meinte, er würde ihr Auto holen.

Bull hätte sie in die Klinik gebracht, aber der Arzt war schon vor Ort gewesen. Es schien, dass Bull, Cazador und Hawk Brüder waren, und jeder hatte hier am See ein Haus. Sie nannten das Grundstück Eremitage, das fünf zweistöckige Hütten um einen gemeinsamen Innenhof am See einschloss.

Jetzt saß sie frisch geduscht, mit nassen und ungekämmten Haaren in der Küche und trug nur einen Slip und Bulls T-Shirt, das an ihr länger als ein Kleid war. Ohne BH, da dieser mit Blut durchtränkt war – ihr Blut, das in ihrem Körper sein sollte und nichts in ihrer Kleidung zu suchen hatte.

Lass uns diese Erfahrung nicht wiederholen.

„Alles erledigt." Caz lehnte sich zurück. „Bist du sicher, dass du nicht etwas Stärkeres gegen die Schmerzen willst?"

„Ja, ich bin sicher. Ibuprofen ist ausreichend." Sie rümpfte die Nase. „Schmerzmittel wirken sich auf meinen Verstand merkwürdig aus – es macht mich nervöser, als ich es ohnehin schon bin. Der Schmerz ist nicht so schlimm, und ich bleibe lieber klar im Kopf." *Gerade jetzt.*

Um das Thema zu wechseln, musterte sie den weißen Verband an ihrem Arm. „Ich hatte noch nie einen Arzt, der Hausbesuche macht. Machst du das oft?"

„Nicht oft, nein, aber ich wollte verhindern, dass mich der

fiese Bull haut. Er schlägt sehr hart zu." Seine warmen braunen Augen funkelten mit Belustigung.

Bull stand wie ein Wachhund neben Frankie und tätschelte ihre Schulter. „Der Arzt hat mir bereits mitgeteilt, dass seine Rechnung für den Hausbesuch drei Gläser mit Cranberry-Marmelade sein werden."

Frankie runzelte die Stirn. „Aber ich habe Geld. Du solltest ihn nicht bezahlen müssen."

„Kein Problem." Ein Grübchen erschien bei Bulls Lächeln. „Ich habe im letzten Herbst zusätzliche Gläser zubereitet, um sie als Bestechungsgeld zu verwenden."

Caz zog die Augenbrauen zusammen. „Es gibt keine Großzügigkeit in seiner Seele."

„Nicht für euch Arschlöcher." Bull schüttelte den Kopf und sagte zu ihr: „Meine Brüder sind schlimmer als Heuschrecken. Hätte ich Haare, würden sie mir die auch vom Kopf fressen."

„Das stimmt." Caz nickte feierlich. „Als Bull noch klein war, haben wir immer sein Essen gestohlen. Wir haben ihn hungern lassen. Deshalb ist er jetzt so unterdimensioniert."

Frankie brach in Lachen aus und hob den Blick höher und immer höher zu Bulls Gesicht.

Er grinste.

Sie liebte die Art und Weise, wie sich die beiden neckten. Nichtsdestotrotz hatte sie noch nie Brüder gesehen, die sich weniger ähnelten.

„Du solltest etwas von seiner Marmelade probieren, *Chica*", sagte Caz zu ihr. „Und wenn du im September noch hier bist, werden wir dich dazu einberufen, Cranberrys für die Marmeladengläser des nächsten Jahres zu pflücken."

Caz' Handy vibrierte und er checkte es. „Ah, ich muss zurück in die Klinik. Die Füße eines Wanderers haben Bekanntschaft mit einem Topf kochenden Wassers gemacht."

„Oh, autsch."

„Ich bin froh, dass du hier bist, wo Bull dich im Auge behalten kann.“ Er schenkte ihr ein blendendes Lächeln.

„Nochmals vielen Dank, Doc.“

„De nada.“ Caz nahm seine Tasche und ging aus der Glasschiebetür, vorbei an einem großen, muskulösen Mann mit einer Polizeimarke an der Brust. Ein Polizist.

Als der Mann in den Küchenbereich trat, legte Bull eine Hand auf ihre Schulter. „Frankie, das ist ein weiterer meiner Brüder. Chief MacNair. Francesca Bocelli.“

Noch ein Bruder? Lächelnd schüttelte sie dem Chief die Hand. „Wir kennen uns bereits. Wir sprachen kurz an meinem ersten Arbeitstag in der Bar.“

„Das stimmt.“ Er zog einen Stuhl heran und setzte sich ihr gegenüber hin. Mit einem Notizblock in der Hand neigte er den Kopf. „Wenn es dir nichts ausmacht, Ms. Bocelli, würde ich gerne hören, was passiert ist.“

Sie gab ihm die gleichen Informationen, die sie Bull und Hawk gegeben hatte: Sie war wandern und hatte den Schützen nicht gesehen.

Das Letzte, was sie wollte, war, die Aufmerksamkeit auf das PZ-Gelände zu lenken. Das wollte sie vermeiden, bis sie Kit und Aric dort rausgeholt hatte. Sobald ihr das gelungen war, würde sie wie eine außer Kontrolle geratene U-Bahn auf diese Arschlöcher losrasen. Denn diese *Bastardi* hatten auf sie geschossen, obwohl sie nicht mal auf deren Land gewesen war.

„Du bist einfach nur gewandert, hmm?“ Die blauen Augen des Chiefs schärften sich. „Und du hattest keine Ahnung, wo du warst?“

„Das ist ric –“

Bull legte wieder seine Hand auf ihre Schulter, sein Gesichtsausdruck unleserlich. „Hawk hat deinen Weg zurückverfolgt. Er meinte, du hättest den PZ-Zaun halb umrundet. Wieso?“

Sie wandte ihren Blick ab, hörte wieder das Geräusch von

Schüssen und spürte das Brennen, das die abgefeuerte Kugel an ihrem Arm hinterlassen hatte.

Denk nicht mehr dran!

„Frankie?“, hakte Bull nach.

Sie hielt viel von Ehrlichkeit, aber wie beim Kochen konnte eine gesunde Menge an Gewürzen das Schlucken erleichtern.

„Es ist ein bisschen peinlich.“ Sie rümpfte die Nase. „Es fasziniert mich, herauszufinden, was Menschen antreibt. Auch Klatsch mag ich“ – an sich alles wahr – „und es wird viel über diese verrückten Fanatiker geredet.“

Immerhin hatte Bull gesehen, wie sie mit den PZ-Frauen im Supermarkt gesprochen hatte. „Da ich beim Wandern besser werden wollte –“

Bull runzelte die Stirn und erinnerte sich zweifellos daran, dass sie gesagt hatte, sie würde nicht noch einmal in den Wald gehen.

Ups.

Hastig fügte sie hinzu: „Ich war es leid, als Stadtmädchen angesehen zu werden, und habe daher entschieden, mir einige YouTube-Videos über das Wandern anzusehen. Wie auch immer ... Ich spazierte also in die Richtung des ach so geheimen PZ-Geländes. Ich wollte nur sehen, was es damit auf sich hat.“

Der Kiefer des Polizeichefs spannte sich an – und auch der von Bull –, und jetzt hatte sie zwei Männer, die die Stirn runzelten.

Egal wie unangenehm es auch war, sie zog es vor, dass Bull und der Chief glaubten, sie sei ein Idiot, anstatt zu denken, dass sie das PZ-Grundstück aus einem bestimmten Grund begutachtet hatte.

„Kannst du beurteilen, ob die Schüsse aus dem Bereich hinter dem Zaun abgefeuert wurden?“, fragte der Chief.

„Das weiß ich nicht. Es kam nicht von hinten, aber ...“ Sie zuckte mit den Schultern und zog eine Grimasse, als die Bewegung in ihrem Arm Schmerz verursachte.

Der Polizist sah zu Bull.

„Hawk war sich nicht sicher", sagte Bull. „Ihre Spuren waren zu diesem Zeitpunkt unter einer Reihe anderer Fußabdrücke verborgen."

Von den Leuten, die sie verfolgt hatten.

Der Ausdruck des Chiefs wirkte leicht verdrießlich. „Ich werde mit Reverend Parrish sprechen ... und werde die üblichen Ausreden zu hören bekommen: Dass sie von nichts wissen. Dass sie Schüsse gehört haben und rausgegangen sind, um zu sehen, ob jemand Hilfe braucht."

Oh, sicher sind sie das ... aus der Güte ihrer mikroskopisch kleinen, verschrumpelten Herzen.

Sie sah zu dem Polizisten, um zu sehen, ob er weitere Fragen hatte.

„Ich wünschte, ich könnte sagen, dass ich den Schützen schon bald verhaften werde, das ist jedoch unwahrscheinlich. Andere Wanderer und Jäger wurden bereits in dieser Gegend beschossen. Die Zeloten sind geübt darin, sicherzustellen, dass niemand sieht, wer genau die Schüsse abgibt. Ich bin mir verdammt sicher, dass sie es sind, aber ich kann es nicht beweisen." Chief MacNair schien, als würde er das Gelände gerne mit bloßen Händen abreißen wollen.

Hmm. Dieser Strafverfolgungsbeamte war sicher kein Sympathisant der Patriotischen Zeloten. Er konnte nicht derjenige sein, von dem Kit in ihrem Brief geschrieben hatte.

Bulls Augen zeigten seine Wut und den gleichen frustrierten Ausdruck wie bei dem Polizisten.

Der Chief erhob sich. „Vielen Dank, Ms. Bocelli. Nun ruhe dich etwas aus." Seine Stimme nahm einen Befehlston an. „Jetzt, da du das Gelände gesehen hast, halte dich bitte davon fern."

Das wird nicht passieren.

Sie setzte den starken Südstaatenakzent einer guten Freundin von ihr auf: „Aber, Chief, es ist so ein hübscher Zaun, und die Leute sind so gastfreundlich, *bless their hearts*." Sie legte eine Hand auf ihre Brust und sackte an die Lehne zurück. „Obwohl ich zugeben muss, dass beschossen zu werden, meine Abenteuerlust schon ein wenig gedämpft hat."

Bulls tiefes Lachen schickte einen erregenden Schauer durch sie.

Chief MacNair grinste sie an und verschwand dann, wie er gekommen war – über die Terrasse zum Hof.

Frankie drehte sich zu Bull. „Sag mir nicht, dass er hier auch ein Haus hat?"

„Ich fürchte ja."

„Wie viele Brüder hast du denn bitte?" Als sie sich daran erinnerte, wie die Männer einfach reinkamen, sah sie zu der Terrassentür und runzelte die Stirn. Ihre Stadtparanoia war empört. „Schließt ihr nie ab?"

„Wir sind vier Brüder." Er grinste und zupfte an einer ihrer Locken, bevor er ihre zweite Frage beantwortete. „Alles, was nach außen zeigt, ist abgeschottet. Türen in den Innenhof sind das ... nicht. Wenn überhaupt schließen wir nur nachts ab."

Sie hatte bemerkt, wie der hohe Maschendrahtzaun die Häuser miteinander verband und dann auf beiden Seiten zum See lief, den Halbkreis vollständig umschloss, ohne den Zugang zum Wasser zu versperren. „Warum fühlt sich der Zaun um das PZ-Gelände wie ein Gefängnis an, eurer jedoch flüstert Sicherheit?"

Bull legte eine Hand unter ihren unverletzten Arm und zog sie auf die Füße. „Weil unser Zaun Elche und Bären und Eindringlinge fernhalten soll, aber niemanden einsperrt. Wenn jemand gehen will, kann er das tun."

Der PZ-Zaun war wirklich ein Gefängnis, und Kit war darin gefangen.

Frankie runzelte die Stirn. Der heutige Tag war ein großer Rückschlag gewesen. Diese *Bastardi* hatten es tatsächlich gewagt, auf sie zu schießen!

Aber sie hatte das Gelände gefunden und wusste nun mehr

darüber, womit sie es zu tun hatte. Mit Wachen in Wachtürmen. Ihr Streifzug war kein völliger Misserfolg gewesen.

Zu Frankies Überraschung führte Bull sie nicht zur Garage oder zu seinem Pick-up, sondern an der Küche vorbei in den Wohnbereich.

Er hatte ein interessantes Zuhause. In der hinteren Hälfte des großen zweistöckigen Hauses führte ein Flur in die Garage. Über eine Treppe ging es vom Erdgeschoss nach oben. Die gesamte Vorderseite des Hauses war offen gestaltet, die Deckenbalken weit über ihr und mit deckenhohen Fenstern mit Blick auf den See. Sie konnte sogar ihre Hütte auf der anderen Seite erkennen.

Im Haus dominierten warme Braun- und Cremetöne, und diese Farben fanden sich auch in der mit Flusssteinen ausgekleideten Ecke wieder, in der ein schwarzer Holzofen stand. Statt einer traditionellen Couch mit Sesseln zeigte eine U-förmige Wildledergarnitur auf einen großen Fernseher. Viel zu einladend. „Ähm. Ich sollte nachhause gehen."

„Nein, du solltest dich setzen und dich eine Weile entspannen." Er lächelte, aber sein Arm um ihre Taille war unnachgiebig, als er sie so positionierte, dass sie aus den riesigen Fenstern schauen konnte. Auf dem Terrassendeck standen Töpfe mit farbenfrohen Stiefmütterchen, die den grauen Tag erhellten.

„Bull, ich weiß deine Hilfe wirklich zu schätzen, aber –"

„Caz wollte, dass du eine Weile hier bleibst, um sicherzustellen, dass es keine Probleme gibt. Ich will dich hier haben." Bull setzte sich neben sie und nahm ihre Hand. „Caz und ich haben in Schlachten gekämpft. Selbst wenn du denkst, dass es dir nach so einer Erfahrung gut geht, setzt der Schock von einem dermaßen dramatischen Erlebnis oft erst später ein."

Seine schwarzen Augen fingen ihre ein. „Wenn es zu Problemen kommen sollte, möchte ich in der Nähe sein."

„Aber mit mir ist alles pri –"

„Kläfft der Yorkie dich an?" Bei der rauen Stimme zuckte sie zusammen.

Hawk kam von der Terrasse herein.

„Sie hört sich gern reden, ja." Bull lächelte.

Hawk hatte blaugraue Augen in einem vernarbten Gesicht. Seine dicken blonden Haare hatte er mit einem Band zurückgebunden. Sein Bart war kurz. Beide Arme waren mit Tattoos bedeckt und auch da fanden sich Narben. Dieser hellhäutige Bruder ähnelte Bull oder Caz kein bisschen. Und Gabe tat das auch nicht.

„Es ist schön, dich offiziell kennenzulernen, Hawk."

Er ließ den Blick abschätzend über sie schweifen, nickte zustimmend, als er den Verband sah und überreichte ihr dann ihren Autoschlüssel. „Es steht in Bulls Einfahrt."

„Danke. Das weiß ich sehr zu schätzen." Er schaffte ein kleines Lächeln, bevor er zu Bull blickte und mit dem Kinn zur Terrasse wies.

Bull stand auf und folgte ihm zu einem Gespräch nach draußen.

Als er zurückkehrte, fragte Frankie: „Wie hat Hawk mich genannt, als er hereinkam?"

Bull schmunzelte. „Ah, er ist ein bisschen wortkarg. Er verkürzte New Yorker zu Yorkie." Bull nahm ihr den Schlüssel aus der Hand und warf ihn in den Korb auf dem Couchtisch, in dem sich seine Brieftasche und seine eigenen Schlüssel befanden.

„Yorkie? Wie die flauschigen Hunde, die die ganze Zeit bellen?" *Kläffende Hunde.* Ihre Augen verengten sich, als sie zur Tür blickte.

„Mmmhmm, weiche flauschige Hunde mit großen dunklen Augen. Bekannt dafür, trotz ihrer Größe kühn und mutig zu sein." Seine Finger kämmten durch ihre Haare.

Sie schaute auf, um Einwände zu erheben, und keine Sekunde später lag sein Mund auf ihrem. Er küsste sie so sanft, so vorsichtig, so ... gründlich, dass sie das Gefühl hatte, mit der Couch zu verschmelzen.

Ooooh, was für ein Kuss – noch besser als der, den er ihr auf dem Pfad nachhause gegeben hatte.

Selbst als sie ihre Hand hob, um ihn näher zu ziehen, lehnte er sich mit einem widerwilligen Seufzer zurück. „Tut mir leid, Süße. Ich wollte die Situation nicht ausnutzen."

„Das hast du nicht." Sie schenkte ihm ein schiefes Lächeln. „Ich denke, das weißt du." Denn sie wollte ihn genauso sehr – oder vielleicht sogar mehr –, als er sie wollte, und er war zu scharfsinnig, um die Zeichen falsch zu verstehen. Auch jetzt sorgte sein Arm an ihrer Haut dafür, dass sie erschauerte. Er hatte geduscht und jeder Atemzug brachte ihr den frischen, sauberen Duft seiner Seife.

Sie hatte sich von Anfang an zu ihm hingezogen gefühlt. Aber nun wäre sie fast gestorben und ... na ja ... Irgendwie wollte sie im Moment nur, dass er sie nahm. Hart. Sie wollte von ihm gefickt werden, sodass sie sich sicher war, dass sie überlebt hatte. Das Bedürfnis war regelrecht ursprünglich.

Biologie ey, was für eine Trulla.

„Nichtsdestotrotz." Er schüttelte den Kopf. „Bleib eine Weile hier. Lese ein Buch; mache ein Nickerchen. Du bist hier sicher – und du kannst dich entspannen."

„Aber ich kann doch nicht einfach deinen Abend stören und –"

„Natürlich kannst du das." Er lächelte. „Alles, was ich heute Abend tun werde, ist Papierkram. Ich setze mich an den Esstisch."

„Oh." Trotz des Lächelns war sein Gesichtsausdruck kompromisslos. Sie könnte genauso gut nachgeben. „Nun ja. Okay. Danke."

„Sehr gute Antwort." Er zog eine goldene Sherpa-Decke von der Couchlehne. Das Gefühl von seinen sanften Händen, die das Material um sie feststeckten, sandte die nächste Lustwelle durch ihren Körper.

Nein, Frankie, du darfst ihn nicht packen.

Aus einem Bücherregal brachte er ihr mehrere Bücher. „Ich habe keine große Auswahl an Genres."

Sie unterdrückte ihre dreckigen Gedanken und warf einen Blick auf die Titel. Kinderbücher, Thriller und ... „Horror?"

„Die Kinderbücher sind für meine Nichte. Der Rest gehört mir. Ich habe auch Garten- oder Rezeptbücher, wenn du Lektüre dieser Art bevorzugst."

„So sehr ich Gartenbücher auch mag, meine einzigen Pflanzen sind auf meinem Balkon in New York." Trauer stach ihr ins Herz. Wie sie doch ihre Sommer im Garten mit Nonna vermisste, wo sie erst Gemüse geerntet und dann gemeinsam gekocht hatten. Ihre Schwestern hatten nie Zeit auf der Farm verbringen wollen; es waren nur Frankie und Nonna gewesen – und der Rest des italienischen Clans.

Bulls Augen nahmen einen sanften Ausdruck an. „Frankie ..."

„Aber ich liebe Thriller und Horror, und du hast einen meiner alten Favoriten." Sie wählte *Brandzeichen* von Koontz, wackelte in der Sofaecke in eine bequeme Position und lächelte ihn an. „Danke. Für die Rettung – und deine Fürsorge."

„Gern geschehen." Er strich mit seiner Hand über ihr Haar, in einer Liebkosung, die sich so wohlig anfühlte wie die Decke um ihren Körper. Als sie sich gegen seine Berührung lehnte, sah sie Hitze in seinen Augen aufblitzen, doch im nächsten Moment trat er mit einem fast unhörbaren Seufzer zurück. „Gryff, willst du ihr Gesellschaft leisten?"

Auf die Einladung hin sprang der Hund auf das Sofa und rollte sich mit dem Kopf auf ihren Füßen zu einem Ball zusammen.

„Du bist wirklich ein großer Softie, nicht wahr?", murmelte sie und tätschelte sein weiches Fell. *Genau wie dein Besitzer.*

Bull verschwand für eine Minute und kehrte mit einer Reisetasse voller Tee zurück. Diese schob er gekonnt in den Getränkehalter, der in die Couchkonsole eingebettet war. Schließlich verschwand er wieder. Anschließend setzte er sich an den Esstisch und öffnete einen Laptop.

Sie lehnte sich an die Kissen, atmete langsam ein und spürte das leise Summen der Begierde in ihren Adern. Sie sollte nicht zulassen, dass er sie küsste, sie berührte, nur ... wollte sie nach dieser Nahtoderfahrung nicht mehr vorsichtig und vernünftig sein. Sie wollte feiern, dass sie am Leben war ... mit dem einen Mann, der ihre Sinne verwirrte und auf eine Weise die Lust in ihr weckte, wie das bisher noch nie jemand geschafft hatte.

Nein. Benimm dich, Frankie. Sie sollte nichts anfangen. Nicht hier. Nicht jetzt.

Sie murrte vor sich hin, streichelte Gryff, ließ das heiße Verlangen in ihr verebben und lauschte den Geräuschen um sie herum. Es war so leise, dass sie das sanfte Klicken seiner Laptop-Tastatur hören konnte. Durch die offene Terrassentür vernahm sie die sanften Wellen auf dem See und die Vögel, die miteinander kommunizierten. Kein Verkehr, keine Sirenen, keine sprechenden Nachbarn, kein Geschreie oder laute Musik.

Langsam entspannten sich ihre Muskeln, als sie den Tee trank. Nach einer Minute öffnete sie das Buch und las von einem Hund.

KAPITEL ZEHN

Worte sind Schall und Rauch, Junge. Hör nicht zu und beobachte stattdessen. Was macht der Kerl? Es sind Handlungen, die zeigen, wer er wirklich ist. - First Sergeant Michael „Mako" Tyne

Nachdem Bull am Laptop fertig war, wies er Gryff an, vom Sofa zu springen, und setzte sich auf den Platz neben Frankie. So ein hübscher Anblick.

Kurz nachdem sie mit dem Lesen angefangen hatte, war sie auch schon eingeschlafen. Allmählich war ihr die Anspannung aus dem Gesicht gewichen.

Verflucht seien die Zeloten. Natürlich könnte es sein, dass die Arschlöcher nicht gemerkt hatten, dass sie auf eine Frau schossen – oder überhaupt auf eine Person. Gelangweilte Wachen waren dafür bekannt, auf alles zu schießen, was sich im umliegenden Wald bewegte. Frustration brodelte in ihm, weil es nicht einfach so möglich war, diese Gemeinde zu zerstören – schließlich gab es dort auch Kinder und Frauen. Es könnte sogar neue Rekruten geben, die noch nicht erkannt hatten, worauf sie sich eingelassen hatten. Vielleicht. Er bezweifelte, dass eine Person lange im Dunkeln blieb.

Als hätte sie seine gewalttätigen Gedanken gehört, erstarrte sie im Schlaf, dann zuckten ihre Hände und ihr Atem beschleunigte sich. Die Sorgenfalte zwischen ihren Augenbrauen und das Wimmern deuteten darauf hin, dass sie keinen guten Traum hatte.

Verdammt, damit kannte er sich aus, denn auch er hatte oftmals die schlechte Art von Träumen.

„Frankie", murmelte er. Über der Decke legte er seine Hand auf ihr Bein und übertrug seine Wärme auf sie. Langsam rieb er mit seiner Handfläche über ihren Oberschenkel. „Ich bin hier. Du bist sicher."

Ihr Atem stockte für eine Sekunde, bevor sie aufwachte. Ihr Blick konzentrierte sich auf ihn – „Bull" – und schon sah er die Begierde in ihren Augen.

Verführerische, verlockende Begierde.

Fuck. „Yeah. Du bist bei mir zuhause – und in Sicherheit. Du hattest einen Albtraum."

„Ja, nur war nicht alles davon nur ein Traum." Ihre Stimme erhob sich mit amüsierter Empörung. „Ich wurde *angeschossen*!"

„Das wurdest du." Er streichelte weiter ihr Bein und wünschte – was er wirklich nicht sollte –, dass die Decke sich auflöste, sodass er ihre nackte Haut berührte. „Höllischer Tag, hmm?"

„Die Untertreibung des Jahres." Sie drehte sich den deckenhohen Fenstern zu, die einen Ausblick auf den See freigaben, und ihre Augen weiteten sich. „Es ist dunkel."

„Es ist nach 11 Uhr." Es war Nacht geworden, während sie geschlafen hatte. Da er den Sonnenuntergang auf dem See, dann den Mondschimmer auf den schneebedeckten Bergen genießen wollte, hatte er die Innenbeleuchtung nicht eingeschaltet. Lediglich die diversen Küchengeräte boten Lichtquellen.

Als Frankie Schwierigkeiten hatte, sich aufzusetzen, zog Bull sie in eine sitzende Position. Und ja, er genoss ihre schwingenden Brüste unter seinem T-Shirt.

Sie schmunzelte ... denn ihr war die Richtung seines Blicks nicht entgangen.

Er zuckte mit den Schultern. „Ich würde ja sagen, dass es mir leid tut, aber es wäre eine Lüge. Du hast wunderschöne Brüste."

Ihr Lachen war tief und heiser. „Okay, ja. Das habe ich."

Ja, er mochte sie wirklich.

„Danke, dass du darauf bestanden hast, dass ich bleibe." Sie holte tief Luft, so tief, sodass er instinktiv auf ihre Brüste sah. „Zu wissen, dass ich hätte sterben können ... Hier zu sein, an einem sicheren Ort, hilft mir, die dramatische Situation zu verarbeiten."

„Das war der Plan." Es hatte ihm auch geholfen, da er wusste, dass ihr hier niemand wehtun konnte. Nicht mit ihm in der Nähe. Er hatte diese Zusicherung genauso gebraucht wie sie.

Sie lehnte sich vor, fuhr mit der Hand über seine Schulter, hinter seinen Kopf und betrachtete ihn mit einem erhitzten Blick. „Danke", hauchte sie. „Für die Rettung. Dafür, dass du dich um alles gekümmert und mir einen ruhigen Ort gegeben hast, um mich zu erholen."

Im nächsten Moment drückte sie ihre warmen, weichen Lippen auf seine und öffnete sich sogleich für ihn. Als er seinen Arm um sie legte und sie an sich zog, schmiegte sie sich an ihn und übergab ihm die volle Kontrolle.

Er schmeckte den Apfel-Zimt-Tee auf ihrer Zunge, als er den Kuss vertiefte, sie erkundete und neckte, bevor er sich schwer atmend zurückzog.

Im schwachen Licht konnte er die Begierde in ihren Augen sehen, und verdammt, er wollte mehr. Kopfschüttelnd lehnte er sich weiter zurück.

„Was ist?" Ihr Stirnrunzeln war entzückend, dunkle Augenbrauen zusammengezogen, ihr Schmollmund bezaubernd.

„Sex aus Dankbarkeit ... lass uns das nicht tun." Wenn sie irgendwann mal Sex haben sollten, wollte er ehrliche Emotionen.

Ihre Augen weiteten sich, dann grinste sie ihn an. „Der Kuss war dein Dankeschön. Mehr nicht."

„Ein Kuss ist gut. Besser als eine Karte im Briefkasten.“ Karten waren ihm ein oder zwei Mal nach der Befreiung von Geiseln zugesandt worden.

Ihre Zunge zeichnete seine Oberlippe nach. „Hmm, mehr Küsse wären gut.“

„Ich habe dich nur einmal gerettet.“

„Das sollten wir hinter uns lassen ...“ Schamesröte zeigte sich auf ihrer Haut. „Vielleicht könnten wir als zwei willige Erwachsene miteinander Sex genießen ... ohne, ähm, Erwartungen für etwas danach. Unter dem Vorbehalt, dass es sich nicht auf unsere Zusammenarbeit im Roadhouse auswirkt.“

„Einfach nur ... Sex.“ Nichts an dieser Frau war einfach. Er blickte in ihre sexy dunklen Augen und gab zu, dass die Anziehungskraft schon seit der ersten Begegnung unausstehlich gewesen war.

Er strich seine Lippen sanft über ihre und murmelte: „Ich hätte nichts gegen ein wenig Spaß einzuwenden.“

Ihre Lippen formten sich zu einem Lächeln. Er legte seine Hände auf ihre Wangen und küsste sie. Dominant. Kontrollierend.

Sie hatte einen köstlichen Mund.

Er brauchte mehr.

Er erhob sich, schnippte mit den Fingern und wies Gryff an, in den Hof zu gehen, den alle Hütten miteinander teilten. „Genieße den Abend, Kumpel.“ Er machte die Tür zu, schloss ab und sah zum Sofa. Bei ausgeschaltetem Licht wäre von außen nichts zu sehen.

Als Bull sich wieder Frankie zuwandte, lachte sie. „Willst du dein Baby nicht korrumpieren?“

„Er ist ein unschuldiger kleiner Welpe, alle hundert Pfund von ihm.“

„Ich habe bemerkt, dass ihm seine ... Ausrüstung fehlt“, sagte Frankie. „Vielleicht sollte ich sicherstellen, dass du nicht das gleiche Schicksal erlitten hast.“

„Nun ja, schließlich haben wir Leute, die im Wald wild um sich schießen", sagte er in einem übertrieben ernsten Ton. „Demnach wäre es wohl gut, wenn wir eine Inspektion auf fehlende oder beschädigte Teile durchführen würden." Er zog ihr das T-Shirt aus, setzte sich neben sie und legte eine Hand auf ihren Rücken und die andere auf ihre linke Brust.

Und schon lag sein Mund wieder auf ihrem.

Ihre Lippen waren voll und weich. So wie ihre Brüste. Beide gleichermaßen ansprechend. *Mein Gott.*

„Mmm. Dieser Teil scheint funktionsfähig zu sein. Lass mich die andere überprüfen." Er legte die Hand auf ihre rechte Brust, genoss das schwere Gewicht in seiner Handfläche, als er ihren Hals küsste und darauf achtete, ihre Kratzer zu meiden. „Ja, diese Schönheit scheint auch in Ordnung zu sein."

Als er mit dem Daumen Kreise um ihre samtweiche Brustwarze zog, atmete sie zittrig ein. Wunderschön empfindlich. Gott, er wollte sie kosten.

Er rutschte vom Sofa auf seine Knie und führte sie mit der Hand in ihren Haaren nach hinten. Dann senkte er den Kopf, leckte um eine weiche Brustwarze, blies über die hübsche Knospe und schnellte mit der Zunge darüber.

Ohhhh. Als Bull sie auf der Couch ausbreitete, fühlte sie sich wie eine jungfräuliche Opfergabe auf einem Altar. Und ihr Körper reagierte, indem er ihre Brüste kribbeln ließ. Er schloss seinen Mund um eine schmerzende Brustwarze, und beim Aufflammen der Erregung wölbte sie ihren Rücken.

Er wechselte zur anderen Brust und rieb mit seinem Spitzbart über die empfindliche Unterseite, bevor er die Brustwarze in seinen viel zu talentierten Mund saugte.

Ihr Körper schmolz unter seinen Händen und seinen Lippen dahin. Wenn dies während heidnischer Rituale passiert war, hätte sie sich freiwillig gemeldet – Jungfrau oder nicht.

Sie fuhr mit den Händen über seinen Kopf und genoss das Gefühl der rasierten Kopfhaut. Nicht stoppelig, sondern die Haut so weich wie von der Sonne gewärmtes Leder.

Er schob sich über sie und küsste sie auf den Mund, während er ihre Nippel mit seinen Fingern neckte. „Ich kann bestätigen, dass die oberirdische Ausrüstung in gutem Zustand zu sein scheint“, murmelte er. Als er eine Brustwarze zwischen seinem Daumen und Zeigefinger rollte, schaltete sich ihr Gehirn ab.

„Nun ja.“ Sie blinzelte und packte dann die Rückseite seines T-Shirts. „Halte kurz still. Ich muss meinen Anteil dazu beitragen.“

Er erlaubte ihr, ihm das Shirt über seinen Kopf zu ziehen.

Oh, *santo cielo.* Himmel Hergott, es bestand die Möglichkeit, dass sie das nicht überleben würde. Sein Körper war männliche Perfektion, von seinem kräftigen, sehnigen Hals, der geschmeidigen, bronzefarbenen Brust bis zu den definierten Bauchmuskeln. Eine Schulter zeigte eine Tätowierung mit einem Adler, der auf einem Anker saß und ein Gewehr und einen Dreizack umklammerte. Die andere Schulter schmückte ein Froschskelett. Von einer Freundin der Ehemann, der bei den Navy SEALs gewesen war, hatte auch eins von diesen merkwürdigen Tattoos. Eine lange Narbe verlief über seine Brust, eine runde, weiße war an seinem Bauch zu sehen.

Er war ein Krieger.

Da sie sich nicht davon abhalten konnte, ihn zu berühren, legte sie ihre Handfläche auf die stählernen Brustmuskeln. Sie wollte sich gerade aufsetzen, doch sie zuckte bei dem plötzlichen Schmerz in ihrem Rücken zusammen und verzog das Gesicht zu einer Grimasse.

Seine dunklen Augenbrauen zogen sich zusammen. „Du hast Schmerzen.“

„Nein, nicht wirklich.“

„Frankie.“ Ihr Name kam als geknurrte Warnung heraus.

„Ist ja gut. Mein Rücken tut ein wenig weh. Die Straßen von

New York sind keine gute Vorbereitung darauf, in Alaska wandern zu gehen und von Klippen zu fallen."

Sogar sein tiefes Glucksen war sexy. „Ich schätze nicht. Drehe dich auf den Bauch, Süße."

Er ignorierte ihre gewimmerte Beschwerde und bewegte sie selbst. Die Kissen unter ihren Brüsten und ihrem Bauch waren weich, sodass sie daran erinnert wurde, dass sie nur einen Slip am Körper trug.

„Nicht bewegen." Er stand auf. Als er zurückkam, nahm er neben ihrer Hüfte Platz. Eine Sekunde später spürte sie seine schwieligen Handflächen zu beiden Seiten ihrer Wirbelsäule. Ein süßer Duft nach tropischen Früchten wehte zu ihr, und schon breitete sich Hitze über ihrer Haut aus.

„Das fühlt sich einfach wundervoll an."

„Mmm, das Zeug hat einen Wärme-Effekt." Er drückte sanft, lockerte zuerst ihre Muskeln, massierte dann mit seinen Händen die Knoten heraus, übte Druck aus, bis es an Schmerz grenzte, bevor er ihr eine Pause gönnte.

Sie stöhnte, als sich jede schmerzhafte Stelle entspannte. Langsam arbeitete er sich ihren Rücken hinunter und vermied auf dem Weg die blauen Flecken und Prellungen.

„Das machst du echt gut", murmelte sie.

Sein Lachen war wie ein dunkles Poltern. „Als ich ein hormongesteuerter junger Mann war, sagte Caz mal zu mir, dass eine Massage eine wunderbare Möglichkeit sei, eine Frau dazu zu bekommen, Kleidungsstücke abzulegen und sie gleichzeitig glücklich zu machen. Er hat mir Unterricht gegeben, damit ich niemanden breche."

Sie schnaubte, denn ja, das könnte er. Doch kamen seine körperliche Kraft und seine Sanftheit zusammen, war es einfach verdammt erregend. Genau wie seine Großzügigkeit. Obwohl sie dem Sex bereits so nah gewesen waren, hatte er seine eigene Begierde auf Eis gelegt, um ihr mit ihren Beschwerden zu helfen.

Es wäre einfacher, wenn er hässlich wäre.

„Entschuldige bitte?“

„Oh, *che palle*, habe ich das gerade laut gesagt?“

„Ich fürchte ja.“ Lachend glitt er mit seinen Händen über ihre Haut. „Hast du normalerweise Sex mit hässlichen Männern?“

Sie wusste nicht, wie sie darauf reagieren sollte.

Als sie schwieg, rollte er sie auf ihren Rücken und massierte ihre Schultern. Sein dunkler Blick traf auf ihren, eine stille Aufforderung, seine Frage zu beantworten.

„Bull, ich ...“ Sie seufzte. „Ich vertraue gutaussehenden Männern nicht wirklich.“

Er blinzelte, dann schärften sich seine Augen. „Wegen deines Ex-Mannes, der ein Model und zweifellos gutaussehend war?“

„Ja, aber es gab weitere.“ Allein der Gedanke an sie führte wieder dazu, dass sich ihre Muskeln anspannten. „Einer ist fremdgegangen. Ein anderer hat Geld gestohlen. Der nächste – was er mit meinem Ex-Mann gemein hatte – wollte von meinem Einfluss in der Branche profitieren. Ich weiß, dass du nicht diese Männer bist, aber es ist schwierig, an dem Gefühl vorbeizusehen, dass attraktive Männer etwas anderes im Sinn haben als sich selbst.“

Sie drehte den Kopf. Immer, wenn die Erinnerungen an den Verrat an die Oberfläche kamen, tat es weh. Ihre Emotionen waren bereits vollkommen roh gerieben.

Ich sollte nicht hier sein.

Hässliche Emotionen entschuldigten nicht ihr Verhalten. Bull hatte sie gerettet, und jetzt hatte sie im Wesentlichen gesagt, er sei oberflächlich und nicht vertrauenswürdig. Könnte sie noch unhöflicher und undankbarer sein? „Es tut mir leid. Ich wollte nicht –“ Sie versuchte, sich aufzusetzen.

Seine Hände festigten sich um ihre Schultern, hielten sie an Ort und Stelle ... und er fuhr fort, sie sanft zu massieren. „Frankie“, sagte er leise.

„Es tut mir leid“, wiederholte sie mit dem Blick auf die Sofalehne. Wie sollte sie sich entschuldigen, nachdem sie so dermaßen ins Fettnäpfchen getreten war?

Er gluckste, legte beide Hände auf ihre Wangen und drehte ihren Kopf zu sich. All diese Muskeln. So verdammt hinreißend. „Süße, sieh mich an", sagte er bestimmt.

Sie hatte keine Wahl.

Die Falte zwischen seinen Augenbrauen hatte sich vertieft, aber er zeigte keine Wut. Seine dunklen Augen musterten sie. „Wenn du in dieser bestimmten Branche aufgewachsen bist, dann ist das wahrscheinlich dein Dating-Pool. Waren diese wunderschönen, oberflächlichen Männer alle Models oder Möchtegern-Models?"

Ihr Ex, ja. Der Rest, zum Großteil ja. „Im College bin ich mit Studenten ausgegangen. So fand ich heraus, dass die weniger ... heißen Männer netter sind."

„Ah, verstehe." Er lächelte sie an. „Darf ich auf einen kleinen Fehler in deiner Hypothese über den Charakter gutaussehender Männer hinweisen?"

Es war nicht fair, dass der Mann nicht nur attraktiv, sondern auch klug war. „Okay."

„Deine Stichprobe stammte von einer Untergruppe gutaussehender Männer. Du hast männliche Models gedatet, hast dich mit Menschen umgeben, deren Karriere von ihrem Aussehen abhängt. Aus diesem Grund besitzt ein hoher Prozentsatz von Models – wahrscheinlich sowohl männlich als auch weiblich – eine egozentrische Persönlichkeit."

Moment mal. „Du meinst ... Was du damit sagen willst, ist, dass männliche Models möglicherweise oberflächlich und nicht vertrauenswürdig sind, aber das gilt vielleicht nicht für wunderschöne Männer, die keine Models sind?"

„Vielleicht, vielleicht auch nicht. Menschen sind nun mal ... Menschen." Er fuhr mit den Fingerspitzen über ihre Wange. „Ich habe früh gelernt, eine Person nicht nach dem äußeren Erscheinungsbild zu beurteilen. Und wirklich, Frankie, Frauen werden sauer, wenn Männer sie nach dem Aussehen beurteilen."

Seine Worte trafen sie direkt in den Magen. Sie hatte genau

das getan, was sie bei Männern so entsetzlich fand. Oder auch bei Frauen. Wenn jemand zu ihr sagen würde, sie hätte kein Interesse an hässlichen Männern, hätte Frankie diese Person als kleinlich bezeichnet. Wahrscheinlich sogar als dumm.

Sie war die Dumme. „Ich hasse es, wenn jemand außer mir Recht hat. Das ist dir hoffentlich klar."

Er hatte so ein tolles Lachen.

Sie murrte vor sich hin und nahm sich einen Moment, um ihre vergangenen Beziehungen zu betrachten, und sah die Zeit mit den Männern nun durch eine andere Brille.

„Eine Sache noch", murmelte er. Er glitt mit dem Daumen über ihre Lippen. In diesem Augenblick erkannte sie, dass sie ihre Wange an seiner breiten Handfläche rieb. „Deine Vergangenheit sagt deinem Verstand, dass du mir nicht vertrauen sollst. Aber das tust du bereits, oder?"

Verflucht soll er sein. Das tat sie. Wie war das passiert? Vielleicht, weil er sie aus dem Wald gerettet, sich um sie gekümmert hatte, und er diese besondere Art mit seinem Hund, seiner Nichte und den Menschen bei der Arbeit hatte. Sie kannte ihn besser, als ihr bis eben bewusst gewesen war. Er entschied sich nicht für den einfachen Weg, war nicht abhängig von seinem Charme und doch hatte er es geschafft, sie auf seine Seite zu ziehen. Er war aufrichtig ... und war im Umgang mit Menschen vorsichtig.

„Vielleicht", sagte sie widerwillig. „Ja, okay. Ich vertraue dir."

Er belohnte sie für ihre Ehrlichkeit mit einem Kuss. So ein toller Kuss. Fordernde, verführerische Lippen, die so hungrig und dominant waren, dass sich alles drehte.

Sie legte ihren unverletzten Arm um seine Schulter und spürte, wie sich seine Rückenmuskulatur anspannte, als er sich auf einer Hand abstützte und mit der anderen ihre rechte Brust fand. Seine Handfläche war immer noch schmierig von der Salbe und als er ihre Brustwarze neckte, begann ihre Haut zu kribbeln und sich zu erwärmen.

„Was ... ähm ...“ Sie wand sich unter ihm. „Was ist in dem Zeug?“

„Nur etwas, das mehr Spaß verspricht.“ Er rieb seine Nase gegen ihre und küsste sie erneut. „Die Salbe ist gut für Muskelkater – und auch für weitere Anwendungsgebiete geeignet. Wie intime Bereiche der Damenwelt.“

Er fuhr mit den Fingern um ihre andere Brustwarze und zwickte diese. Als er sich vorlehnte und über die harte Knospe blies, spannte sie bei der Kombination aus warm und kalt die Zehen an. Er packte beide Brüste, massierte und knetete sanft, bevor er mit seiner Zunge einen Nippel umkreiste und ihn schließlich zwischen die Lippen saugte, sodass eine Lustwelle durch ihren Körper jagte.

„Bull ...“

Er ließ nicht von ihr ab, bewegte sich zwischen ihren Brüsten hin und her, saugte, neckte, zwickte.

Madonna, es war gut möglich, dass sie heute vor Begierde sterben würde. Stöhnend fuhr sie mit den Fingern über seinen Rücken, über tanzende Muskeln unter samtweicher Haut, entlang der tiefen Furche seiner Wirbelsäule bis zu seinem knackigen Hintern. *Mmm.* Sie drehte sich leicht und schob eine Hand zwischen ihre beiden Körper, wo sie den Bund seiner Hose suchte. Er war so hart, so dick, dass hinter dem Schritt seiner Hose kein Platz mehr war. „Das muss sehr unangenehm sein.“

Er gluckste. „Frau, du hast ja keine Ahnung.“ Er setzte sich auf, schob seine Finger unter den Bund ihres Slips und hielt inne, um ihr die Möglichkeit zu geben, Einwände zu erheben.

Einwände? Ganz sicher nicht. Ihr gesamter Körper wollte diese geschickten Hände an ihrer Pussy spüren. Sie hob ihr Becken. Sein Lächeln blitzte auf, und dann war ihr Höschen weg und landete eine Sekunde später auf dem Couchtisch.

Er lehnte sich zurück und musterte ihren Körper mit einer Wertschätzung, die dazu führte, dass sie am ganzen Körper errötete. „Du siehst in dieser Position einfach zum Anbeißen aus.“ Er fuhr mit einem Finger von ihrer Brust zu ihrem Bauch und ... über ihren rechten Oberschenkel.

Sie funkelte ihn an. *Stronzo. Was ist aus den Männern geworden, die direkt das Ziel ansteuern?* Zur Abwechslung war das genau, was sie wollte und ... er wollte spielen?

Sie packte sein muskulöses Handgelenk – ein beeindruckendes Handgelenk, sodass ihr Daumen und Zeigefinger sich nicht mal berührten – und führte seine Hand zu ihrer Pussy. „Hier."

Oh, böse Frankie. Einige Männer fühlten sich bedroht, wenn –

„Hier also, hmm?" Sein rechter Mundwinkel zuckte.

Sein unerschütterliches Selbstvertrauen war noch sexier als sein Körper.

Er packte sie am Fußknöchel, hob ihr rechtes Bein über seinen Kopf und legte es auf seinen Schoß, sodass er seitlich zwischen ihren Oberschenkeln saß. Er griff nach der Flasche auf dem Couchtisch und pumpte mehr Salbe in seine Handfläche. „Ganz vergessen. Wir befinden uns ja inmitten einer Massage."

Ihre Kinnlade klappte herunter. Sie wollte Sex, keine Massage.

Schmunzelnd fuhr er mit diesen großen Händen über ihre Oberschenkel, über ihren Bauch und ... ignorierte erneut ihre Pussy.

Sie stöhnte und hob fordernd ihre Hüfte.

„Na aber." Ein Mundwinkel zuckte.

Seine Finger waren immer noch glitschig, als er von ihrem Bauch über ihren Venushügel strich – und war sie nicht froh, dass sie sich an diesem Morgen rasiert hatte? Er glitt mit seinen Fingern über ihre geschwollenen äußeren Schamlippen, immer wieder, auf und ab, und die Haut begann zu kribbeln, sodass sie an die seltsame Salbe erinnerte wurde, mit der er sie massiert hatte. Langsam öffnete er sie, entblößte sie und schnellte mit seinen glitschigen Fingern direkt über ihre pochende Klitoris.

„Oh!" Ihre Hüfte zuckte nach oben, und mit einer Hand auf ihrem Becken drückte er sie wieder nach unten.

Ihre Beine wurden durch seinen riesigen Körper zwischen

ihnen offen gehalten, sodass er unbeirrt ihre Klitoris umkreisen konnte. Als die Salbe das geschwollene Gewebe erwärmte und ihre empfindliche Perle zu kribbeln begann, wand sie sich unkontrolliert. Das Gefühl war ... intensiv.

„Sieh mich an, Süße."

Ihr Blick wurde von seinen schwarzen Augen eingefangen – genauso unnachgiebig wie seine Hände an ihren Hüften.

Seine Finger hörten nie auf, sich zu bewegen. Obwohl er so stark war, war seine Berührung sanft. Neckend, eine Berührung wie die Flügel eines Schmetterlings, als er all das Blut in ihrem Körper, ihren ganzen Fokus auf diese Stelle zog.

Warte, nein, Sex sollte nicht nur einseitig sein. Sie fuhr mit den Händen über seine Arme, über seine Brust und nach unten.

Er rutschte weiter von ihr weg. „Nächstes Mal. Ich will dich so verzweifelt, dass ich warten kann." Er grinste. „Das ist so eine Männersache."

Ohne auf ihre Antwort zu warten, beugte er sich vor und seine Lippen schlossen sich um ihr Nervenbündel. Durch die prickelnde Salbe und seinen talentierten Mund schien ihre Klitoris plötzlich in Flammen aufzugehen.

Sie schrie vor Lust, wusste auch, wie laut sie war, und schaffte es doch nicht, sich zu beherrschen.

Lachend fuhr er mit seinem Kiefer von ihrem Oberschenkel zu ihrer Pussy, der Spitzbart kratzte über die empfindliche Haut, bevor er sich wieder der erotischen Folter zuwandte. Erregend schnellte er mit der Zungenspitze über die Perle, was er unterbrach, indem er sie zwischen seine Lippen saugte.

„Mehr. Mehr. Jetzt." Sie schoss so schnell den Hügel hoch und einem Orgasmus entgegen, sodass sie instinktiv nach seinen Haaren griff, um ihn nach oben zu ziehen – um ihn dazu zu bringen, was zu tun? Nur ... fanden ihre Finger nur warme Haut. Keine Zügel.

Bei ihrem frustrierten Knurren hob sich sein Kopf. Sein Blick fegte über sie und sie sah die Belustigung.

Wenn er sie nicht gleich berührte, würde sie hier und jetzt sterben! Und das amüsierte ihn? „Du ... du *Bastardo*."

„Nicht laut meiner Mutter, Süße." Mit den Augen auf ihr Gesicht gerichtet, glitt er langsam mit einem Finger in sie hinein und schickte sie direkt an die Klippe eines Orgasmus.

Sie keuchte bei dem überwältigenden Gefühl.

„Oh ja", murmelte er, senkte dann seinen Kopf und nahm das Nervenbündel erneut in seinen Mund, saugte und leckte, während sich sein Finger in ihr bewegte.

„Ah!" Die erregende Explosion trieb die ganze Luft aus ihren Lungen und sie schrie, als der blendende Höhepunkt über sie hinwegfegte.

Sein Finger wagte sich tiefer vor und schickte sie immer wieder über die Klippe, bis sie sich nur noch als bebender Wackelpudding identifizierte.

Während sie ihre Lungen mit Sauerstoff füllte, lächelte er sie an. „Mein Gott, ich liebe den Klang deines Orgasmus. Und wie du dabei aussiehst." Er küsste sanft ihre Pussy und hob ihr Bein wieder über seinen Kopf, damit er aufstehen und seine Jeans ablegen konnte.

Mmmm. Sein Schwanz war völlig proportional zu seiner Größe – dick und lang und extrem hart. Seine Eier hingen zwischen seinen Beinen, potent und prall.

Seine Brieftasche lag in dem Korb auf dem Couchtisch, und er zog ein Kondom heraus und rollte es sich über.

Er rutschte von der Couch und positionierte sie, sodass er zwischen ihren Oberschenkeln kniete, packte ihre Hand und legte ihre Finger um seinen Schwanz. *Cazzo,* er war groß. Er entließ ein freudiges Grummeln, als sie ihren Griff festigte und einmal über seine gesamte Länge rieb.

Sein Blick bewertete ihren Gesichtsausdruck. „Ist es okay, wenn wir fortfahren, Ms. Bocelli? Wir können jetzt aufhören, wenn du willst."

Sie schnaubte und antwortete, indem sie ihn an seinem Schwanz zu sich zog.

Sein Lachen hallte durch den Raum. „Na dann." Er stützte sich mit einer Hand neben ihre Schulter ab, benutzte die andere, um seinen Schwanz an ihrem Eingang zu positionieren und die Eichel mit ihrem Nektar zu befeuchten. „Ich liebe es, wie feucht du für mich bist."

Seine tiefe Stimme und dass er so um ihren Komfort besorgt war, fügten weitere Schichten der Erregung hinzu. Genau wie seine Berührung und seine Stimme.

Langsam arbeitete er sich in sie, dehnte sie unerbittlich und füllte sie, bis ihre ganze untere Hälfte vor Erregung pochte.

„Du fühlst dich großartig an, Stadtmädchen." Bull hielt an seiner Kontrolle fest und genoss die süßen Geräusche, die sie von sich gab: Wenn sie nach Luft schnappte, sobald er weiter vordrang, oder das fast unhörbare Stöhnen, als er sich zurückzog. Ja, zu früh zu kommen, könnte passieren. Er war noch nicht bereit, sich in ihr zu ergießen, denn er wollte sich Zeit nehmen und diesen Moment genießen.

Verdammt, und wie er sie genoss – ihren Mut, sicher, aber auch ihren Sinn für Humor, ihre Fähigkeit, über sich selbst zu lachen, und wie süß sie mit Gryff war. Dass sie mit Hawk sprach, ohne Angst zu haben. Die Art und Weise, wie sie sich in ihrem Orgasmus verlor. Schreiend und ohne Zurückhaltung. Fuck, fast wäre er bei dem Anblick selbst gekommen – wie ein notgeiler Teenie.

Er drang in sie vor, bis sein Hoden ihren Arsch berührte, bis sich ihre Pussy heiß und eng um ihn legte. Und er spürte, wie sie ihre Beckenmuskulatur anspannte, um es für ihn noch besser zu machen, denn das war die Art von Frau, die sie war – sie gab großzügig und nahm enthusiastisch.

Auf einem Arm gestützt fand er eine hübsche Brust mit seiner freien Hand, knetete und massierte diese, und lächelte, als die Wände ihres Geschlechts um seinen Schwanz flatterten. Empfindliche Brüste waren sein Favorit. „Die Art und Weise, wie du dich um mich herum anfühlst, ist unbeschreiblich."

Ihre Mundwinkel formten sich zu einem Lächeln, und er konnte in ihren Augen sehen, wie sehr es ihr gefiel, das zu hören.

Langsam setzte er sich in Bewegung, zog sich aus ihr heraus, stieß wieder in sie und schwelgte in dem Gefühl ihrer feuchten Pussy.

Während sich ihre Brustwarze in seine Handfläche bohrte, zog er das Tempo an, schneller und immer schneller, härter und immer härter, ohne jemals den Blick von ihr abzuwenden. Er war groß – ja, das war nicht zu leugnen – und es war es wert, sich ein wenig mehr Zeit zu nehmen, um sicherzustellen, dass eine Frau bereit war. Und das war sie, denn ihre Hüfte hob sich und kam ihm bei jedem seiner Stöße entgegen.

Der Klang von Sex, feucht und begleitet von Stöhnen und dem typischen Laut von zwei Körpern, die zusammenkamen, erfüllte den Raum. Ihr Gesicht war gerötet, die Augenlider auf halbmast, als sie mit den Händen über seine Brust fuhr.

Sie war nah dran, aber noch nicht ganz da, und er würde einfach alles geben, um sie erneut kommen zu sehen. Fuck, er hatte noch nie etwas Heißeres gesehen, und diesmal wollte er verdammt nochmal in ihr sein, wenn es passierte.

Rauben wir ein bisschen mehr von ihrer Kontrolle.

Er ließ ihre Brust los, hob ihr linkes Bein und legte es auf seine Schulter. Auf diese Weise nahm er ihr die Fähigkeit, ihre Hüfte zu bewegen und ihm entgegenzukommen. So zwang er sie, zu nehmen, was er zu geben hatte. Als er härter in sie stieß, beobachtete er, wie sie schwer schluckte, sah, wie sich die Farbe auf ihren Wangen verdunkelte und ihre Nippel noch härter wurden.

Ihre Augen schlossen sich, als sich die Muskeln ihres Oberkörpers anspannten. Ein Stoß, noch einer, und dann warf sie den Kopf in den Nacken und ... kam. Ihre Pussy massierte seinen Schwanz, pulsierte um ihn herum, und ihr „Ohh, ohh, ohh, fuck, ohhhhh“ füllte den Raum mit ihrer wunderschönen Stimme.

Die fantastische Empfindung um seinen Schwanz schubste ihn direkt über die Klippe. Brüllend drang er ein letztes Mal tief in sie, als die Hitze seine Eier und dann seinen Schwanz vereinnahmte. Er kam hart und ergoss sich in ihr.

Heilige Scheiße.

Er atmete tief ein und senkte dann sanft ihr Bein, um es um seine Taille zu schlingen. Sie tat dasselbe mit ihrem anderen Bein, zog ihn so noch näher an sich heran und hielt ihn mit der gleichen Großzügigkeit in sich, mit der sie sich geliebt hatten.

Er senkte sich auf einen Ellbogen, schob ihre Haare aus ihrem Gesicht und zeichnete dann mit einem Finger ihre geschwollenen Lippen nach. „Süße, das war unglaublich.“

Unter seiner Berührung formten sich ihre Lippen zu einem zufriedenen Lächeln. „Hmm. Es war ... ziemlich gut. Vielleicht sollten wir das nochmal machen, damit ich sicher sein kann.“

Er lachte laut los, schlang die Arme um sie und zog sie an seine Brust. „Ja, das werden wir auf jeden Fall wiederholen müssen, um ... sicherzugehen.“

Es war weit über die Morgendämmerung hinaus.

Frankie schmiegte sich in Bulls Bett an seine Seite und nickte nach der letzten Runde Sex immer wieder weg. Oben in seinem Schlafzimmer angekommen, hatte er die breiten Türen, die das Wohnzimmer darunter überblickten, nicht geschlossen, sodass sie jetzt einen uneingeschränkten Blick aus den deckenhohen Fenstern werfen und den See bewundern konnte. Als die aufgehende Sonne den Schnee auf den fernen Bergen in Gold und Rosa funkeln ließ, hatte er sie geweckt und sie daran erinnert, dass sie um eine Wiederholung gebeten hatte. Seine Hände waren bereits auf Erkundungstour gegangen, und sie war viel zu erregt gewesen, um zu protestieren.

Das sinnliche, gemächliche zweite Mal war noch besser gewesen als die erste Runde und hatte sie mit dem Gefühl zurückgelassen, dass ihr Körper nur noch aus süßem, dickflüssigem Sirup bestand.

Schläfrig fuhr sie mit ihrer Handfläche über seine samtweiche Brust und spürte die Härte der Muskeln darunter. Als Reaktion legte sich sein Arm in liebevoller Zuneigung enger um sie.

In der Ecke lag Gryff in einem großen, bequemen Hundebett zusammengerollt, sein flauschiger Schwanz über der Nase.

„Guten Morgen, Süße", murmelte Bull.

„Das ist es, oder? Und du hast so eine schöne und friedliche Aussicht. Ich kann nicht glauben, dass das Seeufer nicht mit Häusern überfüllt ist."

„Das liegt daran, dass wir das meiste von dem Grundstück besitzen. Wir wollten genug Land, damit sich der Sarge nicht eingeengt fühlt."

„Der Sarge?"

„Ah, er war im Grunde unser Adoptivvater – und ein Einsiedler und verdammt paranoid." Bull lächelte wehmütig. „Er hat uns abseits von der Zivilisation in einer Hütte im Wald großgezogen, und als keiner von uns mehr im Haus war, haben wir ihn überredet, hierher zu ziehen, wo er seinem Freund Dante näher sein konnte. Es stellte sich heraus, dass Dante viel Eigentum am Seeufer gekauft hatte, als das Land billig war, und er war begierig darauf, uns diese Seite zu verkaufen. Meine Brüder und ich schlugen vor, es zu kaufen und hier zu bauen, damit wir in der Nähe des Sarge sein konnten, wenn es die Zeit erlaubte."

„Du vermisst ihn."

Nach einem langen Moment seufzte Bull. „Yeah. Wir sind Veteranen und wissen, wie kurz das Leben sein kann, aber wir haben nie erwartet, dass er sterben könnte. Er schien immer unzerstörbar."

Trauer. Das rührte sie zu Tränen. „Das tut mir so leid."

Er lächelte, dann schienen sich seine Augen zu verdunkeln. „Apropos sterben. Willst du mir mehr über deine gestrige Reise zum Gelände der Zeloten erzählen?"

„Nein, ich denke, meine Neugier auf sie wurde gestillt." Und das war alles, was sie dazu sagen würde. Sie konnte ihn nicht anlügen und wollte es auch nicht.

Außerdem war sie nur jemand, mit dem er ein bisschen Sex genoss. Keine Verstrickungen ... nicht vergessen. Sie konnte ihm ja wohl kaum die Wahrheit mitteilen und ihn um Hilfe bitten. Es gab keine Möglichkeit vorherzusagen, wie er reagieren würde. Es bestand die Gefahr, dass er Kits Einwände ignorieren und das FBI und die Polizei benachrichtigen könnte.

Sie würde das schon allein hinkriegen. Ihr Wunsch, dass jemand ihre Hand hielt, während sie einen Zaun durchschnitt, könnte Kit und Aric töten.

Bull antwortete nicht mit dem offensichtlichen Spruch – *Neugier ist der Katze Tod.* Schließlich sah sie ihm ins Gesicht und sein Ausdruck war plötzlich viel nachdenklicher als erwartet. Das gefiel ihr nicht, aber es war auch nicht verwunderlich. Unter dieser gutmütigen, geselligen Front lauerte ein erschreckend intelligenter Mann.

Mit einer Fingerspitze zeichnete er einen ihrer Kratzer so sanft nach, dass es kaum schmerzte – und doch diente es als Erinnerung an die Situation, in der sie sich wiedergefunden hatte. „Ich denke, es steckt mehr dahinter als Neugier, aber noch kennst du mich nicht besonders gut, stimmt's?"

Ein viel besseres Thema.

„Nicht wirklich, nein. Du könntest genauso gut ein Serienmörder sein, der überall in den Bergen Leichen hinterlässt." Sie warf ihm ein schiefes Lächeln zu. „Vielleicht war ich da draußen und habe nach all diesen Leichen gesucht."

Sein Grübchen erschien für eine Sekunde, aber dann fuhr er mit den Fingern durch ihr Haar und schob die schweren Längen über ihre Schultern. „Wenn du bereit bist, den Rest zu teilen, werde ich hier sein. Und ich werde zuhören."

Sie wollte es ihm erzählen. Sie wollte ihm alles erzählen. Und konnte es nicht.

Als sie die Tränen in ihren Augen wahrnahm, rutschte sie hastig aus dem Bett. „Es ist der nächste Morgen. Ich sollte mich in Bewegung setzen. Meine Schicht beginnt heute recht früh."

„Frankie." Er zog diese schwarzen Augenbrauen hoch, sein Blick ruhig und gelassen. „Du wirst zu wund sein, um Tabletts zu tragen. Du hast die nächsten zwei Abende frei. *Bleib.*"

Aber wenn sie jetzt nicht ging, würden sie wahrscheinlich ... sexy Dinge in diesem Bett tun. Und genau das war das Problem.

Cazzo, sie wusste, dass dies passieren würde – dass Emotionen ins Spiel kommen würden und sie mehr von ihm wollen würde. Nur wegen ein paar Orgasmen und dem Gefühl, ihn in ihr zu haben. Und wie er sie in dieser tiefen Stimme Süße nannte. Nicht zu vergessen diese schwarzen Augen und ...

Nein, nein, nein. Zwangloser Sex. Mehr nicht. Sie musste sich darauf konzentrieren, Kit aus dieser Sekte zu holen. Er war eine Ablenkung, die sie sich nicht leisten konnte.

„Ich habe noch viele andere Dinge, die erledigt werden müssen." Sie zog sich an und war erstaunt, dass er gestern nicht nur alles für sie gewaschen, sondern auch das ganze Blut aus ihren Klamotten herausbekommen hatte.

Er erhob sich vom Bett, einschüchternd in seiner Größe und doch so verlockend. Weil sie nun das Gefühl seiner Finger auf ihrer Haut kannte, den Geschmack seines Mundes, seiner Haut, seines –

„Lass mich dir Frühstück machen." Er justierte ihren Ärmel, sodass er locker um den Verband lag.

„Nein, nein, aber danke. Ich muss nachhause." Sie musste ihre Emotionen in den Griff kriegen, die Traurigkeit überwinden, dass dies alles war, was zwischen ihnen je möglich sein würde.

Sie zwang sich zu einem Lächeln. „Dies war eine einmalige

Sache, erinnerst du dich? Keine Komplikationen oder Verstrickungen. Keine Erwartungen für danach." Sie beugte sich vor, um Gryff zu streicheln, tröstete sich mit dem Gefühl seines weichen Fells zwischen ihren Fingern und dem Anblick seines wedelnden Schwanzes. Hunde waren so unkompliziert.

Als sie sich aufrichtete, hatte sich Bull bereits eine Jeans angezogen und stand einfach nur vor ihr, mit den Augen direkt auf sie gerichtet.

Sie hatte es vorher nicht bemerkt, aber wenn er nicht lächelte, wirkte er ... gefährlich – wie der Soldat, der er einmal gewesen war. Sie atmete tief ein. „Danke für die Rettung und eine wundervolle Nacht abseits der Realität."

Als er nickte, wusste sie, dass er verstanden hatte – sie waren wieder in der realen Welt angekommen. Sie musste Kit und Aric retten. Danach ging es zurück nach New York, denn dort war sie zuhause – wo ihr Job und ihre Pflichten auf sie warteten.

Diese Nacht ... war nur ein Traum gewesen.

KAPITEL ELF

E*rfolg ist nicht endgültig, Misserfolg ist nicht fatal. Was zählt, ist der Mut, weiterzumachen.* - Winston Churchill

Am darauffolgenden Morgen ging Frankie die Main Street entlang, denn sie brauchte Kaffee mehr als ihren nächsten Atemzug. Ihr war der Kaffee für die winzige Kaffeemaschine in der Hütte ausgegangen. Nicht, dass das Gerät ein besonders gutes Gebräu hervorbrachte.

Sie musterte den blauen Himmel, die hübschen Löwenmäulchen in den Blumentöpfen aus Fässern und die hellen Schindeln. Wie konnte es diese Stadt nur wagen, so fröhlich zu wirken?

Trotz einer Dosis Ibuprofen schmerzten ihre Muskeln, da sie es nicht gewohnt war, wandern zu gehen. Abgesehen davon, dass ihr verletzter Arm heute Morgen besonders fies pochte. Nichtsdestotrotz war sie mehr als bereit, zu ihrem Job im Roadhouse zurückzukehren, aber ... *neeein.* Der Boss meinte erst wieder morgen.

Ich brauche Kaffee. Und Menschen. Und etwas anderes zu tun, als zu scheitern.

Vielleicht sollte sie sich einfach auf den Bürgersteig legen und einen Wutanfall bekommen. Das klang erlösend.

„Guten Morgen, Frankie“, rief die Postmeisterin, die gerade ihre Enkelkinder in den Supermarkt trieb.

„Guten Morgen.“ Nun, *merda.* Es wäre wohl nicht angemessen, dies vor Irenes Enkelkindern zu tun. Außerdem ... große Titten, schmerzender Arm. Es würde zu sehr wehtun.

Frankie stopfte die Hände in die Taschen ihrer Fleecejacke und marschierte weiter. Nichts lief richtig.

Zum einen ... ihre Auskundschaft des PZ-Geländes. Der Chief war wahrscheinlich dankbar, dass das Grundstück der Zeloten nicht an einer vielbefahrenen Straße lag. Man mochte sich vorstellen, Besucher Alaskas sahen das Gelände als Touristenattraktion und strömten in Scharen zu dem Tor.

Ein wahrer Nervenkitzel. Für eine Minute. Der Besuch der berüchtigten Sekte. Wer ist schnell genug, um rasenden Kugeln auszuweichen? Todesangst inbegriffen auf unserer Fahrt direkt an der Klippe, da es schließlich immer passieren kann, dass jemand fällt. Warnung: Nur für Erwachsene. Todesfälle vorprogrammiert. Nicht für schwache Nerven zu empfehlen.

Obwohl sie das Gelände erreicht hatte, hatte sie nicht herausfinden können, in welchem Gebäude sich die Kinder befanden.

Nichtsdestotrotz war sie so an andere wichtige Informationen gekommen. Wenn sie den Zaun durchschneiden wollte, sollte sie das besser außerhalb der Sichtweite der Wachtürme tun. Am besten nachts, da zwischen dem Zaun und der Waldgrenze dieser freie Bereich war. Schließlich wusste sie jetzt nur zu gut, dass die Wachen Gewehre hatten und sie nicht davor zurückschreckten, diese auch zu benutzen.

Sie hatte einen guten Pfad gefunden – der Pfad, der an zwei nahe beieinander liegenden Hütten begann. Wie lauteten noch gleich die Namen der Männer? Chevy und Knox. Bull hatte die beiden als Handwerker der Stadt bezeichnet. Wenn sie diese

Hütten wieder finden könnte, würden Chevy und Knox ihr die Erlaubnis geben, dort zu parken?

Anschließend musste sie es schaffen, diesen Pfad nachts zu bewältigen. Bei dem Gedanken erschauderte sie. Die Wahrscheinlichkeit war hoch, dass sie sich entweder verlaufen oder in der Dunkelheit umkommen würde. Nur wäre eine Taschenlampe eine dumme Idee, da das Licht wie eine Zielscheibe wirkte. Im Dunkeln sehen müsste man können. Warum hatte sie keine Superkräfte?

Moment mal ... Eine ihrer Freundinnen war im Central Park auf einen Fledermausspaziergang gegangen, und die Organisatoren hatten ihr eine Nachtsichtbrille zur Verfügung gestellt. Sie hatte gesagt, es sei erstaunlich gewesen, wie viel sie damit hatte sehen können.

Ja, ja, ja!

Im Café – ihrem Lieblingsort für Internet – machte sich Frankie wieder an die Recherche. So viel Recherche. Schließlich entschied sie, dass ein Nachtsichtmonokular zusammen mit einer Kopfhalterung am besten für ihr Vorhaben geeignet wäre, um die Hände frei zu haben. Morgen würde sie Sport- und Jagdgeschäfte in Soldotna besuchen und sich die nötige Ausrüstung besorgen. Sie wünschte nur, sie hätte mehr Zeit, um zu lernen, wie man besagte Ausrüstung benutzte.

Mit einem Seufzer lehnte sie sich in der Nische zurück und machte den Anruf, auf den sie eigentlich keine Lust hatte. „Anja, ich habe deine Voicemail bekommen."

„Francesca, endlich! Ich habe meinen Manager so satt und denke darüber nach, ihn zu feuern. Anstatt Dinge für mich zu klären, scheint er der Meinung zu sein, dass ich mich bei einem Fotografen entschuldigen muss, und er hat doch tatsächlich einen Wecker bestellt und mir gesagt, ich solle ihn benutzen! Kannst du das glauben? Du musst zurückkommen und ihn in seine Schranken verweisen."

Frankie schloss die Augen und suchte nach einer taktvollen

Antwort. Weil es sich anhörte, als ob der Manager endlich die Arbeit machte, für die er bezahlt wurde.

Schlimmer noch, Frankie war sich ziemlich sicher, dass sie Anjas unprofessionelles Verhalten teilweise unterstützte. Keine Überraschung. Das war einer der Gründe, warum ihre Familie darauf bestanden hatte, dass sie blieb. Obwohl Frankie ihren Job eher mit Krisenberatung gleichsetzen würde, benutzte ihre Familie sie wie einen Mafia-Mittelmann.

Als die Beschwerden ihrer Schwester verdampften, schaffte es Frankie, etwas zu sagen: „Es tut mir leid, dass du eine harte Zeit hast, Anja, aber du wirst damit klarkommen müssen. Lerne, den Wecker zu benutzen und pünktlich zu Terminen zu erscheinen."

Das entfachte neues Kreischen und entrüstetes Quietschen, und Frankie senkte die Lautstärke. Warum, oh warum, fühlte sie sich schuldig, dass sie nicht vor Ort war, um Anja aus dem Schlamassel zu helfen, das ihr unprofessionelles Verhalten verursacht hatte?

Wenn Frankie es schaffte, Kit und Aric diesen Samstag von dem Gelände zu holen, könnte sie nächste Woche wieder in New York sein. Dann konnte sie alles geraderücken.

Sie öffnete den Mund, um das zu sagen, stoppte sich jedoch und schüttelte den Kopf. Versprechungen zu machen, die sie vielleicht nicht erfüllen konnte, wäre nicht klug.

Stattdessen versuchte sie es mit verständnisvollen und besänftigenden Geräuschen und schaffte es schließlich, das Telefonat zu beenden.

Nach Anjas Tirade erinnerte sie sich jedoch daran, dass sie sich mal bei ihrer Freundin melden sollte, die einmal pro Woche in ihrer Wohnung nach dem Rechten schaute und ihre Pflanzen goss. Freunde waren wirklich die besten Geschenke der Welt.

Danach wollte sie mehr Kaffee trinken, stellte aber fest, dass die Tasse leer war. *Che cavolo!* Sie hatte kaum die Chance bekommen, den Kaffee zu genießen.

Sie verließ das Café und auf dem Weg zu ihrem Auto

bemerkte sie zwei Männer, die die Fassade der Apotheke strichen. Streichen ... wie Handwerker es eben taten.

Sie schlenderte zu ihnen.

Die Männer waren wahrscheinlich in den Dreißigern. Der Braunhaarige war recht klein und unglaublich muskulös. Der andere war groß und schlaksig mit einem buschigen roten Bart und hängendem Schnurrbart.

Sie bemerkte einen interessierten Blick von dem rothaarigen Mann und lächelte. „Hi. Ich liebe das Blaugrün."

„Ja, hübsche Farbe, oder?" Er neigte den Kopf. „Du bist die neue Kellnerin von Bull."

So eine kleine Stadt. „Das stimmt. Ähm, seid ihr zufällig Knox und Chevy?"

Sein Gesicht hellte sich auf. „Gut geraten! Ich bin Knox."

„Und ich bin Chevy." Der kleinere Mann setzte seinen Pinsel ab. „Hast du Arbeit für uns?"

„Oh. Nein. Eigentlich wollte ich euch um einen Gefallen bitten." Das fühlte sich so seltsam an. „Ich weiß, dass Bull seinen Pick-up bei euch parkt, wenn er den Pfad benutzen will, der bei euch beginnt. Könnte ich ab und zu dasselbe tun? Ich habe ein paar Vögel – und Fledermäuse – gesehen, die ich gerne fotografieren möchte."

Eine bessere Ausrede war ihr auf die Schnelle nicht eingefallen.

„Hmm." Knox sah enttäuscht aus, dass sie nicht gekommen war, um mit ihm zu flirten. Die Enttäuschung hielt jedoch nicht lange an. Er zuckte mit den Schultern und sagte: „Fledermäuse also, ja? Das ist mal was anderes, aber sicher, kein Problem. Hast du gesehen, wo der Bulle immer parkt?"

„Mmmhmm. Das habe ich."

„Parke dort", sagte Chevy, seine Stimme tief wie ein Ochsenfrosch. „Etwas abseits. Achte auf Kinder und Hunde."

„Das werde ich. Danke." Sie wandte sich ab und ging zurück zu ihrem Auto.

„Hey, New York!“

Frankie erkannte die Tenorstimme und drehte sich im Kreis, um den Besitzer auszumachen. Kein Felix zu sehen.

„Hier oben.“

Frankie entdeckte ihren Kollegen, der aus einem Fenster im Obergeschoss des Heimwerkermarktes schaute. „Guten Morgen.“ Sie runzelte die Stirn. Felix war vollkommen zerzaust, die Haare standen in alle Richtungen ab und es zeigten sich Stoppeln auf seinem Kiefer. „Lange Nacht hinter dir?“

Sein Lachen war eher mürrisch als amüsiert. „Zwei lange Tage. Am Montag flogen ein Freund und ich zum Godwin-Gletscher, um beim Aufbau des Hundeschlittencamps zu helfen. Ich bin auf dem Eis ausgerutscht und mit dem Fuß umgeknickt.“

„Ach, wie kacke.“

„Das kannst du laut sagen.“ Er verzog das Gesicht, als er sich vom Fenster entfernte.

Er hatte Schmerzen.

Und ... hatte er nicht erwähnt, dass er es liebte, im Roadhouse zu arbeiten, weil er es hasste, zu kochen? Es störte ihn nicht einmal, dass seine Wohnung nur eine Mikrowelle und einen winzigen Kühlschrank hatte.

Winzigster Kühlschrank aller Zeiten. Heute war Mittwoch. Hatte er überhaupt noch Nahrung im Haus?

Eine Minute später lächelte der Mann hinter der Theke im Café sie an. „Schon wieder zurück? Ist dein Koffein bereits abgeklungen?“

Sie lachte. „Davon kann ich immer mehr gebrauchen. Kennst du Felix?“ Als der Mann nickte, fügte sie hinzu: „Was bestellt er normalerweise – also was für ein Getränk und welches Gebäck?“

„Ein Latte und was auch immer der Scone des Tages ist.“

„Perfekt.“ Frankie beäugte das heutige Angebot. „Dann bitte ein großer Kaffee-Latte, ein halbes Dutzend der Scones und einen Pecan Sticky Bun. Und da ich es absolut verdient habe, wie wäre es mit einem großen Cappuccino und einem Schuss

Haselnusssirup, bitte? Alles zum Mitnehmen, wenn das okay ist?“

„Gerne. Ich kümmere mich gleich darum.“

Als sie mit all den Leckereien zu dem Heimwerkermarkt zurückkam, war sie froh, dass Bull ihr den Abend freigegeben hatte. Die Schusswunde tat weh. Wow, sie klang wie ein Badass!

Seitlich des Gebäudes nahm sie die Treppe zu einem Podest im zweiten Stock und klopfte an die linke Tür. „Felix? Ich bin’s. Frankie.“

„Die Tür ist offen.“

Sie balancierte die Box in einer Hand und betrat die ältere Ein-Raum-Wohnung mit hoher Decke, cremefarbenen Wänden und braunem Teppich. Wahrscheinlich mietete er sie möbliert, da sie bezweifelte, dass Felix das langweilige Blau der Polstermöbel und Landschaftsmalereien gewählt hätte.

Sie sah zu ihm und grinste bei seiner lila Jogginghose und seinem blassgrünen T-Shirt.

Auf der Couch hob er sich in eine sitzende Position. „Was geht, Babe?“

„Ich habe dir Frühstück mitgebracht. Und Kaffee. Hürden wie diese können nur mit Kaffee überstanden werden.“

Er errötete und seine Augen schwammen in Tränen, bevor sich ein Lächeln auf seinen Lippen formte. „Du wurdest vom Himmel zu mir geschickt, du Engel.“

„Nein, mein Kind, aus New York. So ganz anders als der Himmel.“ Erleichtert, dass seine Antwort ein Lachen war, öffnete sie die Schachtel und übergab ihm seinen Kaffee-Latte. In der Küchennische – wo mal saubergemacht werden müsste – fand sie Teller und Servietten und arrangierte das Gebäck.

„Die Scones sind für dich.“ Nachdem sie ihre Jacke auf einen Stuhl geworfen hatte, fixierte sie ihn mit einem strengen Blick. „Rühre ja nicht mein Sticky Bun an, Junge.“

Er kicherte. „Das erfordert eine schmutzige Antwort, aber ich bin nicht in Bestform.“

Nein, das war er wirklich nicht.

Stirnrunzelnd nippte sie an ihrem Getränk, knabberte an ihrem Gebäck und musterte ihre Umgebung. Der Rest der Wohnung war nicht wirklich schmutzig, nur unordentlich.

Das Wichtigste zuerst: Sie nahm ein Kissen von einem der Stühle. „Lehne dich gegen die Armlehne zurück und lege deinen Fuß hoch."

Als er das tat, steckte sie das Kissen unter den Fuß. „Warst du beim Arzt?"

„Doc Caz? Natürlich doch." Felix grinste. „Er ist so heiß."

„Da muss ich dir zustimmen" – obwohl Bull viel sexier war – „aber ich bin überrascht, dass er dir keine Hilfe organisiert hat."

Felix errötete. „Ich meinte zu ihm, dass ich schon klarkomme, woraufhin er fragte, wie genau ich gedenke, das zu tun. Bevor ich jedoch antworten konnte, brachte jemand einen Kerl in die Klinik, dem die Kettensäge abgerutscht war. Überall Blut!"

„Ihh!"

Felix zeigte auf sie. „Siehst du? Genau so habe ich mich auch gefühlt. Also habe ich mich verzogen."

„Ohne die Hilfe zu bekommen, die du gebraucht hättest. Böser Felix." Frankie bereitete mit dem mickrigen Eiswürfelvorrat aus dem Kühlfach einen Eisbeutel vor. Nachdem sie diesen auf seinen Knöchel gelegt hatte, ging sie erneut in die Küche. „Ich werde hier ein wenig aufräumen." Der größte Teil des Durcheinanders bestand aus Behältern mit Lebensmitteln, die er in der Mikrowelle zubereitet hatte, und schmutzigen Gläsern und Tassen.

„Babe, das musst du wirklich nicht tun."

„Ich weiß. Und du musstest mir nicht im Roadhouse helfen." Sie grinste ihn über ihre Schulter an. „Ich bin so dankbar, dass ich dir im Gegenzug helfen will. Ich bin ein Monster, oder?"

Er lachte, entspannte sich und wirkte nun weniger verloren.

Hier in Alaska hatte sie gelernt, wie es sich anfühlte, allein zu sein und niemanden zum Anrufen zu haben. Keiner ihrer Arbeitskollegen sollte sich jemals so fühlen. Nicht, solange sie etwas dagegen tun konnte.

Als sie in der Küche fertig war, klopfte es an der Tür.

Felix schüttelte den Kopf. „Diese Treppe hat seit den 1900er Jahren nicht mehr so viel Action gesehen.“ Er hob die Stimme an: „Es ist offen!“

Frankie runzelte die Stirn. „Es ist nicht sicher, deine Tür unverschlossen zu lassen.“

Audrey, die kurvige blonde Bibliothekarin, trat mit vollen Einkaufstüten in die Wohnung. „Felix, du solltest deine Tür abschließen.“

Er brach in schallendes Gelächter aus. „Ich bin von Stadtmädchen umgeben!“

Audrey lächelte quer durch den Raum. „Hallo, Frankie.“

Eine zierliche ältere Frau mit kinnlangen weißen Haaren kam herein. „Mein Junge, was hast du dir selbst angetan?“ Bei dem eleganten britischen Akzent blinzelte Frankie verdutzt.

„Lillian, meine Schöne, würdest du glauben, dass ich mich mit einem eisigen Gletscher angelegt und verloren habe?“ Felix deutete auf seinen Knöchel. „Hat euch jemand davon erzählt?“

Audrey nickte. „Caz fragte Bull, ob er für dich eine Krankschreibung schreiben soll, aber Bull sagte, du hättest diese Woche eh einige freie Tage. Es hat ihm jedoch nicht gefallen, dass du nicht angerufen und Bescheid gegeben hast.“

Allein die Erwähnung von Bulls Namen ließ Frankies Herz höher schlagen.

Audrey fuhr fort: „Er wurde wegen einer finanziellen Sache nach Anchorage gerufen, sonst wäre er hier und würde dich selbst tadeln.“

„Ähm, ups?“ Felix schüttelte den Kopf. „Mit Sicherheit würde er das sogar. Er ist so ein großartiger Boss.“

Das war er. Frankie seufzte. Es war fast einfacher, als sie noch glaubte, dass das hübsche Gesicht und die Freundlichkeit nur Tarnung für eine böse Persönlichkeit wären. Stattdessen war er genau das, was er der Welt zeigte – aufgeschlossen, klug und besorgt um andere. Einschließlich seiner Mitarbeiter.

Felix hätte Bull anrufen sollen. Mit finsterem Blick griff sie nach dem glitzernden Handy auf dem Couchtisch, drückte Felix' Finger auf den Fingerabdrucksensor, um das Gerät zu entsperren, und fügte ihre Telefonnummer zu seiner Kontaktliste hinzu. „Nächstes Mal rufst du mich an."

„Ich –" Er blinzelte, als Audrey das Handy von Frankie nahm, ihre eigene Nummer hinzufügte und es Lillian reichte, die ihre eingab.

Felix biss sich auf die Unterlippe. „Danke."

„Wir haben einige leicht zu erhitzende Lebensmittel und ein paar Grundnahrungsmittel mitgebracht." Audrey hob die Einkaufsbeutel wieder auf und ging in die Küche.

Während sich Lillian auf die Couch setzte, um sich Felix' Knöchel anzusehen und den Verband zu wechseln, räumte Frankie weiter auf.

„Immer noch geschwollen." Lillian schüttelte den Kopf.

Frankie ging zu ihnen. Grün und Blau war der Knöchel. „Autsch."

Er zuckte mit den Schultern. „Fühlt sich heute schon viel besser an. Ich werde morgen Abend meine reguläre Schicht machen können."

„Lass den Verband noch ein paar Tage dran", riet Frankie. Nach vielen Jahren Aikido hatte sie sich einige Mal etwas verstaucht oder gezerrt. „Sonst gibt er schnell wieder nach."

„Das werde ich. Blöder Knöchel." Er schmollte leicht und nahm einen Schluck von seinem Kaffee.

Lillian zauberte gerade einen neuen Verband hervor, als ihr der Becher in seiner Hand auffiel. Sie runzelte die Stirn. „Das Café ist für dich heute zu weit weg. Du hättest nicht hinlaufen sollen."

„Ich war nicht dort." Felix lächelte. „Frankie hatte Mitleid mit mir und brachte mir Frühstück."

„Tatsächlich?“ Die Frau wandte sich an Frankie. „Es tut mir so leid. Wir sind hier einfach reingestürmt, ohne uns vorzustellen. Ich bin Lillian Gainsborough. Es freut mich, dich kennenzulernen.“

„In Rescue ist sie auch als Bürgermeisterin Lillian bekannt“, sagte Audrey.

Felix grinste. „Sie ist auch die, ähm ... *feste Freundin* deines Vermieters, wenn wir es noch so nennen wollen.“

Lillian sah ihn von oben herab an. „So eine glanzlose Bezeichnung, aber ich nehme an, es trifft zu.“

Felix lachte.

Frankie blinzelte. Der alte Okie, dem das Lebensmittelgeschäft gehörte, hatte diese elegante Engländerin als Freundin? „Ich heiße Frankie Bocelli, auch bekannt als einer der Kellner im Roadhouse.“

„Ah, jetzt erinnere ich mich“, entgegnete Lillian.

Audrey lachte und sagte zu Frankie: „Ein Typ hat nach deinem Arsch gegriffen, als du einen Tisch abgewischt hast, und du hast seine Hand hart genug mit dem Handtuch geschlagen, dass wir ihn durch die ganze Bar haben schreien hören.“

„Wirklich nett.“ Lillian nickte anerkennend. „Vollkommen würdevoll hast du ihn gefragt, ob etwas nicht stimmt.“

Audrey kicherte. „Wirklich, was hätte er schon sagen können?“

„War es einer der Zeloten, der dir Kummer bereitet hat?“, fragte Felix stirnrunzelnd.

„Nein, nur ein Tourist, der die Grenze überschritten hat.“ Sie hatte befürchtet, dass Bull verärgert sein würde, aber er hatte sie nur angegrinst und ihr später gesagt, dass sie verdammt gut darin war, diese Idioten in ihre Schranken zu verweisen. Zudem hatte er ihr erneut verständlich gemacht, dass sie ihn jederzeit zur Verstärkung heranholen konnte. Sein Vertrauen in sie und seine Schutzbereitschaft waren eine verheerende Kombination.

„Die PZ-Leute werden euer Etablissement für ein paar Wochen nicht betreten", sagte Lillian.

„Oh?" Audrey legte beim Wegräumen der Lebensmittel eine Pause ein. „Haben sie die Stadt verlassen?"

„Leider nein." Lillian faltete ihre Hände auf dem Schoß. „Ich habe mit Reverend Parrish wegen eines Termins für eine Stadtratssitzung gesprochen, und er sagte, dass das gesamte Gelände für Trainingsübungen im Lockdown ist. Für Manöver."

„Sie nehmen sich wirklich zu ernst – wie eine Armee." Audrey knallte die Schranktür zu und machte damit klar, was sie von der Sekte hielt.

Ein Lockdown für zwei Wochen? Frankie blickte finster auf den Boden. Sie waren doch nicht wegen ihr in erhöhter Alarmbereitschaft, oder? Wegen der Drohne, und weil sie jemanden – *mich* – in der Nähe des Zauns erwischt hatten? War es möglich, dass sie dachten, FBI-Agents wären auf sie aufmerksam geworden?

Hatte sie diese Reaktion verursacht? „Ist das normal für sie?", fragte sie Lillian.

„Hin und wieder kommt es vor. Es ist eine Art Bereitschaftseinschätzung. Chevy meinte mal, dass bei diesen Übungen auch geschossen wird. Die Mitglieder sind auf das Gelände beschränkt, während sie ihre Fähigkeit testen, auf Angriffe zu reagieren." Lillians Stirn runzelte sich. „Der Grat zwischen Vorbereitung auf einen Notfall und Paranoia ist schmal."

„Ich kann mir vorstellen, auf welche Seite die Zeloten fallen", sagte Frankie und ihr Magen sank. Kit hatte sich für Samstage entschieden, weil die PZ-Leutnants dann im Roadhouse tranken. Nur würden sie das Gelände nicht verlassen, wenn ein Lockdown verhängt wurde. Und die Wachen wären bei einer derartigen Übung besonders aufmerksam. Damit war dies der falsche Zeitpunkt, um einen Fluchtversuch zu wagen – oder einen Zaun durchzuschneiden.

Sie hatte keine Wahl. Kits und Arics Rettungsaktion müsste

bis nach dem Lockdown warten. Es war gut, dass sie besprochen hatten, das Datum im Notfall zu verschieben.

Rasche Schritte auf der Treppe erregten ihre Aufmerksamkeit. Jemand klopfte an die Tür.

Felix rollte mit den Augen. „Komm rein."

Das junge Mädchen, das Frankie mit Bull gesehen hatte, tänzelte in die Wohnung. Sie war klein, schlank und vielleicht neun oder zehn Jahre alt, mit langen braunen Haaren und großen braunen Augen. Sie umarmte Felix. „Es tut mir leid, dass du verletzt bist, F-Man."

„Ja, mir auch, Babe." Felix küsste sie auf den Kopf. „Nimm dir einen Scone – ich weiß, dass du sie magst."

Lillian schnaubte. „Der Tunichtgut mag Regan eindeutig am liebsten. Uns hat er keinen Scone angeboten."

„Natürlich mag er mich am liebsten." Laut glucksend schnappte sich das Mädchen einen Scone, ließ sich neben Felix auf dem Boden nieder und richtete dann einen neugierigen Blick auf Frankie.

„Ihr zwei kennt euch noch nicht, oder?" Mit den Lebensmitteln in den Schränken nahm Audrey auf einem Sessel Platz. „Frankie, das ist Regan, Caz' Tochter."

„Du bist Frankie?" Regan zog die Augenbrauen zusammen und setzte dann eine ... ausdruckslose Miene auf.

Was habe ich denn gemacht? Leicht verwirrt warf Frankie einen Blick auf die anderen.

Audreys Gesicht zeigte einen *Oh Mist*-Ausdruck, während Felix und Lillian gleichermaßen verwirrt wirkten.

„Regan, was hat Frankie getan, um dich wütend zu machen?", fragte Felix, was Frankie daran erinnerte, dass Bull ihr vor nicht allzu langer Zeit so ziemlich die gleiche Frage gestellt hatte. Diese Leute hier oben. So direkt.

Regan warf Frankie einen bösen Blick zu. „Sie mag Bull nicht. Das hat er selbst gesagt."

Oh, *merda*. „Ähm, so ganz stimmt das nicht. Zuerst mochte ich ihn nicht. Später fand ich heraus, dass ich mich geirrt hatte, und jetzt sind wir ... Freunde." Sie spürte, wie die Hitze in ihre Wangen stieg.

„Freunde? Schon wieder dieser einfallslose Deskriptor!" Lillian ignorierte Felix' Kichern und schürzte die Lippen. „Ich bin mir sicher, dass unser Bull es vorziehen würde, stattdessen als Verehrer, Beau, Liebhaber, Freier oder Geliebter bezeichnet zu werden."

Frankie war sprachlos und nahm einen Schluck von ihrem Kaffee.

Felix grinste. „Siehst du, Audrey, du solltest Frankies Hautfarbe haben. Sie wird nicht annähernd so rot wie du."

Nach einem Moment konzentrierte sich Regan auf Frankie. „Gehst du mit Onkel Bull aus?"

Frankie verschluckte sich an ihrem Getränk. „Nein. Nein, das tue ich nicht. Nein."

„Warum nicht? Er ist wirklich nett – und sieht gut aus. Frauen hängen ständig an ihm", sagte Regan.

„Ach, *wirklich?*" Frankie musste sich alle Mühe geben, ihren Kiefer zu entspannen. „Nun ja. Ich bin mir sicher, dass er bei Frauen überaus beliebt ist, aber ich bin zu beschäftigt, um mit jemandem auszugehen – und ich werde nach New York zurückkehren, sobald der Sommer vorbei ist."

„Wieso habe ich das Gefühl, das schon mal gehört zu haben?" Lillian zeigte mit wedelndem Finger auf Audrey. „Ich glaube jedoch, dass Bull bisher niemanden gefunden hat, der sein Interesse weckt – was eine Schande ist. Er wäre viel glücklicher mit einer guten Frau an seiner Seite. Meinst du nicht auch, Regan?"

Oh, warte mal hier. Kinder ins Spiel zu bringen, um etwas dieser Art zu verdeutlichen, war unfair. Frankie sah Lillian finster an, um ihr zu vermitteln, dass sie die unausgesprochene Regel gebrochen hatte.

. . .

Regan musterte die Frau, die Lillian gerade einen schmutzigen Blick zugeworfen hatte. Nur hatte ihr Mundwinkel gezuckt, als ob nicht viel zu einem Lachen gefehlt hätte.

Frankie war es unangenehm gewesen, über Onkel Bull zu sprechen. Fast so wie Niko, der ganz rot geworden war, als er beim Mittagessen neben Delaney gesessen und die dumme Shelby Knutschgeräusche gemacht hatte. Aber Shelby hatte Recht gehabt, denn Niko *mochte* Delaney.

Mochte Frankie Onkel Bull auf dieselbe Weise? *Vielleicht* ... Onkel Bull war normalerweise nicht besonders an Frauen interessiert, aber zu Frankie auf der anderen Seite des Sees hatte er am letzten Wochenende ständig hingesehen. War er ... einsam? Papá hatte jetzt JJ, und Onkel Gabe hatte Audrey. Onkel Hawk machte nicht den Eindruck, als würde er eine Freundin wollen, aber Onkel Bull vielleicht schon. Grammy Lillian sagte, er wäre glücklicher mit einer guten Frau, und sie wusste wirklich alles über diesen Liebeskram.

Aber wäre diese Frankie die Richtige für Onkel Bull?

Papá hatte ihr erzählt, Onkel Bull sei zweimal verheiratet gewesen, aber manchmal blieben die Leute nicht zusammen, weil sich herausstellte, dass sie doch nicht die gleichen Dinge mochten. Und das ergab Sinn, entschied Regan.

Vielleicht sollte sie das nachprüfen? Okay, also Onkel Bull kochte und kämpfte gerne. „Magst du es, zu kochen?“, stellte Regan die Frage an Frankie.

Sie blinzelte und lächelte. „Ich liebe es, zu kochen. Meine Großmutter hat mir viel beigebracht, und dann habe ich als Studentin in einem Restaurant gearbeitet und etliche ihrer Spezialitäten gelernt. Was ist mit dir? Magst du es, in der Küche zu sein?“

„Ja, sehr.“ Regan grinste. „Ich habe letzte Woche Donuts gemacht. Das war sehr cool.“

Audrey kicherte. „Die Männer haben es herausgefunden, und die Donuts waren noch vor dem Mittagessen weg.“

„Vier Männer – das glaube ich sofort.“ Die Art und Weise, wie Frankie mit den Augen rollte, brachte Regan zum Lachen.

„Ich teile gerne“, sagte Regan. „Ich hätte meine Donuts bewachen können, wenn ich gewollt hätte, weil Papá und auch Onkel Bull mir das Kämpfen beigebracht haben.“

Als Frankie ihre Nase rümpfte, sank Regans Herz. Anscheinend mochte sie es nicht, zu käm –

„Dein Vater ist wahrscheinlich ein guter Lehrer für dich, aber Bull ist riesig, und die Art, wie er kämpft, ist vielleicht nicht unbedingt angemessen für dich. Er ist es gewohnt, viel größer und stärker zu sein als alle anderen um ihn herum.“

Grammy Lillian tippte mit einem Finger auf ihre Wange. „Du klingst, als hättest du Erfahrung mit Kämpfen?“

„Etwas. In Regans Alter habe ich angefangen, Aikido-Kurse zu besuchen.“ Frankie grinste Regan an. „Ich mag Aikido, weil ich damit Leute herumwerfen kann, ohne ihnen ins Gesicht schlagen zu müssen. Das passt perfekt zu mir.“

So ein Spaß! Vielleicht würde Papá ihr erlauben, Aikido zu lernen. Regan erwiderte das Grinsen und runzelte dann die Stirn. „Niemand lehrt hier dieses Aikido.“

„Nein, aber ich trainiere täglich. Es gibt einige Grasflächen im Stadtpark, wo ich meine Routinen durchgehen kann. Wenn du willst, kannst du dich mir anschließen, und ich werde dir ein paar Sachen beibringen.“ Frankie lächelte. „Bei dem Versuch in meiner Hütte Tritte zu üben, würde ich wahrscheinlich ein Fenster einschlagen und Dante würde mich rauswerfen.“

Regan lachte. Dante war ganz stolz auf seine Miethäuser.

Als Audrey Frankie fragte, wie ihr die Hütte gefalle, lehnte sich Regan zurück und überlegte. Frankie war wirklich hübsch, wenn sie lächelte, und sie schmierte sich kaum Make-up ins Gesicht. Sie sah keine Ringe oder Halsketten. Und sie trug nur eine Jeans und einen blauen Pullover. Kein Schickimicki, sondern alles schlicht. Onkel Bull hatte mit sowas nichts am Hut.

Und sie kämpfte und kochte gerne.

Regan nickte.

Wenn Onkel Bull einsam war, wäre Frankie akzeptabel.

KAPITEL ZWÖLF

A*chte auf die Hände. Hände töten. (Wir vertrauen auf Gott. Alle anderen: Haltet eure Hände dort, wo ich sie sehen kann.)* - Regeln für eine Schießerei

Ein Schotterweg lief von Frankies Hütte entlang des Sees, an Bäumen vorbei und direkt zum Stadtpark. Langsam joggte sie mit ihrem Aiki-Jo, dem einen Meter zwanzig langen Stab, und murrte bei jedem Schritt. Ihre Beine fühlten sich eher wie aus brüchigen Zweigen als aus Fleisch und Knochen an, und ihr Körper war sicher nicht das, was eine Person als willig bezeichnen würde. Sie war immer noch wund von ihrem ... Abenteuer, bei dem sie angeschossen worden war. Positiv war, dass die Wunde gut verheilte. Sie durfte nicht zulassen, dass ihr Körper außer Form kam – schließlich könnten Kits und Arics Leben davon abhängen.

Jedoch wollte sie so oder so trainieren. Im College hatte sie aufgehört, ihre Aikido-Übungen zu machen und war auch nicht mehr Joggen gegangen, sodass sie nicht nur zugenommen hatte, sondern auch vom bloßen Treppensteigen außer Atem gekommen war. Das hatte sie dazu gebracht, darüber nachzudenken, was sie vom Leben wollte. Ihr Ziel war stets: Dinge tun und Dinge essen.

Sie wollte gelegentlich Fußball oder Baseball mit Freunden spielen können. Oder mit Kindern Drohnen fliegen. Und schließlich – wie Nonna immer sagte – gehörte Essen zu den Freuden des Lebens. Bacon. Lasagne. Wein. Sticky Buns. Sie wollte ihr Essen genießen, was bedeutete, dass sie einige dieser Kalorien verbrennen musste. Also war sie zum Aikido und Joggen zurückgekehrt.

Das Joggen half ihr heute nicht bei ihren trübseligen Gedanken. Sie war seit etwas mehr als zwei Wochen hier in Alaska. Kit war immer noch hinter diesem hohen Zaun eingesperrt, und durch den Lockdown würde sich alles nach hinten verschieben.

Andererseits würde die Verzögerung ihr die nötige Zeit geben, um herauszufinden, wie sie das Nachtsichtgerät verwenden sollte. Ihr Trip nach Soldotna gestern war erfolgreich gewesen, und noch am selben Abend hatte sie daran gearbeitet, die Kopfhalterung anzupassen und das Monokular anzubringen.

Grinsend erinnerte sie sich an den Tag, als sie und Kit versucht hatten, einen Kinderwagen für Aric zusammenzubauen. *Dieser Riemen kommt ... nein, nicht da, er muss hier hin ... nein, auch falsch.*

Mit vielen Kraftausdrücken hatte sie es geschafft, die neue Ausrüstung zusammenzubauen. *Nächster Schritt: Das Haus verlassen und wandern gehen, ohne dabei umzukommen.* Sie würde viel Übung brauchen. Selbst mit verbesserter Nachtsicht war sie sich nicht sicher, ob sie nachts diesem schmalen Weg folgen könnte.

Also würde sie auch im Dunkeln mit dem Nachtsichtgerät üben müssen. Tagsüber musste sie oft genug über den Pfad zum PZ-Gelände wandern, sodass sie ihn auch nach Einbruch der Dunkelheit ohne Probleme schaffte.

Sicherlich gab es eine unauffällige Möglichkeit, um den Pfad zu markieren. Eine Möglichkeit, die die PZs nicht sehen würden. Sie zog eine Grimasse. Nun, es würde ihr schon etwas einfallen.

Eine Lösung für ein frustrierendes Problem, das nur eins von vielen war.

Wie die sehr persönliche Frustration, dass heute Freitag war, und sie Bull seit Mittwochmorgen nicht mehr gesehen hatte.

Wie konnte sie ihn so sehr vermissen?

Okay, sicher, seit dem ersten Tag im Roadhouse hatte sie stets die Ohren nach seiner tiefen Stimme aufgesperrt und immer wieder Blicke auf ihn erhascht. *Komm schon, wer würde das nicht tun?* Der Mann war eine wandelnde Reklame für Männlichkeit. Und manchmal erwiderte er ihren Blick – ein langer Blick durch die gesamte Bar, der so greifbar war wie eine Liebkosung.

Nachdem sie jedoch die Nacht mit ihm verbracht hatte, nackte Haut an nackter Haut, ihn in sich gespürt hatte, von seiner Hand und seinen geschickten Lippen auf ihrem Körper in den Wahnsinn getrieben worden war, war das Bedürfnis, ihn wiederzusehen, erneut mit ihm Sex zu haben, in ihr zu einer Besessenheit herangewachsen.

Mit einem verzweifelten Grunzen erhöhte sie ihr Tempo. Im Schatten war es recht kalt, sodass sie froh war, eine Jogginghose angezogen zu haben. In der Sonne war es gut fünf Grad wärmer. Am See wartete ein riesiger Braunbär auf sie, was doch etwas zu sehr an einen Grizzly-Horrorfilm erinnerte. Seine Aufmerksamkeit jedoch galt dem Wasser und den glitzernden Fischen. Langsam, aber sicher entfernte sie sich, schaffte es, den Abstand zwischen ihr und dem Raubtier zu vergrößern, bevor sie es wagte, erneut Luft zu holen.

Sie joggte weiter und kam an einer Discgolf- und einer Hufeisen-Anlage vorbei. Zu ihrer Rechten schlug ein Seetaucher seine Flügel, hob allmählich vom Wasser ab und hinterließ dabei eine Spur von sonnenbeschienenen Tröpfchen. Als der Vogel abhob, tat das auch Frankies Stimmung.

Etwa auf halbem Weg durch den Park betrat sie einen Pfad, der sich zu einer Grasfläche mit Picknicktischen öffnete. Alte

Kreidemarkierungen deuteten darauf hin, dass der Bereich für Fußball oder Football genutzt wurde.

Ebener Boden. Schön privat. Perfekt für ihr Aikido-Training, besonders wenn sie ihren Jo-Stab benutzen wollte. Vorsichtig dehnte sie sich. Ihre Wunde zog ein wenig, aber es war zu ertragen.

Sie begann mit den Kata-Übungen, packte ihren Jo-Stab und machte ihn zu einem Teil ihres Körpers. Als sie durch die zwanzig *Suburi* aus Stoßen, Schlagen und Kontern ging, kam die Energie und floss von ihrem Zentrum nach außen und in den Stab.

Gleichgewicht und Anmut – das Herz im Aikido – waren es, was den Angriff eines Gegners in eine Niederlage verwandeln konnte.

Das Gefühl, beobachtet zu werden, drang in ihren Frieden ein, und sie drehte sich geschmeidig herum, um den Blick über die Umgebung zu schweifen.

Mit Gryff neben ihm lehnte Bull an einem Baum und musterte sie mit den vernarbten Armen vor seiner Brust verschränkt. Sein Tanktop schmiegte sich an seine definierten Brustmuskeln, und der Stoff war schweißnass. Er war offensichtlich mit Gryff joggen gegangen.

Wie eine riesige Welle schwappte ihr Blut durch ihre Adern, rauschte in ihren Ohren und ließ ihre Sinne taumeln. Bull. *Santo cielo,* die Luft um sie herum schien zu funkeln.

Der Hund trabte zu ihr und sie lächelte erleichtert. Wie sie mit ihm sprechen musste, wusste sie. „Gryff, hey du."

Er akzeptierte ihr enthusiastisches Streicheln mit einem wedelnden Schwanz und einem Lecken über ihr Handgelenk.

„Du bist so ein guter Hund. Braver Junge." Als ihr Gehirn neu startete und wieder online ging, richtete sie sich auf und lächelte Bull an. „Guten Morgen. Hast du die Show genossen?"

Wie lange hatte er sie beobachtet?

„Ja, das habe ich sogar sehr, danke." Und da war wieder dieses unbeschreiblich sexy Grübchen. „Du bist außergewöhnlich gut, aber ich nehme an, dass du das weißt. Wie lange praktizierst du diese Kampfkunst schon?"

„Ich habe in der Grundschule angefangen." Sie grinste. „Meine Mutter wollte, dass ich wie meine Schwestern tanze, aber in meiner Klasse gab es Mobber, also sagte mein Vater, ich könnte Selbstverteidigung lernen. Mama wählte Aikido, weil es so ... hübsch aussieht."

Später hatte Frankie damit weitergemacht, weil die Philosophie mit ihrer eigenen übereinstimmte.

„Aikido ist wirklich wunderschön." Bulls Augenbrauen zogen sich zusammen. „Aber es ist nicht der effektivste Kampfstil."

Wie oft hatte sie diese Kritik schon gehört? Leider war es in vielerlei Hinsicht wahr. Nicht, dass sie es zugeben würde. Ein Mädchen hatte ihren Stolz. „Willst du damit andeuten, dass du dich mit mir messen möchtest?"

Seine Augen leuchteten auf. „Nun ja, sicher. Ich lehne niemals die Chance auf einen Kampf ab."

Keine anzüglichen Blicke, kein dummes Grinsen, keine Kommentare, dass er so eine Frau berühren konnte. Von dem befriedigten Lächeln auf seinem Gesicht zu urteilen, meinte er es aufrichtig. Vielleicht konnte er sich nicht oft mit jemandem messen. Denn wer bei klarem Verstand würde sich schon mit jemandem seiner Größe anlegen?

Wenn er wirklich kämpfen konnte – und so wie er sich bewegte, schien er das zu können –, war sie ihm eindeutig unterlegen. Er war unglaublich muskulös, mindestens zwanzig Zentimeter größer und fast fünfzig Kilo schwerer als sie.

Das sollte ein Spaß werden. „Okay. Regeln sind, dass wir die Kraft aus den Schlägen und Tritten nehmen müssen, keine Schläge ins Gesicht oder in den Schritt."

„Gute Regeln." Bull ging zu dem Hund und löste seine Joggingleine. Sie sah, dass daran eine Dose befestigt war. Als er ihr Interesse sah, sagte er: „Mein Portmonee ist da drin – und Bärenspray."

Oh, sie sollte auch Spray mit sich führen. „Und wenn das Spray nicht funktioniert, sind sie zumindest in der Lage, die Überreste zu identifizieren."

Er grinste. „So ist es."

Sie legte ihren Stab neben den Hund. „Sag Gryff, dass ich dich nicht angreife, okay?"

„Er hat gezeigt, dass er den Unterschied zwischen Spaß und Ernst erkennen kann."

Oje. Dieser Kommentar implizierte, dass Bulls Fähigkeiten nicht eingerostet waren. Wahrscheinlich kämpfte er regelmäßig mit den anderen Männern in der Eremitage.

Sie war dem Untergang geweiht.

Sie gingen es leicht an, traten, schlugen, zeigten ihre Eins-Zwei-Kombinationen, und dann ... zog er das Tempo an. Seine Bewegungen wurden schneller, aggressiver. Sie blockte, tanzte um ihn herum, ihre Geschwindigkeit ein gutes Mittel gegen seine überwältigende Stärke. Sie fing einige Schläge ein, die sie ausgeschaltet hätten – wären sie echt.

Waffenloses Aikido war hervorragend dazu geeignet, einen Angriff zu drehen, aber nicht so gut darin, einen Gegner wirklich fertigzumachen. Sie hatte jedoch eine Waffe. Sie wich einem Tritt aus, schnappte sich ihren Stab vom Boden und stellte sich ihm erneut.

Mit einem Ende des Stabs ging sie auf ihn los. Hätte sie den Schlag nicht rechtzeitig gedrosselt, wäre der Stab auf seiner Leber gelandet – und er lachte anerkennend.

Nun war der Kampf ausgeglichen, und wenn überhaupt schien sein Grinsen vom Anfang jetzt noch breiter. Er erwischte sie ein paar Mal – und grinste, als sie ihn mit Kraftausdrücken bewarf. Zudem schaffte sie es selbst, einige Schläge zu landen.

Sie hatte bei einem Kampf noch nie so viel Spaß gehabt.

Sie brachte ihn aus dem Gleichgewicht, schwang und stoppte den Stab wenige Zentimeter vor seiner Kehle.

„Sehr nett." Sein Lächeln hielt nur Respekt und Anerkennung.

„Die Angriffe mit dem Stab sind viel aggressiver.“ Nach einem flüchtigen Blick zu ihr, bei dem er sie um Erlaubnis bat, musterte er ihren Jo-Stab genauer.

„Ich habe noch ein paar andere, aber das ist mein Straßen-Stab.“ Er war mit wirbelnden, keltischen Designs bemalt und am Ende war Gummi befestigt. „Wenn ich ihn als Spazierstock benutze, schenkt ihm niemand Aufmerksamkeit.“

„Clever. Und wenn du den Stab nicht bei dir hast, ist es möglich, schnell einen Ersatz in einer ähnlichen Länge zu finden.“

Gehstöcke, Regenschirme, Äste. Die Welt war voller potenzieller Waffen. „Das ist der Plan.“ Sie wischte sich das Gesicht mit der Unterseite ihres T-Shirts ab und merkte zu spät, dass sie vor ihm ihren Bauch entblößt hatte.

Dafür belohnte er sie mit einem sehr maskulinen und wertschätzenden Blick.

Ups. Sie richtete ihr T-Shirt und spürte, wie ihre Wangen heiß wurden.

Lächelnd gab er ihr den Stab zurück. „So viel dazu, dir zeigen zu wollen, dass Aikido nicht ausreicht, um dich zu schützen.“

Okay. Kein Wunder, dass er zugestimmt hatte, gegen sie zu kämpfen. Der große Kerl hatte einen ausgeprägten Beschützerinstinkt.

Im Schneidersitz nahm sie lachend neben Gryff Platz, der seinen Kopf auf ihr Knie legte, damit sie ihn angemessen streicheln konnte. „Ich habe die Unzulänglichkeiten von Aikido gelernt, als ich das erste Mal im wirklichen Leben gegen jemanden kämpfen musste.“

Bulls Gesicht spannte sich an, und er hockte sich vor ihr hin. „Erzähl mir davon.“

„Es ist okay, *Orsacchiotto*“, murmelte sie. Er war wirklich ein Teddybär, so besorgt und warm – aber auch tödlich. „Wir haben überlebt.“

„Wir?“

Der Teddybär war hartnäckig. „Im College hat meine Mitbewohnerin mit einem Kerl Schluss gemacht – einem rachsüchtigen Kerl.“ *Kit, verdammt, wieso lernst du nicht aus Fehlern?* „Er kam, um seine Sachen aus unserer Wohnung abzuholen, und schlug auf Ki – auf sie ein. Als ich instinktiv auf ihn los bin, musste ich lernen, dass Aikido gut ist, um zu vermeiden, getroffen zu werden, aber weniger nützlich, um einen Angreifer wirklich auszuschalten.“

„Es fehlt der Kampfkunst an hinterhältigen Moves“, stimmte Bull zu.

„Und mir fehlt es an einem hinterhältigen Instinkt.“ Sie zuckte mit den Schultern und streichelte Gryffs weiches Fell. „Ich habe Krav Maga in Erwägung gezogen.“

Bull nickte. „Gute Wahl.“

Natürlich würde er das denken. Bei Krav Maga ging es darum, den Gegner fertigzumachen. Sie schüttelte den Kopf. „Das bin ich einfach nicht. Ich bin im Herzen Pazifist. Also hat mich mein Lehrer als Kompromiss zu einem Jo-Stab überredet.“

„Ah.“ Er musterte sie eine Sekunde lang. „Ja, das verstehe ich. Ich kämpfe gerne aus Spaß, aber ich bevorzuge es, wenn niemand verletzt wird.“

Das hatte sie selbst gesehen. Auch als sie einen Schlag gelandet hatte, war sein Grinsen nie verblasst. „Ich hatte gehofft, dass du ein typischer großer Kerl bist, der sich nur auf seine Größe verlässt, um einen Gewinn einzufahren, aber deine Fähigkeiten sind sogar besser als meine.“

Bull hob die Hand parallel zum Boden und schaukelte sie hin und her. „Nur ausgehend von der Offensive würde ich gewinnen, aber du bist besser bei der Defensive.“

„Wo hast du all das gelernt? Wenn du hier aufgewachsen bist, muss das ja bedeuten, dass es ein Fitnessstudio mit entsprechenden Kursen gibt, oder?“

„Nein, leider nicht.“ Er setzte sich neben sie. Mit einem kleinen Winseln rutschte Gryff zwischen die beiden, und stieß einen Seufzer der Glückseligkeit aus, als Bull sein Fell zerzauste.

Frankie musste ihr eigenes Winseln unterdrücken, denn sie

wusste nur zu gut, wie großartig und sanft und stark sich Bulls Hände anfühlten, und dass er genau wusste, wie er sie berühren musste.

„Wir hatten unseren eigenen ganz persönlichen Lehrer, als wir aufwuchsen. Gleich am Tag nach unserer Ankunft in Alaska führte der Sarge – unser Adoptivvater – Frühsport für uns ein.“ Bull lachte. „Ich war neun und dachte, ich wäre gut in Form. Nachdem Mako mit uns fertig war, war ich mir nicht sicher, ob ich jemals wieder laufen können würde.“

„Frühsport?“ Frankie runzelte die Stirn. „Ihr wart noch Kinder!“

„Er war ein Berufssoldat und verbrachte Jahre als Drill Sergeant.“ Bull grinste. „Ehrlich gesagt war nach meiner Zeit mit dem Sarge selbst das 24-wöchige Trainingsprogramm der SEALs im Vergleich zu seiner Routine ein wahres Kinderspiel. Sobald er uns in Form gebracht hatte, lehrte er uns das Kämpfen.“

Ein Eichelhäher landete in der Nähe auf einem Baum und hoffte offensichtlich auf ein Picknick. Als kein Essen erschien, funkelte er sie wütend an und flog davon.

„Du hast nicht an Turnieren teilgenommen, oder?“, fragte Frankie und lächelte, als Gryff seine Pfote auf Bulls Bein legte. *Mehr Streicheln, weniger Reden.*

„Nein, wir sind selten in die Stadt gegangen. Unter uns vieren haben wir oft unsere eigenen Turniere veranstaltet – auch bekannt als Schlägereien.“

Gute Erinnerungen, dachte Bull, als er Gryffs seidenweiches Fell streichelte. Alle vier von ihnen waren durch unschöne Erfahrungen bei Pflegeeltern abgehärtet und kampferprobt. Zudem hatten sie in den schlimmsten Gegenden LAs überleben müssen und Schulen mit unzureichender Aufsicht besucht. Sie hatten alle auf unterschiedliche Weise Schaden genommen.

„Caz konnte kaum Englisch sprechen und wartete nicht lange,

bis er ein Messer zog.“ Auch jetzt würde er noch jeden filetieren, der ihn zur Weißglut brachte. „Gabe konnte nie die Klappe halten und hat uns herumkommandiert, was wir zumeist okay fanden, da er ein geborener Anführer war, aber ... manchmal hat es auch genervt.“

„Und wenn es euch genervt hat, kam es zu Schlägereien?“ Frankie starrte ihn aus weit aufgerissenen Augen an.

„Oh ja. Dann war da noch Hawk, der eine geringe Toleranz gegenüber jedem hatte, der in seinen persönlichen Bereich eindrang.“ Daran hatte sich auch nichts geändert. „Als wir noch jung waren, haben wir ihn immer geärgert, bis er schließlich ausgerastet ist.“

Frankie rollte mit den Augen. „Natürlich habt ihr das.“

Hawk zu nerven, um ihm eine Reaktion zu entlocken, hatte einmal damit geendet, dass Hawk die Fassung verloren und auf Caz losgegangen war. Zwei Tage später kam Makos Freund Zachary Grayson für eine Weile zu Besuch. Der Psychologe nahm sie mit auf lange Wanderungen – besonders Hawk. Er erledigte Aufgaben mit ihnen – insbesondere mit Hawk. Hawk schlich sich spät in der Nacht aus dem Dachboden, um in das Feuer zu starren, und Grayson schloss sich ihm gelegentlich an.

Da Bull, Gabe und Caz neugierige Gören waren, hatten sie die beiden belauscht und so herausgefunden, warum es Hawk störte, wenn ihm jemand zu nahe kam oder ihn gar berührte. Fuck, einige Eltern verdienten wirklich die Hölle auf Erden. Sie hatten sich so verdammt schuldig gefühlt.

Danach hatten sie ihr Bestes gegeben, um ihn zu einem Teil des Teams zu machen – ob er es wollte oder nicht. Hawk hatte gelernt, wie es war, jemanden an seiner Seite zu haben.

Jetzt gab es niemanden, dem Bull mehr vertraute.

„Wie kam es dazu, dass Mako euch alle aufgenommen hat? Er ... äh ... klingt nicht wie ein typischer Adoptivvater.“

„Nun ja, er hat uns gerettet. Vor einem Pflegevater, der Böses im Sinn hatte. Von dort hat er uns mit nach Alaska genommen. Nicht wirklich auf legale Weise."

Die Art und Weise, wie sich ihre Augen weiteten, war bezaubernd.

„Es hat eine Weile gedauert, aber wir sind erst zu einem Team und dann zu einer Familie herangewachsen." Bull seufzte. „Es war vor etwa anderthalb Jahren, als wir den Sarge verloren haben. Das war ..."

Sie wirkte sprachlos.

Frankies Gesicht nahm einen sanfteren Ausdruck an, und sie erhob sich auf ihre Knie und küsste ihn sanft.

Ihr Mitgefühl glättete die rauen Kanten seiner Trauer. Zurück blieb ein liebliches Gefühl des Verlustes und der Dankbarkeit, da er den alten Sarge so lange in seinem Leben haben durfte.

Bull schlang seine Arme um Frankies Taille und zog sie zu sich. „Danke, Süße."

Als sie Anstalten machte, sich zurückzuziehen, lächelte er. Mako hatte immer gesagt, ein Krieger sollte Terrain und Position und Schwäche ausnutzen. Er hatte mit dieser Lektion wohl nicht Sex im Sinn gehabt, aber ...

Bull lächelte und dachte an seine kleine Nichte, die darauf bestand, dass Frankie – in ihren Worten – total auf ihn stand und er nicht zu lange zögern sollte.

Mal sehen, ob Regan Recht behalten würde.

Bull legte eine Hand auf Frankies Hinterkopf und ließ sich auf die Seite fallen. Dann rollte er, bis sie unter ihm lag, und küsste sie erneut. Weiche Lippen, weicher Körper.

Weiches Herz.

Ja, sie sprach ihn auf allen Ebenen an. Er berührte seine Lippen mit ihren, knabberte an ihrer Wange und ihrem Hals nach unten. Sie war ganz Frau und schmeckte nach dem Workout angenehm salzig. „Mmm."

„Verrückter Mann." Ihre Stimme war heiser geworden, und doch drückte sie gegen seine Schultern. „Wir sind in einem Park."

„Frau, du hast diesen Ort ausgewählt, weil er privat ist.“ Wenn Regan ihm nicht gesagt hätte, dass sie im Park trainierte, hätte er nicht nach ihr Ausschau gehalten, und wenn Gryff ihren Geruch nicht aufgeschnappt hätte, wäre Bull wohl an ihr vorbeigerannt. Dann hätte er es verpasst, sie trainieren zu sehen. Sie hatte einen verdammt heißen Anblick geboten, als sie den kurzen Stab so gekonnt geschwungen hatte, sodass er regelrecht hören konnte, wie die Knochen ihrer imaginären Angreifer brachen.

Sie war wunderschön, anmutig und verdammt sexy.

Als er sein Gewicht auf sie absenkte, öffneten sich ihre Schenkel für ihn. Sie konnte zweifellos seinen harten Schaft an ihrem Becken spüren.

Sie schluckte schwer, ihre Augen auf seine gerichtet.

„Bewache, Gryff“, befahl Bull.

Der Hund lief zu dem einzigen Pfad und legte sich mit gespitzten Ohren hin. Wer auch immer den Hund trainiert hatte, bevor das Arschloch ihn erstanden hatte, hatte gute Arbeit geleistet.

Als Bull seine Aufmerksamkeit wieder auf Frankie lenkte, war sie bereits so rot wie eine Tomate. „Ähm. Ich dachte, wir hätten uns darauf geeinigt, dass wir nur einmal ...“

„Ficken?“, fragte er in einem relativ sanften Ton. „Nein, wir haben uns darauf geeinigt, keine Verstrickungen zu erlauben und dass der Sex unsere Arbeit nicht beeinflusst. Auf dem Weg aus meinem Haus hast du vielleicht etwas über eine einmalige Sache gesagt, aber ich habe dem nicht zugestimmt.“

„Oh.“ Ihre kleinen Hände streichelten seine Schultern auf eine Weise, an die er sich erinnerte ... und die er genoss.

Er knabberte an ihrem Kiefer. „Ich denke, wir können eine Chef-Mitarbeiter-Dynamik im Roadhouse aufrechterhalten und uns doch außerhalb der Arbeit auf eine engere Verbindung einlassen.“

„Verbindung?“ Ihre Lippen zuckten amüsiert.

„So ist es.“ Verdammt, wie sollte er ihr widerstehen? Obwohl sie nur eine Nacht bei ihm geschlafen hatte, vermisste er sie bereits in seinem Bett.

„Du bist verrückt. Du weißt, dass ich nicht in Rescue bleiben werde."

„Ist mir zu Ohren gekommen, ja." Sie würden sehen, wo sie standen, wenn die Sommersaison endete. Pläne änderten sich.

„Nun. Okay." Ihre großen braunen Augen musterten für einen Moment seinen Ausdruck, bevor sich ihre Lippen zu einem sinnlichen Lächeln formten. „Ja, lass uns eine ... engere Verbindung herstellen."

Er küsste sie wieder, langsam und gründlich, nahm Besitz von ihr, als er eine Hand unter ihr schwarzes Tanktop und ihren ebenso farbenen Sport-BH schob, um ihre perfekten Brüste zu streicheln.

Mehr. Er setzte sich auf seine Fersen zurück, damit er ihr besagtes Top und den BH über den Kopf ziehen konnte.

„Fuck. Du bist unglaublich schön, Frau." Das Sonnenlicht funkelte auf ihrer verschwitzten, olivgrünen Haut. Ihre üppigen Brüste, einen Farbton heller als der Rest von ihr, zeigten große rosabraune Nippel, die ihn praktisch um seine Berührung anbettelten.

Worte waren unzureichend. Er senkte den Kopf, um ihr mit seinem Mund zu huldigen, leckte zwischen den weichen Hügeln, küsste sich nach oben und über die Brustwarzen vor, saugte an beiden Nippeln, bis sie ihm salutierten ... und sich Frankie unter ihm wand und so deutlich machte, dass sie mehr brauchte.

Perfekt. Aber sie in einem Park völlig nackt auszuziehen, selbst wenn sein Hund Wache hielt, war nicht klug. Er ließ den Blick schweifen, nahm eine Einschätzung vor, grinste und erhob sich. *Teilweise* nackt würde funktionieren.

„Bull?" Frankie starrte zu ihm auf, und verdammt, in dieser Position schien er um einiges größer als sonst.

Er packte sie um die Taille, hob sie mit Leichtigkeit hoch und stellte sie auf ihre Füße.

Hatte er seine Meinung geändert?

Er bemerkte ihren Gesichtsausdruck und ein Grübchen erschien in seiner Wange. „Wir sind noch nicht fertig, Ms. Bocelli."

„Oh. Gut." Sie schlang die Arme um seinen Hals und zog ihn nach unten. Der lange, forschende Kuss führte ihren Verstand zu anderen Dingen, die sie berühren oder lecken wollte.

Schritt für Schritt, mit dem Mund auf ihrem, bewegte er sie nach hinten, bis ihr Po gegen einen Picknicktisch stieß. „Bleib kurz hier." Er zog sich sein T-Shirt aus und breitete es auf dem Tisch aus.

Seine Arme streiften ihre nackten Brüste, als er nach unten griff, um den Knoten ihrer Jogginghose zu lösen. Oh, das war so unklug. Und irgendwie war es ihr egal. Sie fuhr mit den Händen über seine nackte Brust und lehnte sich vor, um über salzige, schweißnasse Haut zu lecken und mit der Zungenspitze eine seiner männlichen, flachen Brustwarzen zu necken.

Sein Knurren ließ den Hunger über sie hinwegrollen.

Seine Hände landeten auf ihrem Gesicht und dann küsste er sie wieder, fordernd und hart, bevor er sie plötzlich herumdrehte. Mit seiner Hand zwischen ihren Schulterblättern beugte er sie vorn über, bis sich ihre Brüste gegen den Picknicktisch pressten.

Auf seinem T-Shirt. Typisch für Bull hatte er zuerst dafür gesorgt, dass sie vor Schmutz und Splittern geschützt war.

Er zog ihre Hose herunter und murmelte zufrieden: „Ich liebe deinen Arsch."

Sie konnte nur grinsen, denn ... Männer.

Sie vernahm das Geräusch, wie er seine Jogginghose öffnete. Das Knistern einer Kondomverpackung. Und im nächsten Moment drückte er sich auch schon an ihren Eingang und schnurrte anerkennend.

Sie war so, so feucht.

„Jetzt“, befahl sie.

„Oh, es wird jetzt passieren. Keine Bange, Stadtmädchen.“ Mit einem Stoß drang er tief in sie.

Das Gefühl, gefüllt zu werden, sandte Lust in jede Zelle ihres Körpers. *„Cazzo!“* Sie streckte ihre Arme aus und packte die Tischkante.

„Das Wort kenne ich.“ Er gluckste und drückte ihre Hüfte. „In der Tat beabsichtige ich, dich sehr, sehr gründlich zu *cazzo*.“

„Probiere es damit: *Di più*.“ Sie schob ihren Hintern zurück, um ihn dazu zu bringen, sich zu bewegen.

„Oh, noch nicht, Schätzchen.“

Mit einer Hand packte er ihre rechte Hüfte und hielt sie still. Mit der linken griff er um sie herum und fand ihre Pussy, glitt zwischen ihre Schamlippen und betörte ihre Klitoris.

Eine berauschende Hitzewelle fegte über sie, und sie erschauerte von dem exquisiten Gefühl, an Ort und Stelle gehalten und gezwungen zu werden, die Lust zu genießen, die er in ihr auslöste. *„Di più*, Bull, bitte“, keuchte sie.

„Noch nicht. Ich will dich noch höher treiben.“ Seine Lippen streiften ihr Ohr und er flüsterte: „Wenn du dieses Mal kommst, mein hübsches Schreivögelchen, tust du es, ohne ein Geräusch zu machen. Verstanden?“

Der Befehl in seinem Ton schockierte sie und doch nickte sie. Kein Schreien im Park. *Aber, aber, aber ...*

Sein Finger umkreiste weiter ihre Klitoris, während er sie immer wieder mit seinem harten Schwanz füllte. Als sich der Druck in ihr aufbaute, als die Empfindungen zu überwältigend wurden, begann sie zu zittern.

Ein Schrei drohte, sich aus ihrer Kehle zu lösen und er bedeckte ihren Mund, während er hart in ihre Klitoris zwickte. Die kontrollierende Hand auf ihrem Mund und die Art und Weise, wie er sie mit seinem Gewicht an den Tisch presste, verstärkte jede noch so kleine Empfindung und schickte sie schließlich über die Klippe. Ein Feuerball der Lust rauschte so heftig durch sie hindurch, dass die Welt um sie herum explodierte.

„Wunderschön“, knurrte er ihr ins Ohr und bewegte seine Hand von ihrem Mund.

Keuchend ritt sie die letzten erregenden Wellen – und dann packte er ihre Hüften mit beiden Händen und begann hart und schnell und tief in sie zu stoßen. Er tauchte in sie, zog sich zurück, sein Halt an ihr unerbittlich.

Sie konnte nur die Tischkante fester packen, als ein erneuter Orgasmus durch sie rollte und sie mit überwältigender Lust konfrontiert wurde. Eine Welle nach der anderen schwappte über sie hinweg, während er sie auch weiter hart nahm.

Als er ihre Hüfte für eine noch tiefere Penetration anhob, tat er das mit einem schlaffen und vollkommen gesättigten Körper.

„Mmm.“ Anstatt aus ihr herauszugleiten, verweilte er mit seiner Brust an ihrem Rücken, sein Kinn rieb über ihren Kopf, während er mit ihr ... kuschelte. „Du hast mich für alle weiteren Kämpfe ruiniert. In der Zukunft werde ich immer an diesen Tag erinnert, sofort einen Ständer bekommen und nicht in der Lage sein, zu kämpfen.“

Als seine Worte bei ihr ankamen, kicherte sie. „Probiere Taekwondo mit den Füßen weit auseinander. Das wird Platz für deine massive Ausstattung lassen.“

Sie konnte spüren, dass er lachte. „Massive Ausstattung, hmm? Wenn du mein Ego weiter so streichelst, muss ich dich wohl nochmal auf diesem Picknicktisch nehmen.“

Das klang großartig.

Es erinnerte sie auch daran, wo sie waren. „Wir sollten uns bewegen, bevor uns noch jemand findet.“

„Gryff würde uns warnen. Aber du hast Recht.“ Bull entfernte sich von ihr und sein Schwanz glitt aus ihr heraus, sodass ihre Pussy bei dem Verlust flatterte. Wie konnte sie so hart kommen und doch mehr wollen?

Er ging zu dem Mülleimer und entledigte sich des Kondoms. Mit einem Seufzer stieß sie sich vom Tisch hoch.

„Lass mich, Süße." Er beugte sich vor, packte ihren nackten Arsch ein letztes Mal mit einem anerkennenden Summen und zog ihre Hose für sie hoch.

„Danke." Als sie sich hinstellte, drehte sich ihr Kopf.

Er half ihr, ihr Gleichgewicht zu finden, indem er einen Arm um ihre Taille legte. „Okay?" Sein Stirnrunzeln schuf eine tiefe Furche zwischen seinen dunklen Augenbrauen.

„Alles gut. Das waren einfach wirklich gute Orgasmen." Bei seinem Glucksen grinste sie ihn an und tätschelte dann seine nackte Brust. Es war einfach faszinierend, wie sich seine gebräunte Haut über die steinharten Brustmuskeln erstreckte. Sie konnte sogar mit einem Finger den horizontalen Tälern zwischen seinen Bauchmuskeln folgen.

Mit einem kehligen Knurren nahm er ihre Hand in seine. „Wir können das in deiner Hütte fortsetzen, wenn du willst."

„Das sollten wir nic –" Enttäuschung raubte ihr den Atem, als er sein Oberteil anzog. *Er sollte niemals Kleidung tragen. Nie wieder.*

Leider musste sie sich um ihre eigene Kleidung kümmern. Sie schnappte sich ihren BH. Bevor sie ihn anziehen konnte, drehte Bull sie zu sich, damit er sich ihren verwundeten Arm ansehen konnte. „Scheint gut zu heilen. Jedenfalls lässt du dich davon nicht bremsen."

„Es fühlt sich okay an. Nur ein bisschen wund." Seine Sorge um sie löste ein ... seltsames Gefühl in ihr aus, und sie zog sich hastig ihren schweißnassen Sport-BH über den Kopf. Natürlich rollte das enge Gummiband auf eine Weise, sodass der Stoff ihre vollen Brüste unangenehm einquetschte. Irgendwo lachte ein Dämon und rieb sich in sadistischer Genugtuung die Hände. Sie entließ ein verzweifeltes Zischen.

„Brauchst du Hilfe?" Lachend zog Bull am Rücken den gebündelten Stoff des Sport-BHs nach unten. Im nächsten Moment zog er sie mit dem Rücken an seine Brust, schob seine Hand über die

Vorderseite des Sport-BHs und richtete erst ihre linke und dann ihre rechte Brust.

Als er neckend mit einem Finger um einen Nippel fuhr, errötete sie. „Bull, benimm dich."

„Soll ich das, wirklich?" Sein Arm straffte sich um ihre Taille ... und sein Finger kreiste weiter. „Ich habe beim letzten Mal in deiner Hütte keine Tour bekommen."

„Ah." Bei dem kehligen Versprechen in seiner tiefen Stimme schluckte sie schwer. „Weißt du ... ich habe ein sehr schönes Bett." Sie klang, als wäre sie gerade in diesem verdammten Bett aufgewacht.

„Ich würde mich freuen, dieses feine Bett mit eigenen Augen zu sehen." Grinsend ließ er sie los und zog ihr das Tanktop über den Kopf.

Als sie ihren Jo-Stab aufhob, rief er Gryff zu sich. „Guter Job, Kumpel. Du hast uns so gut bewacht." Bull beugte sich vor und kraulte dem überglücklichen Hund zur Belohnung hinter den Ohren.

Tief in ihrer Brust vollbrachte Frankies Herz einen beeindruckenden Salto.

Oh, nein, nein, nein! Sie war drauf und dran, sich in diesen riesigen Mann aus Alaska zu verlieben.

KAPITEL DREIZEHN

W*enn du zunächst keinen Erfolg hast, versuche es erneut.* - Unbekannt

Am Montagabend parkte Frankie ihr Auto vor dem Buchclub-Treffpunkt und schaltete den Motor aus. *Cribbio,* sie war müde.

Heute Morgen hatte sie ihr Fahrzeug in der Nähe von Chevys Haus abgestellt und den Pfad getestet, den Bull benutzt hatte, nachdem sie angeschossen worden war. Es stellte sich heraus, dass sie vielleicht ein klein wenig zu optimistisch gewesen war, als es darum ging, wie einfach dieser Pfad sein würde.

Es war gut, dass sie ihren Kompass hatte, sonst wäre sie völlig verloren gewesen. Und das bei Tageslicht. Nachts? Mit dem Nachtsichtgerät? Aussichtslos.

Sie musste sich etwas einfallen lassen und den Pfad irgendwie markieren.

Seufzend legte sie die Stirn gegen das Lenkrad und atmete tief ein. Regen prasselte auf ihr Auto und verwandelte den Innenraum in ein düsteres Grau ... ähnlich zu ihrer Stimmung.

Der Lockdown der Zeloten hatte erst angefangen und sie war

bereits so frustriert, dass sie befürchtete, ihr Kopf könnte explodieren. Wer wusste schon, was Kit und Aric an diesem grässlichen Ort ertragen mussten?

Dann war da noch Bull. Sie legte ihre Hand auf ihre Brust, weil nur der Gedanke an ihn ihr Herz glücklich machte. Dann traurig. Seit dem Kräftemessen am vergangenen Freitag hatte Bull sie jeden Morgen zum Training im Park begleitet – er nannte es Frühsport. Anschließend belohnten sie sich mit heißem Sex in ihrer Hütte. Vielleicht war sie ein Narr, dies zu denken, aber sie hatte das Gefühl, dass ihre gemeinsamen Fick-Sessions mehr waren als nur ... na ja, simples Ficken. Zumindest von ihrer Seite.

Was aber, wenn er wirklich mehr für sie empfand?

Wenn die dummen Zeloten nicht einen Kriegsmodus ausgesprochen hätten, wäre Frankie vielleicht anderweitig beschäftigt gewesen und Bull hätte es nicht geschafft, an ihrer Verteidigung vorbei und in ihr Bett zu kommen. In ihr Herz.

Aber nein, sie war ein panisches Wrack gewesen, so einsam, so unglücklich, dass der Trost seiner bloßen Anwesenheit überwältigend gewesen war – mit oder ohne Sex. Und jetzt hatte sie einen Punkt erreicht, an dem sie nicht bestreiten konnte, dass sie Gefühle für ihn entwickelte. Für einen Mann, den sie auf keinen Fall verletzen wollte ... und doch schien genau das in den Karten zu stehen. Ein ganzer Eimer voller Schmerz für sie beide.

Sie lehnte sich zurück und wischte sich Tränen aus den Augen. Zumindest hatte sie daran festgehalten, keine Abende oder Nächte mit ihm zu verbringen, und sie hatte sich deutlich gemacht, warum das so bleiben musste: Sie würde Alaska schon bald verlassen und sie führten keine Beziehung. Sie weigerte sich, eine Beziehung zu haben. Er sagte ihr immer wieder, dass er es verstand, dann küsste er sie und berührte sie, bis alle ihre Sorgen verschwanden.

Kopfschüttelnd rutschte sie aus ihrem Auto. Fette Regentropfen landeten auf ihrem Gesicht und ihren Haaren und sie zog ihre Kapuze hoch. Ein winziger Sonnenstrahl schaffte es durch eine Lücke in den dunklen Wolken. Obwohl es schon recht spät war, war die Sonne noch nicht annähernd in der Nähe des Horizonts.

Frankie eilte in das Gemeindehaus und sah, dass an der Rezeption in der Mitte der Lobby keiner saß. An den Türen zur Polizeistation links und der Klinik rechts hingen GESCHLOSSEN-Schilder. Polizeistation und Klinik. Bulls Brüder hatten beide Seiten abgedeckt, hmm?

Sie schüttelte den Kopf. Es war wirklich eine gute Sache, dass deren Sarge es geschafft hatte, ihnen so viel Ehre einzuhämmern, sonst würde diese Stadt in Schwierigkeiten stecken.

Gabe war ein erstaunlicher Polizeichef. Sie musste herausfinden, ob seine Unterstellten PZ-Mitglieder waren, wie Kit es vermutete. Sie würde die Polizisten dieser Stadt nicht um Hilfe bitten, selbst wenn die Polizeibeamten alles gute Kerle waren, da das Letzte, was sie wollte, eine Belagerungssituation war. Falls bei der Rettungsaktion jedoch etwas Schlimmes passierte, könnte ein Plan B auch nicht schaden.

Im Obergeschoss war die Bibliothek, die Räumlichkeiten winzig, aber gemütlich, mit graublauen Wänden und cremefarbenen Zierleisten. Es gab Bücherregale, Bereiche für Kinder, Computer und Zeitschriften. In einer Ecke saß eine kleine Gruppe in bequemen Sesseln im Kreis. Einige hielten To-Go-Becher und alle ein Buch. Sie hätte auch Kaffee mitbringen sollen.

Nächstes Mal wäre sie besser vorbereitet.

„Frankie, ich bin so froh, dass du kommen konntest.“ Audrey stand auf und winkte sie zu sich. „Leute, das ist Frankie vom Roadhouse.“

„Willkommen, Frankie. Es ist schön, dich wiederzusehen.“ Die silberhaarige Lillian erhob sich und streckte beide Hände nach ihr aus. „Setz dich neben mich.“

Als Frankie genau das tat, stellten sich alle Anwesenden vor.

„Ich bin Guzman.“ Der graubärtige Mann lachte und zeigte

silberne Füllungen. „Willkommen bei dem besten der ansässigen Buchclubs."

„Glenda Johannsen. Mich findest du in dem Kunsthandwerksladen." Die stämmige Brünette mittleren Alters lächelte. „Es ist immer schön, eine weitere Leserin kennenzulernen."

EmmaJean war in ihren Dreißigern, schlank und energisch. „Hallo, Frankie!" Frankie wusste, dass EmmaJean und ihrem Mann eines der B&Bs gehörte.

„Ich bin Cecil. Es ist schön, ein anderes Stadtmädchen bei uns zu haben." Weißes Haar, weißer Bart, verwittertes altes Gesicht. Er klopfte mit seinem schwarzen Stock auf den Boden, um seinen Worten Nachdruck zu verleihen.

Frankie mochte ihn sofort.

Mit langen, grauen Haaren und einem hinreißend grellen Batik-T-Shirt war es deutlich zu erkennen, dass Zappa kein Interesse daran verspürte, seine Hippie-Tage hinter sich zu lassen. Sie hatte ihn vor ein paar Tagen an seiner Tankstelle kennengelernt. Er schenkte ihr ein strahlendes Lächeln mit einer entzückenden Zahnlücke. „Du bist gerade rechtzeitig zur Angelsaison hier. Danach folgt die Jagdsaison. So viel, was du dir ansehen kannst."

„Hört, hört", sagte Guzman.

Jäger. Sie musterte die beiden. *Ich wette, sie wissen einiges über Pfade.*

„Willkommen, Frankie. Es ist schön, dich bei uns zu haben." Tina, Chevys Frau, war eine energische Rothaarige. Sie hatten sich heute Morgen kennengelernt, als Frankie in der Nähe ihres Hauses geparkt hatte, um den Wanderpfad zu betreten.

Und es wäre besser, jeden Kommentar dazu zu vermeiden. „Ist das deine Flucht vor den Kleinen?"

„Es ist so was von eine Flucht." Die zierliche Frau kicherte. „Jede Minute mit ihnen kann zu einer katastrophalen Kernschmelze führen. Wenn ich über Katastrophen lese, die das Ende der Welt einleiten, rückt das meine Realität wieder ins rechte Licht."

Frankie konnte nicht anders, als zu lachen.

Alle machten es sich bequem und begannen die Diskussion. So ein Spaß! Gelegentlich gab es Klatsch und Tratsch, bis Audrey sie zurück zum Thema brachte. Frankie hatte sich beeilt, das aktuelle Buch zu beenden, und konnte so ihren Beitrag leisten.

Bevor sie sich trennten, bat Audrey sie, das nächste Buch auszuwählen – was eine ganz neue Diskussion entfachte.

„Ich mag das Buch mit der genmanipulierten Pest“, sagte Tina. „Es ist so anders und –“

Frankie runzelte die Stirn, da sie Audreys Grimasse sah.

Nach einem flüchtigen Blick zu Audrey meldete sich Lillian zu Wort. „Ich liebe Psychothriller, und wir hatten schon lange keinen mehr.“

Cecil zupfte an seinem Bart. „Vielleicht, vielleicht. Es gab ein Buch, das Guzman mochte. Irgendetwas mit Geiseln.“

„Yeah. Eine Bombe und Geiseln im New Yorker U-Bahn-System.“ Guzman zwinkerte ihr zu. „Unser Stadtmädchen hier könnte uns sagen, wie realistisch es ist.“

„Du gibst mir nur mit diesen Stichwörtern Albträume, du Fiesling“, sagte Frankie, was ihm sichtlich Vergnügen bereitete.

„Das hört sich nicht schlecht an. Es dreht sich um eine Söldnergruppe, also werden sie sicher um sich schießen und so.“ EmmaJean ließ die Augenbrauen auf und ab springen. „Ein Team von Männern. Das klingt nach Bromance!“

„Wie kann man das nicht mögen!“ Frankies Kommentar brachte ein Lachen hervor, und die Diskussion ging weiter.

Ihr Verstand wurde aktiviert.

Söldner. Soldaten zum Mieten. Könnte sie eine ... Truppe, oder wie auch immer sie genannt wurden, anheuern, um Kit und Aric zu retten?

Wenn Kit es nicht schaffte, zum Zaun zu gelangen, könnte das eine Möglichkeit sein, ihnen bei der Flucht zu helfen. Nur wäre so das Risiko höher. Sie wusste aus eigener Erfahrung, dass die Zeloten mit dem Abzug nicht zögerten, und die Söldner würden wahrscheinlich zurückschießen. So war die Wahrscheinlichkeit hoch, dass unschuldige Frauen und Kinder verletzt oder sogar getötet wurden. Besser Söldner als das FBI, die eine belagerungsähnliche Situation verursachen könnten, oder? Sie seufzte. Beide Szenarien klangen nicht wirklich optimal.

Okay, sie würde die Idee als Plan B im Hinterkopf behalten.

Als alle aufstanden, achtete sie darauf, dass sie mit Guzman und Zappa den Raum verließ. „Hey, Jungs." Okay, wie sollte sie das ansprechen? „Es klang, als ob ihr beide Jäger seid, und da ich euch gerade hier habe, hätte ich eine Frage: Ich habe gehört, dass man in der Nacht am meisten Erfolg hat, aber ... verirrt ihr euch dann nicht? Ich meine, klar, es gibt Nachtsichtbrillen, aber trotzdem, bestimmt verirrt ihr euch hin und wieder, wenn ihr einer Spur folgt, oder?"

Zappa strahlte sie an, als sie die Treppe hinuntergingen. „Das ist eine berechtigte Frage. Ich habe mich auf dem Weg zu meinem Hochsitz ein paar Mal verirrt."

„Oh bitte, du verläufst dich sogar auf dem Weg zum Außenklo", sagte Guzman und hielt ihr die Tür auf.

Zappa blinzelte beleidigt. „Alter."

Beim Blick auf den Regen traten sie alle unter den schützenden Überhang.

„Es gibt Möglichkeiten, einen Weg zu markieren – oder den Weg zu einer erlegten Beute, sodass es einfach ist, zurückzufinden", sagte Guzman.

Erlegte Beute. Eklig. Persönlich würde sie lieber auch weiterhin davon ausgehen, dass ihr Fleisch verpackt im Laden seinen Ursprung genommen hatte. „Ich dachte, dass es doch einen Weg geben muss, aber es schien nicht angebracht, Bäume mit fluoreszierender Farbe zu besprühen, wenn man auf dem Land eines anderen jagt."

Zappa hatte das süßeste Lachen. „Da hast du nicht Unrecht. Doch es gibt Möglichkeiten."

„Kreide zum Beispiel – sogar reflektierende Kreide, die innerhalb eines Tages weggewaschen wird.“ Guzman zupfte an seinem Bart. „Ich mag reflektierende Markierungsnägel. Oder ... wenn es sich um einen Ort handelt, den ich lieber versteckt halte, verwende ich ein durchsichtiges, reflektierendes Markierungsspray. Das ist tagsüber nicht zu sehen.“

Durchsichtig? Nun, das war eine Idee. „Ich wusste doch, dass es Möglichkeiten gibt, an die ich nicht mal denken würde. Danke euch.“ Sie lächelte die Männer an. „Ich muss vielleicht eine dieser Möglichkeiten benutzen, um den Picknicktisch vor meiner Hütte im Dunkeln zu finden, was?“

Als sie beide lachten, winkte sie ihnen zum Abschied zu und rannte zu ihrem Auto.

Damit stand für morgen ein Ausflug zum Sportartikelgeschäft an.

KAPITEL VIERZEHN

Dein Feind ist in seinen eigenen Augen nie ein Schurke. Vergiss das nicht, da es eine Möglichkeit bieten kann, ihn zum Freund zu machen. Wenn nicht, kannst du ihn ohne Hass töten – und zwar schnell. - Robert A. Heinlein

Bull lauschte dem Brummen der Kühlschränke, als er die Oberflächen polierte. Keine Spur von Fett oder Schmutz mehr zu sehen. *Gute Arbeit, Reinigungsmannschaft.* Vielleicht war es an der Zeit, ein paar Prämien zu verteilen.

Er hörte, dass jemand auf den Schotterparkplatz fuhr und schließlich stoppte. Die kleine New Yorkerin war hier.

Die Vorfreude, sie gleich zu sehen, ließ seine Temperatur steigen und seine Muskeln spannten sich an, als würde ihn jemand zu den Waffen rufen.

Fuck, sie hatte es ihm wirklich angetan. Hatte er sich so gefühlt, als er Paisley gedatet hatte? Er hatte gedacht, er würde sie lieben, nur um später herauszufinden, dass er eine Person geliebt hatte, die es nicht gab. Menschen zeigten nur das Beste von sich, wenn sie sich entschieden, zu daten – das gehörte zur menschlichen Natur. In Paisleys Fall jedoch verbarg die Fassade jemand ganz anderes.

Er musste sich fragen, ob seine Brüder hinter diese Fassade hätten blicken können. Hawk hatte sie als einziges getroffen und das auch nur für ein paar Minuten. Er war auf dem Weg zurück zu seinem Job als Söldner. Gabe, in der gleichen Söldnereinheit, war zu der Zeit auf der anderen Seite der Welt unterwegs, und Caz hatte in Südamerika ehrenamtlich medizinische Versorgung geboten.

Paisley hatte sich als ehrlich und loyal präsentiert, als eine Person, die an den Dienst am Nächsten glaubte. Wohl kaum. Sie hatte angedeutet, dass sie ehrenamtlich in einem Krankenhaus arbeitete. Es stellte sich heraus, dass ihr einziger Aufenthalt in einem Krankenhaus darin bestanden hatte, ihren Blinddarm entfernt zu bekommen.

Nun um einiges weiser konnte er die Warnsignale sehen, die ihm bei ihr entgangen waren. Einschließlich des Warnsignals, als sie stets darauf gedrängt hatte, so schnell wie möglich heiraten zu wollen.

Und dann gab es Frankie. Ihre Vergangenheit – und ihr Grund für ihren Aufenthalt in Rescue – war ein Rätsel. Doch anders als mit Paisley hatte er Frankie gesehen, als sie gestresst gewesen war und Schmerzen hatte. Nachdem sie angeschossen oder im Roadhouse dumm angemacht wurde. Stets reagierte sie auf eine Weise, die er respektieren konnte.

Sie hatte Temperament, oh ja. Sie hatte ihm am Anfang auch ein paar unterkühlte Blicke zugeworfen – weil sie angenommen hatte, er hätte die Gefühle von jemandem verletzt. Das sprach von einem mitfühlenden Herzen.

Ihr Sinn für Humor und ihre Fähigkeit, über sich selbst zu lachen, erinnerten ihn an sich selbst. Zudem hatte sie die Entschlossenheit und die Disziplin, hart genug und lange genug zu trainieren, um verdammt gut in Aikido zu werden.

Wann immer Gryff in der Nähe war, streichelte sie ihn – und

der Hund verehrte sie.

Vielleicht hatte er nicht die ganze Geschichte, aber er war sich ihres Charakters sicher. In den letzten Tagen waren sie oft zusammen gewesen. Sie trafen sich im Park, trainierten, kehrten für ein Workout der anderen Art in ihre Hütte zurück und kochten dann gemeinsam Frühstück – oder manchmal Mittagessen.

Leider konnte er sie nicht dazu überreden, dass sie die Nächte mit ihm verbrachte. Sie hielt an der zwanglosen Sache fest und schien keinerlei Interesse an einer Beziehung zu haben. Dickköpfige Frau.

Sie würde schon bald feststellen, dass er ebenso dickköpfig sein konnte.

Als er durch die Hintertür nach draußen schlenderte, öffnete sie gerade den Kofferraum ihres kleinen Toyota-Mietwagens. Er schüttelte den Kopf. „Dein Auto ist zu niedrig für unsere Schotterstraßen."

„Ich fahre eh nicht viel herum. Hier, kannst du die tragen?" Sie reichte ihm zwei Einkaufsbeutel, nahm selbst zwei und schlug den Kofferraum zu.

Sie fuhr nicht viel? Sie hatte nichts über Touristenfallen erzählt, die sie besuchen wollte, das stimmte.

Er folgte ihr ins Gebäude und genoss das hypnotisierende Schwingen ihrer Hüften. Ein höllisch heißer Körper.

Verdammt heißer Verstand.

Und er wollte immer noch wissen, warum sie alleine in Alaska war. Sie schien nicht zu der typischen Sorte zu gehören, die von diesem Leben fasziniert sein würde. Auch war sie nicht mit einem Partner gekommen. Sie gehörte nicht zu den jungen Leuten, die diese Gegend aus Neugierde besuchen wollten. Diese Sorte suchte sich normalerweise einen Job im Resort oder in Anchorage.

Nein, sie hatte sich die kleine Stadt namens Rescue ausgesucht.

In der Küche stellte sie einen Topf mit Wasser auf den Herd und zog eine Bratpfanne heraus.

Er plante, bei Bedarf zu helfen und auch die Gerichte zu bewerten, die sie für die erste italienische Nacht zubereiten wollte. Zudem wollte er sehen, was er in Zukunft an Lebensmitteln, Gewürzen und Equipment brauchen würde.

Was ihn daran erinnerte, dass ... „Hast du den Kassenzettel aufgehoben, damit ich dir das Geld zurückerstatten kann?"

„Ja, danke." Als sie ihm den Kassenzettel reichte, biss sie sich auf die Unterlippe. „Der Endpreis für alles war ziemlich hoch."

„Willkommen in Alaska sag ich dazu nur." Er zupfte an einer ihrer Locken. „Keine Sorge. Wenn ich in großen Mengen einkaufe, sinkt der Preis, und wenn heute alles klappt, wird mein Restaurant in Homer auch Themenabende veranstalten."

„Dein Restaurant in Homer." Sie hielt einen großen Topf in der Hand und starrte ihn über die Schulter an. „Ich habe gehört, dass du auch zuvor schon Restaurants gesagt hast – also Mehrzahl –, aber ich dachte, es wäre nur ein Versprecher gewesen. Du besitzt mehr als eins?"

„Eins in Homer, das Roadhouse hier und eine Brauerei mit einem Restaurant in Anchorage."

Sie beugte sich vor, zog eine lange Auflaufform heraus und sagte in einem mürrischen Ton: „Und hier dachte ich, dass du nur ein einfacher Barkeeper wärst."

Er lachte.

Sie waren ein gutes Team, wie er bereits beim Frühstück festgestellt hatte. Sie übernahm die Rolle der Köchin, führte Regie und stellte alles zusammen, während er sie mit verschiedenen Aufgaben unterstützte und sich gleichzeitig Notizen machte.

Sie kochte ein komplettes Menü, das zu einer reduzierten Roadhouse-Speisekarte hinzugefügt werden sollte. Eine Antipasti-Platte, Crostini und eine Suppe. Ein Caprese-Salat, Knoblauchbrot und Grissini. Dann die drei Hauptgerichte: Lasagne, ein Kräuterfischgericht und Parmesanhähnchen. Es würde auch

Beilagen geben wie Rosenkohl mit Knoblauch-Prosciutto, was er kaum erwarten konnte, zu probieren. Nicht zu vergessen die Desserts: Tiramisu und Pistazieneis.

„Was wirst du wegen der mexikanischen Nacht tun?“ Sie schichtete Lasagne-Nudelplatten, Ricotta und Fleischsauce. „Hast du dafür einen Koch?“

„Ich kümmere mich um den Abend. Cazador bringt von jedem Mexiko-Besuch Rezepte mit. Wir könnten einen russischen Themenabend hinzufügen – oder sogar einen asiatischen, da Hawk einige gute Rezepte aufgegriffen hat, als er dort stationiert war.“

Ein Geräusch erregte seine Aufmerksamkeit. Jemand hatte an die Hintertür geklopft.

Frankie öffnete die Tür und trat dann nach draußen, um mit der Person zu sprechen.

Nach einer Sekunde erkannte Bull die Stimme der neunzehnjährigen Amka, eine der Kellnerinnen des Restaurants.

„Ich habe die Autos gesehen und dachte, Wylie wäre hier“, sagte Amka zu Frankie. „Ich wollte ihm meine schriftliche Kündigung geben ... ohne Zeugen, wenn du verstehst. Kannst du es an dich nehmen und an den Boss weiterreichen?“

„Natürlich“, sagte Frankie. „Warum aber willst du kündigen? Du meintest doch, dass du es wirklich magst, hier zu kellnern, und dass es mehr Spaß macht, im Roadhouse zu arbeiten als in Fast-Food-Restaurants.“

„Das stimmt. Das tue ich.“

Bei dem traurigen Ton in ihrer Stimme bewegte sich Bull auf die Tür zu. Was auch immer los war, er würde das Problem lösen.

„Hmm.“ Frankie sagte gedehnt: „Du wohnst mit einem langjährigen Freund zusammen, deine Familie lebt in Barrow, und du hast keinen Partner. Das lässt mich vermuten, dass das Problem hier bei der Arbeit liegt?“

Oh, verdammt. Bull hielt an, noch bevor er die offene Tür erreichte.

Amka brach in Tränen aus. „Er macht immer Witze, die mich erschrecken, und er hört nicht auf, mich zu berühren, obwohl ich ihn mehrfach gebeten habe, es zu lassen."

Um Himmels willen. Dieser „Er" war offensichtlich jemand hier im Roadhouse. Wer zum Teufel belästigte das Mädchen? Der Zorn stieg in Bull so schnell auf, dass es sich anfühlte, als hätte sich sein Blut in Lava verwandelt. Wenn er jedoch jetzt nach draußen trat, würde er das junge Mädchen nur noch mehr erschrecken.

„Ah, ich kann verstehen, warum du kündigen willst." Frankies Worte waren ruhig und voller Empathie. „Wenn der *Stronzo* dich so behandelt, belästigt er wahrscheinlich auch die anderen Frauen. Sag mir seinen Namen, damit ich sie beschützen kann."

Bull hätte fast gelächelt. Hinterhältige New Yorkerin. Für sich selbst hätte Amka den Namen vielleicht nicht vor Frankie preisgegeben, aber um den anderen zu helfen? Wie konnte sie nicht?

„Es ist Harvey." Hastig presste Amka heraus: „Er packt nicht meine Brüste oder so, aber er berührt meinen Arm immer wieder, gibt mir einen Klaps auf den Hintern oder lägt seinen Arm um meine Taille. Ich kann nicht in seine Nähe gehen, ohne dass er so etwas tut."

„Männer." Frankies genervtes Murmeln war laut genug, dass Bull es hörte.

Er zuckte zusammen. Zu viele seiner Geschlechtsgenossen waren Arschlöcher.

Er hätte nicht gedacht, dass Harvey auch dazu gehörte. Fuck, er hasste es, Leute zu feuern.

„Ich weiß, diesen Job aufzugeben, wird dich finanziell zurückwerfen", sagte Frankie. „Erlaube mir, mit dem Chef zu reden – und vielleicht mit Harvey? Manchmal verstehen Männer nicht, wie sich ihr Verhalten auf uns auswirkt, und ich habe eine Methode, die ich schon einmal verwendet habe, um zu ihnen durchzudringen. Gib mir – und ihm – noch eine Woche, und wenn es mit ihm nicht besser wird, denke ich, dass Bull ihn rauswerfen wird. Kannst du mir – uns – die Chance geben, eine Lösung zu finden?"

„Ich ... ich will nicht gehen, nicht wirklich." Amkas Schniefen brach Bull das Herz.

Verflucht sei er, dass dies in seinem Roadhouse passierte. Er wollte Harvey zu Brei verarbeiten, aber er kannte den Mann. Er war kein schlechter Kerl. Wusste der Idiot nicht, was zum Teufel er tat? Um Himmels willen, war er wirklich so begriffsstutzig?

Mit Mühe ging er von den Frauen auf Abstand und ließ sie reden. Um sich abzulenken, schnappte er sich die italienische Wurst und riss sie in Stücke.

Ein paar Minuten später kehrte Frankie zurück und blieb abrupt stehen, als sie sein Gesicht sah. „Oje. Ich nehme an, du hast unser Gespräch gehört?"

„Genug davon, ja." Bull versuchte, seine Stimme ruhig zu halten. „Du hast das gut mit ihr gemacht, Frankie. Danke dir."

Frankie zuckte mit den Schultern. „Sexuelle Belästigung kommt allzu oft vor. Ich musste mich in New York auch damit auseinandersetzen."

„Du wurdest –"

„Nein, oh Gott, nein. Meine Mutter hat mir und meinen Schwestern beigebracht, wie man im Büro mit Männern dieser Art verfahren muss." Sie schüttelte den Kopf. „Im Gegensatz zu Amka habe ich noch nie so dringend Geld gebraucht, dass ich gezwungen war, höflich zu diesen *Bastardi* zu sein."

Bull hatte gesehen, wie sie Gäste mit wandernden Händen handhabte. Übermäßig aufdringliche Kollegen demütigte sie wahrscheinlich mit der gleichen Leichtigkeit.

Er lehnte sich gegen die Arbeitsfläche. „Du hast erwähnt, dass du eine Methode hättest, um mit Belästigung umzugehen. Willst du eine Pause einlegen und Harvey einen Besuch abstatten?" Es gab nichts in der Küche, was nicht für eine Weile auf Eis gelegt werden konnte. Und er war gerade zu wütend, um zu kochen.

„Ja, lass uns das tun." Frankie stellte ein paar der Lebensmittel in den Kühlschrank. „Wirst du mich helfen lassen?"

Der Drang, sich um das Problem selbst zu kümmern, war da, aber ... „Unsere Gesellschaft – besonders in Alaska – lehrt dieses Verhalten. Zur Hölle nochmal, es wird sogar ermutigt. Obwohl ich das weiß, will ich ihm trotzdem eine reinschlagen. Wenn du es also schaffst, dies ohne Schüsse oder gebrochene Gesichter zu lösen, wäre ich dir auf ewig dankbar."

„Gewalt und Sexismus – ihr Männer seid alle so verkorkst." Ihr sprudelndes Lachen ließ etwas von seiner Wut verebben.

Sie griff nach ihrer Handtasche. „Wenn wir Harveys Fantasie anregen können, wird es uns vielleicht gelingen, ihm etwas zu lehren, sodass er sein Verhalten ändert. Ich gebe dir das Script für das Rollenspiel auf der Fahrt zu ihm."

Rollenspiel? Was zum Teufel?

Frankie stieg in Bulls Pick-up und nahm auf dem Beifahrersitz Platz. Das Fahrzeug hatte die Größe eines Panzers, dennoch fühlte es sich fast intim an, neben ihm zu sitzen. Die Kabine roch nach sauberem Leder und dem wunderbaren Duft von Sandel- und Zedernholz von Bulls Aftershave.

Als er ihre Tür schloss und zur Fahrerseite ging, seufzte sie. Irgendwie schaffte er es, sie so zu behandeln, als wäre sie ihm ebenbürtig, während er sie gleichzeitig beschützen wollte. Noch eine Sache, die sie an ihm mochte.

Er startete den Pick-up und bog auf die Dall Road. Er fuhr schnell, aber vorsichtig und hatte jederzeit die Kontrolle. Seine Ärmel waren hochgekrempelt, und die hellbraune Haut seiner muskulösen Unterarme wies große Narben auf. Sein Kiefer war angespannt und zwischen seinen schwarzen Augenbrauen zeigte sich eine tiefe Sorgenfalte. Er sah nicht nur besorgt aus; er sah angepisst aus.

Cavolo, Harvey sollte besser dazu bereit sein, Vernunft anzunehmen.

Bull bog auf eine Schotterstraße ab und hielt vor einem alten Mobilheim an. Ein in die Jahre gekommener Pick-up stand daneben. „Harvey ist zuhause. Er lebt allein – vor einer Weile geschieden – und die beiden Jungs im Teeniealter leben bei ihr."

Hoffentlich hatten sich die Jungen nicht mit dem Verhalten ihres Vaters gegenüber Frauen angesteckt.

Als Bull und Frankie das Haus erreichten, öffnete Harvey die Tür. In seinen Vierzigern hatte der stämmige Mann einen Bierbauch, die ledrige Haut eines Menschen, der sich oft in der Natur aufhielt und kragenlanges braunes Haar. Er beugte sich vor, um das Halsband eines flauschigen, schwarzen Hundes zu greifen.

„Yo, was führt euch beide hierher?", fragte Harvey, was sie daran erinnerte, warum sie ihn mochte. Er war immer freundlich zu ihr gewesen, behielt nie aus dem Blick, was im Roadhouse getan werden musste, und half jederzeit aus.

„Es gibt ein Problem, Harvey, und wir wollten mit dir darüber reden", sagte Bull.

„Natürlich. Wenn ich helfen kann." Harvey runzelte die Stirn und schien zu bemerken, dass Bull gerade nicht besonders gut auf ihn zu sprechen war. Er war auf eine Weise scharfsinnig, die ihm bei Amka fehlte. Weil Amka weiblich war.

Nein, gib dem Zorn nicht nach.

„Nehmt Platz", sagte Harvey. Das ordentliche Wohnzimmer war nett und gemütlich, obwohl die Möbel in Braun und Grün abgenutzt daherkamen.

Als sie sich setzten, schnüffelte der Hund an Bulls Stiefeln. „Guter Junge", murmelte Bull, streichelte das flauschige Köpfchen und verdiente sich damit ein Schwanzwedeln.

„Er ist wirklich ein Guter", stimmte Harvey zu. „Ich habe ihn vor ein paar Jahren mit einem gebrochenen Bein auf der Straße gefunden."

Und er hatte ihn behalten. Frankie seufzte. Warum konnten

Menschen nicht *nur* böse oder *nur* gut sein? Eine Mischung aus Eigenschaften machte die Sache so viel schwieriger.

„Also ... was ist das Problem?", fragte Harvey.

Bull wies mit dem Kinn zu Frankie und lud sie somit ein, das Wort zu erheben.

Okay, los geht's. „Harvey, ich genieße es, mit dir zu arbeiten. Du hast immer den Überblick, gibst hundert Prozent und bist freundlich zu allen – zu Gästen und Mitarbeitern. Diese Art von Freundlichkeit empfinden einige Mitarbeiter jedoch als unangenehm."

Er erstarrte. „Was meinst du?"

„Einige deiner Witze und Kommentare sind sexueller Natur. Darüber hinaus befürchte ich, dass es nicht angemessen ist, eine andere Person, männlich oder weiblich, am Arbeitsplatz zu berühren."

„Großer Gott. Sagt jemand, dass ich ... wie nennt man das ... ihn sexuell belästige? Ich würde nie –" Er drehte sich zu Bull. „Ich habe nie jemanden an den Arsch gegrapscht oder so."

Bull reagierte nicht. Er überließ die Angelegenheit tatsächlich ihr. *Bester Boss aller Zeiten.*

Frankie lehnte sich vor, stützte die Ellbogen auf die Knie und erregte so Harveys Aufmerksamkeit. „Du berührst die jungen Frauen, Harvey. Schultern, Arme. Du legst deinen Arm um die Taille einer Frau und sagst ihr, wie hübsch sie ist."

„Ich bin nur freundlich!"

„Für dich ist es freundlich." Und an sich glaubte sie auch, dass er sich sonst nichts dabei dachte. Nichtsdestotrotz ... „Für sie bist du ein großer, starker, älterer Mann, der sie ohne Erlaubnis berührt."

Er schüttelte den Kopf und sah nicht, worauf sie hinauswollte ... weshalb sie sich dieses Rollenspiel ausgedacht hatte.

„Stimmst du zu, dass du größer und stärker bist als die jungen Frauen, die im Roadhouse arbeiten?" Als er mit einem Schulterzucken zustimmte, nickte sie Bull zu. „So wie Bull größer und stärker ist als du?“

Harvey schnaubte. „Bull ist größer als so ziemlich jeder, den ich kenne.“

„Wohl wahr“, murmelte sie.

Bulls rechter Mundwinkel zuckte.

„Also, Harvey, ich möchte, dass du dir vorstellst ... oh, sagen wir, dass du im Gefängnis bist.“ Frankie lächelte über seinen überraschten Gesichtsausdruck. „Hey, die Mitarbeiter denken, dass sich die Küche manchmal wie ein Gefängnis anfühlt, oder? Spiele einfach mit.“

Das brachte ihn zum Lachen. „Okay, ich bin also im Gefängnis.“

„Du wurdest gerade dort abgeladen, und natürlich machst du dir Sorgen; schließlich bekommst du es gleich mit den wirklich hartgesottenen Kriminellen zu tun. Wie mit unserem Skull hier.“ Sie zeigte auf Bull. „Ein Massenmörder von einer der schlimmsten Gangs, die LA zu bieten hat.“

Bull stand auf, ohne dass sie fragen musste, und sie blinzelte, weil er ... anders aussah. Kalte, tote Augen, sein Gesichtsausdruck grausam, seine Körpersprache rücksichtslos, als ob er wirklich Opfer gefoltert hätte.

Er ging zu Harvey und klatschte eine Hand auf seine Schulter. „Oh, sieh mal einer an, Frischfleisch.“ Seine tiefe Stimme hielt eine brutale Vorfreude bereit.

Harvey erstarrte.

„Fuck, was bist du doch für ein hübsches Kerlchen.“ Bulls harter Mund krümmte sich und er wirkte nun sogar noch gemeiner. „Besser als der neue Typ von letzter Woche. Ich hatte eine *gute* Zeit mit ihm.“

Harvey starrte ihn entsetzt an, räusperte sich und rutschte auf der Couch von ihm weg. „Hör mal, ich –“

Bull fuhr mit seiner massiven Hand Harveys Arm auf und ab. „Hübsches Shirt. Weich. Gefällt mir.“

Harvey schob seine Hand weg. „Hör auf damit. Das ist nicht –"

„Bestimmt kamst du bei Frauen immer sehr gut an, hmm", sagte Bull. „Du hast einen tollen Mund, weißt du das?"

Die Implikation war, dass der Mund für Sex verwendet werden könnte – die gleiche Art von suggestiven Kommentaren, die Frauen allzu oft von Männern zu hören bekamen.

Harvey war anscheinend noch nie auf der Empfängerseite dieser Art von Anspielungen gewesen.

„Weiche Haare wie deine sind mein Favorit." Bull zupfte an Harveys welligem Haar, und Frankie erkannte, dass sie gesehen hatte, wie Harvey dies mit den Kellnerinnen in der Küche getan hatte.

Harvey wurde kreidebleich.

Bull warf Frankie einen fragenden Blick zu. *Fertig?*

Sie nickte und deutete auf seinen Stuhl.

Während er sich setzte, wartete sie einen Moment, sodass Harvey seine Gefühle sortieren konnte. „Wenn ich Bull fragen würde, was er da getan hat, würde er sagen, dass er doch nur freundlich ist."

„Richtig, freundlich." Harvey rieb sich mit den Händen über das Gesicht. „Es fühlte sich eher wie die Vorbereitung auf eine Gruppenvergewaltigung unter der Dusche an."

„Weil du dich nicht sexuell zu ihm hingezogen fühlst, und er so viel größer und stärker ist. Wenn es eine solche Diskrepanz zwischen zwei Menschen gibt, dann wirkt das, was sich für die Person in der Machtposition freundlich anfühlt, für jemanden, der kleiner ist, einschüchternd – sogar beängstigend."

Harvey starrte Bull an, dann Frankie, bevor er seinen Blick zum Fenster wandte. Hoffentlich erinnerte er sich daran, wie er sich gegenüber den weiblichen Mitarbeitern verhalten hatte, und erkannte nun, dass sie seine Handlungen überhaupt nicht als freundlich empfunden hatten.

„Heilige Scheiße." Er begegnete ihrem Blick. „Okay, ich verstehe, worauf du hinaus willst."

„Du bist nicht der erste und wirst auch nicht der letzte Mann sein, der entdecken muss, dass er ..."

„Über seinen eigenen Schwanz gestolpert ist", ergänzte Bull.

Ja, das. Frankie seufzte. „Ich glaube nicht, dass du sie absichtlich erschreckt hast ... obwohl dich ihr Unbehagen wahrscheinlich ein bisschen amüsiert hat."

Denn viel zu viele Männer empfanden so.

„Ich habe mich nie als eines dieser Arschlöcher betrachtet." Harvey runzelte die Stirn. „Mein Vater war das. Er schlug meine Mutter. Ich habe mich immer darum bemüht, nicht so zu werden. Und doch ... Konnte ich es nicht ganz verhindern."

Fortschritt. „Wenn Bull zustimmt, dann lass uns sehen, wie du dich in nächster Zeit machst." Frankie hielt inne. „An was du dich erinnern musst, wenn du mit Mitarbeitern interagierst – insbesondere mit Frauen –, ist einfach. Tu oder sage nichts, was du nicht von einem riesigen Sträfling namens Skull hören willst."

„Das ist eine andere Art, die Dinge zu betrachten, aber, ja, okay." Harvey sah zu Bull. „Es tut mir wirklich leid. Ich entschuldige mich bei den Kellnern. Bist du damit einverstanden?"

Bull nickte. „Ich habe auch etwas gelernt. Richte die Sache mit den Mitarbeitern, behandle sie mit Respekt, dann ist aus meiner Sicht alles okay."

„Danke, Boss."

Frankie lächelte. Bull war wirklich ein guter Boss.

„Hmm, fang nur nicht damit an, mich Skull zu nennen." Bull stand auf, beugte sich vor, um den Hund hinter den Ohren zu kraulen, sodass sich sein berauschtes Schwanzwedeln über seinen gesamten Körper ausbreitete.

Ein Mann, der sich die Zeit nahm, einen Hund glücklich zu machen? Gab es etwas Besseres?

„Es wird Zeit, dass wir zum Kochen zurückkehren, Frankie. Sie will mich mit ihrem italienischen Menü beeindrucken."

Frankie erhob sich, zwinkerte Harvey zu und sagte: „Sicher, Skull. Lass uns gehen.“

Als Harvey lachte, wusste sie, dass alles in Ordnung kommen würde.

Während Bull in die Garage fuhr, parkte Frankie ihren kleinen Toyota in der Einfahrt. Und seufzte. Auf dem PZ-Gelände ging Kit wahrscheinlich durch die Hölle, und was machte Frankie? Sie plante ein Festmahl.

Cazzo, ich hasse Warten.

Beim Buchclub war sie an das letzte Puzzleteil gekommen – wie man nachts den Weg markierte, sowie die Idee, Söldner anzuheuern. Auf die Sache mit den Söldnern würde sie ihre Freunde in New York ansprechen. Nur für den Fall.

Falls es wirklich eng wurde, würde sie Bull um Hilfe bitten. Sie hatte mit ihm gekämpft, und er wusste, was er tat. Ein Militärveteran. Er würde ihr helfen; in dem Punkt war sie sich sicher.

Nichtsdestotrotz hatte sie noch zehn Tage Zeit, um sich vorzubereiten. Zum Gelände zu wandern und den Zaun zu durchschneiden – ganz allein wohlbemerkt –, war der beste Plan mit dem geringsten Risiko. Dabei ihr eigenes Leben zu riskieren, war ihre Wahl gewesen. Sie würde andere nur dann reinziehen, wenn ihr keine andere Option mehr blieb.

Sie sprang aus ihrem Auto und ging zu seinem Pick-up. „Nur damit du es weißt: Mein Toyota hat nichts Gutes über deine Straße zu sagen.“

„Sorry. Um die Menschen davon abzuhalten, unsere private Straße zu benutzen, um zum See zu gelangen, halten wir den Abschnitt in der Nähe des Highways in einem schwer zugänglichen Zustand.“

„Das ergibt fast Sinn.“ Der Name „Eremitage“ war gut gewählt.

Sie runzelte die Stirn. Stand Bulls Hütte nicht am anderen Ende des Halbkreises der fünf Häuser? „Das ist nicht dein Haus, oder?"

„Nein. Dieses Haus gehörte dem Sarge." Trauer füllte für eine Sekunde seine dunklen Augen. „Das Obergeschoss war sein privates Quartier, und das Erdgeschoss diente schon immer als Gemeinschaftsbereich für uns alle."

Frankie legte ihre Hand auf seinen Arm, um ihm Trost zu spenden. „Von wie vielen Leuten sprechen wir hier?"

Bevor er antworten konnte, öffnete sich die Tür zum Haus.

„Juhu, ihr seid hier! Ich habe Hunger!" Regan, Caz' Tochter, sprang die drei Stufen mit strahlenden Augen hinunter. „Hallo, Frankie! Hallo Onkel Bull! Ich kann Sachen tragen!"

„Klingt gut." Bull zerzauste die Haare des Mädchens, nahm dann die schwerste Kiste und ging zur Tür. Über seine Schulter rief er: „Du kannst Regan all das schwere Zeug geben – sie ist stark."

„Hey!" Der Ausdruck auf dem Gesicht des Mädchens sagte jedoch, dass sie das Kompliment liebte.

Lachend beäugte Frankie die Boxen und zog eine nach vorne. „Wie wäre es mit der Antipasto?"

„Der was?"

„Es ist eine italienische Vorspeise. Wenn du die Platte auf den Tisch stellst, können wir alle davon essen, während wir den Rest entladen. Und du kannst als Erste davon probieren, okay?"

Das Gesicht des Mädchens strahlte heller als die Sonne. „Oh, mega! Das bekomme ich hin."

Regan verschwand ins Haus.

Als Frankie die nächste Box nach vorne zog, griff jemand um sie herum, um sie zu nehmen. „Ich hab sie." Es war der große Polizeichef mit dem strengen Gesicht. „Willkommen, Frankie."

Gabe lächelte sie an und ging dann aus dem Weg, sodass Audrey nähertreten konnte.

„Audrey.“ Frankie lächelte. „Ich habe gehofft, dass du hier sein würdest.“

„Ich freue mich auch, dich zu sehen.“ Audrey streckte ihre Hände nach dem isolierten Lasagnebehälter aus. „Für den Fall, dass es dir niemand erzählt hat, alle sind erpicht darauf, etwas Neues zu probieren und eine größere Auswahl zu haben – sowohl im Restaurant als auch heute hier.“

„Es freut mich, das zu hören.“ Frankie zögerte. „Bull meinte, er würde etwa acht Personen für den Geschmackstest auswählen, aber er erwähnte nicht, wer es sein würde.“

„Männer.“ Audrey rollte mit den Augen. „Da sind die vier Brüder, dann JJ und ich, Regan und du. Wie klingt das?“

„Perfekt. Ich kenne fast jeden.“ Erfreut zog Frankie die Gefrierbox heraus, als Audrey mit ihrer Ladung zum Haus ging.

„Ich hab sie.“ Hawk, der gefährlich aussehende blonde Kerl von dem Tag im Wald, nahm die Box an sich.

Okay. So gesprächig wie eh und je.

Mit einem Schnauben lehnte sie sich in die Ladefläche des Pick-ups, um eine weitere Box herauszuziehen.

Regan kam zurück in die Garage gerannt.

Caz folgte. „Frankie, es ist gut, dich zu sehen.“

Sie lächelte und erinnerte sich, wie besänftigend er in seinem spanischen Akzent mit ihr gesprochen hatte, als er sich um ihre Schusswunde gekümmert hatte. „Hi, Doc.“

Er legte seine Hand auf die Schulter seiner Tochter. „*Mija*, Bull sagte, es gäbe noch eine andere Art von Vorspeise. Wie wäre es, wenn du sie dem Koch abwimmelst?“

Regan warf Frankie einen flehenden Blick zu, der genauso dunkelbraun war wie der ihres Vaters. „Die Ant-Ant-irgendwas-Pasta ist super, aber Onkel Bull sagte, ich würde die andere Vorspeise auch mögen.“

„Bestimmt sogar.“ Frankie hob die Box mit dem Crostini hoch. „Dein Papa muss diese Box tragen; sie ist schwer.“ Und die

Brotbeläge würden es nicht überleben, wenn jemand zu sehr damit wackelte.

Caz nahm die Box und grinste, als Frankie Regan den mit Knoblauchbrot gefüllten Korb reichte.

Als sie verschwanden, kam eine athletisch erscheinende Frau mit kurzen, lockigen, kastanienbraunen Haaren und türkisfarbenen Augen die Stufen hinunter. „Hi, Frankie. Ich bin JJ. Ich gehöre zu Caz und Regan. Ich liebe italienisches Essen, also bist du jetzt meine beste Freundin."

„Ha, das höre ich gern." Frankie grinste und bot ihr die Box an. JJ schien eine Person zu sein, die man schnell ins Herz schloss.

Mit einem Lächeln nahm JJ die Box entgegen und verschwand wieder im Haus.

Bull durchquerte die Garage. „Ich habe das Knoblauchbrot in den Ofen geschoben – und den Timer gestellt."

„Perfekt." Jeder Koch auf der Welt wusste, dass das Geheimnis für gutes Essen auf die Benutzung von Timern zurücklief.

Bull lehnte sich in den Pick-up, um die letzte Box herauszuziehen.

Als sein Arm dabei ihre Schulter streifte, zischte das Bewusstsein seines Körpers wie ein Lauffeuer über ihre Nervenenden. Sie seufzte.

Zu laut.

Er wandte sich von der Box ab und richtete sich auf. Als er auf sie hinunterblickte, sah sie die Hitze in seinen mitternachtsschwarzen Augen. „Leider konnte ich heute Morgen nicht mit dir trainieren", murmelte er. „Auch ist es schade um das, was danach stets folgt."

Oh, sie wusste genau, was er meinte.

Seine Finger schoben sich in ihr Haar, sein Daumen strich über ihre Wange.

Ihr Atem stockte, und sie lehnte sich vor. In Erwartung seiner Berührung kribbelte jede einzelne Zelle in ihrem Körper.

Er lehnte sich kaum merklich vor, stoppte dann aber. „Nein, das ist nicht der richtige Moment dafür. Ich würde nicht aufhören wollen.“ Er entließ ein frustriertes Knurren. „Ist dir klar, wie oft ich mich stoppen musste, während du heute gekocht hast? Du forderst meine Kontrolle heraus, Frau.“

Sie lachte. „Mir ging es nicht anders. Es hat mich so genervt, dass du in der Küche so professionell warst.“

„Ich mache es wieder gut ... später.“ Er tippte auf ihr Kinn und trat zurück. „Komm, meine kleine Köchin. Füttern wir die hungrigen Massen, bevor sie losheulen.“

Er reichte ihr den kleineren Behälter, nahm die letzte große Box und führte den Weg ins Haus. Sie gingen einen Flur hinunter und in einen riesigen offenen Raum unter einer hohen Gewölbedecke. Das Design ähnelte Bulls zuhause. Der Küchenbereich war auf der rechten Seite. Weiter hinten stand ein langer Esstisch vor der zweistöckigen Fensterwand, die einen Ausblick auf den See bot. Auf der linken Seite befand sich der riesige Sitzbereich mit einer U-förmigen Couchgarnitur, die noch größer war als die von Bull – ebenso wie der Fernseher, der einen Großteil der Wand einnahm.

Hawk deckte den Tisch. Der Rest öffnete Wein und packte das Essen aus, so koordiniert wie in den feinsten Küchen dieser Welt.

Und sie ... fühlte sich wie ein Außenseiter.

Ein leises Bellen erregte ihre Aufmerksamkeit, bevor Gryff hinter der Insel hervorstürmte. Er rutschte vor ihr zum Stehen.

„Hey, du! So traurig, dass wir uns heute Morgen nicht gesehen haben.“ Seine begeisterte Begrüßung gab ihr das Gefühl, zuhause zu sein. Sie hockte sich vor ihm hin und als er ihre Wange leckte, verwöhnte sie ihn, indem sie seinen Rücken kraulte.

Plötzlich wurde ihr bewusst, wie ruhig es war. Fast alle im Raum warfen Bull und ihr ... spekulative Blicke zu.

Vielleicht hatte er nicht erwähnt, dass er seine neue Kellnerin vögelte. Als Bull ihr zuzwinkerte, hätte sie fast gelacht.

„Frankie, wir haben Wein, Limonade, Eistee, Milch und Wasser.“ Caz stand am Kühlschrank. „Was hättest du gern?“

Die meisten Erwachsenen schienen Wein zu trinken – was auch zu ihren Vorlieben gehörte. „Wein wäre nett.“ Sie stellte ihre Box auf die Kücheninsel.

„Was ist passiert, dass du das Abendessen um eine Stunde nach hinten verschieben musstest?“, erkundigte sich Gabe bei Bull.

„Nichts Erwähnenswertes“, antwortete Bull.

Frankie mochte ihn umso mehr, weil er eben nicht über Harvey und Amka sprach. Egal, wie sehr sie Klatsch auch liebte – sie machte Nonna dafür verantwortlich –, es gab einfach Dinge, die nicht geteilt werden sollten.

„Nicht, dass wir uns über die Verzögerung beschweren. Es hat uns auch besser gepasst.“ JJ warf Gabe einen amüsierten Blick zu. „Der Chief ist einfach nur verdammt neugierig.“

Audrey kicherte und stieß JJ den Ellbogen in die Seite, bevor sie zu Frankie sagte: „JJ und Gabe sind beide neugierig. Ich schätze mal, das muss man sein, wenn man in der Strafverfolgung arbeiten will.“

Frankie erstarrte. „Was ... Strafverfolgung? Ich weiß, dass Gabe der Polizeichef ist, aber ...?“

„Ich schätze, du hattest noch nicht die Zeit, JJ richtig kennenzulernen“, sagte Bull. „JJ ist Gabes einziger Streifenpolizist. Jedenfalls bis er einen zusätzlichen temporären Officer für die Touristensaison einstellt. JJ hat die letzten zwei Wochen an einem Fortbildungsseminar in Sitka teilgenommen.“

JJ war Polizistin. Der einzige andere Polizist. Die Warnung in Kits Brief spulte in Frankies Kopf ab: *Einer der Polizisten hier ist Mitglied der Patriotischen Zeloten.*

Bull legte besorgt seine Hand auf ihre Schulter. Sowohl der Chief als auch sein Officer beobachteten sie, deren Polizisteninstinkte offensichtlich in Alarmbereitschaft.

Ich bin eine Idiotin. „Tut mir leid. Ich habe versucht, unschuldig zu wirken, in der Hoffnung, dass ihr nicht bemerkt habt, wie furchtbar ich fahre."

Gabe blinzelte und sah zu JJ. „Nein, ich habe nichts bemerkt. Haben wir einen Unfall verpasst?"

Puh, er hat es mir abgekauft. Frankie schüttelte den Kopf. „Nein, diesem Schicksal bin ich bisher entkommen."

„Fahrer aus New York sind fast so aggressiv wie die aus Boston, nur fehlt es ihnen völlig an Fahrpraxis." Audrey grinste Frankie an. „Besitzt du überhaupt ein Auto?"

„Natürlich nicht. Die U-Bahn und Taxis, sogar die Busse, sind weit weniger stressig."

So viele entsetzte Blicke. Sie fing an zu lachen, teilweise aus Erleichterung, dass sie keine weiteren Fragen zu erwarten hatte.

JJ schien furchtbar nett und gar nicht wie eine Fanatikerin. Könnte Kit sich irren? Bis sie sich sicher sein konnte, müsste Frankie vorsichtig sein, was sie sagte.

„Hier, *Chiquita*." Caz reichte ihr ein Glas Wein.

Sie nahm einen Schluck. Es war ein traditioneller Chianti, reichhaltig im Geschmack, fruchtig und mit einem Hauch von Tannin. „Sehr lecker."

„Ich bin froh, dass er dir schmeckt." Seine Stimme wurde sanfter. „Die Familie ist ein bisschen überwältigend, *sí*?"

Oje, war die Panik in ihren Augen so offensichtlich gewesen? Bull beobachtete sie ebenfalls mit Besorgnis.

Benehmt euch, Emotionen. Dieses Abendessen sollte doch Spaß machen. Sie schaffte ein schwaches Lächeln. „Wenn ich ehrlich bin, bekomme ich bei euch ein wenig Heimweh. Nach dem Haus meiner Nonna in Italien. Nur war sie eine sehr traditionelle Italienerin, sodass sie immer um einiges mehr an Leuten eingeladen hatte. Ich habe Cousins bis zum x-ten Grad und Tanten und Onkel ... und es war stets verdammt laut."

„Die Jungs schreien nicht viel." Audrey deutete mit ihrem Glas auf die Tür. „Sie gehen einfach nach draußen und schlagen aufeinander ein."

„Meinst du das ernst?“ Sie sah zu Bull.

Sein Grübchen erschien. „Jemanden zu schlagen, ist effektiver, als zu schreien.“

Madonna.

Von einer hungrigen Regan angetrieben, setzten sie sich schon bald an den großen Tisch. Obwohl Frankie wusste, dass sie eine ausgezeichnete Köchin war, war sie besorgt. Selbst die besten Köche konnten es vermasseln – und das heutige Mahl war irgendwie wichtiger als alle davor.

Schließlich war das Bulls Familie.

Sie stocherte mit ihrer Gabel in ihrem eigenen Essen herum, damit beschäftigt, die anderen zu beobachten.

Bull probierte jedes Gericht und gab hin und wieder ein Geräusch von sich, das einem Schnurren nahekam, bevor er sich mit offenem Genuss auf seinen Teller stürzte.

Caz aß mit einem Lächeln und drängte seine Tochter und JJ, von allem etwas zu kosten.

Regan holte sich von der Lasagne eine zweite Portion, bevor sie etwas anderes auf ihren Teller stapelte.

Gabe stahl mit einem hinterhältigen Lächeln einen weiteren Bissen Lasagne von Audreys Teller, führte dann etwas von seiner Kräuterforelle zu ihrem Mund, woraufhin sie selbst bei dem Fisch zugriff.

Hawk aß ausdruckslos und machte auch keine anerkennenden – oder angewiderten – Geräusche. Frankie war die am wenigsten attraktive Tochter und fragte sich, wie es gewesen war, mit drei „Brüdern“ aufzuwachsen, die auf so unterschiedliche Weise heiß waren.

Gabes Attraktivität war rau und er kam mit einer dominanten Präsenz daher. Wenn er einen Befehl gab, würde wahrscheinlich jeder in der Stadt gehorchen. Caz war so hinreißend wie ein Latino-Filmstar – mit einem ebenso tödlichen Charme.

Bull war ... mehr. Ein total heißer Kerl, der knallharter nicht sein konnte. Riesig und stark. Mit einer tiefen Stimme. Vielleicht hatte er nicht Caz' Charme, aber er war unwiderstehlich, extrovertiert und war mit einer lockeren Persönlichkeit gesegnet. Er mochte Menschen – und sie mochten ihn zurück.

Hawk war vernarbt, tätowiert, wortkarg. Wie konnte der Kerl mit seinen Brüdern mithalten? Nachdem sie ihre Cousins beobachtet hatte, wusste Frankie, dass Brüder immer miteinander im Wettbewerb standen. Andererseits hatte sie auch gelernt, dass der Schein trügen konnte. Seine Brüder liebten und respektierten ihn – das war eindeutig.

Er musste ihren Blick gespürt haben, denn Hawk fing den ihren ein, sah auf den Teller – der jetzt leer war – und nickte ihr zu. Anerkennung.

Als sie ihn anlächelte, verwandelte sich sein Gesichtsausdruck zu männlichem Interesse.

Ups. Wie unangenehm war das bitte? Hastig wandte sie ihren Blick ab.

„Frankie, alles ist einfach köstlich", sagte JJ. „Aber beantworte mir eine Sache: Wenn du so kochen kannst, was machst du dann bitte in Rescue?"

„*Tesoro*, nein, JJ." Caz schüttelte den Kopf.

„Warum diese Reaktion?" Frankie erkannte, dass die anderen die gleichen missbilligenden Mienen trugen wie Caz.

„In Alaska ist es verpönt, nach der Vergangenheit einer Person zu fragen. In gewisser Weise ist unser Bundesstaat wie der Wilde Westen – den Hawk übrigens besonders liebt." Bull grinste seinen Bruder an. „Recht viele der Leute sind hier, um etwas in den Unteren 48 zu entkommen."

„Interessant. Nach New York kommen die Leute wegen der Größe, oder sie wollen zum Broadway, oder sie sind auf der Suche nach einem guten Job." Sie suchten immer nach *etwas*.

Es war eine Erleichterung, dass es keine weiteren Fragen dazu gab, was sie nach Rescue getrieben hatte. Sie konnte jedoch die Polizisten am Tisch beruhigen. „Ich fliehe vor nichts." Sie grinste JJ und dann den Polizeichef an. „Ich habe auch keine kriminellen oder mafiösen Verbindungen oder etwas Ähnliches in meiner Vergangenheit."

Belustigung funkelte in Gabes blauen Augen. „Ich weiß."

„Bitte was? Du hast meinen Namen durch den Computer gejagt?"

Er grinste. „Ich verweigere die Aussage."

Dieser *Stronzo*.

Ihr Blick landete auf Bull.

Umrahmt von dem schwarzen Spitzbart formte sich sein Mund zu einem schiefen Lächeln. Er wusste, was sein Bruder getan hatte. Nicht, dass es etwas zu finden gab, aber trotzdem.

Sie sah mit verengten Augen zu ihm.

„War es nicht hart, New York zu verlassen und an diesen Ort zu kommen? Rescue ist so winzig." Regan rümpfte die Nase.

So ein intelligentes Mädchen. Bull meinte, das Kind habe letztes Jahr seine Mutter verloren, woraufhin Caz sie nach Alaska geholt hatte. Für jemanden, der spät zum Elternteil wurde, schien der Doc ein erstaunlich guter Vater zu sein.

Frankie lächelte das Mädchen an. „Abgesehen von Italien habe ich nicht viel Zeit außerhalb der Stadt verbracht." Als sie die Sorge in Caz' Augen sah, fragte sie: „Magst du es nicht, in Rescue zu leben?"

„Oh, doch, das tue ich. Es ist hier viel cooler als in LA. Aber ich bin ein Kind."

Caz nickte Frankie dankbar zu.

„Ich war bereit für etwas Neues", sagte Frankie. „Also nahm ich mir eine Auszeit von meinem Job und kam nach Alaska."

„Für den Sommer. So wie wir es in der Schule tun." Regan nickte. „Was ist dein Job?"

Oh, *merda*. Eine Führungskraft würde wahrscheinlich keinen Mindestlohnjob annehmen. Nun, eine vage Antwort hatte noch keinem geschadet. „Ich arbeite in einer Modelagentur, jedoch nicht als Model. Ich bin eine Art ... Mädchen für alles, kein

Booker oder Manager oder so, aber ich ebne den Weg zwischen den Models und ihren Managern, Fotografen und Stylisten."

Bull musterte sie. „Das klingt nach einer ziemlich intensiven Tätigkeit."

Er kaufte ihr den Jobtitel nicht ab.

„Macht es Spaß?", fragte Regan.

Frankie grub nach einer Wahrheit, die sie benutzen konnte. „Auf eine Weise. Ich habe Spaß daran, sicherzustellen, dass alles reibungslos läuft, aber ich mag die Werbebranche nicht. Alles, was sie tun – mit atemberaubend schönen Models und Fototricks –, ist, normalen Menschen das Gefühl zu geben, unzulänglich zu sein, damit sie mehr Kleidung, Accessoires, Make-up oder Haarprodukte kaufen."

„Oh. Hmm." Regan lehnte sich zurück und musste offensichtlich verarbeiten, was Frankie gesagt hatte.

Frankie sollte vielleicht dasselbe tun. Ihre Worte kamen von einem Ort, an dem es schon eine Weile brodelte. Einem Ort, der ihre wahren Gefühle enthüllte.

Ein gut bezahlter Job war nicht immer ein erfüllender Job. Nur erwartete ihre Familie, dass sie ihren Beitrag leistete. Ein Bocelli arbeitete für das Unternehmen.

„Was auch immer dich hierher geführt hat, wir sind froh, dass du jetzt in Rescue bist und wir in den Genuss deiner Kochkünste kommen." Audrey hob ihr Glas. „Auf Frankie."

Der Chor aus wertschätzenden Kommentaren ließ Frankie erstrahlen. „Danke. Und ... es klingt, als wäre jetzt der richtige Zeitpunkt für Dessert."

Das entzückte „Juhu" von Regan brachte sie zum Lachen.

Eine Weile später in der Küche fühlte sich Bulls Magen angenehm voll an, nachdem er das ausgezeichnete Essen mit einer Portion Tiramisu abgerundet hatte.

Der italienische Themenabend sollte im Roadhouse ein Erfolg werden.

„Sie ist eine interessante Frau", sagte Caz.

Bull stellte einen weiteren Teller in die große Spülmaschine. Es war gut, dass sie Mako in dem Punkt überstimmt und das Gerät eingebaut hatten. „Frankie meinst du?"

„*Sí.*" Nachdem Caz mehr Teller an Bull übergeben hatte, warf er einen Blick auf die riesige Couch, auf der es sich die Frauen bequem gemacht hatten. „Ich war versucht, JJ tiefer graben zu lassen, sodass sie herausfindet, was Frankie nach Alaska geführt hat."

Ja, Bull auch. Er schloss die Spülmaschinentür und startete den Zyklus. „Sie hat das Recht auf Geheimnisse, Bruder."

Caz grinste. „Ich bin überrascht, dass du nicht schon alles weißt."

„Ich bin nicht der alte Mann." Als ihr Anführer war Gabe als „Alter Mann" bekannt, noch bevor sie das Teenageralter erreicht hatten. Der Polizist jagte Geheimnissen nach wie ein Hund einer Blutspur. „Ich muss nicht alles wissen."

„Vielleicht musst du das doch. Du willst sie für dein Roadhouse, was bedeuten könnte, Lösungen für ihre Probleme anzubieten. Du schaffst Probleme aus der Welt, *'mano*." Caz goss sich ein Glas Eistee ein.

Bull runzelte die Stirn. Er wollte Frankie für das Roadhouse ... und für sich selbst. „Da könnte was dran sein."

Als Bull Frankies herzliches Lachen hörte, lächelte er. Sie hatte ein verdammt tolles Lachen. „Eine Frage, Bruder: Weißt du zufällig, was *or-sak-oih-to* bedeutet?"

Caz gluckste. „Bär ist *oso* in Spanisch, und ich denke, es ist *orso* in Italienisch. Ich schätze, sie hat dich Teddybär genannt."

„Hat sie das?" Sein Herz fühlte sich plötzlich so leicht an. Mit Teddybären wurde gekuschelt und wenn jemand Trost brauchte, wurde auch an ihnen geweint. „Damit kann ich arbeiten."

Mit Caz neben sich lehnte sich Bull an die Kücheninsel, um die Gruppe zu beobachten.

Alle saßen auf der massiven, bequemen Couch. Mako hatte das Erdgeschoss mit dem Ziel eingerichtet, sie zusammenzubringen. Hinzu kam ein übergroßer Flachbildfernseher für Filme und Sport. Eine geräumige Küche mit einer ebenso großen Speisekammer. Ein Fitnessraum mit einem gut ausgestatteten Kraftbereich. Der Sarge hatte sie gut gekannt.

Es gab Zeiten, in denen Bull sich fragte, was der paranoide Survivalist von Audrey und JJ ... und Frankie gehalten hätte – von dem süßen Klang der Frauenstimmen in seinem Haus.

Du verpasst so viel, Sarge.

An einem Ende der Couch, so weit wie möglich von den Frauen entfernt, hatte Hawk seine Geige ausgepackt und gab Regan eine Unterrichtsstunde. Mit ihrer Geige unter dem Kinn war deutlich zu sehen, dass die Frustration bei dem Mädchen zunahm.

Das Lied – *The Impossible Dream* – war älter. Es war eines von Makos Lieblingsliedern gewesen, eines, das er gespielt hatte, wenn er melancholisch war – ein Soldatenlied.

Hatte Regan es überhaupt schon einmal gehört? Hawk würde sicher nicht die Melodie für sie singen, nicht mit seiner ruinierten Stimme. Bull zuckte mit den Schultern. Es war nicht so, dass es ihnen an Leuten fehlte, um die Melodie zu demonstrieren. Er hob die Stimme und sagte: „Fang nochmal von vorne an, Hawk."

Hawk warf ihm für die Unterbrechung einen genervten Blick zu, bevor ein seltenes Lächeln auf seinen Lippen erschien, da er nun verstand, was Bull im Sinn hatte. Er hob seine Geige. „Du hast ihn gehört, Mädchen. Lass uns von vorne beginnen."

Die beiden Geigen spielten das Intro. Bull fühlte sich wie ein stolzer Vater. Regan wurde immer besser. „Jetzt du, Caz. Ich werde reinspringen."

Caz grinste, und als die Geigen den Teil mit Text erreichten, sang er: *„To dream the impossible dream ..."*

Bull kam dazu und traf die tiefen Noten.

Nach einer Minute gab Gabe Audrey eine Gitarre, schnappte sich seine eigene und sie zupften eine Begleitung. Über den Winter hatte Audrey für sich entdeckt, dass sie es liebte, Gitarre zu spielen.

Ihre klare Sopranstimme und schließlich JJs Alt passten sich perfekt der Melodie an.

Als Bull Frankie ein Zeichen gab, zögerte sie eine Sekunde und schloss sich dann mit einer kräftigen, wunderschönen Altstimme an. Im Gegensatz zu Audrey war sie nicht schüchtern – und das liebte er.

Nach ein paar Anpassungen grinste Gabe Bull anerkennend an. Die kleine Italienerin hatte eine bezaubernde Stimme.

Sie sangen dieses Lied und noch einige mehr, bevor Hawk Regans Unterricht für beendet erklärte und in die Küche schlenderte, um ein Glas Wasser zu trinken. Keiner von Makos Söhnen trank viel, denn Alkohol führte oft zu Flashbacks.

„Die kleine Yorkie ist eine hübsche Frau." Hawk lehnte sich neben Bull an die Kücheninsel und beobachtete Frankie auf eine Weise, die Bull nicht fremd war. Auf eine interessierte Weise.

Oh, verdammt. Hier im Haus hatte Bull darauf geachtet, von zu vielen Berührungen abzusehen – zum Teil wegen dem Scheiß mit Harvey. Seine Zurückhaltung könnte jedoch dazu geführt haben, dass Hawk dachte, Frankie wäre nur eine simple Angestellte für ihn.

„Ja, sie ist wunderschön." Und er hätte sein Interesse deutlich machen sollen. „Ich habe vor, sie wieder in mein Bett zu locken, wenn wir hier fertig sind."

In Hawks Wange spannte sich ein Muskel an. „Wieder?"

Frankie lachte über etwas, das JJ sagte, und der Klang tanzte wie Sonnenlicht über Bulls Haut.

Bull nickte. „Sorry, Bruder. Ich habe sie zuerst gesehen."

„Ich hätte es wissen sollen." Hawk hob einlenkend die Hände, womit er Bulls Besitzanspruch akzeptierte. Es war eine Geste, die sie zu Teeniezeiten ausgearbeitet hatten, sodass nun der Bro-Code eintrat. In deren Familie war Konkurrenzdenken nur akzeptabel, solange Sex keine Variable war. Sobald ein Mann körperlich involviert war, war die Frau für seine Brüder tabu.

Wenn es um Frankie ging, musste deutlich gemacht werden, wie involviert er bereits war.

Wie um alles in der Welt bin ich in Bulls Bett gelandet? Nicht nur in seinem Bett, sondern auf ihm, mit seinem Schwanz pochend und heiß und riesig in ihr.

Als die nächste Lustwelle ihren Körper traf, schob Frankie ihr feuchtes Haar aus ihrem Gesicht und starrte auf sein hartes, gemeißeltes Antlitz herunter. „Entweder ich bewege mich, oder du bewegst dich."

Er lehnte gegen das Kopfteil, und seine Pranken lagen auf ihren Hüften und hielten sie unbeweglich. „Nein."

Es fehlte nicht viel und sie würde schreien.

Ein Grübchen erschien in seiner Wange und seine Hände drehten sich nach innen. Etwas berührte ihre Pussy – zu beiden Seiten ihrer entblößten Klitoris – und ... es vibrierte. Ein Summen. Sie senkte den Blick.

Fingervibratoren über seinen Daumen streiften kaum merklich ihr empfindliches Nervenbündel.

„Oh, ohhhhh!" Die Empfindungen verstärkten sich und das Bedürfnis zu kommen wuchs und wuchs. Sie versuchte, sich zu bewegen.

Selbst mit seinen Daumen an dieser Stelle, konnten sich seine Hände über ihre Oberschenkel erstrecken und so ihre Bewegungen einschränken.

„Buuuuullll!" Ihr Herzschlag beschleunigte sich, ihre Muskeln spannten sich an. Sie schwebte am Abgrund, jede Zelle in ihrem Körper schrie vor Verlangen.

Er drückte die Vibratoren härter gegen sie, während sich sein gnadenloser Griff um ihre Oberschenkel festigte. „Ich will sehen, wie du kommst. Ich will spüren, wie du um meinen Schwanz pulsierst."

Seine schwarzen Augen hielten ihre gefangen, als der Orgasmus über ihr einstürzte, sie verzehrte und sie vor überwältigender Lust um den dicken, unbeweglichen Schaft tief in ihr explodierte.

Er entfernte die Fingervibratoren und legte seine Hände auf ihre Brüste, kniff und zwickte in ihre Brustwarzen, rollte sie zwischen Daumen und Zeigefingern und überlastete ihr Nervensystem mit weiteren verheerenden Empfindungen.

Bevor die Lustwellen abebbten, packte er ihren Arsch, hob sie hoch, sodass er fast vollständig aus ihr herausglitt, nur um sie dann erneut auf seinen Schwanz zu ziehen.

Bei dem atemberaubenden Gefühl brach ein Stöhnen aus ihr heraus. *Heilige Madonna*, er war so groß!

Ihr Orgasmus streckte sich in die Länge, als sie immer wieder auf ihm aufgespießt wurde und er bei jedem Stoß in ihre Hitze einen Schauer durch ihren Körper jagte. Sein Blick hing auf ihren schwingenden Brüsten, und sein Lächeln war pure Sünde.

„Ich bin dran, Frau." Er krallte sich an ihre Hüften, hob seinen Arsch vom Bett hoch, stieß immer wieder in sie und sandte so glühendes Vergnügen zu ihrer geschwollenen Klitoris. Dann übernahm er vollkommen die Kontrolle, hob sie wie eine Puppe in die Höhe, zog sie herunter, hämmerte tief und hart in sie hinein und arbeitete auf eine Weise auf seinen Höhepunkt hin, die etwas in ihr befriedigte.

Die Sehnen in seinem Hals stachen hervor, und sie schwelgte darin, sein erlösendes Knurren zu hören, als er sich schließlich in ihr ergoss.

Nach einer Weile zog er sie zu sich runter. Mit einem Seufzer legte sie ihren Kopf auf seine breite Brust. Ihr Herz raste immer noch, und ihre Muskeln fühlten sich schlaffer an als gekochte Spagetti.

„Mmm.“ Sein befriedigtes Schnurren war etwas, von dem sie nie genug bekommen würde.

Bevor sie vollständig wegnickte, glitt er sanft aus ihrer Hitze, rutsche unter ihr hervor, um das Kondom zu entsorgen und sie beide zu säubern.

Sie sollte auch aufstehen. Sie musste zurück in ihre Hütte. Irgendwie war sie nach dem Abendessen länger geblieben, als sie geplant hatte. Caz hatte immer wieder ihr Weinglas aufgefüllt und Audrey hatte ein Brettspiel herausgeholt, von dem sie dachte, dass Regan es mögen würde. Es hatte sich so sehr nach ihrer Zeit mit Nonna angefühlt, dass Frankie nicht hatte gehen können.

„Dein Kopf raucht förmlich, Süße.“ Bull zog die Decke zurück, kletterte ins Bett und zog Frankie an seine Seite, sein Körper so riesig, dass sie sich winzig vorkam.

„Ich sollte gehen“, flüsterte sie.

„Ich will, dass du bleibst.“ Bull drückte einen Kuss auf ihren Kopf. „*Wir* wollen, dass du bleibst.“

Sie hob den Kopf und starrte ihn verwirrt an. „Wir? Deine Familie sagt dir, welche Frauen du mit ins Bett nehmen sollst? Das ist einfach falsch.“

Für einen Moment lachte er so hart, dass er kein Wort herausbekam. Dann schnippte er mit den Fingern, und Gryff legte zwei Pfoten auf die Matratze. „Gryff, sag Frankie, dass du willst, dass sie bleibt. Heule, Kumpel.“

Gryff reckte die Nase in die Luft, stieß ein langes wolfähnliches Heulen aus und wartete dann auf Lob.

„Gut gemacht, Gryff. Perfekt.“ Bull kraulte ihm hinter einem flauschigen Ohr und grinste Frankie an. „Er hat geübt.“

Lachend tätschelte Frankie das flauschige Köpfchen des Hundes. „Das war unglaublich, Gryff. Du bist so ein braves Hündchen.“

„*Wir* wollen, dass du bleibst“, sagte Bull mit selbstgefälliger Stimme. „Du willst doch nicht Gryffs Gefühle verletzen, oder?“

Als Gryff seinen Namen hörte, wedelte er mit dem Schwanz und leckte ihre Hand. Er wusste genau, wie er diesen Hundeblick einsetzen musste.

Sie zog die Augenbrauen zusammen. „Einen Hund für deine Zwecke zu benutzen, ist eine hinterhältige Taktik, *Skull*.“

Der winselnde Gryff entschied, dass das Bett nicht nur für Menschen sein sollte, sprang hoch und rollte sich am Fußende des Bettes zusammen.

Frankie musterte ihn. Was für ein selbstgefälliger Ausdruck auf diesem süßen Gesicht.

„Ah ... stört es dich, Gryff auf dem Bett zu haben?“, fragte Bull – und sie musste ein Lächeln unterdrücken. Der Mann war so verdammt selbstbewusst, dass ihm ein bisschen Sorge wirklich gut stand.

Nun, wie würde Mama das sagen? Frankie nahm den Ausdruck und die Stimme der Eiskönigin an. „Du weißt schon, dass Tiere nicht auf Möbel gehören.“

„Richtig.“ Bull seufzte. „Gryff, Kumpel, du –“

Sie brach in Lachen aus.

„Fuck, Frau, du hast mich verarscht?“ Die Falten neben seinen Augen vertieften sich.

Immer noch lachend lehnte sich Frankie lange genug vor, um Gryff zu streicheln und seinen flauschigen Kopf zu küssen, bevor sie sich an Bulls Seite schmiegte. „Ich liebe es, dass er mit in deinem Bett schläft.“

„Verdammte Scheiße ...“

Sie seufzte. „Als Kind habe ich immer darum gebettelt, einen Hund oder eine Katze haben zu dürfen; es gab so viele, die ein Zuhause brauchten. Nach Mamas Meinung sollte das einzige Fell im Haus ein Kleidungsstück sein.“

„Ich stelle mir gerade vor, wie du ein paar Streuner nachhause gebracht und darum gebeten hast, sie zu behalten.“ Bull legte seine Hand auf ihre Wange und rieb mit seinem Daumen über ihre Haut, und das Mitgefühl in seiner Stimme war fast ihr Verderben.

Sie schluckte schwer. „Ich bin froh, dass du Gryff hast und dass er ins Bett darf."

„Das ist eine Erleichterung." Bull entspannte sich, zog sie höher und schmiegte sie an sich.

„Allerdings sollte ich wirklich nicht hier übernachten." Sie rieb ihr Gesicht an seiner Schulter. „Du weißt, wie ich fühle. Morgensex ist wie Freunde mit Vorzügen. Nächte mit jemandem zu verbringen und nebeneinander zu schlafen, führt zu Beziehungen und –"

„Süße." Die Belustigung in seiner Stimme ließ sie verstummen.

Sie hob den Kopf.

„Du bist zu spät. Wir führen bereits eine Beziehung – egal, wie du sie definierst. Liebe zu machen, läuft nun mal genau darauf hinaus – ob die Sonne am Himmel steht oder nicht." Er streichelte mit den Fingerspitzen über ihren Rücken.

Ihr stockte der Atem, als sie die Gewissheit in seinen Worten hörte. Er hatte Recht. Sie fickten nicht; sie machten Liebe.

„Ich weiß, dass du planst, am Ende des Sommers zu gehen", sagte er sanft. „Lass uns die Zeit, die wir haben, genießen."

„Okay." Das Wort entglitt ihr, denn es gab keinen anderen Ort, an dem sie lieber wäre als bei ihm. In seinem Bett mit seinen Armen um sie, mit Gryffs Kopf auf ihrem Fuß.

Es fühlte sich wie ein perfekter Moment an und sie konnte nicht glücklicher und zufriedener mit der Welt sein. So glücklich, dass sie einen Sternenhimmel und die Melodie von Geigen über sich –

Sie blinzelte. „Ich dachte, ich träume halb, aber das ist eine Geige. Eine Geige!"

Bull gluckste. „Jep, eine Geige. Hawk sitzt auf seiner Terrasse und spielt, wenn er Probleme beim Einschlafen oder einen schlechten Tag hatte. Wir alle ..."

Stirnrunzelnd legte Frankie einen Arm über seine Brust, hob den Kopf und sah Bull in dem von Schatten bevölkerten Raum in die Augen. Es musste extrem spät sein, denn die Sonne war endlich untergegangen. „Ihr alle ... was?"

Er seufzte. „Wir haben alle gedient. Wir alle sahen Dinge. Hässliche Dinge, Frankie. Und wir alle haben aufgrund dessen, was wir gesehen haben, hin und wieder Albträume oder einen schlechten Tag."

Als ihr Herz in ihrer Brust dahinschmolz, streichelte sie seine Wange in dem vergeblichen Versuch, ihn zu trösten. „Es ist nicht fair, dass mutig zu sein und sein Leben zu riskieren, bedeutet, dass man danach leiden muss. Es sollte nur in dem Moment furchtbar sein und ab da ... nicht mehr. Schluss, aus, Ende."

Er schnaubte. „Ich stimme zu."

Wenn sie nur einen Zauberstab schwingen und alles besser machen könnte. So mussten sich Mütter fühlen, wenn ihre Babys verletzt wurden. Und doch fühlte sie sich wohlig warm bei dem Gedanken, dass ihr knallharter Mann zugegeben hatte, dass er nicht Superman war. Sie nahm einen Ton an, der halb neckend und halb ernst gemeint war: „Spielt ihr alle Geige?"

„Herrgott, *das* wäre ein Albtraum. Nein. Aber wir alle haben Stunden unter den Sternen verbracht, auf der Terrasse oder im Pavillon, und darauf gewartet, dass die Erinnerungen verblassen und Frieden einkehrt." Er fuhr mit einem Finger über die Kurve ihres Ohrs. „Wenn ich nachts aufstehe, ist das der Grund."

„Okay. Aber sei gewarnt, mein *Orsacchiotto*. Da dies jetzt eine Beziehung ist ... bleibst du zu lange draußen, werde ich kommen und dich finden."

„Wirst du das?" Seine Worte kamen als rumpelndes Schnurren heraus, das er benutzte, wenn er zufrieden war. Im nächsten Moment zog er sie für einen zärtlichen Kuss zu seinen Lippen.

KAPITEL FÜNFZEHN

S*tets den Anschein zu erwecken, man hätte noch alle Tassen im Schrank, ist anstrengend, aber wichtig.* - Sara Gruen

Zwei Tage später saß Hawk an einem sonnigen Nachmittag auf der Terrasse, die Füße auf dem Geländer. Gryff lag neben seinem Stuhl. Wenn Bull nicht zuhause war, klebte der Hund an jedem, der gerade draußen war – sogar an Hawk.

Hawk musterte den Köter. „Habe ich nicht erwähnt, dass ich Hunde nicht mag?"

Große braune Augen trafen auf seine und machten deutlich, dass er wusste, dass Hawk log. Er griff mit der Hand nach unten, um durch das weiche Fell zu streicheln.

Gryff klopfte mit dem Schwanz auf das Terrassendeck und legte dann mit einem zufriedenen Seufzer den Kopf auf seine Pfoten.

Hawk schüttelte den Kopf. Er hatte Gesellschaft beim Geigespielen. *Hmm.* Er steckte sein Instrument wieder unter sein Kinn. Er hatte die letzte Stunde gespielt. Ein Ständchen für die Dame des Sees.

Vor Jahren hatte ein heidnischer Co-Pilot zu ihm gesagt, dass alles auf der Erde seinen eigenen Schutzgeist habe – Bäume und Seen und Berge –, und Hawk hatte ihn verspottet.

Dann kamen Jahre, in denen er durch Blut gewatet war, umgeben von Tod ... und der stille Glaube der Menschheit an das Leben war in Hawk herangewachsen. Wer hätte das gedacht? Es war ein Trost, zu denken, dass der Geist des Sees seine Musik genoss. Er hatte sogar ein paar Melodien für die Lady komponiert.

Die Ruhe wurde durch das Geräusch eines Fahrzeugs auf deren Privatstraße und das Öffnen und Schließen eines Garagentors gestört.

Gryff gab ein tiefes Bellen von sich und rannte über das Gras zu Bulls Terrasse. Mit der Nase gegen das Glas bebte der Hund vor Aufregung.

Wie es schien, war Bull zurück. Wahrscheinlich, um sich für die Arbeit fertig zu machen.

War er allein oder war die kleine Yorkie bei ihm? Nach dem italienischen Abend hatte sie die Nacht hier verbracht – und auch die letzte Nacht.

Hawks Mund verzog sich. Seine Brüder hatten sich Freundinnen angelacht. Das war nicht überraschend. Er konnte zugeben, dass sie verdammt gut aussahen und prima mit Leuten klarkamen. Frauen setzten ihnen mit einer Hartnäckigkeit nach, die an ein Kojotenpack erinnerte, das es auf ein Kaninchen abgesehen hatte.

Musste schön sein, im Mittelpunkt dieser Art von Aufmerksamkeit zu stehen.

Nicht, dass Bull es zu schätzen wusste. Nicht im Geringsten. Hawk beäugte Gryff, der immer noch an der Tür wartete. Bull fühlte sich völlig wohl damit, dass ein Hund ihm nachsetzte, seine Aufmerksamkeit forderte und sich an ihn lehnte. Von einer Frau jedoch schätzte er dies kein bisschen.

Nein, das war nicht ganz richtig. Bull war offen liebevoll mit seiner Ex-Frau umgegangen. Hawk schüttelte den Kopf. Er hatte Paisley nur einmal getroffen, aber schon an dem Tag hatte er erkannt, dass unter ihrer oberflächlichen Schönheit rein gar nichts verborgen lag. Ausgehend davon, dass Bull zu der Ehe mit ihr nie ein Wort verlor, hatte die Frau ihn wahrscheinlich nach Strich und Faden verarscht.

Das Mitgefühl bei dem Gedanken führte dazu, dass Hawk etwas weniger genervt davon war, dass Bull ausgerechnet die Frau für sich gewinnen konnte, bei der Hawk in Betracht gezogen hatte, einen Schritt zu wagen.

Dumme Idee, wirklich. Er konnte mit seinen Brüdern nicht mithalten. Als diese Sache passiert war –

Bull kam auf die Terrasse und Gryff drehte sich vor Freude um die eigene Achse. Bull beugte sich vor, klopfte dem Hund auf die Flanken, kraulte seinen Hintern und hob dann seinen Eierkorb wieder auf. Sie rotierten die Tage, an denen Eier eingesammelt werden mussten, sodass jeder die Möglichkeit bekam, seine eigenen Vorratskammern aufzufüllen.

Als Bull den Rasen überquerte, entdeckte er Hawk. „Yo, Bruder. Genießt du einen ruhigen Tag?"

„Yeah." Hawk runzelte die Stirn, als er den angespannten Gesichtsausdruck seines Bruders sah – den gleichen, den er oft in seinem eigenen Spiegel erkannte. Aber ... Bull? „Alles okay bei dir?"

„Sicher, ja." Bull ging weiter, blieb stehen und schüttelte den Kopf. „Nein, das war eine dumme Lüge. Dieser Macho-Scheiß ist zum Teil der Grund, warum Mako so viele Probleme hatte. Oder Gabe. Verdammt, wir sind alle auf unterschiedliche Weise völlig verkorkst."

Hawk starrte ihn schockiert an. „Was?"

Bull setzte einen Fuß auf Hawks Stufen, stützte sich mit einem Ellbogen auf das Geländer und blickte auf den See, wo ein

Wasserflugzeug zur Landung ansetzte. „Mako hatte PTBS. Wir alle wussten es, aber er mied es, mit uns darüber zu sprechen. Er hat uns diesen Schwachsinn beigebracht, nicht über unsere Probleme zu reden. Als Gabe zurückkam und nicht mehr wusste, wo oben und unten ist, verbrachte er den Winter allein in Sarges alter Hütte, anstatt zu einem von uns zu kommen und sich die Hilfe zu holen, die er brauchte."

Hawks Mund spannte sich an. Auch er hatte sich schon ein oder zwei Mal vor der Welt versteckt.

Bull hatte seine Frage nicht wirklich beantwortet. „Was ist mit dir?"

„Mir geht es eigentlich gut, aber ... nicht immer. Ich war auf ein paar Missionen, bei denen alles den Bach runtergegangen ist – und ja, sie verfolgen mich bis in meine Träume." Bull drehte sich zu ihm um. „Vor ein paar Monaten brachte mich Dante in Anchorage zu einem Therapeuten. Der Typ ist ein Veteran – und benutzt eine seltsame Maschine, die hilft, die Erinnerungen zu integrieren."

„Funktioniert es?" Das bezweifelte er doch stark.

Bull nickte. „Zumindest für mich. Es ist nicht einfach. Ein paar Mal hätte ich fast gekotzt, aber die Flashbacks und Albträume und das Gefühl, in ein schwarzes Loch zu fallen? Das wird immer besser."

„Hmm." Hawk starrte auf das funkelnde Wasser.

Bull räusperte sich. „Zufällig hat Doc Grayson nach dir gefragt. Er meinte, du hättest ihm letztes Jahr versprochen, dass du einen Therapeuten aufsuchen würdest. Und, dass er, wenn du es nicht tust, hier auftauchen und ihr zwei ... ein längeres Gespräch führen müsstet."

„Fuck." Drohungen dieser Art vergaß der Psychologe nicht einfach.

Schlimmer noch, Hawk hatte es ihm versprochen. Anscheinend wurde es Zeit, dass er seinen Mann stand.

Als Hawk wieder den Blick hob, erkannte er, dass sein Bruder schweigend weitergezogen war und den Hühnerstall schon fast erreicht hatte.

Ein paar Minuten später, auf dem Rückweg, stoppte Bull erneut. „Lass mich wissen, wenn du einen Termin hast. Ich werde dich die ersten beiden Male hinbringen.“ Er wartete nicht auf eine Antwort.

Bull kannte ihn gut.

Mit dem Laptop vor ihr lauschte Frankie mit halbem Ohr, was im Café um sie herum geschah. Und schnupperte wertschätzend am Mochaccino mit seinem schokoladigen Aroma.

Sie blickte finster auf ihre E-Mails und sehnte sich nun wirklich nach etwas Schokolade. Zwei ihrer Freunde in New York hatten Männer aus dem Militär geheiratet; ein paar der Bocelli-Models gingen mit Männern aus der Security-Branche aus. Eine andere Freundin arbeitete für das Verteidigungsministerium. Nach dem Buchclub hatte Frankie sie alle darum gebeten, ein seriöses Söldnerteam für sie zu finden. Die Antworten waren entmutigend, voller Warnungen vor den verschiedenen Söldner-Truppen – schlechter Ruf, inkompetent, Abzocke, Kriminelle. Ein Typ namens DeVries hatte diese Welt ganz hinter sich gelassen. Es gab ein paar, die sich noch nicht gemeldet hatten ... und wirklich, sie fragte nur, weil sie für den Notfall gewappnet sein wollte.

Vielleicht würde die nächste Aufgabe auf ihrer To-do-Liste besser laufen. Das war aber zweifelhaft. Sie packte ihr Handy, wählte einen Kontakt aus und nahm ihren ganzen Mut zusammen. Je länger sie in Alaska war, desto schwieriger gestalteten sich die Gespräche mit ihrer Familie. Vielleicht, weil – abgesehen von ihren Reisen zu Nonna – dies die längste Zeit war, die sie jemals außerhalb von New York und weg von ihnen verbracht hatte. Frankie vermisste sie, aber als sie Bull mit seiner Familie gesehen hatte, wurde ihr bewusst, wie liebevoll sie alle miteinander umgingen. Zudem wurde Frankie nie in ihren Vorhaben unterstützt, solange sie nicht einen Vorteil daraus zogen.

Sicher, das hatte sie auch vorher gewusst ... irgendwie. Die meisten ihrer Freunde hatten wundervolle Eltern. Aber sie war nie einen Schritt zurückgetreten, um ihre eigenen aus einem gewissen Abstand genauer zu bewerten.

Sie tippte auf das Anruf-Icon.

„Francesca, es wird auch Zeit, dass du zurückrufst."

„Mama, hi. Ich habe gesehen, dass du ein paar Mal angerufen hast. Es tut mir leid, aber der Empfang in meiner Hütte ist mies. Ich entschied, zu warten, bis ich dich aus der Stadt anrufen kann."

Die Atmosphäre in dem kleinen Café schien sich abzukühlen, als aus dem Lautsprecher genervte Worte drangen.

„Mama –"

„Sag mir einfach, wann du zurückkommst. Nyla schafft es nicht, deinen Job zu erledigen. Zwei Models hatten bereits einen Anfall und ein Fotograf hat sich geweigert, mit Jaxson zusammenzuarbeiten. Birgit will einen neuen Make-up-Artist und ..."

Als ihre Mutter ihre Frustration abließ, dachte Frankie darüber nach, was sie über Kriminelle gelesen hatte, die den Tod fanden, indem Steine auf sie gestapelt wurden und das Gewicht sie langsam erstickte. Als sich ihre Mutter darüber beschwerte, dass Frankies Abwesenheit die Existenz des Unternehmens gefährdete, spürte sie, wie ihre Lungen um Luft kämpften.

Sie musste für Kit hier sein – und auch in New York für ihre Familie.

Nur konnte sie nicht an zwei Orten gleichzeitig sein.

Ihr Magen rebellierte, bis ihr regelrecht schlecht wurde. Sie wusste nicht einmal, ob Kit noch auf dem Gelände war. Was, wenn Obadiah sie nach Texas zurückgebracht hatte?

„Es tut mir leid, Mama, aber ich werde jetzt noch nicht zurückfliegen. Ich hatte keinen Urlaub mehr, seit ich mit dem College fertig geworden bin. Nicht einen freien Tag. In den letzten zwei Jahren habe ich darum gebeten, einen Assistenten einzustellen – jemanden, den ich ausbilden kann, sodass er einspringt, wenn ich nicht in der Agentur sein kann."

„Das ergibt keinen Sinn, Francesca. Wir können es uns nicht leisten, einen Assistenten für dich zu haben. So essenziell ist dein Job nun auch nicht und –"

Wenn meine Position nicht so essenziell ist, warum bist du dann so wütend, dass ich nicht dort bin? „Mama, hör mir zu –"

„Nein, du wirst sofort zurückkommen. Du hattest deinen Urlaub und ..."

Als die Worte über sie hinwegschwappten, spürte Frankie, wie sich jeder Muskel in ihrem Körper anspannte. Sie drehte sich zur Seite und stieß mit ihrem verwundeten Arm gegen die Rückseite der Nische. *Aua.* Caz hatte gerade vor einer Stunde die Fäden gezogen.

Allzu leicht konnte sie spüren, wo sich die Kugel durch ihren Arm gebohrt hatte. Wäre der Schuss zielgerichteter gewesen, wäre sie nicht mehr hier. Sie hatte genug von diesem Scheiß. Genug von diesen verdammten Beschwerden.

„Weißt du, Mama, wenn ich tot wäre, müsstest du auch ohne mich auskommen. Da mein Job ja so bedeutungslos ist, kümmere dich selbst darum."

Es herrschte eine schockierte Stille am anderen Ende der Leitung. Frankie war das gute Kind, kein Primadonna-Model, sondern jemand, auf den sich jeder verlassen konnte. Sie hatte keine Launen, keine Wutanfälle.

Keine Bedürfnisse.

Zur Hölle damit.

„Tut mir leid, Mama, aber ich muss gehen. Ich komme wieder, wenn mein Urlaub vorbei ist. Wenn du nicht glaubst, dass Nyla den Job erledigen kann, dann stelle jemand anderen ein." Bevor Mama antworten konnte, sagte Frankie in einem nachdrücklichen Ton: „Ich hab' dich lieb, tschüss."

Mit einem langen Seufzer lehnte sie den Hinterkopf an die Lehne der Nische. *„Porca miseria."*

„Ich kann ein bisschen Italienisch. ‚*Verdammt*', oder?" Die Besitzerin des Cafés stellte einen Cappuccino sowie eine Zimtschnecke vor ihr ab.

„Das stimmt." Frankie beäugte den Teller. „Ich habe nur Kaffee bestellt."

„Auf Kosten des Hauses. Es klang, als könntest du etwas Süßes vertragen."

„So wahr." Mit einem leicht verbitterten Lachen knabberte Frankie an der Zimtschnecke. „Mmm, das ist dekadent. Ich bin übrigens Frankie."

„Eine der neuen Kellnerinnen im Roadhouse, ich weiß. Ich bin Sarah. Meinem Mann Uriah und mir gehört dieses Café." Die zierliche Frau mit stilvollen kurzen braunen Haaren war um die vierzig Jahre alt. Frankie hatte sie mit ihrer kleinen Tochter und einem Baby gesehen. Zwei Kinder, ein Geschäft und das Leben in Alaska würden erklären, warum sie so schlank war, obwohl sie leckere Desserts verkaufte.

„Freut mich, dich kennenzulernen. Also mit Namen und so ganz offiziell und so."

Sarah lachte. „Nach fast drei Wochen gehörst du schon zu unseren Stammgästen. Wie gefällt dir unsere kleine Stadt?"

„Rescue ist großartig." Frankie grinste. „Da ich so weit weg von zuhause bin, liebe ich es gerade besonders, den New Yorker Akzent von dir zu hören."

„Du kommst aus New York? Das Gerücht ist mir zu Ohren gekommen und ich habe es nicht geglaubt." Grinsend setzte sich Sarah zu Frankie an den Tisch. „Wie bist du ohne Akzent davongekommen?"

„Es hat etwas gedauert. Er kommt zurück, wenn ich emotional werde, obwohl in dem Fall normalerweise der Italienische stärker rauszuhören ist."

„Italienisch, hmm?" Sarah zog die Augenbrauen hoch. „Ich hatte letzte Woche einen Kerl hier, der italienische Schimpfwörter auf seinem Handy gegoogelt hat. Etwas in die Richtung von *tessyda cah-so?*"

Frankie spürte, wie ihr Gesicht errötete. „*Testa di cazzo*. Das ist ... ähm, gleichbedeutend damit, jemanden als Arschloch zu bezeichnen."

„Ich dachte mir schon, dass er es von dir gehört hat. Ein Date, das schief gegangen ist?" Sarah grinste. „Tut mir leid, aber ich liebe Klatsch."

„Da ich das auch tue, wäre es heuchlerisch von mir, mich zu beschweren." Frankie schüttelte den Kopf. „Er war kein Date – zumindest nicht meins. Ich habe den Mann dabei erwischt, wie er eine Frau auf der Toilette im Roadhouse gevögelt hat, und er nannte mich eine Fot – ähm, das F-Wort, weil ich es gewagt habe, ihn zu unterbrechen, bevor er fertig war."

„Sex unterbrechen? Wie unhöflich von dir!" Sarah brach in Gelächter aus.

„Männer ändern sich nicht, egal wie klein oder groß die Stadt ist." Frauen eigentlich auch nicht. Frankie bedachte die Café-Besitzerin, die ... Klatsch mochte. „Ich muss sagen, ich habe noch nie Männer wie diese Patriotischen Zeloten getroffen. Was geht denn mit denen?"

„Oh, *die*." Das Wort enthielt eine Menge Ekel. „Sie glauben jedes Wort ihres sogenannten Propheten Parrish, und sie behandeln Frauen wie scheiße. Denke nicht, dass sie in Alaska die Norm sind."

„Ah, ein weiteres Beispiel für ein verkorkstes Navigationssystem."

Sarah warf ihr einen verwirrten Blick zu. „Navigationssystem. Was?"

„Na ja ... Ideen aus dem *kleinen* Hirn eines Mannes" – Frankie deutete auf ihren Schritt – „welche dann durch den Becken-Kreisverkehr gehen, bevor sie das große Gehirn erreichen" – sie tippte sich gegen die Stirn – „damit sie denken können und erst dann handeln. Unglücklicherweise kommen die Gedanken einiger Männer nie aus dem Kreisverkehr heraus."

„Das ist eine beängstigende Analyse und leider wahr." Sarah hatte ein wunderschönes Lachen. „Die Zeloten verlieren in diesem Sex-Kreisverkehr viel Gehirnkapazität."

„Hmm." *Hmm.* Wenn sexuelle Dinge sie hirnlos machten, wäre das eine Möglichkeit, an mehr Informationen zu kommen? Sie musste wissen, ob Kit noch dort war. Sie hatte gesagt, dass Obadiah, sie und Aric vielleicht zurück nach Texas schicken würde.

Es wäre schrecklich, in das Gelände einzudringen und herauszufinden, dass Kit nicht einmal mehr in diesem Bundesstaat war.

„Ich hätte die Polizei rufen können, anstatt den Casanova auf der Toilette anzuschreien", sagte Frankie. „Aber ich kenne JJ nicht gut und weiß nicht, wie sie reagieren würde."

Sarah lächelte. „Officer JJ hätte seinen nackten Arsch durch die Bar gezerrt, ihn auf den Parkplatz geworfen und ihm eine Lektion erteilt, ohne ihre Stimme zu erheben."

„Okay. Ich habe meine Stimme erhoben. Ich schätze, Alaskaner sind weniger unhöflich – oder findet sie einfach gefallen an Typen wie den Zeloten?"

„JJ?" Sarah lachte. „Sie ist eine Frau in einem Job, den diese Idioten für einen Männerberuf halten, und hat vom ersten Tag ihrer Karriere an darunter gelitten. Sie ist erst seit letztem Herbst in Alaska – sie kommt aus Nevada –, aber ich weiß, dass sie gerne ein paar Zeloten in den Arsch treten würde."

Das klang gut. Trotzdem wollte sie sich wirklich sicher sein. Frankie schüttelte den Kopf. „Es ist seltsam, aber ich schwöre, ich hätte gehört, dass einer der Polizisten ein Zelot sein soll."

„Oh, du meinst sicher den Streifenpolizisten, dessen Position sie gefüllt hat. Officer Baumer war ein Zelot ... bis er hinter Gittern gelandet ist."

Weder JJ noch Gabe gehörten zu den Zeloten. Erleichterung fegte durch Frankie, denn sie mochte sie beide. Und der andere

Officer war im Gefängnis. „Ich bin mir sicher, Officer Baumer ist dort sehr einsam. Wir sollten einige seiner fanatischen Freunde schicken, um ihm Gesellschaft zu leisten."

Sarah kicherte. „Um nochmal auf JJ zurückzukommen. Die Frau hat ein Talent dafür, Situationen zu entschärfen. Sie ist unglaublich kontrolliert. Sie flucht nicht mal viel ... ganz im Gegensatz zu dieser einen bestimmten Italienerin, die ich kenne." Sarah zwinkerte und Frankie wusste, dass sie eine weitere Freundin hinzugewonnen hatte.

Frankie rümpfte die Nase. „Zumindest fluche ich in einer anderen Sprache, sodass ich nicht alle Menschen in der Umgebung beleidige."

„Du musst mir einen Übersetzungsleitfaden geben", sagte Sarah. „Nur ... damit ich etwas dazulerne."

Frankie lachte.

Mit einem ernsten Gesichtsausdruck zeichnete Sarah mit einem Finger um einen nassen Fleck auf dem Tisch. „Ich habe neulich mit Harvey gesprochen. Über die Intervention von dir und Bull in der Form eines Rollenspiels."

Oje. Frankie wartete und hoffte, dass das Gespräch nicht hässlich werden würde.

„Harvey ist unser Freund, seit mein Mann und ich in Rescue angekommen sind." Sarah schenkte ihr ein schiefes Lächeln. „Er meinte, sein Verhalten ging zu weit, und die meisten Arbeitsplätze hätten entweder sein Arschloch-Verhalten geduldet oder ihn gefeuert. Du und Bull habt ihm eine Lektion erteilt und ihm die Chance gegeben, die Dinge in Ordnung zu bringen. Das weiß er wirklich zu schätzen."

Frankie entspannte sich. „Er arbeitet hart daran, Wiedergutmachung zu leisten. Noch besser ist, dass er nun selbst gegen sexuelle Belästigung angeht. Niemand treibt es in der Küche zu weit, und die jungen Frauen sagen mir, dass sie bei der Arbeit viel glücklicher sind."

Sarah grinste. „Es hat ihn entsetzt, dass sie ihn alle für einen alten geilen Bock hielten. Er sagte, er strebe stattdessen jetzt an, als Ritter in glänzender Rüstung angesehen zu werden.“

„Wir sind alle dankbar, dass er so fühlt.“ Der arme Bull fühlte sich immer noch schlecht, dass er das Problem nicht früher erkannt hatte.

Ein Kunde betrat den Laden und Sarah erhob sich. „Es war schön, endlich die Gelegenheit zu bekommen, mit dir zu sprechen. Wir freuen uns sehr, dich bei uns zu haben.“

Wie süß von ihr, dass zu sagen. „Danke.“

Frankie knabberte an der Zimtschnecke und beobachtete, wie Sarah den stetigen Kundenstrom bediente. Einige kamen für Kaffee, andere für Backwaren. Eine Person nahm beides oder ein Stück Kuchen oder einen Laib Brot für die Familie. Im Gegensatz zu New York, wo jeder kleine Laden eine Spezialität anbot, verschmolzen mehrere Läden in Rescue zu einem zusammen. Es gab eine Kunstgalerie mit Bastel- und Hobbybedarf. Das Sportgeschäft, das sämtliches Equipment für Angler bereitstellte, vermietete auch Skiausrüstung und Fahrräder. Der Handwerksladen verkaufte Holz.

Alle waren freundlich. Sie konnte sich nicht daran erinnern, dass sich ihr in New York jemals ein Ladenbesitzer vorgestellt und eine Weile mit ihr geredet hatte.

Wenn sie sich nicht um Kit sorgen müsste, könnte sie in Rescue glücklicher werden als je zuvor in ihrem Leben. Die Stadt selbst war großartig. Ein Beispiel dafür ... die Frau, die umgeknickt war. Nachdem Caz sie in der Klinik untersucht hatte, hatte er seinen Brüdern gesagt, dass sie Hilfe brauchte. Bull meldete sich natürlich freiwillig und hatte ihr Lebensmittel besorgt. Seine ganze Familie hatte abwechselnd die Frau besucht. Dann hörte der Rest der Stadt davon, und nun bekam die Frau mehr Hilfe, als sie brauchte.

Frankie lächelte. Sie war mit Bull ins Lebensmittelgeschäft gegangen ... weil es wunderbar war, Zeit mit ihm zu verbringen.

Sie hatte es sicher nicht geschafft, die Beziehung zwischen

ihnen auf einer lockeren Ebene zu halten. Schuldgefühle fegten über sie hinweg. In der Minute, in der sie Kit und Aric in ihrem Auto hatte, wäre sie hier weg. Sie bezweifelte, dass sie Zeit hätte, sich zu verabschieden, und dann wäre sie auch schon wieder in New York. Aber ... er wusste, dass deren gemeinsame Zeit einen Endpunkt hatte.

Und sie wusste, dass es kein Zurück mehr gab. Es würde nichts bringen, den Versuch zu unternehmen, ihr Herz davor zu schützen, gebrochen zu werden.

Also würde sie einfach jeden Moment genießen, den sie mit ihm verbringen konnte.

Weil er den Schmerz wert war.

Im Roadhouse wartete Bull auf Frankie. Gestern hatten die Bauunternehmer den riesigen Raum umgebaut, in dem zuvor nur sein Schreibtisch und seine Aktenschränke untergebracht waren. Nun gab es einen Konferenzbereich mit einem runden Tisch, der Platz für ein Dutzend Personen bot. Die Rückseite war in zwei Büros mit schallabsorbierenden Trennwänden unterteilt. Eins davon war seins. Das andere war mit einem Schreibtisch, Computer, Telefon und den üblichen Dingen für ein Büro ausgestattet. Bereit für einen Manager, wer auch immer es am Ende wurde.

Er wusste, wen *er* für den Job wollte.

Frankie würde eine ausgezeichnete Managerin abgeben, und er hoffte, dass die Position ihr den Anreiz gab, in Alaska zu bleiben. Vielleicht würde ihr die Position zeigen, wie gut sie in das Roadhouse passte. In die Stadt. Zu ihm.

Er wollte sie wissen lassen, wie sehr er ihr vertraute ... und sie brauchte – ja, das auch.

Arbeit hatte sein Leben eingenommen, und er hatte es erst gemerkt, als er versucht hatte, mehr Zeit mit ihr zu verbringen. Er war überlastet, kein Zweifel. Die Investitionsgruppe vom Sarge

– alle Unternehmen und Gebäude, die Mako ihnen hinterlassen hatte – erforderte Restaurierungen, Vermietungen, Verkäufe und Verwaltung.

Und er hatte seine eigenen Geschäfte. Zum Glück hatte seine Brauerei in Anchorage und seine Restaurants in Anchorage und Homer Manager. Aber er brauchte Hilfe mit dem Roadhouse. Beim Bestellen von Servietten und Besteck, den Dienstplänen für das Personal und der täglichen Organisation. Nichts davon genoss er.

Er stand gerne hinter der Bar – und ein Unternehmen zu besitzen, bedeutete, dass er sich die spaßigen Sachen aussuchen konnte.

Jedoch musste er damit aufhören, sein Leben mit der Arbeit zu füllen. Er brauchte Zeit, um mit seinen Brüdern abzuhängen, Regan das Kochen beizubringen und um mehr mit Frankie zu tun als zu trainieren und Sex mit ihr zu haben.

Obwohl wahrscheinlich nicht viel mit dem Sex und der Trainings-Session mithalten konnte. Er grinste. Immer ein Spaß.

Das knirschende Geräusch von Reifen auf Kies kam durch das offene Fenster und Frankie parkte ihr Auto neben seinem Pickup.

Er öffnete die Hintertür des Büros und winkte Frankie zu sich. Als sie hereinkam, wollte er sich vorlehnen und sie küssen. *Nein.* Sie hatten sich darauf geeinigt, Arbeit und Privatleben getrennt zu halten.

Das bedeutete wohl auch, dass es keinen Sex auf dem Schreibtisch geben würde, verdammt. Das war eine Schande, denn sie roch, als wäre sie gerade aus der Dusche gekommen. Ihre Seife ließ ihn an dunkle Wälder und Vollmonde denken – und an Sex im Freien.

Konzentriere dich.

„Danke, dass du gekommen bist." Er deutete auf den Konferenzbereich. „Ich wollte dieses Gespräch an einem offiziellen Ort führen."

Ihre Augenbrauen zogen sich zusammen. „Gibt es ein Problem? Ist das die Alaska-Version einer Kündigung?“

„Nicht einmal ansatzweise.“ Bei ihrem besorgten Gesichtsausdruck schaffte er es kaum, sich davon abzuhalten, sie zu umarmen.

Nachdem sie sich an den Tisch gesetzt hatte, nahm auch er Platz. „Das einzige Problem, das ich mit dir habe, ist, dass du für den Job der Kellnerin viel zu qualifiziert bist. Seit der Woche, in der du hier begonnen hast, hast du immer mehr Verantwortung übernommen: du hast dir innovative Ideen einfallen lassen und das neue Personal eingearbeitet. Du trittst als Manager auf, und ich möchte, dass du den Titel und das entsprechende Gehalt bekommst.“

Sie starrte ihn an, blinzelte und ... „Bitte was?“

„Das kann nicht als Überraschung kommen. Denke nur daran, was ich dir für Aufgaben gebe.“

Ihr Gesicht war nun kreidebleich. „Ich dachte, du wärst nur unterbesetzt ... und wolltest, dass ich aushelfe.“

„Ich *bin* unterbesetzt. Mir fehlt ein Manager. Ich will, dass du diese Position besetzt.“

Sie schüttelte den Kopf. „Ich ... ich kann nicht. Ich habe einen Job in New York. Ich kann nicht bleiben.“

Verdammt. „Kannst du nicht – oder willst du nicht? Wieso bist du überhaupt nach Rescue gekommen?“

„Um Urlaub zu machen.“ Ihr Kiefer war angespannt. „Die Modelagentur hat mich am Tag nach meinem College-Abschluss eingestellt, und der einzige Urlaub, den ich seitdem gemacht habe, war, an der Hochzeit einer Freundin in Texas teilzunehmen.“ Sie starrte auf ihre Hände, die sich an die Tischkante klammerten.

„Die meisten Menschen nehmen während ihres Urlaubs keinen Job an.“ Er hielt seine Stimme gelassen, denn er wollte keinen Streit verursachen.

Sie schob ihre Haare zurück, ihr Blick immer noch abgewandt. „Ich wollte Leute kennenlernen. Ich mag Menschen. Arbeiten vereinfacht dies."

„Ich verstehe." Wenn er etwas in seinem Leben gelernt hatte, dann, dass es nicht ratsam war, jemandem zu sagen, dass er nur Scheiße laberte. *Aber ... meine Fresse.*

Dies war kein Urlaub für Frankie. Abgesehen von dieser Wanderung, als sie unweit des PZ-Geländes angeschossen worden war, hatte sie sich nichts von Alaska angesehen. „Hast du überhaupt eine Ahnung, wie lange du in Rescue sein wirst?"

„Ähm ..." Sie biss sich auf die Unterlippe. „Ich bin noch nicht bereit, nach New York zurückzugehen, aber irgendwann muss ich das wohl."

Noch nicht bereit. Das klang gut. Besser wäre, sie würde nie zurückgehen. Er konnte kaum widerstehen, nach ihrer Hand zu greifen. „Du hast *muss* gesagt, nicht *will.* Vielleicht solltest du dem nachgehen, was dich glücklich macht, und nicht dem, wozu du deiner Meinung nach verpflichtet bist?"

Ihr Kopf neigte sich. „Ist dies ein Fall von *Tu, was ich sage und nicht, wie ich es tue?*"

„Ich verstehe nicht." Bull setzte sich kerzengerade hin. „Ich liebe meine Arbeit."

„Ja, du bist glücklich bei der Arbeit, aber du willst mehr vom Leben. Ich habe deinen Gesichtsausdruck gesehen, als Regan auf Caz' Schoß gesprungen ist oder wenn deine Brüder mit ihren Freundinnen kuscheln. Du willst eine eigene Familie. Warum machst du das nicht zu einem Ziel, anstatt die ganze Zeit zu arbeiten?"

Sie hatte Recht. Er wollte, was Caz und Gabe hatten. Und ... wenn er ihre Frage ehrlich beantwortete, würde sie wahrscheinlich sofort die Koffer packen und verschwinden.

Stattdessen lächelte er. „Das werde ich tun, wenn die Zeit reif ist. Gerade sprechen wir allerdings über dich. Sagen wir einfach, dass du nicht besonders begierig wirkst, nach New York zurückzukehren."

Ihr Mund spannte sich an, und sie wirkte traurig.

Er lehnte sich zurück, schaute tiefer und musterte ihre Körpersprache. Sie hatte keine Angst vor dem, was sie in New York erwartete. Sie war nicht aus der Stadt geflohen wie Audrey aus Chicago.

Aber Frankie war auch nicht hier, um Spaß zu haben. Wenn überhaupt, schien sie ... entschlossen zu sein. Wie damals, als er und sein SEAL-Team eine Stadt erkundet hatten, Jobs und Rollen annahmen und dort auf den Start der Mission warteten – ohne zu wissen, wie sie sich gestalten würde.

Sie war aus einem bestimmten Grund hier, aber sie dazu zu drängen, ihm Antworten zu geben, würde sie zwingen, ihn anzulügen. Es war an der Zeit, einen Glaubenssprung zu wagen.

„Frankie." Er wartete, bis sie endlich seinem Blick begegnete. „Ich möchte dir immer noch den Job des Managers anbieten, auch wenn ich weiß, dass du Rescue möglicherweise bald verlassen wirst. Du erledigst bereits den Großteil der Aufgaben eines Managers. Ich möchte auch den Rest auf dich abwälzen."

Sie atmete langsam aus. „Du bist verrückt. Du kennst mich doch gar nicht."

„Aber ich versuche, dich kennenzulernen." Er legte seine Hand auf ihre. „Eines Tages hoffe ich, dass du mir genug vertraust, um mir zu sagen, was dich wirklich an diesen Ort geführt hat."

Sie blinzelte heftig und ließ ihren Blick fallen. „Es ist nicht ... Ich vertraue dir."

Wenigstens etwas.

Als wäre sie unglücklich mit dem, was sie gesagt hatte, stand sie hastig auf. „Ich akzeptiere das Jobangebot. Zeig mir, was ich wissen muss und was meine Aufgaben sind."

Laut zu jubeln, würde wahrscheinlich dafür sorgen, dass die süße Beute, auf die er es abgesehen hatte, aus dem Raum flüchtete.

Sie runzelte die Stirn. „Ich möchte immer noch ein paar Stunden als Kellnerin arbeiten. Das werde ich nicht aufgeben."

Interessant. Warum so unnachgiebig? „Du wirst die Schichten der Mitarbeiter planen. Also liegt das ohnehin in deiner Kontrolle."

„Oh. Na dann."

Als er sie zu ihrem Büro führte, spürte er, wie seine Entschlossenheit in ihm aufstieg. Er würde auf jeden Fall herausfinden, was sie verheimlichte.

KAPITEL SECHZEHN

E*s gibt zwei Wege etwas zu tun ... den richtigen Weg, und nochmal.* - US Navy SEALS

Im Wald des Stadtparks stolperte Frankie über eine Wurzel und benutzte ihren Stab, um sich abzufangen. Puh. Sich auf die Fresse zu legen, würde wirklich weh tun, da sie vor einem Auge etwas trug, das einem Mini-Teleskop ähnelte. Die Kopfhalterung, die aus Gurten um ihren Kopf bestand, hielt das Nachtsichtgerät vor ihrem linken Auge. Es fühlte sich an, als würde sie durch eine Klopapierrolle in eine leuchtende grüne Welt blicken. Kein Wunder, dass sie immer noch ab und zu stolperte. *Grrr ...*

Es war total erstaunlich. Sie konnte in diesem dichten Wald sehen, wo es nicht mal das Mondlicht hinschaffte.

Nach ein paar Tagen Übung kam sie nun deutlich besser klar. Sie presste die Lippen fest zusammen. Sie musste perfekt sein, wenn sie Kit und Aric in einer Woche von dem Gelände führen wollte. Zusammen mit dem unhandlichen Bolzenschneider und der Ausrüstung müsste sie sich auch mit Aric in einer Rückentrage schnell und leise bewegen.

Aber die Dinge kamen zusammen ... und zu ihrer Überraschung liebte sie die Ruhe des tiefen Waldes, das Rascheln der Tiere, den Geruch von Immergrün, die Muster, die aus Licht und Schatten kreiert wurden. Hier herrschte eine Art Frieden, die sie bisher nirgendwo sonst gefunden hatte.

Noch besser wäre es, wenn ihre Wanderungen nichts mit den fanatischen Sektenmitgliedern zu tun hätten.

Gestern, als sie in der Nähe von Chevys Hütte geparkt hatte, hatte sie die Gelegenheit gehabt, Tina zu fragen, ob sie sich Sorgen machen sollte, auf PZs zu stoßen, wenn sie nachts unterwegs war.

Zu Frankies Erleichterung patrouillierten die Zeloten tagsüber und nie nach Einbruch der Dunkelheit. Das bedeutete, dass die Chance kleiner war, bei der Rettungsaktion erwischt zu werden.

Nachdem Frankie auf schmerzhafte Weise lernen musste, was es hieß, dem Gelände zu nahe zu kommen, war sie nun immer darauf bedacht, außer Sicht- und Schussweite zu bleiben.

Morgen würde sie eine weitere Tageswanderung zum Gelände machen und diesmal den Weg mit der transparenten, reflektierenden Farbe markieren. Sie hatte hier im Park an ein paar Stellen getestet. Es kreierte einen leuchtenden, weißen Fleck, sobald sie das Nachtsichtgerät benutzte – und war bei Tageslicht unsichtbar. Wenn die Patriotischen Zeloten nachts nicht umherstreiften, würden sie die Farbe nie sehen.

Mitten im Wald grinste sie und wackelte fröhlich mit der Hüfte.

Dann erstarrt sie. Was war das?

Schreien, Brüllen ... und Schüsse. Dennoch schien es nicht zu nah zu sein, und die Schreie klangen wie ein Haufen Betrunkener, die sich eine gute Zeit machten. Nun ja, es war Samstagabend.

Sie drehte noch eine Runde im Wald und strebte diesmal sowohl nach Anmut – ha! – als auch nach Stille.

Gut gemacht, Frankie.

Ein Blick auf ihr Handy – mit dem Auge, vor dem keine

Konstruktion befestigt war – zeigte, dass sie gehen musste. Das Roadhouse würde bald schließen, was bedeutete, dass Bull schon in naher Zukunft vor ihrer Tür stehen würde, um sie abzuholen. Nachdem sie alles in ihrem kleinen Rucksack verstaut hatte, joggte sie den breiten Schotterpfad hinunter zu ihrer Hütte.

Nicht mehr weit entfernt verlangsamte sie ihre Schritte, als sie erneut lautes Schreien vernahm.

Vor der letzten Hütte warfen mehrere Männer ihr Gepäck in zwei Fahrzeuge, während jemand sie anschrie.

Nach einer Sekunde erkannte sie Dantes Stimme. „Ich brauche keine Junkie-Arschlöcher, die hier wie wild um sich schießen. Eure Kreditkarten werde ich mit den Kosten für die Reparatur der Fenster und Türen und Picknicktische belasten, und glaubt ja nicht, dass ihr um die Sache herumkommt, da ich sonst die Polizei einschalten werde."

„Du wirst es bereuen, uns rausgeworfen zu haben, du Arschloch", brüllte einer der Männer.

„Dummer alter Sack", sagte ein anderer. „Schick doch die verdammte Polizei, und schau, ob es uns juckt." Der Stahl von den zahlreichen Piercings des Mannes funkelte in den Lichtern der Hütte.

Frankie schüttelte den Kopf und beschloss, versteckt zu bleiben, bis sie weg waren. Sogar von hier aus wirkten die Männer gewalttätig. Dante schien genauso zu fühlen, denn seine Schrotflinte blieb die ganze Zeit auf ihr Ziel gerichtet.

Sie runzelte die Stirn und hoffte, dass diese Idioten nicht ihre Fenster zerstört hatten.

KAPITEL SIEBZEHN

E*s ist notwendig, dass wir aus den Fehlern anderer lernen. Du wirst nicht lange genug leben, um sie alle selbst zu machen.* - ADM Hyman G. Rickover, US Navy

Frankie war noch nicht mal eine Woche Managerin, aber sie liebte es bereits.

Am Dienstagabend schlenderte sie durch den Restaurantbereich im Roadhouse und überprüfte, ob die Empfangsdame die Leute so platzierte, damit keiner der Kellner überlastet war. Der Abräumer war schnell und gründlich beim Säubern der Tische, die Gläser wurden regelmäßig gefüllt und das Essen wurde serviert, sobald es fertig war. Und die Gäste lächelten. Oh ja.

Sie konnte immer noch nicht glauben, dass Bull ihr die Position angeboten hatte, obwohl er wusste, dass sie nach New York zurückkehren und ... ihn verlassen würde.

Das wollte sie nicht, wollte sie einfach nicht. Ihn nicht jeden Tag sehen? Nicht in der Lage sein, sich abends an ihn zu kuscheln? Und auch nicht seine tiefe Stimme hören, wenn er sie während ihrer Trainings-Sessions neckte? Sie war sich nicht sicher, ob sie es ertragen könnte.

Darüber hinaus machte sie der Gedanke krank, zu der Agentur zurückzukehren.

Die Atmosphäre hier war alles, was der Bocelli-Agentur fehlte. Sicher, sie bekam es im Roadhouse mit anstößigen Gästen und Betrunkenen zu tun, aber sie waren nichts im Vergleich zu Werbe- und Fotoshootingkunden, die nur aus Eau de Cologne, gebleichten weißen Zähnen und versteckter Feindseligkeit zu bestehen schienen.

Die Roadhouse-Mitarbeiter ließen die wenigen nervigen Kunden, die es nun mal gab, irrelevant erscheinen. Die Kellner und Köche waren keine Familie – so weit würde sie nicht gehen –, nichtsdestotrotz waren sie mehr als nur Kollegen. Sie zankten sich, sicher, aber es gab keine halsabschneiderische Konkurrenz, keine Hinterhältigkeit. Wenn sie überschwemmt wurde, bemerkte es Felix und übernahm einige ihrer Tische. Wenn ein Betrunkener versuchte, sie zu belästigen, griffen entweder Bull oder Raymond ein.

Wie, als ein aufdringlicher Fischer ihre Hand gepackt hatte. Bevor sie ihn mit ihrem Tablett über den Kopf schlagen konnte, hatte Bull gebrüllt: „Arschloch, lass sie los, oder ich reiße dir deinen Schwanz ab und schiebe ihn dir in die Kehle!“ Der Fischer sah Bulls tödlichen Ausdruck, riss seine Hand mit einem Quietschen zurück und entschuldigte sich bei ihr.

Bull hatte sie einige Minuten lang gemustert, dann gelächelt und genickt, und es schließlich ihr überlassen, ob sie den Kerl rausschmeißen wollte.

Auch das liebte sie – dass er ihr vertraute, die Dinge zu handhaben. Wie angekündigt, warf er ihr alle administrativen Probleme zu. In der letzten Woche hatte sie die Speisekarte für den italienischen Abend, das Design und das Dekor bestimmt. Sie hatte Saisonarbeiter eingestellt. Sie unterwies und bewertete das neue Bar- und Restaurantpersonal und die Abräumer. Und sie hatte Einkäufe erledigt.

Anstatt sich gestresst zu fühlen, hatte sie auf eine Weise Spaß, wie sie es seit ihrem Start in Mamas Agentur nicht mehr erlebt hatte. Wie hatte sie sich in einen Job ziehen lassen können, den sie nicht mochte?

Wegen familiärer Erwartungen und Druck.

Sie spannte den Mund an. Mamas Vortrag von letzter Woche hatte Frankie an einen erinnert, den sie bekommen hatte, als sie noch klein gewesen und nicht zum Tanzkurs gegangen war, um stattdessen mit einer Freundin Eis zu essen. Oh, sie hatte die Tanzkurse gehasst. Mama hatte gemeint, dass der Tanz Haltung und Anmut lehrte, welche für das Modeln erforderlich waren. Für das Modeln. Noch etwas, an dem Frankie keinerlei Interesse gezeigt hatte. Schon als Kind hatte sie es für einen langweiligen Job gehalten.

Ihre Mutter hatte nicht zugehört, bis zwei Mobber Frankie verprügelt hatten. Mit Mamas Panik, dass Frankie mit Narben enden könnte und ihrem Vater, der schließlich ein Machtwort gesprochen hatte, war es ihr endlich erlaubt gewesen, das Tanzen aufzugeben und sich stattdessen einer Kampfkunst zu widmen.

Was wäre nun nötig, um ihre Mutter davon zu überzeugen, ihr zuzuhören?

Frankie schob die unglücklichen Gedanken weg und lächelte die Touristen am nächsten Tisch an. „Wie war euer Essen?"

Dies war wahrscheinlich der Teil, der ihr an ihrem Job am meisten gefiel. Oder vielleicht war es auch die Software für die Dienstpläne und mit den Mitarbeitern zu sprechen, sodass alle zu 90% mit ihrer Arbeits- und Freizeit zufrieden waren. Einhundert Prozent waren nicht erreichbar – das Leben war nun mal unberechenbar –, aber nach den begeisterten Mienen zu urteilen, als die Angestellten die Dienstpläne gesehen hatten, machte sie sich besser als Bull. Es half, dass alle bereit waren, mit ihr zu sprechen und Anfragen zu stellen. Egal wie freundlich und vernünftig, Bull war wirklich einschüchternd, und das sogar, ohne zu offenbaren, dass er der Besitzer war.

Da sie die Kontrolle über den Dienstplan besaß, hatte sie sich die Stunden zugeteilt, die sie in der Bar arbeiten wollte – ihre beste Chance, mit den Patriotischen Zeloten ins Gespräch zu kommen. Es war fast zwei Wochen her, seit der Lockdown begonnen hatte. Sicherlich waren sie mit ihren Manövern jetzt durch.

Bei ihren Qualitätskontrollen schlichtete sie einen Streit zwischen den Köchen, arrangierte, dass Wylie ein Fleischthermometer bekam, und gönnte sich selbst Kerzenhalter, die für die romantischen Themenabende sicher zum Einsatz kommen würden. Ob Bull es realisierte oder nicht, die italienische Nacht sollte die Zeit sein, in der die Stadtbewohner ihre Liebsten zu romantischen Abendessen ins Roadhouse brachten.

Als das Restaurant an diesem Abend die Türen schloss, schmerzten ihre Füße – und doch war sie glücklicher denn je. Sie entfernte ihr Namensschild – das Schild, das zudem MANAGER las – und ging zu Wylie, der die Geräte ausschaltete. „Ich werde eine Weile in der Bar arbeiten."

Er runzelte die Stirn. „Zwischen den Jobs hin und her zu springen, ist nicht gesund. Bull sollte dich nicht darum bitten."

„Das hat er nicht." Frankie lächelte bei der Schallwelle, die aus der Bar drang. „Ich arbeite gerne in der Bar."

„Mein Gott, Mädchen, du bist so verrückt wie er. Zuerst möchte der Besitzer ein Barkeeper sein, jetzt möchte der Manager Getränke servieren?"

„Mein lieber Koch, ich habe entschieden, dass ihr alle in Alaska verrückt seid – und da ich jetzt hier lebe, muss ich mich doch anpassen."

Der Rest des Küchenpersonals lachte.

Im Barbereich begrüßte Felix ihre Ankunft mit einem breiten, erleichterten Lächeln. „Du bist mein Held, Babe. Heute Abend ist es wirklich verrückt. Könnten wir einen weiteren Kellner für die Schichten in der Mitte der Woche hinzufügen?"

„Ich kümmere mich darum." Sie holte ihr Handy heraus und fügte es ihrer To-do-Liste hinzu.

Also, wer war heute Abend hier? Es gab die übliche Mischung aus Einheimischen und Fischern in Stiefeln, Jeans und T-Shirts. Ein Drittel oder so waren Touristen in extravaganter Kleidung. Einige der Resort-Mitarbeiter waren für eine gute Zeit anwesend und kleideten sich, um aufzufallen.

Frankie bemerkte das hochhackige Schuhwerk einer Blondine und seufzte neidisch. „Sieh dir diese Stiefel an."

Felix folgte ihrem Blick. „Oooh, sehr nett. Es ist wirklich schade, dass die schönsten Schuhe nie in meiner Größe kommen. Zumindest nicht hier in Alaska. In San Francisco jedoch ..."

„Kaufst du stattdessen online ein?"

„Oh, sicher, aber das zerstört vollkommen den Vibe, wenn man sexy Sachen einkaufen will, weißt du?" Er wackelte anzüglich mit den Augenbrauen. „Computer flirten nicht wie Ladenangestellte."

Er war der größte Flirt, den sie jemals kennengelernt hatte – ähnlich wie Modefotografen, die sexy Geplänkel zu einer Kunstform gemacht hatten.

Als sie mitfühlend seinen Arm tätschelte, sah sie die Männer, auf die sie gehofft hatte – die Patriotischen Zeloten – und ihr Puls beschleunigte sich. Der Lockdown war also vorbei. War Kit noch auf dem Gelände?

„Felix." Frankie wies auf das montierte Rentiergeweih und die Fotos auf der Vorderseite der Bar. „Ich kümmere mich um den Rudolph-Bereich."

„Da sitzen die Fanatiker." Seine Augenbrauen zogen sich zusammen. „Babe, du wählst jedes Mal deren Bereich, wenn sie hier sind. Du solltest dich nicht mit diesen Leuten einlassen."

„Glaubst du wirklich, ich würde den Scheiß von denen ernst

nehmen?“ Sie schnaubte. „Wenn ich sie sehe, kann ich nur daran denken, dass irgendwo ein Zirkus seine Clowns vermisst.“

Felix lachte. „Okay. Dann werde ich mir keine Sorgen machen, auch wenn ich es nicht verstehe.“

Sie lächelte. „Wie alle Clowns sind sie unterhaltsam.“

„Nicht das Wort, das ich verwenden würde, aber der Bereich gehört dir.“

Frankie meldete sich beim Barkeeper und machte sich dann an die Arbeit. Es war gut, dass Bull nicht hier war. Sie wollte wirklich nicht, dass er sie in der Nähe der Zeloten sah.

Sobald sie konnte, ging Frankie an den PZ-Tisch. Nachdem sie die Getränkewünsche entgegengenommen hatte, trat sie zurück ... und stolperte absichtlich über die langen Beine des älteren Mannes.

Er fing sie auf, indem er sie an den Hüften packte. Seine Hände verweilten für eine Sekunde zu lang, bevor er sie gehen ließ.

„D-Das tut mir furchtbar leid.“ Sie ließ ihre Stimme extra geschockt klingen. „Dieser Monat will einfach nicht, wie ich das will.“

„Kein Problem, Mädchen“, sagte der schwarzbärtige Typ. „Wir wollen ein so hübsches Gesicht doch nicht traurig sehen.“

„Es ist n-nur, dass ...“ Die Art, wie sie ihre Hundeaugen auf ihn richtete, würde ihr von ihrer Schwester wohl Applaus einbringen. „Meine Eltern sind letzten Monat bei einem Autounfall umgekommen und ... und manchmal kommt es einfach hoch.“

Was konnten sie schon tun, außer zu sagen, dass es ihnen leidtat?

Sobald sie die Männer eingewickelt hatte, blinzelte sie hart – *Kommt schon, ihr doofen Tränen* – und dann schniefte sie. „Ich sollte wahrscheinlich gar nicht arbeiten, es ist ja schließlich nicht so, dass ich noch müsste.“

Damit verdiente sie sich einen Funken Interesse. „Warum bist du also hier?“, fragte der mit dem schwarzen Bart.

„Es ist ... so vermeide ich, zuhause herumzusitzen und nur zu weinen. Ich fühle mich manchmal so verloren, weißt du? Was soll das alles noch bringen?“

Als Fischerin hätte sie gesagt, dass der Typ ihren Köder geschluckt hatte.

„Ah, Mädchen, das ist eine Schande.“ Er nahm ihre Hand und zog sie näher. „Klingt für mich so, als bräuchtest du einen neuen Sinn in deinem Leben, hmm? Jemanden, der dir hilft, den richtigen Pfad zu finden.“

Nimm dich etwas zurück, Frankie. „Ich ... ich“ – sie schaute nach unten und versuchte, unterwürfig zu wirken – „Ich schätze. Vielleicht.“

„Ich erinnere mich an dich. Vor einer Weile hast du gefragt, wer genau die Patriotischen Zeloten sind.“ Der Mann, der sprach, war glattrasiert und hatte einen Buzzcut.

Hier war ihre Chance, Kit zur Sprache zu bringen. „Ich war neugierig. Bin ich immer noch ... irgendwie. Ein paar eurer Frauen waren im Lebensmittelgeschäft und ich habe sie gefragt, ob sie gerne bei euch sind.“ Frankie versuchte es mit einem schüchternen Gesichtsausdruck. „Sie antworteten mit *Ja*. Sie waren älter, aber sie hatten eine jüngere Frau bei sich. Und ... ist sie noch bei euch?“

Buzzcut kniff die Augen zusammen. „Warum fragst du?“

Frankie blickte unsicher drein. „Es ist nur ... ich meine, die älteren Frauen waren wirklich nett, aber ich habe gehofft, dass es dort auch jüngere Leute gibt. In meinem Alter. Denn ... ich schätze, ich habe es noch nie so mit älteren Leuten gehabt.“

Der Mann, mit dem sie sprach, runzelte die Stirn. „Hatte sie einen Namen?“

„Nein, sie hat nicht ein Wort gesagt, aber ...“ *Bitte lass mich Kit damit nicht in Schwierigkeiten bringen.* Frankie tippte mit dem Zeigefinger gegen ihre Lippen, als würde sie nachdenken. „Vielleicht etwas kleiner als ich, sehr schlank, helle Haut, braune Augen, langes braunes Haar.“

„Klingt nach Kirsten“, sagte ein Mann mit einem langen roten Bart.

„An diesem Tag nahmen wir sie mit, um Nacktwurzelbäume und Setzlinge für die Gärten zu kaufen.“ Buzzcut nickte Frankie zu. „Sie ist immer noch auf dem Gelände.“

Frankie unterdrückte einen Freudenschrei, hüpfte aber wie ein kleines Mädchen auf und ab. „Fantastisch.“

Als der Schwarzbärtige von ihrer Begeisterung überrascht zu sein schien, vertraute sie sich an: „Ich fühle mich in der Nähe von Frauen in meinem Alter wirklich wohler. Mehr als bei älteren Frauen.“

Sein Blick schweifte über ihren Körper. „Was ist mit älteren Männern?“

„Ähm. Ich ...“ Sie steckte ihren Zeigefinger in den Mund und warf ihm einen zögerlichen, nicht ganz flirtenden Blick zu. *Bei Männern wie dir möchte ich kotzen.* „Sie sind ... Das ist etwas anderes.“

Er schenkte ihr ein schiefes Lächeln, nahm ihre Hand und fuhr mit dem Daumen über ihre Handfläche.

Sie schaffte es gerade so, ihm die Hand nicht zu entreißen.

Er drückte ihre Hand. „Ich glaube, wir sollten uns mal unterhalten. Vielleicht kann ich dich in eine gute Richtung weisen. Die *richtige* Richtung.“

Sie schüttelte den Kopf. „Ich kann jetzt nicht reden; ich muss arbeiten.“

„Wann ist deine Schicht vorbei?“ Er streichelte ihre Hüfte. *Eine zu vertraute Berührung, du Bastardo.* Dann wanderte seine Hand nach unten und packte ihren Hintern.

Schlag ihn nicht, schlag ihn nicht.

Sollte sie ihn ermutigen? Er könnte eine Möglichkeit sein, auf das Gelände zu gelangen. *Nein, sei nicht dumm.* Sie wäre nicht in der Lage, ihre Abscheu zu verbergen, zumal es sich bereits jetzt anfühlte, als würde sie Bull betrügen.

Es gab nur ein Händepaar, von dem sie berührt werden wollte.

Sie schüttelte den Kopf und schob den Arm des Mannes mit dem schwarzen Bart von sich. Aber nicht zu entschlossen, eher schwächlich. „Oh, bitte nicht. Ich bin ein gutes Mädchen."

Als der Rothaarige am Tisch schnaubte, warf ihm der Schwarzbärtige einen tadelnden Blick zu, bevor er seine Hand zurück zu ihrer Taille bewegte. „Ja, ich kann sehen, dass du das bist. Das gefällt mir. Ich denke, du wirst gut zu uns passen. Wie wäre es, wenn du –"

„Oh!" Sie schaute über die Schulter, als würde sie sich gerade daran erinnern, dass sie einen Job hatte. „Ich muss wieder an die Arbeit."

Nach einem schüchternen Lächeln eilte sie davon. Und versuchte alles, um ihre Wut zu unterdrücken. Die *Wir haben all die Antworten*-Mentalität und das kontrollierende Verhalten hätten bei Kit ja sowas von gezogen, besonders direkt nach dem Tod ihres Mannes. So hatte Obadiah Kit für sich gewinnen können.

„Frankie, Nachos warten in der Küche", rief Felix quer durch den Raum.

Sie salutierte, um zu zeigen, dass sie ihn gehört hatte, und machte sich auf den Weg. Sie konnte einen schnellen Sprung in die Küche machen, um den Teller zu holen, bevor das Essen kalt wurde, und dann –

Ein Mann stand auf der Türschwelle des Roadhouse. War das Obadiah?

Sie wandte sich hastig ab. Nein, er war es wahrscheinlich nicht. Er trank nicht – und Kit hatte gesagt, dass sie auch aufgehört hatte. Nicht einmal mehr Wein. Denn was immer er wollte, Kit tat es.

Frankie knurrte. Ihre Finger strafften sich um das Tablett, das sie ihm über den Kopf schlagen wollte.

Ein Blick über ihre Schulter zeigte, dass der Mann die Bar nicht betreten hatte. Sie atmete erleichtert aus. Selbst wenn er es war, würde er sie nicht erkennen. Nicht von den wenigen

Sekunden beim Hochzeitsempfang. Und dunkelhaarige, braunäugige Frauen gab es in Alaska wie Sand am Meer.

Sie beschleunigte ihr Tempo in Richtung Küche.

Doch es stellte sich ihr jemand in den Weg.

„Bull." Ihr Herz rotierte in ihrer Brust, wie Gryff das mit seinem ganzen Körper tat, wenn er sie sah. „Was machst du denn hier?"

„Ich wollte dich retten, aber wie es scheint, brauchtest du keine Hilfe."

Oh, *merda*, er hatte sie mit den Zeloten gesehen. „Ja, die *Stronzi* waren zur Abwechslung mal ziemlich nett."

Seine Augen waren das Schwarz einer mondlosen Nacht – und viel zu scharfsichtig. „Ist mir aufgefallen."

„Kellnerin!" Der Schrei durchbohrte den Lärm im Raum.

Frankie drehte sich um und sah den Tisch mit den ungeduldigen Touristen.

„Ich muss." Sie hatte zu viel Zeit mit den Zeloten verbracht.

Mit zusammengezogenen Augenbrauen nickte Bull. „Wenn es dir gut geht, mache ich mich wieder an die Arbeit."

„Es geht mir gut, danke." Sie schenkte ihm – jedenfalls fühlte es sich so an –, das unaufrichtigste Lächeln aller Zeiten.

Die Schuldgefühle wirkten sich auf ihre Muskeln aus und trotzdem schaffte sie es nicht, die Sehnsucht zu unterdrücken, ihr Gesicht an seinen Hals zu schmiegen und ihn um Hilfe zu bitten.

Anstatt diesem Drang nachzukommen, winkte sie den Touristen zu, sagte ihnen, dass sie gleich bei ihnen sein würde und marschierte dann in die Küche, um die Nachos zu holen.

Nabera verließ das Roadhouse gut gelaunt. Bevor er ging, hatte er Luka über die süße kleine Bardame herumfragen lassen, die reif zum Pflücken war. Naiv, mit geerbtem Vermögen und ohne Verwandte.

Luka hatte erfahren, dass ihr Name Frankie war, und sie lebte in einer der Hütten am See, die diesem alten Okie gehörten. Nabera schnaubte bei dem Gedanken an Dante, dem Besitzer des Lebensmittelgeschäftes und der Hütten. Der Ungläubige war im Stadtrat und leckte der großspurigen Bürgermeisterin den Arsch wie ein gut trainierter Hund und schien vergessen zu haben, wie sich ein echter Mann benahm.

Nabera schaute sich nach dem Fahrer um. Nachdem einige ihrer betrunkenen Zeloten mit dem nervigen Polizeichef in Konflikt geraten waren, hatte der Prophet angeordnet, dass Mitglieder, die zum Roadhouse kamen, abgesetzt und abgeholt werden mussten. Vor nicht allzu langer Zeit hatte Obadiah seinen Kopf in die Tür gesteckt, um sie wissen zu lassen, dass er hier war.

Am Auto öffnete Obadiah die Tür für ihn und räusperte sich dann. „Captain, ich war mir nicht sicher, ob ich es erwähnen sollte, aber ...“ Er blickte finster zum Roadhouse.

„Spuck es schon aus“, befahl Nabera.

„Es geht um Kirsten. Auf eine Weise. Letztes Jahr kam Kirstens Freundin aus New York zu unserer Hochzeit. Das war, bevor wir auf das Gelände in Texas gezogen sind.“

Nabera seufzte. *Wie lang ist diese Geschichte noch?* Er war angeheitert und wollte endlich nachhause, um sich für heute Abend eine Frau zum Ficken auszuwählen. „Komm zum Punkt, Leutnant. Gab es ein Problem, als die Freundin zu Besuch war?“

„Nein, ich habe sie nur für eine Sekunde gesehen. Bei ihr dreht sich alles um Frauenrechte und diesen Blödsinn. Keine geeignete Person, um im Leben meiner Frau eine Rolle zu spielen.“ Obadiah zuckte die Achseln. „Nachdem sie nach New York zurückgekehrt war, übte ich meine Autorität aus und Kirsten ließ sie fallen.“

„Genau, wie es sich gehört.“ Nabera nickte zustimmend. Ungläubige waren eine inakzeptable Ablenkung vom Pfad des Propheten. „Ich sehe das Problem nicht.“

„Ich habe sie gerade im Roadhouse gesehen.“ Obadiah zeigte auf das Gebäude.

Seine Leutnants rückten näher und Conrad spottete: „Als würdest du jemanden erkennen, den du für eine Sekunde getroffen hast?“

„Kit hatte eine Menge Bilder von ihr. An den Wänden in ihrer Wohnung. In Fotoalben“, sagte Obadiah verbissen. „Ich würde Frankie wiedererkennen, sogar in diesem Kellnerinnen-Outfit.“

Nabera erstarrte. „Frankie?“

„Genau. Sie benutzt sogar den Namen eines Mannes. Könnte sie hier sein, um zu versuchen, mir Kirsten zu stehlen? Kirsten *uns* zu stehlen?“

Luka und Conrad rückten näher, als Nabera herauspresste: „Beschreibe sie.“

„Sie ist zur Hälfte Italienerin“, sagte Obadiah gedehnt. „Dunkelbraunes Haar, braune Augen, großer Vorbau und ebenso großes Mundwerk.“

Die Beschreibung stimmte überein, und Frankie war kein gebräuchlicher Name für eine Frau. „Sie lebt in New York?“

„Ja, Sir. Sie arbeitet – arbeitete – in einem schicken Job für ihre reiche Familie.“

Jetzt war sie in Alaska und arbeitete in einem Mindestlohnjob? Verdammt unwahrscheinlich. Er knirschte mit den Zähnen. „Sie weiß, dass Kirsten in Rescue ist. Sie versuchte, Informationen über sie zu bekommen. Und über unser Gelände.“

Er hatte sie für verlockend gehalten, für unschuldig und dumm.

Die dreckige, verlogene Schlampe.

Lukas Kinnlade klappte herunter. „Captain, könnte sie diejenige sein, die die Drohne bedient hat?“

Es wurde immer schlimmer. „Die Abdrücke des Drohnenführers stammten von den Schuhen einer Frau. Sie schnüffelt herum.“ Nabera presste die Lippen zusammen. „Wenn wir nicht vorsichtig sind, werden die Bullen mit einem Durchsuchungsbeschluss auftauchen. Die nehmen uns unsere Waffen und unsere Frauen weg."

Conrad funkelte Obadiah an. „Deine Frau braucht –"

„Sie ist nicht involviert." Obadiah knurrte, seine Zähne hinter seinem gelbbraunen Bart kaum sichtbar. „Sie weiß, dass ihr weinerlicher Junge versehentlich von einer Klippe fallen wird, wenn sie etwas Dummes tut."

Nabera war sich da nicht so sicher. Die Kellnerin – Frankie – hatte gesagt: *„Ein paar eurer Frauen waren im Lebensmittelgeschäft"*, und hatte zudem die jüngere Frau erwähnt. Sie hatte Kirsten gesehen. „Die neugierige Freundin weiß bereits zu viel über uns. Wenn wir sie nicht stoppen, wird sie noch mehr herausfinden."

Luka erstarrte. „Der Polizeichef wartet nur darauf, dass wir etwas Unüberlegtes tun."

Nabera knurrte vor sich hin. Eines Tages würde dieser Polizist die falsche Nebenstraße hinunterfahren, und jemand würde ihm seinen Kopf von den Schultern schießen. „Lasst mich überlegen."

Die anderen warteten respektvoll, während er nachdachte.

Sie konnten die Topfguckerin nicht am Leben lassen. Das war klar. Wenn sie aber verschwand, würde es eine Suche geben. Unangenehme Fragen würden folgen.

Ein Autounfall könnte funktionieren, aber ... es könnte immer noch Fragen geben.

Was wäre, wenn sie es so aussehen lassen würden, als wäre das Ziel jemand anderes und sie nur – wie lautete der Begriff gleich noch? – Kollateralschaden?

Sie mietete eine der Hütten von diesem Okie. „Luka, hast du mir nicht erzählt, dass Dante mit jemandem gestritten hat?"

„Ja, mit einem Haufen Möchtegern-Gangstern aus Anchorage. Zugedröhnt haben sie auf alles und jeden geschossen. Er hat sie aus der Hütte geworfen, die sie gemietet hatten." Luka lächelte. „Sie hätten ihn fast erschossen, als sie wegfuhren."

Conrad spuckte auf den Boden. „Diese Arschlöcher aus der Stadt können nicht schießen."

„Sehr gut." Niemand würde infrage stellen, dass die Schläger aus der Stadt aus Rache alle vier dieser schönen Holzhütten abgefackelt hatten.

Mit etwas Geld als Anreiz würden sie ein paar Drecksäcke aus Anchorage finden, die sie dann zu den Hütten schickten. Nabera lächelte. Es wäre das Geld wert, allein schon, um dem alten Okie eins reinzudrücken, da er dem Propheten schließlich so viel Ärger bereitete.

Nabera sagte zu seinen Leutnants: „Planänderung. Ein kurzer Ausflug nach Anchorage. Es hat keinen Sinn, diese Sache aufzuschieben." Wer wusste schon, was die Fotze als Nächstes vorhatte?

„Anchorage, Sir?", fragte Luka.

„Es gibt Zeiten, in denen es besser ist, sich für einen Job jemanden von außerhalb zu holen, sodass man verhindert, sich die eigenen Hände schmutzig zu machen." Die Bullen durften nichts auf die Zeloten zurückführen.

Nabera warf Obadiah einen Blick zu. „Wenn wir wieder auf dem Gelände sind, müssen wir mit Kirsten sprechen. Die New Yorkerin ist nicht von allein darauf gekommen, dass Kirsten hier ist. Jemand hat es ihr zugesteckt."

Die New Yorkerin selbst zu töten, hätte Spaß gemacht, aber Obadiahs ungehorsame Frau schreien zu hören, würde diesen Verlust wettmachen.

Das Roadhouse war geschlossen.

Der Abend war profitabel gewesen, dachte Bull, als er mit den Barquittungen fertig war. In der Mitte des leeren Raums wartete Frankie an einem Tisch auf ihn und erledigte ihren eigenen Papierkram.

Mit dieser Routine konnten sie gemeinsam die Bar verlassen und dann die Nacht bei ihm verbringen. Obwohl er ihre kleine

Hütte mochte, war es nicht gut, Gryff zu lange allein zu lassen. Der traumatisierte Hund brauchte mehr als seine gemütliche Hundehütte auf der Terrasse – er brauchte Menschen.

Nachdem er seinen Papierkram weggelegt hatte, stützte er sich mit den Ellbogen auf der Bartheke ab, um Frankie bei der Arbeit zuzusehen. So eine wunderschöne Frau. Jedes Mal, wenn er das zu ihr sagte, lachte sie und meinte, dass sie zwar hübsch sei, aber ihre Schwestern die wahren Schönheiten waren. Das sagte sie nicht, um nach Komplimenten zu fischen, sondern nur um auszudrücken, was sie tief im Inneren glaubte.

Das gefiel ihm nicht. Vielleicht hielt die Gesellschaft ihre Schwestern für attraktiver als sie, aber als Mann hatte er seine eigene Meinung.

Francesca Bocelli war wunderschön.

Aber ...

Sein Kiefer spannte sich an. Er kannte sie vielleicht nicht so gut, wie er gedacht hatte. Er hatte sie für ehrlich und direkt gehalten. Nach heute Abend jedoch stellte er nach ihrem Verhalten gegenüber den PZs seine Fähigkeit, Menschen zu lesen, in Frage.

Normalerweise, wenn Männer versuchten, Frankie zu berühren, wich sie aus und machte ihnen die Hölle heiß. Und das mühelos. Doch heute Abend hatte Nabera ihre Hand gehalten, seinen Arm um ihre Taille gelegt und sogar ihren Arsch gepackt. Sie ließ ihn nicht nur machen, sondern hatte sich außerdem näher an ihn gelehnt.

Ihr Flirten hatte in Bull hässliche Gefühle geweckt. Gefühle, die auch Stunden später noch vorherrschten.

Da er fertig war, ging Bull zu ihrem Tisch.

Lächelnd erhob sie sich. „Wollen wir?"

„In einer Minute."

Ihr Lächeln verschwand. „Was ist los?"

„Willst du mir sagen, was das heute mit dir und Captain Nabera war?"

„Das war Nabera?"

Er blinzelte. Sie wusste nicht, wer der Kerl war? Vielleicht hatte er die Situation falsch verstanden. „Es war Nabera, der deine Hand hielt. Der Mann, der dich am Arsch gepackt hat?“

Ein dunkles Rot erhob sich in ihren Wangen und seine Unentschlossenheit verblasste. Er sah Schuldgefühle auf ihrem Gesicht.

Verdammt. Er hatte das schon einmal durchgemacht, damals, als Paisley ihm gelehrt hatte, sein Bauchgefühl nicht zu ignorieren. *„Oh, Bull, ich habe doch nur ein bisschen mit dem Käufer geflirtet. Das machen schließlich alle.“* Nur war ihr Flirten ein Auftakt dafür gewesen, ihre Klienten zu ficken.

Andererseits könnte seine Vergangenheit sein Urteil verzerrt haben. „Vielleicht bin ich wegen meiner Ex zu sensibel.“ Seine Augenbrauen zogen sich zusammen. „Eigentlich beide Ex-Frauen, denn meine erste Frau ist fremdgegangen, als ich im Auslandseinsatz war.“

„Während du dein Leben riskiert hast, hat sie ...“ Frankie schüttelte den Kopf und ihre dunklen Augen wurden weicher. „Das muss schrecklich gewesen sein.“

„War es. War es wirklich. Aber jetzt ...“ Er fuhr sich mit der Hand über den Kopf und spürte die ersten holprigen Anzeichen auf Stoppeln. Ähnlich wie bei dieser Beziehung, was? „Ich weiß, dass wir nie darüber gesprochen haben, was ich mir von dieser Beziehung wünsche.“ Er hatte sich gefreut, dass sie die Sache zwischen ihnen endlich als solche angesehen hatte. „Aber egal wie kurz unsere gemeinsame Zeit auch sein mag, ich habe gewisse Erwartungen ... wie Loyalität.“

„Was?“

„Loyalität in beide Richtungen“, fügte Bull hinzu. „Zum Beispiel, dass wir nur Sex miteinander haben.“

Ihre Augen weiteten sich, dann verengten sie sich. Sie warf die Hände in die Luft. „Ich habe den Mann nicht gefickt. Er hat nur meine Hand gehalten.“

„Er hat deinen Arsch berührt, Frau, und du hast ihn gelassen.

Du hast dich noch nie von jemand anderem so berühren lassen.“ Warum also jetzt? Was entging ihm?

Ihr Mund öffnete sich – und er erwartete beeindruckende italienische Kraftausdrücke. Aber sie seufzte nur und ihre Schultern sackten nach unten.

Überrascht trat Bull näher an sie heran. „Was ist los, Süße? Sag es mir. Ich will es verstehen.“

Sie zog sich einen Schritt zurück, blinzelte mehrmals nacheinander, schüttelte dann den Kopf, sah ihm ins Gesicht und ... log: „Nichts. Nichts ist los. Und ich gehe jetzt nachhause. Es war ein langer Abend.“

Es fühlte sich an, als wäre er in den Bauch geschlagen worden, sodass er ihr nur unbeweglich nachstarren konnte. Mit dem Gefühl, als hätte er es erneut mit einer zerbrochenen Ehe zu tun. Genau wie Paisley wollte Frankie einfach nicht mit ihm reden. Sie hatte kein Interesse daran, eine Erklärung zu geben und mit ihm an einer Lösung zu arbeiten.

Schweigend beobachtete er, wie sie das Gebäude verließ.

KAPITEL ACHTZEHN

Jedes Mal, wenn jemand sagt: „Erwarte das Unerwartete“, ist es am besten, diesen Ratschlag zu testen, indem man ihm ins Gesicht schlägt. - Unbekannt

Frankie war noch wach. Sie schlug das Kissen erneut und rollte sich zu einem Ball zusammen.

Ihre Augen brannten. Vom Weinen. Und weinen. Und weinen.

Wie hatte sie es nur so krass vermasseln können? Sie hatte Bulls Fragen so ungeschickt gehandhabt. Beim Lesen von Liebesromanen kicherte sie über Situationen wie diese, und nannte die Protagonistinnen Idioten. All diese Komplikationen, weil der Mann und die Frau nicht über das Problem sprachen.

Ist das nicht toll? Ich gehöre in die Du bist ja so dämlich-*Kategorie.*

Sie konnte Bull nicht dafür verantwortlich machen, dass er enttäuscht war, dass sie sich von Nabera hatte begrapschen lassen. Sie schlief mit Bull, machte Liebe mit ihm, verbrachte jede Stunde eines jeden Tages mit ihm. Natürlich nahm er an, dass sie exklusiv waren.

Denn auch sie war dieser Annahme. Aus diesem Grund fühlte

sie sich krank – und schuldig –, dass sie mit dem Zeloten geflirtet und ihm erlaubt hatte, sie zu berühren.

Was, wenn Bull die Hand einer Frau halten und ihr erlauben würde, ihn zu begrapschen? Was, wenn er mit einer Frau flirten würde?

Ich würde ihn umbringen.

Bull hatte sie nur gefragt, warum sie es getan hatte. Normalerweise wäre sie nicht verärgert gewesen ... aber sie hatte sich in die Enge getrieben gefühlt. Natürlich wollte sie alles mit ihm teilen, es war jedoch nicht *ihr* Leben, das auf dem Spiel stand. Wie könnte sie mit sich selbst im Reinen bleiben, wenn sie Bull um Hilfe bat und er zur Polizei ging? Zu seinem Bruder, dem Polizeichef.

Einmal erzählt, müsste Gabe tun, was das Gesetz vorschrieb, auch wenn ein kleiner Junge verletzt werden könnte. Oh, der hartgesottene Polizist war ein freundlicher Mann, sicher. Sie hatte ihn mit Regan gesehen.

Nichtsdestotrotz müsste er die nötigen Behörden kontaktieren. Die Dinge würden ihm aus den Händen genommen – und aus ihren.

Nabera war ein Fanatiker. Er war verrückt. Sie hatte es in seinen Augen gesehen. Ein Gemetzel wäre vorprogrammiert.

„Ich kann es nicht riskieren", flüsterte Frankie, „nicht einmal für dich, Bull." Nicht mal für das, was zwischen ihnen blühte. Was drauf und dran war, zu blühen. Was sie sich wünschte. Tränen sammelten sich wieder in ihren Augen.

Wie sie sich jetzt fühlte, war keine Überraschung. Sie hatte immer gewusst, dass all das zu Herzschmerz führen würde.

Sie drückte ihre Hand an ihre schmerzende Brust. Ihr Herz war weit über kaputt hinaus ... in schmerzhafte Splitter gebrochen.

Denn ... sie liebte ihn. Oh, *Madonna*, das tat sie wirklich.

Sie rollte sich auf den Rücken. Was er wohl gerade machte? Wahrscheinlich versuchte er, zu schlafen. Starrte er an die Decke, wie sie das gerade tat? Oder vielleicht saß er mit Gryff auf seiner Terrasse und blickte auf den See.

Ihr Wein war leer, aber trotzdem konnte sie nach draußen zum dunklen Wasser gehen. Dort könnte sie ein *Auf Wiedersehen* flüstern und sehen, ob das Geräusch zur Eremitage getragen wurde.

Und wie erbärmlich war das bitte?

Und vielleicht –

Was ist das?

Ein Rascheln kam von draußen. Bull? Ein Hoffnungsschimmer.

Nein, Dummerchen. Er würde nicht hinter ihrer Hütte herumlaufen.

Sie setzte sich im Bett auf und hörte mehr Rascheln. Jemand lief über Kies. An Abenden mit diesen Geräuschen hatte sie aus dem Fenster geschaut und einen Bären entdeckt. Das nächste Mal war es ein Elch gewesen.

So cool. So Alaska.

Ihr New Yorker Stolz meldete sich. Es gab Bären in ihrem Bundesstaat – oben in den Adirondacks. Nicht, dass sie jemals welche gesehen hätte.

Sie bewegte sich ein wenig und erkannte, dass ein übergroßes Glas Wein vor dem Schlafengehen nicht klug gewesen war – nicht, wenn man nur eine teetassengroße Blase besaß. Junge, musste sie pinkeln.

Sie machte einen kurzen Abstecher ins Badezimmer, das gleich gegenüber ihrer winzigen Schlafzimmernische zu finden war. Ihre Finger suchten nach dem Lichtschalter.

In dem Moment hörte sie im Wohnbereich Glas brechen. Und die Scherben landeten auf dem Holzfußboden.

Was? Auf der Türschwelle vom Badezimmer wirbelte sie herum.

BOOM! BOOM! BOOM! Die Explosionen ereigneten sich im

Wohn- und Schlafzimmerbereich. Die pechschwarze Innenausstattung leuchtete auf, als wäre die Sonne aufgegangen.

Ihre ganze linke Seite stach und brannte. Was war los?

Sie trat weiter aus dem Badezimmer, um nachzusehen, und … ihr Atem stockte.

Ihre Hütte brannte. Flammen zogen über die Wände, tobten über ihr Sofa und ihren Teppich. Und ihr Bett. Ihr Bett brannte!

Cazzo! Ich muss hier raus!

Wie spät war es, zum Teufel? Im Pavillon am See blickte Bull genervt zum Himmel, der sich allmählich aufhellte. Das bedeutete, dass es nach drei Uhr morgens sein musste. Eigentlich sollte er im Bett liegen und schlafen. Genau wie Gabe auch.

Nur Gryff war klüger. Der Hund hatte sich vor ihm ausgestreckt und sein Kopf lag auf Bulls Füßen.

Bull war nicht in der Lage gewesen, sich nach der Arbeit zu entspannen, sodass er eine Kühlbox mit den neuen saisonalen Bieren der Brauerei zum Pavillon getragen und die Feuerstelle angezündet hatte.

Wirklich der perfekte Zeitpunkt, um Geschmackstests durchzuführen. Er schnaubte. Seine Laune war so übel, dass nichts gut schmecken würde. Ja, er war ein Idiot.

Noch bevor Bull die erste Flasche leeren konnte, war Gabe im Hof aufgetaucht und von einem Ende zum anderen marschiert – was er oft tat, wenn er von Albträumen geplagt wurde. Kriegsveteranen – zur Hölle und zurück waren sie gegangen. Alle von ihnen. Der *alte Mann* setzte sich gegenüber von Bull hin, und ohne zu fragen, was mit Bull war, hatte er grunzend ein Bier angenommen. Das war nicht deren Art.

Schweigend teilten sie die dunkelste Stunde der Nacht.

Bull verbrachte die Zeit damit, an Frankie zu denken. Sie war eine der offensten Menschen, die er je getroffen hatte – bis auf ein paar Dinge. Denn sie hatte ihm nie erzählt, warum sie in Rescue war. Warum sie ihr Auto versteckt hatte und um das PZ-Gelände gewandert war. Warum sie mit Nabera geflirtet hatte.

Was war die Verbindung zwischen ihr und den Fanatikern? Hier ging es um mehr als Neugier seinerseits.

Sein Mund spannte sich an. Er würde sie noch einmal fragen müssen – so oft es nötig war, um an eine Antwort zu kommen. Was war das Schlimmste, was passieren könnte? Dass sie verschwinden würde? Das wollte sie ohnehin bald tun, also könnte er diese Straßensperre auch jetzt einreißen. Wie sollten sie sonst herausfinden, was zwischen ihnen möglich war?

Sie hatte überreagiert, als er sie befragt hatte, aber ... sein rechter Mundwinkel zuckte. Das war Frankie. Sie hielt ihre Gefühle nicht zurück, und wenn sie verärgert war, kochten ihre Emotionen direkt über. Das liebte er an ihr ... und ja, er liebte sie.

Fuck, er steckte so tief drin, und er wusste es. Wenn Frankie also dachte, sie könnte einfach von der Sache zwischen ihnen davonlaufen, dann irrte sie sich gewaltig.

Er runzelte die Stirn. Einfach jemandem den Rücken zuzukehren, sah ihr sowieso nicht ähnlich. Er hätte erwartet, dass sie explodierte und ihn zurechtwies, anstatt aufzugeben und zu gehen. Vielleicht wegen dem, was sie vor ihm geheim hielt.

Also ... Ein Besuch morgen und ein langes Gespräch. Ein Gespräch. Das Wort erinnerte ihn an Makos Psychologenkumpel, der zu ihren Kindertagen öfter mal aufgetaucht war und Bull oder einen seiner Brüder auf eine Wanderung mitgenommen hatte. Es hatte Jahre gebraucht, bis sie gemerkt hatten, dass diese Gespräche dazu beigetragen hatten, sie auf den richtigen Pfad zu führen. Mako hatte sie gerettet. Doc Grayson hatte ihre Köpfe zurechtgerückt.

Bull nahm einen Schluck von seinem Bier. Vielleicht sollte er Frankie für einen langen Streifzug durch den Wald mitnehmen. Grayson hatte damit schließlich Erfolg gehabt, oder?

Mission geplant, was bedeutete ... er schaute zu seinem Bruder.

Gabe beobachtete mit einem Bier in der Hand den Nebel, der über dem stillen See schwebte. In der letzten Stunde waren die angespannten Linien aus seinem Gesicht verschwunden.

„Wird Audrey nicht bemerken, dass du das Bett verlassen hast?", fragte Bull.

„Sie wachte auf, als ich ging, was bedeutet, dass ich noch etwa eine Stunde habe, bevor sie sich auf die Suche nach mir begibt." Sein Lächeln deutete darauf hin, dass es ihm gefiel, dass seine Frau ihn schon bald jagen würde – auch mitten in der Nacht.

Bull unterdrückte einen Seufzer. Auch Frankie hatte gesagt, dass sie das tun würde.

Nein, er würde nicht aufgeben, was sich zwischen ihnen entwickelte.

„Sind die neuen Biere zum Testen?" Caz trat in den Pavillon.

„Ja. Wie wäre es, wenn du Old Baldy probierst?" Offenbar war es nicht nur für Bull eine schwierige Nacht. Er nahm eine Flasche aus der Kühlbox und übergab sie.

„Das hast du mir nicht angeboten", kommentierte Gabe.

„Du würdest es nicht mögen", sagte Bull. „Da ist extra Hopfen und Weizen drin. Fruchtiger und würziger, um ein sommerliches Gefühl zu vermitteln."

„Sommerliches Bier?" Gabe schnaubte. „Ja, ich verzichte. Ich nehme meinen Obstsalat in einer Schüssel, nicht in meinem Bier."

Nachdem Caz seinen Stuhl näher an die Feuerstelle gebracht hatte, nahm er einen genüsslichen Schluck. „Sehr nett, *'mano*. Es schmeckt nach Sommer. Das ist ein Gewinner."

Die Fliegengittertür des Pavillons öffnete sich und Hawk kam stirnrunzelnd herein. „Laute Bastarde." Da er offensichtlich nicht die Absicht hatte, lange zu bleiben, trug er nur eine Jeans und ein offenes Flanellhemd.

„Abend." Bull musterte ihn. In den letzten Wochen hatten sie Pflichten erledigt, die typisch für das Frühjahr waren: den

Hühnerstall gereinigt, Kompost gedreht, Fenster geputzt, Schneeschäden repariert. Es schien, als hätte Hawk auch persönlichen Frühjahrsputz betrieben. Sein blondes Haar, immer noch schulterlang, hatte einen Schnitt hinter sich, und sein Bart war getrimmt worden.

Der Sarge würde sich freuen.

„Versuch das." Er reichte Hawk ein Old Baldy.

Hawk probierte. „Nicht schlecht. Mehr Hopfen wäre besser" – er sah zu Gabe – „aber fürs Grillen an einem sonnigen Nachmittag perfekt."

„Das war die Idee." Bull nickte. „Ich werde es auf die Karte setzen, wenn ich die Roadhouse-Terrasse öffne."

„Wenn du das tust, dann –" Gabe lehnte sich vor und kniff die Augen zusammen. „Was zum Teufel ist das?"

Bull drehte sich um, um dem Blick seines Bruders zu folgen. Auf der anderen Seite des Sees flackerte ein rotes Licht und ... es wuchs. Ein weiteres Licht am Ufer strahlte auf, dann noch eins.

„Das ist Feuer", sagte Hawk. „Mehr als eins."

„Fuck." Bull sprang auf die Füße. „Das sind Dantes Hütten."

Frankie.

Gabe fing an, mit Befehlen um sich zu werfen: „Caz, ruf die Feuerwehr an und sag JJ, dass ihr Dienst gerade begonnen hat. Bull, sorge dafür, dass deine New Yorkerin sicher ist. Hawk und ich nehmen uns den Rest der Hütten vor." Er sprintete auf sein Haus zu.

„Hawk, ich fahre." Angst lag schwer in Bulls Magen, als er mit Gryff über den Rasen zu seinem Haus rannte. „Kumpel, bewache das Haus."

Gryff antwortete mit einem Bellen.

Mit Hawk auf dem Beifahrersitz fuhr Bull seinen Pick-up die Straße hinunter. Vor ihm bog Gabes Jeep in die Swan Avenue ab. Sie steuerten am See vorbei und auf die Lake Road. Sein Fahrzeug stoppte vor Frankies Hütte, während Gabe weiter zum letzten der vier brennenden Gebäude donnerte.

In den wenigen Minuten, die es gedauert hatte, herzufahren, hatten die Flammen Frankies Hütte vollkommen verschlungen.

„Siehst du sie?" Hawk sprang aus dem Auto.

Dunkler Rauch erfüllte die Luft, und Bull hustete, als er nach ihrer kleinen Form suchte.

Niemand zu sehen. Die Angst stieg in ihm noch höher.

Ihre Tür und ihre Fenster standen in Flammen, ein leuchtendes Orange vor den dunklen Wänden der Hütte. Die schweren Baumstämme hätten nicht so schnell Feuer fangen sollen. Das Muster war bewusst gewählt.

Dies war Brandstiftung.

Außerhalb des Lichtkegels erzeugt von den Flammen war es stockdunkel, sodass sich dort noch immer jemand verstecken könnte. Bulls Puls beschleunigte sich, als sein Eidechsengehirn erwachte und *Gefahr* brüllte. Er brachte die kleine Stimme zum Schweigen und konzentrierte sich auf das Ziel: seine Frau zu finden. „Geh weiter. Ich schaff das."

Als Hawk zur nächsten Hütte rannte, joggte Bull um Frankies herum. Eine Brise sandte Glut durch die Luft. „Frankie!"

„Hier!"

Beim Klang ihrer Stimme schlug Erleichterung wie eine Kugel in seine Brust. „Wo?"

„Hier!" Eine Hand erschien durch eine geplatzte Fensterscheibe. „Ich komme nicht ra –" Husten unterbrach sie. Flammen von hinten umrahmten Frankie – aber sie war am Leben und auf den Beinen.

Für den Augenblick. *Fuck.* Das rechteckige Badezimmerfenster war für eine Person viel zu klein. Wahrscheinlich, warum es nicht angezündet worden war. Das ungute Gefühl in seinem Magen meldete sich. Die Tür und andere Fenster brannten. Das war der einzige Ausweg – sonst würde sie sterben. „Warte kurz, Süße."

Er packte die Fensterbank und zog. Nicht genug. Er brüllte: „Hawk, ich brauche dich!"

„Ich komme!“ Als Hawk um die Ecke kam, bewegte Bull seinen Griff zu einer Seite des Fensterrahmens. „Pack mit an.“

Hawk griff nach der anderen Seite.

„Jetzt.“

Sie zogen zusammen daran und rissen die Fensterbank sowie das Holz darüber heraus. *Gott sei Dank.*

„Das war's?“ Hawk fing Bulls Nicken ein und sprintete dann zu den anderen Hütten.

Bull hustete, als Rauch um ihn herum wirbelte, während er die scharfen Kanten des verbliebenen Glases aus dem Rahmen schlug. „Dreh dich zur Seite, Süße. Ich werde dich stützen.“

Immer noch hustend nickte sie. Das würde eine kniffelige Angelegenheit werden.

Aus der Richtung der Stadt näherten sich Sirenen, die über dem dröhnenden Knistern des Feuers kaum zu hören waren.

Frankie versuchte, sich aus dem schmalen Fenster zu winden, da sie aber auf die Seite gedreht war, schaffte sie es nicht, sich irgendwie abzustoßen.

„Ich helfe dir.“ Bull packte ihre Taille und stützte sie, während er zog. Ihr kurvenreicher Arsch hing für eine Sekunde fest, und dann hatte er eine Ladung Frau im Arm. Sie war nur in einem seiner alten Flanellhemden gekleidet – das Hemd, das sie ihm laut kichernd gestohlen hatte, um es als Morgenmantel zu benutzen.

„*Orsacchiotto*, danke.“ Sie schlang die Arme um ihn und drückte ihr Gesicht an seinen Hals. „Ich hatte Angst, dass ich es nicht rausschaffen würde.“

Wenn er und Hawk nicht hier gewesen wären, um den Fensterrahmen wegzureißen, wäre sie das auch nicht. Das Wissen bohrte sich wie ein Eissplitter in seine Eingeweide.

Bull hob sie in seine Arme und trug sie von der überwältigenden Hitze weg, die aus der Hütte strömte. Die schwersten Baumstämme, die die Wände bildeten, hatten sich nicht entzündet, aber alles im Inneren des Gebäudes würde in Flammen aufgehen.

Sie hätte ...

Bull holte zittrig Luft. Er hatte sie in den Armen. Er konnte ihre Stimme hören.

Selbst ihr Husten hatte eine beruhigende Wirkung auf ihn.

Er suchte nach etwas, das er sagen konnte – abgesehen von *Du hättest sterben können*. „Dante wird das sehr wütend machen." Trotz seiner Bemühungen kam seine Stimme kehlig und gepresst heraus.

Sie vergrub ihr Gesicht an seiner Schulter. „Yeah."

Bull setzte sie auf den Beifahrersitz seines Pick-ups und ließ den Blick über sie schweifen. Kein Blut. Nichts kaputt. Er schob ihr die Haare aus dem Gesicht. „Fuck, ich hatte Angst. Um dich."

Tränen füllten ihre Augen und sie rieb ihre Wange an seiner Hand. „Ich auch."

Er drehte sich um und betrachtete die anderen drei Gebäude. Wer brauchte Hilfe?

Caz und JJ waren jetzt auch hier und halfen einem älteren Mann. Hawk war zwischen zwei Männern in den Dreißigern, die beide heftig husteten.

Mit einem Feuerlöscher in der Hand erschien Gabe mit dem Arm um einen anderen Kerl. Von den Brandspuren auf der Kleidung des Mieters war der Feuerlöscher in Gebrauch gewesen, um den Mann herauszuholen.

Alle vier Hütten standen in Flammen. „Waren das alle?", brüllte Bull.

„Ja", rief Gabe zurück.

„Auf drei Uhr!", schrie Hawk.

Hinterhalt.

Bull packte Frankie und warf sich mit ihr auf den Boden. Warum zum Teufel war er nicht bewaffnet gekommen? Er musterte die Waldgrenze die Straße runter.

Die Büsche raschelten. Kleidung blitzte auf und entfernte sich wieder.

Kein Hinterhalt. Die Bastarde flohen. Zwei Männer – nein, drei.

Gabe zischte: „Doc, Hawk. Hierbleiben." Noch bevor Gabe loslief, war Bull bereits hinter den Männern her.

Hawk und der Doc würden auf die Zivilisten aufpassen – und auf Frankie. Bull würde die Bedrohung beseitigen. Er entließ einen Schlachtruf.

Seine Ziele gerieten in Panik und hatten Schwierigkeiten, sich durch das dichte Unterholz am Waldrand zu kämpfen. Sie brachen aus der Verborgenheit heraus und flohen die Straße hinunter in Richtung Park. Wahrscheinlich parkten sie dort ihre Autos.

Als er den ersten Mann einholte, packte Bull ihn an der Schulter, hob ihn hoch und warf ihn zurück zu Gabe; seine Augen bereits auf den nächsten Mann fixiert.

Ein flüchtiger Blick zeigte ihm, dass Hawk vor Frankie stationiert war. Damit war sie in Sicherheit.

Frankie saß im Pick-up und beobachtete, wie Bull, JJ und Gabe jagten, wer auch immer sich in den Büschen versteckt gehalten hatte. Sie hatte noch nie jemanden so schnell reagieren sehen wie Bull.

Er hatte diesen Mann so beiläufig zu Gabe geschleudert, wie sie ihrer Schwester einen Schal zugeworfen hätte.

Sei vorsichtig, Bull. Sie holte Luft und ... fing wieder mit dem Husten an.

Ihre Hüttennachbarn saßen neben Gabes Jeep auf dem Boden. Caz stand mit einem Messer in der Hand über ihnen und scannte die Umgebung.

Neben Bulls Pick-up tat Hawk dasselbe ... nur er hielt eine Pistole.

„Woher kommt die Waffe?", fragte sie.

Seine aufmerksamen Augen fielen für eine Sekunde auf sie. „Das gehört am Morgen beim Anziehen zum Ritual."

Also das war mal eine beängstigende Angewohnheit.

„Du hast sie zuerst gesehen. Warum hast du sie nicht gejagt oder erschossen oder so?" Nicht, dass sie jemals wollen würde, dass eine Person eine andere erschoss.

„Ich bin der langsamste Läufer." Erneut ein flüchtiger Blick zu ihr. „Und ich schieße nicht, es sei denn, ich weiß, dass sie sterben müssen."

„Oh." Ihre Angst um Bull hatte ihr Gehirn abgeschaltet. Was, wenn es sich nur um Betrunkene handelte, die in ihrem Zustand die Flucht ergriffen hatten? Sie erschauderte, denn ... was, wenn sie das nicht waren?

Bull hatte den zweiten Mann fast eingeholt, direkt hinter ihm folgte JJ.

„Ich schieße nicht", sagte Hawk. So wie er es zuvor getan hatte. Bull hatte gemeint, dass sie alle beim Militär gedient hatten. Sie hatten alle hässliche Dinge gesehen. Und Hawk spielte nachts seine Geige.

„Erschieß niemanden, Hawk. Ich will nicht, dass du jemanden erschießt."

„Gut zu wissen." Die Belustigung in seinen Augen starb, als er erkannte, dass sie es ernst meinte.

Mit den Armen um ihren Oberkörper beobachtete sie hilflos die Verfolgungsjagd. Das Licht der Flammen erhellte den gesamten Bereich – und zeigte, dass Bull den nächsten Mann so leicht eingeholt hatte, als hätte es der Kerl nicht mal wirklich probiert, zu entkommen.

Bull schwang den Arm, und es schien, als hätte er dem Mann nur auf die Schulter geschlagen, aber der Kerl hob ab wie eine Taube.

JJ kümmerte sich um den Rest, während Bull weiterrannte.

Der letzte Mann drehte sich um. Mit dem Messer in der Hand stürzte er sich auf Bull. „Stirb, Arschloch!"

„Nein!“ Panisch packte Frankie Hawks Arm. „Du musst ihm helfen!“

„Äh, Bull würde es wohl eher nerven, wenn ich mich einmische.“ Hawk stand einfach nur da.

Frankie schob ihn zur Seite und rannte los. Sie könnte zumindest versuchen, den Kerl abzulen –

„Zivilisten.“ Hawk packte die Rückseite ihres T-Shirts und zog sie zurück. „Bleib hier, Yorkie.“

„*Vai all'inferno!* Oh ja, fahr zur Hölle!“ Sie versuchte, sich von ihm loszureißen, schaffte es aber nicht. Tränen brannten in ihren Augen, als sie die kämpfenden Männer anstarrte. *Bitte lass nicht zu, dass er verletzt wird. Bitte!*

Der Mann stürzte los, und Bull wich dem Messer aus, packte das Handgelenk seines Angreifers und zog sein Knie hoch. Der Mann schrie und Bull riss ihm das Messer aus der Hand. Der Kerl fiel zu Boden, fluchte lautstark vor sich hin und hielt seinen offensichtlich gebrochenen Arm.

Die Erleichterung traf Frankie wie ein Tsunami und ließ sie am ganzen Körper beben.

„Na komm, Frau.“ Hawk zog sie zurück zu Bulls Pick-up, damit sie sich an die Tür lehnen konnte.

Sie beobachtete, wie Bull den Kerl hochriss und ihn an seinem unverletzten Arm zurückführte. Als sie sich dem Pick-up näherten, konnte sie Bulls tiefe Stimme mit dieser unerschütterlichen Ruhe hören. „Wirklich eine Schande mit deinem Arm, aber das war deine eigene Schuld. Warum habt ihr die Hütten überhaupt angezündet?“

Nach dem Abtasten und einer Durchsuchung zwang JJ ihren mit Handschellen gefesselten Mann, dass er sich neben Bulls Gefangenen kniete. Sie sah zu Bull, schnaubte und schüttelte den Kopf. „Den hier hast du kaputt gemacht, Bull. Das wird Caz nicht gefallen.“

„Ja, mein Fehler.“ Bull sah zu seinem Bruder hinüber und rief: „Tut mir leid, Doc.“

Caz untersuchte gerade einen ihrer Nachbarn, drehte sich um und entdeckte sofort den offensichtlich gebrochenen Arm. „*No mames*." Er blickte Bull finster an. „*Vales verga*."

„Hey, zumindest habe ich den Bastard erwischt", murmelte Bull.

Che cavolo, der Mann war verrückt. Er tat so, als hätte er sich einfach nur eine Kugel Eis geholt, anstatt in einen Messerkampf verwickelt gewesen zu sein. Hysterisches Kichern brach aus ihr heraus und Frankie legte ihre Hände über ihren Mund, um es zurückzuhalten.

Als ein Löschfahrzeug vorfuhr und die Feuerwehrleute heraussprangen, zerrte Gabe seinen mit Handschellen gefesselten Mann herüber. „Runter, Mister."

JJ fragte Gabe: „Denkst du, dass wir es hier mit den Zeloten zu tun haben?"

„Ich traue es ihnen zu, aber Brandstiftung ist normalerweise nicht ihr Stil", sagte er.

Brandstiftung? Frankie drehte sich zu ihrer Hütte um. Die Feuerwehr sprühte Wasser auf die Gebäude und die Flammen begannen zu erlöschen.

Brandstiftung. Sie stand auf und nahm ein paar Schritte vorwärts.

Hawk runzelte die Stirn. „Yorkie, bleib –"

„Sie haben etwas in meine Hütte geworfen, um das Feuer zu entfachen."

„Ja?" Er wandte sich der Stelle zu, wo Gabe mit einem Feuerwehrmann sprach. „Yo, Alter Mann. Hier gibt es Infos."

Alter Mann? Gabe war *höchstens* zwei Jahre älter als seine Brüder. Wahrscheinlich nicht einmal das. „Alter Mann?"

„Bedeutet lediglich, dass er ein herrischer Bastard ist", knurrte Hawk.

„Was für Infos?" Gabe kam zu ihnen.

Genau wie Bull.

„Ich war im Badezimmer und hörte, wie die Fenster zerbrachen und ... e-etwas landete im Inneren auf dem Boden und dann ... brannte alles.“

„Klingt, als hätten sie Molotow-Cocktails geworfen.“ Ein Feuerwehrmann schloss sich ihnen an. „Von den Brandspuren und dem Gestank zu urteilen, vermute ich, dass sie außen um die Fenster und Türen herum Benzin verschüttet haben.“

Diese drei Männer hatten vorgehabt, sie zu ... verbrennen? Ihre Knie bebten und knickten ein, aber Hawk packte sie rechtzeitig.

Bull zog eine Decke aus der Rückseite seines Pick-ups und wickelte diese um sie. „Ich nehme sie, Bruder. Danke, dass du auf sie aufgepasst hast.“

„Yeah. Natürlich.“ Hawk ließ von ihr ab und entfernte sich.

Frankie zitterte, als kalte Luft über ihre verbrannte Haut wehte, und wickelte die Decke fester um sich.

Bull zog sie an seine Brust. Sein rechter Arm legte sich über ihre Brüste und der andere um ihre Taille. *So stark, so warm.*

Sie lehnte sich an seine Brust, und er schaukelte nicht mal kurz nach hinten, als er ihr Gewicht akzeptierte. Er flüsterte in ihr Ohr: „Geht’s dir gut?“

Ihre Hände legten sich um seine vernarbten Unterarme und klammerten sich an ihn. Hier war sie sicher. „Dank dir, ja.“

„Glaubst du, die seltsame Milizgruppe hat dies zu verantworten?“, fragte der Feuerwehrmann.

„Ich glaube nicht, dass diese Kerle zu den Pissern gehören.“ JJ schloss sich ihnen an.

„Die ... was? Pisser?“ Der Feuerwehrmann lachte.

Gabe schnaubte. „Viele Leute bezeichnen die Patriotischen Zeloten als PZs, und irgendwie – ich beschuldige meine Nichte – wurde das in Pisser umgewandelt. Erzähle es niemandem, aber ich mag es irgendwie.“

Als der Feuerwehrmann gluckste, seufzte JJ. „Regan hat damit angefangen. Und nachdem ich mich von dem Lachanfall wieder beruhigt habe, fehlte mir die moralische Überlegenheit, ihr zu sagen, dass sie damit aufhören muss."

Gabe lächelte Bull schief an, bevor er Frankie fragte: „Irgendeine Idee, was für einen Grund sie haben sollten, die Hütten abbrennen zu wollen?"

„Ich weiß es nicht." Sie musterte die drei Jungs vor Ort, die eher wie Gangmitglieder als Zeloten aussahen. „Dante hatte vor ein paar Tagen einen Streit mit einigen Mietern. Er hat sie rausgeworfen."

„Fischer haben das getan?" Der Feuerwehrmann zog eine Augenbraue hoch.

„Die Mieter waren ein paar Gangster aus Anchorage. Sie waren high und fingen an, wie wild auf alles zu schießen, auch auf die anderen Hütten. Jemand rief Dante an" – JJs Stirnrunzeln zeigte, was sie davon hielt, dass die Polizei nicht zuerst angerufen wurde – „und er tauchte mit einer Schrotflinte auf und warf sie raus. Beleidigungen und Drohungen wurden ausgetauscht."

„Gangster gegen einen Redneck-Veteranen." Der Feuerwehrmann grinste. „Unser Dante."

JJ sagte zu Gabe: „Die Trooper sind auf dem Weg, diese Idioten hier abzuholen. Caz wird Zeit haben, den Arm zu schienen."

Gabe musterte Frankie für einen Moment und wandte sich dann an Bull: „Sie kann gehen. Ich werde später mit ihr sprechen."

„Das geht für mich klar. Lass uns einfach wissen, was du findest, Chief." Der Feuerwehrmann begutachtete die brennenden Hütten. „Gut, dass es gestern geregnet hat, sonst hätten wir auch einen Waldbrand bekämpfen müssen."

„*Chiquita*." Caz trat vor sie. „Wo wurdest du verbrannt oder verletzt?"

„Ich ..." War sie verletzt? Sie war sich nicht sicher. „I-Ich denke, es geht mir gut."

„Lass uns sicher gehen, *sí*?" Während jemand eine Taschenlampe für ihn hielt und Bull jedermanns Sicht blockierte, war der Doc dazu in der Lage, sanft, aber gründlich vorzugehen, als er Verbrennungen an ihrem linken Arm und Bein fand. Zumindest die rechte Seite war nicht zu schlimm; sie hatte seitlich auf der Türschwelle zum Badezimmer gestanden, als die Molotow-Cocktails explodiert waren. Durch das Fenster gezogen zu werden, hatte auf ihren Schultern, ihrem Rücken, ihren Armen und sogar ihrem Hintern Kratzer hinterlassen.

Er hörte ihre Lungen ab und erwähnte, dass die anderen Mieter die Nacht im Krankenhaus von Soldotna verbringen würden. Sie hatte Glück gehabt, da sie die Badezimmertür schnell genug geschlossen hatte, um nicht zu viel Rauch einzuatmen.

„In Ordnung, Frankie." Das Mitgefühl in Caz' dunklen Augen und in seiner Stimme war unglaublich besänftigend. „Gönne dir eine Dusche und dann will ich, dass du antibiotische Salbe auf die Kratzer aufträgst. Für die Verbrennungen kannst du Aloe Vera-Gel verwenden. Decke alle Blasen ab, die gereizt werden könnten."

„Das werde ich. Vielen Dank, Doc." Das Bedürfnis, zu gehen, dem ganzen Rauch, den Flammen und der Gewalt zu entkommen, erfüllte sie, bis sie anfing zu zittern.

Nur wo sollte sie duschen gehen? Was würde sie danach anziehen? Sie starrte auf ihre Hütte, die noch immer brannte.

Meine Klamotten sind ... weg. Genau wie ihr Laptop und ihre Handtasche und ihre Kreditkarten und ... alles. Wie sollte sie überhaupt ohne Ausweis oder Geld ein Hotelzimmer bekommen?

Das war alles ... zu viel. *Das ist mir zu viel.* Tränen brannten in ihren Augen. *Nein, nicht weinen. Nicht weinen.* „Glaubst du, das Bed & Breakfast wird mir auf Kredit ein Zimmer geben, bis ich –"

„Du kommst mit zu mir, Süße", unterbrach Bull.

„Aber ... wir sind nicht ..." Er mochte sie nicht mehr. Er dachte, sie wäre ...

Er zog sie an sich und küsste sie auf den Kopf. „Das klären wir schon." Ohne ihr Zeit zu geben, Einwände zu erheben, half er ihr sanft in seinen Pick-up und schnallte sie an, wobei er die Decke als zusätzliche Polsterung unter den Gurt klemmte.

Sie sollte nicht mit ihm gehen. Das war töricht und ihm gegenüber grausam. Nur ... stockte ihr der Atem, als sie erneut zu ihrer Hütte sah. Was sollte sie sonst tun?

Bull wandte sich an Hawk. „Können wir fahren?"

Der Gesichtsausdruck seines Bruders war unlesbar – und doch nicht. „Ich fahre mit Caz."

„Fuck", flüsterte Bull. „Natürlich, Bruder. Wir sehen uns morgen."

Als der Pick-up um den See und zur Eremitage fuhr, bemühte sie sich, ruhig zu bleiben. Und nicht zu weinen.

Der Gedanke an alles, was sie jetzt zu erledigen hatte, war überwältigend. Wie sollte sie ihr Leben organisieren und gleichzeitig Kit dort rausholen?

Diese Männer hatten die Hütten niedergebrannt und versucht, sie und die anderen Mieter bei lebendigem Leib zu verbrennen. Nur weil sie eine Auseinandersetzung mit Dante hatten? Das war einfach ... unverständlich. Ihr ganzer Körper bebte.

Ich will nachhause, in meine eigene helle Wohnung, wo meine Pflanzen auf den Fensterbänken auf mich warten. Wo die Dinge richtig klingen und richtig riechen. Das Bedürfnis stieg so stark in ihr auf, dass sie sich wieder wie fünf fühlte, verloren auf den Straßen von New York, der Lärm und die Menschen und Sehenswürdigkeiten zu viel, um damit fertig zu werden. Alles hatte gleich ausgesehen, ohne eine Möglichkeit, nachhause zu finden.

An dem Tag hatte sie geweint.

Tränen sammelten sich auch jetzt in ihren Augen und die Welt vor der Fensterscheibe verlor an Schärfe.

Für die paar Minuten im Auto schaffte sie es, sich zusammenzureißen.

Bull ließ Gryff vom Hof ins Haus, und der Hund kam aus dem Schwanzwedeln nicht mehr heraus, winselte aber gleichzeitig, weil er spürte, wie aufgelöst sie war. Sie vergrub ihr Gesicht in seinem weichen Fell und umarmte ihn.

„Komm, Frankie. Du wirst dich besser fühlen, wenn du sauber bist." Bull half ihr auf die Füße und brachte sie nach oben in sein riesiges Badezimmer. Er machte die Dusche an und überprüfte die Temperatur mit einer Hand.

Unfähig, auch nur einen Gedanken zu formen, stand sie bewegungslos neben ihm. Als er sich jedoch umdrehte und sie musterte, drückte sie ihre Schultern durch. „Mir geht's gut. Wirklich."

„Ja, das tut es. Du bist zäh." Er gab ihr einen kleinen Kuss auf den Mund und verließ dann das Badezimmer, ließ aber die Tür leicht angelehnt.

Das Geräusch von Wasser erinnerte sie daran, dass sie schon seit einer halben Ewigkeit pinkeln musste. Eine Minute später fühlte sie sich so viel besser.

In der Dusche lief das heiße Wasser über sie und spülte den Schmutz weg. Sie ignorierte das Brennen ihrer Verletzungen, wusch Körper und Haare, bis der saubere Duft von Bulls Seife den Rauchgeruch ersetzte. Und sie fühlte sich ... besser – als hätte sie die Dinge wieder unter Kontrolle.

Frankie wickelte ein Handtuch um sich, trat aus der großen Duschkabine und fand Bull am Waschbecken lehnend. Sauber und in frischer Kleidung. Er musste unten geduscht haben. Sie zog das Handtuch fester um sich. „Ich bin noch nicht angezogen."

Seine Lippen formten sich zu einem Lächeln. „Ich sage dir das nur ungern, Ms. Bocelli, aber ich bin mir ziemlich sicher, dass ich nicht nur alles gesehen habe, was du hast, sondern auch daran geknabbert habe."

Das hatte er, natürlich hatte er das, aber das war vorher. Die Dinge waren jetzt anders. So schrecklich, traurig anders. Sie schüttelte den Kopf.

Seine schwarzen Augen erinnerten nun an einen melancholischen Nachthimmel. „Es tut mir leid. Ich wollte nicht, dass du dich wegen mir unwohl fühlst." Er fuhr mit der Hand über seinen rasierten Schädel. „Wir müssen uns jedoch um diese Verbrennungen und Kratzer kümmern, und es gibt einige, von denen ich glaube, dass du sie alleine nicht erreichen kannst."

„Nein, mir tut es leid." Sie senkte den Blick. Zusammen mit dem Schmutz schien ihre Energie in der Dusche weggespült worden zu sein. „Ich weiß alles zu schätzen, was du getan hast. Es war nicht meine Absicht, dich als den Bösewicht hinzustellen."

Sie blinzelte heftig, als sich in ihrer Kehle ein Kloß formte. *Cazzo, nicht schon wieder.*

Mit seiner schwieligen Hand umfasste er ihr Kinn, hob ihren Kopf und sah, dass ihre Augen in Tränen schwammen.

„Zur Hölle nochmal." Sehr, sehr sanft zog er sie in seine Arme, an seine Brust, seine männliche Kraft für den Moment abgeschaltet. „Du hattest wirklich einen beschissenen Tag."

Das Mitgefühl in seiner tiefen Stimme war zu viel für sie. Ihre Schultern begannen zu beben, als sie mit den Tränen kämpfte – und verlor.

Sie weinte laute Schluchzer, und ließ sich von ihm halten, während er über ihr Haar streichelte und ihr sagte, wie mutig sie doch war und dass alles gut werden würde – dass sie in Sicherheit war. Bei ihm. *Mit* ihm. Leises, besänftigendes Murmeln. Und starke Arme um sie.

Warum musste er nur so nett sein?

Zittrig atmete sie ein – und ein zweites Mal –, bevor sie sich zurückzog. Er ließ sie sofort los.

„Ich ... Danke schön. Das habe ich gebraucht, schätze ich." Das hatte sie. Ihr Kopf fühlte sich nicht mehr so an, als wäre er mit Sirup gefüllt. Das Gewicht war von ihrer Brust verschwunden.

Leider waren die Verletzungen an ihrer Haut nicht verschwunden. Die Dusche hatte die Kratzer und Blasen gereizt, sodass jetzt alles brannte und stach. „Können wir ...?" Sie deutete auf das

Sortiment an Erste-Hilfe-Zubehör, das so ordentlich wie in einer Notaufnahme neben dem Waschbecken aufgereiht war.

„Das ist der Plan. Danach habe ich einen Pinot Noir aus Oregon, der dir bestimmt schmecken wird. Wir können uns hinsetzen und runterkommen." Er machte eine Bewegung mit dem Finger – *dreh dich um* –, und sie wandte sich von ihm ab.

Er schob ihr Handtuch an ihrem Rücken etwas nach unten und kümmerte sich um die Kratzer an ihren Schultern, ihrem oberen Rücken und ihren Oberarmen. Er senkte sich auf ein Knie runter und schmierte die Salbe auf ihren empfindlichen Hintern, ihre Oberschenkel und ihre Hüften. Wie konnte ein so großer Mann so sanfte Hände haben?

„Ich habe Audrey nach ihrer weitesten Jogginghose gefragt." Er drehte Frankie wieder zu sich. „Sie nimmt an, dass ihr wahrscheinlich ungefähr die gleiche Größe tragt."

Frankie nickte. Beide besaßen eine gute Portion an Hüften und Arsch. „Jogginghose klingt gut." Sie zischte, als er ein Brandgel auf die Blasen auf ihrer linken Seite auftrug.

„Das hier ist ebenfalls für dich." Er zog ihr eines seiner T-Shirts über den Kopf. Es war so alt, dass der Stoff zwar abgenutzt, aber demnach auch butterweich war.

„Danke." Sie schaffte es, ihn anzulächeln.

„Ich sehe dich gerne in meiner Kleidung." Aus einer Schublade zog er ihre kleine Tasche mit Übernachtungsgegenständen – Deodorant, Kamm, Zahnbürste. Er berührte sanft ihre Wange, lächelte und zog sich zurück.

Sie starrte ihm hinterher und erkannte, dass es ihr wieder besser ging. Seine Fürsorge hatte den leeren Platz in ihrer Mitte ausgefüllt.

Normalerweise war sie die Person, auf die sich jeder verließ, wenn es darum ging, Ruhe zu finden und Probleme zu lösen. Sie war stark, denn verlor sie die Fassung, konnte niemand aus ihrer mit Divas gefüllten Familie ihren Platz einnehmen.

War es nicht erstaunlich, sich auf jemanden stützen zu können?

Sie schüttelte den Kopf. *Gewöhne dich nicht daran, Frankie.*

Für heute Abend würde sie sich jedoch verwöhnen lassen.

Nachdem er Decken, Wein und Gläser eingesammelt hatte, ging Bull auf seine Terrasse. Frankie würde kommen, wenn sie bereit war. Verdammt, es war schwierig, wenn er nicht wusste, wann er Druck ausüben und wann er das lieber lassen sollte.

Andererseits war sie, außer in Zeiten wie diesen, immer offen und ehrlich, und stellte klar, was sie von ihm brauchte. Es war nur eine weitere Sache, die er an ihr mochte. Manche Männer mochten schüchterne Frauen. Die ruhige Audrey war perfekt für Gabe, der ihre Zurückhaltung als faszinierende Herausforderung empfand.

Bull bevorzugte Frankies Offenheit. Mit ihren Worten und mit ihrer Körpersprache teilte sie, was in ihrem Kopf vor sich ging. Sie sprach aus, was sie fühlte. Wenn jemand bei der Arbeit Mist baute, ließ sie ihn das taktvoll wissen. Wenn sie etwas besonders gut machten, so teilte sie ihnen das auch mit.

In seinen Armen, in seinem Bett, sagte sie ihm, was sie wollte.

Er setzte sich mit einem müden Grunzen auf einen Stuhl. Das traurige Jammern eines Seetauchers driftete über das Wasser. Die kühle Luft hielt den feuchten Duft des Sees. Versteckt hinter einer Nebelbank stach die Sonne bereits hinter den Bergen im Osten hervor.

Die Glasschiebetür öffnete sich und Frankie trat heraus. Sie trug sein altes T-Shirt, die lockere Jogginghose und die dicken, flauschigen Socken, die er neben dem Waschbecken liegen gelassen hatte. Ihr mittlerweile fast trockenes Haar ergoss sich über ihren Rücken. Sie hatte den Haartrockner gefunden, den Audrey ihm geliehen hatte.

Sie saß auf dem einzigen Stuhl ihm gegenüber, ignorierte die Decke und legte die Hände auf die Knie. „Ich würde gerne ..." Mit einem ernsten Ausdruck auf dem Gesicht schüttelte sie den Kopf. „Das ist schwierig für mich."

Bull lehnte sich vor und nahm ihre Hand. „Spuck es schon aus, Süße."

„Heute Abend im Roadhouse mit Nabera wollte ich nicht mit ihm flirten. Ich wollte auch nicht, dass er mich berührt ..." Sie schluckte. „Ich hätte fast gekotzt. Ich fühlte mich schuldig, weil du Recht hattest. Zwischen uns ist etwas, und obwohl wir wissen, dass es ein Enddatum hat, befinden wir uns in einer Beziehung. Mit anderen Leuten zu flirten, ist demnach falsch – und ich wäre auch sauer auf dich, wenn du es tun würdest."

Es war nicht einfach, aber er schwieg. Er nickte nur. Die Erleichterung, dass sie bereit war, mit ihm zu sprechen und ihre Gefühle zu teilen, fühlte sich an, als hätte jemand im Haus eine Bombe entschärft.

Sie schob sich die Haare aus dem Gesicht. „Als ich vorhin im Bett lag, habe ich mir eine gute Erklärung ausgearbeitet, aber jetzt kann ich mich nicht mehr daran erinnern. Was habe ich noch nicht angesprochen?"

„Vielleicht den Grund, warum du dich von ihm berühren ließt?"

Sie verzog das Gesicht zu einer Grimasse. „Richtig. Das kann ich dir nicht sagen. Ich würde gerne, aber was ich getan habe ... Ich schätze, ich kann dir sagen, dass ich versucht habe, an Informationen über die Zeloten zu kommen. Für eine Freundin."

„Eine Freundin." Obwohl bei ihren Worten die Sorge in ihm rasant aufstieg, hielt Bull seine Stimme ruhig und gelassen.

„Ich klinge verrückt, oder? Ich versuche, einer Freundin zu helfen, und ich kann nicht mehr sagen, weil es nicht mein Geheimnis ist, aber ich weiß, dass es dir gegenüber nicht fair ist. Ich verspreche jedoch, dass ich nicht erneut so flirten werde. Es fühlt sich so falsch an. Und schrecklich."

Frustration, Bedauern und Elend waren nur allzu offensichtlich auf ihrem Ausdruck zu erkennen.

Als Bull sie musterte, verpuffte jede anhaltende Wut in ihm. „Ich bin überrascht, dass es dir gelungen ist, Nabera so leicht einzufangen."

„Ich bin niemand, der seine Gefühle verbirgt, aber ich weiß, wie ich eine Rolle zu spielen habe – zumindest für kurze Zeit. Das haben alle Kinder von Mama gelernt." Sie atmete tief ein, richtete sich auf, hob das Kinn und verwandelte sich in eine kühle, selbstbeherrschte, unnahbare Frau. „Das ist das Gesicht der Geschäftsfrau, das ich bei Meetings trage."

Mit einem weiteren Atemzug schüttelte sie mehrere Jahre ab und erschien nun unschuldig und verletzlich. „Das habe ich Nabera gezeigt."

Um Himmels willen. „Ich wette, diese Fassade hat Nabera einen Ständer gegeben."

„Auf den Punkt getroffen." Ekel umgab jedes ihrer Worte. Sie ließ die Maske fallen und war wieder seine Frankie. „Ich schätze, ich bin nicht ganz so ehrlich, wie ich das gerne glauben würde."

Sie hatte für eine Freundin gelogen. Das änderte die Dinge. Was ihre Emotionen betraf ... „Wer gibst du vor zu sein, wenn du Rollenspiele spielst?"

Sie nickte. „In feindseligen Meetings bei der Arbeit gebe ich vor, Mama zu sein – die eine echte Eiskönigin sein kann. Für die PZs habe ich mich wie eine meiner jüngeren Cousinen verhalten, die gerade sechzehn geworden ist."

Ja, das würde Naberas Aufmerksamkeit erregen.

Sie rümpfte die Nase. „Niemals wieder."

Bull schenkte ihr ein kleines Lächeln. Sie war so transparent, wie er gedacht hatte. Wenn sie vorgab, jemand anderes zu sein, änderten sich ihre Augen und schienen distanziert. Weil sie es sonst nicht war.

Er drückte ihre Finger. „Hast du jemals in meiner Gegenwart eine Rolle angenommen?"

„Nein.“ Sie runzelte die Stirn. „Keine Rolle. Als wir uns kennenlernten, wollte ich dir ins Gesicht schlagen, weil ich dachte, du wärst ein totales Arschloch – und ich hasste es, dass ich bemerkte, wie sexy du bist. Ich wollte nicht, dass du siehst, dass ich mich zu dir hingezogen fühle.“

Doch sie hatte es nicht ganz verbergen können. Der Funke war da gewesen, unter dem brodelnden Zorn in ihrem Blick.

Er lehnte sich vor und nahm ihre Lippen in einem langsamen, sanften Kuss. „Danke für die Ehrlichkeit und die Erklärung.“

Ihre Augen glitzerten vor Tränen und sie schluckte.

„Hey, hey, hey. Was ist los?“

Sie schüttelte den Kopf. „Ich ... ich hasse es, dass ich dir nicht alles sagen kann und ich hätte nicht gedacht, dass du mir verzeihen würdest und dass du mich hassen würdest und ich das nicht ertragen könnte.“ Eine Träne rann über ihre Wange.

Zur Hölle nochmal, sie würde sein Herz noch in kleine Stücke zerschmettern, wenn sie so weitermachte.

Er konnte nicht anders, riss sie von ihrem Stuhl und wechselte auf den größeren Adirondack-Stuhl, damit er sie auf seinen Schoß setzen und mit ihr kuscheln konnte. „Zwischen uns ist alles gut. Ich bin weder wütend noch verärgert.“

Ihre Atmung hielt winzige Schluchzer bereit, da sie versuchte, nicht zu weinen.

Hier war der Nachteil einer Frau, die ihre Gefühle nicht verbarg. Es würde regelmäßig Tränen geben.

Viel besser als Lügen.

Also hielt er sie in seinen Armen und genoss es, sie auf seinem Schoß zu haben, genoss es, wie perfekt sie zusammenpassten, ihr Kopf auf Augenhöhe, sodass er seine Wange an ihrer nassen reiben konnte.

„Es tut mir so leid“, flüsterte sie.

„Vergeben und vergessen.“ Er küsste sie erneut und versuchte, zu vermitteln, wie er sich fühlte, und dass sie bei ihm sicher war, gehegt und gepflegt und gewollt.

Als sie sich entspannte, bewegte er sie, damit sie sich neben ihn setzen konnte, und übergab ihr dann ein Glas Wein. In seinem Shirt und den flauschigen Socken war sie verdammt bezaubernd.

Als sie sein Lächeln bemerkte, blickte sie auf sich selbst hinunter und schnaubte. „Nichts geht über BH-los und verlottert."

„Ich habe gerade gedacht, wie schön du doch bist – egal, was du auch durchmachst."

Sie schnaubte. „Ich bin seit meiner Geburt in der Modebranche unterwegs. Meine Schwestern sind wunderschön. Ich bringe Babys nicht zum Weinen, aber die Wahrscheinlichkeit, dass mir ein Mann vor die Füße fällt, wenn eine meiner Schwestern neben mir steht, ist schon sehr gering."

Sie sah zu ihm auf, braune Augen umrahmt von schwarzen Wimpern, ihre vollen Wangen herzzerreißend lieblich, ihr Lächeln bezaubernd.

Er konnte sie nur verwundert anstarren. Schließlich berührte er ihr Kinn und legte seinen Daumen auf diese vollen, unglaublich sexy Lippen, von denen er nicht genug bekam. „Auf kalten, unpersönlichen Fotos hast du vielleicht nicht die Anziehungskraft deiner Schwestern und von professionellen Models. Stehst du aber vor mir, Frankie ... Schönheit ist nicht auf zwei Dimensionen beschränkt. Es umfasst mehr als hohe Wangenknochen und perfektes Haar. Wenn deine Augen – vielleicht die schönsten Augen, die ich jemals gesehen habe – vor Freude funkeln, lächeln alle um dich herum. Wenn sie Traurigkeit zeigen, nimmst du alle mit in den Ruin."

Diese perfekten Augen weiteten sich überrascht.

Er lächelte. „Deine Stimme erinnert mich an weiche Decken und die Wärme eines Kamins an einem nieseligen, kalten Abend."

Ihre Augen glitzerten erneut mit Tränen.

Nein, das wollte er nicht. Er drückte ihre Hüfte. „Dein Körper lässt mich an ..." Er strich mit dem Daumen über ihre volle Unterlippe und spürte, wie sie erschauerte. „Es lässt mich daran denken, dir die Klamotten vom Leib zu reißen, damit ich jede schmutzige Sache mit dir machen kann, die mir in den Sinn kommt."

Wie erhofft, brach sie in Gelächter aus. „Du ... du bist so ein Mann."

Er grinste, weil sie die Art von Frau war, die lachte und Humor darin fand, wenn ein Partner derartige Dinge zu ihr sagte.

Und ihr Partner war genau das, was er zu werden beabsichtigte.

Eine sanfte Brise vom See forderte ihre Haare zum Tanz auf und presste die Kleidung an ihren Körper, und sie fing den Rauchgeruch von der anderen Seite ein, was sie erneut unruhig machte. „Ähm, Bull. Warum sind wir draußen?"

Es war mit fast zehn Grad für diese Uhrzeit relativ warm. „Nach Schlachten wie diesen dauert es eine Weile, sich zu beruhigen." Bull griff nach der weichen Decke, die er mit rausgenommen hatte. Nachdem er sie um sie gewickelt hatte, zog er Frankie an seine Seite. „Ich habe festgestellt, dass es hilft, im Freien oder am Feuer zu sitzen."

„Du hast viel gekämpft. Ich meine, ja, das wusste ich, aber ich *wusste* es nicht. Der Kerl heute Abend hatte ein Messer, und du hast nicht gezögert." Sie runzelte die Stirn und machte eine Wurfbewegung. „Die Art und Weise, wie du den anderen Mann zu Gabe geworfen hast, war verrückt."

Bull zuckte mit den Schultern. „Meine Brüder und ich haben schon vor unserer Teenagerzeit als Team gekämpft. Ich lernte, jedem, der sich langweilte, ein oder zwei zuzuwerfen."

„Jedem, der sich langweilte", sagte sie leise. „Du scheinst so ein gelassener Kerl zu sein, aber du bist viel gruseliger, als ich gedacht hätte."

Er hörte das Kompliment, jedoch hörte er auch die Sorge. „Ich bin ein gelassener Kerl", sagte er bestimmt. „Ist das klar?"

„Ja, ohne Zweifel ... *Skull.*“ Sie kicherte und rutschte näher, bis sich ihre ultraweichen Brüste gegen seine Seite drückten.

Sein Schwanz wurde sofort hart. „Jetzt bleib hier sitzen, hör auf, mich hart zu machen und atme einfach tief durch. Lausche dem Klang des Windes. In den besonders ruhigen Nächten hört man sogar die Sterne singen.“

Mit einem Seufzer lehnte sie ihren Kopf an seine Schulter.

Über ihnen bewegten sich ein paar Wolken am aufhellenden Himmel. Der Geruch von Seewasser und Pflanzen hielt einen Hauch von dem beißenden Rauch des Feuers.

Im Wald rund um die Eremitage raschelten sanft die Blätter und die Äste knackten, wenn eine stärkere Brise reinkam.

Weiter vom grasbewachsenen Hof entfernt seufzte der Schachtelhalm im Wind. Wenn sie mit Mako zelten waren, hatten sie frische Schachtelhalmsprossen wie Spargel gegessen – und benutzten die älteren Pflanzen, um die Blechschalen zu schrubben.

Vögel zwitscherten und sangen. An der dunklen Oberfläche des Sees plätscherte ein Fisch.

Frankies Atmung verlangsamte sich. Ihr Körper wurde noch anschmiegsamer, als die Spannung von ihr abfiel.

Nach einer Weile rührte sie sich. „Ich gehe besser ins Bett. Morgen wird es sicher stressig. Shopping, meinen Führerschein und meine Karten ersetzen, eine Unterkunft finden und –“

„Du bleibst hier. Bei mir.“

„Für heute Nacht.“

„Für den Rest deiner Zeit in Alaska.“ Und er hoffte sehr, dass es länger als ein paar Monate sein würde.

„Was? Nein, das kann ich nicht tun.“

„Natürlich kannst du das.“ Er lächelte bei ihrem besorgten Gesichtsausdruck. „Ich bin nicht so selbstlos, wie du vielleicht denkst, Frankie. Da ich nicht sicher bin, warum du nach Alaska gekommen bist, kann ich nicht wissen, wann du dich entscheidest, zu gehen.“

Ah, und jetzt spannte sie sich wieder an. Offenbar wusste sie auch nicht, wann sie gehen würde. Sie arbeitete nach dem Zeitplan eines anderen – der Freundin.

Um Himmels willen, er musste mehr wissen. Loyalität gegenüber einem Freund war jedoch etwas, das er respektierte.

„Ich schlafe besser, wenn du hier bist und ich weiß, dass du in Sicherheit bist." Er fuhr mit den Fingern durch ihr Haar. „Und es würde mir nichts ausmachen, mehr Zeit mit dir zu verbringen. Mehr, als wir das bisher haben."

Da war es – das gleiche Verlangen in ihren schönen Augen.

Er nahm ihre Hand und küsste ihre Handfläche. „Sag, dass du bleibst, Frankie. Unverbindlich. Ich helfe dir, eine Unterkunft zu finden, wenn es nicht klappt."

„Okay." Sie schloss für einen Moment die Augen. „Ich möchte auch bleiben."

„Dann ist jetzt die Zeit gekommen, schlafen zu gehen." Er stand auf, führte sie ins Haus und brachte sie nach oben in sein Bett.

Sie hatten sich noch nie so langsam geliebt. Oh, Bull ließ sich auch sonst Zeit; in der Tat liebte er es, sie zuerst zu einem Orgasmus zu führen, manchmal mehrmals, bevor er sich selbst erlaubte, Erlösung zu finden.

Aber jetzt bewegte er sich in einem unglaublich langsamen, herzergreifend sinnlichen Tempo. Selbst als er sie küsste, presste er eine Handfläche gegen ihre Pussy. Während er sich zu ihrem Hals aufmachte und seine Lippen begannen, sich über jeden Zentimeter ihrer Haut fortzubewegen, neckten seine Finger ihre Klitoris. Langsam und genüsslich. Er zündete ein Verlangen in ihr, mit seiner Zunge an ihren Nippeln, leckend und saugend. Er knabberte an den Unterseiten ihrer Brüste, an ihrem Bauch, mied Verbrennungen und Kratzer, und bewegte sich ihre Beine runter und wieder hoch.

Seine Finger hörten nie auf, ihr Nervenbündel zu umkreisen, und auch als sie sich wölbte und so süß kam, hörte er nicht auf, sie zu küssen. Waden, Oberschenkel, Bauch, Brüste, ihr Gesicht.

Seine Finger fanden erneut ihre Mitte. Erregende Berührungen. Um sie stetig in Richtung eines weiteren Gipfels zu treiben.

Ihre Hüfte streckte sich nach oben. „Bull ..." Sie war sich nicht sicher, ob sie protestierte oder –

„Ich liebe dich, weißt du." Er küsste sie sanft, seine Finger in ihrer feuchten Höhle. „Für den Fall, dass du bisher nicht selbst dahinter gekommen bist."

Freude erfüllte sie ... und dann schüttelte sie den Kopf. Das konnte nicht stimmen. „Es war eine beängstigende Nacht. Morgen wirst du nicht mehr so fühl –"

Er gluckste. „Frau, so fühle ich schon eine ganze Weile. Ich liebe dich."

„Du ... du ..." Wie sollte sie gerade denken? Sie starrte ihn an, sah sein schiefes Lächeln, als er sich über ihren Körper schob, seinen Schwanz an ihren Eingang drückte und sie langsam füllte. Alle Nervenenden in ihr funkelten wie die Sterne, die sie zuvor beobachtet hatten.

Ihre Hände glitten über seinen steinharten Bizeps, über die Deltamuskeln und zu seinem definierten Rücken.

Seine sündhaft schwarzen Augen hielten ihre gefangen. „Sag es, Frankie." Seine Stimme nun tiefer, der Befehl unausweichlich. „Was fühlst du für mich?"

„Ich liebe dich." Die Worte waren raus, unmöglich sie zurückzunehmen. Und sie hatte eine Wahrheit ausgesprochen, die sie nicht leugnen konnte. „Ich wollte dich nicht lieben. Ich will es nicht." Sie funkelte ihn aufgebracht an.

„Und doch tust du es." Er lachte, das Geräusch war so unglaublich einnehmend, dass sie grinsen musste.

„Das tue ich." Sie fuhr mit den Händen in seinen Nacken, über die weiche Haut seines Kopfes. „Ich liebe dich so sehr."

„Da ich das noch öfter hören muss" – er lächelte, sein dunkler Blick sündhaft – „sag es weiter ... oder ich höre auf."

Er bewegte sich hart und schnell, drang tief in sie, füllte sie bis zum Bersten, glitt heraus, erneut rein und trieb sie hoch und höher.

Solange sie immer wieder sagte, wie sie für ihn fühlte.

Und als sie kam ... als er kam, als er so tief in ihr war, waren sie eins, und er sagte es ihr wieder, und die Zärtlichkeit in seiner Stimme führte bei ihr erneut zu Tränen.

KAPITEL NEUNZEHN

I*m Keks des Lebens sind Freunde die Schokoladenstückchen.* - Salman Rushdie

Da Bull die Verdunkelungsvorhänge heruntergelassen hatte, war es ihnen möglich gewesen, auszuschlafen. Danach hatte er versucht, ihr das Kajakfahren beizubringen. Es war so eine friedliche Art, ein Workout zu absolvieren, und so schön mit den Geräuschen der Ruder und des Wassers und der Vögel. New York war nie ruhig.

Als sie zurückkehrten und zusammen duschten, wollte Bull kurz die Kabine verlassen, um ein Kondom zu holen, aber sie stoppte ihn. „Ich nehme die Pille ... und ich werde regelmäßig auf sexuell übertragbare Krankheiten getestet.“ Als er sagte, er sei getestet worden und sauber, wurden die Kondome in einer Schublade gelassen – und oh, diese Art von Intimität war das unangenehme Gespräch wert gewesen.

Während ihres späten Frühstücks kam Gabe vorbei, um seinen offiziellen Polizeibericht zu verfassen, und hinterließ Frankie eine Kopie. Es war gut, dass er das getan hatte, da sie den

Rest des Morgens damit verbrachte, Bulls Laptop zu benutzen, um Ersatz für ihren Führerschein, ihre Kreditkarten und alles andere zu bekommen.

Es gab Erfolgsmomente ... und Momente des puren Selbstmitleids. Die Kopien von Kits Vormundschaftspapieren waren zu Asche verbrannt. So wie ihr Handy und Laptop. Das war ein wirklich schlimmer Moment gewesen. Ihr Handy, oh, ihr Handy.

Als die Autovermietung sagte, sie würden ihr ein unbeschädigtes Fahrzeug schicken, entlud sie ihr armes verbranntes Auto, das Hawk erneut für sie in die Eremitage gefahren hatte. Und dann kamen die Tränen – Freudentränen –, denn ihr Jo-Stab war nicht in der Hütte verbrannt.

Sie schleppte auch den brandneuen Rucksack herein, der die Ausrüstung enthielt – den riesigen Bolzenschneider, das Jagdmesser und verschiedene Seile. Die Navigationsausrüstung, der Erste-Hilfe-Kasten und ihr Zeug, um bei Nacht zu reisen.

Noch drei Tage, Kit, und ich werde da sein, sobald es dunkel ist.

Ein Tippen an die Glasschiebetür erschreckte sie.

„Frankie?“ Audrey stand draußen. „Ich bin es. Und JJ und Regan.“

„Kommt rein.“ Vom Esstisch winkte Frankie ihnen zu. „Gebt mir eine Sekunde, um dieses Formular abzuschicken.“

Die Schaltfläche SENDEN erschien auf dem Laptop-Display. Sie klickte darauf und lehnte sich erleichtert und mit einem Seufzen auf dem Stuhl zurück. „Fertig. Soll ich euch was sagen? In all meinen Jahren im sogenannten kriminellen New York City wurde mir meine Handtasche nie gestohlen.“

Sie lachten.

JJ tätschelte ihre Schulter. „Es ist gut, dass du sofort damit begonnen hast, deine Papiere zu ersetzen. Einige dieser Behörden bewegen sich ziemlich langsam.“

„Apropos Ersatz“, sagte Audrey. „Wie wäre es, wenn wir mit dir nach Soldotna fahren, um Kleidung und persönliche Sachen zu kaufen? Oder wenn du mehr Auswahl willst, können wir stattdessen nach Anchorage gehen."

Audrey und JJ lächelten; Regan hüpfte aufgeregt auf und ab.

„Wirklich?" Frankie holte tief Luft. „Ihr seid wahre Engel. Nur habe ich nicht einmal Schuhe. Sie werden mich nicht –"

„Du hast Schuhe." JJ hielt alte schwarze High-Top-Sneaker hoch. „Bull meinte, du bist eine 39, aber Audrey trägt eine 38, und meine Schuhe würden dir direkt von den Füßen fallen. Wir haben uns umgehört. Diese sind von Regina, unserer Rezeptionistin im Gemeindegebäude."

Letzte Woche, als Bull sagte, er plane, ihr das Fischen beizubringen, hatte er nach ihrer Schuhgröße gefragt, damit er sich Watstiefel für sie leihen konnte. „Er hat mir Schuhe besorgt." Frankie schluckte schwer. „Ich wusste, dass ich mir seine Kleidung ausleihen kann, aber ich fühlte mich ohne Schuhe so ... wehrlos."

Audrey warf ihr einen verständnisvollen Blick zu. „Letztes Jahr ... na ja, sagen wir einfach, dass ich weiß, wie du dich fühlst."

Es hatte ein paar Hinweise darauf gegeben, dass Audrey nach Rescue geflohen war, um jemandem zu entkommen. Irgendwann würde Frankie die ganze Geschichte brauchen. Sie erhob sich und rieb sich die Hände. „Shopping. Ich bin dabei."

JJ legte einen Arm um Regans Schultern. „Während wir in einem Schuhgeschäft sind, können wir auch für Regan nach einem Paar schauen. Sie wächst aus allem heraus."

Regan schüttelte den Kopf. „Papá hat mir erst letzten Winter Schuhe gekauft. Ich denke nicht, dass –"

„Doch, das tust du." JJ küsste sie auf den Kopf. „Mach dir keine Sorgen. Jedes Kind wächst aus Kleidung und Schuhen heraus, bis ... oh, bis etwa siebzehn oder so."

Regan entspannte sich nicht.

Och, die Kleine. Bull hatte ihr erzählt, dass Regan ihren Vater Caz erst im letzten Herbst kennengelernt hatte. Wie lange würde es dauern, bis Regan wirklich akzeptierte, dass er ihr Vater war?

Frankie spürte den Schmerz der Empathie. Manchmal fühlte es sich an, als würde ihre Familie die Liebe auf einer Waage abwiegen. Wie viel schlimmer wäre es, nicht mit ihnen aufgewachsen zu sein?

JJ drückte Regan. „Dein Vater weiß und erwartet, dass du hin und wieder neue Kleidung brauchst. Er ist jedoch ein Mann, was bedeutet, dass er blind ist, wenn es um Damenbekleidung geht, also ist es meine Aufgabe, dich auszustatten. Zufällig denke ich, dass das ein toller Job ist. Du willst mir diesen Spaß doch nicht vorenthalten, oder?"

Jetzt besorgt, dass sie JJs Gefühle verletzt hatte, begann Regan JJ zu versichern, dass sie es wirklich mochte, neue Kleidung zu bekommen.

Frankie warf Audrey einen Blick zu und sagte leise: „Das war beeindruckend geschmeidig."

Audrey bedeckte ihren Mund, aber ein Lachen entkam. „JJ ist genauso gut darin, Probleme aus der Welt zu schaffen, wie du es bist, Menschen zu managen. Übrigens ist jeder froh darüber, dass Bull eine Pause vom Management des Roadhouse bekommt."

„Lasst uns losfahren", sagte JJ. „Frankie, hast du alles?"

Frankie suchte instinktiv nach ihrer Handtasche und stöhnte. „Wartet mal, ich habe weder Geld noch Kreditkarten oder ein Handy."

„Natürlich nicht. Wir sollten jedoch an einem Telefongeschäft vorbeifahren." Audrey tätschelte ihre Handtasche. „Wir werden unsere Kreditkarten nehmen, und Bull wird es uns zurückerstatten und es von deinem Gehalt abziehen. Alles schon arrangiert."

Frankie blinzelte. „Wirklich?"

„Er wusste, dass du ihn nicht für alles bezahlen lassen würdest, also arrangierte er es so gut er konnte." Audrey schnaubte. „So feministisch Makos Söhne auch sein mögen, sie haben alle die Beschützerinstinkte eines Höhlenmenschen. Du warst in Gefahr; Bulls Beschützerinstinkt wurde getriggert. So ist das eben."

„Manchmal kommt es wirklich durch, dass du Biologie studiert hast, Professor Dr. Hamilton." JJ lief durch die Hütte, stellte sicher, dass alles verschlossen war, und warf dann einen Blick auf Frankie. „Sie hat Recht, dass sie versuchen, uns zu beschützen. Caz und ich führen ziemlich heftige Diskussionen darüber, wie oft ich mich in Gefahr begebe."

Regan kicherte. „Er hat dich letztes Mal angeschrien. Lange."

„Lästiges Kind." JJ zupfte an ihrem Zopf. „Du hast den gleichen Vortrag bekommen, als du und Delaney in einer Pappschachtel den steilen Hügel hinuntergerutscht seid. Du hättest deine Sommerferien fast mit Gryff in der Hundehütte verbracht."

Audreys unterdrücktes Kichern klang wie ein kleines Schnauben. Frankie lachte laut und ungezwungen.

Als Frankie ihre geliehenen Turnschuhe anzog, lächelte Audrey. „Für jemanden, der im Moment keine passende Kleidung hat, siehst du wirklich gut aus."

„Wahrscheinlich, weil ich versuche, das Fehlen eines BHs zu verbergen", gab Frankie zu. Bulls schlichtes schwarzes T-Shirt wurde zu einem Midi-Kleid. Darüber trug sie sein dunkelgrauschwarzes Flanellhemd mit hochgekrempelten Ärmeln. Sie hatte eine seiner Krawatten als Gürtel verwendet, um eine Taille zu kreieren. Mit Reginas schwarzen High-Top-Sneakern war es ein ziemlich einzigartiges Outfit. „Meine italienische Großmutter hat mir beigebracht, dass ein Gürtel jedes Outfit aufwerten kann."

JJ grinste. „Ich stimme zu. Natürlich hält mein Gürtel normalerweise meine Schusswaffe, einen Taser, Handschellen und –"

Regan stieß mit der Hüfte gegen JJs. „Du bist so ein Cop."

Und ein wirklich netter. Frankie musterte sie. Vielleicht konnte sie beim Shoppingtrip eine bessere Vorstellung davon bekommen, was passieren würde, wenn sie die Polizei aus Rescue um Hilfe bitten würde. Nur für den Fall.

Sicher, sie hatte Nachtwanderungen recherchiert und geübt, aber ihre Lektüre hatte auch gezeigt, dass selbst bei einem erfahrenen Förster etwas schief laufen konnte.

Darüber hinaus könnte es sein, dass die PZs dahinterkamen, was vor sich ging – sei es, wenn Kit und Aric versuchten, den Zaun zu erreichen, oder danach, während der Flucht.

Wenn etwas passierte, brauchten Kit und Aric vielleicht die Polizei.

Nachdem er Frankie geholfen hatte, verbrachte Bull den Rest des Tages damit, Telefonanrufe zu tätigen und Papierkram zu erledigen. *Scheiß Papierkram*. Es gab kein Ende. Frustrierend hoch neun. Alles, was er wollte, war nachhause zu fahren und für seine Frau da zu sein.

Schließlich gab er auf und kehrte in die Eremitage zurück, nur um festzustellen, dass er zum Grillen für alle, einschließlich Lillian und Dante, eingeteilt worden war.

Normalerweise kochte er gerne für seine Familie, aber verdammt, er war müde. Er hatte gehofft, einen ruhigen Abend mit Frankie verbringen zu können.

Stattdessen ... Na gut, ruhig würde es wohl nicht werden, aber zumindest wäre sie hier.

Schnell merkte er jedoch, dass er heute nicht viel zu tun haben würde. Begleitet von Küssen erzählte sie ihm, dass sie Hühnchenfleisch mariniert und ein Dessert zubereitet hatte. Alles, was er noch tun musste, war das eigentliche Grillen.

Ja, er liebte sie.

Eine Stunde später stellte Bull eine Platte mit gegrilltem Zitronen-Knoblauch-Hähnchen auf den Tisch. Bereits sitzend hatten Caz und JJ, Gabe und Audrey, Dante und Lillian alle Beilagen mitgebracht und Getränke serviert. Hawk kam mit Backkartoffeln und verschiedenen Beilagen aus seiner Hütte.

Gryff und Sirius waren strategisch zwischen den Menschen platziert, die am einfachsten dazu überredet werden konnten, Leckerbissen abzugeben – Regan und Frankie.

Als Bull sich neben Frankie setzte, erkannte er, dass das Kochen und dem Lauschen von der Shoppingtour der Frauen seine Frustration und Wut des Tages gelindert hatten.

Zumindest bis Lillian ihn ansprach. „Mein Junge, gab es ein Problem im Roadhouse? Bist du deshalb so spät nachhause gekommen?“

„Nein“, knurrte er. „Das lag daran, weil ich versuchte, alles mit SIG zu erledigen und –“

„Was ist SIG?“, fragte Frankie.

„Steht für Sarge's Investment Group. Ein Unternehmen, das alle Immobilien verwaltet, die Mako rund um Rescue gekauft hat.“

Sie runzelte die Stirn. „Ich dachte, er sei ein pensionierter Berufsoffizier gewesen.“

„Ja, aber einer, der nicht viel ausgegeben hat, als er diente, und dann hatte er für mehr als zwanzig Jahre eine anständige Rente und lebte jahrelang in einer Hütte weit ab vom Schlag. Als wir erwachsen waren, schickten wir ihm alle Geld und dachten, er würde damit seine Lebenshaltungskosten finanzieren.“ Bull spürte, wie sich ein Kloß in seiner Kehle bildete.

Nach einem Blick zu Bull sprang Caz ein. „Als Mako nach Rescue zog, stand die Stadt kurz vor dem Untergang, und er kaufte Immobilien von den Bewohnern, die von hier verschwinden wollten. Um ihnen zu helfen. Bevor er jedoch starb, eröffnete das *McNally's Resort* und er erkannte, dass die Stadt wieder zum Leben erweckt werden könnte.“

Gabe räusperte sich. „Er hat uns mit seinem Testament Anweisungen hinterlassen. Eine Mission – die Stadt wiederzubeleben.“

„Er ... ernsthaft?“ Frankie warf Bull einen ungläubigen Blick zu. „Ist das der Grund, warum ihr alle hier seid, nachdem ihr woanders gelebt habt?“

„Jep. Es ist ein lohnendes Ziel.“ Es war eine Genugtuung zu

sehen, wie die Stadt wieder zum Leben erwachte. Und sich eine Gemeinschaft bildete.

Lillian runzelte die Stirn. „Er hat viele Immobilien gekauft."

Sag bloß ... „Ich kann mit all der Arbeit nicht mithalten: Vermietung und Verkauf der Immobilien, Verwaltung der Mietgebäude, Renovierung älterer Gebäude, Steuern, Bauunternehmer anheuern und was noch alles dazugehört." Einfach so war Bull wieder genervt. Nein, er war weit über genervt hinaus. Er war verdammt nochmal angepisst und knurrte vor sich hin.

Regans Augen weiteten sich. „Ich wusste nicht, dass du so wütend werden kannst."

Reiß dich zusammen, Arschloch. „Tut mir leid, kleine Maus."

Frankie legte ihre Hand auf seine. Ihre Augenbrauen hoben sich, als sie Gabe fragte: „Seid ihr alle mit dem SIG-Zeug überfordert?"

„Wohl kaum." Bull schnaubte. „Sie haben alles mir zugeschoben."

„Versagen mir meine Ohren?" Lillian richtete sich auf. „Seit wann sind Makos auserwählte Nachkommen arbeitsscheue Faulsäcke?"

Bulls Brüder zuckten zusammen.

„So ist es nicht, Lillian." Gabe schüttelte den Kopf. „Er ist –"

„Oh nein, fang gar nicht erst mit *Er ist dies oder das* an." Frankies Gesichtsausdruck ähnelte dem des Sarge, nachdem sie es verdammt nochmal vermasselt hatten. „Warum zwingt ihr Bull, sich um all diesen Scheiß allein zu kümmern?"

Caz hielt seine Hände abwehrend hoch, bevor er zu Bull sah und die Stirn runzelte. „Du bist derjenige mit dem betriebswirtschaftlichen Abschluss, *'mano*. Ich habe genug zu tun mit der Finanzierung der Klinik und dem dazugehörigen Papierkram."

„Ich auch." Gabe schüttelte den Kopf. „Ich komme mit dem Budget und dem Papierkram der Polizeistation kaum hinterher. Der Chief zu sein, beinhaltet mehr, als ich erwartet habe."

Bull sah zu Hawk, der nie Papierkram machte, wenn er es vermeiden konnte. Er war ein praktischer Kerl, konnte fast alles reparieren, von kaputten Gebäuden bis hin zu defekten Maschinen, und erledigte die gesamte Wartung für die Eremitage und ihre Fahrzeuge.

Wie erwartet schüttelte Hawk den Kopf. „Du willst nicht, dass ich Buchhaltungsscheiße mache. Vertraue mir. Du magst das Zeug – und das weißt du auch."

„Das tue ich, aber ich möchte es nicht rund um die Uhr tun", sagte Bull.

Mit einem angewiderten Geräusch drehte sich Frankie zu den anderen Frauen. „Vielleicht bin ich blind, aber ich sehe nicht die Teamarbeit, von der Bull immer so viel erzählt."

„Welche Teamarbeit?" JJ neigte den Kopf. „Dieser Sarge von euch hat dies offensichtlich zu einer Ein-Mann-Mission gemacht."

Caz zog die Augenbrauen zusammen.

„Ich dachte, es gäbe eine *Kein Mann wird zurückgelassen*-Regel", sagte Audrey. „Oder gilt das nur, wenn der Soldat tot ist?"

Gabe blickte finster drein.

Bull blinzelte über die harschen Worte, die von sanften Frauenstimmen abgegeben wurden. Dachte er jedoch darüber nach, was er alles leistete ... nun ja. Er war verarscht worden. Von seinen Brüdern.

Dante schüttelte den Kopf. „Er hat euch besser erzogen."

„Fu –" Gabe unterbrach die Obszönität nach einem Blick zu Regan. „Du hast Recht, Frankie. Ihr alle. Es tut mir leid, Bull. Mako hat die Mission uns allen überlassen, und dazu gehören auch die Immobilien – und der Papierkram. Lasst uns darüber sprechen, wie wir die Arbeit aufteilen können."

Audrey nahm Gabes Hand und lächelte anerkennend.

JJ hob ihre Augen zu Caz, der erbärmlich seufzte, bevor er resigniert nickte. „*Sí*."

Ein Hoffnungsschimmer erhob sich in Bull.

Frankie wandte ihren Blick zu Hawk, der finster dreinblickte und schließlich seufzte.

„Tut mir leid, Bull." Hawk rieb die Narbe, die seine Lippe leicht nach oben zog, und entließ dann ein harsches Geräusch. „Wenn du die verdammten Mieter und Käufer von mir fernhältst, übernehme ich die Wartung und Upgrades. Ich kann mich mit Bauunternehmern und Handwerkern auseinandersetzen. Und mit Knox und Chevy auch. Die zwei sind okay."

Verdammt, er hatte nie erwartet, dass der Falke sich zuerst als Freiwilliger anbieten würde. „Es wäre eine Erleichterung, die Wartung abgeben zu können", bekundete Bull. „Du kannst die gesamte physische Instandhaltung übernehmen."

„Mieter und Käufer – gib die an Caz und mich", sagte Gabe. „Wir bekommen es schon hin, Termine, Besichtigungen und Beschwerden zu organisieren."

Caz nickte. „*Sí*, das können wir machen. Wir sind sowieso beide auf Abruf. Wenn es sich um Reparaturarbeiten handelt, werden wir das Problem Hawk und seiner Gruppe vorlegen."

Hawk grunzte seine Zustimmung.

Audrey tippte sich auf die Lippen. „Du kannst mir die Bewerbungen für die Mietobjekte geben. Ich kann auch die Website und die Werbung übernehmen."

Bull runzelte die Stirn. „Das kann ich nicht von dir verlangen."

„Eigentlich kannst du das schon." Audreys Stimme bebte. „Ein Teil der Familie zu sein, bedeutet, sich einzubringen." Sie hob die Hand und präsentierte ihren Ring und sie alle wurden von einem Diamanten geblendet.

Es wurde still, als jeder der Anwesenden auf den Verlobungsring starrte.

Dann quietschte Regan vor Freude und eilte um den Tisch, um Audrey zu umarmen. „Jetzt habe ich eine Tante!"

„*'Mano*, es wurde auch Zeit." Mit einem breiten Grinsen schlug Caz Gabe auf den Hinterkopf, zog Audrey dann in eine Umarmung und sagte ihr: „Er hat vor einer Weile mit uns gesprochen, aber ... der *Viejo* ist langsam. Er muss sich immer zuerst einen Schlachtplan zurechtlegen."

Zu Bulls Überraschung wurde Audrey auch von Hawk umarmt, bevor er Gabe auf die Schulter schlug. „Hast dir echt Zeit gelassen."

Gabe lachte. „Ich habe sie vor ein paar Tagen gefragt. Am Jahrestag unseres ersten Kennenlernens. Es schien ... richtig."

Bull grinste. „Als Nächstes fängst du noch an, Romance-Bücher zu lesen."

„Mach dich nicht über Romance-Bücher lustig." Frankies spitzer Ellbogen bohrte sich in Bulls Rippen. Zu Audrey sagte sie mit einem breiten Lächeln: „War euer erstes Treffen fantastisch?"

Audrey brach in Gelächter aus. „Er machte mir Angst und beschuldigte mich des Ladendiebstahls." Sie warf Gabe einen sengenden Blick zu und küsste ihn. „Aber jetzt bist du *mein* Cop."

Die Liebe in ihren Augen sandte Neid durch Bulls Herz. Aber verdammt, er war froh, dass sein Bruder eine so gute Frau gefunden hatte. Jemand, der neben ihm ging, auf lange Sicht bei ihm war und ihm bei Bedarf den Rücken freihielt.

Bull zog Audrey in eine herzliche Umarmung. „Willkommen in der Familie, Champ."

Er spürte ihre Tränen auf seinem Shirt – eine sentimentale kleine Frau –, und gab sie an Gabe zurück.

Als er sich neben Frankie setzte, wischte sie sich gerade die Nässe unter ihren Augen weg.

Damit hatten wir zwei sentimentale Frauen.

Er legte einen Arm um Frankies Schultern, zog sie an sich und ... erkannte, was sie gerade für ihn getan hatte. Irgendwie hatte sie ihn vor dem Tod durch Papierkram bewahrt, indem sie seine Brüder dazu gebracht hatte, sich einzubringen.

Letzten Monat, nach Paisleys Diva-Stunt auf dem Roadhouse-Parkplatz, hatte Dante zu ihm gesagt, ein Partner sei wie ein Kriegskamerad auf Steroiden. Er begann zu verstehen, was der Okie damit gemeint hatte.

„Alles gut bei dir?", fragte Frankie leise.

Er küsste sie sanft. „Danke, dass du mir den Rücken freigehalten hast, sonst wäre ich der Diskussion vielleicht ausgewichen."

„Wahrscheinlich", stimmte sie zu. „Familienerwartungen können eine Person echt fertigmachen."

Ihr Ton war nicht bitter, sondern ... resigniert. Traurig.

Stirnrunzelnd legte er sein Kinn auf ihren Kopf und fragte sich, welche Erwartungen ihre Familie an sie hatte.

Vielleicht sollte er nachforschen – und sehen, was er tun könnte, um zu helfen. Denn, verdammt, er würde alles tun, um sie genau hier zu behalten, wo sie hingehörte.

Er strich mit seinen Lippen über ihre und murmelte nur für ihre Ohren: „Ich liebe dich, Frankie Bocelli."

Und sah ihre Augen aufleuchten.

KAPITEL ZWANZIG

W*enn du dich in einem fairen Kampf befindest, hast du deine Mission nicht richtig geplant.* - David Hackworth

Während Bull Hawk half, einen Rasenmäher zu reparieren, ging Frankie zu Lillian und Audrey zu den Beeten. Die Erde war warm und hatte einen tröstenden Duft an sich, und die kleinen Pflanzen waren einfach bezaubernd. Junges Blattgemüse war ihr Favorit.

Danach zerrte Regan sie für eine kurze Aikido-Lektion weg, während Sirius, der Kater des Mädchens, sie beaufsichtigte.

„Frankie", rief Caz von seiner Terrasse. „Ich habe etwas für dich."

Er traf sie am Fuße der Stufen und reichte ihr einen gefalteten Zettel. BITTE FRANKIE GEBEN war darauf geschrieben.

„Was ist das?", fragte sie.

„*No sé.* Ich warf die Kleidung, die ich heute getragen hatte, in die Wäsche und fand die Notiz in meiner Laborkitteltasche."

Er trug einen weißen Laborkittel in der Klinik. „Vielleicht hat ein Patient die Notiz in deine Tasche gesteckt?"

„Das ist auch meine Vermutung. Es muss heute passiert sein, da ich täglich die Laborkittel wechsle."

Ein Schauer lief ihr über den Rücken. Sie kannte nur eine Person, die ihr vielleicht eine Notiz zukommen lassen würde. „Ähm, okay, vielen Dank." Sie ignorierte die Neugier in seinem Blick und entfernte sich ein paar Meter von ... allen.

Sie öffnete das zusammengefaltete Papier.

F,

Sie wissen, dass du hier bist. Verschwinde, bevor sie dich finden. Ich werde nicht hier sein. O bringt uns morgen hier weg. Er wird mir nicht sagen, wohin.

Bitte, bitte, geh nachhause, wo du in Sicherheit bist. Danke, dass du es versucht hast. Das bedeutet mir alles.

Ich hab' dich lieb ... und es tut mir leid,

K

Frankie starrte auf die Notiz, las die Nachricht noch einmal und runzelte bei den unförmigen Buchstaben die Stirn. Das war nicht Kits Schrift. War das ein Trick?

Oder ...

Sie rannte auf Caz' Terrasse und klopfte an die Tür, bis er sie öffnete.

„Frankie, was ist los?"

Sie winkte mit dem Zettel. „Hattest du heute einen Patriotischen Zeloten als Patienten? Eine junge Frau?"

Sein Gesichtsausdruck verdunkelte sich. „*Sí*."

„Stimmte etwas nicht mit ihrer rechten Hand? Ein Grund, warum sie damit nicht schreiben konnte?"

Er zögerte.

„Bitte, Doc", flehte sie ihn an. „Es ist nicht ihre normale Schrift, also muss ich es wissen."

„Ah." Sein Gesicht war grimmig. „Die Zeloten kommen nicht oft zu mir, aber ihr rechter Arm war gebrochen. Sie haben versucht, ihn selbst zu richten, konnten es jedoch nicht."

Gebrochen. *Gebrochen.* Oh, *Kit.* Diese *Bastardi* hatten ihr wehgetan. „Ging es ihr sonst gut? War sie –"

Caz schüttelte den Kopf. „Wenn deine Freundin mich nicht benutzt hätte, um ihre Notiz zu übermitteln – und wenn du keine berechtigte Besorgnis darüber gehabt hättest, wer sie geschrieben haben könnte –, hätte ich dir nicht einmal so viel sagen können, *Chica*. Es gibt Datenschutzbestimmungen. Frag mich nicht nach mehr."

Natürlich gab es Bestimmungen. So viele Regeln. Aber nichts, um Kit und Aric zu beschützen.

Sie spannte ihren Kiefer an, sodass die wütenden Worte nicht entkamen. Es war nicht seine Schuld, und er hatte ihr gesagt, was sie wissen musste. „Danke. Wirklich, Doc, danke." Zumindest für eine Weile hatte Kit heute eine liebevolle Betreuung erfahren.

Caz legte seine Hand auf ihre Schulter. „Frankie, rede mit mir. Wir können –"

Sie flog regelrecht die Stufen runter, ihre Gedanken zu aufgewühlt, um auch nur daran zu denken, mehr zu reden.

Die Zeloten wussten, dass Frankie hier war. Wie hatten sie das herausgefunden? War Kit etwas rausgerutscht? Hatten sie bemerkt, wer die Drohne bedient hatte? Oder hatten sie Frankie gesehen, wie sie um das Gelände geschlichen war? Vielleicht war Nabera dahinter gekommen, warum sie ihm Fragen gestellt hatte. Was, wenn Obadiah sie erkannt hatte?

Am Ende jedoch spielte der Grund keine Rolle.

Ihr war schlecht. Wieso wurden die Hütten niedergebrannt?

Sie schritt im Kreis über den Rasen. *Denk nach, Frankie. Denk nach.*

Wenn sie wussten, dass Frankie hier war, wussten sie sicher auch, dass Kit sie zu sich gerufen hatte.

Kit hatte einen gebrochenen Arm.

Sie schlugen Kit, um sie zu bestrafen.

„Oh, *amica mia*, es tut mir leid." Das Übelkeitsgefühl in ihrem Magen verstärkte sich.

Wenn Obadiah vorhatte, Kit und Aric woanders hinzubringen, meinte er damit, dass er sie töten wollte?

Angst summte in Frankies Ohren und übertönte die Geräusche von allem anderen.

Cool bleiben. Sie durfte nicht in Panik geraten. „Jetzt liegt es an mir." Aber die Umsetzung all ihrer Ersatzpläne würde einige Zeit in Anspruch nehmen.

Sie hatte die Originale der Vormundschaftspapiere – in New York –, aber die gleichen Probleme würden zutreffen. Selbst wenn sie die Polizei aus dieser Stadt dazu bringen könnte, etwas zu unternehmen, tauchten sie am Tor auf, würden die Zeloten Kit und Aric einfach eliminieren. Wenn sie angriffen, nun, ein SWAT-Team, wenn Anchorage eines hatte, würde es gegen eine bewaffnete Milizarmee antreten.

All das dauerte zu lange.

Kit blieb keine Zeit mehr.

Sie stoppte abrupt und starrte auf den blaugrünen See. Bull würde helfen. Sie hatte ihn nicht einbeziehen wollen, als sie andere Alternativen hatte – weil er darauf bestanden hätte, zu helfen. Damit würde er sein Leben riskieren. Und ihr Plan hätte nur ihr Leben aufs Spiel gesetzt. Aber jetzt ...

Jetzt ging es um das Leben einer Frau und eines Kindes, und Frankie hatte keine Möglichkeit, sie herauszuholen. Sie brauchte seine Hilfe.

Sie marschierte über den Rasen und sah ihn auf seiner Terrasse. Wartend. Er hatte mit Sicherheit gesehen, dass sie aufgebracht war ... und er hatte ihr Raum gegeben.

Er ging die Stufen hinunter, um ihr entgegenzukommen.

„Bull."

Er fuhr mit den Händen über ihre Oberarme und beruhigte sie nur mit seiner Berührung. „Erzähl es mir, Süße."

„Ich brauche deine Hilfe. Jede Menge Hilfe." Sie versuchte, ihre Atmung zu verlangsamen. „Alles versinkt im Chaos, und ich denke, sie werden meine Freundin töten. Bitte hilf uns."

„Immer. Was brauchst du?"

Madonna, es war kein Wunder, dass sie ihn liebte. „Ich habe eine Freundin, die einen Mann geheiratet hat, der zu den PZs gehört und –"

„*'Mano*", rief Caz. Er und Gabe kamen auf sie zu. „Ich gab Frankie eine Nachricht von einer PZ-Frau, die Prellungen und einen gebrochenen Arm hatte."

„Du ..." Frankie runzelte die Stirn. „Was ist mit dem Datenschutz?"

Sein Mundwinkel zuckte. „Nachrichten, die in meinen Laborkittel geschoben werden, fallen nicht unter die ärztliche Schweigepflicht. Ich stehe sogar in der Pflicht, den Verdacht des Missbrauchs den örtlichen Strafverfolgungsbehörden zu melden." Er wies mit dem Kinn auf Gabe.

„Willst du Privatsphäre – oder Hilfe, Bruder?", fragte Gabe.

„Könnten sie hilfreich sein, Süße?" Bull deutete zu seinen Brüdern. „Sie bieten es an."

Hilfe anbieten? Einfach so? Ihre Familie hätte nicht geholfen. „Wirklich?" Die Hoffnung blühte in ihr auf.

Bull sah zu seinen Brüdern. „Lasst uns das in Makos Haus besprechen."

„Okay." Gabes Blick fiel auf den Zettel in Frankies Hand. „Das riecht sehr nach Ziegenscheiße. Caz, lass Regan bei dir, aber hol Hawk und JJ. Ich benachrichtige alle anderen."

Als sie und Bull über den Rasen zu Makos Haus gingen, versuchte sie nachzudenken – und war so unglaublich dankbar für den stahlharten Arm um ihre Taille, die Stärke, die von Bulls Körper direkt in ihren sickerte. Er führte sie zu der riesigen Couch und setzte sich neben sie.

Sie erinnerte sich an das letzte Mal, als sie hier gewesen war – als sie ihnen das italienische Essen serviert hatte. Irgendwie schien es, als ob noch immer Musik in der Luft schwebte. Sie hatte diese Nacht mit Bull verbracht und all die Nächte seither.

Sie streckte die Hand aus und legte sie auf seinen Kiefer. Seine Muskeln waren angespannt. War er ... Oh, *cavolo*. „Fragst du dich, wie viel von dem, was zwischen uns ist, eine Lüge war?"

Seine Augen waren ein mattes Schwarz, als er auf sie herunterblickte. „Für einen Moment kam mir der Gedanke, ja." Sein Blick wurde weicher. „Obwohl du mir nicht alles anvertraut hast, glaube ich nicht, dass du gelogen hast, wenn es darum geht, was du für mich empfindest."

„Das habe ich nicht. Das w-würde ich nicht tun. Ich dachte, ich könnte sie alleine da rausholen und gleichzeitig verhindern, dass du verletzt wirst." Sie blinzelte hart, weil ... sie wusste, oh, und wie sie es wusste, wie sehr es wehtat, zu lernen, dass Liebe eine Lüge war. Ihre Stimme kam in einem harschen Flüstern heraus: „Ich liebe dich. Das tue ich."

„Shh. Ich glaube dir." Er zog sie fest an seine Seite. „Wir werden das schon machen."

In den nächsten Minuten versammelte sich der Rest. Gabe und Audrey, Lillian und Dante. Caz brachte JJ und Hawk mit.

Lillian warf Frankie einen Blick zu, ließ sich neben ihr nieder und nahm ihre Hand. „Nun, Liebes, was ist das für ein Durcheinander, das wir hier in Ordnung bringen wollen?"

Die ernste Frage war wie ein kräftiger Wind, der die trüben Ängste wegblies.

Es war an der Zeit, klar und deutlich auszusprechen, was hier vor sich ging. *Konzentrier dich, Frankie.* Sie holte langsam Luft und begann: „Ich habe eine Freundin, Kit, meine beste Freundin aus Collegetagen und darüber hinaus, und ich bin die Patentante ihres Sohnes Aric. Er ist jetzt vier. In Texas heiratete sie Obadiah, einen der Patriotischen Zeloten."

Frankie legte ihren Kopf an Bulls Schulter, und allein seine Nähe besänftigte sie. „Ich bekam einen Brief von Kit, in dem sie mich um Hilfe bat ..." Sie erklärte weiter, wie sie in Rescue gelandet war und wie die Kinder als Geiseln gehalten wurden, um die Loyalität der Mütter zu garantieren. „Kit hatte Angst, dass die Polizei oder das FBI versuchen würden, in das Gelände zu gelangen und dabei eine Schießerei lostreten würden, in der Kinder verletzt werden könnten."

Gabe rieb sich das Kinn. „Wie die Belagerung von Waco."

„Und Ruby Ridge", fügte Dante hinzu. „Sie hat nicht ganz unrecht."

„Ist Kit die Person, die als Kirsten Traeger in meinen Akten steht?" Als Frankie nickte, deutete Caz auf die Notiz, die sie immer noch hielt. „Was stand in der Nachricht?"

Frankie konnte die Worte nicht laut aussprechen und reichte den Zettel an Bull. Er las es und sein Kiefer spannte sich an, bevor er den Zettel Caz gab.

„Kurz nach meiner Ankunft in Rescue sah ich Kit im Lebensmittelgeschäft. Wir planten, dass ich an einem Samstagabend den Zaun hinter der Kinderbaracke durchschneiden würde. Sie würde sich mit Aric rausschleichen, sodass ich sie beide aus dem Wald führen kann."

„So wurdest du angeschossen." Hawk schnaubte und sah zu Bull. „Sie wird dir den letzten Nerv rauben."

Bull seufzte. „Jep."

„Es ist nicht so, dass ich angeschossen werden *wollte*", sagte Frankie. „Ich musste den richtigen Pfad finden und in Erfahrung bringen, welche Wachen in der Lage sein könnten, von ihren Positionen die Baracke zu sehen und –"

„Das Gelände ist riesig, Liebes. Du könntest es stundenlang umkreisen, ohne herauszubekommen, wofür du gekommen bist." Lillian gab ein missbilligendes Geräusch von sich.

„Eigentlich hatte ich den Standort bereits auf ein paar Gebäude in der Nähe des Ostzauns eingegrenzt."

„Hast du das?", murmelte Bull. Mit einem Finger unter ihrem Kinn hob er ihre Augen zu seinen. „Und wie genau hast du das vollbracht?"

Sein Gesicht zeigte gerade den gleichen Ausdruck, den Nonna immer aufgesetzt hatte, wenn ihre Großmutter Frankie beim Spielen mit einem Skorpion fand. Tatsächlich schienen alle Brüder von Bull gleichermaßen bestürzt zu sein.

Che palle, überfürsorgliche Männer. „Ich flog eine Drohne über das Gelände und konnte einen Teil einfangen. Zwischen zwei Gebäuden spielten Kinder. Eins davon war sicher die Kinderbaracke."

„Eine Drohne." Audrey grinste. „Das ist wirklich schlau."

„Hast du die Fotos?", fragte JJ. „Ich würde sie gerne sehen."

„Ich habe keine Bilder von der gesamten Anlage bekommen." Frankie zog ihr neues Handy heraus, um durch die Fotogalerie zu blättern. Gott sei Dank hatte sie alles in der Cloud gespeichert. „Sie haben meine arme Drohne getötet. Einfach abgescho –"

Sie registrierte, wie still es plötzlich war.

Ups.

Wut strahlte von Bulls kraftvollem Körper ab, wie Hitzewellen von einem New Yorker Bürgersteig im Sommer – so heiß, dass es reichte, eine Person zu verbrennen.

Sie sprang auf und gab JJ ihr Handy.

„Danke." JJ senkte ihre Stimme zu einem Flüstern: „Du steckst tief in der Scheiße mit dem Elchbullen; ich hoffe, das ist dir klar."

Als Frankie mit den Augen rollte, schnaubte die Polizistin ... und grinste.

Vielleicht war Bulls Einstellung ein wenig beleidigend, aber sein Beschützerinstinkt wärmte sie mehr als die Decke, die er letzte Nacht um sie gewickelt hatte.

Die Streifenpolizistin wischte auf dem Handy durch die Fotos und zoomte bei einem heran. „Ich sehe die Kinder vor den Gebäuden. Du hast sie Baracken genannt. Bedeutet das, dass die Frauen nicht bei ihren Kindern leben?"

„Kit sagte, die Frauenbaracke sei neben der für die Kinder.

Die Kinder haben eine Matrone, die für ihr Gebäude verantwortlich ist."

„Das könnte die Sache verkomplizieren." Caz wandte sich an Gabe. „Also, *Viejo*, wie sollen wir das angehen?"

Frankie faltete ihre Hände in ihrem Schoß, während sich Hoffnung und Angst in ihr vermischten. Denn anders als bei ihrem Plan müssten die Rettungskräfte aufs Gelände. „Natürlich wisst ihr, dass sie Waffen haben."

„Sie haben *Gewehre*, Frau. Ich bezweifle, dass sie Artillerie haben", sagte Bull.

Dante schüttelte den Kopf. „Hoffentlich nicht. Artillerie wäre schlecht."

Machten sie sich gerade über sie lustig? Frankie starrte die zwei Idioten an – die sie beide angrinsten.

Neben JJ blätterte Caz durch die Fotos ihres Handys. „Wir können den Südostzaun und diese Gebäude über den Pfad von Chevys und Knox' Land erreichen."

Frankie nickte. „Das ist der Pfad, den ich verwenden wollte."

„Er führt jedoch an den Wachtürmen vorbei." Er gab Gabe das Telefon.

Gabes Augenbrauen zogen sich zusammen. „Das ist zu klein, um etwas zu erk –"

„Alter Schwede, gib mir das." Audrey riss ihm das Telefon aus der Hand. „Ich laufe schnell zu unserer Hütte, lade die Fotos herunter und vergrößere die besten."

„Perfekt." Gabe zog sie für einen schnellen Kuss zu sich. „Du bist meine liebste IT-Göttin."

„Ich bin deine liebste alles, Chief." Audrey eilte aus dem Haus.

„Anstatt nur einen Jungen und eine Frau zu retten, sollten wir sie alle rausholen", sagte Bull.

„Alle?" Frankie hielt den Atem an. Das wäre wundervoll.

„Hmm." Gabe lehnte sich auf der Couch zurück und starrte für eine Minute an die Decke. „Es hätte Vorteile. Die Kinder entfernen – sowie alle Frauen, die gehen wollen –, was die Zeloten davon abhalten würde, sie als Geiseln zu missbrauchen. Die Übergabe der Opfer an die Behörden würde die rechtlichen Probleme minimieren."

JJ runzelte die Stirn. „Wir wollen, dass Sozialarbeiter und Strafverfolgungsbehörden einbezogen werden. Wenn eine Mutter einer Gehirnwäsche unterzogen oder unter Druck gesetzt wird, wollen wir nicht, dass ein Kind in eine missbräuchliche Situation zurückgebracht wird."

Caz hob ihre Hand und küsste ihre Finger. „*Sí*. So sind die Kinder in Sicherheit."

Rechtliche Probleme? Gabe und JJ waren Polizisten. Caz war eine lizenzierte medizinische Fachkraft. Frankie kaute auf ihrer Unterlippe, bevor sie fragte: „Können wir das tun, ohne eine Million Gesetze zu brechen und euch alle in Schwierigkeiten zu bringen?"

„Wir werden nicht mehr als eine Handvoll brechen", sagte Gabe mit einem schiefen Lächeln. „Du kannst bezeugen, dass wir aus berechtigten Gründen davon ausgehen mussten, dass das Leben eines Kindes in Gefahr ist. Hast du immer noch den Brief, den Kit dir geschickt hat, oder ist er in der Hütte verbrannt?"

„Er liegt in meinem Büro in New York." Sie entspannte sich etwas.

„Es wird jedoch ein Problem werden, intakt herauszukommen. Es wird Zeit brauchen, Frauen und Kinder durch einen dunklen Wald zu treiben", sagte Bull.

Dante nickte. „Wie Frankie betonte, haben die PZs Waffen." Trotz der neckenden Worte war sein Ton ernst.

Er hatte Recht. Frankie überlegte und sagte: „Eine Ablenkung?", während Bull vorschlug: „Lasst uns die Wachen von ihrem Posten weglocken."

„Ja." Gabe wandte sich an Dante. „Könntest du ein paar rauflustige Leute zusammentrommeln, um ein Ablenkungsmanöver in der Nähe ihres Tors zu starten?"

„Na aber sicher." Dante lächelte Lillian an. „Dafür kennen wir genau die richtigen Leute."

Audrey eilte wieder ins Haus und platzierte eine übergroße Karte auf den Couchtisch. „Dies ist die beste Gesamtansicht des Geländes. Zumindest das meiste davon." Sie legte eine kleinere daneben. „Diese zeigt die Gebäude mit den Kindern. Ich werde mehr für euch ausdrucken, aber diese sollten für den Anfang reichen."

„Das ist perfekt", sagte Caz. „Genau, was wir brauchen."

Audrey grinste. „Ich weiß mittlerweile, wie der Alte Mann seine Pläne schmiedet."

Gabe warf ihr einen tadelnden Blick zu und gluckste dann. „Danke, Goldlöckchen." Er zog die Karte vor, auf der die Dall Road und die Abzweigung zum PZ-Gelände sowie die benachbarten Straßen und Hütten zu sehen war. Sein Finger folgte einem Weg von der Kinderbaracke durch den Zaun, dann Richtung Süden entlang des Ostzauns zu zwei Hütten am Ende einer Straße. „Das ist kein einfacher Weg zu Knox und Chevy, vor allem nicht im Dunkeln. Wir brauchen waldkundige Freiwillige, die die Geretteten eskortieren, damit wir im Notfall unsere Nachhutschlacht bestreiten können."

Nachhutschlacht. Daran hätte sie selbst denken sollen. Die Zeloten würden ihnen zweifellos folgen. Frankie setzte sich kerzengerade hin. Sie würden verdammt nochmal nicht in die Nähe von Kit oder Aric kommen.

„Das könnte eklig werden." Hawk nickte ihr zu, bevor er sich über die Karte beugte. „Ich werde den Hubschrauber auf der Wiese hinter Chevys Hütte landen. Ich fliege ohne Licht rein, also brauche ich jemanden, der mir einen Landeplatz beleuchtet."

Madonna, alle wollten ihr helfen. Sie schaute sich im Raum um. „D-Danke." Ihre Stimme brach.

Lillian drückte ihre Hand. „Das ist es, was Familien tun."

„Wir haben den Hubschrauber für Schwerverletzte", sagte

Caz. „Für den Rest lade ich zusätzliche Erste-Hilfe-Sachen in mein Auto."

Erste Hilfe. Hubschrauber für die Verwundeten. *Verwundet.*

Bull könnte sterben. Seine Familie könnte sterben. Sie konnte immer noch die Spur der Kugel spüren, die ihren Arm gestreift hatte, und sah, wie das Rot über ihre Haut strömte. „Bull." Sein Name kam fast unhörbar heraus, und sie nahm seinen Arm in ihre Hände und versuchte, nicht zu zittern.

Eine andere Option gab es nicht. Das war der beste Plan, um den kleinen Aric zu retten – um all diese Frauen und Kinder dort rauszuholen. Aber das Risiko war ... Schuldgefühle und Angst und Entschlossenheit rollten zusammen.

Caz beobachtete sie. „Ich habe mich schon gefragt, wie lange es dauern würde, bis sie zu der Erkenntnis kommt", sagte er zu seinen Brüdern.

Hawks Schnauben klang wie ein Lachen.

Mit einem schiefen Lächeln auf den Lippen schüttelte Gabe den Kopf.

Bull hob sie auf seinen Schoß und rieb seine Wange gegen ihre. „Hey, es war viel zu langweilig hier. Das wird ein Spaß."

„Deficiente." Sie zog an seinem Shirt, um ihn zum Zuhören zu bewegen. „Du wirst vorsichtig sein und kein Risiko eingehen. Ihr werdet alle vorsichtig sein."

Bull packte ihre Handgelenke und sein Blick wurde ernst. „Es besteht immer die Gefahr, bei einer Mission verletzt zu werden, aber wir wollen bezüglich der Zeloten schon lange etwas unternehmen. Vielen Dank, dass du uns den perfekten Grund geliefert hast."

Als sie ungläubig blinzelte, fügte Hawk hinzu: „Was er gesagt hat."

„So ist es." Gabe lächelte sie an. „Während wir alles vorbereiten, werde ich mit der DEA und dem FBI sprechen. Bis die Agents eintreffen, sollten wir mit den Frauen und Kindern zurück in Rescue sein – und die PZs werden es mit dem FBI zutun bekommen, sodass sie uns in Ruhe lassen. Jetzt lasst uns den Rest der Mission planen."

Caz runzelte die Stirn. „Sie haben Hunde und wandernde Wachposten."

Frankie beugte sich vor und legte ihren Finger auf ein Quadrat. „Die Wache auf diesem Turm überblickt den Bereich hinter der Frauenbaracke."

Hawk streckte seine Beine aus und lächelte leicht. „Der Wachturm gehört mir."

Bevor sie antworten konnte, sagte Bull: „Gryff und ich haben vielleicht ein oder zwei Ideen, was wir mit den Hunden machen können. Gryff wird spielen wollen." Seine dunklen Augen funkelten vor Lachen.

Frankie schüttelte den Kopf. Mako musste einen ... interessanten Sinn für Humor gehabt haben, den seine Söhne geerbt zu haben schienen.

In Obadiahs kleinem Fertighaus versuchte Kit, sein Bett mit einer Hand zu machen. Ihr rechter Arm war in einer Schlinge und schmerzte wie ... wie ein gebrochener Knochen das eben tat. Gott, es hatte so viel schlimmer wehgetan, als er zwei ihrer Finger gebrochen hatte. Noch mehr, als er das mit einer ihrer Rippen getan hatte. Die Erinnerung an das Knacken ihres Armes hallte immer noch in ihren anderen Knochen nach und hinterließ ein fröstelndes Gefühl im Inneren.

Ihr Mann saß am kleinen Tisch und aß den Kuchen, den sie ihm aus der Cafeteria geholt hatte. Er mochte es, von ihr bedient zu werden. Vor allem in den Nächten, in denen er nicht im Wachdienst war und er sie ficken konnte, bevor er zu Bett ging.

Oh, Frankie, du hattest in Bezug auf ihn ja sowas von Recht.

Die Angst um ihre Freundin ließ sie beben. Sie wussten von Frankie, und Obadiah hatte immer wieder gefragt, warum sie nach Alaska gekommen war. Kit hatte nur gesagt, dass Frankie schon immer Urlaub in Alaska machen wollte. Obadiah hatte die Beherrschung verloren, ihr den Arm gebrochen und das Verhör beendet.

Weil sie ohnmächtig geworden war.

Jedoch wussten sie es. Sie wussten, dass Frankie für Kit gekommen war. Wenn Nabera dachte, Frankie wüsste zu viel, würde er ihr wehtun, sie sogar töten.

Wie konnte ich nur so egoistisch sein und Frankies Leben aufs Spiel setzen?

Winzige Schritte ertönten vor der Tür. Eine Sekunde später rannte Aric herein und krachte gegen ihre Beine.

Er ist der Grund.

Sie beugte sich vor, um ihren Sohn zu umarmen, und atmete den wilden Duft eines kleinen Jungen ein. Oh, für ihn würde sie Frankies Leben, ihr eigenes Leben, die ganze Welt riskieren.

„Was machst du hier, du kleiner Bastard?“ Obadiah schlug mit der Faust auf den Tisch, sodass Aric zusammenzuckte.

Ihr Junge trat zurück, faltete seine Hände vor seiner Taille und neigte seinen Kopf.

„Er ist mit seiner Arbeit fertig und kam, um gute Nacht zu sagen.“ Kit versuchte einen hellen Ton und wandte sich dann an Aric. „Geh zurück in deine Baracke, Schatz.“ Sie umarmte ihn mit ihrem unverletzten Arm und flüsterte: „Süße Träume, mein Baby.“

Lass nicht zu, dass ihm etwas passiert. Oh, bitte lass nicht zu, dass ihm etwas passiert.

Ohne zu sprechen – etwas, das er immer weniger tat –, schlürfte Aric aus der Tür. Vielleicht ging er zurück in die Baracke, vielleicht auch nicht. Innerhalb eines Monats nach der Ankunft hatte ihr Sohn jedes mögliche Versteck auf dem Gelände ausgemacht. Andere Kinder *versuchten*, sich zu verstecken, Aric hatte Erfolg.

„Weinerliches Gör.“ Obadiah lenkte seine Aufmerksamkeit

wieder auf sein Essen und kaute es genüsslich. Krümel blieben in seinem gelbbraunen Bart hängen.

In der Hoffnung, seine Aufmerksamkeit – sein Interesse – nicht zu erregen, konzentrierte sie sich darauf, die Decke festzustecken.

Mit einem lauten Rülpsen schob Obadiah den leeren Teller weg. „Räum auf, bevor du ins Bett gehst. Captain Nabera wird dir heute Nacht irgendwann einen Besuch abstatten. Sobald er wieder hier ist."

Sie schwankte, als wäre der Boden unter ihr plötzlich eingesunken. „Wieso?"

„Er sagt, du weißt mehr, als du zugibst." Der Kiefer ihres Mannes ragte nach vorne. „Du solltest ihn besser nicht anlügen, sonst wirst du schon bald wissen, was eine richtige Prügel ist."

„Ich habe dir die Wahrheit gesagt", flüsterte sie, und sie spürte, wie sie vor Angst begann, zu schwitzen.

„Wenn das stimmt, wird er dich wahrscheinlich mit einer Reinigung belohnen."

Sie hatte diese „Reinigungen" schon mehrmals mit Nabera durchgemacht. Und auch mit Parrish.

Frankie würde diese Sitzungen Vergewaltigung nennen.

Ich auch. Ihr wurde übel und Kit konnte ihr Würgen nicht zurückhalten.

Obadiah schlug sie zu Boden und der Schmerz explodierte in ihrem Kopf. „Entferne diese sündigen, hasserfüllten Gedanken aus deinem Kopf. Der Captain hat Recht. Du musst gereinigt werden."

Kit legte ihre Hand an ihre brennende Wange und schaffte es wieder auf die Beine. Ihr Arm pochte, aber sie hielt den Kopf gesenkt.

Wahrscheinlich würde sie die nächsten vierundzwanzig Stunden nicht überleben.

Was wird dann aus meinem Baby?

Verdammt. Bull hatte gewusst, dass Frankie Geheimnisse hatte, welche sich auf die Zeloten bezogen. Die Wahrheit war jedoch so viel schlimmer, als er erwartet hätte.

„Wir gehen die Stufen hinunter“, sagte er zu ihr und hielt ihr die Tür zur Treppe auf.

Er wäre wütender, würde er nicht ihre Beweggründe so gut nachvollziehen können. Hätte sie es ihm erzählt, hätte er darauf bestanden, mit ihr zu gehen, und sie hatte ihn nicht gefährden wollen. Nicht, wenn sie die Mission selbst zu Ende bringen könnte. Er hätte genauso empfunden und demnach auch so gehandelt.

Ihre Loyalität zu ihrer Freundin? Nun, verdammt, das musste er einfach lieben. Wer würde das nicht?

Mit ihr hinter sich führte er den Weg hinunter zu den Tunneln, die die fünf Häuser unterirdisch miteinander verbanden. Die kühle, feuchte Luft hielt den intensiven Duft von Mineralien ... und Waffen.

Denn natürlich hatte der Sarge unter seinem Haus einen Luftschutzbunker sowie eine Waffenkammer gebaut. *Mako, du warst ein verrückter Bastard.*

Seine Brüder und JJ waren bereits im Raum und zogen heraus, was sie mitnehmen wollten.

Ein paar Meter hinter der dicken Waffentür blieb Frankie stehen und ... starrte.

Bull lächelte. „Beeindruckend, oder? Mako hat den Großteil der Konstruktion selbst übernommen.“

Grob geschliffene Holzplatten mit Eisenwinkeln säumten die Wände. Auf einer Seite befanden sich halbautomatische Handfeuerwaffen und Revolver wie die S&W Magnum und die Glock. Die angrenzende Wand zeigte halbautomatische Schrotflinten wie Kalaschnikows. Es gab AK-47- und AR-15-Gewehre. Jagdgewehre wie die Ruger 10/22 sowie klassische Mossbergs und Remington Pumpguns.

Natürlich hatte der paranoide Survivalist auch alles angesammelt, was ein Soldat für eine Apokalypse brauchte – von Granaten bis hin zu Nachtsichtbrillen.

Okay, vielleicht war der Sarge nicht der einzige Verrückte.

Im Laufe der Jahre hatten sie alle zur Sammlung beigetragen.

Die hüfthohen Schränke hielten ausziehbare Schubladen mit Munition. In der äußersten Ecke befanden sich extra Munition und andere Vorräte. Ein übergroßer Tisch in der Mitte des Raumes diente zur Reinigung und Montage.

„Das ist ... Ist das Zeug überhaupt legal?" Frankie stellte den Rucksack ab, den sie aus seinem Haus geholt hatte und drehte sich im Kreis.

JJ sah zu ihr. „Das meiste davon. Wenn es um Prepper in Alaska geht, heißt es anscheinend ‚Frag nicht, sag nichts'. Wenn die Zivilisation jedoch nicht zusammenbricht, wird die Verwendung von Dingen wie Sprengstoff in bewohnten Gebieten als Terrorismus bezeichnet und bringt dem Besitzer viele Jahre kostenloser Mahlzeiten hinter Gittern ein."

„Oh. Okay", hauchte Frankie.

Gabe schaute zu ihnen. „Mach dich bereit, Bruder."

„Yeah." Bull schnappte sich eine Schutzweste in dunklem Tarnmuster.

Um ihn herum taten seine Brüder und JJ dasselbe.

In der kurzen Zeit vor dem Aufrüsten telefonierten Gabe und Caz und ließen ihre Beziehungen spielen. Sie hatten alles getan, was sie konnten, und jetzt lag es an Audrey, die eintreffenden medizinischen Experten, Sozialdienste und Strafverfolgungsbehörden zu organisieren. Bull machte sich keine Sorgen; die Frau war hervorragend darin, Ressourcen zu jonglieren.

Lillian und Dante waren bereits gegangen und hatten Regan an sich genommen. Seine Nichte würde die Nacht mit ihrer besten Freundin verbringen.

Die beiden Senioren rekrutierten vertrauenswürdige Leute und brachten sie zur richtigen Zeit an den richtigen Ort. Der Plan sah viele Freiwillige vor, einige für die Ablenkung, andere, um die Frauen und Kinder herauszuführen. Weitere würden helfen, alle in die Stadt zu transportieren.

Die Mission wurde mit Gabes gewohnter Liebe zum Detail durchgezogen. In den dunkelsten Stunden der Nacht – zwischen ein Uhr und drei Uhr dreißig – würden sie in das Gelände einbrechen. Davor und danach wäre der graue Himmel für verdeckte Unternehmungen zu hell.

Das enge Zeitfenster war besorgniserregend.

„Wenn wir –" Bulls Gedanken stotterten zum Stillstand.

Frankie probierte eine kleine kugelsichere Weste an – und zwar die, die Caz als dünner Teenager getragen hatte.

Heilige Scheiße. „Was soll das werden?" Er hielt das für eine sehr vernünftige Frage.

„Ihr tragt alle eine Weste. Ich dachte, du würdest wollen, dass ich auch eine trage."

„Das würde ich, wenn du an der Mission teilnehmen würdest. Aber du wirst mit Audrey in der Stadt sein und die ankommenden Leute koordinieren." Bulls Stimme war nicht lauter geworden; er war sich sicher, dass das nicht der Fall war, aber Caz wandte sich hastig mit einem dummen Glucksen ab.

„Sei ruhig." JJ schlug dem Doc in den Bauch.

„Frankie, du bleibst in der Stadt. Wo es sicher ist", wiederholte Bull, für den Fall, dass sie nicht verstand, was er gerade gesagt hatte.

„Nein. Ich gehe mit dir zu dem Gelände." Frankie richtete die Weste.

Bulls Magen verkrampfte sich, als hätte er ein Fass grüner Äpfel gegessen – als hätte seine Frau ihm gerade gesagt, dass sie vorhatte, in ein verdammtes Feuergefecht zu marschieren. „Nein. Nein, das wirst du nicht."

Als sie mit den Augen rollte und die Handfeuerwaffen

betrachtete, wandte er sich an die eine Person, auf die sie hören würde. „Gabe. Du hast das Sagen."

Sein Bruder verschränkte die Arme vor der Brust und musterte Frankie. „Überzeuge mich."

„Kein Problem." Sie stemmte die Fäuste in die Hüften, wie Mom es getan hatte, wenn sie sich gegen Dad bewehren musste. Der Anblick versetzte Bulls Herz einen Stich.

„Ihr seid riesig und gruselig, schon bevor ihr euch bewaffnet habt und alles. Ganz in Schwarz. Gefährlich aussehend." Frankie schüttelte den Kopf, runzelte die Stirn und begann, ihre Haare zu einem Zopf zu flechten. „Ihr vergesst, dass diese Frauen missbraucht wurden. Warum um alles in der Welt würden sie mit euch gehen? Ihr werdet noch furchterregender auf sie wirken als die Fanatiker."

Bull öffnete den Mund und schloss ihn, räusperte sich. „Wir werden Kit sagen, dass du uns geschickt hast."

„Vielleicht würde sie dir glauben ... irgendwann." Frankie sah zu Gabe. „Hast du in deinen Plan extra Zeit eingeplant, um die Dinge zu erklären?"

Der saure Ausdruck auf Gabes Gesicht sagte, dass sie Recht hatte.

Sie würde mitkommen.

„Gottverdammte Scheiße." Bull hörte das Echo von den Wänden abprallen und zuckte zusammen. Verdammt, das war laut gewesen.

Frankie zuckte nicht einmal, sondern kicherte nur. „Ich liebe dich auch. Und ich weiß, dass ich kein Soldat bin, und ich habe verdammt große Angst, aber ich muss da sein, damit Kit euch vertraut. Wenn sie es tut, werden es vielleicht auch die anderen."

Sie liebte ihn. Und sie hatte es sogar vor seinen Brüdern laut ausgesprochen. Fuck, aber er würde nie müde werden, das zu hören, egal wie viele Jahre auch vergingen.

Sie hatte Angst ... und ging trotzdem mit. Ihre Loyalität zu ihrer Freundin ließ ihn in Ehrfurcht erstarren.

Bull packte ihre Arme, und das Gefühl ihrer angespannten Muskeln beruhigte ihn. Sie wusste, wie man kämpfte. Sie konnte sich behaupten. Er lehnte seine Stirn an ihre. „Herrgott, Frau."

„Ja, ich weiß."

Er atmete ein und fixierte sie mit einem harten Blick. „Du wirst Befehle befolgen. Von Gabe, mir, Caz, Hawk und JJ. Sofort. Keine Fragen oder Argumente. *Sofort.*"

Sie warf einen Blick auf die Waffen, die die Wände bedeckten. Ihre Lippen neigten sich leicht. „Keine Sorge, *Orsacchiotto*. Ich weiß, wann ich ganz unten in der Rangliste stehe."

KAPITEL EINUNDZWANZIG

W*enn du durch die Hölle gehst – geh weiter.* - Winston Churchill

Frankies Welt bestand nur noch aus dem engen Pfad ... und aus Bull, der direkt vor ihr lief. Gott sei Dank war sie durch ihr Nachtsichtmonokular jetzt eine kompetente Nachtwanderin. Es half auch, dass sie ihren Jo-Stab als Spazierstock benutzte.

Wie sie auf ihren vorherigen Streifzügen erfahren hatte, gestaltete sich der Pfad nachts ganz anders als tagsüber. Die Düfte von Fichten und feuchtem Unterholz waren ausgeprägter. Geräusche überall – Eulen kreischten. Und was noch schlimmer war ... Flügelschläge direkt über den Köpfen. Panische Tiere sprangen durch die Büsche. Ein großes Tier konnte nach einer ganzen Stampede klingen.

Über ihnen war das Baumkronendach dicht und gab nur hin und wieder einen flüchtigen Blick auf den zunehmenden Dreiviertelmond frei.

Alle waren mit Nachtsichtgeräten ausgestattet. Bull und seine Brüder hatten ihre eigenen und verteilten Extras an die Freiwilligen. Nicht viele taten das. Die Jungs, die jagten, hatten ihre eigenen, ebenso wie JJ als Teil ihrer Polizeiausrüstung.

Als Bull Frankie ein Gerät anbot, hatte sie ihr eigenes zusammen mit der Kopfhalterung herausgezogen – und gezeigt, dass sie mit allem vertraut war. Er hatte nur den Kopf geschüttelt.

Am Anfang des Weges erhaschte sie einen weiteren langen Blick von allen vier Brüdern, als sie die Kreise sahen, die den Weg zum Gelände markierten.

Diese reflektierende Farbe funktionierte prima.

Trotzdem war es immer noch eine lange Wanderung. Ihre Beine waren müde. Ihr Nacken schmerzte durch das Gewicht des Nachtsichtgerätes, das ihren Kopf zur Seite zog. Sie war erleichtert, als Gabe die Karawane stoppte.

Sie waren immer noch tief genug im Wald, um vor dem Gelände verborgen zu bleiben, aber viel näher, als sie es seit dem ersten Mal gewagt hatte.

Bull stellte sich neben sie und legte einen warmen Arm um ihre Taille. Er beugte sich vor, um zu flüstern: „Ruhe dich aus. Ich bin gleich wieder bei dir.“ Dann verschwand er mit Gryff dicht hinter ihm.

Warten.

Geduldig sein zu müssen, war wirklich scheiße. Vor allem allein. Nur war sie das nicht. Jetzt, wo sie angehalten hatte, konnte sie das feine Zittern in ihren Händen spüren. Ihre Lungen fühlten sich beengt an; ihr Herz schlug zu schnell.

Wir kommen, Kit.

Sie legte die Finger enger um ihren dunklen Stab. Keine Schusswaffen für sie. Nicht, nachdem Hawk erwähnt hatte, dass Menschen, die nicht an den Kampf gewöhnt waren, dazu neigten, alles um sich herum niederzuschießen – einschließlich ihres eigenen Teams.

Sie würde sich an den nicht-tödlichen Jo-Stab halten. *Ich will niemanden töten.* Aber sie würde es tun, wenn es bedeutete, ihre Leute lebend dort rauszubringen.

Mit dem Gewehr in der Hand entfernte sich Hawk leise, sein Ziel ein hoher Baum gegenüber dem Wachturm in der Ecke. Bull meinte, Hawk sei ein Scharfschütze und damit der beste Schütze unter ihnen.

Viel Glück, Hawk.

Seine erste Aufgabe war es, den Wachturmwächter mit einem Beruhigungsmittel auszuschalten. Seine zweite ... Bull hatte vorgeschlagen, dass Hawk, da er auf einen Baum klettern würde, genauso gut das fernaktivierte Gerät einrichten könnte, das eine Aufnahme von Gabes Stimme enthielt. Hawks Antwort war unhöflich gewesen, aber er hatte zugestimmt.

Eine Berührung an ihrer Schulter ließ sie springen.

Die unheimliche Nachtsichtbrille, die Caz trug, machte aus ihm einen Außerirdischen. Er legte eine beruhigende Hand auf ihren Arm, bevor er nach JJ sah, die unter einem anderen Baum versteckt war.

Frankie blickte über ihre Schulter. Auch die Menschen hinter ihr nutzten die Gelegenheit, sich auszuruhen. Chevy und Knox nickten ihr zu. Hubschrauber und Autos hatten sie auf deren Grundstücken abgestellt. Sie konnte Uriah, dem das Café gehörte, oder die Gruppe aus Tucker, Guzman, Harvey und Rasmussen, die sie von der Bar kannte, kaum sehen. Der Schulleiter und der alte Hippie-Tankstellenbesitzer bildeten das Schlusslicht.

Diese Männer sowie die Gruppe, die sich für die Ablenkung freiwillig gemeldet hatte, und das nur, weil Makos Söhne, Audrey und JJ um Hilfe gebeten hatten.

Frankie schüttelte den Kopf und dachte an die Geschichten, die ihr erzählt wurden, während sie in Chevys Hütte auf die Ankunft der anderen gewartet hatten. So hatte sie erfahren, wie Gabe und Bull Chevys Sohn nach einem Bärenangriff im Wald gefunden hatten. Wie JJ Rasmussens Leben nach einem Erdbeben gerettet und dann ihr eigenes Leben riskiert hatte, um Schulkinder aus dem verschütteten Schulgebäude zu befreien. Audrey brachte Knox das Lesen bei. Caz kümmerte sich um ihre Krankheiten. Hawk flog Notflüge zu den städtischen Krankenhäusern. Die Eremitage-Familie war für ihre Gemeinde da. Sie verpflegten die Menschen, halfen bei Reparaturen, organisierten Veranstaltungen, verbesserten das Leben aller in Rescue.

Die Freiwilligen freuten sich, dass Bull und seine Brüder sie um Hilfe gebeten hatten. Frankie lächelte. Und alle freuten sich darauf, den Patriotischen Zeloten eins auszuwischen.

Plötzlich brach ein langes Heulen aus dem Südwesten in die Stille ein.

Zeig es ihnen, Gryff.

Im Inneren des Geländes reagierten die Hunde, bellten und heulten und winselten. Die Wachen entließen wütende Schreie.

Frankie richtete ihren Blick auf den Wachturm und entdeckte den grünlichen Umriss der Wache. Er war so positioniert, sodass er den Bereich überblicken konnte, in dem Gryff heulte. Egal, wie gut er auch sehen konnte, es würde ihm nichts nützen, da er gerade dem Waldabschnitt dem Rücken zuwandte, in dem Hawk auf einen Baum geklettert war.

Während der Planung hatten die Eremitage-Jungs die Verwendung von Beruhigungsmitteln besprochen. Kein Beruhigungsmittel funktionierte augenblicklich. Es dauerte stets ein paar Minuten, bis sich die Wirkung entfaltete. Der Plan war demnach gewesen, dass Hawk auf einen Baum klettern müsste, um den Schuss abzugeben. Eine andere Option hatten sie jedoch nicht, denn keiner von ihnen war bereit, die Wache zu töten.

Das Problem war, dass dieser Wachturm den Bereich überblickte, wo sie den Zaun durchschneiden wollten. Makos Söhne könnten sich vielleicht unbemerkt reinschleichen, aber der Wache würde es sicher nicht entgehen, dass Frauen und Kinder die Flucht ergriffen.

Wenn Hawk die Wache nicht zum Schweigen bringen konnte, müssten sie die Mission abbrechen.

Frankie drückte die Daumen.

Ein paar Minuten später fing Gryff wieder an zu heulen.

Erneut kam als Antwort eine Kakofonie des Bellens von den Wachhunden der PZ.

Frankie überprüfte den Wachturm. Die Silhouette der Wache war verschwunden. *Gut gemacht, Hawk!* Er musste ein genauso guter Scharfschütze sein, wie die Jungs behauptet hatten.

Gabe ging an Frankie vorbei und machte sich zum Zaun auf, was bedeutete, dass er nun den Bereich zwischen der Waldgrenze und dem PZ-Zaun überqueren musste. Äste in seiner Jacke brachen seine Silhouette auf, und die beiden riesigen Bolzenschneider, die er trug, waren schwarz gestrichen und mit einem dunklen Stoff umwickelt. Die Eremitage hatte einen Bolzenschneider gestellt. Sie hatte den anderen beigesteuert.

Er bewegte sich langsam und dann wurde er plötzlich Eins mit den Schatten. Dieses Tarnzeug war wirklich effektiv. Am Zaun traf er sich mit Hawk. Die beiden Männer schufen vor dem silbernen Zaun einen dunkleren Fleck. Die Geräusche vom Bellen und dem Schreien übertönten erfolgreich die Laute des Bolzenschneiders.

Als die Hundelaute verstummten, erstarrten die beiden und warteten.

Gryff aktivierte die Hundelaute noch zwei weitere Male.

„Steck die verdammten Bestien in ihre Zwinger! Ich hab' genug von diesem Scheiß!", schrie jemand. Ein eisiger Schauer jagte Frankie bei dem Klang von Naberas Stimme über den Rücken.

„Jawohl, Captain!", rief einer der Wachen.

Frankie tauschte ein grimmiges Nicken mit JJ aus. Ziel erreicht. *Gryff, du bist so ein guter Junge.* Auf dem Gelände würden nun keine Hunde frei herumlaufen. Perfekt.

Ein paar Minuten später kehrten Bull und Gryff zurück und quetschten sich an allen vorbei, um zu ihr zu kommen.

Als Bull seinen Arm um ihre Schultern legte, lehnte sie sich an ihn, und einer der Knoten in ihrem Bauch löste sich. Es ging ihm gut. Nachdem er sie gedrückt hatte, stieß er Caz an und gab dann ein Geräusch von sich, das sie an einen der Vögel erinnerte, den sie am See gehört hatte.

Somit ließ er Gabe wissen, dass er zurück war.

Niemand rührte sich.

Sie warteten.

Bald, sehr bald.

Das Geräusch von sich nähernden Autos von der anderen Seite des Geländes war die erste Warnung für das nahende Ablenkungsmanöver. Bremsen quietschten, Metall schepperte, Glas zerbrach, Leute schrien und brüllten.

„Es kann losgehen", flüsterte Bull und trat aus dem Wald. Er hatte sich bereits eine Sturmhaube in Tarnfarben und eine Nachtsichtbrille aufgesetzt.

Bis sie Kit fanden und somit Beweise dafür hatten, dass sie gegen ihren Willen festgehalten wurde, würden die Rettungskräfte ihre Gesichter bedecken. Denn schließlich galt dies hier als Einbruch.

Langsam und unauffällig, erinnerte sie sich, als sie sich ihre eigene Sturmhaube über das Gesicht zog und ihm zum Zaun folgte. *Auf einem Fuß balancieren, einen Fuß absetzen, Gewicht ausüben, um nach etwas zu fühlen, was knacken könnte. Und das immer wieder. Schiele mit den Augen, um das Weiße zu verbergen.* Zumindest verbarg die Sturmhaube ihre weißen Zähne.

Die Wache auf dem Turm war betäubt worden, aber die Wahrscheinlichkeit bestand – war sehr hoch –, dass sich auf dem Gelände Leute befanden, Wachen, selbst wenn sie nur dazu da waren, die Frauen drinnen zu halten.

Der Zaun ragte über ihr auf. Gabe, Hawk und Bull hockten davor und verstauten ihre Nachtsichtbrillen in ihren Taschen. Sie hockte sich neben Bull und tat dasselbe. Er drückte ihre Schulter – *gut gemacht* –, was ihre Angst etwas reduzierte, die ihren Blutkreislauf überschwemmte. JJ erschien und ging neben Hawk auf ein Knie. Ein paar Sekunden später gesellte sich ein weiterer

Schatten zu ihnen, und Frankie zuckte zusammen. Sie hatte Caz' Herannahen weder gesehen noch gehört.

Allerdings kam vom Eingangstor auch einiges an Geschrei und Gehupe. Die Freiwilligen, die für die Ablenkung sorgen sollten, waren mit Begeisterung dabei – besonders, nachdem Zappa, der Tankstellenbesitzer, ihnen zwei alte Autos zur Verfügung gestellt hatte, mit denen sie anstellen konnten, was sie wollten.

Am Zaun hockten die Freiwilligen, die für den Transport der Frauen und Kinder zuständig waren. Sie warteten auf ihren Einsatz. Bull reichte Knox Gryffs Leine und handelte sich damit einen Blick des Verrats von dem Hund ein.

Gabe erhob sich und schlüpfte durch das Loch im Zaun. Der Zaun im Allgemeinen schien noch intakt, solange man nicht genauer hinsah.

Nachdem Gabe den Blick über die Umgebung hatte schweifen lassen, gab er dem Sturmtrupp ein Signal. Hawk hielt den Zaun offen, sodass Caz, JJ, Bull und Frankie durchschlüpfen konnten.

Gabe führte sie zu der Hinterseite der zwei schäbigen Fertighäuser – der Baracken für die Frauen und Kinder.

Lichter an den Ecken der Gebäude formten helle Kegel auf dem Boden und ließen den Rest im Schatten. Wenigstens wären sie von hier nicht von den Wachtürmen aus zu sehen. Frankie versuchte zu schlucken, aber ihr Mund war zu trocken.

Aus dem Gebäude auf der linken Seite kamen leise Kinderstimmen. Erstickte Schreie einer Frau und laute Schläge ertönten von rechts. Das musste die Frauenbaracke sein. Sicherlich hatten sie dort keinen Sex, wenn andere zuschauen konnten, oder?

Aric und Kit sollten in diesen Gebäuden zu finden sein. Frankie wagte es nicht, zu hoffen. Sie griff nach Bulls Hand und drückte leicht, was ihr ein beruhigendes Gefühl gab.

Bei genauerer Betrachtung stellte sich heraus, dass die Hintertüren mit schweren Eisenstangen gesichert waren. So wie die Fenster. Wut schob Frankies Angst für einen Moment beiseite. Die *Bastardi* wollten offensichtlich nicht, dass jemand die

Gebäude verließ – selbst wenn es bedeutete, dass die Bewohner im Falle eines Feuers verbrennen würden.

Nachdem Gabe die Tür und die Gitter überprüft hatte, schüttelte er den Kopf und flüsterte: „Es wäre zu laut, hier einzubrechen. Bull, du und Frankie geht nach links. Caz und JJ nach rechts. Hawk und ich gehen durch die Vordertür und öffnen diese hier von innen."

Als Gabe und Hawk sich zwischen den beiden Gebäuden bewegten, folgte Frankie Bull. Ihre Beine fühlten sich an wie Baumstämme ... wie Fremdkörper. Ihr Herz klopfte so heftig, dass sie befürchtete, sie würde von jeder Wache auf dem Gelände gehört werden.

Zum Glück war die Ablenkung immer noch laut. Vom Eingangstor kam Felix' markante Stimme: „Ich sage, dass du mir ins Auto gefahren bist, du arschleckende Kröte, und ich bringe dich vor Gericht!"

„Das ist hier nicht das verdammte Gerichtsgebäude!", schrie ein anderer Mann. „Verschwindet von hier! Das ist eine Privatstraße!"

„Es ist nicht privat auf dieser Seite des Tores. Wir haben sehr wohl das Recht dazu, hier zu sein." Das war eine junge Frau. Erica vielleicht? Oder Amka? „So ein Arschloch!"

Frankie hätte fast geschnaubt. *Okay, nicht die schüchterne Amka.*

Bull spähte um die Ecke des Gebäudes und hielt seine Hand mit zwei ausgestreckten Fingern hoch. *Zwei Wachen.*

Frankie zuckte zusammen und stärkte dann ihre Entschlossenheit. Sie würde tun, was getan werden musste. Um die Ecke blieb sie in der Finsternis. Durch die dunkle Tarnkleidung war Bull schwer zu sehen – beruhigend, da sie auf die gleiche Weise gekleidet war.

Nicht weit entfernt standen ihre Ziele nebeneinander und lauschten der Auseinandersetzung auf der Straße. „Vielleicht sollten wir helfen gehen?", sagte einer.

Im Schatten bewegte sich Bull an den beiden Männern vorbei und drehte sich um, bereit, von dort anzugreifen.

Geräuschlos packte Frankie ihren Jo-Stab und zügelte ihre Atmung. Sie fand den ruhigen Ort, an dem ihr Geist zusammen mit ihrem Körper und ihrer Energie floss.

Es musste getan werden, und sie würde es gut machen.

Schweigend stürmte Bull los.

Genauso leise nahm Frankie die wenigen Schritte, um ihr Ziel von hinten zu schlagen. Der kurze Stab landete direkt auf Mr. Spocks Lieblingsstelle – auf dem Plexus brachialis, dem Druckpunkt seitlich am Hals.

Der Mann fiel wie ein Stein.

Sie hatte nur Sekunden, bevor er sich erholen und schreien würde. Als sie seine Arme zurückzog und ihn fesselte, tat Bull dasselbe mit seinem niedergestreckten Gegner.

Sie schob ein Stück Stoff in den Mund ihres *Bastardo* und befestigte es mit Klebeband. Laut Hawk war Klebeband leicht zu entfernen, aber Chevy würde während der Mission über die Männer wachen.

Bitte lass das alles schnell vorbei sein.

Im Gebäude waren klopfende Geräusche und das Quietschen von verängstigten Kindern zu hören. Gabe und Hawk mussten es betreten haben.

Vorm Eingangstor war die Auseinandersetzung lauter geworden.

„Dafür wirst du bezahlen!" War das Raymond, der Barkeeper? „Bist du betrunken? Ihr Schlampen solltet nicht trinken dürfen. Oder erlaubt sein, einen Führerschein zu haben und zu fahren. Zur Hölle, oder zu wählen."

Mitreißender Jubel folgte von mehr Leuten als nur den Jungs aus der Ablenkungsmanövergruppe. Einige PZ-Männer schienen sich eingebracht zu haben. Frankie hätte fast gelacht, denn sie wusste, dass Raymond ein Feminist durch und durch war.

Sie packte den Wachmann an seiner Jacke, zog ihn in die

Schatten und folgte Bull zur Rückseite des Gebäudes. Der Zelot musste wirklich etwas abnehmen. Schwitzend erreichte sie die nun offene Hintertür.

Die Leute aus der Gruppe, die für den Transport der Unschuldigen eingeteilt wurden, näherten sich bereits, schnappten sich jeweils ein Kind und eilten zurück in den Wald. Ihr Herz produzierte Hoffnung – und Sorge. *Beschützt sie.*

In der Tür reichte Gabe Rasmussen ein kleines Mädchen, ihre Augen weit aufgerissen. Sofort rannte der Mann zu der Öffnung im Zaun. Alles still und leise.

Caz übergab das nächste Kind an Knox.

Frankie schüttelte den Kopf. Überall sonst würden Kinder wie am Spieß schreien, wenn sie von Fremden auf diese Weise gehandhabt würden. Aber nicht hier an diesem grauenvollen Ort. So herzzerreißend der Missbrauch auch war, er wirkte sich zugunsten der Retter aus. Die Kinder hatten mehr Angst davor, Lärm zu machen als vor den Männern mit der Sturmhaube.

Mit einem Grunzen warf Bull seinen Mann durch die Tür.

Angeber. Frankie versuchte, ihren PZ-Mann die eine Stufe hinaufzuziehen – und blieb stecken.

Die Linien neben Bulls Augen vertieften sich, und er warf auch ihren Kerl hinein.

Gabe näherte sich mit zwei weiteren Kindern und lief um die gefesselten Zeloten herum. Er nickte Bull und Frankie zu. „Gut gemacht. Wir hatten nur die Matrone und eine PZ-Wache hier drin."

Frankie stellte sich neben Caz. „Ist Aric rausgekommen?" Sie hatten alle das Bild ihres Patensohns gemustert und versprochen, nach ihm zu suchen.

„Nein, *Chica*. Wir haben ihn nicht gesehen." Seine dunklen Augen zeigten Sorge.

Weitere Kinder wurden den Rettern übergeben, bis abgesehen von den gefesselten PZ-Männern, niemand mehr im Raum war.

Angst legte sich um Frankies Herz. Sie marschierte zur Matrone. „Wo ist Aric?“

Die Frau schüttelte panisch mit dem Kopf.

„Ich habe schon gefragt.“ Gabe legte eine Hand auf Frankies Schulter. „Sie weiß es nicht, aber er schleicht sich oft raus, um bei seiner Mutter zu sein. Er ist wahrscheinlich im Frauengebäude.“

Ein anderer Mann trat durch die Hintertür ein, Sturmhaube über dem Kopf. Frankie erkannte den recht kleingewachsenen Chevy nur, weil seine beeindruckende Muskulatur ihn fast so breit wie groß machte. Er nickte Bull zu. „Ich bin für den Abend euer Arschloch-Sitter.“

„Gutes Timing.“ Bull deutete auf die gefesselten PZs auf dem Boden. „Achte auf Atemprobleme oder Würgegeräusche. Gib ihm ein Messer, Bruder.“

Caz reichte Chevy eines der unzähligen Messer, die er stets an sich trug.

Bull fuhr fort: „Ein Messer gibt ihnen einen Anreiz, die Fresse zu halten. Gesichter mit dem Messer bearbeiten – oder die Eier – funktioniert auch prima.“

Einem der gefesselten Männer wich die Farbe aus dem Gesicht und er presste die Beine zusammen.

„Klingt nach Spaß.“ Chevy glitt mit dem Daumen über die Klinge. „Sehr nett. Besonders schön ist es, dass ich diesmal das Blut später nicht wegwischen muss.“

Frankie blinzelte. Er klang sicher nicht wie der fröhliche Handwerker, als den sie ihn kannte.

Seine Worte funktionierten. Von der Art und Weise, wie die Gefangenen ihn anstarrten, würden sie keinen Piep von sich geben.

„Wartet auf das Signal“, wies Bull an, bekam ein Nicken und ging mit Frankie aus der Hintertür.

Draußen hatte sich JJ die Jacke einer der Wachen angeeignet und die Sturmhaube mit einer Strumpfhose ausgetauscht, um ihre

Gesichtszüge zu verschleiern. Sie gab vor, eine der Wachen zu sein, und schlenderte beiläufig über das Areal.

Zwischen den beiden Gebäuden wartete Gabe an der vorderen Ecke mit Hawk und Caz. Er sah zu ihr und tippte sich ans Ohr.

Frankie neigte den Kopf und hörte Männerstimmen im Inneren des Gebäudes. Sie hatten gehofft, dass das Gebäude nur Frauen und demnach keine Männer beherbergen würde.

Jalousien blockierten jegliche Sicht auf das Innere. Und die vordere Tür war der einzige Eingang. Es gab keine Möglichkeit, die Männer zu überraschen, und ein lauter Kampf würde die anderen Leute auf dem Gelände alarmieren.

Bull zuckte mit den Schultern, als wolle er sagen, dass ihnen keine andere Wahl blieb.

Als Gabe einen Schritt machte, packte Frankie seinen Arm und flüsterte: „Lass mich zuerst gehen. Es wird eine Sekunde dauern, bis sie meine Kleidung bemerken. Solange deren Aufmerksamkeit auf mir liegt, bist du vielleicht in der Lage, sie ohne viel Aufsehens auszuschalten."

Alle vier Männer runzelten die Stirn. *Beschützerinstinkte aktiviert.*

Nun, sie schien wahrscheinlich verängstigt ... weil sie es war. Sie hob das Kinn und sah sie alle entschlossen an. Sie würde ganz sicher zu verhindern wissen, dass Bull – oder ein anderer von ihnen – getötet wurde.

Gabe nickte. „Die sicherste Option."

„Verdammt." Bull legte seine Hand auf ihren Arm. „Tu es."

„Ich liebe dich", hauchte sie. Sie riss ihre Sturmhaube ab und stopfte sie in ihre Weste. Nachdem sie ihren geflochtenen Zopf gelöst hatte, zerwühlte sie ihre Haare. Schlafzimmerhaare.

Hawk gluckste. Ein leises Krächzen folgte: „Kluges Mädchen."

Caz drückte ihre Schulter. „Wir sind direkt hinter dir."

„Ich werde ihre Aufmerksamkeit auf die rechte Seite lenken."

Okay, okay. Ich kann das. Sie benutzte ihren kurzen Stab, als wäre sie verletzt, und humpelte in das Frauengebäude. Mit einem flüchtigen Blick sah sie Frauen auf Etagenbetten sitzen, die die rechten und linken Wände säumten. Sie ging nach rechts.

Drei Männer standen in der Mitte des Raumes. Zwei schauten zu ihr.

Frankie erhob ihre Stimme. „Mary? Mir wurde gesagt, ich solle dich holen und –“ Als hätte sie die Männer gerade erst bemerkt, winkte sie mit ihrer freien Hand übertrieben animiert in der Luft herum. „Oh, hey, tut mir leid.“

Und jetzt sah sie, dass der dritte Mann im Raum Obadiah war. Er bemerkte nicht einmal ihre Anwesenheit, da sein Blick auf –

Mit Blut bedeckt lag Kit zu einer schaudernden Kugel zusammengerollt auf dem Boden.

„Dumme Schlampe.“ Obadiah zog seinen Stiefel zurück.

„Nein!“ Frankie rannte auf ihn los. Zu weit weg. Sie würde nicht rechtzeitig –

Hawk raste durch die Tür, an ihr vorbei und rammte in Obadiah. Die beiden flogen nach hinten und krachten gegen eines der Etagenbetten.

Bull marschierte durch den Raum. Mit der Faust schickte er einen der Männer zu Boden. Gabe kümmerte sich um den verbliebenen.

Kit. Oh, Kit. Frankie ließ ihren Stab fallen und kniete nieder, schwebte mit den Händen über ihrer Freundin, weil sie sich nicht traute, sie zu berühren. *So viel Blut.* „*Cazzo*, was haben sie dir angetan?“

Kit ächzte vor Schmerz; sie atmete viel zu schnell und flach. Blut strömte aus einer langen Wunde über ihr Gesicht und sickerte in ihre Kleidung. Der Gips an ihrem Arm war halb zerschmettert. Ihre Augen öffneten sich.

Frankie drückte sanft ihre Hand und lehnte sich zu ihr runter. „Ich bin hier, *amica mia*. Wir holen dich und Aric hier raus.“

Kit blinzelte. „Fran – ich hab’ nichts g-gesagt. Nichts.“ Das Bewusstsein verschwand aus ihren Augen.

Als Caz sich neben Frankie hockte, legte Bull eine Hand auf ihre Schulter. „Lass den Doc seine Arbeit machen, Süße. Wende dich an die Frauen und frage, wer mit uns kommen will."

Aber ... Kit. Frankie beobachtete ein paar Sekunden, wie sich Caz' Hände über den Körper ihrer Freundin bewegten. Der Arzt war fürsorglich und kompetent und behutsam. Kit war bei ihm in guten Händen.

Richtig. Sie versuchte aufzustehen, aber ihre ganze Kraft hatte sich aus ihren Beinen verabschiedet. Sie nahm Bulls Hand. „Kannst du mir aufhelfen?"

„Immer." Er zog sie auf die Füße und stützte sie unter ihrem Ellbogen.

„Wir müssen Aric finden", sagte sie zu ihm.

„Das werden wir."

Gabe schloss sich ihnen an. „Die Bastarde haben die Hintertür dieses Gebäudes zugeschweißt. Sie haben den Frauen wohl nicht vertraut, schätze ich. Ihr müsst vorne raus." Gabes Stimme senkte sich. „Wir haben zu viele Männer hier drin – ich schicke JJ rein und halte stattdessen draußen Wache."

„Verstanden." Bull zog Frankie zu den Frauen auf den Etagenbetten.

Links von ihnen erhob sich Hawk. Obadiah lag bewegungslos auf dem Boden.

Die beiden Männer, die von Bull und Gabe niedergestreckt wurden, lagen gleich daneben. Sie blinzelte überrascht und erkannte, dass es sich um Captain Nabera handelte, den schwarzbärtigen älteren Mann von der Bar. Er hatte Obadiah dabei beobachtet, wie er Kit getreten hatte? Um ein Exempel an ihr zu statuieren. Frankies Hände ballten sich zu Fäusten.

Ihr Blick schweifte durch den Raum und sie sah die Frauen auf den Betten. Die Feiglinge hatten einfach dort gesessen und zugesehen, wie die Männer Kit verletzten. Frankie würde am liebsten aus diesem Gebäude marschieren und sie verrotten lassen.

Sie richtete ihren genervten Blick auf die Gruppe.

Aber ... sie bemerkten Frankie nicht mal. Alle zuckten vor Hawk, Caz und Bull zurück, zitterten und bebten, ohne jemals die Augen von ihnen zu nehmen. Von den männlichen Rettern.

Ihre Gesichter waren tränenüberströmt und geschwollen. Sie hatten um Kit geweint, hatten aber zu viel Angst, um zu helfen. Frankies Wut löste sich auf. Wie lange konnte Mut angesichts von Schmerz standhalten? Wenn Kinder bedroht wurden? Die Schuldzuweisung sollte nur zu denen gehen, die es verdienten ... zu den Gewalttätern.

Okay, ich hole euch raus. Wenn ihr mitkommen wollt.

Könnte Frankie die Frauen dazu überreden, das Gelände mit ihnen zu verlassen?

Vielleicht. Schließlich besänftigte sie Bocellis schüchterne Neulinge seit ihrem sechzehnten Lebensjahr. Sie holte langsam Luft, fand die Ruhe in ihrer Mitte und ließ sie in ihre Stimme fließen: „Meine Damen, ich bin Kits Freundin. Sie bat mich, sie und Aric aus diesem Gefängnis wegzubringen, weg davon, verprügelt und verletzt zu werden. Wir werden sie jetzt mitnehmen. Wenn ihr das wollt, könnt auch ihr uns begleiten."

Stille. Dann flüsterte eine Frau: „Sie haben meine Tochter."

Frankie erwartete, dass Bull etwas sagen würde, aber er neigte seinen Kopf zu JJ, die in der Tür stand.

JJs Gesichtszüge wurden durch die Strumpfmaske verwischt – aber es war eindeutig, dass sie weiblich war, was ihre starke, heisere Stimme bestätigte. „Alle Kinder aus der Baracke sind schon draußen. Sie werden in die Stadt und zu den zuständigen Behörden gebracht, wo sie in Sicherheit sind. Wenn ihr hier raus wollt, kommt jetzt mit."

Zwei Frauen standen auf.

Die anderen schüttelten den Kopf, und ihre verängstigten Stimmen erfüllten den Raum:

„Sie werden uns nicht gehen lassen."

„Sie werden uns nachjagen."

„Wir können ihnen nicht entkommen."

JJ zog ihre Strumpfmaske ab und legte ihre Hand auf ihren Waffengürtel, ihre Haltung militärisch gerade und gestreckt. „Ich bin Officer Jayden von der Polizei in Rescue. Wenn ihr gehen wollt, werden wir euch beschützen. Doch ihr müsst euch jetzt entscheiden. Mitkommen oder bleiben?"

Drei weitere erhoben sich und traten vor.

„Wie sollen wir wissen, dass es kein Trick ist?", flüsterte eine junge Frau, die deutlich gelitten hatte.

Frankies Herz brach, und dann hob sie entschlossen ihr Kinn. „Ich bin Kits Freundin, und ich habe all das hier arrangiert. Es ist kein Trick."

Konnten sie den Mut finden, diesen Ort zu verlassen?

Mit einem schmerzerfüllten Stöhnen öffnete Kit ihre Augen. Sie schluckte, dann starrte sie die Frauen aus geschwollenen Augen an. Ihre Stimme war kaum ein Flüstern. „Geht mit Frankie, ihr Idioten."

Das war also Frankies Freundin, dachte Hawk. Die Frau konnte nicht einmal geradeaus sehen, konnte kaum sprechen, aber ihre Gedanken waren bei ihren Geschlechtsgenossinnen.

Er musste diese Art von Loyalität respektieren.

Hawk beugte sich vor, um den Puls des Bastards zu seinen Füßen zu checken. Nichts. Er hatte das Arschloch getackelt, und sie waren so hart gegen das Bettgestell gekracht, dass es dem Kerl das Genick gebrochen hatte.

Es war ein rechtschaffener Mord – das Arschloch hatte versucht, die Frau zu Tode zu treten – und doch war es ein weiterer Körper auf Hawks Seele.

Mit Anstrengung schüttelte Hawk die Schuld ab und katalogisierte die Situation.

Mit ihrem Stab in der Hand führte Frankie die PZ-Frauen aus dem Gebäude, mit JJ an der Spitze. Die verängstigte kleine Herde machte einen großen Bogen um Bull und Caz und hielt sich aneinander fest.

Einige waren immer noch auf ihren Betten, nicht willig, zu gehen – wahre Gläubige, die einer gefährlichen Ideologie verfallen waren.

Bull ging nach draußen, um sie zu beschützen, bis sie den Zaun erreichten, von wo aus das Transportteam die Gruppe durch den Wald führen würde.

Hawk versuchte nicht, zu helfen. Zur Hölle nochmal, er erschreckte bereits normale Frauen mit seinen Narben und Tattoos. Wenn er versuchte, dieser Gruppe zu helfen, würden sie wie Alpenschneehühner Reißaus nehmen.

Aber er könnte als Packesel für Frankies gebrochene Freundin dienen.

Caz sah auf. „Wir müssen das Kind finden, *'mano*." Er verband das Schlimmste der Wunden, um die Blutungen zu stoppen.

Fuck, sie hatten sie schlimm zugerichtet. Hawk blickte finster drein.

Niemand, vor allem keine Frau, sollte so brutal zugerichtet werden. Nur der Anblick ihrer oberflächlichen Verletzungen reichte aus, um den Schmerz aus seiner Vergangenheit zurückzubringen ... wie die große Faust seines Vaters, die sein Gesicht traf. Die Art und Weise, wie ein Tritt in den Bauch dazu führte, dass er sich schützend zusammengerollt hatte, unfähig, auch nur zu atmen. Die schwindelerregende Qual eines gebrochenen Knochens.

Mit einem Grunzen schüttelte er sich aus den abgefuckten Erinnerungen. „Ich werde die –"

Eine Bewegung erregte seine Aufmerksamkeit.

Ein kleiner Junge rutschte unter einem Bett hervor und rannte zu der Frau.

Hawk packte das Kind, bevor er auf ihr landete. „Nein, nicht. Sie ist verletzt, Kumpel."

Der Junge drehte durch, wand sich und trat um sich und

kämpfte, um zu Kit zu kommen – ja, das musste ihr Sohn sein. „Aric."

Bei seinem Namen erschlaffte der Junge in seinen Armen und starrte Hawk aus den größten blauen Augen an, die er je gesehen hatte. Gehetzte, verängstigte Augen. Seine hohe Stimme war das leiseste Flüstern. „Mommy ist verletzt."

Mein Gott. Hawk hatte das Gefühl, als hätte ihm jemand direkt in die Brust gestochen. „Ja, sie ist verletzt. Aber wir bringen sie ins Krankenhaus. Dort bekommt sie Hilfe."

Auf dem Boden öffnete Kit die Augen. „Aric." Ihre Stimme war nicht viel lauter als die ihres Sohnes. Sie blinzelte und versuchte, sich zu konzentrieren. Und dann sah sie ihren Jungen in Hawks Armen. Ihre Augen hoben sich, trafen auf Hawks, und sie ... sah ihn an. Die Art von Blick, die die Oberfläche durchbrach. Ihre Stimme war kaum zu vernehmen. „Beschütze ihn."

Bevor er antworten und ihr sagen konnte, dass kein Kind in seiner Nähe sein wollte, senkte sie den Blick zu ihrem Sohn. „Aric, bleib bei ihm."

Eine Sekunde später verlor sie ihr Bewusstsein.

„*Cabrones*", murmelte Caz und stand auf.

Bull und Frankie erschienen auf der Türschwelle – und Frankie sah das Kind in Hawks Armen. „Du hast ihn gefunden."

Hawk nickte.

Caz wandte sich an Bull und wies auf die bewusstlose Frau. „*'Mano*, du trägst sie. Wir werden Rückendeckung geben."

„Schon dabei." Bull hob Kit vorsichtig in seine Arme.

„Ich kann den Jungen nehmen", sagte Caz zu Hawk.

Hawk versuchte, ihn zu übergeben, aber das Kind hatte einen Todesgriff an seiner Weste, und sein kleiner Mund war vor Entschlossenheit angespannt.

Er gab jedoch keinen Laut von sich – eine Lektion, die man oft lernte, wenn man mit einer Rückhand auf den Mund bestraft wurde, sobald man sprach. So hatte Hawk es lernen müssen.

„Wir kommen klar", murmelte Hawk.

Caz blinzelte überrascht, bevor er zustimmend lächelte. „Dann gebe ich auch dir Rückendeckung, *'mano*."

„*Wir*. Wir geben Rückendeckung." Frankie hob ihren Stab auf und nickte Hawk zu.

Als er mit dem Jungen an ihr vorbeiging, folgte sie, bereit, sie mit allem, was sie hatte, zu verteidigen.

Hawk schnaubte leise. Bull hatte eine großartige Frau gefunden.

Die PZ-Frauen waren bereits in die Nacht verschwunden, als Frankie mit Caz als Schlusslicht den anderen aus dem Gebäude folgte.

Zitternd zog sie einen tiefen Atemzug der kalten, sauberen Nachtluft, frei von Blutgeruch und Angst, in ihre Lungen. Irgendwo auf dem Gelände unterhielten sich Männer. Im Wald hörte sie den Ruf einer Eule.

Ihre Schritte stockten. Der Tumult am Eingangstor hatte gestoppt. Das Ablenkungsmanöver war beendet.

Merda. Alles in ihr wollte losrennen ... aus dem Zaun und in den Schutz des Waldes. Doch das durfte sie nicht.

Gabe ging in einem gemessenen Tempo voraus – denn jetzt zu rennen, würde sofort die Aufmerksamkeit auf sich ziehen. Der Zaun schien so weit weg. Die Anspannung in ihren Muskeln machte es schwierig, sich überhaupt zu bewegen. *Bitte lass nicht zu, dass wir jetzt entdeckt werden.*

Sie versuchte es mit Flanieren und folgte den anderen in die Schatten zwischen den beiden Gebäuden. Gabe klopfte an die Seite der Kinderbaracke, und Chevy kam aus der Hintertür.

Endlich erreichten sie die Öffnung im Zaun, wo JJ stand und die Augen offenhielt. *Fast in Sicherheit. Fast.* Chevy trat heraus und hielt dann den ausgeschnittenen Abschnitt für den Rest offen.

Bull ging als nächstes. Kit lag bewusstlos in seinen Armen, ihre Atmung schwach. Frankies Hände ballten sich zu Fäusten.

Caz hatte gemeint, dass ein paar ihrer Rippen gebrochen waren. Wenn Obadiahs Tritt sie getroffen hätte, wäre sie bereits tot.

Gott segne dich, Hawk.

Bull übergab Kit an Chevy. „Bewege dich schnell – und vorsichtig." Der muskulöse Holzarbeiter machte sich in einem schnellen, geschmeidigen Tempo auf den Weg in den Wald.

Hol sie hier raus, Chevy. Bitte.

Frankie schlüpfte durch den Zaun und hielt diesen offen, als Hawk mit Aric durchging, der sich wie ein kleiner Affe an ihm festklammerte. Sie fühlte einen Stich in ihrem Herzen, wollte das Kind beruhigen, aber es würde nichts helfen. Er war so jung, dass er sich wahrscheinlich nicht einmal an sie erinnerte.

JJ und Gabe kamen durch, und Gabe lehnte sich vor, um Hawk zu sagen: „Geh und folge Chevy. Du hast kostbare Fracht."

„Yeah." Hawk lief los und glitt in die Schatten.

In der Zwischenzeit rastete Caz zwei Vorhängeschlösser ein und zog die Zaunkanten in Kniehöhe zusammen.

Als sie alle auf den freien Bereich zusteuerten, nahm Frankie direkt hinter Bull Position ein.

„Eindringlinge!" Ein lautes Brüllen erschütterte die Stille. „Hinten in der Frauenbaracke!"

Der Alarm breitete sich aus. Männer brüllten und rannten zum Zaun.

„Teilt euch auf und geht in den Wald!" Gabe stieß JJ hinter Frankie her.

Frankie packte ihren Stab und stürmte über den offenen Bereich. Sie hielt die Schultern gebeugt, als könnte sie sich so zu einem kleineren Ziel machen.

Lautes Fluchen erfüllte die Luft, als die PZs gezwungen waren, sich durch die Zaunöffnung zu winden, die durch die Vorhängeschlösser verengt worden war.

Schüsse ertönten, und bei der Panik, die Frankie dabei empfand, hätte sie sich am liebsten auf den Boden geworfen.

„Im Zickzack", schrie Bull.

Sie drehte sich nach rechts, dann nach links. Kugeln trafen den Boden in ihrer Nähe, und Erde flog nach oben. *Zick.* Ein Baum im Wald splitterte. *Zack. Sei nicht vorhersehbar.* Sie stürzte sich wieder nach links. Ein zischendes Geräusch kam von ihrer rechten Seite, als eine Kugel einen Felsen traf.

Nicht weit von ihr hörte sie Gabe fluchen. Er taumelte und rannte weiter. Vor ihnen erreichte JJ den Wald. Links von ihr verschwand Caz im Unterholz.

Selbst als Frankie eine mögliche Öffnung auswählte, fühlte es sich an, als hätte jemand mit einem Stab auf ihren Rücken geschlagen. Taumelnd stürzte sie sich mit den Armen vor dem Gesicht in das Unterholz, um ihre Augen zu schützen, während Äste auf ihren Körper einschlugen. Eine Sekunde später hörte sie, wie ihr jemand folgte.

Sie wirbelte herum und hob ihren Jo-Stab.

„Lauf", zischte Bull.

Oh, Gott sei Dank.

Sie rannte weiter.

Aus dem Wald gegenüber dem Wachturm – wo keiner der Rettungskräfte war – ertönte über dem Gewehrfeuer die Aufzeichnung von Gabes Warnung.

Die PZs hörten auf zu schießen und lauschten.

„Patriotische Zeloten, wir sind in euer Gelände eingebrochen, um eine Frau zu befreien, die gegen ihren Willen festgehalten wurde. Die Frauen, die mit uns kamen, baten darum. Seid gewarnt, sie sind jetzt nicht mehr auf eurem Grundstück, sondern auf öffentlichem Gelände. Wenn ihr angreift, werden wir uns verteidigen – und dann Anzeige erstatten."

Frankie blickte lange genug zurück, um zu sehen, wie einige PZs stoppten und sich auf den Weg zu dem machten, was sie für eine Person hielten, aber nur eine Aufnahme war. *Ha!*

Ein paar mehr wurden langsamer, als ob sie sich nicht sicher wären, ob sie weiterrennen sollten. *Gut!*

Leider jagten ihnen die anderen immer noch hinterher.

„Nach rechts“, kam Bulls Anweisung.

Gott sei Dank wusste er, wohin es ging. Sie folgte der Direktive, stolperte hin und wieder über die Wurzeln und die kleineren Büsche. Sie wich einem niedrig hängenden Ast aus und ... *Oje*. Sie hatte den Ast *sehen* können. Sie konnte die Bäume im schattigen Wald erkennen. Der Himmel hellte sich auf und die Morgendämmerung würde in etwa einer Stunde einsetzen. Die Rettung hatte länger gedauert als geplant.

Bull drehte sich um und ging in eine andere Richtung. Von den unzähligen Schuhabdrücken im Dreck wusste sie, dass sie den Pfad zu Chevys und Knox’ Hütten erreicht hatten. Eine Minute später humpelte Gabe vom Wald auf den Pfad. Zwei weitere dunkle Formen zeigten Caz und JJ, die ihre linke Hand auf ihren rechten Oberarm presste.

„Caz, die Stolperfalle“, sagte Gabe leise. „Alle anderen: geht weiter.“

Frankie blickte zurück und sah Caz an einem Baum, wo er den vormontierten Draht festzog. Jeder, der sich schnell bewegte, würde auf den straffgezogenen, schienbeinhohen Draht treffen und stürzen.

Die Zeloten näherten sich rasch. Sie konnte Äste brechen hören, wütende Schreie und Flüche traten an ihre Ohren.

Frankie legte an Tempo zu und rannte Bull nach.

Hinter ihnen schrie jemand vor Schmerz, dann gab es lautes Brüllen und weitere Kraftausdrücke. Eine Pistole feuerte. Stöhnen.

Ein Mann rief: „Waffen in die Holster, wenn ihr rennt, ihr Vollidioten!“

Frankie hörte Bull lachen. Sie bewegte sich weiter.

„JJ, nach der nächsten Kurve wirfst du eine Blendgranate“, befahl Gabe. Da er den Pfad besser kannte als jeder andere, war er an der Spitze.

„Ja, Sir.“

Cops und ihre Blendgranaten.

Das Geschrei ihrer Verfolger wurde lauter.

Frankie versuchte, mehr Luft in ihre Lungen zu bekommen, versuchte, sich schneller zu bewegen, aber der Pfad war nass und rutschig. Sie fiel auf die Knie. „*Merda*." Was sie gerade doch für einen Bürgersteig geben würde ...

Bull riss sie auf die Füße. „Alles okay?"

„Mir geht's gut. Geh." Sie bohrte ihren Stab in den Dreck und wies ihn an, weiterzugehen. Sie hatte das Gefühl einem unaufhaltsamen Panzer zu folgen. Keuchend rannte sie wieder los und eilte um die nächste Kurve.

Nach einem Quietschen von hinten blieb Gabe stehen, ebenso wie Bull.

Bull schnappte sie und zog sie an seine Seite. „Bedecke deine Ohren; schließe deine Augen."

In dem schwachen Licht sah sie, wie er seine Daumen in seine Ohren steckte, die Finger über seine Augen. Sie klemmte ihren Stab unter den Arm und imitierte ihn.

Boom! Selbst mit geschlossenen Augen und den Daumen in den Ohren wurde die Welt weiß. Und der Laut hörte sich an, als wäre in einem geschlossenen Raum ein Feuerwerkskörper losgegangen.

Noch während sie versuchte, die leuchtenden Punkte wegzublinzeln, spürte sie, wie Bull ihre Hand nahm. Sie packte ihren Stab und joggte los. Hinter ihnen waren Flüche und Schmerzensschreie zu vernehmen.

Caz und JJ holten schnell auf.

Weiter vorne auf dem Pfad gab es Bewegung, und Frankie schnappte nach Luft. Nein, keine Zeloten. *Schlimmer.* Sie hatten die sich langsam bewegende Frauengruppe mit der Transportcrew eingeholt.

Und die PZs kamen hörbar näher.

Gabe hob die Hand und der Sturmtrupp stoppte. „Hartnäckige Bastarde." Er ließ den Blick abschätzend über alle Anwesenden schweifen. „Seid ihr bereit für einen Hinterhalt?"

Oh, Madonna, nein. Frankie nickte mit dem Rest.

Gabe zeigte nach hinten. „Bull, überwältige den hintersten Feind von links. Frankie – stell dich da hin“ – er deutete auf einen dunklen Busch links von ihr – „und greife an, wenn dich der Mittelteil erreicht.“

„Verstanden“, kam Bulls grollende Bestätigung.

Sie fügte flüsternd hinzu: „Ja, Sir.“

„Caz, hinten rechts. JJ, Mitte rechts. Schaltet sie mit aller Gewalt aus. Ich spiele Köder und kümmere mich um die vorderen Angreifer.“

Während Frankie sich in die Schatten zurückzog, bewegte sich Bull weiter nach unten und verschwand in den Büschen.

Flackernde Lichter zeigten sich durch die Bäume und näherten sich schnell. Die PZs benutzten Taschenlampen – kein Wunder also, dass sie so rasch aufgeholt hatten.

Auch für sie ging es um die Kurve und schon landeten die Lichtkegel auf Gabe.

So viele Zeloten. Mindestens ein Dutzend. Ein Wimmern erhob sich in Frankies Kehle. Zu viele.

Aber auf dem Pfad vor ihnen war Kit, bewusstlos in Chevys Armen, der kleine Aric mit Hawk und all den Rettungskräften, die ihr Leben riskiert hatten.

Als die Entschlossenheit in ihr überhandnahm, packte sie ihren Stab fester und presste die Lippen zusammen.

Von den Taschenlampen erleuchtet, warf Gabe einen Blick über die Schulter auf die PZ-Horde und ergriff hinkend die Flucht.

Wie ein Rudel Wölfe heulten die Bastarde und jagten blind und ohne nachzudenken der Beute hinterher.

Zu ihrer Linken sah Frankie Stahl aufblitzen. Und nochmal. In der letzten Reihe fielen zwei Männer. Caz trat aus dem Unterholz, ein Wurfmesser in der Hand.

Kämpfe, Frankie. Ihr Herz steckte mittlerweile in ihrer Kehle und sie bekam kaum noch Luft. Sie hockte sich hin. *Jetzt.*

Ihre Füße bewegten sich nicht.

Jetzt!

Ein Mann zog seine Pistole und zielte auf Gabe. Mit einem lauten Schrei stürmte Frankie aus den Büschen und knallte ihren Stab auf seinen Unterarm. Knochen brachen. Kreischend ließ er die Waffe fallen und beugte sich über seinen Arm.

Der Typ hinter ihm stürzte sich auf Frankie, und ihr Körper übernahm. Sie wirbelte herum, hob das Bein und trat ihm gegen die Schläfe, sodass er auf einen anderen Mann fiel. Dann schlug sie ihren Stab in den Bauch eines dritten.

Keine Zeit zum Nachdenken. Es war alles Schreien und Blocken und Schlagen, instinktive Reaktionen mit hart erkämpftem Muskelgedächtnis. *Zurücklehnen, Gegner aus dem Gleichgewicht bringen, drehen, um ihn in einen anderen zu werfen. Gewinne Gleichgewicht zurück, drehe dich erneut und jage dein Bein in den Bauch eines weiteren Mannes. Fuß berührt den Boden, Gewicht nach vorn verlagern, sodass ein Tritt nach hinten einen PZ trifft. Von einem Messer weglehnen und mit dem Jo-Stab auf seinen Kopf schlagen. Nutze den Rückschlag, um es auf den nächsten abzuzielen. Weiche einem Schlag aus und tritt ihm in den Bauch.*

Ein Schuss ertönte. Ein PZ schrie vor Schmerzen.

In diesem Gewirr aus Menschen schießen? Sie könnten ihre eigenen Männer treffen. Und wie es schien, hatten sie das.

Mondlicht ließ eine Pistole funkeln ... die auf Bull gerichtet war.

„Nein!" Sie griff den Mann an, rammte mit der Schulter in seine Brust und stieß ihn zurück. Anstatt zu fallen, wurden sie von einem Baum gebremst und ... mit einem ohrenbetäubenden Knall feuerte die Waffe.

Schmerz brannte in ihrer Wade und sie schrie.

Der Mann schlug ihr ins Gesicht und sie landete auf dem Boden. Sein Stiefel traf sie in den Bauch. Wieder auf den Beinen zielte er mit der Pistole auf sie.

Gryff kam wie aus dem Nichts und biss sich an seinem Arm

fest. Mörderisches Knurren erfüllte die Luft, als der Hund den Arm des Mannes schüttelte, als wäre er ein Nagetier.

Nach Luft schnappend und mit Tränen in den Augen schaffte es Frankie auf ihre Hände und Knie.

„Fotze!" Ein PZ beabsichtigte, mit einem Schlagstock ihren Kopf zu treffen. Auf den Knien schwankend schlug sie seinen Arm zur Seite. Sie drehte ihre Hand um, packte seinen Unterarm und riss ihn zu sich. Dann schlug sie ihm mit den Knöcheln gegen seine Kehle. Er fiel.

Sie kam auf die Füße und fing einen Tritt in ihre Rippen ein, sodass sie nach hinten taumelte, aber sie schaffte es, ihr Gleichgewicht wiederzuerlangen. Mit wilden Augen schwang der *Bastardo* sein Messer auf eine Weise, die ihr Gesicht völlig verunstalten könnte. Sie wich der Klinge aus, ergriff sein Handgelenk, drehte sich um und warf ihn kopfüber gegen einen Baum.

Ein anderer Mann beugte sich vor, um die gefallene Pistole aufzuheben. Sie trat ihm ins Gesicht und ihr Magen rebellierte, als sie das Knacken vernahm. Schließlich fiel er und sie beförderte die Pistole mit einem gezielten Tritt ins Unterholz.

Ein Messer schwang nach ihr und sie hob ihren Arm, um –

Bull packte das Handgelenk des Mannes, brach es und schlug ihm den Ellbogen ins Gesicht. Der Mann landete auf dem Rücken, bewegungslos.

Frankie drehte sich um und wappnete sich für den nächsten Zeloten.

Sie lagen alle auf dem Boden. Stöhnend. Wimmernd. Weinend. Einige hielten gebrochene Arme und Beine. Einer übergab sich. Ein paar lagen zu still, entweder also bewusstlos oder ...

Ihr Verstand floh vor der Alternative.

JJ hielt wieder ihren Oberarm und lehnte sich an einen Baum, als Gabe, Caz und Bull von einem Fanatiker zum nächsten gingen und ihnen Schusswaffen und Messer abnahmen.

Winselnd rannte Gryff zu Bull, offensichtlich besorgt, dass er wegen des Angriffs Ärger bekommen würde.

„Das hast du gut gemacht, Kumpel.“ Bull wuschelte dem Hund durchs Fell. „Guter Junge.“

„Du warst unglaublich, Gryff.“ Frankie schloss sich ihnen an, beugte sich vor, um den Hund zu umarmen, und flüsterte in sein weiches Ohr: „Du hast mich gerettet.“

Als sie sich aufrichtete, waren die Ohren des Hundes gespitzt und der Schwanz wedelte stolz.

„Wie schwer bist du verletzt, Frankie?“ Bull fegte mit den Augen über sie, zog sie dann an sich und legte seine Wange auf ihren Kopf. „Verdammt, du hast mir wirklich Angst gemacht. Ja, du hast mich davor bewahrt, erschossen zu werden, danke, aber ... verdammt. Wie schwer bist du verletzt?“

„Nicht so schlimm. Irgendetwas an meiner Wade.“ Ihre Stimme brach. Sie hatte noch nie etwas so Beruhigendes empfunden wie seine Arme um sich. Sie merkte, dass sie bebte.

„Lass mich mal schauen. Ja, du blutest.“ Er zog ein Halstuch aus einer Tasche und wickelte es fest genug um ihr Bein, um ihr ein Quietschen zu entlocken.

Als er sich aufrichtete, griff sie nach seinem Arm, damit auch sie den Blick über ihn schweifen lassen konnte. Kein Blut zu sehen, nichts schien kaputt. Sie hob sich auf die Zehenspitzen und küsste seinen Kiefer. „Danke.“

„Immer gern.“ Er wandte sich ab, als Gabe seinen Namen rief.

Frankie machte einen Schritt und erkannte, dass etwas fehlte. Ihr Jo-Stab. Sie wischte Schweiß und Blut aus ihrem Gesicht und entdeckte ihn ein paar Meter entfernt. Dunkle, nasse Stellen klebten an dem Holz. Sie atmete tief durch ihre Nase ein und hob ihn auf.

„Fertig, *Mamita*.“ Caz hatte einen Verband um JJs Arm gebunden. Sie gingen auf Gabe zu.

„Dumme Schlampe.“ Ein PZ auf dem Boden packte JJs Knöchel.

JJ riss ihr Bein aus seinem Griff und trat ihm in den Bauch.

„*Güey*." Caz konnte nur den Kopf schütteln, als der Blödmann sich übergab. „Armselige Lebensentscheidungen."

Es war nicht lustig, aber Frankie begann hysterisch zu lachen und musste sich auf die Zunge beißen, um aufzuhören.

„Los." Gabe signalisierte Bull etwas, übernahm dann die Führung und hinkte nun noch schlimmer als zuvor.

Caz und JJ folgten Gabe.

Mit Gryff an seiner Seite beobachtete Bull, wie sie davonliefen, und wies Frankie an, voranzugehen. „Ich soll das Schlusslicht bilden. Gehe vor mir, Süße."

Frankie konzentrierte sich aufs Laufen. Ihr verletztes Bein brannte, und ... *cazzo*, immer mehr Stellen schmerzten. Sie bebte am ganzen Körper, sodass es immer schwieriger wurde, ihren Stab zu halten.

Noch nie in ihrem ganzen Leben hatte sie es sich so sehr gewünscht, in ihrer Wohnung in New York zu sein. In Sicherheit.

Nur ...

Sie hörte Bulls sanfte Schritte hinter sich. Er beschützte sie. Auch jetzt. Der Mann, der sein Leben für Kit und Aric riskiert hatte und für die Opfer der PZ.

Für sie.

Und sie wusste, dass sie nirgendwo lieber sein würde als bei ihm.

Es war ein verdammt langer Weg zurück zu Chevys Hütte gewesen, dachte Bull.

In Hawks Hubschrauber half er Caz, Frankies Freundin auf die gepolsterte Trage zu schnallen. Der Weg vom Gelände und durch den Wald hatte ihr nicht gutgetan, und sie war immer noch bewusstlos, verdammt.

Was würde Frankie tun, wenn ihre Freundin starb?

„Halte durch, Kit", murmelte Bull.

„*Sí*", stimmte Caz zu. Er wandte sich an Hawk auf dem Pilotensitz. „Beeile dich. Sie hat innere Blutungen."

Hawk war mit dem Preflight-Check bereits durch und gab ein Daumenhoch.

Nach einem letzten Blick auf den Infusionsbeutel schlug Caz Bull auf die Schulter. „Bis später, *'mano*. JJ und ich werden dafür sorgen, dass Gryff sicher nachhause kommt." Er sprang heraus, um sich um die leichten Verletzungen zu kümmern, die während des Marsches durch den Wald entstanden waren.

Auf der Bank hinter Hawk hatte Frankie Aric neben sich angeschnallt. Weder sie noch Aric waren bereit gewesen, Kit gehen zu lassen. Der Junge war kooperativ gewesen, bis ... Hawk ihn abgesetzt hatte.

Bull setzte sich neben die beiden auf die Rückbank und schnallte sich an. Ein paar der Kugeln hatten seine Weste im Rücken getroffen. Nichts war durchgedrungen, aber Gott, es tat trotzdem weh. Was ihn daran erinnerte, dass der Sarge immer zu ihnen gesagt hatte: *Wenn es wehtut, ist das ein Zeichen dafür, dass du noch lebst, und wenn das nicht besser ist, als tot zu sein, dann weiß ich verdammt nochmal auch nicht weiter.*

Nachdem er sich Kopfhörer aufgesetzt hatte, reichte er auch Frankie einen. Es war die einzige Möglichkeit, sich in einem lauten Helikopter zu unterhalten.

„Gut, dass du hier bist", sagte er zu Hawk, der bereits die Rotoren angestellt hatte.

Er bekam eine typische Hawk-Antwort – ein Grunzen.

Bull setzte Aric Ohrenschützer auf. Im Halbschlaf hatte sich der Junge so nah wie möglich an Frankie gekuschelt, die ihren Arm um ihn gelegt hatte.

Als der Hubschrauber abhob, sah Bull, wie Dante die Geretteten verschiedenen Fahrzeugen zuwies. Mit dem Klemmbrett in der Hand gab Lillian allen eine Begleitperson und stellte sicher, dass Frauen und Kinder Ansprechpartner hatten, bis die zuständige Behörde sie übernahm.

Autos fuhren langsam die unbefestigte Straße hinunter, und ja, mehr von ihnen befanden sich bereits auf der Dall Road, auf dem Weg zum Gemeindegebäude in Rescue. Inzwischen würde es dort von Medizinern sowie dem FBI und den Alaska State Troopern wimmeln.

Ja, für die Überlebenden war alles geklärt. Für den Moment konnte sich Bull auf Kit, Aric und Frankie konzentrieren.

„Ist bei dir alles okay?" Bull strich mit der Hand über Frankies Haar. Er musste sicherstellen, dass sich im Krankenhaus auch jemand ihr Bein – alles von ihr – ansah.

„Natürlich." Sie fand seinen Blick. „Du bewegst dich komisch. Wie ist es mit dir?"

„Nur blaue Flecken." Er lächelte. „Du hast dich gut gemacht, Frau. Und du hast zu Recht darauf bestanden, mit uns zu kommen."

„Ich weiß. Aber es hilft, es von dir zu hören." Seufzend rieb sie den Kopf an seiner Schulter. „Danke."

Er küsste sie auf die Schläfe. Sie war blass, mit Kratzern übersehen, hatte eine Schusswunde, aber ... sie stand noch. Und sorgte sich um ihren Patensohn und ihre Freundin.

Und um ihn.

In sein Gedächtnis eingebrannt war der Anblick der Pistole, mit der auf ihn gezielt wurde, und wie Frankie jeden Sinn für Selbsterhaltung aufgab und mit ihrem Körper in den Zeloten gekracht war. Das musste er in seinem Leben wirklich nicht noch einmal erleben, ganz zu schweigen von dem Schuss, der sich dabei gelöst hatte. *Mein Gott.*

Sie jedoch zu sehen, wie sie ihr Leben für ihre Freundin riskierte. Für ihn? Es war, als hätte das Universum ihm auf den Hinterkopf geschlagen und gesagt: *„Du glaubst also, dass es Frauen an dem Loyalitätsgen fehlt? Hier, das ist Frankie."*

Wer hätte gedacht, dass er sich in ein Stadtmädchen verlieben würde? Eine New Yorkerin, verdammt nochmal.

Aber sie war *sein* Stadtmädchen, und er würde sein Bestes geben, um sie dazu zu überreden, in Rescue zu bleiben.

Wenn nicht ...?

Nun ja, vielleicht würde er New York mögen.

Die Anti-Christen waren auf ihren heiligen Boden eingedrungen. Sie hatten ihre Frauen und Kinder gestohlen. Sie hatten sogar einige ihrer Männer getötet.

Sie hatten ihn mit ihren sündigen Händen angefasst.

Wut kochte in Nabera hoch, bis er das Gefühl hatte, sein Kopf würde explodieren.

Um ihn herum luden seine Männer die Lastwagen voll. Patrioten, jeder von ihnen. Loyal gegenüber dem Propheten. Gegenüber ihm.

Er hatte bereits die Wegbeschreibungen zu Häusern anderer Mitglieder verteilt, von anderen Anwesen, wo sie erstmal untertauchen und sich verstecken konnten, bis diese Prüfung ihres Glaubens vorbei war.

Mit einem lauten Rumpeln startete ein Fahrzeug und fuhr los.

Zu denken, dass sie dazu gezwungen waren, mitten in der Nacht die Flucht zu ergreifen ... Seine Leutnants hatten mit ihm argumentiert, hatten darauf bestanden, das FBI mit ihren Waffen und ihrem Mut zu vertreiben.

Narren. Die Agents waren ihnen in allem überlegen, Waffen und Personal. Und die Patriotischen Zeloten hatten die Frauen und Kinder nicht mehr. Es gab nur einen einzigen Grund, warum die Belagerungen in Waco und Ruby Ridge bemerkenswert gewesen waren. Weil die Weicheier mit ihren blutenden Herzen nicht bereit gewesen waren, zu opfern, was sie die „Unschuldigen“ nannten.

Als ob eine Frau mit ihrer üblen Natur und ihren fleischlichen Gedanken als unschuldig angesehen werden konnte.

Nabera hatte die Evakuierung angeordnet. Mit Parrish in Texas hatte er die Befehlsgewalt.

Sie waren immer auf diese Eventualität vorbereitet.

Er beobachtete, wie das Gebäude, in dem sich ihre Waffen befanden, geleert wurde. Mit Rucksäcken kletterten Männer und die wenigen Frauen, die noch übrig waren, in die Lastwagen.

Luka kam aus dem Gebäude. „Leer, Sir."

„Es ist niemand mehr hier, Sir", rief Conrad und joggte zu ihm.

Nabera nickte. „Das habt ihr gut gemacht. Fahrt los. Ich werde mich melden, nachdem ich mit dem Propheten gesprochen habe."

„Jawohl, Sir", antworteten seine Untergeordneten im Einklang.

„Nicht auffallen; passt auf euch auf." Sein Mund straffte sich, als frische Wut ihn wie ein Höllenfeuer verbrannte. In einem Lastwagen befanden sich die Leichen derer, die im Wald gefallen waren. Und Obadiah.

Nabera würde für sie ein Gebet aussprechen, wenn sie über die Klippe in die Tiefe geworfen wurden. Staub zu Staub – so, wie es sein sollte.

Sie hatten versagt, da sie die Frauen und Kinder an die Ungläubigen verloren hatten.

Obadiah hatte versagt, da er sich eine sündige Frau ausgesucht hatte. Eine dickköpfige Frau. Sie hatte ihre Verbrechen nicht gestanden, auch nicht, als Nabera seine Fäuste eingesetzt hatte. Oder als er Obadiah befahl, sie zu töten.

Seine Männer warteten, und er konnte sehen, dass ihr Glaube in den Propheten unerschütterlich war.

„Wir werden zurückkommen und wenn wir das tun, werden wir dafür sorgen, dass diese Ungläubigen ihre heutigen Taten bereuen. Aber wir werden es in unserer eigenen Zeit tun. Zur besten Zeit.“ Nabera starrte auf das leere Gelände und knirschte mit den Zähnen. „Und Blut wird fließen.“

KAPITEL ZWEIUNDZWANZIG

Wenn das Reptiliengehirn im Kampf übernimmt, gibt es keinen Platz für Schuldgefühle. Nach dem Kampf ist es, wenn die Dunkelheit einsetzt. Du musst dich an die Gesichter erinnern, für die du gekämpft hast. Dein Team, deine Frau und die Kinder. Alle Kinder. - First Sergeant Michael „Mako“ Tyne

Cazzo, ihr tat alles weh. In dem ruhigen Raum rutschte Frankie auf ihrem Stuhl herum und versuchte, eine Position zu finden, die nicht weh tat. Ihr Gesicht war zerkratzt, ihre Unterlippe von einem Schlag geschwollen. Ein Kratzer über ihrer Augenbraue brannte, da sie von einem Ast attackiert worden war. Sie konnte sich wirklich glücklich schätzen, dass ihr die Natur nicht das Auge ausgestochen hatte ... und klang das nicht wie etwas, das Nonna zu ihr gesagt hätte?

Ihre Seite schmerzte bei jedem Atemzug. Der Notarzt hatte gemeint, eine ihrer Rippen sei gebrochen, aber die Schutzweste hatte dafür gesorgt, dass ihr Rumpf nicht von Kugeln durchlöchert worden war. Eine Schande nur, dass es keine Westen für die Beine gab. Ihre Wade hatte ein Loch direkt durch das Fleisch.

Au, au, au! Zusammengefasst: Es gab keine Stelle an ihrem Körper, die nicht lädiert war.

Wieder warf sie einen Blick durch die Tür, über den Flur und auf die Doppeltür, hinter denen OPs durchgeführt wurden. Irgendwo da drin taten Chirurgen ihr Bestes, um Kit am Leben zu halten und den angerichteten Schaden zu reparieren. Kit war so –

„Ms. Bocelli?“

Oh, ups. Jemand sprach mit ihr ... Sie schaffte es zurück in die Gegenwart und fand zwei FBI-Agents direkt vor ihr. Ein paar Minuten zuvor hatten sie Frankie aus dem OP-Wartezimmer in das angrenzende, ruhigere Zimmer gebracht. Sodass sie reden konnten. „Sorry. Ich kann mich nicht lange konzentrieren ...“ Auf das Gespräch, den Ort, alles. Sie seufzte.

Es war, als hätte jemand den Wasserhahn für ihre Energie geöffnet und sie so lange laufen lassen, bis sie vollkommen leer war.

„Sie haben uns gerade erzählt, warum Sie sich dagegen entschieden haben, uns zu kontaktieren, als Sie den Brief ihrer Freundin erhielten. Und auch später.“ In dunkler Hose und einem weißen Hemd lehnte sich Special Agent Langford nach vorne und stützte sich mit den Ellbogen auf den Oberschenkeln ab. „Das hat Sinn ergeben.“

Sein Partner, Special Agent Acosta, nickte, seine braunen Augen mitfühlend.

Sie waren außerordentlich nett zu ihr, wenn man bedachte, dass sie Frankie hätten einschüchtern können, wenn sie es gewollt hätten. Zumal Frankie immer wieder einigen ihrer Fragen auswich.

Zum Beispiel, als es darum ging, wer bei der Rettung geholfen hatte.

Bull hatte sie gewarnt, dass viele der Freiwilligen Menschen waren, die abseits der Zivilisation lebten – die Art, die ballistisch reagierte, wenn das FBI vor ihren Türen auftauchte. Sie verdienten es nicht, belästigt zu werden.

Sie lehnte den Kopf zurück und beobachtete die Agents. Frankie hatte das Gefühl, dass sie mit Gabe befreundet waren. Wenn sie mehr Informationen wollten, müssten sie sich diese bei ihm abholen.

„Es würde helfen, wenn“ – Langford runzelte die Stirn – „haben Sie zufällig noch den Brief von ihrer Freundin?“

„Ja, sicher. In New York.“ Mit einem genervten Seufzer holte sie ihr Handy heraus und blätterte durch ihre Fotos. Da sie kein Idiot war, hatte sie jedes Dokument fotografiert, das Kit geschickt hatte, bevor sie alles in ihrem Bürotresor eingeschlossen hatte. „Hier. Das ist der Brief – mit ihrer Bitte, dass ich mich um Aric, meinen Patensohn, kümmere. Die anderen Dokumente sind auch da. Als ich den Brief bekam, wusste ich, dass ich etwas tun musste.“ Sie zuckte mit den Schultern. „Meine Familie ist italienisch und katholisch. Wir nehmen etwas dieser Art sehr ernst.“

„Verstanden.“ Er nickte ihr respektvoll zu, während Langford durch die Bilder wischte.

Bei einem Geräusch an der Tür sprang sie auf die Füße, bevor sie überhaupt merkte, dass sie sich bewegt hatte. Noch in Krankenhauskleidung ging die Chirurgin durch die Tür. Die Frau sah fast so erschöpft aus, wie Frankie sich fühlte.

„Wie geht es Kit? Ist mit ihr alles okay?“ Frankie faltete ihre Hände vor ihrer Brust. *Bitte.*

„Ich denke, sie wird es schaffen, obwohl es wirklich eng war. Sie hat eine Gehirnerschütterung. Fast jede Rippe auf der linken Seite ihres Körpers ist gebrochen. Blutungen wirkten sich auf ihr Herz aus. Ihre Milz war gerissen. Der gebrochene Arm – das war das geringste ihrer Probleme.“

„Was passiert nun?“

„Wir werden sie für eine Weile in ein künstliches Koma versetzen. Sie wird zudem einige Zeit im Krankenhaus bleiben müssen. Bei so vielen Verletzungen wird es dauern, bis es ihr wieder besser geht.“ Die Chirurgin rieb sich das Gesicht. „Bis heute Nachmittag keine Besucher, also gehen Sie nachhause und schlafen Sie ein bisschen, okay?"

Tränen brannten in Frankies Augen. Irgendwie schaffte sie es, ihre Manieren zu finden. „Danke, Doktor."

Die Chirurgin nickte, lächelte und verschwand.

Frankie war so erschöpft, dass sie sich am liebsten auf den Boden legen würde. Sie wandte sich den Agents zu: „Kann ich jetzt gehen?"

„Ja. Für heute." Nachdem sie Frankie ihr Handy zurückgegeben hatten, schenkte Acosta ihr ein versöhnliches Lächeln. „Vielleicht haben wir später noch weitere Fragen, aber es fehlt wohl nicht viel und Sie nicken uns weg."

Dem Himmel sei Dank. Sie zwang ihr Gehirn, lange genug zu arbeiten, um ihre eigene Frage zu stellen: „Was werden Sie in Bezug auf die Patriotischen Zeloten unternehmen?"

„Wir haben Agents und Polizisten, die mit den Frauen sprechen, die Sie und ihre Freunde von dort weggebracht haben. Und mit den Kindern." Acostas Lippen formten eine angespannte Linie. „Wir sind immer noch dabei, Anklagepunkte zu sammeln. Freiheitsberaubung ist selbstverständlich. Entführung wurde hinzugefügt. Körperverletzung."

„Und so weiter", sagte Langford. „Die Trooper dieses Bundesstaates sind dahinter gekommen, dass die Brandstifter, die Ihre Hütte niedergebrannt haben, von den Patriotischen Zeloten angeheuert wurden."

Schiere Müdigkeit stumpfte die Offenbarung ab. Und wirklich, sie war nicht allzu überrascht. Diese *Bastardi*.

„Es wird einige Zeit dauern, um herauszufinden, wem was zuzurechnen ist", fügte Langford seufzend hinzu.

„Wenn Sie diese Leute überhaupt finden." Frankie runzelte die Stirn. „Sie werden sich wahrscheinlich dort verschanzen oder wie Kakerlaken abhauen, wenn das Licht angeht."

„Sie haben bereits den Kakerlaken-Ansatz gewählt." Acosta knurrte und lächelte dann leicht. „Reverend Parrish wurde jedoch mit seiner Frau und seinen Kindern vor einer Stunde auf einem Flughafen in Texas abgefangen. Er wurde in Gewahrsam genommen."

„Wirklich?" Frankie erkannte, dass sie lächelte. Vielleicht hatten sich die PZs zerstreut, aber der *Bastardo*, der die Sekte geformt hatte, würde schon bald hinter Gittern beten.

Hawk hatte geduscht und trug nun eine Jogginghose und ein altes Sweatshirt über seinem liebsten Langarmshirt. Er brauchte die Vertrautheit dieser Kleidung, die schon so oft getragen wurde, dass sie nicht weicher sein könnte.

Er öffnete den Kühlschrank, sah das Bier und grunzte. *Ähm, nein, das ist nicht, was ich brauche.*

Die Betäubung, die mit Alkohol einherging, war eine verdammte Falle. Außerdem war das Letzte, was ein Veteran brauchte, seine Umgebung aus den Augen zu verlieren. Oder sich selbst. Es war besser, die hässlichen Erinnerungen zu ertragen – und ja, von denen hatte er einige.

Er schloss die Kühlschranktür, ging zur Terrasse und hob unterwegs seine Geige auf. Er lehnte sich an das Geländer und begann zu spielen – kein richtiges Lied, einfach nur eine Melodie, die sich gerade gut anfühlte. Eine Melodie, um sich mit dem dunklen Nebel zu verbinden, der aus dem Wasser stieg, und den Bergen, die im Morgengrauen Gold erstrahlten.

Langsam änderte sich die Musik, die Saiten verwandelten sich in ein Klagelied für den Mann, den er getötet hatte – egal, wie wertlos der Bastard auch gewesen sein mochte. Der Tote war ein weiteres Gewicht, das es zu tragen galt, bis Hawk im nächsten Leben dafür bestraft werden würde. Die Schuldgefühle hielten sich jedoch in Grenzen. Der Bastard hatte schließlich versucht, eine Frau zu Tode zu treten.

Eine verdammt mutige Frau.

Ihr Kind hatte ihren Mut geerbt. Der sture kleine Kerl hatte Kit nicht verlassen wollen, bis Frankie sich mit ihm auf den Boden gesetzt und erklärt hatte, wie die Ärzte seiner Mutter helfen würden.

Hawks Geigenspiel geriet für einen Moment ins Stocken. Die Frau hatte verdammt viel Schaden genommen. Was würde aus dem Kind werden, wenn seine Mutter es nicht schaffte?

Schuldgefühle fegten über ihn hinweg, denn diese Mutter hatte ihm gesagt, dass er sich um ihren Sohn kümmern sollte. Und Hawk hatte zugestimmt.

Ich habe mich um ihn gekümmert, verdammt. Er hatte das Kind mit nachhause genommen und ihm ein Erdnussbutter-Sandwich gemacht. Als Caz jedoch mit Gryff zurückgekommen war, hatte Hawk Aric zu ihnen gebracht. Der Doc kannte Kinder, verdammt, er hatte selbst eines, und jeder wusste, dass JJ großartig mit den Kleinen war. Die beiden würden das mit Aric viel besser machen, als Hawk es jemals könnte.

Aber verdammt, als er sich abgewandt hatte, um zu gehen, hatte der Junge ihn angesehen, als hätte Hawk ihn in den See geworfen, anstatt ihn bei jemandem zu lassen, der Kinder mochte.

Fuck, er hatte vor der Tür gelauscht, hatte sich Sorgen gemacht, dass er den Jungen weinen hören würde. Mit einem Seufzer drehte sich Hawk um, um ins Haus zu gehen, und blieb abrupt stehen.

Ein kleiner Körper saß zusammengekauert vor seiner Terrassentür. Arics große blaue Augen folgten jeder seiner Bewegungen.

„Wie zum Teufel hast du es aus Caz' Haus geschafft?" Hawk knurrte. Und zuckte zusammen. Der Klang seiner abgefuckten Stimme würde jeden erschrecken, doch ...

Das Kind hatte keine Angst. Er bewegte sich nicht, sprach nicht. Er beobachtete Hawk einfach.

Belustigung sickerte in ihn. „Hast dich rausgeschlichen, was?" Das würde dem Doc eine Lektion erteilen. Caz hatte immer gedacht, er sei am besten darin, sich herumzuschleichen. „Weißt du, der Doc ist besser mit Kindern als ich."

„Mama hat gesagt." Arics Lippen formten sich zu einer hartnäckigen Linie. Und sein Gesichtsausdruck vermittelte, dass Arics Mutter auch Hawk einen Befehl gegeben hatte.

„Ja, das hat sie. Na gut." Hawk öffnete die Tür und ließ den Jungen herein. Er müsste Caz anrufen und ihm mal erklären, dass er scheiße darin war, auf Kinder aufzupassen.

Nachdem Aric eingeschlafen war, würde er Zachary Grayson benachrichtigen. Vielleicht könnte der Psychologe ihm sagen, was es damit auf sich hatte, dass eine Mutter so verrückt war, einem verkorksten Arschloch wie ihm ihr Kind anzuvertrauen.

Ein leichter Nieselregen löschte die Morgensonne aus, als Bull sein Garagentor öffnete und hineinfuhr. „Wir sind zuhause, Süße."

Frankie war auf dem Heimweg eingeschlafen. Sie war erschöpft – und er war verdammt stolz darauf, dass sie so stark geblieben war, bis die FBI-Agents sich verabschiedet hatten.

Da sie ihre Probleme damit hatte, die Augen zu öffnen, half er ihr aus dem Auto, sein Arm um ihre Taille, als sie gemeinsam ins Haus liefen.

Im Wohnzimmer hörte er das Bellen. Gryff drückte seine Nase gegen die Terrassentür und wedelte wild mit dem Schwanz.

Frankie kicherte, als Bull die Tür öffnete und Gryff hereinkam, der aufgeregt seine beiden Lieblingsmenschen umkreiste. Viel Streicheln war von Nöten, um ihn zu beruhigen.

Und dann half der Hund seinem Herrchen, Frankie nach oben und in die Dusche zu lenken. Er ließ sie dort und kniete sich vor dem Welpen hin. „Du hast einen tollen Job gemacht, Kumpel. Du hast unser Mädchen gerettet. Bist ein tapferes Kerlchen, ein guter Junge."

Gryff lehnte sich an Bull und saugte das Lob auf, als könnte er jedes Wort verstehen.

„Dein Vorbesitzer war ein Idiot. Du bist kein Feigling. Du hattest vorher einfach keinen guten Grund zu kämpfen." Bull umarmte den flauschigen Hund. „Du warst heute so großartig, mein Freund. Unglaublich."

Gryff leckte Bulls Kinn und brachte ihn damit zum Lachen.

„Okay, ich werde jetzt Frankie helfen." Ihr helfen, sie halten und sich selbst versichern, dass es ihr gut ging.

Als er in die Dusche trat, saß sie mit dem Kopf in den Händen auf dem Boden, das Wasser rieselte auf sie herunter und ... sie weinte.

Sein Herz brach in zwei Hälften.

„Frankie." Er kniete sich neben sie. So klein. So tapfer. „Hast du Schmerzen?"

„Mir geht's g-gut."

„Blödsinn." Bull drehte ihr Gesicht zu sich. „Sag mir, was los ist."

Sie zitterte, obwohl das heiße Wasser auf sie herabströmte. „Es ist ... ich habe sie so hart geschlagen. Damit sie aufhören. Ich spürte, wie Knochen b-brechen. Und die Kehle des Mannes. Ich denke ... ich denke, dass ich ihn getötet habe, und ... und ... in dem Moment fand ich das okay. Ich wollte ihm wehtun. Damit er mir oder dir oder den anderen nichts tun kann."

Das Kampffieber erlosch irgendwann und hinterließ einen Soldaten mit einer angekratzten Seele. „Ja, ich weiß, wie sich das anfühlt. Es ist Teil des Krieges."

„Ich kann immer noch die Schreie hören, und es hört nicht auf, und ich möchte mich übergeben und verstecken. Das war nicht ich, die diese Männer verletzt hat. Nicht ich."

Sein Herz blutete für sie. Zum Teufel, sie hatte sich für Aikido entschieden, weil es die am wenigsten aggressive Kampfkunst war – weil sie es nicht mochte, jemanden anzugreifen. „Ich weiß."

Auch er fühlte so, wenn er töten musste. „Die Folgen treffen mich immer noch hart. Einige Soldaten passen sich an; ich habe das nie geschafft."

Sie lehnte sich an ihn, nahm seine Hand und bot im Gegenzug schweigend Mitgefühl an.

Nach einer Minute holte sie tief Luft. „Ich schätze, wir sollten uns waschen, bevor das Wasser kalt wird."

„Ja, lass uns das tun." Er hob sie auf die Füße. Ein süßes, kurviges Bündel aus Kompetenz und Mut und einem Temperament, das ihren Vorfahren würdig war, und so viel Mitgefühl, das es einen Ozean füllen würde. „Ich liebe dich, Francesca Bocelli."

„Ich liebe dich auch", flüsterte sie zurück. Sie drehte sich in seinen Armen um und zog ihn für einen Kuss zu sich.

Anschließend entfernte er den Verband an ihrem Bein. Die Wunde war genäht worden und blutete nicht mehr. Sanft wusch er sie, katalogisierte jede dunkle Prellung, jede noch so kleine Verletzung und erkannte nach einer Weile, als sie mit den Händen über seinen Rücken fuhr und mitfühlende Geräusche machte, dass sie dasselbe tat.

Ihre Finger umkreisten einige verdammt schmerzhafte Stellen. „Hier trafen Kugeln deine Weste, oder?"

Bei dem seltsamen Klang in ihrer Stimme drehte er sich um.

Sie presste die Lippen fest aufeinander und blinzelte heftig, versuchte offensichtlich, nicht wieder zu weinen. Weil er getroffen worden war.

Sanft berührte er den dunkleren Fleck über ihren Rippen, wo eine Kugel ihre Rippe gebrochen hatte. „Gut, dass wir uns geschützt haben, was?"

Ihre Stimme brach, als sie flüsterte: „Ja."

Es war Zeit, die Vergangenheit hinter ihnen zu lassen.

Er lehnte sich an die Wand und lächelte sie an. „Soweit ich mich erinnere, gibt es eine Übung nach dem Kampf, die dir gefallen könnte. Weil du ... na ja, Traditionen magst."

Er fuhr mit einem Finger über ihre nasse Schulter, über ihr Schlüsselbein und umkreiste eine üppige Brust.

Ihr Nippel richtete sich auf.

Ihre wunderschönen braunen Augen fielen zu der Stelle, wo sein Schwanz hart wurde.

„Tradition sagst du?“ Ihre Stimme war heiser geworden.

„Oh ja.“ Seine Herzfrequenz stieg an.

„Nun ja. Ich bin ein altmodisches Mädchen.“ Sie legte ihre Hand um seine Erektion und drückte.

Sein Schwanz wurde so hart wie Stahl.

„Aber ich bin noch neu beim Kämpfen.“ Sie rieb einmal über seine Länge und glitt mit dem Daumen über seine Eichel. „Vielleicht könntest du mir die ... Tradition zeigen, von der du sprichst?“

Er gluckste. „Ja, das bekomme ich hin.“

Der Rest der Dusche setzte sich aus vielen Empfindungen zusammen: Ihre Brüste, schwer in seinen Händen. Das samtweiche Gefühl ihrer Brustwarzen. Der Geschmack von ihr, warm und nass auf seiner Zunge. Die Art und Weise, wie ihre Hände seinen Kopf packten und ihn an sich hielten, als sie laut schreiend kam. Die Süße ihres Mundes, der sich um seine Länge schloss – und ihr Fluchen, als er sich zurückzog und sie in die Arme hob ... hoch genug, um sie auf seinem Schwanz aufzuspießen. Ihr Keuchen und die Anspannung, dann wie ihr Körper ihn in sich aufnahm, ihn willkommen hieß. Wie sie Arme und Beine um ihn schlang und ihn in Wärme – und Liebe – hüllte, während er ihr alles gab, was ihn ausmachte.

KAPITEL DREIUNDZWANZIG

I*n einem Wald behältst du einen weiten Fokus bei. Nimm alles in dich auf – die Geräusche von Vögeln und Insekten, jede Spur, die Gerüche und wie sich die Vegetation im Wind bewegt. Wenn dann etwas nicht stimmt – wenn es einen Hinterhalt gibt –, wirst du es wissen. Mach den gleichen Scheiß, wenn du es mit einer Person zu tun bekommst.* - First Sergeant Michael „Mako" Tyne

An diesem Abend rutschte Frankie aus Bulls Pick-up und war dankbar, dass er ihn direkt vor der Hintertür des Gemeindehauses geparkt hatte. Ihr Bein tat weh, als ob jemand mit einem Messer auf ihre Wade einstach. Vielleicht hätte sie ihren Jo-Stab mitbringen und ihn als Gehstock benutzen sollen.

Sie müsste sich daran erinnern, ihn mitzunehmen, wenn sie morgen ins Krankenhaus ging. Vor ein paar Stunden hatte sie angerufen, und die Krankenschwester hatte gesagt, die Schwellung in Kits Gehirn sei zurückgegangen und dass sie morgen wohl versuchen würden, sie aus dem Koma zu holen. Es ging ihr den Umständen entsprechend gut.

Kit würde leben. Frankie klammerte sich einen Moment an die Tür und blinzelte die Tränen weg.

Als Bull um das Fahrzeug herumkam, bemerkte sie den uniformierten Trooper an der Hintertür, und er bedachte sie mit einem Stirnrunzeln. Das Gebäude war gut bewacht. Als sie auf der Main Street vorbeifuhren, hatten ein paar Trooper den Weg zur Vordertür versperrt.

Der Trooper kam eine Stufe herunter. „Es tut mir leid, aber nur autorisierte Personen –"

„Ich weiß, ich weiß." Bull nahm Frankies Arm und stützte sie, als sie sich gemeinsam dem Gebäude näherten. „Zufälligerweise bat uns der Polizeichef, für alle Essen vorbeizubringen ... einschließlich dem Hilfspersonal."

Der Trooper blinzelte, dann füllte Hoffnung sein Gesicht. „Nahrung?"

„Und viel davon. Können Sie Gabe mitteilen, dass er seinen Arsch runterbewegen soll, um uns das Okay zu geben?"

„Zur Hölle, ja. Ich bin am Verhungern." Der junge Mann sprach einen Moment in sein Funkgerät, lachte und sagte: „Ich werde sie durchlassen."

Frankie blinzelte. „Sie wollen nicht warten, dass Gabe herkommt?"

Der Trooper schüttelte den Kopf und blickte zu Bull. „Er gab mir eine Beschreibung."

Gabe hatte wahrscheinlich etwas in die Richtung von riesig und muskulös gesagt, mit rasiertem Kopf und Spitzbart. Es gab nicht viele wie Bull.

„Okay, gut." Grinsend ging Bull zurück zum Pick-up. „Wenn Sie Leute heranholen, die die Kühlboxen und die Kisten tragen können, werde ich einen Bereich fürs Essen einrichten."

„Bin dabei." Der Trooper nahm wieder das Funkgerät zur Hand.

Nach dem Absenken der Heckklappe reichte Bull ihr einen Sack. „Du kannst das hier reintragen."

Obwohl der Sack voller Brot war, wog er kaum etwas. Sie rümpfte die Nase. So überfürsorglich. „Danke, Skull."

Lachend schnappte er sich eine Kühlbox und ließ den Handwagen stehen, für jeden, der die schwereren Kühlboxen und Kisten reinbringen würde.

Im großen Eingangsbereich stoppte Bull. „Wir sollten wahrscheinlich Gabe oder Caz finden."

Überall waren Menschen, hauptsächlich von Strafverfolgungsbehörden und dem Gesundheitswesen, einschließlich Sozialarbeitern sowie den Überlebenden des PZ-Geländes. Caz hatte gesagt, dass die Frauen und Kinder befragt wurden, und wenn sie keine Familie hatten, würde man sie in Notunterkünften in Anchorage unterbringen, wo sie Therapie und Hilfe bekommen würden. Wenn ein Kind den Anschein erweckte, missbraucht worden zu sein – oder wenn die Frau zu den Zeloten zurückkehren wollte –, würde es zu weiteren Beurteilungen kommen.

Was für ein Chaos. Zumindest hatten die Medien noch keinen Wind davon bekommen.

„Bull, Frankie." Von der Rezeption strahlte Audrey sie an. „Gabe meinte bereits, dass ihr Essen vorbeibringen würdet. Wir haben da drüben Platz frei gemacht."

Neben den Türen zur Polizeistation stellten Chevy und Knox bereits einen langen Tisch an der Wand auf.

Frankie bemerkte die dunklen Ringe unter den Augen ihrer Freundin und fragte: „Hast du etwas Schlaf bekommen?"

„Ein paar Stunden." Audrey seufzte. „Gabe würde keine Pause machen, wenn ich es nicht täte, also haben wir ein Nickerchen auf den Feldbetten der Polizeiwache gemacht. Auch JJ hat er gezwungen, sich für eine Weile hinzulegen, nachdem wir aufgestanden sind."

„Oh, das ist gut." Die Polizeistation hatte Duschen, also hätten Gabe und JJ eine Chance gehabt, sich frischzumachen.

Caz hatte Gryff zurück in die Eremitage gebracht, wo er ein wenig geschlafen hatte, bevor er wieder hergekommen war.

Audreys Lippen pressten sich zusammen. „Weißt du, ich wurde angegriffen, entführt, angeschossen und doch bin ich mir nicht sicher, ob es nicht schlimmer war, hier zu warten – gesund und munter –, und mir Sorgen um euch alle zu machen."

Vor allem um Gabe, dachte Frankie. *Wenn ich hier hätte warten müssen, dass ich von Bull höre?* Sie schüttelte den Kopf. „Du bist mutiger als ich, Audrey."

Auf der anderen Seite des Empfangsbereiches waren auf der Treppe mehrere Personen zu hören und offenbarte schon gleich einen Trooper, eine grauhaarige Frau und zwei dünne, verängstigte Kinder, gefolgt von einem Mann in einem schwarzen Anzug. Der Trooper führte die Frau und die Kinder nach hinten, während der Mann zur Klinik ging.

Neben Frankie atmete Bull scharf ein und rief dann: „Zachary Grayson, wie zum Teufel bist du so schnell hierher gekommen?" Er nahm Frankies Hand und durchquerte den Bereich in einem besorgniserregenden Tempo.

Cavolo, seine Beine waren einfach zu lang. Normalerweise vergaß er nicht, dass ihre das nicht waren.

Der Mann im Anzug drehte sich zu ihnen um. Groß, schlank, aber muskulös und mit silbernen Strähnen in seinen schwarzen Haaren streckte er die Hand aus und fixierte sie beide mit seinem grauen Blick. „Bull, es ist schön, dich zu sehen." Seine Stimme war geschmeidig und tief, regelrecht hypnotisierend.

„Gleichfalls. Ich habe dich frühestens morgen erwartet."

Die Linien neben seinen Augen vertieften sich. „Ich habe einen Freund mit einem Jet."

„Warum überrascht mich das nicht?" Bull grinste. „Danke fürs Kommen."

„In der Tat. Wie könnte ich mich weigern, wenn mich jeder einzelne von euch kontaktiert hat?" Der Mann neigte den Kopf zu Frankie, sah wieder zu Bull und zog seine rechte Augenbraue fragend hoch. „Zudem ist mir das Gerücht zu Ohren gekommen, dass du bei dem Unterfangen letzte Nacht eine Partnerin dabei hattest."

„So diskret formuliert." Bull drückte ihre Hand. „Frankie, ich möchte dir Dr. Zachary Grayson vorstellen. Er ist Psychologe, der mit traumatisierten Kindern arbeitet und ein alter Freund von Mako ist. Er flog stets von Florida zu uns, um sicherzustellen, dass wir vier dem Sarge nicht über den Kopf wachsen."

Graysons rechter Mundwinkel zuckte. „Mako war überfordert, seit er euch das erste Mal zu Gesicht bekommen hat."

Frankie hätte fast gelacht, denn die vier Männer waren jetzt schon unmöglich. Als Kinder ...? Der arme Sergeant.

Lachend zog Bull sie näher. „Zachary, das ist Frankie Bocelli. Sie hat die Rolle der Managerin im Roadhouse übernommen – und mir das Herz gestohlen."

Frankies eigenes Herz schmolz dahin.

Dr. Grayson streckte seine Hand aus. „Es freut mich, Ms. Bocelli."

„Frankie, bitte." Frankie nahm seine Hand, überrascht, als er diese nicht schüttelte und sofort wieder losließ. Stattdessen hielt er sie einfach nur fest, während er sie mit einem beunruhigend scharfsinnigen Blick betrachtete.

Als er sich zu Bull wandte, verwandelte sein Lächeln sein Gesicht von gutaussehend in unaussprechlich hinreißend. „Ich segne diese Verbindung nicht nur ab – obwohl du meinen Segen natürlich nicht brauchst –, sondern ich freue mich zudem sehr für dich."

„Danke, Doc." Bulls eigenes Grinsen war genauso verheerend, sodass sie es nicht schaffte, den Blick von ihm abzuwenden. Und ... er widersprach nicht Zacharys Annahme, dass sie zusammen waren. Wow ...

Frankie räusperte sich. „Ähm, Dr. Grayson. Zachary. Der Sohn meiner Freundin Aric, mein Patensohn, ist nicht hier. Er ist in der Eremitage und er hatte ... eine harte Zeit. Könntest du auch mit ihm sprechen?"

Zacharys Augen wurden weicher. „Bull und Hawk haben mich genau zu diesem Zweck herbeigerufen. Caz und Gabe baten mich, auch hier nach den Überlebenden zu sehen, aber ich werde in etwa einer Stunde zur Eremitage fahren."

Bull lächelte, sodass seine Grübchen aufblitzten. „Du solltest auch nach Hawk sehen. Er ist ein wenig gestresst, da das Kind nicht von seiner Seite weicht."

Der Psychologe nickte. „Wir werden uns unterhalten."

Die Art und Weise, wie er das sagte, als hätte er keinen Zweifel daran, dass Hawk kooperieren würde, erinnerte sie an Gabe. Beide Männer waren Kommandeure, die es gewohnt waren, Befehle zu erteilen und dass diese auch in die Tat umgesetzt wurden.

Bull war nicht so, und ohne nachzudenken, presste sie sich enger an seine Seite. Er verspürte nicht den Drang, stets das Sagen zu haben, hatte aber kein Problem damit, die Zügel zu übernehmen, wenn es die Situation erforderte. Und er würde jeden auslöschen, der die Menschen bedrohte, die er geschworen hatte, zu beschützen.

Er war einfach unglaublich. Kein Wunder also, dass sie ihn so sehr liebte, oder?

Hawk war verdammt dankbar, dass das Kind den größten Teil des Tages geschlafen hatte. Das hatte er auch ... nur war er hin und wieder aufgestanden, um auf und ab zu gehen.

Er hatte keine verdammte Ahnung, was er mit einem Hosenscheißer anfangen sollte, besonders mit einem, der ... „Wie alt bist du überhaupt?"

Aric saß am Küchentisch und knabberte an einer Karotte. Hoffentlich würde der Snack ihn erstmal über die Runden bringen, denn Gabe hatte alle für ein Abendessen zu Makos geladen.

Aric hielt vier Finger hoch. Der Junge sprach nicht, wenn

Gesten verwendet werden konnten, und wenn er sprach, war es ein Flüstern. Ja, das Kind war traumatisiert.

Vier Jahre alt. Würde er dieses Jahr in den Kindergarten kommen? Er schien wirklich schrecklich klein zu sein.

„Komm, lass uns die Hühner füttern und Eier einsammeln." Hawk streckte seine Hand aus, da sich der Junge sonst an seinem Bein festklammern würde.

Mit einem Kind zu laufen, das um sein Bein gewickelt war, würde nicht passieren.

Aric nahm seine Hand und Hawk kam nicht darüber weg, wie winzig seine Finger waren. Auf Caz' Befehl hin hatte er Aric ein Bad nehmen lassen, bevor er ihm die Couch zum Schlafen vorbereitet hatte. Auch hatte Caz vorgeschlagen, genug Badezusatz zu verwenden, um Blasen zu bilden. Während das Kind spielte – mit besorgten Blicken zu Hawk, wenn er zu viel spritzte –, hatte er die Möglichkeit, ihn auf Verletzungen zu untersuchen.

Der blasse kleine Körper war mit Prellungen und Schnittwunden bedeckt.

Hawk blickte finster drein. Der Anblick hatte zu viele Erinnerungen an seine eigene Kindheit zurückgebracht.

Aric war jedoch ein tapferer Hosenscheißer, und hatte die Seife genommen und sich geschrubbt. Und er ließ Hawk seine Haare waschen. Wer auch immer das Kind geschlagen hatte, war wahrscheinlich kein Pädophiler gewesen.

Gott sei Dank.

Sie fütterten die Hühner und ließen einen Korb mit Eiern vor Gabes Tür zurück. Es war Gabe und Audreys Tag, sich um die Hühner zu kümmern, aber sie waren mit den geretteten Frauen in der Stadt beschäftigt.

Auf dem Weg zurück zum Haus warf Hawk einen Blick über seine Schulter, um nachzusehen, ob Gryff ihnen in kurzer Entfernung folgte. Der Hund war untröstlich gewesen, als Aric vor ihm zurückgeschreckt war.

Hawk wettete, dass der Hund das Kind schon bald für sich gewinnen würde. Gryff war etwas Besonderes.

Bei dem Geräusch von herannahenden Autos erstarrte Hawk, bis Gryff ein fröhliches Bellen abgab. Nur Bulls Pick-up erhielt diese Begrüßung.

Aric schaute auf und musterte Hawks Gesicht auf eine nur allzu vertraute Weise.

Vor Jahrzehnten hatte Hawk seinen Pa so angesehen, um abzuschätzen, ob sich sein Mund straffte, die Augen verhärteten oder die Muskeln anspannten. Wut hatte Anzeichen – und Kinder, die am Leben bleiben wollten, lernten schnell, diese auszumachen.

„Du weißt, wie man überlebt, Junge. Kann ich nur befürworten." Mit einem schiefen Lächeln legte Hawk langsam seine Hand auf Arics Kopf und zerzauste seine Haare.

Der Junge wich nicht aus. Erfolg.

Als sich zwei Garagen quietschend öffneten, wusste Hawk sofort, welche es waren. Bulls und Frankies. Aber wer hatte die Garage des Sarge geöffnet? Sicherlich würden sie die PZ-Frauen nicht in die Eremitage lassen. Das wäre ein Sicherheitsrisiko.

In Makos Haus gingen die Lichter an. Ja, da war jemand.

„Verda –" Scheiße, das Kind. *Hör auf zu fluchen, Arschloch.* Das bedeutete, dass er die Person in Makos Haus rauswerfen musste, ohne auf kreative Sprache zurückzugreifen.

Arics Gesicht zeigte Angst und Hawk zuckte zusammen. *Toll gemacht, Volltrottel.* „Sorry, Kleiner."

„Hawk."

Was zum Teufel? Hawk erstarrte, als der Klang der dunklen, geschmeidigen Stimme Erinnerungen an lange Spaziergänge durch den Wald weckte. Von der einzigen Person, vor der er jemals geweint hatte. Eine Person, die ihm beigebracht hatte, seinen Zorn zu zügeln ... zumindest die meiste Zeit.

Die Anspannung in ihm löste sich augenblicklich auf. Natürlich hatte Gabe Doc Grayson die Hütte von Mako angeboten.

Mako würde es nicht anders wollen. Trotz des Altersunterschieds sah er Grayson als einen guten Freund an.

Hawk drehte sich um. „Doc."

Der Psychologe hatte sich im Laufe der Jahre kaum verändert. Er sah immer noch so aus, als könnte er es durch die Grundausbildung schaffen, ohne ins Schwitzen zu geraten. Es waren mehr graue Haare dazugekommen und weitere Linien im Gesicht. Nicht überraschend. Die Leute luden eine Menge Scheiße auf einen Psychologen ab. Verdammt, das Reinigen von Latrinen wäre einfacher.

Grayson kam die Terrassenstufen herunter, und dann flackerte ein Lächeln über sein Gesicht, als sein Blick auf ... Hawks Beine fiel?

Was zum Teufel? Hawk schaute nach unten und schnaubte. Aric versteckte sich hinter ihm und klammerte sich an seine Jeans. „Hey, Kleiner. Das ist Doc Grayson. Er ist cool." Hawk legte seine Hand auf Arics Schulter und fühlte nur Knochen. Überhaupt kein Fleisch an dem Jungen. „Ich habe gerne mit ihm gesprochen, als ich noch klein war."

Das war etwas übertrieben. Unter dem Vorwand, nach Kräutern zu suchen, hatte Grayson Hawk für lange Spaziergänge in den Wald geführt. Bei einem späteren Besuch wollte der Psychiater Fotos von den Weißkopfseeadlern machen, da er erfahren hatte, dass Hawk die großen Raubtiere liebte.

Weitere lange Spaziergänge folgten. Hinterhältiger Bastard.

„Es ist schön, dich zu sehen, Hawk", sagte Grayson. „Du siehst gut aus."

Hawk reichte ihm die Hand und ignorierte die Art und Weise, wie der Arzt sein Gesicht musterte. „Danke. Das ist Aric. Frankies Patensohn."

„Ah." Zachary nickte Aric zu ... und beließ es dabei. „Leistet ihr mir auf Makos Terrasse Gesellschaft? Ich könnte etwas Kaltes vertragen."

„Natürlich." Als er heute Morgen angerufen hatte, war Hawk

nicht in den Sinn gekommen, dass Graysons Gespräch vielleicht sowohl ihn als auch Aric einschließen würde. *Fuck.*

Trotzdem wollte er Graysons Meinung hören. Sicherlich würde der Arzt sagen, dass es dem Kind bei Frauen besser ergehen würde. Mit jemandem, der nett war. Mit jedem ... nur nicht mit einem verkorksten, unsozialen Kriegsveteranen.

Da Aric sich jedoch nie mehr als ein paar Zentimeter von ihm entfernte, ging Hawk in Makos Küche und holte für alle Limonaden. Neben Grayson setzte er sich auf einen Stuhl.

Jedes andere Kind würde auf einen Stuhl klettern. Aric blieb stehen. Ja, auf diese Weise zu fliehen, war viel einfacher.

Mit einem Schnauben hob Hawk den Jungen auf seinen Schoß, öffnete eine Dose und reichte sie ihm. „Benutze beide Hände."

Aric beobachtete Grayson mit wachsamen Augen und nahm einen Schluck.

Sein schockierter Gesichtsausdruck entlockte dem Arzt ein Glucksen. „Ich bezweifle, dass die religiöse Miliz kohlensäurehaltige Getränke erlaubt hat."

„Wohl eher nicht." Belustigung erhob sich in ihm, als Aric einen weiteren Schluck nahm – so vorsichtig –, und blinzelte. „Magst du die Bläschen, Junge?"

Aric hob den Kopf und sah mit dem klaren Blau eines Herbsthimmels zu ihm auf. Seine Mundwinkel neigten sich kaum merklich nach oben, als er nickte.

Grayson lehnte sich mit einem müden Seufzer in seinem Stuhl zurück – und Hawk fühlte einen Anflug von Schuld. Der Mann musste sofort in ein Flugzeug gesprungen sein, um so schnell vor Ort gewesen zu sein. Es half sicher, dass Rescue vier Stunden hinter Tampa lag. Trotzdem, ein verdammt langer Flug, ein verdammt langer Tag.

„Ich habe mit den Ärzten in Kirstens Krankenhaus gesprochen und –"

„Kirsten?" Hawk runzelte die Stirn.

„Kirsten Traeger – Arics Mutter. Ich glaube, Frankie nennt sie Kit.“ Grayson verachtete Spitznamen. Er konnte fast so stur sein wie der Sarge.

„Ah. Was haben die Ärzte gesagt?“

„Die Hirnschwellung geht adäquat zurück, und sie werden sie bald aufwachen lassen. Aber selbst wenn es keine neurologischen Schäden gibt, wird sie für eine Weile im Krankenhaus bleiben müssen, und dann braucht sie einen Aufenthalt in der Reha. Nach allem, was ihr Körper ertragen musste, wird sie Behandlungen benötigen, die sie zuhause nicht bekommen kann.“ Graysons Blick verdunkelte sich.

Hawk grunzte. Er sah auf Aric herunter und hob die Augenbrauen.

„Das ist die Frage, ja“, stimmte Grayson zu.

Für eine Minute herrschte vollkommene Stille.

Grayson lächelte ihn an. „Weißt du, damals, als ich in Arics Alter war, las mir meine Mutter jeden Abend vor.“ Der Psychologe blickte auf den See, als er fortfuhr: „Ich erinnere mich an *Gute Nacht, lieber Mond* und ...“

Hawk spürte eine winzige Bewegung, und Arics zurückhaltender Gesichtsausdruck verschwand.

Grayson warf einen Blick zu ihm und nickte. „Ah, deine Mom liest dir auch gerne vor.“ Er fuhr weitschweifend und ungezwungen damit fort, über die Dinge zu sprechen, die seine Mutter mit ihm gemacht hatte. Der Arzt stellte keine Fragen, sondern redete nur.

Mit Aric auf dem Schoß konnte Hawk spüren, wie die Anspannung in dem kleinen Körper kam und ging. Das Kind reagierte auf eine Menge von dem, was Grayson sagte. Wenn Hawk die Dinge richtig deutete, schien Kit eine verdammt gute Mutter zu sein.

Oder sie war es gewesen, bevor sie in die PZs gesaugt worden war. *Was ist, wenn sie es nicht mehr ist, Grayson?*

Bevor Hawk sich eine Möglichkeit zurechtlegen konnte, das

zu fragen, warf der Doc einen Blick auf ihn, dann auf Aric. „Hawks Eltern, nun, sie konnten gemein sein. Sein Vater schlug ihn. Seine Mama auch."

Arics Augen weiteten sich, und er sah entsetzt zu Hawk und ... tätschelte seine Brust mit seiner kleinen Hand.

Grayson lehnte sich vor, legte eine Hand auf Arics Schulter und erregte so seine Aufmerksamkeit. „Ich weiß, dass der gemeine Mann dich geschlagen hat, Aric. Hat deine Mutter dir jemals wehgetan?"

Aric schüttelte heftig den Kopf und sah den Psychiater finster an. Dann zuckte er zusammen und erinnerte sich offensichtlich daran, dass Erwachsene Kinder schlugen, wenn sie diese finster anblickten.

Grayson ließ Aric los und lehnte sich zurück.

Hawk nickte. Das war die Frage, um die er besorgt gewesen war. Es schien, als könnte Aric zu seiner Mutter zurückkehren, wenn sie erneut fähig war, sich um ihn zu kümmern. „Okay, gut." Es hätte Frankie das Herz gebrochen, wenn ihre Freundin gegenüber ihrem Sohn gewalttätig geworden wäre.

Aber ... was zum Teufel sollte Aric tun, bis es Kit wieder besser ging?

Das Geräusch von einem sich öffnenden Garagentor kam diesmal von Caz. Und Gabe.

Hawk warf Grayson einen Blick zu. „Klingt, als wären alle zuhause."

Ein paar Minuten später kam Regan aus Caz' Haus. Das Mädchen war gewachsen, seit es im letzten Herbst zu Caz gekommen war.

Auch auf andere Weise war sie gewachsen. In den ersten Monaten war sie so schüchtern gewesen wie Aric jetzt. Mittlerweile war sie nicht mehr schüchtern. Als sie Hawk entdeckte, rannte sie zu ihm. „Hi, Onkel Hawk!"

Regan kam die Stufen hoch, beäugte Grayson und lächelte ihn

an, bevor sie sich umdrehte, um Aric zu mustern, der immer noch auf Hawks Schoß saß. „Wer bist du?“

Nach einem Moment flüsterte er: „Aric.“

„Aric, das ist Regan. Sie lebt in diesem Haus.“ Hawk deutete auf Caz’ Hütte.

„Und wo wohnst du?“, fragte Regan den Jungen.

Diesmal gab es kein Zögern. Aric zeigte direkt auf Hawks Haus.

Oh, fuck.

Den ganzen Abend beobachtete Frankie, wie der Psychologe es schaffte, fast allen die Sorgen zu nehmen. Sogar Regan.

Aric jedoch ... Egal, ob es sich um Spiele oder Essen oder sogar um die Katze handelte, der Junge bewegte sich nie weiter als einen Meter von Hawk weg. Wenn Hawk das Badezimmer benutzte, wartete das Kind vor der Tür. Wenn Hawk wegen etwas in die Küche ging, hatte er eine winzige Eskorte.

Arics Angst brach Frankie einfach das Herz.

Und so schwer es auch war, es zuzugeben, sie war vielleicht ein wenig eifersüchtig auf Hawk. Sie hatte gedacht, *sie* würde Arics emotionale Stütze sein.

Dennoch war es ein Wunder, dass das Kind jemand anderem außer Kit vertrauen konnte, und Frankie war zutiefst dankbar, dass er Hawk hatte.

Hawk fühlte vielleicht nicht so.

Frankies Blick folgend musterte JJ den kleinen Aric. Er schlief zusammengerollt auf Makos riesigem Sofa. Zur Hälfte auf Hawks Schoß hielt der Junge sogar im Schlaf an Hawks T-Shirt fest. „Ich habe ihn nicht über ein Flüstern hinweg sprechen hören.“

„Nur einmal.“ Hawk legte seine Hand auf Arics Schulter, sodass Frankies Herz nur dahinschmelzen konnte. „Danach versteckte er sich unter dem Bett.“

„Ich wette, die Idioten glaubten, dass Kinder gesehen und nicht gehört werden sollten." Bull klang, als würde er gerne jemanden schlagen. „Er wurde wahrscheinlich bestraft, wenn er Lärm machte."

„Alle Kinder schienen dort Gewalt erlebt zu haben. Einige mehr als andere." Caz wandte sich an den Psychologen. „Was denkst du, Zachary?"

„Er wurde von Erwachsenen misshandelt, besonders von Männern. Egal, wie sehr sich seine Mutter bemühte, sie konnte ihn nicht beschützen ... ganz zu schweigen von sich selbst."

Cazzo, Frankie wollte zurückgehen und auf jeden dieser Fanatiker einschlagen.

Hawks sandfarbene Augenbrauen zogen sich zusammen. „Ich bin ein Erwachsener. Ein Mann. Und doch hat er sich an mir festgesaugt."

„Natürlich hat er das." Zacharys graue Augen wurden weich, als er Aric musterte. „Du hast seinen schlimmsten Feind ausgeschaltet und seine Mutter gerettet. Dann wies sie Aric an, bei dir zu bleiben."

Hawk schüttelte den Kopf, als wolle er das leugnen.

„Hinzu kommt, Hawk", sagte Zachary. „Seine Instinkte stimmen mit den Befehlen seiner Mutter überein. Weil du stark genug bist, um ihn zu beschützen."

Der arme Ex-Söldner sah aus, als hätte ihn jemand in die Enge getrieben, und Frankie hätte fast gelacht.

„Schon bevor ich deine Eltern erwähnt habe, schien Aric erkannt zu haben, dass ihr verwandte Seelen seid. Du verstehst mehr als jeder andere hier, was er durchgemacht hat und was er braucht." Zachary brachte seine Finger vor seine Brust zusammen und richtete die nächsten Worte an alle in der Runde: „Der Junge ist gerade zerbrechlich. Erlaubt ihm, dass er sich in seinem eigenen Tempo an seine neue Situation gewöhnt. Wenn er euch besser kennenlernt und erkennt, dass er hier in Sicherheit ist, wird sich sein Halt an Hawk etwas lösen."

„Ergibt Sinn", sagte Gabe.

Hawk protestierte: „Seine Mutter wird sich erholen und –"

Zachary schüttelte den Kopf. „Selbst wenn sie bereit ist, ihn zurückzunehmen, kann sie ihm nicht das gleiche Gefühl der Sicherheit geben, das er mit dir empfindet. Nicht im Moment."

„Aber ..." Frankie biss sich auf die Unterlippe. Was hatte sie angerichtet? Wie konnte sie das nur beheben? Sie atmete tief ein und wandte sich an den Mann, den sie nie mit einem kleinen Jungen zusammengebracht hätte. „Es tut mir leid, Hawk. Es ist schlimm genug, dass ich euch alle gebeten habe, euer Leben zu riskieren, aber jetzt habe ich euer Leben auch noch komplett durcheinandergebracht."

„Blödsinn." Blaugraue Augen, hart wie ein New Yorker Bürgersteig, trafen auf ihre. „Wenn du nicht gefragt hättest, hätten wir darauf bestanden." Hawks Blick war auf Aric gerichtet, und sein rechter Mundwinkel hob sich. „Und du hast mein Leben nicht durcheinandergebracht, Yorkie. Er hat das."

„Aber –"

„Kit gehört zu dir. Du gehörst zu Bull. Das bedeutet, dass das Kind zur Familie gehört." Hawk zuckte mit den Schultern. „Ich kann damit umgehen."

Und schließlich verstand sie, warum – obwohl Hawk so hartnäckig einsam und wortkarg war – seine Brüder nie daran zweifelten, dass er für sie da sein würde.

„Wurde sich um die restlichen Frauen und Kinder gekümmert?", fragte Frankie. Es waren noch ein paar im Gemeindegebäude, als sie und Bull gegangen waren.

„Alle wurden nach Anchorage und Soldotna gebracht." Caz hatte einen Arm um JJ, den anderen um Regan.

„Was wird mit ihnen geschehen?", stellte Audrey die Frage an Zachary. „Ich habe gesehen, wie du mit den Sozialarbeitern gesprochen hast. Du hast Empfehlungen gegeben. Wird es ihnen gut gehen?"

Gabe umarmte sie und murmelte: „Softie."

„Einige haben Familien, die sie aufnehmen können. Der Rest wird in Frauenhäusern unterkommen und Hilfe bekommen, sodass sie sich überlegen können, was sie nun mit ihrem Leben anfangen wollen.“ Zacharys Gesichtsausdruck war traurig. „Viele hatten nach schnellen Lösungen und einfachen Antworten gesucht, was sie anfällig für die Sekte machte. Sie werden Zeit brauchen, um wieder ins Gleichgewicht zu kommen.“

Frankie runzelte die Stirn. „Was ist mit den Frauen, die auf dem Gelände geblieben und nicht mit uns gekommen sind?“

„Ah, du hast es wahrscheinlich nicht gehört“, sagte Gabe. „Als das FBI und die Trooper dort ankamen – nur wenige Stunden nach uns –, war das Gelände menschenleer.“

Frankie starrte ihn an. Das war es, was das FBI gemeint hatte, als sie sagten, sie hätten den Kakerlaken-Ansatz gewählt.

„Wie kann es sein, dass ich das nicht mitbekommen habe?“ Bull sah zu Hawk. „War *alles* weg?“

Er meinte Leichen, oder? Frankie erinnerte sich an Hawks Gesichtsausdruck, als er erkannte, dass Obadiah tot war.

Gabe verstand die Frage. „Ja. Alles, was wir zurückgelassen haben. Auf dem Gelände und dem Pfad. Es gab ein paar persönliche Besitztümer, aber ihre Waffen waren weg. Die paranoiden Bastarde hatten dieses Szenario wahrscheinlich geplant.“

„Aber das bedeutet, dass sie nun überall sein könnten. Was, wenn sie zurückkommen? Was ist dann mit Kit?“ Frankie spürte, wie Bulls Hand ihre bedeckte und erkannte, dass sich ihre Finger zu Fäusten geballt hatten.

„Sie werden nicht lange frei herumlaufen.“ Gabe schenkte ihr ein beruhigendes Lächeln. „Für die Anführer werden gerade Haftbefehle rangeholt, einschließlich Nabera und seiner Leutnants.“

„Es gefällt mir nicht, dass Nabera noch nicht im Knast sitzt“, sagte JJ. „Er scheint mir doch etwas unberechenbar.“

Hawk runzelte die Stirn und legte seine Hand auf Arics Schulter. „Sicherheitsmaßnahmen verschärfen?“

„Ja. Wir werden die Eremitage unter Verschluss halten. Nur

für den Fall.“ Er schüttelte den Kopf. „Denn ja, Fanatiker sind unberechenbar.“

„Die FBI-Agents haben erzählt, dass sie Parrish geschnappt haben.“ Zu Bull sagte Frankie: „Ich habe vergessen, es dir gestern Abend zu sagen.“

„Das sind doch mal gute Neuigkeiten.“ Bull drückte ihre Hand. „Ohne den Anführer wird wahrscheinlich alles andere zusammenbrechen.“

Nabera war jedoch noch auf freiem Fuß. „Vielleicht ist es gut, dass Kit in einem Krankenhaus in Sicherheit ist, bis der Rest von ihnen verhaftet wird.“

„Ich hatte gehofft, deine Freundin kennenzulernen, aber mein Flug geht morgen früh.“ Zachary warf Frankie einen langen Blick zu. „Wenn du ihr hilfst, sich von all dem zu erholen, erinnere sie so oft wie nötig daran, dass sie nicht völlig hilflos war. Dass ihr Mut und ihr Einfallsreichtum und dich zu kontaktieren, sie und Aric gerettet haben – und auch die anderen Frauen. Ihre Handlungen – und deine, Frankie – haben die Patriotischen Zeloten zerschlagen.“

Er hatte sie Frankie genannt. Denn das war sie. Sie fing den Blick des Psychologen ein, und die Falten neben seinen Augen vertieften sich. Denn als er sie nach ihrem vollständigen Namen gefragt hatte, hatte sie ihn genervt angesehen und „Francesca“ gemurmelt. Er hatte gegluckst und gesagt, er nehme sich lieber die Zeit, den gesamten Namen einer Person auszusprechen, aber in ihrem Fall war „Frankie“ weniger ein Spitzname und eher eine Identitätserklärung. Und er mochte, wer sie war.

Und sie mochte diesen Psychologen.

In diesem Moment erhob er sich. „Ich muss mir die Beine vertreten, zumal ich morgen stundenlang im Flugzeug sitzen werde. Regan, ich habe gehört, dass du einen Kater hast. Wirst du mir ihn vorstellen? Ich kann es nicht erwarten, ihn schnurren zu hören.“

Regan sprang auf. „Klar! Sirius liebt es, gestreichelt zu werden."

Als die beiden zur Tür hinausgingen, sah Frankie, wie sich Makos Söhne angrinsten. „Was ist?"

Bull gluckste. „Wir alle erinnern uns an Graysons Gespräche. Wegen ihm sind wir wahrscheinlich heute weniger durch den Wind, als wir es vielleicht ohne ihn gewesen wären." Als die anderen zustimmend schnaubten, gab Bull ihr einen sanften Kuss und fügte hinzu: „Jetzt scheint es, dass er plant, die nächste Generation auf den richtigen Pfad zu bringen."

KAPITEL VIERUNDZWANZIG

W*enn alles den Bach runtergeht, kommt es auf die Menschen an, die ohne zu zögern an deiner Seite bleiben – sie sind deine Familie.* - Jim Butcher

Stürmische Winde schlugen Regen gegen das Fenster von Kits Krankenhauszimmer und übertönten fast die Signaltöne der verschiedenen medizinischen Geräte neben ihrem Bett, die vorbei rollenden Wagen und die Stimmen aus dem Flur.

Vielleicht war es ein bisschen laut, aber für sie bedeuteten all diese Geräusche Sicherheit.

Kit rieb sich das Gesicht und zuckte zusammen, als ihre Finger auf die groben Nähte auf ihrer Wange trafen. Sie taten weh. *Oh, gib es zu, alles tut weh.* Ihr gebrochener Arm, den sie erneut mit einem Gips versehen mussten. Ihr Bauch, wo die Ärzte Dinge flicken mussten, die eine gebrochene Rippe verursacht hatten. Und natürlich die Seite mit den gebrochenen Rippen. Die Chirurgin hatte ihr gesagt, sie hätte Glück gehabt, dass die gebrochenen Knochen keine Lunge durchstochen hatten.

Sie fühlte sich nicht gerade vom Glück begünstigt. Sie fühlte sich dumm.

Ihre Idiotie hatte Frankie – und vielen anderen Leuten – beinahe das Leben gekostet, als sie versuchten, Kit vor ihren eigenen Fehlern zu retten. Wenn sie klüger gewesen wäre, vielleicht –

„Hey." Mit dem Duft von Regen und Wald hinkte Frankie ins Krankenhauszimmer und rollte mit den Augen. „Was auch immer du gerade denkst, lass es."

Kit versuchte zu lächeln, spürte jedoch, wie die Nähte sich spannten. Sie seufzte. „Ich bin ein Wrack."

Frankie neigte den Kopf zur Seite und zupfte in einer Nachahmung ihres älteren, pedantischen College-Geschichtsprofessors an ihrem Kinn. „Ms. Traeger, ich glaube, da haben Sie nicht Unrecht."

Kit kicherte und legte sofort die Hand auf ihre Seite. „Oje, bring mich nicht zum Lachen. Bitte."

„Sorry." Frankie hob die Hände. „Hiermit schwöre ich feierlich, langweilig zu sein."

Der Versuch, nicht zu lachen, schmerzte fast noch mehr. *Autsch, autsch, autsch.* „Du bist so gemein."

„Ja, so bin ich." Mit dem Arm auf eine Weise an ihre Seite gedrückt, die Kit nicht unbekannt war, setzte sich Frankie vorsichtig auf den Stuhl neben dem Bett.

Denn auch sie war verletzt worden. Frankie hatte es heruntergespielt, aber die FBI-Agents hatten Kit erzählt, dass jeder, der das Gelände betreten hatte, auf irgendeine Weise verletzt worden war.

Nichtsdestotrotz hatte Frankie sich nicht davon abhalten lassen, sie zu besuchen. Und das tat sie, weil sie wusste, dass Kit hier ganz allein war. Und sie hatte Angst. Lieber Gott, manchmal hatte sie wirklich Angst. Frankie in der Nähe zu haben, war wie eine Rettungsleine. Eine Leine, an der sie sich nicht festhalten sollte.

Konzentriere dich stattdessen auf Dankbarkeit. „Die Agents meinten, dass viele Menschen an der Rettung beteiligt waren. Da ich hier festsitze, könntest du ihnen sagen“ – ein Kloß in ihrer Kehle würgte die Worte für einen Moment ab – „w-wie dankbar ich für ihre Hilfe bin? Und wie leid es mir tut, dass sie verletzt wurden?“

Wenn sie aus dem Krankenhaus kam, würde sie einen Weg finden, um diese erstaunlichen Menschen zu entschädigen, die ihr Leben für Fremde riskiert hatten.

„Na klar. Du musst dich nicht schuldig fühlen. Im Transportteam waren die Verletzungen meist Kratzer und ein paar verstauchte Knöchel.“ Frankies Augen leuchteten vor Lachen. „Das Ablenkungsteam hatte jedoch am nächsten Tag so schlimme Kater, dass sie aus dem Jammern nicht mehr herausgekommen sind.“

„Sie waren betrunken, als sie den Unfall am Tor vortäuschten?“

„Zu dem Zeitpunkt ... nein. Später. Felix sagte, sie hätten so viel Spaß gehabt, sich mit den Wachen anzulegen, dass sie den Rest der Nacht bei ihm gefeiert haben.“ Frankie kicherte. „Nachdem die Frauen und Kinder in der Stadt abgesetzt worden waren, schloss sich die Hälfte des Transportteams der Party an. An diesem Abend wurden viele beeindruckende Geschichten über Mut erzählt.“

Kit entspannte sich mit einem Lächeln und lehnte sich an ihre Kissen. „Nun ja. Okay.“ Es war eine seltsam befriedigende Vorstellung, dass sie deren Mut und das Leben gefeiert hatten.

„Hat Hawk heute Morgen Aric vorbeigebracht?“, fragte Frankie, womit sie Kits Gedanken entgleisen ließ.

„Das hat er.“ Ihr armer Kleiner war fast in Tränen ausgebrochen, als er ihre Nähte sah. Wie oft hatte er sie sehen müssen, nachdem sie zusammengeschlagen worden war? Sie schüttelte den Kopf. „Ich mache mir Sorgen, dass er immer noch flüstert.“

„Nur natürlich.“

„Was?“ Wie konnte Frankie so nonchalant klingen?

„Es wird Zeit brauchen, bis er versteht, dass er in Sicherheit ist, und noch länger, um die Gewohnheiten abzulegen, die ihm dort aufgezwungen wurden.“ Frankies Blick war aufrichtig, ihr Ton gelassen. Sie war immer ehrlich zu ihren Freunden – egal, wie ungenießbar die Wahrheit auch war.

Kit schluckte schwer. Aric flüsterte, weil Kinder, die Lärm machten, bestraft wurden. „Ich hasse es, dass du Recht hast.“

Aric würde irgendwann seine Ängste überwinden. Würde sie jemals ihre Schuldgefühle überwinden? Sie hatte ihr Kind traumatisiert. Alles, weil sie dachte, es wäre gut für ihn – und sich selbst –, einen starken Mann in ihrem Leben zu haben.

Dämlich. Ja, das war sie wirklich.

Kit dachte an die Schäden, die die anderen davongetragen hatten und betrachtete Frankie.

Durch den Brief, in dem sie Frankie um Hilfe gebeten hatte, war Frankie losgeeilt, um ihr zur Hilfe zu kommen. Sie hatte ihren Job, ihr Zuhause, ihre Freunde zurückgelassen. Sie hatte ihr Leben riskiert. Und zweifellos ihre Familie verärgert. „Wie sehr nervt es deine Familie, dass du hier bist?“

Frankie wandte ihren Blick ab. „Ein bisschen. Aber, hey, ich war reif für einen Urlaub.“

„So was von reif“, sagte Kit. Als ob dieses Chaos auch nur annähernd einem Urlaub gleichkam.

So konnte man auch das Leben seiner besten Freundin durcheinanderbringen, Kit. Sie atmete vorsichtig ein – denn wagte sie es, tief Luft zu holen, fühlte es sich an, als würde sie jemand direkt in die Seite stechen. Es war an der Zeit, sich wie eine Erwachsene zu verhalten, damit Frankie wusste, dass sie in ihr echtes Leben zurückkehren konnte.

Der Gedanke, hier ohne Frankie auszukommen, war ... beängstigend. Trotzdem schuldete sie es Frankie, sie gehen zu lassen. „Wusstest du, dass die beiden Frauen, die neben Hawk wohnen, vorbeigekommen sind? Sie meinten, dass auch sie sich um Aric kümmern würden. Und schließlich kam Hawk sogar für eine ganze Minute ins Zimmer."

Das war eine Minute länger als je zuvor. In den letzten zwei Tagen hatte sie ihn nur gesehen, als er Aric in den Raum schickte, dann wartete er draußen im Flur.

„Oh, wow. Fortschritt."

Kit schnaufte, was nicht annähernd so weh tat wie Lachen. „Er kam herein, um mir zu sagen, dass Aric immer noch nicht zulässt, dass sich jemand anderes um ihn kümmert, aber es war in Ordnung, da seine derzeitigen Jobs zuließen, dass Aric bei ihm sein kann. Was macht er denn beruflich?"

„Er kümmert sich um die Reparaturen für die Immobilien, die ihm und seinen Brüdern gehören oder sie vermieten. Und er fliegt als Buschpilot." Frankies Augen wurden weich. „Aric liebt alles am Fliegen und er ist immer ganz stolz, wenn Hawk ihn seinen Co-Piloten nennt."

Co-Pilot. Ihr kleiner Junge. Sie blinzelte die Tränen zurück. „Er wird so groß."

Er würde diesen Herbst in den Kindergarten kommen – und war es nicht wunderbar, dass er nun nicht mehr der PZ-Propaganda ausgesetzt war? Denn wäre sie noch auf dem Gelände, würde er deren Version von Homeschooling bekommen. Stattdessen würde er jetzt auf eine richtige Schule gehen. Ihr Baby.

„Ich ..." Sie zuckte bei dem geduldigen Ausdruck auf Frankies Gesicht zusammen. „Worüber sprachen wir gerade?"

„Vernebeltes Gehirn." Frankie grinste. „Ich würde es ja auf die Gehirnerschütterung schieben, nur warst du vorher auch schon so."

„Und du bist eine totale Göre." Die Beleidigung entkam, bevor Kit darüber nachdenken konnte. Sofort spannte sie sich in Erwartung einer Bestrafung an. Lieber Gott, sie war so entspannt gewesen, dass sie vergessen ha –

Nein, warte ... das ist Frankie, die eine gute Beleidigung liebt. Kit hatte sie stets geneckt – vor allem, wenn sie beide unter dem

Einfluss standen –, nur um die Funken fliegen zu sehen und ihr die italienischen Gesten zu entlocken. Himmel Herrgott, niemand würde jemals genug davon bekommen, Frankie in Italienisch fluchen zu hören.

Frankies dunkle Augen hielten Mitgefühl, aber sie nahm das Gespräch einfach wieder auf. „Du meintest, dass Hawk reinkam, um zu sagen, dass du dir keine Sorgen um Aric machen musst.“

„Oh, richtig.“ Das hatte sie sagen wollen. „Der Arzt geht davon aus, dass ich bald hier rauskomme, ich aber wegen der Atemwegsbehandlungen und der ganzen Physiotherapie und so in eine Reha-Einrichtung muss. Sie denken anscheinend, dass ich mir gleich eine Lungenentzündung einfange.“

Frankie verzog das Gesicht. „Mädchen. Husten mit gebrochenen Rippen würde wirklich wehtun.“

Das tat es. „Na ja, die nächsten Schritte sind ziemlich durchgeplant.“ Sie holte tief Luft und sagte die Worte, die sie nicht sagen wollte. „Frankie, es bedeutet mir einfach ... alles, dass du hergekommen und Aric und mir zur Hilfe gekommen bist. Ich schulde dir so viel und –“ Sie sah den Ärger in Frankies Blick. „Ich weiß, ich weiß, Freunde schulden einander nichts, aber ich habe sonst keine Möglichkeit, dir zu sagen, wie viel mir das bedeutet hat.“

„Du würdest das Gleiche für mich tun.“

Das würde ich. Kit nickte. „Nachdem Hawk hier war, kam ich ins Grübeln. Ich habe dein Leben lange genug aus dem Gleichgewicht gebracht. Da JJ und Audrey Hawk mit Aric helfen wollen, sollte für ihn gesorgt sein, bis ich das wieder übernehmen kann.“

Galle stieg in ihre Kehle. Sie waren nicht Frankie, und sie konnte ihnen nicht vertrauen, wie sie es mit ihrer Freundin tat. Am Ende jedoch war ihr Komfort irrelevant. Der Polizeichef und der Doc wohnten gleich neben Hawk. Wo auch immer das war. Aric war in Sicherheit. „Und ich ... ich werde bei der Reha sein.“

Sie musterte das Laken, zerknittert von ihren geballten

Händen. „Ich möchte dich mit deiner Familie nicht zu sehr in Schwierigkeiten bringen."

Frankies Mutter und Schwestern waren ... na ja, Kit würde ihnen allen gerne mal eine Ohrfeige verpassen. Alle drei waren reich, berühmt, wunderschön ... und privilegiert. Sie arbeiteten hart, das musste sie schon zugeben. Für Frankie jedoch hatten sie nur Zuneigung übrig, wenn sie vorher dafür etwas bekommen hatten. Ähnlich zu einem Arbeitgeber, der Prämien verteilte. Liebe sollte wie der Mississippi in den Golf fließen und sich nicht wie ein fehlerhafter Wasserhahn ein- und ausschalten.

„Ich weiß, dass ich früher oder später zurück muss." Frankie ging zum Fenster und zeichnete mit dem Zeigefinger den Pfad eines Regentropfens nach. „Ich bin mir noch nicht sicher, aber wahrscheinlich wäre früher besser als später. Oder vielleicht auch nicht."

Kit legte ihre Hand auf ihre schmerzenden Rippen, die angefangen hatten, zu pochen und zu brennen. „Das klingt so gar nicht nach dir." Frankie war die entscheidungsfreudigste Person, die sie kannte. „Was ist los?"

„Ich habe nur ..." Frankie runzelte die Stirn, als sie sich ihr wieder zuwandte. „Du hast Schmerzen. Brauchst du Schmerzmittel?"

„Das Zeug macht mich immer so müde. Ich wollte wach sein, um mit dir zu reden."

„Ich sage dir was" – Frankie schenkte ihr ein schiefes Lächeln – „nimm deine Medikamente und ich verspreche, morgen zurückzukommen und dir von meinem traurigen, traurigen Leben zu erzählen."

„Aufregend." Kit fing an zu lachen und hatte sofort das Gefühl, dass jemand auf ihren Bauch und ihre Seite einstach, sodass ihr Lachen abrupt abbrach. „Ich liebe deine Geschichten. Versprochen?"

„Du bist genauso schlimm wie Aric." Frankie lächelte. „Er verlangte eine Geschichte – und Hawk verlangte, dass ich ihm vorlese, also setzte sich Aric auf Hawks Schoß, während ich eine Geschichte vorlas. Und dann bestand er auf eine zweite."

„Die du natürlich gelesen hast." Bei Frankies Schulterzucken füllten sich Kits Augen mit Tränen. „Du bist die beste Patentante aller Zeiten."

„Bin ich."

„Aber, Freundin, denk daran, wir kommen schon klar. Wenn du nachhause musst, ist das in Ordnung." Und wenn sie irgendwann ging, würde sich Kit unglaublich verloren fühlen. Sie zwang sich zu einem selbstbewussten Lächeln, als Frankie nickte und schließlich das Zimmer verließ.

Die Tür ging hinter ihr zu und dämpfte die Geräusche von Krankenschwestern, Besuchern und von vorbeifahrenden Wagen. Kit schloss ihre Augen. Wie konnte sie sich in der ganzen Hektik des Krankenhauses nur so einsam fühlen?

An diesem Abend saß Frankie neben Bull im großen Pavillon am See. Sie lehnte sich näher an die lodernde Feuerstelle und versuchte, ihre kalten Finger zu wärmen. Um sie herum unterhielt sich seine Familie, aber sie schaffte es nicht, dem Gespräch zu folgen. Nein, sie versuchte immer noch, die Dinge in ihrem Kopf zu organisieren.

Kit und Aric wurden gerettet. Es war schwierig, darüber hinwegzukommen, da die Angst um deren Sicherheit zu Frankies Alltag geworden war. Und jetzt ... was sollte sie jetzt tun?

Ich will bleiben. Drei Wörter. Füge zwei dazu. *Ich will bei Bull bleiben.* Ohne Zweifel, keine Unentschlossenheit. Nur die Wahrheit.

Was aber war mit Mama, Papà, ihren Schwestern? Ihrem Job in der Agentur?

Als ob ihre Mutter ihre Gedanken hören könnte – etwas, das Frankie als Kind immer befürchtet hatte –, klingelte ihr Handy.

Sie blinzelte und erinnerte sich dann, dass die Eremitage WLAN hatte und sie ihr Telefon verbunden hatte.

Ja, das war Mama.

Alle im Pavillon beobachteten sie. Wahrscheinlich fragten sie sich, warum sie nicht ans Handy ging.

Mit einem entschuldigenden Lächeln griff sie nach dem Handy. „Mama, hi. Wie läuft es in der Agentur?"

Wie üblich erzählte ihre Mutter von ihrem Tag, welche Models nun unter Vertrag standen, von neuen Jobs, insbesondere für Birgit und Anja, die Werbespots und Veranstaltungen gebucht hatten.

Der Monolog gab Frankie Zeit, zum Holzdock zu hinken und von hier vielleicht nicht gehört zu werden. Die Eremitage war furchtbar hellhörig.

„Klingt wundervoll." Frankie hielt inne. Wenn sie mit einer Freundin sprechen würde, wäre jetzt der Moment gekommen, in dem sie fragen würde, wie Frankies Tag gelaufen war. Ihr Monat. Ihr Alaska-Aufenthalt.

Frankie runzelte die Stirn, ein unangenehmes Gefühl wuchs in ihr.

Niemand in ihrer Familie hatte jemals gefragt, wie ihr Trip verlief. Oder wie es ihr ging.

Machten sie das ... jemals?

Die Stimme ihrer Mutter wurde lauter. „Francesca, hast du mich gehört? Ich fragte, wann du endlich zurückkommst. Wann kann ich erwarten, dich an deinem Schreibtisch zu sehen?"

Das war die einzige Frage, die ihre Mutter jemals bei diesen Telefonaten stellte. Frankie seufzte. „Es freut mich, zu hören, dass alles so gut läuft."

„Bis es das nicht mehr tut. Wir brauchen dich hier, Francesca. Birgit hat zwei Buchungen verloren und Anjas liebste Hairstylistin meinte, sie werde nicht mehr mit ihr zusammenarbeiten. Ich möchte, dass du morgen wieder hier bist."

Was für ein toller Anreiz, zurückzukehren. Nicht. „Eigentlich denke ich, dass ich in Alaska bleiben werde. Mir gefällt es hier."

Mamas Keuchen klang entsetzt. „Das kannst du nicht. Auf keinen Fall. Dein Job ist hier."

„Ich habe auch hier einen Job. Einen Job, der mir besser gefällt."

Anstatt zu fragen, was der Job war, sagte ihre Mutter einfach: „Nein." Dann kam ein Kreischen über das Telefon, gefolgt von einem Schreianfall.

Frankie unterdrückte ein Lachen. Mama war anscheinend noch bei der Arbeit, und ausgehend von dem Lärm hatte ein Model wohl gerade einen Zusammenbruch. Auch hörte sie Jaxson ... und eine empörte Frau.

Frankie hätte fast gelacht. „Du solltest dich besser darum kümmern."

Es wurde leise am anderen Ende.

Frankie betrachtete ihr Handy. Trotz der kleinen Größe fühlte sich das Gerät schwer in ihrer Hand an, belastet von unangenehmen Gesprächen und Erwartungen. Das dunkle Seewasser schien eine Einladung auszusprechen: *Wirf es rein und durchbreche diese Verbindung.*

So ein ansprechender Gedanke, aber hierbei handelte es sich um eine Verbindung zu ihrer Familie.

Sie schaute zum Pavillon und seufzte. Würde sie es schaffen, gegen ihre ganze Familie anzukämpfen, wenn es darum ging, was sie aus ihrem Leben machen wollte?

Denn sie wollte ein Leben mit Bull.

Er beobachtete sie und kam dann den Hang hinunter, um sich ihr auf dem Dock anzuschließen. Er legte ihre Jacke um ihre Schultern und ließ sich neben ihr nieder. Als deren Füße zusammenstießen und über dem Wasser baumelten, schlang er einen Arm um sie.

Oben im Pavillon hörte sie die anderen das Gespräch fortsetzen. Gabe und JJ diskutierten, wo sich die PZs möglicherweise verschanzt haben könnten und worauf sich die Stadt vorbereiten musste.

Frankie legte ihren Kopf an Bulls Arm und beobachtete Aric. Der kleine Junge schlief tief und fest auf Hawks Schoß. Sein kleines Gesicht zeigte immer noch einen blauen Fleck, aber die Anspannung war aus seinem Ausdruck verschwunden. Er fühlte sich sicher.

„Was ist los, Süße?“ Bull strich ihr die Haare aus dem Gesicht. Seine Hand war so groß, so kraftvoll. So sanft. „Waren es schlechte Nachrichten?“

„Nein, nicht wirklich. Meine Mutter will, dass ich zurück nach New York komme.“

„Keine Überraschung. Willst du zurück?“

„Nein. Nein, das will ich nicht.“

Nach einer Pause sagte Bull sehr leise: „Bleib. Bei mir.“

Die Worte machten sie unglaublich glücklich.

Er nahm ihre Hand. „Mir ist klar, dass dein Job in einer Modelagentur aufregender und erfüllender –“

Ihr Schnauben unterbrach ihn. „Das ist es nicht. Ich arbeite gerne mit Menschen, aber nicht in der Mode- oder Werbebranche. So sexistisch. Wenn sich die Kleidung von Männern wie die von Frauen ändern würde, würde deine Anzughose in einigen Jahren über deinen Knien enden.“

Bulls Lachen ertönte, und Frankie grinste widerwillig. „Die gesamte Branche ist darauf ausgelegt, Frauen dazu zu bringen, mehr Geld auszugeben, indem sie sie glauben machen, dass sie nicht attraktiv genug seien. Ich schätze, ich habe ein ethisches Problem damit, diese Agenda voranzutreiben.“

„Warum hast du dann nicht den Job gewechselt?“, fragte Bull.

„Meine Familie braucht mich.“ Sie zuckte mit den Schultern. „Ich bin gut in dem, was ich tue. Die Dinge laufen besser, wenn ich da bin.“

Bull musterte sie. „Du bist schon eine ganze Weile in Rescue. Hat deine Familie dich angerufen und Druck ausgeübt?“

„Oh, und wie sie das haben. Ich habe Mama gerade gesagt, dass ich hier bleiben möchte. Sie und der Rest werden es nicht verstehen, dass ich nicht zu ihnen und dem Job zurückkehren will ... Sie werden es als Verrat betrachten.“ Ihre Stimme brach. „Ich will sie nicht verlieren. Ich will *dich* nicht verlieren.“

Sein Arm straffte sich um sie.

„Bull, ich weiß nicht, was ich machen soll.“

Nein, das war eine Lüge, oder? Sie wusste genau, was sie tun wollte. Mit einem Seufzer lehnte sie ihren Kopf an seine breite Brust. In den Untiefen des Sees brachte eine Entenmutter ihren flauschigen Babys das Schwimmen bei.

Meine Mutter war nie so aufmerksam gewesen.

Und doch ... war es ihre Familie. Was würden sie tun? Würden sie Frankie komplett aus deren Leben streichen?

KAPITEL FÜNFUNDZWANZIG

D*iplomatie – die Kunst, „nettes Hündchen" zu sagen, bis man einen Stock findet.* - Wynn Catlin

Ein paar Tage später ließ sich Bull auf die Couch fallen. *Was für eine beschissene Welt, verdammt.*

„*Dios, 'mano.*" Caz kam herein, gefolgt von ... oh, allen außer Hawk, der Aric ins Krankenhaus gebracht hatte, um seine Mutter zu sehen. „Wir sahen, wie du die Faust durch den Zaun gerammt hast."

Der Doc setzte sich, machte ein unbeeindrucktes Geräusch und fing an, Splitter aus Bulls Fingerknöcheln zu ziehen. „Was hat dich dazu bewegt?"

„Frankie." Die Hitze des Zorns konnte nicht mit der Kälte des Verlustes mithalten. „Sie rief an, um zu sagen, dass ihre Familie hier ist und sich im Swan B&B eingecheckt hat. Sie wollen sie morgen mit nachhause nehmen."

„Aber sie will hierbleiben." Gabe lächelte bei Bulls hochgezogenen Augenbrauen. „Ich bin nicht blind, Bruder. Sie liebt dich."

„Es ist so typisch", sagte JJ. „Wenn Telefonate nicht ausreichen, ist es Zeit für persönlichen Druck. Sie sind alle gekommen, damit sie ihr zahlenmäßig überlegen sind."

Audrey sah die Polizistin mit hochgezogenen Augenbrauen an. „War deine Mutter manipulativ? Meintest du nicht, sie sei wunderbar gewesen?"

„Das war sie." JJ schüttelte den Kopf. „In meiner alten Polizeistation hatte ich es auch mit Familienbanden und -streitigkeiten zu tun. Ich habe gelernt, die Taktiken zu erkennen, die verwendet werden, um ein ‚schwarzes Schaf' in Reih und Glied zu zwingen."

„In Reih und Glied zu zwingen?" Bull spannte den Kiefer an. *Nur über meine Leiche!*

„Bruder." Gabe setzte sich auf den Holzofen. „Wie ernst ist es dir mit ihr?"

„Sehr ernst." Er fuhr sich mit den Händen übers Gesicht. Verdammt, er hatte gedacht, dass sie mehr Zeit haben würden, um die Dinge zu klären. „Seid gewarnt. Wenn sie nach New York zurückgeht, werde ich ihr folgen."

Gabe und Caz nickten verständnisvoll.

„Ich denke, JJ und ich sehen eine andere Seite davon." Audrey lehnte sich vor. „Wird sich Frankie in New York wirklich wohl fühlen? Oder wirkt das eher wie: Lasst uns ihr ein schlechtes Gewissen machen, bis sie einwilligt, mit uns zurückzukommen?"

Er kannte die Antwort darauf – oder war das nur, was er sich wünschte? Denn seine Gedanken drehten sich nun schon seit Tagen im Kreis. Und was er beschlossen hatte, war ... „Wenn sie ihre Familie verliert, indem sie bleibt, bezweifle ich, dass sie hier glücklich sein wird."

„*Sí*, deine Frankie gehört zu der Sorte, die sich für ihre Familie opfert." Caz neigte den Kopf. „Aber, *'mano*, versteht diese Familie, zu was sie Frankie da zwingen? Was sie aufgeben muss? Einen Job, den sie liebt, einen Mann, den sie liebt, ein Leben, das sie liebt?"

Bull legte seine Ängste beiseite und überlegte. Wenn Frankie von ihrer Familie sprach, klangen sie nicht besonders liebevoll. Es schien eher, als dachten sie immer nur an die Agentur – an nichts anderes. Da Frankie nicht in ihre Weltanschauung passte, stempelten sie ihre Meinungen als unwichtig ab. *Dasselbe tun sie auch mit ihr*, dachte er.

Also ... wenn sie Frankie wirklich liebten und sie sahen, was Frankie verlieren könnte, würden sie vielleicht aufhören, Druck auszuüben.

Und wenn sie Frankie nicht liebten, dann könnte es ihnen zumindest aufweisen, dass er für sie kämpfen würde.

Gabe hatte Bull die ganze Zeit beobachtet, und lächelte. „Dann lasst uns mal planen. Caz und JJ, ihr seid für die psychologische Kriegsführung zuständig. Audrey, identifiziere das verfügbare Personal und die Ressourcen. Hawk wird wahrscheinlich mit Aric und Regan hier bleiben, also schließt sie nicht in die Mission ein. Bull, wähle das Schlachtfeld."

„Frankie meinte, sie würden im Roadhouse essen", sagte Bull. Der perfekte Ort. „Wir haben ein Heimspiel vor uns."

Gabe nickte zustimmend.

„Felix wird helfen wollen", bot Audrey an.

„Wird er." Bull schenkte ihr ein Lächeln. „Er kann unsere Ohren und Augen sein."

„Okay, gut." Gabe hatte ein Blatt Papier in der Hand. „Die Aufklärung ist damit gesichert. Was wissen wir über Frankies Familie?"

„Ich hole meinen Laptop", rief Audrey, die schon auf dem Weg zur Tür war.

Das Blut rauschte bereits schneller durch Bulls Venen. Frankies Familie verstand sie nicht. Sie schätzten sie nicht.

Er tat das. Und seine Familie auch.

Im Roadhouse lächelte Frankie ihren Vater an. „Während wir darauf warten, dass unser Tisch fertig ist, werde ich kurz rausgehen und meine Jacke holen. Es ist kühler hier drin, als ich dachte."

Bevor er antworten konnte, schlüpfte sie aus der Tür in die stille Nacht. *Cavolo,* aber ihre Ohren brauchten eine Pause. Mussten sich Birgits Lippen eigentlich ständig bewegen?

Trotzdem war es wunderbar, sie alle zu sehen. Frankie liebte ihre Familie.

Sie überquerte den Parkplatz und schnappte sich ihre Jacke aus ihrem kleinen Auto.

Nach ihrer Zeit in Alaska konnte Frankie ihre Familie klarer sehen ... ihre von der Arbeit besessene Familie.

Papà liebte sie, konnte aber nicht länger als ein paar Minuten an etwas anderes als seine Fotografie denken.

Das Leben ihrer Schwestern drehte sich ausschließlich um deren Modelkarriere. Das war eindeutig. Dennoch konnten sie manchmal liebevolle Schwestern sein. Birgit hatte stets Spaß daran, Frankie vor einer Veranstaltung das Make-up zu machen. Anja liebte es, bei der Entscheidung, was sie anziehen sollte, um Hilfe gebeten zu werden.

Frankie zog sich ihre Jacke an und lehnte sich an der Gebäudeecke an den riesigen, mit einer Kettensäge geschnitzten Elch. Ihr Herz schmerzte, als ihr das vierte Mitglied ihrer Familie in den Sinn kam.

Mama hatte eine kühle, zurückhaltende Persönlichkeit. Das zu beklagen, wäre sinnlos. Die Priorität ihrer Mutter war und würde immer die Agentur sein, die sie gegründet hatte.

Bei allen kamen Beziehungen an zweiter Stelle.

Frankie musste akzeptieren, dass sie das, was sie von ihnen wollte, nicht bekommen würde. Und sie musste aufhören, danach zu streben.

Mit Bulls Familie Zeit verbracht zu haben, hatte ihr gezeigt, dass nicht sie das Problem war. Sie war, wer sie war, und sie war wirklich sehr liebenswert. Es gab aber nun mal einige Leute, die Liebe in kleineren Portionen maßen.

Im Gegensatz zu Bull, der Liebe wie einen breiten Fluss fließen ließ.

Sie lächelte, als nur der Gedanke an ihn ihre Entschlossenheit erneuerte.

Der Abend lief nicht gut. Mamas Hingabe galt ihrer Firma, und das bedeutete, dass sie Frankie mit aller Kraft drängte, nach New York zurückzukommen ... denn das war das Beste für ihre Agentur.

Kurz bevor sie zum Roadhouse aufgebrochen waren, hatte Mama erwähnen müssen, dass sie schließlich Frankies Uni bezahlt hatten ... in der Erwartung, dass sie ihnen den Aufwand durch die Arbeit in der Firma zurückzahlen würde.

Eine weitere Welle von Schuldgefühlen fegte über Frankie. Bisher hatte sie es geschafft, sich zu behaupten, aber ... es war wirklich schwierig. War sie so undankbar, wie Mama meinte?

Sie hatte von ihrem Job hier erzählt, von ihrem Leben in Alaska ... und dem Mann, den sie liebte. Doch sie ignorierten alles, was Frankie sagte.

Schließlich hatte Birgit mit abfälliger Stimme gesagt, dass Frankie keinen guten Geschmack bei Männern hatte. Mit dem Hinweis auf Jaxson.

„Francesca, unser Tisch ist fertig", rief Anja von der Tür.

„Ich komme." Frankie tätschelte den riesigen Kopf des Elches und ging ins Roadhouse.

Kurz darauf brachte Amka, die Empfangsdame des Abends, sie an ihren Tisch. „Genießt eure Zeit, Frankie und Familie."

Dann ging Amka zur Seite und Frankie runzelte die Stirn, als sie den großen runden Tisch sah, der ihnen zugewiesen wurde. Ja, er war in einer ruhigen Ecke, aber ... der Tisch hatte zwölf Sitzplätze und wurde generell von Leuten reserviert, die während eines Meetings essen wollten. Ihre Familie würde nicht einmal die Hälfte der Stühle füllen.

Aber es hatte keinen Sinn, Amka zu fragen, was sie sich dabei gedacht hatte. Papà setzte sich bereits mit Mama zu seiner Rechten hin.

„Hallo. Willkommen in Alaska." Felix schenkte der Gruppe sein charmantestes Lächeln. „Ich bin Felix und ich werde heute Abend euer Kellner sein."

„Felix?" Frankie zog die Augenbrauen hoch. „Seit wann wirst du im Restaurant eingeteilt?"

„Babe, ich habe meine Kellner-Jungfräulichkeit hier im Restaurantbereich verloren." Er legte einen Arm um sie und küsste ihre Wange, bevor er sie bestimmt auf einen Stuhl drückte, sodass der Platz neben ihr frei war.

Er redete weiter, während er Speisekarten verteilte. „Bull – der Besitzer des Restaurants – hörte, dass die Familie unserer Frankie hier ist. Er plant, vorbeizukommen und Hallo zu sagen. Geratet also nicht in Panik, wenn ihr einen riesigen Kerl mit rasiertem Kopf seht. Er gehört zu uns."

„Das ist sehr nett von ihm." Papàs Gesichtsausdruck war erfreut. „Ich bin sicher, er ist ein viel beschäftigter Mann."

„Oh, sehr. Er hat ein weiteres Restaurant in Homer und eines in Anchorage. Wir freuen uns, dass er es bevorzugt, hier in Rescue zu leben." Felix strahlte sie alle an. „Wer möchte einen Drink?"

Ihre Mutter und ihre Schwestern bestellten Wein, aber Papà liebte Bier. „Ich nehme das Beartooth von *Bull's Moose Brewery*. Gibt es eine Verbindung zu diesem Roadhouse?"

„Ausgezeichnete Wahl", sagte Felix. „Und ja, Bull gehört die Brauerei."

Als ihre Schwestern und Eltern ihre Speisekarten öffneten, sah sich Frankie im Roadhouse um. So vertraut, so liebgewonnen. Nein, sie wollte nicht gehen.

Wie sollte sie das allen vermitteln?

Würde ihre Familie sie für immer hassen, wenn sie an ihrer Entschlossenheit festhielt?

Aber ... nur der Gedanke, sich von Bull zu verabschieden,

führte bei ihr zu dem Gefühl, als würde jemand ihr Herz und ihre Lungen mit bloßen Händen herausreißen.

Ihr Kiefer spannte sich an. *Ich werde hierbleiben.*

Mission geplant. Unvorhergesehenes bewertet. Aufklärung abgeschlossen.

Eine Stunde später, nachdem er Felix über seine Eindrücke zu Frankies Familie informiert hatte, musterte Bull die Gruppe von der anderen Seite des Raumes.

Die Mutter, wahrscheinlich in ihren Fünfzigern, war noch immer eine wunderschöne Blondine. Ihre beiden Töchter, ebenfalls blond, hatten die hohen Wangenknochen, das spitze Kinn und die großen blauen Augen von ihr geerbt.

Frankie schien eher nach dem dunkelhaarigen, braunäugigen Vater zu gehen.

Sie plauderten alle, während Frankie ruhig blieb. Sie so verhalten zu sehen, machte ihn verdammt wütend.

Bull ignorierte den momentanen Wunsch, nach seinem alten Sturmgewehr zu greifen, und schlenderte stattdessen durch den Raum. Vollgestopft mit gutem Essen saß sein heutiger Gegner am Tisch und direkt in seinem Visier.

„Süße." Bull beugte sich vor, küsste Frankie auf den Kopf – Warnschuss abgegeben – und ignorierte die erschrockenen Mienen ihrer Eltern. „Willkommen in Alaska, Bocelli-Familie. Ich bin Bull Peleki, der Besitzer dieser Einrichtung. Wie ist das Essen?"

Nachdem alle ihre Komplimente abgegeben hatten – aufrichtig, zu seiner Überraschung –, lächelte er und initiierte den Angriff. „Du musst Frankies Mutter sein."

Als er zu Frankie sah und eine Augenbraue hob, vertiefte sich das Rot auf ihren Wangen. „Oh, Verzeihung. Bull, darf ich dir meine Mutter und meinen Vater vorstellen? Sigrid und Giorgio Bocelli."

Bevor sie ihre Schwestern vorstellen konnte, unterbrach Bull mit: „Freut mich, euch endlich kennenzulernen. Frankie hat mir viel von euch erzählt. Bestimmt hat sie erwähnt, dass sie bei meiner Familie auf dem Grundstück wohnt – was wir die Eremitage nennen."

Giorgio schien überrascht.

Sigrid nicht. Also wusste die Mutter, dass Frankie mit ihm zusammen war, und der Vater nicht? Wie viel hatte Frankie ihnen über Makos Söhne und die Eremitage erzählt?

„Als wir hörten, dass ihr hier seid", fuhr Bull fort, „hoffte meine Familie auf ein Zusammentreffen."

Ihre Mutter sah mit gerunzelter Stirn zu Frankie, ihr Vater jedoch, der nach allen Berichten eine Persönlichkeit wie Frankie hatte, sagte: „Das klingt nett."

Sie dachten wahrscheinlich, dass ein Treffen irgendwann in der Zukunft stattfinden würde, aber ... nein. Bull hob die Hand und winkte.

Zeit für den psychologischen Krieg.

Von der Bar, wo sie gewartet hatten, schlenderte seine Familie zu ihnen. Es fehlten nur Hawk und die Kinder; Aric fühlte sich immer noch unwohl außerhalb der Eremitage, und Hawk hatte bereits zu viele innere Narben von Familienkonflikten davongetragen.

Gabe und Audrey nahmen direkt gegenüber von den Eltern Platz; Caz und JJ setzten sich den Schwestern gegenüber.

Bull rutschte auf den leeren Stuhl neben Frankie. Felix war ein ausgezeichneter Mitverschwörer.

Bull griff unter den Tisch und bemächtigte sich Frankies kalter kleiner Hand.

Nach einem Blick auf seine Familie richtete sie ihre Augen auf ihn.

Oh ja, Süße. Die Söhne des Sarge führten eine Rettungsaktion durch und verwendeten Wörter anstelle von Kugeln.

Bull erhob sich erneut und stellte alle einander vor. „Auf der

New Yorker Seite haben wir Sigrid Bocelli, Inhaberin der Bocelli Modelagentur. Giorgio Bocelli, bekannt für Modefotografie. Anja" – er wies auf die älteste Schwester – „und Birgit, weltberühmte Models."

Er schaffte es, sein Grinsen zu unterdrücken, als Frankies Schwestern erkannten, dass er wusste, wer sie waren, ohne dass es ihm gesagt werden musste. Audrey war exzellent, wenn es um Recherche ging.

Er fuhr fort: „Auf der Alaska-Seite haben wir Audrey Hamilton, die unsere Bibliothek betreibt. Gabe MacNair, der Polizeichef. Officer Jayden Jenner. Und Caz Ramirez, der die Klinik der Stadt leitet. Wir leben alle in der Eremitage."

„Ihr lebt zusammen in einem Haus?", fragte Birgit verwirrt.

„Nein, wir besitzen ein beträchtliches Grundstück am Lynx Lake und haben dort unsere Häuser mit einem gemeinsamen Innenhof gebaut", erklärte Gabe. „Frankie kam zu uns, nachdem ihre Miethütte in Brand gesteckt worden war."

„In Brand gesteckt?" Ihr Vater wäre fast aufgestanden. *„Merda*, das Haus meiner Tochter wurde niedergebrannt?"

Also hatte sie ihnen nichts von der Brandstiftung erzählt. Und hier zeigte sich, von wem Frankie ihr Temperament und ihre Emotionen hatte. Er lehnte sich zu Frankie. „Ich mag deinen Vater."

Ihre Augen sprühten Funken. *„Deficiente*, was hast du getan?" Ihre Stimme senkte sich. „Das mussten sie nicht wissen."

Sein Grinsen wurde breiter. Ja, das war ihr italienisches Temperament.

Gegenüber von ihnen fragte JJ seinen Bruder Caz: „Hat sie ihn gerade einen Idioten genannt?"

„Francesca, du wirst sofort erklären, wie es zu diesem Brand kommen konnte." Ihr Vater zeigte auf Frankie.

Sie trat Bull gegen das Schienbein, hart genug, sodass er zusammenzuckte. „Papà, Kits Ehemann war gewalttätig und in eine schreckliche Sekte verwickelt, in der er sie reingezogen hat.

Ich bin hergekommen, um ihr zu helfen und sie zu befreien, und die Sektenmitglieder haben meine Hütte niedergebrannt, um mich zum Gehen zu bewegen."

Der Vater richtete seine wütenden Augen auf Gabe. „Hätte sich nicht die Polizei mit dieser Sekte auseinandersetzen müssen?"

Gabe warf ihm einen verständnisvollen Blick zu. „Obwohl die Sekte ein Problem darstellte, liegen sie außerhalb meiner Stadtgrenze und sind ziemlich gut darin, nicht dabei erwischt zu werden, das Gesetz zu brechen. Die Verantwortlichen für die Brandstiftung wurden von einem Dritten angeheuert. Letzte Woche hat sich jedoch einiges geändert."

„Was ist letzte Woche passiert?" Anjas scharfsinnige blaue Augen leuchteten vor Neugier auf.

„Die Frauen in der Sekte wurden befreit, und die Fanatiker flohen aus der Gegend." Gabe fuhr fort, mehr zu erklären, einschließlich der Tatsache, dass Kit im Krankenhaus in Anchorage lag.

Die Schwestern machten große Augen und die Mutter schien offensichtlich entsetzt. „Francesca, das war sehr verantwortungslos von dir. Was hast du dir nur dabei gedacht?"

Frankie erstarrte. „Gedacht habe ich mir, dass Kit Hilfe braucht."

„Und helfen ist eben das, was Freunde tun", sagte JJ. „Eure Frankie ist jemand, auf den ihr stolz sein könnt."

Sigrids Lippen spitzten sich, als hätte sie an einer Zitrone gesaugt. „Sie heißt Francesca. Warum besteht ihr alle darauf, sie Frankie zu nennen?"

Perfekt, die Mutter zeigte sich immer genervter. Caz hatte ihnen gesagt, genau danach zu streben.

Zeit, die erste Granate zu werfen. „Unser Vater war ein Traditionalist, der uns beigebracht hat, Menschen mit dem Namen anzusprechen, den sie bevorzugen. Es ist eine Form des

Respekts“, sagte Bull höflich. „Und deine Tochter verdient sehr viel Respekt.“

Die Muskeln in Sigrids Gesicht und Hals strafften sich und enthüllten die feinen weißen Linien eines Facelifts.

Giorgio beäugte Bull. „Es ist schwierig, wenn eine Familie jemanden unter einem bestimmten Namen kennt und sich das dann plötzlich ändert.“

„Das stimmt wohl“, sagte Caz mit seinem strahlend weißen Lächeln. „Man muss es *wollen*. Da Frankie jedoch ein großzügiges Herz hat, bin ich mir sicher, dass sie diese Nachlässigkeit vergeben kann.“

Schamesröte erhob sich in ... verdammt, all ihren Gesichtern. Niemand nannte sie bei dem Namen, den sie bevorzugte? Wut entfachte in Bull.

Waren sie der Meinung, dass Frankies Wünsche keinen Wert hatten, weil sie das Baby der Familie war? Oder lag es daran, dass sie nicht blond und klassisch schön war?

Wie auch immer ... es war deutlich, dass sie diese Schlacht gewonnen hatten. Bull lehnte sich zurück. Ein Krieg jedoch verhielt sich wie ein Fluss, würde stark ansteigen und sich dann durch Wirbel verlangsamen, sodass sich die Kämpfer erholen konnten. Zu dieser Zeit kam es oft vor, dass unvorsichtige Gegner ihre Verteidigung missachteten.

Also fragte JJ die beiden Schwestern mit einem süßen Lächeln, wie sie so einzigartige Laufstegstile entwickelt hatten. Birgit und Anja sprangen sofort auf das Thema an. Obwohl sie gutmütig klangen, bewies das Gezänk zwischen ihnen, dass sie zu jeder Zeit im Wettbewerb standen.

Kein Wunder, dass Frankie hervorragend bei Verhandlungen um Frieden und Harmonie war.

In einer Welt von Primadonnen zu leben, musste täglich an ihrer Seele genagt haben. Bull fuhr mit seiner Hand über Frankies Schulter, eine Liebkosung, die für sie genauso wichtig war wie für ihn.

Sie passte so viel besser zu seiner Familie ... und sie wusste es. Der Trick bestand darin, auch ihre Eltern und Geschwister dazu zu bringen, dies zu erkennen.

Als sie Bulls Hand auf ihrer Schulter spürte, lehnte sich Frankie instinktiv an ihn. Er genoss es, ihre Stütze und ihr Beschützer zu sein, fast so sehr, wie sie es mochte, ihm die Zuneigung zu geben, die er brauchte – ob er es ihr gegenüber zugab oder nicht.

Auch hatte er nicht erwähnt, dass er heute Abend hier sein würde. Trotz des unschönen Gefühls in ihrem Bauch musste sie seine verbale Kriegsführung bewundern. Und von dem Strahlen in seinen Augen war es genau das, was er tat.

Mit Mühe konzentrierte sie sich auf das Gespräch am Tisch und erkannte so, dass Papà sie musterte.

„Trotz der Strapazen, Kit zu befreien, siehst du heute besonders reizend aus." Ihr Vater rieb sich das Kinn. „Ich sollte eine Reihe von Fotos machen, vielleicht mit dem Thema –"

„Nein." Sie schüttelte den Kopf. „Ich habe meine Meinung darüber, wie ich mich fühle, wenn Fotos von mir an einer Wand hängen, nicht geändert. Tut mir leid, Papà."

„Ihre Schönheit ist nicht nur oberflächlich, sondern sitzt tief in ihrem Herzen und ihrer Seele", murmelte Bull. „Selbst deine Fotos, Giorgio, können diese Essenz nicht einfangen."

Cazzo, sie liebte ihn und wusste, dass sie wahrscheinlich gerade rot anlief.

Dann fügte er hinzu: „Zweifellos verleiht ihr das Glücksgefühl, hier in Alaska zu sein – und bei mir – ein ganz besonderes Strahlen."

Sie musste ein Lachen unterdrücken. Interessanter Gedanke.

Birgit schniefte. „Oder vielleicht strahlt sie, weil sie endlich flachgelegt wurde."

Autsch. Frankie zuckte zusammen und Bull erstarrte.

„Hmm, es gab eine Zeit, in der ich wirklich gerne eine

Schwester gehabt hätte." JJ richtete ihren Polizistenblick direkt auf Birgit. „Ich schätze, ich kann mich glücklich schätzen, ein Einzelkind zu sein."

Birgit wurde knallrot. „Ich wollte nicht –" Sie senkte den Blick. „Was ich gesagt habe, war ... wirklich unpassend." Sie sah zu Frankie. „Es tut mir leid, Francesca. Ich kann keinen Mann finden, den ich für länger als ein oder zwei Dates sehen möchte, und du hast ihn" – sie deutete auf Bull – „und er steht so offensichtlich auf dich."

Birgits Mund war meistens schneller als ihr Gehirn. Deshalb kam es in der Agentur so oft zu Problemen. Verständnis schmolz Frankies Wut dahin, denn ... *Natürlich wären Leute neidisch darauf, dass ich Bull für mich gewinnen konnte.* „Es ist okay. Ich –"

„Scheiße, ich habe dich Francesca genannt, obwohl du uns immer wieder gebeten hast, dich Frankie zu nennen." Birgit runzelte die Stirn. „Als meine beste Freundin dachte, es sei süß, mich Bibi zu nennen, schlug ich sie, damit sie aufhört. Warum tun wir es also bei dir?"

„Weil Mama gesagt hat, dass wir es müssen, da es ihr Vorname ist." Anja sah leicht genervt zu Mama. „Als ich ... oh, vielleicht zwölf war und meine Freunde ihre Mütter *Mom* nannten, wollte ich dich auch so nennen, aber du hast dich strikt dagegen gewehrt. Du hast mich sogar in mein Zimmer geschickt, als ich es immer wieder versucht habe."

Was für eine Woche das doch gewesen war. Papà hatte es die Schlacht der Frostriesen genannt.

Mamas blaue Augen hielten Wut. Sie öffnete den Mund und ... schloss ihn. Sie lehnte sich zurück und starrte ins Nichts. Dann wandte sie sich an Frankie. „Sie haben Recht. Es tut mir leid. *Frankie.* Der Name ist eine persönliche Entscheidung."

Cribbio, Bull hatte an einem Abend erreicht, was sie jahrelang erfolglos versucht hatte. „Danke, Mama."

„Wenn Kit jetzt aus der Sekte geholt wurde, hast du dein Ziel erreicht. Ich bin froh, dass du wieder zur Arbeit kommst."

Anja hatte offensichtlich vollkommen vergessen, was Frankie im B&B über die Liebe und ihren Plan, in Alaska zu bleiben, gesagt hatte.

„Oh, ich auch." Birgit warf ihre Haare mit einem verführerischen Blick auf Bull zurück, bevor sie zu Frankie sagte: „Die Make-up-Leute versauen jedes Mal vor einem Shooting meinen Eyeliner. Und mein Agent ist ein totales Arschloch. Du musst mit ihm sprechen und –"

„Ist es das, was du den ganzen Tag machst?" Bull zupfte sanft an Frankies Haar. „Streits dieser Art schlichten?"

Sie seufzte, denn ... es klang wirklich schrecklich, oder? „Das ist die Stellenbeschreibung, ja. Ich bin im Grunde ein Diplomat in einem Kriegsgebiet voller Models und Werbetreibender."

„*Chiquita.*" Caz' Stimme klang geschmeidig und besorgt. „Du liebst es, Menschen um dich herum zu haben, das weiß ich. Ich habe gesehen, wie viel Spaß es dir macht, das Roadhouse zu managen und die Kunden und Mitarbeiter glücklich zu machen. Du hast eine süße, gutmütige Persönlichkeit. Stundenlang wütende, frustrierte Menschen ertragen zu müssen, muss sich anfühlen, als hätte dich jemand in einen Brombeerstrauch geworfen. Ist das wirklich, was du tun möchtest?"

Papà runzelte die Stirn ... und Mama tat so, als wäre sie diejenige, die in einen Brombeerstrauch geworfen wurde.

Frankie fühlte sich, als würde sie ihre Familie im Stich lassen und zudem deren Gefühle verletzen. Beschämt senkte sie den Blick auf den Tisch. Was Caz gesagt hatte, entsprach der Wahrheit, aber das brauchte ihre Familie nicht hören.

Bull hob deren verwobene Hände und legte sie auf den Tisch. „Süße?"

Warum konnte sie alle anderen auf der Welt handhaben ... abgesehen von ihrer eigenen Familie? Sie hatte ihre Meinung nicht geändert, wollte immer noch bleiben, aber ihre Familie war gegenteiliger Meinung. Und ihre Eltern und ihre Schwestern machten ihren Anspruch an ihr klar.

Wollte sie diesen Streit hier im Restaurant austragen? „Bull, das ist nicht ..."

Seine schwarzen Augen fingen ihre ein. „Wenn wir also Kinder haben, wirst du ihnen dann sagen, dass sie bei Bocelli arbeiten müssen, ob sie wollen oder nicht? Auch wenn es sie unglücklich macht?"

„Natürlich nicht." Ihre Antwort kam eine Sekunde, bevor ihr Gehirn ihr sagen konnte, dass sie gerade in das Wespennest gestochen hatte, das sie privat besprechen wollte.

„Ich fürchte, du verstehst das nicht", sagte Mama mit eisiger Stimme.

„Ah, die Eiskönigin", hörte Frankie Caz murmeln.

„Wir haben unsere Tochter mit dem Verständnis zur Uni gehen lassen und dies unterstützt, dass sie nach ihrem Abschluss zurückkommt und für die Agentur arbeitet."

Eigentlich konnte sie sich nicht daran erinnern, dass jemals besprochen zu haben. Es wurde als Selbstverständlichkeit betrachtet.

„Ah, viele meiner Freunde in den medizinischen Berufen haben das Gleiche getan wie Frankie – Hilfe akzeptiert, nur um dann für Jahre in einem ... wenig angenehmen Arbeitsumfeld zu landen." Caz lächelte Frankie an. „Hast du dort nicht bereits lange genug deinen Teil beigetragen, *Chica*?"

Wenn sie nicht total in Bull verliebt wäre – und wenn JJ nicht stets mit einer Waffe herumrennen würde –, würde Frankie den Doc direkt auf den Mund küssen.

„Ich bin mir nicht sicher, von welchem Tag an ich zählen soll." Sie tippte einen Zeigefinger gegen ihre Lippen. „Sollte ich mit einbeziehen, dass ich bereits mit zwölf nach der Schule ausgeholfen habe? Oder als ich während der Unizeit jedes Wochenende dort gearbeitet habe? Oder zählen nur die vier Jahre nach meinem Uniabschluss?"

Am Tisch herrschte Stille.

Und, okay, sie war fertig mit diesem Scheiß. „Wenn du jedoch denkst, dass ich dir noch immer etwas schulde, dann schicke mir eine Rechnung, und ich werde es dir zurückzahlen. Wir werden so tun, als wäre es ein Darlehen."

„Warte – bedeutet das, dass ich dir das Geld, das du mir gegeben hast, zurückzahlen muss?", fragte Birgit entsetzt.

„Nein. Nein, das bedeutet es nicht. Keiner von euch wird auch nur einen Cent zurückzahlen." Ihr Vater rieb sich über das Gesicht. „Dies ist wirklich ein Abend für unangenehme Einblicke, oder?"

„Unangenehm?", sagte Anja. „Du meinst, zu hören, dass wir alle Franc – Frankie wie scheiße behandelt haben? Einfach weil wir es können?"

„Anja! Ausdrucksweise", zischte Mama.

„Das Wort stört dich, aber deine Tochter so zu behandeln, ist okay?" Anja warf Mama einen harten Blick zu. „Mama, ich weiß, dass du sie genauso liebst wie Birgit und mich, du behandelst sie jedoch anders. Wahrscheinlich, weil sie kein Model sein will. Sie hat sich damit abgefunden, wie eine ... Dienerin behandelt zu werden, weil sie, wie fast alle auf Papàs Seite der Familie, viel netter ist als deine Seite."

Die Luft rauschte aus Frankies Lungen. Das war viel zu viel Ehrlichkeit für Mama. Sie öffnete den Mund, um ... etwas zu sagen.

„Nicht", warnte Bull flüsternd.

Mamas Augen füllten sich mit Tränen. „Francesca. Frankie. Ich ... Nein. Ich wollte nicht ..."

Cavolo, Mama war drauf und dran, zu weinen, und sie weinte nie. Bestürzt wollte Frankie aufstehen. „Mama –"

„Meine Liebe, ich bin so froh, dass du hier bist", rief Regina, die Rezeptionistin des Gemeindegebäudes, als sie und ihr Mann das Restaurant betraten. „Ich muss dir einfach für den einen Abend danken. Du hast unseren Jahrestag unglaublich besonders gemacht. Niemals werden wir das vergessen."

Nachdem sie Frankie herzlich umarmt hatte, schloss sich

Regina ihrem strahlenden Ehemann an und gemeinsam gingen sie in die Bar.

„Frankie ist hier?“ Von einem Tisch in der Nähe erhob sich Tina, Chevys Frau. „Vergiss nicht, dass wir diese Woche *Der Report der Magd* lesen.“

Kleinstädte. Frankie wagte einen Blick auf ihre Mutter, die ihre Gelassenheit mittlerweile wiedererlangt hatte. *Okay.*

Frankie stand auf und antwortete: „Ich bin schon zur Hälfte durch, Tina. Es ist ein großartiges Buch.“ Als sie sich wieder hinsetzte, fühlte sie sich bereits besser. Bull nahm erneut ihre Hand und sie wandte sich mit einem Lächeln an ihre Mutter. „Mama. Ist schon gut.“

„Nein. Nein, das ist es nicht.“ Nun wieder mit trockenen Augen spannte Mama ihren Kiefer an. „Ich muss ... du bist nicht ... weniger. Anders, ja. Nicht weniger. Und niemals ein Diener. Schließlich bist du doch meine Tochter.“ Ihre Finger tippten auf den Tisch.

Ihr Blick ging zu Bull, zu der Stelle, wo er Frankies Hand hielt. Ein sehr besitzergreifender Ausdruck seiner Zuneigung, erkannte Frankie.

Bevor sie sich bewegen konnte, kam Lillian zu ihnen an den Tisch. „Liebes, ich hatte gehofft, dich heute Abend zu sehen. Vergiss nicht, dass die Poker-Nacht nächste Woche stattfindet. Oh, und könntest du für die Harry Potter-Lesung eine schwarze Robe tragen?“

„Hey, warte, ist das für die Bibliothek? *Meine* Bibliothek?“, fragte Audrey stirnrunzelnd.

„Aber natürlich, mein Kind. Frankie und ich beabsichtigen, einige Bühnenrequisiten hinzuzufügen“, sagte Lillian. Dante trat hinter sie.

Frankie betrachtete die zierliche Frau. Es sah der britischen Schauspielerin nicht ähnlich, in eine Dinnerparty wie diese reinzuplatzen.

Lillian bedachte alle am Tisch mit einem freundlichen

Lächeln. „Bitte entschuldigt die Unterbrechung. Frankie und ich treten regelmäßig vor den Grundschulkindern auf, um ihnen zu zeigen, wie aus Literatur ein Theaterstück wird."

Dante lachte. „Lillian hat zwar die Broadway-Bühne hinter sich gelassen, aber die Schauspielerei liegt ihr im Blut."

„Lillian Gainsborough?" Papàs Augen weiteten sich. „Ich habe dich in Macbeth gesehen. Niemand hat die Lady jemals besser gespielt, weder davor noch danach."

Strahlend verbeugte sich Lillian vor ihm. „Danke, mein guter Herr."

Frankie unterdrückte ein Lächeln, als sie sah, wie weit ihre Schwestern die Augen aufrissen.

„Also, Frankie." Lillian tätschelte ihre Schulter. „Ich habe eine Robe für dich. Komm etwas früher bei mir vorbei und wir kleiden dich ein. Wir werden so viel Spaß haben!"

„Ich werde da sein." Aber ... sie hatten doch schon gestern über Roben und die Uhrzeit gesprochen. Auf keinen Fall hatte Lillian das vergessen.

Cazzo, Bull hatte mehr als nur seine Familie für dieses Treffen mit ihrer Familie angeheuert. Felix, Regina, Tina, Lillian ...? Ohhh, das war ja mal sowas von geplant.

Lillian lächelte Frankies Familie an. „Es ist so nett, dass ihr gekommen seid, um sie zu besuchen. Ich weiß, dass sie euch alle vermisst hat."

Als Lillian und Dante weitergingen, schnaubte Anja. „Uns vermisst? Wann hättest du dafür Zeit gehabt?"

Birgit schniefte. „Sie verbringt nicht so viele Stunden im Fitnessstudio wie wir. Dieses Kaff hat wahrscheinlich nicht einmal ein Fitnessstudio."

„Wir haben ein Fitnessstudio auf dem Grundstück", sagte Gabe sanft. „Bull und Frankie bevorzugen es jedoch, in unserem Park zu joggen und zu trainieren."

Bull zuckte mit den Schultern. „Es gibt nichts Schöneres, als bei Sonnenaufgang neben dem See zu laufen."

„Oh.“ Anja seufzte. „Das klingt wirklich nett.“

„Übrigens, Frankie, kannst du mir ein paar Lektionen mit deinem Stab geben? Einige deiner Blocks und Schläge würden mit dem Schlagstock großartig funktionieren“, sagte JJ.

„Na klar. Gerne doch.“

Papà schien nicht verärgert zu sein, aber Birgit und Mama runzelten die Stirn. Denn keiner von Frankies Plänen beinhaltete die Rückkehr nach New York.

„Nur musst du Gryff sagen, dass er mich nicht beißen soll – dass wir Freunde sind, okay?“, fügte JJ mit einem Lächeln hinzu.

„Dich beißen?“ Birgit starrte sie verwirrt an. „Was?“

„Unser Hund“, sagte Bull. „Er ist ein neunzig Pfund schweres Fellknäuel und versucht bei jeder Gelegenheit, auf Frankies Schoß zu klettern – und beschützt sie mit seinem Leben.“

Mama sah entsetzt aus, doch schnell verschwand die Härte aus ihren Augen. „Du wolltest schon immer einen Hund.“

„Einen wie den von Nonna“, sagte Papà. „Damals, als du ihr immer im Garten geholfen hast.“

„Wir haben einen riesigen Garten.“ Audrey lächelte Papà an. „Frankie hat gesungen, als sie Salat geerntet hat.“

Frankie lächelte bei der Erinnerung. Sie hatte „Yesterday“ gesungen, das Lied von den Beatles, als sich ihr plötzlich alle angeschlossen hatten, um eine schöne vierstimmige Harmonie zu schaffen.

„Du bist Teil seiner Familie – und dieser Stadt, oder?“, fragte Anja, und Frankie konnte den Neid in ihrer Stimme hören. „Es passt zu dir. Kein Wunder also, dass du hier so glücklich bist.“

„Jetzt“, hörte Frankie Caz zu JJ flüstern, „jetzt sehen sie Frankie endlich klar und deutlich vor sich.“

Birgit spitzte die Lippen. „Du hast tatsächlich einen Kerl gefunden, der nicht die Absicht hat, Teil von Bocellis zu sein.“

Mama machte ein entsetztes Geräusch und ... seufzte dann. Ein Seufzer der Akzeptanz.

Bull lachte nur. „Eigentlich denke ich eher, dass ich sie

gefunden habe, und ich tue mein Bestes, um sie davon zu überzeugen, bei mir zu bleiben.“ Seine Stimme senkte sich, als er seine Hand auf ihre Wange legte und ihre Augen mit seinen einfing. „Ms. Bocelli, ich werde dir nach New York folgen, wenn es sein muss, aber ich bin ziemlich überzeugt davon, dass du hier in Alaska glücklicher wärst.“

Er würde nach New York ziehen, um bei ihr zu sein? Sie starrte ihn an und sah den entschlossenen Mund, seinen angespannten Kiefer. Und die Aufrichtigkeit in seinen Augen.

Er würde mit ihr gehen, obwohl er hier in Alaska zuhause war.

Sie gehörte auch hierher. Dies war ihr Zuhause.

Ihre Augen füllten sich mit Tränen, und dennoch sah sie, wie sich auf Gabes Lippen ein Lächeln formte und wie Audrey strahlte. Caz nickte ihr zu, und JJ grinste, weil sie ihre Entscheidung kannten, ohne dass sie diese aussprechen musste.

Weil sie Frankie kannten. *Sie sehen mich.*

Sie waren ihre Familie.

Und Bull war ihr Mann. Sie sah zu ihm auf, in Augen von der Farbe des dunkelsten Himmels. „Ich liebe dich. Und ich gehöre hierher.“

„Ja, das tust du.“ Er legte seine Stirn gegen ihre und flüsterte: „Hier, mit mir.“

EPILOG

7. Juni

W*o Du bist – das – ist zuhause.* - Emily Dickinson

In der Küche im Roadhouse trank Frankie ein Glas Limo auf Ex. Koffeinhaltige Limonade, denn das hatte sie gebraucht. *Was für ein Tag.*

Heute Morgen war Kit ins Reha-Krankenhaus überführt worden. *Fortschritt.* Frankie hatte Kleidung und Bücher zusammengesucht, alles, was ihre Freundin vielleicht brauchen könnte. Kit war erschöpft gewesen und hatte Schmerzen, aber die hartnäckige Frau weigerte sich, Schmerzmittel einzunehmen.

Irgendwie hatte Hawk das Problem vorhergesehen und gesagt, er würde sie morgen mit Aric besuchen, wenn Kit weniger gestresst war.

Armer Aric. Er flüsterte immer noch und versteckte sich, wenn er Geräusche machte. Oder wenn jemand im Raum auch nur ein bisschen genervt wirkte. Als Bull einen Topf fallen gelassen hatte, hatte es eine Stunde gedauert, bis sie Aric gefunden hatten, der sich unter einem Bett versteckt hatte.

Hawk hatte nun vor, das Gelände öfter mal zu verlassen. Tatsächlich planten die beiden, heute Abend ins Roadhouse zu gehen und das Dessert zurück in die Eremitage zu bringen. Sie würde die Augen nach ihnen aufhalten, damit Aric jemanden hätte, den er kannte.

Frankie stellte das leere Glas ab und überprüfte dann ihre Haare. Ihr geflochtener Haarkranz war eher für eine Verabredung als für die Arbeit geeignet, aber ihre Eremitage-Mädchengang hatte den Stil lernen wollen, den Nonna ihr beigebracht hatte. Regan hatte Pläne für eine Geburtstagsfeier und übernachtete heute bei ihrer besten Freundin. JJ und Audrey hatten Dates mit ihren Männern. Also hatten nur die Mädels ein wenig Zeit miteinander verbracht, bevor Frankie zur Arbeit musste.

Frankie lächelte. Regan war so eine ansprechende Mischung aus intelligent und unschuldig und pragmatisch. Audrey war klug und süß. JJ war die Stimme der Vernunft und schaffte es, sie alle auszubalancieren.

Sie waren zu guten Freunden geworden.

Auf dem Weg zur Arbeit war Frankie zu Bulls Haus gegangen – zu *ihrem* Haus –, während sie einen Anruf von Birgit entgegengenommen hatte.

Es war das erste Mal gewesen, dass sie von ihrer Schwester gehört hatte, seit ihre Familie nach New York zurückgekehrt war. An diesem Abend im Restaurant waren sie fast so schockiert gewesen wie die PZs, nachdem Makos Söhne sie fertiggemacht hatten. Am Flughafen jedoch schienen sie sich aufrichtig für sie gefreut zu haben, dass sie Bull gefunden hatte und glücklich war.

Frankie hatte beim Abschied sogar geweint.

Vor ein paar Stunden hatte Birgit jedoch gejammert, dass Frankies Ersatz nicht gut genug war und es nie sein würde. Da der Ersatz nicht der Aufgabe gewachsen zu sein schien, schlug Frankie vor, dass jemand aus der Familie übernehmen sollte. Frankie meinte, Birgit sei die jüngste, was bedeutete, dass sie ...

Noch nie in der Geschichte war ein Telefonat so schnell beendet worden.

„Warum lachst du, Ms. Boss?“, fragte Felix, der auf Nachos wartete.

„Ich war –“

Geschrei kam vom Hauptraum, dann ein Krachen.

Ein Krachen war nie gut.

Frankie eilte hinaus und in den Barraum. „Nein, nein, nein.“

Eine Schlägerei ... in ihrer Bar. Ein kaputter Stuhl lag auf einem zerstörten Barhocker, daneben ein kleiner, stämmiger Mann.

Gabe schlug einen bärtigen blonden Mann, der wie toter Fisch stank, und schob dann einen schlaksigen Kerl mit Rattennase zu JJ.

So viele Leute – hatten sie die Mitglieder eines ganzen Angelcamps hergeführt, um einen Kampf zu starten?

Schreiend hob ein kahlköpfiger Mann mit breiter Brust einen Stuhl und plante, ihn von hinten auf JJ zu schlagen, doch er taumelte plötzlich und ... Es steckte ein Messer in seiner Schulter.

Caz, ernsthaft?

Als sich ein dicker Mann ohne Hals auf Gabe stürzte, prallte ein schwerer Becher von der Stirn des Mannes ab. Mr. Ohne Hals landete auf seinem Arsch.

Der Becher zersplitterte auf dem Boden.

Che palle! Frankie ließ den Blick genervt schweifen.

Bull stand an der Seite, zwei Männer zu seinen Füßen. Wahrscheinlich hatte er ihre Köpfe zusammengeschlagen. Zumindest hatte er keinen Schaden hinterlassen. Er lächelte sie zuckersüß an.

Sie stampfte durch das Schlachtfeld und sah, dass die Stammgäste einfach ihre Tische und Stühle weggeschoben hatten, um sich von der Schlägerei unterhalten zu lassen.

Alaskaner.

Der glatzköpfige Fischer mit dem Messer in der Schulter versuchte aufzustehen.

Sie packte sein Ohr und drehte es. „Setz. Dich. Verdammt. Nochmal. Hin."

Als Caz ein weiteres Messer herauszog, zeigte sie mit dem Finger auf ihn. „*Basta.*" *Genug war genug*. „Wegen dir ist jetzt auf meinem zuvor sauberen Boden überall Blut!"

Caz seufzte und das Messer verschwand.

„Mein Gott." Der Idiot, dessen Ohr sie zwischen den Fingern hatte, erschauderte und hielt seine Hände hoch. „Du klingst wie meine Mutter."

„Ich bin viel gemeiner als deine Mutter." Ohne sich die Mühe zu machen, nach Felix zu suchen, ließ sie den Bastard los und sagte: „Felix, der Erste-Hilfe-Kasten, bitte."

„Jawohl, Boss Lady, Ma'am", antwortete er neben ihr.

„*Tonto*." Sie schlug ihm liebevoll auf seinen Hinterkopf und er lachte.

Felix war nicht der einzige Idiot – sie waren an diesem Ort im Überfluss vorhanden. Sie betrachtete den zerbrochenen Becher auf dem Boden.

Jemand hatte ihn geworfen. Jemand, der besonders gut zielen konnte.

Sie drehte sich in die Richtung, aus der die Tasse geflogen kam, und entdeckte Hawk am Eingang mit Aric in seinen Armen. Was auch immer er in das Ohr des Jungen flüsterte, brachte das Kind zum Lächeln.

„Du bist ein guter Junge, Aric", rief Frankie und gab Hawk ihren gemeinsten Blick. „Wenn es zerbrechen kann, wird es nicht geworfen."

Der *Bastardo* grinste sie an.

Sie stemmte die Hände in die Hüften und betrachtete die Idioten. „Wer hat den Stuhl und den Hocker zerbrochen?"

„Er hat den Hocker kaputt gemacht." Der benommene, halslose Fischer zeigte auf seinen stämmigen Freund, der neben den zerstörten Möbeln saß.

Gabe hob die Hand wie ein Grundschüler. „Stuhl."

Der Polizeichef hatte ihren Stuhl zerbrochen? „*Che schifo*, das ist absolut ekelhaft. Du bist das Gesetz in dieser Stadt, nicht irgendein ... irgendein Gauner. Und diese Stühle und Hocker kommen aus meinem Budget."

Sie hörte ein Lachen, Bulls sehr tiefes, widerhallendes Lachen. Er hatte zwei von ihnen gestoppt. Sie würde ihm später einen Kuss dafür geben.

„Richtig", sagte Gabe. „Ich werde für den Stuhl aufkommen. Bull kann den Hocker zu der Rechnung des Arschlochs hinzufügen."

Besagtes Arschloch blickte finster zu Gabe und dann zu Frankie. „Auf keinen Fall. Ich werde nicht –"

„*Vai a farti fottere*", presste Frankie heraus und richtete den Blick auf den Mann.

Seine Augen weiteten sich und er ging ein paar Zentimeter auf Abstand. „Äh ... richtig. Auf meine Karte. Natürlich."

Sie schnaubte befriedigt. Männer waren so zerbrechlich. *Sag* Fick dich *zu ihnen und sie gaben sofort nach ... auch wenn sie die Sprache nicht sprechen konnten.*

Obwohl es Nonna entsetzen würde, dass ihre Enkelin wie ein Fischweib schimpfte.

Nun, zumindest war die Schlägerei vorbei. Sie seufzte und ihre Wut kühlte sich ab. „Will ich überhaupt wissen, was der Auslöser war?"

„Wir wollten nur eingreifen, um die Schlägerei zu beenden", sagte JJ, als sie Stühle und Tische aufhob. „Der da" – sie zeigte auf die Bulldogge, den Hawk mit der Tasse erwischt hatte – „er hat damit angefangen, weil die anderen sagten, er hätte nicht den größten Lachs gefangen."

„Echt jetzt?" Sie hatten ihre Bar für einen Fisch auseinandergenommen? Frankie warf ihre Hände in die Luft und starrte dann den Anstifter nieder. „*Ficcati una barca in culo con i remi aperti*."

„*Dios*." Caz' Augen weiteten sich.

Gabe und Bull gesellten sich zu ihm. „Was hat sie gesagt?", fragte Bull leise.

„Sie sagte ihm, dass er sich sein Boot mit den Rudern ausgefahren hinstecken soll, wo ... die Sonne nicht scheint. Medizinisch gesehen ist das sehr ungesund." Caz schüttelte den Kopf. „Ich denke, ich werde jetzt ein bisschen Erste Hilfe leisten." Er kniete sich neben den Mann mit dem Messer in der Schulter.

„Fuck", murmelte Gabe.

Und Bull – ihr Bull – fing an, zu lachen. Dieses ansteckende dröhnende Geräusch, das allen in der Bar ein Lächeln entlockte.

Er kam zu ihr und schlang beide Arme um sie. „Ich liebe dich, New York. Du passt hier rein, als wärst du für uns gemacht." Er schaute sich im Raum um. „Yeah?"

Cazzo, die ganze Bar hörte ihnen zu, und dann brüllten alle im Chor: „Yeah!"

„Aber ... schau nur, was sie alles kaputt gemacht haben", protestierte sie.

„Süße, wir können ohne Stühle und Barhocker leben. Bier jedoch? Nun ja, das ist eine Notwendigkeit."

Das führte zu einem weiteren: „Yeah!"

Bull senkte den Kopf zu ihr. „Habe ich erwähnt, wie sehr ich dich liebe?"

Auch ihre letzte Wut verschwand unter der Wärme in seinem Blick. „Ich liebe dich auch, *Orsacchiotto*." Sie schlang ihre Arme um seinen Hals, hob sich auf die Zehenspitzen und küsste ihn, bis Pfiffe und Jubel den Raum füllten.

„Ja, Frankie!"

„Das ist unser Mädchen!"

Zuhause ist der Ort, an dem du für das geliebt wirst, wer du bist.

Sie war zuhause.

ÜBER DEN AUTOR

Als New York- und USA-Today-Bestsellerautorin ist Cherise dafür bekannt, emotionale, herzzerreißende und spannende Liebesromane mit hinreißenden Männern zu schreiben, denen sie Frauen an die Seite stellt, die ihren subtilen – und manchmal nicht so subtilen – Alphamännern gewachsen sind.

Mit den Kindern aus dem Haus lebt Cherise mit ihrem geliebten Ehemann, ihrem vierzig Kilo schweren Schoßhündchen und einer flauschigen Katze im pazifischen Nordwesten, wo nichts gemütlicher ist als ein regnerischer Tag, den sie damit verbringt, neue Bücher zu schreiben.

Rezensionen:

Ich hoffe, Dir hat das Buch gefallen! Ich würde mich freuen, wenn Du für Frankie und Bull eine Rezension verfasst. Das hilft mir als Autor und auch anderen Lesern, die auf der Suche nach neuem Lesestoff sind.

www.ingramcontent.com/pod-product-compliance
Lightning Source LLC
Chambersburg PA
CBHW060807030726
47503CB00002B/375
* 9 7 8 1 9 4 7 2 1 9 5 9 5 *